De Lune et de Sang

L’autrice

Élevée à Indianapolis, **Erin Beaty** est sortie de l’École navale des États-Unis avec un diplôme en astronautique. Instructrice en armement sur un navire de combat, elle a ensuite exercé en tant qu’officier formateur. Avec leurs cinq enfants et leurs deux chats, Erin et son mari vivent là où la Marine leur demande d’aller. Après la série *La Couleur du mensonge*, elle revient avec *De lune et de sang*, premier tome d’une duologie mêlant monde imaginaire envoûtant et thriller psychologique.

Erin Beaty

De Lune et de Sang

Traduit de l'anglais (États-Unis)
par Marie Kempf

LUMEN

Original title: BLOOD AND MOONLIGHT

Published by arrangement with Farrar, Straus and Giroux Books for Young Readers, an imprint of Macmillan Publishing Group, LLC.

Ce livre, nuit et jour, écrit par moi
Pour, de mes lecteurs, le plaisir et l'effroi
Si mal aimé, sachez-le donc
Vents capricieux sur vous souffleront

Pour Nathalie, qui avait envie de lire un thriller

Chapitre 1

J'attends la lune.

Tous les volets du quartier sont fermés quand je me penche à la fenêtre pour observer le ciel. Une brise balaie la rue déserte. Elle apporte de l'ouest l'odeur de la pluie et un faible grondement de tonnerre. La cité de Collis s'étend sur une large colline qui surplombe la plaine, mais les toits inclinés m'empêchent de distinguer l'orage qui s'approche. Si je me hisse sur la pointe des pieds et si je tends le cou, la rosace et les tours du Saint Sanctum, à l'est, m'apparaissent tout juste entre les maisons. Même en l'absence de lumière, la façade blanche est si éclatante sur le fond couleur ébène qu'elle éclipse les étoiles.

La lune n'est pas encore assez haute.

Je repose les talons au sol en poussant un soupir. Derrière moi, dans l'atelier, le magister Thomas descend l'escalier. Lorsqu'il m'aperçoit, il s'immobilise, si surpris que ses sourcils disparaissent sous les mèches châtains qui dépassent de sa casquette.

— Catrin ? Je croyais que tu étais au lit depuis des heures.

— Non, magister.

Je ferme le volet que je verrouille ensuite, avant de faire face à la mine grave du maître architecte.

— Étrange… On dirait que tu t'es habillée pour grimper, fait-il remarquer.

— C'est le cas.

Après le souper, j'ai troqué ma jupe de travail qui me descend aux mollets pour une autre, beaucoup plus courte, assortie à des hauts-de-chausses. J'ai aussi changé de coiffure : mes indomptables boucles brunes sont désormais retenues par une dizaine d'épingles.

— Je comptais aller jeter un coup d'œil à une poutre en arc que j'ai repérée ce matin sur les échafaudages du côté sud, expliqué-je.

Mon mentor se renfrogne davantage.

— Pourquoi ne pas t'en être chargée plus tôt ?

— Eh bien… dis-je avant d'énumérer les raisons sur mes doigts. Parce qu'après avoir fait visiter le chantier au comte de Montcuir toute la matinée, vérifié les alignements du système d'écoulement des eaux, rédigé les commandes de pierre pour que vous les signiez et être allée au marché chercher du romarin frais pour Mme La Fontaine, j'ai manqué de temps. De toute façon, je préfère inspecter les échafaudages quand ils ne grouillent pas d'ouvriers.

— Et quand il n'y a pas de mains baladeuses à écraser, grommelle le maître architecte en jetant un regard à ma ceinture.

Le petit marteau que j'y glisse d'habitude n'y est pas accroché.

— Combien, cette semaine ? s'enquiert-il d'une voix sévère, bien que sa colère ne soit pas dirigée contre moi.

— Juste trois ou quatre, réponds-je, un sourire aux lèvres.

Si les apprentis et certains des artisans plus âgés savaient se comporter avec un peu plus de respect, ils n'auraient pas de raison de se soucier de leurs doigts. La première fois, je ne frappe pas assez fort pour briser des os. D'ailleurs, en général, une seule preuve de fermeté suffit à calmer leurs ardeurs.

— Montre-moi la poutre qui t'inquiète.

De la tête, le magister Thomas m'indique la réplique du Saint Sanctum de Collis qui trône au centre de la pièce. Le modèle est aussi vieux que le bâtiment lui-même, dont la construction a débuté il y a plusieurs dizaines d'années.

Je contourne la table pour me placer à son extrémité et l'architecte me rejoint en passant par le côté opposé. À vrai dire, ce n'est pas lui rendre justice que de qualifier cette représentation de modèle : chaque pierre, chaque fenêtre, chaque bardeau de la structure sont parfaitement et proportionnellement reproduits, des deux tours carrées de l'entrée ouest en passant par sa longue nef, jusqu'aux bras qui s'étendent vers le nord et le sud depuis l'autel en son centre – ou plutôt ce qui en sera le centre une fois que l'édifice sacré sera terminé. Notre projet d'agrandissement en cours prolongera la bâtisse bien au-delà de sa forme en *T* actuelle. Les ailes du transept marquent le début du chantier, qui est lui aussi représenté dans sa totalité, échafaudages compris, et mis à jour régulièrement pour garder une trace de nos progrès.

— Elle est là.

Je pointe du doigt un fil rouge que j'ai noué pour me rappeler l'endroit en question, avant de reculer pour laisser mon mentor examiner la poutre. Cette dernière se trouve dans une section de consolidation de la structure aussi complexe qu'une toile d'araignée, nichée à l'ombre de la haute tour au bout du transept sud.

Lorsque le magister Thomas se penche pour observer la maquette de plus près, un courant d'air fait frémir le parchemin cloué au mur derrière lui et attire mon regard. Il fait trop sombre pour que je puisse lire les noms qui y sont inscrits, mais je les connais par cœur : quatorze pères, maris, frères et fils perdus il y a cinq ans, lors de l'effondrement d'un échafaudage et d'une portion de mur. Au-dessus de cette liste repose le marteau plaqué or utilisé pour fixer les jalons du dernier projet de construction du Sanctum ayant reçu la bénédiction de l'altum suprême.

La disposition de ces deux éléments ne doit rien au hasard : le maître architecte ne regardera jamais le symbole de sa plus grande réussite sans voir en même temps une preuve de son plus grand échec.

Si l'on veut éviter qu'une tragédie pareille ne se reproduise, les échafaudages et les contreforts doivent être aussi fiables que les murs de pierre calcaire. La seule manière de s'en assurer, c'est d'envoyer quelqu'un les escalader tous les jours pour repérer fissures et autres déformations.

Ce quelqu'un, c'est moi. Et je prends mon travail très au sérieux.

Le magister Thomas est encore en train d'étudier la maquette, occupé à mesurer des distances et des rapports à l'aide de ses doigts, quand le doux son des cloches du Sanctum se fait entendre à travers les fentes des volets. Il est minuit. La lune va bientôt atteindre son apogée : ce n'est qu'à ce moment-là que sa lumière sera assez forte pour me permettre d'y voir clair. Bon, ce n'est pas comme si j'avais eu l'intention de cacher que je sortais mais, maintenant que mon mentor est au courant, j'ai l'impression qu'il me faut attendre sa permission. Reste qu'avec le risque d'orage, je ne peux pas perdre trop de temps.

— À votre avis, pourquoi est-ce que les frères de la Lumière prennent la peine d'aller au lit avant leurs dernières dévotions ? demandé-je au magister pour attirer son attention sur l'heure.

Les saints hommes qui composent l'ordre religieux du Sanctum n'ont sans doute pas dormi plus de deux heures avant d'être réveillés pour la liturgie de minuit.

— Étant donné qu'il faut qu'ils se lèvent à l'aube pour la prochaine série de psalmodies, j'imagine qu'ils vont se coucher dès qu'ils en ont l'occasion, répond distraitement le maître architecte.

Il scrute sous tous les angles la poutre que je lui ai indiquée. Même s'il a quarante-deux ans et pourrait être mon père, seules les deux mèches blanches à ses tempes trahissent son âge. Celle de gauche est apparue après l'accident qui a coûté la vie à tant d'ouvriers mais, selon Mme La Fontaine, l'autre date d'il y a plus de dix ans. Compte tenu de la tragédie qui a causé la plus récente, je n'ai jamais eu le courage de l'interroger sur l'origine de la première.

Le magister Thomas secoue la tête.

— Je comprends pourquoi on n'a pas remarqué plus tôt que quelque chose clochait à cet endroit-là. Cet emplacement sera difficile à atteindre, même pour toi.

À cause des statues qui dépassent des façades du Sanctum, les montants de l'échafaudage sont disposés de manière un peu inhabituelle. Conclusion, c'est sans doute parce que la structure a dû être construite autour des gargouilles nécessaires au système d'écoulement des eaux qu'elle s'est fragilisée. Le secteur concerné est situé vraiment très en hauteur. Je ne sais pas encore comment je vais faire pour y accéder, mais ce n'est pas ce qui va m'arrêter : je grimpe aux arbres et j'escalade des bâtiments depuis ma plus tendre enfance.

— Oh, je ne m'inquiète pas pour ça, dis-je.

— Tu ne t'inquiètes jamais, réplique le maître architecte en se redressant pour croiser mon regard. Je devrais peut-être t'accompagner. Je pourrais… tenir la lanterne.

Je doute d'avoir besoin de son aide – ou de lumière supplémentaire. Au moment où je m'apprête à le lui dire, on est interrompus par des coups secs frappés à la porte de derrière. Voilà qui est étrange… Qui pourrait bien nous rendre visite à une heure pareille, qui plus est en passant par la ruelle plutôt que par la rue principale ?

Mme La Fontaine apparaît dans l'embrasure de la porte de la cuisine. Après une longue journée passée à faire du pain et à couper des légumes, sa chevelure poivre et sel s'est à moitié échappée de son chignon bas. L'intendante grimace d'un air réprobateur en essuyant ses mains usées sur son tablier.

— Il y a quelqu'un pour vous, magister.

Le regard du maître architecte se fait suspicieux.

— Qui donc ?

— Perrette Charpentier.

La fille de l'un des ouvriers décédés dans le tragique accident du Saint Sanctum. Elle a dix-sept ans, comme moi. Ses visites ne sont jamais de bon augure. L'architecte, qui se sent responsable de la mort de son père, pourvoit à ses besoins. Mais, ces derniers temps, il est devenu évident qu'elle gagne bien sa vie en pratiquant précisément la profession que le magister Thomas souhaitait lui éviter et qu'elle ne voit pourtant que comme un moyen de se faire de l'argent facile.

— Demandez-lui de revenir demain, ordonne mon mentor.

— Elle dit que si vous ne voulez pas lui parler tout de suite, elle ira voir l'altum suprême sur-le-champ.

Je me représente sans peine Perrette, une main posée sur la hanche, les lèvres écarlates déformées par une moue, le visage fardé pour valoriser le grain de beauté sur sa joue. À coup sûr, elle a patienté jusqu'aux cloches de minuit pour pouvoir mettre sa menace à exécution et s'approcher de l'altum Gervèse à la minute où il quitterait le Sanctum, à la fin des prières, avant de regagner sa magnifique demeure.

— Allez-y, je me débrouillerai sans vous, dis-je au magister. De toute façon, j'avais déjà prévu de m'en charger toute seule.

Même s'il fait non de la tête, je vois bien qu'il hésite.

— On pourrait peut-être fermer cette partie du chantier tôt demain matin pour l'inspecter ensemble, propose-t-il.

— Vous savez bien qu'on ne peut pas attendre. L'altum est déjà contrarié par le retard qu'on vient de prendre à cause du mauvais temps. Si on fait une pause dans les travaux demain, je ne donne pas cher de notre peau.

Et c'est un euphémisme. Ça fait plus de deux ans qu'il cherche à remplacer le magister Thomas. Son incessante campagne sournoise, menée du haut de sa chaire, commence à faire son œuvre. La preuve, les mécènes se font plus rares, ce qui a ralenti nos progrès et donne l'impression que l'altum a raison de vouloir confier le chantier à un autre maître architecte.

Voilà pourquoi j'ai passé la matinée entière à faire visiter le chantier au prévôt et à ses fils. Par chance, le comte de Montcuir s'est montré impressionné et a promis de faire un don important. Je l'ai entraîné sans attendre chez le verrier qui a dessiné son visage afin de s'en inspirer pour l'un des vitraux. Rien n'ouvre la bourse d'un homme plus largement qu'une preuve publique de sa générosité.

Après avoir considéré mon argument quelques secondes, le magister Thomas finit par soupirer, résigné.

— Très bien. Je vais lui parler en privé. Faites-la entrer, madame La Fontaine.

Soulagée, j'ouvre la porte qui donne sur la rue.

— Je serai de retour avant la pluie.

— Catrin... dit mon mentor. Tu oublies quelque chose.

Je m'arrête sur le seuil en me retenant de pousser un grognement.

— Je n'ai jamais fait de chute.

— Avant l'été dernier, la foudre n'était jamais tombée sur le clocher non plus, répond-il d'un ton sévère.

Dans la tempête, l'une des deux tours de la façade ouest, les plus petites des quatre du Sanctum, a été endommagée par un éclair.

— « Jamais » n'est qu'un synonyme de « pas encore », conclut-il.

Je lève les yeux au ciel, puis je m'empare de la corde de sécurité qui est accrochée près de la porte, à côté de la cape du maître architecte. Je m'apprête à sortir pour de bon quand je croise le regard noir de ce dernier. Je m'arrête pour attacher une extrémité de la corde à ma taille.

— Satisfait ?

Sa barbe remue, ses lèvres étirées en une moue sceptique.

— Est-ce que tu vas t'en servir ?

— Oui.

Pour être honnête, je doute qu'elle aura une quelconque utilité. Elle me gênera plus qu'autre chose.

— Sois prudente, me recommande-t-il en me faisant signe de sortir. S'il t'arrivait quoi que ce soit, Mère Agnès ne me le pardonnerait jamais.

J'esquisse un large sourire en passant le reste de la corde autour de mon épaule. La prieure de l'abbaye de Solis a beau avoir fêté son soixante-dixième anniversaire il y a peu, je suis certaine qu'elle serait capable de faire vivre un véritable enfer au maître architecte.

À cet instant, Perrette fait irruption dans l'atelier en minaudant. Elle affiche son habituel demi-sourire qui lui permet de cacher le trou pourri dans sa dentition. Son parfum me chatouille le nez et je grimace en refermant le battant derrière moi. Après sa dernière visite, il a fallu aérer la pièce une journée entière pour se débarrasser de cette odeur.

Me voilà dans la rue. Si les nuages d'orage qui s'approchent sont encore assez éloignés pour me donner le temps d'effectuer mon inspection, il ne faut pas non plus que je traîne trop. Sans tarder, je gravis donc la pente qui mène au Saint Sanctum, le vent dans le dos.

Chapitre 2

À la lumière de la lune, le problème est étonnamment facile à détecter, même vu du sol. Il y a quelque chose dans la manière dont les ombres jouent sur les lignes et les angles de l'échafaudage installé contre la nouvelle construction de pierre. Presque comme si l'obscurité avait incité le défaut à se révéler au moment précis où elle pensait que personne ne regarderait. Ridicule, bien sûr.

Avoir mis le doigt sur ce qui ne va pas ne suffit pas. Pour justifier l'arrêt des travaux demain, il me faut examiner la poutre de plus près. Aussi commencé-je mon ascension.

Une fois au bon niveau, je ne trouve rien d'autre pour soutenir mon poids qu'une gargouille longue de trois pieds qui surplombe le vide. La créature, qui ressemble un peu à un chien, est conçue pour rejeter l'eau de pluie par la gueule. Comme la plupart des sculptures, elle est censée avoir l'air féroce, mais le trou au milieu de son visage la fait paraître surprise plutôt que comique. Pour ne rien arranger, le vent qui souffle par sa bouche crée un son aigu, proche du cri d'une ménagère à la vue d'une souris. Comme l'échafaudage est construit autour de la statue, il me faut m'étendre en travers du dos de cette dernière et tendre le bras pour atteindre le poteau déformé. Aussitôt, mes doigts découvrent une fente dans le bois, que je n'aurais jamais pu remarquer autrement qu'en l'effleurant.

Par tous les Cieux ! Elle est énorme ! C'est un miracle que la poutre ne se soit pas effondrée. En journée, des dizaines d'ouvriers arpentent les échafaudages supérieurs. Si la structure s'était écroulée, peu d'entre eux auraient survécu à la chute de cinq étages qui les aurait fait s'empaler sur des pierres à différents stades de découpe et de taille disposées au pied du chantier.

Je me positionne de sorte à pouvoir passer la main le long de la fente. Le trou est presque aussi large que mon avant-bras, trop large pour être simplement renforcé grâce à un brêlage, d'autant que les éclats que je sens m'indiquent qu'il s'élargit vite. Même si cette découverte n'est que le début des ennuis, je suis soulagée de savoir à quoi m'en tenir : l'échafaudage entier devra être démonté puis reconstruit.

Deux jours de travaux perdus. Voilà qui donnera à l'altum suprême une raison de plus de se plaindre…

Un éclat de bois tranchant me pique soudain le majeur et je retire brusquement la main, par réflexe. Lorsque je porte mon ongle à ma bouche, du sang s'en écoule. Le goût métallique, prononcé, me surprend. Je ne saigne pourtant pas tant que ça. Au bout de quelques secondes, je lève mon doigt blessé devant moi à la lumière de la lune pour voir si des échardes se sont glissées dans la plaie. Par chance, je n'en trouve aucune.

Mon bras, toujours agrippé à la poutre, commence à trembler à force de supporter autant de mon poids à lui tout seul. Sans me laisser le temps de tendre l'autre, une grosse bourrasque s'infiltre dans la gargouille et lui tire un sifflement aigu, qui gagne en intensité pour se transformer bientôt en un cri strident qui me donne la chair de poule. Tous les muscles de mon corps se contractent et la main qui peinait déjà à me soutenir lâche prise.

Tout à coup, je chute, tête la première. Je dégringole encore et encore tandis que le ciel, l'échafaudage, le Sanctum et la lune défilent devant mes yeux. Un arc de sang gicle sur le mur en face de moi. Je me dis que je vais mourir – j'en suis même certaine.

Jamais je n'ai imaginé que ma vie se terminerait de cette façon.

Ma vision se fait floue et, le dos cambré, je me tiens la gorge d'une main pour tenter désespérément d'endiguer le sang. De l'autre, je gratte la façade pour essayer de m'y accrocher – un geste tout aussi futile –, jusqu'à ce qu'un impact me coupe le souffle.

Tout n'est plus que douleur, si bien que je finis par sombrer dans l'inconscience...

Lorsque je reviens à moi, je recommence peu à peu à distinguer mon environnement. Il me faut plusieurs secondes pour comprendre que je ne suis pas étendue par terre mais que je pends à environ trente pieds au-dessus du sol. La corde de sécurité lacée autour de ma taille me comprime l'estomac et me rentre dans la peau. Étourdie, je lève la tête vers le montant de l'échafaudage où, à contrecœur, j'ai attaché la corde un peu plus tôt. Cette dernière, tendue à l'extrême, passe désormais par-dessus la gargouille.

Le sifflement aigu, lui, continue de retentir à mes oreilles, quoique pas aussi fort que tout à l'heure. Ce hurlement horrible qui a provoqué ma chute est-il sorti de la bouche de la statue ? Il m'a pourtant semblé… humain. Comme celui d'une femme terrifiée ou sur le point de mourir – ou peut-être même les deux. Si je n'étais pas certaine de l'avoir entendu avant de tomber, je pourrais croire qu'il s'agissait du mien.

Il n'y a pas non plus la moindre trace de sang sur le mur à côté de moi. Je lève des mains tremblantes à la lumière de la lune. Elles aussi sont immaculées.

Étrange… j'ai pourtant vu du sang gicler. Je l'ai même senti couler de ma gorge. La mort me tendait les bras – à vrai dire, je ne suis pas tout à fait certaine qu'elle ne m'a pas emportée.

Reste que je dois bien reconnaître qu'une morte ne souffrirait pas autant que moi en ce moment. À grand renfort de grognements, je tente de me positionner de manière à poser mes pieds sur la façade. Mes bottes de cuir sont spécialement conçues pour l'escalade et la remontée est assez facile, même les mains agitées de tremblements et le ventre perclus de douleurs à cause des ecchymoses qui s'y forment déjà. Le plus difficile, c'est de regrimper sur la gargouille pour pouvoir me mettre debout et sauter sur la plate-forme de joncs tressés de l'échafaudage.

Dès que je suis à l'abri, je m'effondre contre le calcaire lisse du Sanctum tout en me promettant de ne plus jamais me plaindre de devoir utiliser une corde de sécurité. Lorsque je l'enroule en larges boucles, je remarque que mes doigts et mes ongles ne sont même pas abîmés d'avoir griffé le mur. Hormis un petit bleu là où le bois m'a piquée et où le sang s'est coagulé, rien d'anormal à signaler. Je secoue la tête, perplexe, avant de décrocher la corde de ma taille endolorie puis de considérer les maisons et les boutiques qui encerclent la place pavée autour de la cathédrale. Ma vue est bloquée par le toit de nombreux bâtiments hauts de deux ou trois étages. Il n'y a pas un bruit. Seul ce hurlement, qui retentit encore dans mon esprit.

Est-il venu de quelque part là en bas ?

Après avoir jeté la corde sur mon épaule, j'entreprends d'escalader l'échafaudage jusqu'au sommet, sans m'embarrasser, la plupart du temps, d'emprunter les échelles de service. Le niveau supérieur est à la hauteur de la gouttière principale qui longe le faîte de la nouvelle section du Sanctum. Le vent vif m'accompagne à l'extrémité est, où la silhouette léonine d'une chimère veille sur son domaine.

— Bonsoir, Pierre.

Je laisse tomber la corde derrière la statue. Contrairement aux gargouilles, les chimères sont purement décoratives. Je m'amuse à donner un petit nom à chacune d'entre elles au cours des semaines où je les vois prendre forme sous les outils du maître sculpteur. Jusqu'à présent, celle-ci est ma préférée. Son visage ressemble à celui d'une chauve-souris au nez retroussé, dotée de longs crocs qui s'enroulent autour de sa gueule grande ouverte, comme si elle était en train de gronder. Je tapote l'une des ailes qui se déploie verticalement de son dos musclé et je continue à lui parler, sans attendre de réponse.

— Est-ce que tu as vu ou entendu quelque chose d'étrange ce soir ?

Perchée à cette hauteur, j'ai une vue imprenable sur la cité de Collis et même au-delà, sur plusieurs lieues à la ronde. L'abbaye de Solis, où j'ai grandi, est nichée sur le versant sud de la colline. Plus loin se trouvent les murs couverts de lierre du Quartier des Selenae, où ces derniers, appartenant à une secte religieuse qui suit les heures de la lune plutôt que celles du Saint Soleil, vivent reclus. Une lueur trop constante pour être celle d'un feu de camp éclabousse leur place centrale. Même à cette distance, les mélodies envoûtantes de leurs hymnes de minuit parviennent à mes oreilles.

En dehors de ce secteur, la cité est vide de noceurs, sans doute à cause de l'orage qui s'annonce. Un silence de mort règne. Je n'entends que le rythme soutenu de pas dont le son ricoche sur les murs et les pavés. Sans réfléchir, je me penche en avant pour regarder. La patte tendue de Pierre semble presque m'indiquer une ombre solitaire tout en bas. Un homme vêtu d'une cape, capuche relevée. Sa démarche est à la fois trop rapide et trop résolue pour qu'il s'agisse d'un ivrogne tout juste sorti d'une taverne. Il vient peut-être de chez Madame Émeline ou d'une autre maison close du coin, même si j'ai plutôt l'impression qu'il est en fuite.

L'inconnu se précipite dans une venelle hors de mon champ de vision et, peu de temps après, dans le silence qui suit, une voix spectrale se fait entendre.

« Au secours ! S'il vous plaît ! »

Les mots retentissent dans ma tête, aussi légers qu'un rayon de lune. Ils trahissent pourtant un désespoir si profond que j'en ai le souffle coupé. Mon imagination, que Mère Agnès a toujours qualifiée de débordante, ne peut s'empêcher de faire le lien entre la voix plaintive et l'homme en fuite. Peut-être ce dernier a-t-il commis un vol et laissé sa victime en pleurs, blessée, quelque part ? Les gardes de nuit tomberont-ils sur elle avant que n'éclate l'orage ou bien suis-je la seule à pouvoir lui venir en aide ? De toute façon, comment m'y prendre pour la trouver ?

— Rentre chez toi, petit chat.

Le cœur battant la chamade, je me recule en hâte, le dos plaqué contre la statue, avant d'en faire le tour. Ces paroles-là, je ne les ai pas rêvées ! Si je les ai entendues, alors qu'elles n'étaient que murmurées, c'est que leur propriétaire était tout près… si ce n'est juste derrière moi. Pourtant, il n'y a pas âme qui vive. Aux aguets, je scrute le portique, le toit et les échafaudages. Impossible d'identifier la source du chuchotement rauque.

— Ce n'est pas une nuit pour sortir.

On dirait davantage un avertissement qu'une menace. Entre le mauvais temps et l'étrange inconnu que j'ai vu s'enfuir dans les rues, je suis d'accord avec la voix mystérieuse. Enfin, jusqu'à ce que j'entende à nouveau ces drôles de cris fantomatiques.

« Je vous en prie, aidez-moi ! »

Je descends à toute vitesse le long des poteaux, en sautant sur les plates-formes de jonc et d'osier, poussée par un besoin inexplicable. Une fois au pied du Sanctum, je cours vers la rue d'où est venu l'homme à la cape. Au fond, je sais bien que c'est une mauvaise idée d'y aller seule. Mais même si Perrette a sans doute pris congé du magister Thomas depuis un moment, ce dernier n'accepterait jamais de parcourir les rues avec moi à une heure pareille, encore moins s'il venait à apprendre que j'entends des voix.

J'emprunte l'artère qui mène de la place du Sanctum au temple du Soleil, vieux de plusieurs siècles et vestige de l'Empire hadrien qui a posé les bases de notre Credo. Si le nom officiel de cette voie est le chemin des Prières, on l'appelle en général la rue des Plaisirs en raison de la grande proportion de maisons closes qui y sont établies. Si de nombreuses orphelines et autres enfants trouvées de Collis sont élevées dans des couvents, celles qui refusent de prononcer leurs vœux pour rejoindre les sœurs de la Lumière ont malheureusement du mal à trouver un emploi respectable. Beaucoup d'entre elles finissent dans ce quartier.

À bout de souffle, je dépasse un quatrième pâté de maisons mitoyennes lorsque mes sens sont soudain assaillis. Je m'arrête sur-le-champ pour balayer les environs du regard. Les ombres menaçantes produites par la clarté de la lune créent une atmosphère lugubre, mais c'est l'odeur à la fois douce et métallique qui flotte dans l'air qui me fait frissonner. La dernière fois que je l'ai sentie de manière aussi forte, c'était en passant devant une boucherie au moment où l'on tuait un cochon.

Du sang… Beaucoup de sang.

Pourtant, je n'en vois nulle part.

Une brise glaciale souffle des feuilles mortes autour de mes chevilles, ce qui attire mon regard sur de larges empreintes de pas boueuses qui se dirigent vers le Sanctum avant de disparaître. Celui ou celle qui les a laissées est sorti de la ruelle sombre à ma droite. Je me glisse devant le bâtiment à l'angle de la venelle pour y jeter prudemment un coup d'œil.

— Il y a quelqu'un ? lancé-je tout bas.

Aucune réponse. Un rayon de lune brille sur le mur opposé, si éblouissant que je ne distingue rien d'autre. Même si je ne crois pas avoir un jour mis les pieds ici, le lieu me paraît étrangement familier et cette impression me pousse à m'avancer dans l'allée obscure.

Les ténèbres me cernent de toutes parts. L'odeur du sang devient insoutenable. Je me couvre le nez et la bouche d'une main avant de tendre l'autre devant moi dans le noir. Je fais un pas hésitant vers le rayon de lune, puis un deuxième. Du bout des pieds, je repousse les déchets qui jonchent la rue. Lorsque j'atteins le mur éclairé par l'astre de nuit, je découvre un arc d'éclaboussures écarlates à hauteur d'yeux, sinistrement similaire à celui que j'ai aperçu quand j'ai glissé du dos de la gargouille.

Impossible ! Mais si, je m'en souviens maintenant, ma vision ne m'a pas montré le calcaire immaculé du Saint Sanctum, mais un pan aussi sale que rugueux. Comme le torchis que j'ai devant moi.

Et ce n'est pas tout : du sang est étalé au centre, comme si une main avait été traînée dans la tache encore fraîche. Mes doigts me font mal, comme s'ils en étaient les responsables, à tel point que je me retrouve à tendre le bras gauche, comme hypnotisée. J'ai besoin de savoir si en effleurant le mur, j'aurai la même sensation que celle éprouvée dans mon souvenir.

Ma main n'est plus qu'à quelques pouces lorsque soudain j'y vois comme en plein jour, à croire que des milliers de bougies viennent de s'allumer dans la ruelle. Tout ce qui m'entoure devient visible : murs, caisses, fûts renversés dont débordent des ordures, rats qui détalent… et la silhouette d'une femme étendue sur le sol.

Elle est sur le dos, les pieds vers moi. Sa jupe toute froissée révèle des mollets pâles et des chaussures à talons de bois. Sa tête et ses épaules baignent dans une mare de sang noir comme de l'encre. Il y en a tellement que la terre ne l'absorbe pas entièrement, ce qui crée une flaque dans laquelle se reflètent les étoiles. Son ventre n'est plus qu'un amas informe de tissu déchiré et d'organes que je n'ai jamais vus ailleurs que sortant d'animaux découpés par le boucher.

Reste que si ces détails sont atroces, ce n'est pas le pire.

La mâchoire de la malheureuse, ouverte comme si elle criait, montre que la moitié de ses dents sont manquantes ou brisées. Son visage est enfoncé, écrasé, et à la place des yeux, il n'y a plus que deux creux de chair ravagée. Un filet de liquide rouge coule des orbites sanglantes, comme une larme à côté du grain de beauté sur sa joue.

Sous le choc, je ravale un cri. Malgré la forte odeur de sang se dégage un parfum fleuri que je reconnais sur-le-champ, même si j'ai déjà compris qui était la victime…

Perrette.

Chapitre 3

Mon bras tendu vers le mur est resté figé à mi-chemin et la scène macabre est toujours illuminée comme s'il faisait jour. Peut-être même davantage, car le soleil brille rarement ici.

Il m'est déjà arrivé de voir des cadavres. Des morts dues à la maladie, à des accidents et même à des actes de violence. Mais je n'ai jamais vu un spectacle aussi horrible.

« Je vous en prie, aidez-moi ! Au secours ! »

Tout à coup, je m'aperçois que la pointe de l'une de mes bottes est humide. Par inadvertance, j'ai posé le pied dans une flaque de sang. Je recule aussitôt en ramenant mon bras vers moi. Au même moment, les lieux replongent inexplicablement dans les ténèbres. Je m'éloigne à la hâte dans le noir mais, désorientée, je trébuche et je tombe.

« S'il vous plaît… »

Le choc de la chute fait claquer mes dents et une onde de douleur se propage dans mon ventre déjà contusionné. Mais ce n'est pas le pire, car je sais ce qui imbibe le sol – et mes vêtements, dorénavant. Après avoir roulé sur le côté, puis m'être mise à quatre pattes, je me redresse pour sortir de la ruelle.

« Que quelqu'un… »

Des hurlements résonnent entre les murs de la venelle. Je prends conscience que je suis celle qui les pousse lorsqu'ils me suivent hors de l'allée et s'amplifient. Pleurant à gros sanglots, je m'effondre à genoux et je vomis sur les pavés jusqu'à ce que je sois vide de tout sauf du souvenir de ma sinistre découverte.

Lorsque je me redresse, un volet au premier étage d'une maison quelques bâtiments plus loin s'ouvre brutalement. Une femme que je distingue avec une clarté surprenante jette un coup d'œil dehors. Elle a des cernes noirs sous les yeux et le haut de sa robe est ouvert. Les pleurs d'un nourrisson s'élèvent derrière elle.

— Silence, espèce d'ivrogne ! Le petit venait juste de s'endormir !

Sans me laisser le temps de réagir, elle ferme le battant d'un coup sec, si bien que je me retrouve de nouveau seule.

Je balaie les environs du regard. Aucun autre voisin ne semble avoir été dérangé par mes hurlements. Après tout, si personne ne s'est soucié de chercher l'origine des cris d'une femme qu'on assassine, je ne devrais pas être surprise que personne ne réagisse maintenant. Dans ma bouche se répand le goût désagréable du sang. J'ai dû me mordre la langue en tombant. Je m'essuie les lèvres du dos de la main, ce qui crée une traînée écarlate de mon poignet aux jointures de mes doigts.

Que faire ? Perrette est morte. Il est trop tard pour l'aider, mais je ne peux pas la laisser là comme ça. Le magister Thomas, lui, saurait comment procéder.

Par la grâce du Jour ! Si quelqu'un sait que Perrette a rendu visite à l'architecte ce soir, il figurera en première ligne sur la liste des suspects ! Son innocence n'aura aucune importance. Les soupçons qui pèseront sur lui, ajoutés au fait qu'il connaissait la jeune femme, entacheront sa réputation au point de lui coûter son poste de maître architecte. Il faut à tout prix que je le mette en garde.

Les nuages épars de l'orage finissent par passer devant la lune et me privent quelques instants de sa lumière. Un vent frais apporte les premières gouttes. Alors que je m'apprête à me relever, je vois l'une d'elles tomber sur ma botte trempée de sang.

« Je vous en prie, aidez-moi ! Au secours ! »

— C'est bon, j'ai compris ! crié-je vers le ciel.

Ma voix se perd au milieu d'un grondement de tonnerre. Je m'essuie les doigts en laissant des traînées rouges sur ma courte jupe. L'établissement de Madame Émeline n'est pas très loin. Elle est sans doute l'une des seules qui se souciera de Perrette.

À peine ai-je commencé à descendre la rue au pas de course que la lune disparaît de nouveau, me plongeant dans l'obscurité – pour de bon, cette fois. Lorsque j'arrive devant chez Madame Émeline, le déluge me rattrape. La maquerelle ouvre elle-même la porte et je m'engouffre à l'intérieur, trempée jusqu'aux os.

— Perrette, dis-je, haletante, alors qu'elle referme derrière moi.

— Ne travaille pas ici, termine Madame Émeline.

Un chignon retient les boucles de sa chevelure roux criard et elle est encore toute maquillée, ce qui accentue le pincement de ses lèvres fines. Quand elle lève une bougie pour m'examiner, son irritation se transforme vite en inquiétude.

— Qu'est-ce qu'elle a, Perrette ?

— Elle est morte. J'ai trouvé son corps.

Elle ne me croit pas, je le vois à la panique qui reflue dans ses yeux.

— Tu es certaine qu'elle ne s'est pas juste évanouie après avoir pris de la skonia ? me demande-t-elle. Ce ne serait pas la première fois.

La voix de la maquerelle est rauque. Elle-même est visiblement sous l'emprise de cette drogue euphorisante, qu'on brûle et qu'on inhale sous sa forme la plus abordable.

— Oui, j'en suis sûre. Elle était… C'était horrible, lâché-je, les mots coincés dans la gorge.

Madame Émeline pousse un grand soupir.

— Signale-le aux gardes de nuit. Ils en informeront le prévôt.

Puis elle tourne les talons pour se diriger vers l'escalier au fond de la pièce.

— Je… euh… je n'ai pas réussi à en trouver avant l'averse, dis-je, même si je ne les ai pas cherchés du tout. C'est pour ça que je suis venue ici.

— Dans ce cas, c'est ton jour de chance. Il y en a deux à l'étage, répond-elle en me jetant un regard par-dessus son épaule.

***

Madame Émeline donne sa parole aux soldats qu'elle ne révélera à personne où ils se trouvaient tant qu'ils lui obéissent et sonnent l'alarme – ce qu'ils font, en réveillant tout le quartier malgré l'orage.

Resté seul le temps que son collègue rejoigne en courant le palais de justice, l'autre garde a bien du mal à empêcher les premiers badauds d'entrer dans l'allée avant l'arrivée des renforts. Ces quelques chanceux rapportent à tout le monde ce qu'ils ont vu et l'histoire se fait de plus en plus monstrueuse à mesure qu'on la raconte. La plupart des habitants présents se blottissent sous les modestes abris qu'offrent les stores et les cadres de porte. Quant à moi, je me déplace discrètement en marge de la foule, à l'affût de quelqu'un qui saurait où Perrette s'est rendue plus tôt dans la soirée. Jusque-là, je n'ai pas entendu un seul mot à ce sujet. Madame Émeline se tient à l'entrée de la ruelle, les bras croisés, ses yeux injectés de sang lançant des éclairs. Le prévôt devrait déjà être là.

Je crains que le magister ne vienne me chercher, mais je n'ose pas encore partir. Mes orteils sont devenus insensibles à cause du froid. Dès que je bouge, ma botte mouillée fait un bruit de succion et envoie des petites traînées de sang rejoindre la flaque à mes pieds.

« Au secours… »

Je serre les dents quand la plainte se répète dans mon esprit. La voix fantomatique de Perrette ne me quitte pas, tout comme la pluie qui ruisselle sur mon visage. J'ai attiré l'attention sur ce qui lui est arrivé, non ? Alors comment la convaincre de me laisser tranquille ?

En moins d'une heure, l'orage prend fin et, à l'ouest, la pleine lune illumine le ciel entre deux nuages clairsemés. Plusieurs individus descendent la rue et je me pétrifie en apercevant une haute silhouette encapuchonnée parmi eux. Pour autant, il ne s'agit pas de l'inconnu que j'ai vu du haut du Sanctum. La cape de cet homme-là est d'une nuance de gris quelconque. Quant aux habits qu'il porte dessous, ils sont d'un bleu si foncé qu'ils en paraissent noirs. Il se glisse parmi les ombres comme s'il était l'une d'elles jusqu'à ce qu'il m'aperçoive et s'arrête brusquement.

— Te voilà.

La distance devrait empêcher son murmure rauque de parvenir à mes oreilles, mais ce n'est pas le cas. Je reconnais la voix. Je l'ai entendue tout à l'heure, quand je me tenais près de Pierre : « *Rentre chez toi, petit chat.* »

Ma gorge se serre quand je distingue, sous le capuchon, les yeux aux iris cerclés d'argent soulignés par d'épais traits de khôl. Un Selenae.

Même si je n'ai pas vraiment peur d'eux, je m'en méfie, comme tout le monde à Collis. Les Selenae font partie de nos médecins les plus compétents. Seuls les plus riches citoyens peuvent s'offrir leurs services, mais le bruit court que le prix exigé ne vaut la peine d'être payé que si l'on est à l'article de la mort. D'ailleurs, si la rumeur dit vrai, le peuple de la Nuit est aussi le premier fournisseur de la skonia, la drogue que beaucoup d'habitants de Collis consomment pour supporter le poids de l'existence. La secte de reclus se lève et se couche en même temps que la lune, plutôt que le soleil, et ils vivent selon leurs propres règles – non pas en dehors du cadre de la loi gallienne, mais pas tout à fait à l'intérieur non plus. Surtout, ils ont deux principes inviolables : ne pas sortir du Quartier selenae la nuit et ne pas se mêler des affaires des autres. Or, quelque chose a poussé cet homme à ne tenir compte d'aucun des deux.

Je crois en deviner la raison : moi.

Sous son œil scrutateur qui m'étudie de la tête aux pieds, je reste immobile, telle l'une des statues du Sanctum. Lorsque ses yeux rencontrent de nouveau les miens, il incline très légèrement la tête, comme pour me saluer.

Ses larges épaules se détendent, ce qui fait scintiller une chaîne d'argent à son cou. Malgré l'obscurité, je peux voir que son visage, dissimulé par la capuche, est marqué de nombreuses cicatrices et que son nez est de travers. Si les Selenae ne prônaient pas un pacifisme aussi intransigeant, j'aurais pu croire que cet homme-là avait été soldat par le passé ou qu'il avait un jour eu l'habitude de se battre dans des tavernes.

L'inconnu s'enfonce davantage dans les ténèbres sans me lâcher du regard.

— Rentre chez toi, chuchote-t-il.

Comme plus tôt dans la nuit, j'ai l'impression qu'il s'agit d'un avertissement et non d'une menace, si bien que je suis tentée de lui obéir, jusqu'à ce que je voie le comte de Montcuir s'approcher.

Si on en juge par son apparence, le prévôt s'est dépêché de venir aussitôt qu'il a appris la nouvelle : ses vêtements sont froissés et sa barbe rousse n'est pas soignée ni huilée comme elle l'est d'habitude. Derrière lui marche un grand inconnu à l'allure encore plus débraillée, bien qu'il soit vêtu d'étoffes aussi raffinées que celles du magistrat et taillées sur mesure pour sa silhouette élancée. Comme la plupart des badauds présents, il a de toute évidence été tiré du lit. Ses ternes boucles blondes sont aplaties d'un côté et ébouriffées de l'autre. Son expression singulière évoque celle d'un homme en transe.

Les deux nouveaux arrivants frôlent le Selenae comme s'il était invisible. Peut-être l'est-il, car il disparaît dès que le duo passe entre nous. Lorsque je finis par le repérer, il est déjà à une soixantaine de pieds de distance, en train de quitter les lieux en silence, tout comme il est venu.

Aucune chance que je puisse rentrer à la maison, désormais. Je rejoins la foule qui s'est agrandie depuis l'arrivée du prévôt et la fin de l'averse orageuse. Le soulagement est visible sur tous les visages. L'exécuteur de la justice nommé par le roi est là. L'ordre va être rétabli.

— Que se passe-t-il ici ? s'exclame le comte de Montcuir de tout le poids de son autorité.

Son compagnon et lui pénètrent dans le cercle que des torches illuminent. Légèrement ébloui, le jeune homme cligne des yeux. Ses iris sont d'un bleu pâle et le gauche a quelque chose d'étrange, mais je ne distingue pas quoi sous cet angle.

Un garde de nuit se présente pour faire son rapport.

— Le corps d'une jeune femme a été trouvé, Votre Grâce, il y a une heure environ.

— A-t-on vu l'auteur du crime ? gronde le prévôt.

— Non, Votre Grâce. Il a pris la fuite bien avant que l'alerte ne soit donnée.

Le comte semble mécontent de l'échec de la garde.

— Qui est la victime ? s'enquiert-il, avant de remarquer Madame Émeline parmi la foule. L'une de vos filles ?

— Si vous sous-entendez qu'on a la même profession, alors oui, se hérisse-t-elle.

Même si son fard coule sur ses joues – à cause de la pluie et de quelques larmes, peut-être –, la maquerelle s'exprime d'une voix claire, sûre d'elle.

— Ce qui ne veut pas dire pas qu'elle vaut moins que n'importe qui d'autre devant la loi. Même vous, vous serez choqué par ce qu'on lui a fait subir.

Le prévôt soutient son regard accusateur durant plusieurs secondes, sans relever sa subtile insolence.

— Qui a découvert le cadavre ? Vous ?

Les yeux de Madame Émeline se posent sur moi pour m'interroger silencieusement : ai-je envie de révéler le rôle que j'ai joué ? Je n'ai qu'un mot à dire et elle passera sous silence mon implication dans cette affaire. Indécise, j'essuie mes paumes sur mes hauts-de-chausses.

« Au… secours… »

— Non, c'est moi, interviens-je, non sans me surprendre moi-même.

Le comte de Montcuir ainsi que des dizaines de curieux tournent la tête vers moi et je fais ce que je peux pour empêcher ma voix de trembler.

— Je l'ai entendue crier.

Le magistrat me reconnaît, bien sûr. Le matin même, je leur ai montré, à ses fils et lui, le chantier du Saint Sanctum. De l'un de ses gros doigts, il m'ordonne de m'approcher.

— Prends une torche et suis-moi.

Je n'ai aucune envie d'y retourner. Mes mains tremblent si fort que je laisse presque tomber le flambeau que l'on me tend. Le comte de Montcuir fait ensuite signe à l'inconnu qui l'accompagne.

— Simon, tu viens aussi.

— Pourquoi ? proteste l'intéressé.

— Tu le sais très bien.

Voilà qui me laisse perplexe. Le comte est le prévôt de Collis depuis plus de deux décennies, alors que ce Simon n'a pas l'air d'avoir plus de vingt ans. Qu'est-ce qu'il pourrait bien remarquer que le magistrat ne serait pas capable d'observer lui-même ?

Une étincelle de colère s'allume dans les yeux du jeune homme et une grimace de défi, fugace, déforme ses traits, avant qu'il ne retrouve son masque impassible et ne suive le prévôt à grandes enjambées raides, tel un automate. Prête à tout pour ne pas trop m'approcher de la victime, je le laisse passer devant. Madame Émeline leur emboîte le pas, elle aussi, et personne ne tente de l'en empêcher.

J'ai beau avoir une torche à la main, la ruelle me paraît plus sombre qu'avant. Le comte de Montcuir s'arrête près du cadavre de Perrette, dissimulé par un drap de lin défraîchi imprégné d'eau de pluie et de sang. Des taches rouge vif se déploient au niveau de son visage et de son ventre.

— Qui a couvert le corps ?

— Moi, répond Madame Émeline. Vous allez vite voir pourquoi.

Le prévôt ôte le morceau de tissu. Même si la pluie a lavé une grande partie du sang, le visage ravagé de Perrette est toujours aussi horrible à regarder. Je ne m'attends pas à ce qu'un vétéran de la Seconde Guerre de l'Éclipse manifeste beaucoup d'émotions, mais l'air choqué du comte me détrompe. Son compagnon, en revanche, tressaille à peine.

L'espace de plusieurs secondes, personne ne fait le moindre geste.

— Eh bien ? finit par dire le prévôt en se relevant. Qu'en penses-tu, Simon ?

— Elle est morte, déclare-t-il d'une voix morne.

— Et ? insiste le magistrat en croisant les bras. Est-ce l'œuvre d'un fou ?

Une longue pause s'ensuit, durant laquelle Madame Émeline et moi retenons notre souffle.

— Oui.

La maquerelle pousse un soupir de soulagement. En ce qui me concerne, je ne vois pas en quoi cette affirmation change quoi que ce soit.

Sans ajouter un mot, le prévôt quitte les lieux du crime d'un pas raide, Madame Émeline sur les talons. Je la suis et, quand je passe à côté de l'homme qui m'a donné la torche, je la lui rends sans attendre. Simon est à la traîne. Il s'arrête à l'entrée de la ruelle, comme pour en barrer l'accès.

Dans la rue, les fils adultes du comte viennent tout juste d'arriver. Le plus âgé, Lambert, fait plus ou moins la même taille que Simon. Il tire Oudin par le bras, lui qui est pourtant bien plus solidement bâti. Dès qu'ils pénètrent dans le périmètre sécurisé par la garde, le fils cadet du prévôt se dégage de la poigne de son frère, puis fait un pas chancelant avant de reprendre son équilibre.

— J'allais venir, grommelle-t-il.

Ses habits et son haleine empestent l'alcool à plein nez. Oudin est presque toujours soûl et environ aussi souvent agressif.

— Tu n'étais pas assez rapide, réplique calmement son aîné. Père nous a dit de nous dépêcher.

Je ne l'ai jamais entendu élever la voix et ce soir ne fait pas exception.

— Exact, confirme le prévôt d'un ton acerbe. Je ne t'ai pas trouvé à la maison quand je suis parti. Où étais-tu ?

— Je profitais des plaisirs de la nuit.

Son fils cadet n'a vraiment honte de rien. Il a cinq ans de moins que Lambert, mais pour ce qui est de la maturité, ils ont toute une vie d'écart.

— Pourquoi as-tu emmené Juliane avec toi, mon cher cousin ? demande Simon, exaspéré.

La fille du comte se tient derrière ses frères. L'air coupable, elle porte une lanterne de cuivre entre ses frêles mains. Dame Juliane a de toute évidence enfilé une robe au-dessus de sa chemise de nuit, ce qui lui donne une allure à peine présentable. Des mèches trempées de sa chevelure auburn pendent sur ses épaules et ses yeux marron sont marqués de cernes violacés, telles deux contusions sur son visage terriblement émacié. Je ne l'ai plus aperçue depuis plusieurs mois. À son apparence, j'en déduis qu'elle a été souffrante. Il y a huit ans, Juliane de Montcuir était considérée comme l'une des plus belles jeunes femmes de tout Gallia. Aujourd'hui, à vingt-quatre ans, tout porte à croire qu'elle va finir vieille fille.

En entendant la question de Simon, Lambert fronce les sourcils, contrarié.

— Elle était déjà réveillée. Je n'avais pas envie de la laisser seule à la maison.

— Que s'est-il passé ? s'enquiert Oudin. J'ai entendu dire que quelqu'un était mort.

— Perrette Charpentier a été tuée, siffle Madame Émeline. On l'a assassinée et on a abandonné son corps dans une ruelle.

Le visage du fils cadet du prévôt perd toutes ses couleurs, à l'exception de deux taches cramoisies sur ses joues, preuve qu'il a non seulement consommé de l'alcool mais aussi de la skonia – qu'il n'a certainement pas fumée, lui. Après tout, il a de quoi se payer cette drogue sous la forme d'une poudre assez concentrée pour être reniflée ou placée sous la langue.

— Perrette ? murmure-t-il d'une voix étranglée. Impossible.

— Qu'entends-tu par « impossible » ? demande son père. Est-ce que tu étais avec elle cette nuit ?

Oudin ferme la bouche et tente de se racler la gorge.

— Oui… finit-il par admettre. Enfin, pas de cette manière. Elle m'a quitté il y a plusieurs heures en me disant qu'elle me retrouverait plus tard, mais elle n'est jamais revenue.

Soudain, c'est comme si la plus grosse des cloches du Sanctum faisait sonner une alarme dans ma tête. Selon toute vraisemblance, Perrette a rendu visite au magister Thomas dans l'intervalle. A-t-elle parlé de ses projets au jeune homme ?

Le comte de Montcuir jette un coup d'œil à la ronde et remarque sans nul doute les regards suspicieux rivés sur son fils cadet.

— J'ouvre une enquête officielle sur-le-champ, déclare-t-il avec résolution.

La foule s'agite et une vague de murmures se propage. Il faut dire qu'en général, le meurtre d'une prostituée n'est pas considéré comme digne d'autant d'attention. Reste que, de toute évidence, la nature de ce crime et la possibilité que le fils du comte soit impliqué changent la donne.

— Simon de Mesanos… commence le prévôt avant de marquer une pause pour ménager son effet en se tournant vers l'intéressé, qui se crispe comme s'il avait envie de prendre la fuite. C'est toi qui vas mener cette enquête.

— Pourquoi moi ? s'étrangle le jeune homme. Je n'ai pas de poste officiel à Collis.

Le comte de Montcuir balaie la remarque de Simon d'un revers dédaigneux de la main.

— Non, mais c'est à moi d'attribuer cette prérogative, dit-il en s'éloignant déjà. Tu n'as qu'à mettre ton expérience à contribution.

Madame Émeline, dubitative, ne peut s'empêcher de dévisager le jeune homme.

— Et on peut savoir pourquoi le comte vous confierait une enquête pareille ?

Les yeux de Simon fixent le dos du prévôt tout en lançant des éclairs. Ses poings sont aussi serrés que s'il s'agrippait au bastingage d'un navire en pleine tempête.

— Parce qu'on a décidé que j'étais un expert en matière de folie, murmure-t-il comme à regret.

Chapitre 4

Les gardes dispersent l'attroupement. La plupart des badauds quittent les lieux, mais les enfants du comte restent et je ne partirai pas tant que j'ai une chance d'apprendre si Oudin sait que Perrette est allée voir mon mentor. Un groupe de femmes attend aussi non loin de là. Certaines se tiennent par la main. Leurs épaules dénudées et leurs visages maquillés rendent leur raison de rester évidente : Perrette était l'une d'entre elles.

Le dernier des gardes de nuit, impatient, se balance d'un pied sur l'autre sans lâcher des yeux Simon, qui n'a pas bougé d'un cil ces deux dernières minutes. Il finit par tousser pour attirer son attention.

— Monsieur le Vénatre…

Le jeune homme sursaute.

— Comment m'avez-vous appelé ?

— Monsieur le Vénatre, répond le soldat, embarrassé. C'est le titre qu'on donne à celui qui enquête sur un crime.

Si ce terme ne lui est pas familier, c'est que Simon ne doit pas être originaire de Gallia – dans quel pays se trouve donc la ville de Mesanos ?

— En tant que tel, vous incarnez l'autorité du prévôt en personne, lui apprend Madame Émeline en repoussant une mèche rousse trempée de son visage.

— Je vois, dit Simon avec un petit sourire en coin. Je suppose que personne ici ne sait ce que veut dire *venatorae* dans la langue de l'Ancien Empire ?

Personnellement, je serais surprise si la maquerelle ou le garde de nuit savaient lire. L'ancienne langue a beau être encore utilisée pour les rituels sacrés, le terme ne me dit rien, à moi.

— « Chasseur », répond Juliane, toujours à moitié dissimulée par ses frères. Ou, plus précisément, « celui qui piste un animal jusqu'à sa tanière ».

Simon croise son regard et ils semblent échanger quelque secret. Lequel ? Mystère. En tout cas, le jeune homme se détend un peu. Oudin, lui, lève les yeux au ciel.

— Puis-je m'en aller, monsieur le Vénatre ? lance-t-il, moqueur. J'aimerais rentrer chez moi.

Son attitude insouciante me répugne. Même s'il n'a pas conscience de ce que Perrette a subi, la jeune femme – qu'il connaissait – est décédée.

— Il faut qu'on discute des lieux où tu es allé et de tes activités de cette nuit.

Je retiens ma respiration. Faites que je puisse assister à leur entretien ! À côté de Juliane, l'aîné des de Montcuir fixe la ruelle, comme les curieux qui s'étaient rassemblés ici un peu plus tôt. J'ai envie de lui dire qu'il vaut mieux pour lui qu'il ne voie jamais ce qui s'y est passé.

— Lambert, dit Simon, peux-tu escorter Oudin chez vous et le surveiller jusqu'à ce que je vienne l'interroger ?

Mon cœur se serre mais, bien entendu, je n'ai pas voix au chapitre. L'intéressé sort de sa rêverie et opine du chef, avant de s'emparer du coude de sa sœur plutôt que de celui de son cadet.

— Viens, Juliane. Simon a raison, je n'aurais jamais dû t'emmener ici.

Mais la jeune femme refuse de le suivre.

— J'aimerais rester et assister notre cousin. Je peux prendre des notes pour lui.

Ses yeux croisent de nouveau ceux de Simon et le supplient. « *S'il te plaît*, articule-t-elle en silence. *Je ne ferai pas de vagues.* »

À ma grande surprise, il finit par soupirer et donner son accord en lui faisant signe de le rejoindre. Lambert se rembrunit.

— Elle ne devrait pas voir de telles horreurs.

— Ce n'est pas à toi d'en décider, rétorque l'intéressée.

— Elle sera en sécurité avec moi, assure le vénatre avant que son cousin ne puisse émettre une nouvelle protestation. Et tu es le seul à qui je puisse confier Oudin.

À contrecœur, l'aîné des de Montcuir empoigne son cadet par le bras pour l'entraîner avec lui dans la rue.

— Je vais en profiter pour le faire dessoûler.

— Merci… Espérons qu'on n'en aura pas pour longtemps ici.

Simon se tourne ensuite vers Madame Émeline.

— Une fois que j'en aurai fini avec mes observations, emmènerez-vous…

Il s'interrompt, gêné.

— Perrette, complète Juliane.

— Oui, Perrette, répète Simon en remerciant d'un geste sa cousine. Est-ce que vous l'emmènerez ?

La maquerelle jette un coup d'œil au groupe de femmes sur le côté. La plupart sont en pleurs.

— Oui, monsieur le Vénatre. Je m'occuperai d'elle.

Elles savent que personne d'autre ne se donnera la peine d'inhumer dignement la victime.

— Il faudra que je l'examine avant qu'elle ne soit rhabillée, avec le plus de lumière que vous pourrez vous procurer.

L'idée de toucher au corps nu d'une morte me donne la nausée, mais Madame Émeline acquiesce sans hésiter.

— Si vous pensez que ça peut aider.

Après l'avoir remerciée, Simon fournit des instructions au garde en faction pour qu'on surveille le secteur et qu'on note si quelqu'un s'y attarde ou y passe plus souvent que de raison. Il semble croire que le meurtrier pourrait revenir sur le lieu du crime. Bien qu'il ait rechigné à endosser son rôle de vénatre, il sait ce qu'il fait, c'est évident.

Mon instinct me souffle aussi que je détiens une information d'ordre capital – j'ai vu un inconnu traverser la place du Sanctum en courant –, mais comment aborder Simon pour lui en faire part ? Peut-être devrais-je m'entretenir avec Juliane. Le problème, c'est qu'elle a beau avoir été éduquée par Mère Agnès à l'abbaye de Solis, j'étais trop jeune pour la fréquenter et je doute fortement qu'elle se souvienne de moi. Malgré tout, je pense que j'ai plus de chance d'être écoutée si je m'adresse à elle.

Reste qu'on ne peut pas juste prendre la fille d'un comte par le bras pour lui faire des confidences. Je finis par décider de me faufiler à côté d'elle pour lui chuchoter :

— Je pense avoir vu l'homme qui l'a tuée.

Au lieu de me répondre, Juliane fait claquer les doigts de sa main droite deux fois, pour que Simon se retourne. Les yeux du jeune homme – le gauche a vraiment quelque chose d'étrange – se posent sur moi, puis il hoche imperceptiblement la tête. Comme en réponse à ce signal – vient-il de lui donner la permission de s'entretenir avec moi ? –, la jeune femme me fait face pour me demander :

— Qu'est-ce que tu as vu ?

— J'ai entendu un cri, peu après minuit, expliqué-je, consciente que le vénatre nous écoute. Quelques instants plus tard, j'ai vu un homme traverser la place du Sanctum en courant.

— À quoi ressemblait-il ? s'enquiert Simon.

— Je l'ignore. Il faisait sombre et je l'ai perdu de vue quand il a tourné dans une rue.

— Et pourquoi étiez-vous dehors à une heure aussi tardive ?

Le neveu du prévôt s'approche pour étudier mon accoutrement inhabituel.

— J'effectuais une inspection pour le maître architecte.

Son regard s'arrête sur mes pieds.

— Il y a du sang sur vos hauts-de-chausses et vos bottes, dit-il avant de relever la tête. Ah, mais bien sûr, c'est vous qui avez trouvé le corps.

— Oui.

Je suis fascinée par ce que je peux désormais distinguer : ses iris ont beau avoir la même couleur que l'azur observé par la fenêtre nord du Sanctum, dans le gauche, un éclat marron trouble le cercle bleu. Jamais je n'ai vu un regard pareil – comment, même, un tel phénomène est-il possible ?

— Qui êtes-vous ? s'enquiert-il. La fille de l'architecte ?

Le magister Thomas est presque comme un père pour moi, mais je ne suis pas sa fille. Pas plus que je ne suis son apprentie.

— Non, je travaille pour lui.

Juliane lève la lanterne pour scruter mes traits.

— Tu vivais à l'abbaye des sœurs de la Lumière.

Si elle se souvient de moi, c'est sans doute à cause de cette fameuse après-midi où j'ai libéré un sac de crapauds bruns dans le salon de la prieure, ce qui a interrompu une leçon de broderie à grand renfort de cris.

— Oui, il y a plusieurs années.

Son visage s'illumine.

— Ça me revient, tu t'appelles Catrin !

La fille du prévôt imite à la perfection la manière dont Mère Agnès a hurlé mon prénom ce jour-là.

— Oui, c'est bien moi, admets-je avec une grimace.

Si son cousin semble surpris, il ne cherche pas à obtenir davantage d'informations.

— Il va falloir que vous me fassiez un compte rendu complet des événements de cette nuit, mademoiselle Catrin, dit-il. Pouvez-vous venir chez le prévôt cette après-midi ou préférez-vous que je me présente chez vous ?

— Je peux me déplacer, m'empressé-je de répondre.

Je ne tiens surtout pas à ce que le vénatre s'approche du magister Thomas.

— Je vous remercie. À tout à l'heure !

Quand il me tourne le dos, je comprends que j'ai été congédiée.

— Es-tu certaine de vouloir m'aider ? demande-t-il à Juliane. Ce ne sera pas une partie de plaisir.

— Tuer ne l'est jamais.

En voilà une déclaration étonnante… Simon grimace mais, au lieu de répondre, il fait face à la ruelle, prend une profonde inspiration et carre les épaules avant de s'avancer dans les ténèbres. Juliane lui emboîte le pas, la lampe de cuivre à la main.

Alors que Madame Émeline et ses compagnes se regroupent à l'entrée de la venelle, j'en profite pour reculer petit à petit. Aidée par le garde, qui ne s'intéresse à rien d'autre qu'au vénatre, je me glisse discrètement entre deux maisons, un peu plus loin. Cette ruelle-ci est assez étroite pour que j'y grimpe, un pied en appui sur chaque pan de mur. La dernière fois que j'ai entrepris une ascension pareille, c'était le jour de ma rencontre avec le maître architecte : sous ses yeux, j'ai échappé à une bande de voleurs auxquels je venais de faire les poches. Cette fois, plutôt que de me cacher dans un sombre recoin, je me hisse sur le toit à ma gauche en étouffant le grognement que m'arrachent les contusions sous ma chemise.

À cause des tuiles rendues glissantes par la pluie et de la nécessité d'être silencieuse, j'avance plus lentement que je ne le souhaiterais jusqu'à la venelle où se trouve le corps de Perrette. Une fois arrivée, je m'allonge sur le versant du toit du côté opposé et je jette un coup d'œil par-dessus le faîtage. La lune est de nouveau visible, mais elle est basse à l'horizon et ne m'est pas d'une grande aide. Je parviens tout de même à distinguer Simon, accroupi près du cadavre. Il soulève l'une des mains ensanglantées de la victime pour en étudier les doigts raides.

— Je n'arrive pas à voir si elle a réussi à le griffer.

Les murs renvoient sa voix à mes oreilles aussi distinctement que si je me tenais à ses côtés.

— Les coupures sur ses phalanges sont sans doute dues au fait qu'elle a cherché à protéger son hypogastre quand il l'a poignardée. (Simon repose le bras de Perrette.) Le tueur a peut-être des blessures similaires sur les mains s'il a tenté de repousser celles de la victime.

— Peux-tu m'épeler « hypogastre », s'il te plaît ? Je ne connais pas ce mot.

La voix de Juliane est aussi forte que discordante comparée à celle de son cousin.

— H-Y-P-O-G-A-S-T-R-E, répond le jeune homme en se relevant. C'est un terme utilisé par les médecins pour désigner la région inférieure du ventre.

Il serait donc médecin ?

— Impossible de dire combien de fois elle a été poignardée, poursuit-il.

Il fait signe à sa cousine de lever la lanterne plus haut, puis il se met à tourner lentement autour du corps afin d'étudier la scène.

— Je le saurai quand j'examinerai la dépouille plus tard. En attendant… là !

Il s'arrête en voyant les taches de sang sur le mur. Il passe devant Juliane et va se poster juste en face.

— Il a dû se mettre derrière elle, à cet endroit précis, pour lui trancher la gorge.

Le vénatre désigne les traces qui me sont si étrangement familières ainsi que d'autres, plus bas, que je n'avais pas remarquées.

— Ensuite, il l'a poignardée. Ces lignes verticales sont des projections de sang dues aux coups de couteau.

Je ne sais pas ce qui est le plus perturbant : qu'il comprenne ce qu'il voit ou que je sache qu'il a raison.

Simon remonte la piste des empreintes à peine visibles dans la boue jusqu'au cadavre.

— Il l'a traînée jusqu'ici, mais elle ne s'est pas débattue, ce qui veut dire qu'elle était inconsciente ou morte à ce moment-là.

— C'est déjà ça, dit la fille du comte.

— Oui… murmure-t-il en retournant près de la tête de Perrette. Il lui a arraché les yeux et écrasé le visage à l'aide d'un objet lourd, mais dans quel ordre ?

Il observe de nouveau les environs, pendant près d'une minute, cette fois, avant de pousser un soupir et de se frotter la tempe.

— Je ne vois rien qui aurait pu lui servir d'arme ici, déclare-t-il. Malheureusement, la scène de crime a été dérangée. Les empreintes, l'averse, le corps qu'on a recouvert et déplacé de l'endroit où il se trouvait à l'origine…

Je m'en rends soudain compte : la position de Perrette n'est pas tout à fait la même que celle dans laquelle je l'ai découverte.

— Je ne crois pas pouvoir en apprendre davantage pour le moment, conclut-il. Il vaut mieux les laisser l'emmener.

— Allons-nous les accompagner ? s'enquiert sa cousine, qui baisse la lanterne.

— Nous ne les accompagnerons pas, non, répond-il en insistant sur le « nous ». Nous allons rentrer pour parler avec Oudin et, quand je reviendrai, j'emmènerai peut-être Lambert avec moi.

— Mais je peux faire en sorte que rien ne soit oub…

— Juliane, la coupe Simon d'un ton sans appel. Tu sais à quel point tu seras fatiguée d'ici là.

— Oui, tu as raison, admet-elle à contrecœur. Et je serai encore plus fatiguée ce soir.

Bras dessus bras dessous – comme s'ils s'apprêtaient à faire une promenade –, ils quittent la ruelle. Toujours à plat ventre, je m'éloigne du bord du toit, à reculons. Par mesure de précaution, je saute par-dessus la ruelle par laquelle je suis montée et je passe par les toitures d'un autre pâté de maisons pour rejoindre la prochaine venelle d'où je redescends sur la terre ferme.

Je ne sais toujours pas si le magister Thomas fera partie de la liste des suspects, mais si je me présente chez les de Montcuir lorsque Juliane est seule, elle pourra peut-être me rapporter les propos d'Oudin.

D'ici là, il faut à tout prix que je prévienne mon mentor.

Chapitre 5

J'ai fait la moitié du chemin du retour lorsque j'entends un cri.

— Catrin !

Le magister Thomas court vers moi, la capuche de travers, sa cape noire flottant derrière lui.

— Louée soit la Lumière ! s'exclame-t-il, à bout de souffle. Où étais-tu passée ? J'ai entendu dire qu'il y avait eu un meurtre.

À fleur de peau, je me retrouve bientôt à pleurer à gros sanglots une fois dans ses bras.

— Grand Soleil… chuchote-t-il dans mes cheveux. Tu es gelée.

Il me frictionne le dos, avant de prendre mon visage entre ses mains, à quelques pouces à peine du sien.

— Pourquoi, Catrin, pourquoi ?

Il parle à voix basse mais jamais je ne l'ai vu aussi furieux.

— Pourquoi étais-tu là-bas et pas au Sanctum ?

Des larmes ruissellent sur mes joues et sur ses doigts.

— Je… je suis navrée, bredouillé-je. J'y étais, mais j'ai vu… j'ai vu…

L'architecte se crispe.

— Quoi ? Qu'as-tu vu ?

— Un homme, près du Sanctum. Et j'ai entendu…

Je ne finis pas ma phrase. Qu'ai-je entendu, au juste ?

— Tu as entendu la jeune femme qui a été tuée ? murmure-t-il, horrifié.

Je parviens à hocher la tête, quand bien même ses paumes, qui empêchent mes dents de claquer, me tiennent en étau. Je me rappelle tout à coup que mon mentor ne doit surtout pas être vu près de la scène de crime.

— Il… il faut qu'on rentre.

— Oui, bien sûr. Excuse-moi de m'être emporté. Tu m'as fait une peur bleue, c'est tout.

Le magister Thomas retire sa cape pour m'en envelopper. La chaleur me rassérène assez pour que l'architecte puisse me guider dans les petites rues jusqu'à la porte de derrière de la maison, où Mme La Fontaine nous attend, visiblement préoccupée.

Ils me font asseoir devant l'âtre de la cuisine, puis l'intendante entreprend d'ôter les épingles de mes cheveux humides. À genoux face à moi, le magister prend mes mains sales entre les siennes, son regard plongé dans le mien.

— Que s'est-il passé, Catrin ?

Je lui relate les événements de la nuit en commençant par le cri qui m'a effrayée, sans mentionner ma chute ni le sang sur le mur. Ensuite, je lui décris l'homme sur la place et je lui raconte comment je suis partie en quête de l'origine du hurlement, même si je garde pour moi les murmures qui m'ont conseillé de rentrer chez moi.

Il secoue la tête, affligé.

— Qu'est-ce qui t'a pris d'aller toute seule dans ce coin de la ville, à une heure pareille ?

Comment l'expliquer ?

— Je… je savais que quelqu'un avait besoin d'aide.

L'architecte, qui n'en croit pas ses oreilles, échange un regard avec l'intendante qui se tient derrière moi, une poignée d'épingles à la main.

— Mais comment as-tu fait pour le savoir ? As-tu entendu autre chose qu'un cri ?

— Non, dis-je en reniflant. Je le savais, c'est tout. (Un nouveau sanglot m'échappe.) Et je suis arrivée trop tard !

Le magister Thomas me prend par les épaules.

— Heureusement !

— Comment pouvez-vous dire ça ? m'exclamé-je avec un mouvement de recul.

— Parce que tu n'aurais jamais pu arrêter le meurtrier ! s'écrie-t-il en me secouant pour me ramener à la raison. Il t'aurait tuée, toi aussi, pour t'empêcher de parler de ce que tu as vu !

Il s'interrompt et son ton se radoucit, comme si j'étais une bête sauvage qu'il craignait d'effrayer.

— Tu n'es pas responsable de ce qui est arrivé à cette jeune femme, Cat.

— La victime, c'est Perrette, murmuré-je. Et le tueur lui a fait… des choses épouvantables. Ses yeux…

Je ferme les paupières pour tenter – en vain – de repousser l'image qui surgit dans mon esprit.

— Je savais bien que cette fille trempait dans des histoires louches, déclare Mme La Fontaine en croisant les bras.

— Silence ! réplique le magister Thomas d'un ton brusque. On ne dit pas du mal des morts. Surtout de quelqu'un qui a péri de manière aussi affreuse.

Jamais je ne l'ai entendu s'adresser de cette façon à l'intendante, pas même après l'incendie qui est parti de la cuisine et qui a brûlé la moitié de la maison en emportant avec lui tous les dessins de l'architecte. Jamais non plus il ne s'est fâché contre moi comme il l'a fait ce soir, par deux fois.

— Et si quelqu'un sait qu'elle est venue ici ? dis-je. Le vénatre voudra vous interroger.

— On a nommé un vénatre ? s'étonne-t-il. Pour une fille comme Perrette ?

— Oui, il s'appelle Simon. Je ne l'avais jamais vu avant aujourd'hui. C'est un parent des de Montcuir.

Un long silence s'installe tandis que l'architecte, songeur, contemple le feu en se caressant la barbe, avant de se frotter les doigts, les sourcils froncés. Les poils drus ont dû irriter les coupures récentes que j'aperçois sur ses mains.

— Que va-t-on lui dire, s'il se présente ? demande Mme La Fontaine d'une voix chevrotante.

— La vérité, répond-il. Perrette est venue ici et je l'ai renvoyée les mains vides.

L'intendante pince les lèvres.

— Et l'homme qui…

— Rien, la coupe le magister Thomas. Pas un mot.

Mon mentor se retourne vers moi.

— Est-ce que le vénatre sait ce que tu as vu et entendu ?

— Oui. Il veut me poser des questions cette après-midi.

Ce qui n'a pas l'air du goût de mon mentor.

— Dans ce cas, tu lui répondras, mais tu ne lui parleras que des faits avérés en utilisant les termes les plus simples. Ne mentionne pas la visite de Perrette, sauf si on t'interroge à ce sujet. Contente-toi de dire que tu es partie à son arrivée. Ne fais aucune supposition sur ce qui a pu se passer. Tu comprends ?

Ses yeux gris me fixent d'un air grave.

— Oui, magister, murmuré-je.

— Bien, approuve-t-il en s'asseyant sur ses talons, soulagé. Je sais que cette nuit a été difficile pour toi, mais as-tu pu repérer le moindre problème au Sanctum ?

— Il y a une énorme fente dans la poutre qui m'inquiétait. La structure peut s'effondrer à tout moment. Je vais vous montrer sur la maquette.

Je fais mine de me lever, quand il me repousse sur ma chaise.

— Pas la peine. Devrait-on arrêter les travaux, selon toi ?

Si l'architecte m'a toujours fait confiance, il n'a jamais pris une décision aussi capitale sans vérifier ce que j'avance par lui-même.

— Je pense qu'il faudrait démonter tout l'échafaudage, réponds-je, la bouche sèche.

— Alors c'est entendu.

Il se relève en poussant un grognement. Il porte une tenue différente de celle dont il était vêtu quand je suis partie.

— Les premiers ouvriers ne vont pas tarder à arriver, poursuit-il. Dès qu'ils seront assez nombreux, je leur demanderai de commencer le démantèlement de l'échafaudage.

Mme La Fontaine s'affaire déjà dans la cuisine : elle rassemble du fromage et de la viande et coupe un morceau de pain à l'aide d'un long couteau. Le magister Thomas m'embrasse sur le front.

— Prends un bain et repose-toi un peu. Quand tu seras remise, tu pourras… (Les mots lui restent dans la gorge.) Tu verras bien ce qu'il y a à faire, conclut-il.

L'intendante lui tend le petit déjeuner qu'elle a préparé à la va-vite avant qu'il ne quitte la pièce. Après son départ, elle m'oblige à avaler une tranche de pain beurrée, puis sort la baignoire. Comme les tonneaux d'eau de pluie posés dehors débordent, elle fait chauffer chaque bouilloire et casserole qu'elle peut faire tenir au-dessus du feu pendant qu'elle remplit le baquet un seau après l'autre. Une heure plus tard – laps de temps pendant lequel je m'assoupis au moins deux fois sur ma chaise –, la voilà enfin satisfaite de la température.

À la minute où je me plonge dans l'eau, elle en profite pour rincer mes hauts-de-chausses et ma veste dans une autre bassine. Quand je vois tout le sang sur mes vêtements, je me frotte le corps à m'en arracher la peau pour en enlever toute trace. Pourtant occupée à brosser la boue de mes bottes, Mme La Fontaine – louée soit-elle – verse une nouvelle bouilloire d'eau chaude dans la baignoire dès que l'une d'elles est prête. Ensuite, elle insiste pour détacher ma chevelure et la peigner – un projet qui pourrait prendre une journée entière entre des mains moins expertes.

Lorsque mes boucles sont enfin domptées et tressées, elle décroche un drap d'une étagère en hauteur pour l'enrouler deux fois autour de moi.

— Va te coucher. Une fois reposée, tu pourras aller voir le vénatre. Après ça, on pourra oublier toute cette histoire.

— Il vient de Mesanos. Est-ce que vous savez où se trouve cette ville ?

— Jamais entendu parler.

Elle me précède dans la pièce principale comme si elle avait l'intention de m'aider à m'habiller pour la nuit et de me border.

— Tu ferais mieux de prendre tes chaussures, tu vas en avoir besoin.

Perplexe, je lui obéis. Ce n'est que quand j'atteins le seuil de l'atelier que je me fige, sous le choc. Le magnifique modèle du Saint Sanctum est éparpillé en mille morceaux par terre. Si certains des murs les plus gros sont restés en partie intacts, de petits blocs de pierre et des bouts de mortier sont dispersés çà et là. Sur le large rebord en dessous des volets fermés sont empilés de minuscules éclats de verre coloré venant des fenêtres miniatures. Plusieurs sont arrangés comme si le magister Thomas s'était efforcé de reconstituer les vitraux.

— Qu'est-ce qui s'est passé ?

— Ce qui s'est passé, c'est qu'on a laissé entrer cette fille ici. C'est elle qui a fait tout ça.

Mme La Fontaine s'empare d'un balai et dégage un passage jusqu'à l'escalier.

— Le magister ne veut pas qu'on dise du mal d'elle, très bien. Mais je n'en dirai pas du bien non plus.

C'est Perrette qui a causé un carnage pareil ? Comment est-ce possible ?

Du verre brisé scintille encore sur le parquet même après le passage du balai, aussi enfilé-je mes bottes. Avant de me relever, je ramasse un parchemin froissé à mes pieds. Il s'agit de la liste des ouvriers décédés qu'on a arrachée du mur et jetée à l'autre bout de la pièce. Je lève la tête. Le marteau doré n'est plus sur son support.

Voilà ce que Perrette a utilisé pour faire de tels ravages. Comme dans la ruelle, son parfum flotte encore dans l'air.

Ma gorge se serre et les larmes me montent aux yeux lorsque j'observe les dégâts. Il faudra des mois pour réparer et reconstruire la réplique. C'est ce que le magister Thomas voulait dire par : « *Tu verras bien ce qu'il y a à faire.* »

— Allez, viens, lance l'intendante en bas des marches tout en posant son balai. Tu auras tout le temps de t'en préoccuper après une longue nuit de sommeil.

Hébétée, je traverse la pièce pour la suivre dans l'escalier. Mon intuition était la bonne : Mme La Fontaine me met au lit comme une enfant. Qu'importe, je la laisse faire. Je suis bien trop inquiète à l'idée qu'on puisse soupçonner mon mentor de s'être mis en colère – si ce n'est pire – contre Perrette après un tel geste.

Au demeurant, aurait-il été assez furieux pour la tuer ? Pour lui faire subir des actes aussi sordides ?

Je n'y crois pas une seule seconde. Non, c'est tout simplement inenvisageable.

Mais qu'en penserait le vénatre ? Le croirait-il coupable, lui ?

Chapitre 6

À mon réveil, il est près de midi. Lorsque j'enfile une chemise de travail propre, les ecchymoses sur mon ventre me font monter les larmes aux yeux. Ma peau est à vif par endroits et me lance douloureusement au moindre frottement et à chaque mouvement. Ces blessures me rappellent à quel point j'ai de la chance d'être encore en vie. Pourtant, je ne parviens pas à oublier ce que j'ai vu et entendu lors de ma chute : une petite part de moi croit toujours que c'est moi qui suis morte la nuit dernière.

Même chaussée de mes bottes, j'avance à pas prudents dans l'atelier mal éclairé. Les volets de devant sont encore fermés, mais je suis contente d'être dans la pénombre. Il me paraît inapproprié que le Saint Soleil brille si vivement alors que nos vies sont si troublées et qu'une épée de Damoclès pend au-dessus de nous.

Mon humeur s'égaie un peu quand j'aperçois le jeune homme assis à la table de la cuisine. Il lève la tête à mon approche. Un large sourire étire ses lèvres. Depuis les six derniers mois, il a assez grandi pour que son énorme nez ait enfin trouvé sa place au milieu de son visage. Au-dessus de sa bouche trône désormais non pas quelques poils épars, mais une épaisse moustache noire. Lorsqu'il quitte son siège pour venir me saluer, je constate aussi qu'il a pris quelques pouces supplémentaires.

— Lumière toute-puissante, Rémi ! m'exclamé-je avant de me jeter dans ses bras. Si tu savais comme je suis heureuse de te revoir !

Il me serre dans ses bras et le rire qui le secoue est communicatif. Avant de pouvoir m'abandonner davantage à cette étreinte, la manière dont on s'est séparés à l'automne dernier me revient en mémoire. Et lui, s'en souvient-il ?

Je m'écarte, soudain embarrassée. Les mains calleuses de Rémi prennent mon visage en coupe et son regard d'un vert profond plonge dans le mien. Je me mords la lèvre et lui aussi. Oh oui, il s'en souvient !

— Tes yeux sont différents, fait-il remarquer.

— N'importe quoi ! intervient Mme La Fontaine, postée à l'autre extrémité du plan de travail.

Si je me fie à mon odorat, elle est en train de préparer tous les plats préférés de son fils.

— Si, c'est vrai, affirme ce dernier, la tête penchée sur le côté. Ils étaient plus foncés avant. Maintenant, il y a un cercle plus net autour de tes iris.

Mes yeux sont noisette, un mélange de vert et de marron. Le fait qu'il connaisse si bien leur couleur – ou croyait la connaître – en dit long.

— C'est la lumière qui donne cette impression, rétorque sa mère avant de faire tinter deux casseroles en fonte, ce qui nous fait tous les deux sursauter et nous écarter l'un de l'autre.

À l'évidence, elle n'aime pas ce qu'elle voit. Son fils et moi, on… À vrai dire, même moi, je ne suis pas certaine de savoir ce qui se passe entre nous.

Le jour de son départ pour Lutecia, où il s'est rendu pour ses études, Rémi a déposé un baiser sur ma joue comme un frère dit au revoir à sa sœur, avant de m'affirmer qu'à son retour, les choses seraient différentes. J'ai pensé qu'il faisait référence au fait que, si le Soleil le voulait bien, il aurait terminé son apprentissage. Puis, après m'avoir appelée Catrin – ce qu'il fait rarement –, il m'a de nouveau embrassée, sur la bouche cette fois… et pas du tout comme un frère.

Si l'expérience n'était pas déplaisante, elle n'a pas non plus provoqué en moi la sensation que je m'attendais à éprouver lors d'un premier baiser. Peut-être parce que son geste m'a surprise.

Rémi se rassied et pousse du pied une chaise pour m'inviter à le rejoindre à table, comme si rien d'étrange ne s'était jamais produit entre nous. Je m'affale sur le siège.

— Quand es-tu rentré ?

— Tôt ce matin, répond-il en jetant un coup d'œil à sa mère.

— Tu as dû t'arrêter juste en dehors de Collis hier soir. Pourquoi ne pas être entré dans la cité ?

— Et vous déranger avant l'heure du coucher alors que ma mère a tant besoin de son sommeil réparateur ?

L'intéressée le foudroie du regard, mais son fils sourit toujours à pleines dents.

— Enfin, j'ai cru comprendre qu'elle n'avait pas dormi, de toute façon, à cause de l'animation de la nuit dernière.

À ce souvenir, je perds l'appétit.

— « Animation » n'est pas le mot que j'utiliserais.

— Au fait, le vénatre est passé tout à l'heure, nous interrompt Mme La Fontaine. Il voulait te parler, Catrin, mais je lui ai dit que tu dormais et que tu avais l'intention de passer le voir, comme prévu.

Rémi secoue la tête.

— Je n'arrive toujours pas à croire qu'une enquête officielle soit ouverte pour Perrette.

— Oudin de Montcuir a admis devant des dizaines de témoins qu'il était avec elle hier soir, expliqué-je.

Si les épaules de l'intendante se crispent, son fils ne semble pas s'en apercevoir, tant la nouvelle le surprend.

— Le fils cadet du comte fait partie des suspects ?

— À mon avis, l'enquête vise surtout à l'innocenter. C'est pour cette raison que le vénatre n'est ni le prévôt ni Lambert de Montcuir.

— Qui, alors ?

— Un de leurs parents, un certain Simon de Mesanos.

— Ça reste dans la famille…

— Est-ce que tu sais où se situe Mesanos ? Je n'en ai jamais entendu parler.

Je fais mine d'observer l'assiette de muffins entre nous, même si je ne suis pas sûre de pouvoir en avaler un.

— En Prezia, je crois. Près de la côte.

C'est à plusieurs jours de voyage vers le nord, au-delà des frontières de Gallia. On y parle une autre langue. Étrange… Simon n'a pourtant pas l'accent des Preziens que j'ai déjà rencontrés.

Rémi joue avec une fourchette sur la table en la faisant tourner avec un doigt.

— Comment est-il ?

— Le vénatre ? Au début, il avait l'air plutôt réticent, mais il semble prendre l'affaire au sérieux.

— À quel point ?

Je hausse les épaules, histoire de cacher le malaise qui me gagne.

— Je le découvrirai quand je répondrai à ses questions. Ou quand je ferai tout pour les esquiver.

— Tu devrais faire savoir au magister que tu es rentré, Rémone, nous interrompt une nouvelle fois sa mère.

Elle ne l'a pas appelé par son diminutif, signe qu'elle n'acceptera aucune protestation. Je jette un regard à l'assiette devant lui, où il ne reste pas une seule miette... Il a dû la lécher, ce n'est pas possible autrement. En tout cas, pas de doute, la cuisine de sa mère lui a manqué.

Rémi se lève sans attendre et s'étire en poussant un grognement.

— Ça me fait plaisir de te revoir, Chaton. On se dit à tout à l'heure ?

Je déteste ce surnom.

— C'est ça, à plus tard, Rémone ! répliqué-je en imitant sa mère, faute d'avoir un petit nom avec lequel le tourmenter.

Après que son fils a disparu dans l'atelier, Mme La Fontaine se tourne vers moi, couteau en main.

— Fais attention à ce que tu diras au vénatre aujourd'hui. Il ne m'inspire pas confiance. Les étrangers ne devraient pas se mêler de ce qui ne les regarde pas.

Point de vue surprenant de la part de quelqu'un dont le défunt mari venait de Tauria, un pays qui n'est même pas situé sur notre continent. Un regard à Rémi suffit d'ailleurs pour se rendre compte de l'implication de ce père étranger dans les affaires de l'intendante...

— Prezia, ce n'est pas non plus le bout du monde, dis-je. C'est à moins d'une semaine de voyage.

— Je n'aime pas ses yeux, insiste-t-elle. Ils ont quelque chose de pas naturel.

Tant de superstition me désespère…

— Mes yeux ont-ils vraiment changé ? demandé-je au souvenir du commentaire de Rémi.

— Non, affirme Mme La Fontaine en retournant à ses légumes qu'elle tranche agressivement à l'aide de son couteau. C'est la lumière. (Tchac !) Rien de plus.

Chapitre 7

La famille de Montcuir vit à peine à quelques rues de l'atelier mais, après la nuit dernière, je n'ose pas quitter les artères principales, même en plein jour. J'emprunte donc un chemin plus long que nécessaire pour me rendre chez eux, en passant par la place du Sanctum. Bien que la partie des échafaudages que j'ai inspectée hier soir se trouve à l'opposé et que la vue en soit obstruée par le bras du transept et la tour, j'entends qu'on est en train de la démonter. Il faudra que je passe sur le chantier plus tard, histoire de faire un croquis des changements à reproduire sur la réplique.

Sauf que non… Il n'y a plus de modèle à mettre à jour. À cette pensée, j'ai l'impression de recevoir un coup dans mon ventre couvert de bleus. Heureusement que Rémi est rentré ! Je vais avoir le temps dont j'ai besoin pour commencer à reconstituer la maquette.

L'ancienne préceptrice de la fille du comte m'ouvre la porte. À en juger par le fichu sur sa tête et la tache de farine sur l'une de ses joues rondes, force est de constater qu'elle travaille désormais en cuisine, en attendant le jour où elle pourra s'occuper des enfants de Juliane. Si c'est bien là son intention, ça doit lui sembler bien long… La femme ouvre à peine la bouche tandis qu'elle me guide au deuxième étage. Dans une pièce à l'extrémité du couloir, la fille du prévôt est en train d'écrire, assise à une grande table. Sur le mur derrière elle est exposée une sculpture du soleil faite de bois ciré qui reflète la lumière passant par la fenêtre ouverte. Un lit de taille moyenne ainsi qu'une armoire en chêne se trouvent dans le fond de la chambre, mais elle ne contient pas d'effets personnels : elle doit être inoccupée.

— Mademoiselle Catrin… annonce la domestique avant de marquer une pause comme pour insister sur le fait que je n'ai pas de nom de famille. Elle prétend être ici à la demande de maître Simon.

Juliane pose sa plume et se lève. À son sourire, je devine qu'elle est heureuse de me voir, et pas juste parce que son cousin a sollicité ma présence.

— Merci, Denise.

L'ancienne gouvernante s'empresse de faire la révérence avant de tourner les talons sans ajouter un mot. Une fois que nous sommes seules, la fille du prévôt me fait signe d'entrer.

— J'espère qu'être dans la chambre de Simon ne te met pas mal à l'aise. L'avantage, c'est que nous y serons tranquilles.

— Le vénatre vit ici ?

Je jette un nouveau coup d'œil à la ronde en quête d'indices que l'espace est habité. En vain. Je ne remarque rien d'autre qu'un bougeoir de bronze posé sur un vieux coffre. Comme la maison est au moins quatre fois plus grande que celle de l'architecte, elle contient sans doute assez de chambres à coucher au premier étage. Pourtant, Simon loge au deuxième. Quel est son rôle dans cette famille ?

— Elle est tellement… vide.

— Je crois qu'il a l'habitude d'une vie plus ascétique. Assieds-toi, je t'en prie.

Je m'installe sur un banc en face d'elle puis j'attends qu'elle reprenne place derrière la table.

— Simon n'est pas là pour le moment mais il ne devrait pas tarder.

Elle tire une feuille de parchemin – non, une feuille de papier – de la pile en désordre entre nous. Même le maître architecte n'utilise pas de papier : c'est trop cher et, contrairement au parchemin, on ne peut pas le réutiliser. Or il y en a plus devant moi en cet instant précis que je n'en ai vu de toute mon existence.

— Si tu veux, je peux commencer à prendre ton témoignage en note dès maintenant, me propose-t-elle.

J'ai la bouche sèche. Si je suis venue tôt, c'est dans l'espoir d'apprendre ce que Simon a découvert jusqu'ici. Je ne m'attendais pas à subir un interrogatoire mené par Juliane.

— D'accord.

— Parfait.

À son ton, on a l'impression qu'on s'apprête à discuter de choses aussi plaisantes que légères, comme le temps qu'il fait, par exemple, plutôt que d'un meurtre.

— Commençons par ce que tu fais dans la vie. Tu as déclaré travailler pour l'architecte, mais tu n'es pas son apprentie, n'est-ce pas ?

— Euh… non, pas vraiment.

Je me tords les mains, mal à l'aise. À une époque, j'ai considéré la possibilité d'occuper ce poste aux côtés de Rémi. Le problème, c'est que même si j'ai l'œil pour les structures porteuses, je ne pourrais jamais maîtriser les mathématiques requises ni dessiner assez bien pour réaliser des plans fidèles à la réalité. Voilà pourquoi les échafaudages et les contreforts sont ma spécialité : je ne fais qu'en contrôler la stabilité.

— Je suis son… son assistante. J'inspecte le chantier.

Après avoir trempé sa plume dans l'encrier, Juliane rédige ma réponse mot pour mot, même mes bafouillages, ainsi que ses propres paroles.

— Et c'est ce que tu faisais la nuit dernière ?

Je m'éclaircis la voix, curieuse de voir si elle notera une onomatopée approximative en guise de retranscription. Et… ça ne rate pas !

— Oui, on était en retard sur le programme donc je suis sortie une fois la lune assez haute pour me permettre d'y voir clair.

J'omets de mentionner ma chute et mon ascension au sommet du Sanctum pour observer la ville. La plume gratte le papier durant plusieurs secondes avant de s'arrêter. La fille du prévôt pose de nouveau les yeux sur moi. Ses pupilles sont si dilatées que le marron de ses iris est à peine visible.

— Et que s'est-il passé ensuite ?

— J'ai vu un homme en train de courir.

Je le décris du mieux possible et j'indique la direction dans laquelle il s'est dirigé.

— Est-ce que c'était un Selenae ?

La question me surprend.

— Eh bien… non, je n'en ai pas eu l'impression.

Nouveau grattement de la plume sur le papier. Pause.

— As-tu entendu autre chose ?

À part une voix désincarnée qui me disait de rentrer chez moi ?

— Non.

Juliane semble déçue par ma réponse.

— Et après ça ?

Je lui raconte comment j'ai trouvé le corps de Perrette, ma fuite, les reproches de la jeune mère de famille, puis comment j'ai fini par donner l'alerte. J'inclus autant de détails que possible pour compenser le fait que je garde certains éléments pour moi, comme les étranges murmures et l'illumination aussi extraordinaire que subite de la ruelle.

— As-tu aperçu un Selenae dans la foule, près du lieu du crime ? s'enquiert Juliane.

— Euh… oui ?

Prise de court, j'ai répondu sans réfléchir – la question n'aurait pourtant pas dû me surprendre, puisque la fille du prévôt m'avait déjà interrogée sur les origines du suspect un peu plus tôt. La dernière chose que je souhaite, c'est attirer des ennuis à l'homme dans la foule.

— Mais il est parti dès que j'ai remarqué sa présence.

— Pensez-vous qu'il vous suivait ? demande une voix masculine.

La silhouette dégingandée de Simon est appuyée contre l'encadrement de la porte, bras croisés. Derrière lui se tient Lambert, le teint rouge et en sueur, en contraste avec la pâleur et le flegme de son cousin.

— Depuis combien de temps êtes-vous là, tous les deux ? s'enquiert Juliane, les sourcils froncés.

— À peine une ou deux minutes. Tu t'en sortais bien.

Le vénatre reporte son attention sur moi.

— Pensez-vous que le Selenae vous suivait ? répète-t-il.

— Qu'il me suivait d'où ? Du Sanctum ?

Il acquiesce, ce qui donne l'impression, l'espace d'une seconde, que les cernes sous ses yeux s'étendent à ses pommettes saillantes.

— Pourquoi ? Qu'est-ce qui vous fait penser qu'il m'aurait suivie ?

Simon retrousse les lèvres, impassible.

— Montre-lui le témoignage d'Oudin, finit-il par dire à Juliane.

La fille du comte pose sa plume pour fouiller dans la pile de feuilles devant elle tandis que son cousin et son frère pénètrent dans la pièce. Elle en sort trois qu'elle met en ordre avant de me les tendre. J'ai du mal à croire à ma chance : je vais savoir exactement ce que le fils cadet du prévôt a dit dans sa déclaration.

À l'image de l'échange qu'on vient d'avoir, soigneusement consigné par Juliane, ces pages semblent contenir un rapport exhaustif de l'interrogatoire d'Oudin. Même si je remarque quelques abréviations çà et là, je me demande bien comment la jeune femme est parvenue à suivre le rythme. Malheureusement, la feuille du dessus n'étant pas la première, je n'aurai pas accès au début de la conversation.

S : Et ensuite ?
O : Je suis allé trouver Perrette.
S : À son domicile ?
O : Évidemment. Je ne fornique pas dans les ruelles comme un animal.

Quelle horrible façon de présenter les choses ! me dis-je en serrant les dents. Surtout quand on pense à l'endroit où elle a été assassinée.

S : Est-ce qu'elle était chez elle ?
O : Oui, mais elle m'a dit qu'elle avait une affaire à régler avant.
S : A-t-elle précisé où elle se rendait ?
O : Non, mais elle souriait comme si elle gardait un secret. Elle a toujours été du genre taquin.

Oudin ignore qu'elle est allée voir le magister Thomas. Ouf ! Je me remets enfin à respirer, consciente d'être observée par Simon. Lambert se laisse tomber sur une chaise à l'extrémité de la table.

S : Qu'as-tu fait ensuite ?
O : Je suis retourné à la taverne. Elle était censée m'y rejoindre.
S : Y as-tu consommé de la skonia ?
O : Me feras-tu arrêter si je te dis que oui ?
S : Non, ce n'est pas mon affaire.

Le vénatre choisit-il de l'ignorer par loyauté familiale ou par sincère désir d'élucider le meurtre de Perrette ?

O : Dans ce cas, oui, j'en ai pris. Il fallait bien que je m'occupe en attendant.
S : Et c'était ta seule dose de la soirée ?

O : Oui. Que... Ah ! Arrête !
S : Réaction légèrement différée.

Simon a sans doute claqué des doigts ou frappé dans ses mains sous le nez de son cousin. C'est ce que font les gardes de la cité quand ils croisent des citoyens qui errent dans les rues, l'air hagard, et qu'ils cherchent à déterminer s'ils ont pris de la drogue ou non. Apparemment, le vénatre peut évaluer combien de temps s'est écoulé depuis la prise de skonia rien qu'en examinant les pupilles de son interlocuteur.

La preuve :

S : Dilatation modérée. Consommation : il y a cinq heures environ. Si c'était peu après avoir vu Perrette, Oudin était en sa compagnie à...
J : Vingt-trois heures.

Les notes de la fille du comte retranscrivent chaque parole, y compris les siennes. Quant à Simon, il a beau ne pas être médecin, il semble en connaître un rayon sur le sujet. Peut-être est-il une espèce de savant, bien que sa chambre dépourvue de livres ne l'indique pas...

S : Merci, Juliane. Et ensuite ?
O : Comme elle n'est jamais venue à la taverne, je suis rentré.

J'ai un mauvais pressentiment. Le trajet le plus court aurait été par la place du Sanctum.

S : As-tu vu ou entendu quelqu'un d'autre en chemin ?
O : Oui, mais... c'est peut-être un effet de la skonia.
S : Dis toujours.
O : J'ai vu un Selenae. Il fixait le toit du Sanctum. Caché parmi les ombres.

Par son écriture, Juliane arrive à transmettre les paroles saccadées, si ce n'est l'effroi, de son frère. J'éprouve moi aussi un certain malaise.

S : Que faisait-il ?
O : Il... il communiquait avec l'une des statues tout en haut de l'édifice. Il lui a parlé, puis la créature démoniaque s'est envolée.

Les illusions dues à la skonia commencent souvent par des éléments réels mais inattendus, vus ou entendus, qui s'écartent ensuite de la réalité pour devenir rien de moins que des hallucinations. Si le fils du prévôt a aperçu ce Selenae pour de vrai, alors c'est qu'on me surveillait – et qu'on m'a suivie – bien avant que je ne quitte le Sanctum.

Pas de doute, c'est moi qu'Oudin a vu se tenir près de Pierre. Lorsque je me suis éloignée, son esprit sous l'emprise de la drogue l'a interprété comme l'envol de la créature. Mon sang se glace. Sans vraiment me l'avouer, je sais ce qui m'attend.

La question suivante vient de Lambert. Je ne m'étais pas rendu compte qu'il était présent à cet interrogatoire.

L : Le Selenae a-t-il dit quelque chose ?
O : Oui, il a dit : « Rentre chez toi, petit chat. Ce n'est pas une nuit pour sortir. »

Chapitre 8

La feuille m'échappe des mains, que je plaque sur ma bouche pour retenir un cri.

Impossible… Il n'y a pas d'autre mot pour décrire ce que je viens de lire.

Pourtant, ces paroles sont exactement celles que j'ai entendues lorsque je me tenais au sommet du Sanctum. La voix du Selenae est parvenue à mes oreilles à deux reprises : à cet instant-là et plus tard, près de la scène de crime. Jamais je n'aurais dû pouvoir l'entendre.

C'est tout bonnement impossible !

Simon se tient près de moi, une paume sur mon épaule. De la part d'un inconnu, le geste est trop familier, même si je lui suis reconnaissante du réconfort qu'il m'offre.

— Tu veux bien aller chercher une infusion apaisante, s'il te plaît, Juliane ? demande le vénatre.

— J'y vais de ce pas.

Elle quitte la pièce.

Comme je garde le silence, le jeune homme reprend :

— Je suis navré, mademoiselle Catrin. Je ne m'attendais pas à ce que cette lecture soit aussi éprouvante pour vous.

Il croit que mon horreur vient du fait que l'on m'observait. Une hypothèse que je ne contesterai pas.

— Pensez-vous pouvoir décrire ou reconnaître le Selenae que vous avez vu près de la scène de crime ? s'enquiert Lambert, soucieux, en s'asseyant.

Oui, je le pourrais. Ils ne doivent pas être nombreux à avoir autant de cicatrices. Il n'empêche que je n'ai aucune raison de croire que cet homme était malveillant. Au contraire, il tentait juste de me protéger. Sinon, pourquoi m'aurait-il recommandé, par deux fois, de rentrer chez moi ?

« Ce n'est pas une nuit pour sortir. »

— Je… je ne suis pas certaine de pouvoir l'identifier, bredouillé-je. Il faisait tellement sombre. J'étais bouleversée par la découverte du… du corps.

Une tasse de tisane apparaît devant moi. La vapeur porte à mes narines la senteur piquante de la racine de valériane et d'autres plantes que je ne parviens pas à reconnaître.

— Le goût est meilleur que l'odeur, me rassure gentiment Juliane.

Le breuvage me brûle la langue, mais la saveur que j'arrive à distinguer est très florale. J'en bois quelques gorgées et la chaleur se diffuse en moi. Au fur et à mesure, mon corps se fait plus léger, comme s'il se mettait à flotter. Je m'attends presque à ce que ma tête frôle le plafond.

— Comment vous sentez-vous ? s'enquiert Simon.

— Mieux.

Un sourire béat sur le visage, je porte de nouveau le récipient à mes lèvres, mais le jeune homme s'en empare d'un geste si brusque que du liquide chaud se renverse sur ses doigts et mes genoux. La tasse sous le nez, il se met à humer le parfum qui s'en dégage. Aussitôt, son regard se braque sur sa cousine.

— Cette tisane a-t-elle infusé toute la nuit ?

La fille du comte se tord les mains, embarrassée. Je suis frappée par l'aspect des jointures de ses doigts fins.

— J'ai apporté le fond de la casserole. C'est trop fort ?

Simon me jette un coup d'œil.

— Oui, beaucoup trop. Je n'ai jamais vu quelqu'un y avoir une réaction aussi immédiate.

— Est-ce que ça va aller ? demande Lambert à son cousin tout en étudiant mon visage.

Lorsqu'il cligne des yeux, la courte frange de ses cils balaie les grains de poussière autour de lui et les fait danser dans les rayons du soleil qui inondent la pièce.

— Je vais bien, affirmé-je, sans plus me souvenir de la raison de mon anxiété.

Simon se rembrunit, puis pose la tasse sur le côté.

— Elle n'en a bu que quelques gorgées, je ne suis pas très inquiet, dit-il en prenant place près de moi, à califourchon sur le banc. En revanche, je ne crois pas qu'elle sera capable de répondre à nos questions encore très longtemps.

Malgré le brouillard de contentement dans lequel je nage, l'agacement commence à me gagner.

— Vous voulez bien arrêter de parler de moi comme si je n'étais pas là ?

— Mes excuses, mademoiselle Catrin, répond-il.

— Cat, rétorqué-je d'une voix sourde.

Ma langue me paraît aussi lourde qu'une des pierres du Sanctum.

— Pardon ?

— Je préfère « Cat », expliqué-je, chaque mot me demandant un effort suprême de concentration. Quand vous m'appelez « mademoiselle Catrin », j'ai l'impression que vous vous adressez à quelqu'un d'autre.

— Très bien, Cat, concède Simon, un léger sourire aux lèvres. Avez-vous vu ou entendu autre chose la nuit dernière ?

J'ai entendu le désespoir de Perrette et l'avertissement du Selenae. J'ai vu du sang sur le mur du Sanctum, exactement comme dans la ruelle… ou bien ai-je aperçu le mur de la ruelle depuis le Sanctum ? Je secoue la tête pour chasser cette idée.

— J'ai vu ce qu'on a fait à Perrette, dis-je, consciente que cette phrase n'a pas tout à fait le même sens pour moi que pour eux.

— Perrette, répète le vénatre, surpris de la manière désinvolte dont je fais usage du prénom de la jeune femme. Vous la connaissiez ?

Une réponse sort de ma bouche sans que je ne puisse l'arrêter.

— Elle rendait parfois visite au magister Thomas.

Non, il ne faut pas en parler !

— Mais pas pour ce que vous pensez, me hâté-je d'ajouter.

Qu'y avait-il donc dans cette tisane ? Je me frotte les yeux d'une main. *Concentre-toi !* m'exhorté-je. Il faut que j'explique ce que je viens d'admettre sans révéler quoi que ce soit qui éveillerait les soupçons du vénatre. Or, la vérité étant le chemin le plus facile, je l'emprunte en choisissant mes mots aussi soigneusement que si je cueillais des roses sur un arbuste plein d'épines.

— Le père de Perrette travaillait pour l'architecte il y a plusieurs années, mais il est décédé. Le magister Thomas a tout fait pour qu'elle ne connaisse pas la misère, mais… il ne lui a plus donné d'argent depuis un moment. Sa mort a été un choc pour lui.

Les larmes qui me montent aux yeux sont bien réelles.

— J'imagine, oui, dit Simon avant de pousser un soupir, puis de s'adresser à Lambert. Je crois que mademoiselle… que Cat a besoin de rentrer chez elle. Pourrais-tu la raccompagner ?

— Oui, bien sûr, dit le fils du prévôt.

Je l'entends se lever et le bruit me parvient comme s'il venait du fond d'un puits.

— Je serai de retour dans quelques minutes, précise-t-il à son cousin tout en m'aidant à me mettre debout.

— Pas la peine de te presser, réplique le vénatre en bâillant. Je suis trop épuisé pour continuer l'enquête aujourd'hui, de toute façon. Tu as sans doute envie d'aller te coucher, toi aussi…

Lambert me guide hors de la chambre, dans le couloir puis les escaliers, non sans me tenir par le bras de sa main gantée. Je parviens tant bien que mal à rejoindre le rez-de-chaussée et à passer la porte d'entrée, bien que je ne sois pas certaine que mes pieds touchent réellement le sol. J'ai beau m'appuyer sur l'aîné du comte, j'ai l'impression de m'élever au-dessus de lui alors même qu'on marche dans la rue. Je souris à la vue du Sanctum qui se dresse devant nous.

— C'est beau, n'est-ce pas ?

— Oui, si on aime ce genre de chose.

— Moi, j'aime. Vous savez qu'aucun accident n'est survenu dans les cinq dernières années ? Et vous savez pourquoi ?

— Pourquoi ? demande-t-il, amusé.

— Grâce à moi, répliqué-je solennellement. J'escalade les échafaudages pour chercher tout signe de détérioration. C'est pour ça qu'on m'a embauchée.

— Où viviez-vous avant de travailler pour l'architecte ?

— À l'abbaye de Solis.

— Ah oui, Juliane m'a dit vous y avoir croisée à l'époque où elle y était pensionnaire.

Il choisit le même chemin que j'ai pris à l'aller, sans doute parce qu'emprunter des ruelles avec une jeune femme appuyée aussi lourdement sur son bras serait inconvenant.

Je fixe le Sanctum malgré la lumière éblouissante de l'astre du jour qui s'y reflète. L'édifice est une merveille. Je n'ai jamais compris pourquoi Mère Agnès désapprouvait mon métier, puisqu'il est consacré à la gloire du Soleil.

— La prieure a été contrariée par mon départ. J'avais l'habitude de prendre le thé avec elle une fois par semaine, mais ma dernière visite date d'il y a longtemps. Elle me manque.

Cet aveu me surprend. Après tout, Mère Agnès est l'unique responsable de cette situation.

— Quelqu'un nous fait signe, dit Lambert.

Nous voilà sur la place du Sanctum. Rémi, le regard noir, court vers nous.

— C'est l'apprenti du magister Thomas, annoncé-je d'un ton jovial au fils du prévôt.

Mon ami est assez proche pour m'entendre.

— Plus maintenant. Je suis un compagnon, désormais, tu te rappelles ?

Puis, sans attendre ma réponse, il poursuit sur sa lancée :

— Qu'est-ce qui ne va pas, Cat ?

— Rien. Rien du tout. Tout va bien. Je vais bien. Très, très bien.

Je me mets à glousser, même si j'ignore pourquoi je trouve ces mots si amusants.

— Est-ce qu'elle est ivre ? s'exclame le jeune architecte.

Il m'éloigne de Lambert et je titube jusqu'à lui.

— Non, non, le rassure le fils du prévôt. Elle a juste bu une tisane. Certaines questions que nous lui avons posées sur les événements de la nuit dernière l'ont… perturbée. L'infusion était censée l'apaiser.

— Au nom de la Lumière, qu'est-ce qu'il y avait dans cette infusion ? s'écrie Rémi. De la skonia ?

— Ne te fâche pas contre lui, dis-je en m'appuyant contre l'épaule de mon ami.

Il sent la poussière de pierre et la sueur – le dur labeur.

— C'est le vénatre qui me l'a fait boire.

— Dans ce cas, il en répondra. Je vais la raccompagner, merci bien, lance-t-il à Lambert.

Le fils du comte nous regarde nous éloigner. Au fond de moi, je grimace d'embarras quand je lui envoie un baiser en guise d'au revoir.

Chapitre 9

Je dors d'un sommeil de plomb jusqu'au lendemain matin, ce qui laisse à Rémi le temps de donner au magister Thomas sa version des faits en premier.

— L'infusion n'était pas censée avoir cet effet-là.

Je ne sais pourquoi je me sens contrainte de justifier ce qui s'est passé. Si mon mentor apprenait que quelqu'un a épié mes faits et gestes cette nuit-là, il ne me laisserait sûrement plus jamais sortir.

— Dès qu'ils se sont aperçus que la tisane était trop forte, ils l'ont reprise. Je n'en ai bu que quelques gorgées.

— Je n'ose même pas imaginer l'effet que ferait une tasse entière… marmonne le jeune homme en plantant un couteau dans sa saucisse. Déjà que tu pouvais à peine aligner deux mots !

— C'est parce que j'étais épuisée ! Je suis tout de suite allée au lit en rentrant.

— Je sais, Chaton, c'est moi qui t'y ai déposée, lance Rémi avant de couler un regard au maître architecte. Enfin, je t'ai accompagnée jusqu'à ta porte.

Ne pas entrer dans ma chambre est la seule règle qu'il n'a jamais tenté de transgresser.

En réponse à ce surnom que je déteste tant, je le menace de mes griffes en feulant comme un chat.

— Ça suffit ! intervient le magister Thomas. Qu'as-tu dit au vénatre, Catrin ?

— Qu'après avoir entendu un cri, j'ai vu un homme courir et que j'ai trouvé le corps. C'est tout.

— Tu n'as pas mentionné la visite de Perrette, n'est-ce pas ? s'enquiert-il.

Techniquement non, mais…

— Non, réponds-je. J'ai juste dit qu'on la connaissait et que vous lui fassiez parfois l'aumône, mais que ce n'était plus arrivé depuis longtemps.

Le magister Thomas grimace.

— Elle est venue ici ? s'exclame Rémi, après avoir avalé d'un seul coup ce qu'il était en train de mâcher, ses yeux verts écarquillés.

— Oui, elle m'a demandé de l'argent, j'ai refusé, elle s'est mise en colère, puis elle est partie. C'est tout.

— Elle s'est mise en colère ? répète le jeune homme avant de désigner l'atelier du pouce. C'est elle, la responsable de ce carnage ?

Las, le maître architecte hoche la tête pour confirmer l'intuition de son ancien apprenti.

— Et c'est elle, aussi, qui a pris le marteau ?

— Oui, soupire notre mentor. Après s'en être servi pour passer ses nerfs.

J'en reste sans voix. Il n'était plus sur son support, d'accord, mais je ne m'étais pas rendu compte qu'il avait disparu. Si Perrette l'a subtilisé, le vol pourrait être considéré comme un mobile. L'objet étant gravé au nom de son propriétaire, il suffirait de le faire fondre pour récupérer l'or du placage.

Les yeux gris de mon mentor, d'une profonde tristesse, croisent les miens.

— Le vénatre a-t-il des suspects ?

— Oui, selon Oudin, un Selenae se trouvait sur la place du Sanctum cette nuit-là. Je crois que le neveu du prévôt a l'intention de chercher d'autres témoins qui l'auraient aperçu.

Le magister Thomas, écœuré, jette sa fourchette à deux dents dans son assiette.

— Maudit soit cet abruti ! Quelqu'un pourrait se faire tuer par sa faute !

— Ce n'est qu'un Selenae, lâche Rémi avec un reniflement de dédain.

— Le peuple de la Nuit n'est pas si différent de nous, rétorque le maître architecte.

— Ce ne sont que des adorateurs de la lune, grommelle mon ami, le nez dans sa dernière saucisse. Qu'une bande de magiciens et d'hérétiques.

— Ne te fais pas plus bête que tu ne l'es ! Ils n'adorent pas plus la lune que nous n'adorons le soleil.

Peu d'entre nous prennent la peine d'étudier la théologie mais, au couvent, Mère Agnès nous a inculqué l'idée que le Saint Soleil est un don d'une puissance supérieure qui nous dépasse. Nos temples servent à l'honorer et le louer, à capturer sa beauté et montrer notre gratitude. Pour autant, il ne s'agit pas d'un dieu. J'ignore comment les Selenae peuvent éprouver un sentiment similaire à l'égard de la lune, dont la lumière n'est ni assez forte ni assez constante pour que des végétaux se contentent d'elle seule pour s'épanouir. Même les fleurs de lune qui couvrent le mur d'enceinte de leur Quartier ont besoin de soleil. Reste que l'idée qu'une force supérieure se trouve au-delà des cieux est un point sur lequel nous sommes tous d'accord.

— Si les principes mêmes de notre religion t'échappent, Rémone, tu ne peux pas t'attendre à construire comme il se doit un édifice tel que le Sanctum, poursuit le maître architecte.

— Je n'ai pas besoin de vos sermons ! s'agace Rémi en se levant. Je ne suis pas un enfant !

— Dans ce cas, ne te conduis pas comme tel.

Le jeune homme sort en trombe sans ajouter un mot. Quelques secondes plus tard, on l'entend monter les marches en martelant le sol de ses semelles jusqu'à sa chambre au deuxième étage. Je me tourne vers le magister Thomas, sans en croire mes yeux.

— Qu'est-ce qui lui a pris ?

Épuisé, mon mentor se frotte le visage avant de grimacer à cause des coupures sur ses doigts.

— J'ai refusé de lui promettre de lui confier la responsabilité de l'agrandissement du transept dans deux ans.

— Pourquoi ? Il a terminé son apprentissage.

— Oui, mais il a encore beaucoup à apprendre. Même moi, je ne suis pas devenu maître architecte avant mes vingt-cinq ans.

Après huit années de travail et d'études, Rémi vient de découvrir qu'il allait lui falloir patienter encore cinq ans – au moins !

— Comment étiez-vous à son âge ?

Un sourire étire les lèvres du magister Thomas, même s'il est un peu forcé.

— J'étais arrogant. Imbu de ma personne. J'avais de grands projets et j'étais incapable d'apprécier ceux qui m'entouraient.

— C'est exactement là que Rémi en est.

Cette remarque me vaut un petit rire de la part de mon mentor, qui va pour se lever, puis replace une mèche rebelle derrière mon oreille.

— Rends-moi un service, tu veux ? Fais de la réparation du modèle ta priorité pour les prochains jours.

— Mais ça me prendra des semaines !

À commencer par des heures et des heures de ménage pour remettre l'atelier en état.

L'architecte me regarde droit dans les yeux.

— Même sans tisane de valériane, plus tu passes du temps avec le vénatre, plus tu cours le risque de lui apprendre quelque chose que tu regretteras. Tu lui as donné ton témoignage. C'est tout ce qu'on attendait de toi.

Il a raison. Obéissante, je hoche la tête, après quoi le magister quitte la pièce.

Un peu plus tard, lorsque Rémi sort de la maison pour se rendre au Sanctum, j'ai déjà balayé presque tout ce qui ne pouvait pas être conservé. Ensuite, j'entreprends de trier le reste des blocs de roche en piles selon leur taille. Heureusement que la pierre angulaire est intacte ! Grâce à elle, tout pourra être reconstruit. Mais, d'abord, il me faut réparer la table.

Comme la fenêtre est ouverte pour laisser entrer l'air et la lumière, des curieux ne cessent de s'arrêter, toute la matinée durant, pour jeter un coup d'œil à l'intérieur de l'atelier. Vers midi, assise au centre de la pièce, je suis occupée à gratter le mortier des pierres lorsqu'une ombre marque une pause devant l'ouverture. Jusqu'à présent, j'ai fait semblant de ne voir personne. Cette fois, pourtant, sans savoir pourquoi, je lève la tête pour découvrir… Simon de Mesanos.

— Comment vous sentez-vous aujourd'hui, mademoiselle Catrin ? demande-t-il prudemment.

— Bien, merci.

Son expression ressemble tellement à celle d'un enfant qui s'attend à se faire gronder que je lui cache le sourire qui vient de naître sur mes lèvres.

— J'ai dormi plus de douze heures.

Il se racle la gorge.

— L'infusion n'était pas censée être aussi forte... Je suis navré.

— Excuses acceptées. Sauf que je me souviens de vous avoir dit de m'appeler Cat. Tout le monde m'appelle comme ça.

Enfin, tout le monde sauf Mère Agnès et Rémi.

— C'est justement ce qui m'amène. Puis-je entrer ?

Impossible de dire non au vénatre. D'autant qu'au fond, je suis curieuse de savoir ce qu'il est venu me dire.

— Oui, bien sûr, réponds-je en désignant la demi-porte. Elle n'est pas fermée à clef.

Lorsque Simon entre, il balaie de ses yeux aux couleurs insolites les ruines de la réplique.

— Que s'est-il passé ici ?

— C'était un modèle réduit du Sanctum, lui expliqué-je tout en me levant et en essuyant la poussière de mes mains. Un des pieds de la table s'est écroulé et... voilà le résultat.

Encore une demi-vérité. Perrette a en effet fauché l'un des pieds mais elle en a aussi détruit un second. Le jeune homme étudie les minuscules éclats de verre coloré que l'architecte a commencé à réarranger.

— La maquette devait être extraordinaire.

— Elle était aussi vieille que le Sanctum lui-même, dis-je, le doigt pointé sur l'année gravée dans la pierre angulaire. On la mettait à jour à chaque nouvelle étape des travaux.

Simon s'empare d'un enchevêtrement de brindilles et de roseaux.

— Même les échafaudages ?

— Absolument. C'est utile pour ne pas avoir à se souvenir de tout. (Il repose les fragments du modèle miniature.) Que puis-je faire pour vous ? demandé-je.

Il se glisse derrière la table cassée, les mains dans le dos.

— Eh bien… quelque chose m'a interpellé, hier, après votre départ, mais j'étais trop fatigué pour mettre le doigt dessus. Il m'a suffi d'une bonne nuit de sommeil et de passer au peigne fin les notes de Juliane pour finir par comprendre quoi.

Une fois à l'autre bout de l'atelier, Simon se retourne pour me faire face.

— Vous vous appelez Cat, dit-il.

— Oui et alors ?

Je frotte mes paumes moites sur mon tablier de travail.

— « Rentre chez toi, petit chat », cite le vénatre. Le Selenae s'adressait à vous. La preuve, « Cat » veut dire « chat » en gallien.

Comme je ne réponds rien, il s'approche de quelques pas.

— Vous vous en êtes rendu compte à la lecture du rapport. Voilà pourquoi vous étiez aussi perturbée.

De près, je remarque que son visage est fin, affublé de pommettes et d'une mâchoire bien définies, mais que le bout de son nez est arrondi et légèrement retroussé, ce qui lui donne un air juvénile malgré son sérieux.

— Quelle importance ? Je ne l'ai pas entendu.

Un vrai mensonge, cette fois. Mon premier.

— Il vous observait et il y a de grandes chances pour qu'il vous ait suivie. C'est très intéressant…

Encore une fois, je ne sais pas vraiment quoi en penser. Cet homme n'a rien fait de mal, pour autant que je puisse en juger, et l'intérêt du vénatre pour cet inconnu semble inquiéter le magister Thomas.

— Je suis désolée. Je n'ai pas bien vu à quoi il ressemblait.

Simon soupire comme s'il savait que je ne lui disais pas toute la vérité.

— Vous me promettez de faire attention à vous et d'ouvrir l'œil ?

Je m'empresse d'acquiescer sans lui laisser le temps de me faire d'autres recommandations.

— Oui, je vous le promets.

— Bon… dit-il avant de s'éclaircir la voix. À présent, si vous le voulez bien, j'aimerais discuter de ce que vous avez bel et bien vu et entendu la nuit du crime.

Mes yeux se posent sur la pile de gravats près de mon pied gauche.

— J'ai déjà tout raconté à votre cousine.

— Je sais, mais il y a quelques anomalies.

Je lève aussitôt la tête, alarmée.

— Ce que je veux dire, c'est qu'il y a quelques éléments qui m'échappent encore et que j'ai besoin de vous pour les clarifier. C'est tout, me rassure-t-il. Vous n'allez pas avoir d'ennuis.

« Plus tu passes de temps avec le vénatre, plus tu cours le risque de lui apprendre quelque chose que tu regretteras. »

Je me mords la lèvre inférieure.

— En quoi puis-je vous aider ?

Le jeune homme se détend un peu en me voyant prête à collaborer.

— J'aimerais que vous interrogiez avec moi les habitants du quartier. Comme vous êtes de Collis, ils seront plus enclins à se confier à vous. Ensuite, j'aurais besoin de me faire une meilleure idée de ce dont vous avez été témoin cette nuit-là.

Du coin de l'œil, j'aperçois Mme La Fontaine sur le seuil de la cuisine. À son air réprobateur, je devine qu'elle a écouté aux portes – et ce, depuis le début de notre échange.

Malgré le danger, l'envie me démange de prêter main-forte à Simon, lui qui semble désormais avoir à cœur de découvrir ce qui est arrivé à Perrette.

Le magister Thomas est innocent. Par conséquent, la vérité ne peut pas lui faire de mal. L'avantage, même, c'est qu'en suivant l'avancée de l'enquête, je peux faire en sorte de détourner l'attention du vénatre de mon mentor, si besoin.

— C'est d'accord, je vous accompagne.

Chapitre 10

— Où sont Lambert et Juliane aujourd'hui ? demandé-je à Simon tandis qu'on longe la place du Sanctum. Ils ne vous assistent pas ?

Le jeune homme passe une main dans ses boucles blondes avant de glisser un pouce dans l'une des poches de sa tunique.

— Ils sont plongés dans les préparatifs du mariage de Lambert. Il vient de se fiancer avec dame Geneviève d'Êcre. Ce sera l'événement de l'année.

Voilà qui explique pourquoi, durant sa visite du Saint Sanctum, le comte s'inquiétait autant de la date de fin des travaux d'agrandissement de la voûte.

— Quel sera votre rôle dans ces festivités ?

— Le plus facile. Il me faudra juste passer une tenue digne de l'occasion et me tenir là où on me le dira.

Son sourire est hésitant, comme s'il n'avait pas souri depuis longtemps et ne savait plus trop comment faire. Malgré tout, je ne dois pas perdre de vue qu'il est le vénatre de cette enquête. Aussi est-il moins dangereux de ramener la conversation sur lui.

— Qui êtes-vous, exactement, pour les de Montcuir ?

— La sœur de ma mère était l'épouse du frère cadet du comte.

Simon, le dos soudain voûté, donne un coup de pied dans un caillou de la taille d'une petite prune, qui vient percuter la charrette d'un vendeur de friandises.

— C'est une relation lointaine, mais c'est la seule famille qui me reste, explique-t-il en esquissant de nouveau ce même sourire incertain. Je suis venu à Collis l'hiver dernier dans l'espoir de trouver un apprentissage ou un emploi quelconque, mais… (Il pince les lèvres.) Mon oncle avait d'autres plans pour moi.

Il n'est donc pas médecin. Je jette un coup d'œil à ses mains, en quête d'indices qui indiqueraient le type de travail qu'il a effectué par le passé. Pas de signes de callosité sur ses paumes ou ses doigts…

— Quel genre d'apprentissage vous intéressait ?

— J'aurais accepté n'importe quelle offre. Je n'ai ni expérience ni compétences.

Je ne peux m'empêcher de le dévisager tant je suis déconcertée par sa déclaration.

— N'êtes-vous pas un peu vieux pour commencer un apprentissage de zéro ?

— Vieux ? répète-t-il, abasourdi. Je veux bien admettre qu'à dix-huit ans, je suis un peu à la traîne, mais je ne suis certainement pas vieux.

Le rouge me monte aux joues et je regarde droit devant moi en croisant les doigts pour qu'il ne le remarque pas.

— Dix-huit ans ? Je croyais que vous aviez au moins le même âge que votre cousine.

— À vrai dire, j'en ai dix-neuf, maintenant… Mais si l'on considère la tâche que le comte m'a confiée, j'espère bien que les habitants de Collis n'y verront que du feu, comme vous.

Même si on n'est qu'à la moitié de notre traversée de la place, on peut déjà apercevoir le chemin des Prières.

Simon se racle la gorge.

— Puis-je vous poser une question sur votre famille ?

Mon cœur se serre.

— La famille dans laquelle je suis née ? Celle qui m'a élevée ? Ou bien celle que j'ai à présent ?

Un petit rire lui échappe.

— Je vois qu'on a les mêmes problèmes. Celle dont vous préférez parler.

L'empathie dont il fait preuve libère quelque chose en moi et me pousse à m'ouvrir à lui.

— On m'a laissée avec les sœurs de la Lumière quelques jours après ma naissance. La prieure considère que sa mission est d'éduquer toutes les orphelines qu'on lui confie. J'ai été scolarisée puis, à l'âge de douze ans, j'ai quitté l'abbaye pour travailler pour l'architecte.

— Et escalader les échafaudages.

J'en ai parlé à Juliane et à Lambert. Ce n'est donc pas une question.

— Au début, oui. Mais, aujourd'hui, je l'assiste aussi d'autres manières.

Une fois le transept dans notre dos, Simon élève la voix pour se faire entendre au milieu des bruits de construction.

— Si je comprends bien, désormais, votre famille, c'est lui.

— Eh bien, oui. Lui et Mme La Fontaine, l'intendante. Et Rémi.

— Qui est-ce ?

— L'ancien apprenti du magister Thomas. Il vient de terminer plusieurs semaines d'examens à Lutecia sous le mentorat d'un autre maître et de gagner ses galons de compagnon. C'est aussi le fils de Mme La Fontaine. Elle a eu besoin d'un toit après la mort de son mari, alors c'était un arrangement qui convenait à tout le monde.

— C'est cette femme qui nous a regardé partir, n'est-ce pas ? J'imagine que c'est un peu votre mère d'adoption.

— On s'entend à peu près…

L'intendante a toujours fait attention à ce que je sois nourrie et habillée correctement. Avec Mère Agnès, c'était différent. On n'arrêtait pas de se disputer mais, en un sens, c'était sa manière à elle de me montrer que je comptais à ses yeux.

Ce qui rend ses mensonges encore plus difficiles à accepter.

Lorsque l'on atteint le chemin des Prières, le Sanctum est loin derrière nous. Même si le bruit s'amenuise en un rien de temps, Simon ne poursuit pas notre discussion. Je lui en suis reconnaissante, car je m'attendais presque à ce que sa prochaine question concerne mes parents. La prieure m'a affirmé il y a des années qu'elle n'avait aucune idée de leur identité. C'était son premier mensonge.

Au bout d'une minute de silence, je me rends compte que Simon non plus n'a pas parlé de son père ni de sa mère.

Un garde est assis sur un tonneau devant la ruelle, occupé à se curer les ongles à l'aide d'un petit couteau. Quand un villageois s'arrête pour regarder dans la rue, l'homme lève la tête et lui grogne de passer son chemin, ce qui ne correspond pas tout à fait aux instructions laissées par le vénatre de surveiller le secteur et de noter si quelqu'un s'y attardait ou y passait plus souvent que de raison. À mesure qu'on s'approche, la sentinelle toise Simon comme pour le défier.

— Je crois qu'il ignore qui vous êtes, murmuré-je.

Le neveu du comte se redresse de toute sa hauteur, avant de se diriger droit vers l'homme en faction.

— Je suis le vénatre. J'ai été nommé par le prévôt en personne. Au rapport.

User de son titre ne lui vient pas naturellement mais il a de toute évidence décidé qu'il pouvait être utile.

Le garde se lève d'un bond en s'emparant de sa hallebarde posée à côté de lui pour se mettre au garde-à-vous.

— Rien à signaler, monsieur le Vénatre… répond-il respectueusement. Personne n'a essayé de fourrer son nez par ici sous ma surveillance ni sous celle d'aucun de mes collègues.

Il ne remet pas une seule seconde en question l'autorité de Simon. Lui a-t-on dressé le portrait de l'envoyé du prévôt ? Après tout, l'œil gauche du jeune homme est un signe assez distinctif pour permettre de l'identifier au premier regard.

— Pas étonnant… soupire le vénatre, exaspéré. Il faut que j'inspecte les lieux. Considérez-vous libre pour l'heure qui vient.

— Merci, monsieur le Vénatre.

L'homme s'éloigne d'un bon pas, impatient de profiter de cette opportunité inattendue.

— Eh bien, monsieur le Vénatre, par quoi commence-t-on ?

— D'abord, ne m'appelez plus jamais comme ça, me reprend-il, la mine sévère.

Je savais que le titre le mettait mal à l'aise mais, de toute évidence, c'est encore pire que ce je pensais : il l'a en horreur.

— Navrée, maître Simon.

— Simon, juste Simon, répète-t-il. Lumière toute-puissante, on a le même âge !

— Pas tout à fait. Vous avez deux ans de plus que moi.

— Vraiment ?

Il s'empourpre puis détourne le regard.

— Bon, ce n'est tout de même pas une grande différence d'âge, poursuit-il. Je vous appellerai Cat si vous m'appelez Simon. Et tant qu'on y est, je pense qu'on devrait se tutoyer. C'est d'accord ?

— C'est d'accord. Alors, par quoi veux-tu commencer ?

— Allons voir la femme que tu as vue après avoir découvert la victime. Où te trouvais-tu exactement ?

Je m'approche du tonneau.

— Ici.

Le jeune homme me rejoint pour observer la rue depuis ce point.

— Par quelle fenêtre a-t-elle regardé ?

— Celle-là, réponds-je en pointant du doigt une maison, six portes plus loin. Celle avec la planche réparée qui n'a pas encore été peinte.

Les yeux plissés, il tente de distinguer le volet dont je parle.

— Tu as vu ce détail de nuit ?

Le bout de mes doigts me picote et la soudaine bouffée d'angoisse qui m'envahit me fait frissonner.

— La lune brillait fort.

— Très bien. Allons-y.

Simon en tête, on se présente à la porte sous la fenêtre. Une femme ouvre, un nourrisson dans les bras. Un fichu taché de sueur sur la tête, elle ressemble comme deux gouttes d'eau à la mère de famille que j'ai aperçue cette nuit-là.

— Bonjour, madame, la salue mon compagnon. J'enquête sur le meurtre qui a eu lieu il y a deux nuits. Avez-vous vu ou entendu quelque chose ?

— Non, je n'ai rien entendu jusqu'à ce que tout le monde descende dans la rue.

Elle recule pour fermer le battant.

— Et la femme qui était debout avec le nourrisson ? demandé-je.

Sans prêter attention à la mine perplexe de Simon, j'insiste :

— L'une de vos voisines a affirmé que cette femme avait réprimandé quelqu'un pour avoir réveillé son petit.

— Restez là, répond l'inconnue, agacée, avant de refermer la porte.

— Ce n'est pas elle, la femme que tu as vue ? Comme on cherchait une mère et son nourrisson, j'ai supposé que c'était elle.

J'examine l'entrée de la maison pour éviter son regard.

— Celle que j'ai vue avait les yeux bleus.

— Tu as pu remarquer ce détail à une distance pareille ? s'étonne-t-il en jetant un coup d'œil vers la ruelle. Si le garde était encore à son poste là-bas, je suis à peu près certain que je ne réussirais pas à distinguer la couleur de ses yeux, et on est en plein jour !

Par chance, la poignée tourne à ce moment précis et une femme qui ressemble à s'y méprendre à notre précédente interlocutrice – sont-elles sœurs ? – se présente devant nous.

— Qu'est-ce que vous voulez ?

— Trois fois rien, répond Simon, affable. J'ai cru comprendre que vous aviez vu quelqu'un dans la rue la nuit du…

— La nuit du meurtre ? (Le vénatre confirme d'un signe du menton.) J'ai sorti la tête par la fenêtre et j'ai vu un ivrogne qui vidait ses tripes là-bas.

Elle pointe son doigt vers le haut pour désigner la fenêtre en question, puis la rue.

— Vous étiez déjà réveillée ? Depuis quand ?

— Je n'ai pas fermé l'œil de la nuit à cause du petit. Je venais enfin de réussir à l'endormir quand les cris de cet imbécile l'ont réveillé. (Elle hausse les épaules.) Plus tard, je me suis dit qu'il était peut-être tombé sur le cadavre de cette pauvre fille, mais quelle importance ? En tout cas, je n'ai rien vu d'autre.

Je suis envahie par une vague de nausée. Simon, lui, repart à la pêche aux indices.

— Et avant ça ? Vous n'avez rien entendu ?

— Non.

Elle commence à refermer le battant.

— Attendez ! m'exclamé-je en levant une main pour l'arrêter. Vous n'avez pas du tout entendu la victime crier ? Je vous en prie, on aimerait juste déterminer le moment exact de sa mort.

— Non, rien de rien, répond-elle en me toisant d'un air suspicieux. C'était une nuit calme. Plus que d'habitude, je dirais, même à l'approche de l'orage.

Je n'ai pourtant pas pu être la seule à avoir perçu les appels à l'aide de Perrette.

— Est-ce que vous pensez que les pleurs de votre petit ont pu vous empêcher de l'entendre ?

La femme recule, catégorique.

— Impossible, j'étais en train de lui donner le sein. C'est la seule manière de l'endormir. Enfin, je dois bien reconnaître que, cette nuit-là, j'ai eu un mal de chien à le coucher.

Je m'avance d'un pas vers elle.

— S'il vous plaît, c'est important…

— Cat, dit Simon avec douceur. Elle n'a rien remarqué.

La jeune mère me claque la porte au nez.

Chapitre 11

— Je ne comprends pas, chuchoté-je.

Simon m'étudie avec attention.

— Tu ne comprends pas pourquoi tu es la seule à avoir entendu Perrette ?

Hébétée, je hoche la tête en m'éloignant de la maison à laquelle on vient de sonner.

— Je vois plusieurs explications possibles… dit-il. D'abord, cette femme pourrait avoir menti.

— Mais pourquoi ? Ne tient-elle pas à ce que le meurtre soit résolu ?

Le jeune homme me fait signe de le suivre vers la ruelle.

— Elle ne pense pas qu'il le sera et elle a de bonnes raisons d'en douter. Moins elle est impliquée, mieux c'est, surtout si le fils du prévôt est l'un des suspects.

Simon croit-il lui aussi que cette enquête n'aboutira pas ? On a beau continuer à frapper aux portes, aucun des habitants n'admet avoir entendu quoi que ce soit avant mes cris et ceux de la mère de famille. Le tapage nocturne est courant dans ce quartier, si bien que personne ne s'est donné la peine d'aller voir ce qui causait ce vacarme avant que la garde ne soit appelée.

On s'approche désormais de la dernière habitation depuis laquelle on aperçoit la venelle.

— Pour quelle autre raison serais-je la seule à avoir entendu Perrette ? demandé-je à mon compagnon. Tu as dit qu'il y avait plusieurs explications possibles.

— La nature acoustique des lieux aurait pu empêcher le son de sortir de la ruelle mais pas d'aller vers le haut. Tu vois ce que je veux dire ?

— Évidemment, répliqué-je, avec la désagréable impression qu'il me prend pour une imbécile. L'acoustique est essentielle dans la conception du Sanctum.

Même si je n'ai jamais été capable de maîtriser la géométrie nécessaire, j'en comprends le principe. Les angles et les courbes des murs sont utilisés pour créer de l'écho et amplifier les voix depuis l'autel jusqu'à tous les coins de l'édifice. J'ai remarqué le même phénomène quand, perchée sur le toit d'une des maisons à proximité de la venelle, je les ai espionnés, Juliane et lui – mais je m'abstiens de mentionner cet épisode. Si l'acoustique et le jargon des médecins ne lui sont pas étrangers, ça signifie que Simon a reçu une éducation aussi bonne que celle de Rémi, si ce n'est meilleure.

Lorsque personne ne vient ouvrir la dernière porte du pâté de maisons qu'on patrouille, on décide de retourner sur les lieux du crime.

— Commençons par le début, dit le vénatre à l'entrée de la venelle. Qu'est-ce que tu as vu quand tu as regardé par ici cette nuit-là ?

Plus loin dans la rue, des yeux argentés soulignés de khôl croisent les miens et je me fige. Sans me laisser le temps de faire la mise au point, ils disparaissent soudain.

— Catrin… dit une voix qui me paraît lointaine.

Je sursaute quand le visage de Simon apparaît tout à coup dans mon champ de vision. L'éclat dans son œil gauche ressort comme un nœud noir dans une planche de chêne.

— Oui ?

— Quelque chose ne va pas ?

Le Selenae est parti… s'il a jamais été là.

— Non, rien, réponds-je à la hâte.

À son expression, je vois bien qu'il ne me croit pas vraiment.

— Bon… Qu'est-ce que tu as vu cette nuit-là ? répète-t-il avec un geste vers la venelle.

— L'obscurité, dis-je simplement.

— Et tu y es quand même allée ?

— Il y avait… commencé-je en m'efforçant de me remémorer la scène. Il y avait un rayon de lune sur le mur et des empreintes boueuses qui sortaient de la ruelle. L'odeur du sang était très prononcée.

— Et tu y es quand même allée ? répète-t-il sans en revenir.

Son incrédulité me fait me hérisser.

— Est-ce que tu doutes de mon témoignage ?

— Je doute de ton bon sens, maugrée-t-il en s'avançant vers le lieu du crime.

Je le suis avec méfiance. Je me rappelle la sensation étouffante que j'ai éprouvée en pénétrant dans les ténèbres, la nuit du meurtre. Simon s'arrête près de la tache de sang sur le mur, à moitié effacée par la pluie.

— C'est ce que tu as remarqué en premier ?

Un frisson me remonte le long de l'échine. La première fois que je l'ai aperçue, c'était au Sanctum.

— Oui, réponds-je. Les rayons de la lune l'éclairaient.

— Et ensuite ?

— Eh bien… commencé-je avant de marquer une pause.

Ce soir-là, j'ai éprouvé le besoin de vérifier si le mur avait la même sensation que dans mon souvenir.

— Je me suis dit que ces marques ressemblaient à des traces de doigts et j'ai voulu y superposer les miens pour voir.

Voilà ce que j'avais oublié : j'ai tendu la main et… ce n'est que lorsqu'elle est entrée dans la lumière sélénite que la scène m'est apparue comme en plein jour. Mes sens en ont été décuplés : non seulement ma vue, mais aussi mon ouïe, mon odorat… Mes sensations étaient si fortes qu'elles m'ont submergée. J'ai même perçu les pensées de Perrette, à croire qu'elles flottaient dans l'air avec l'odeur de son parfum… et celle de son sang. Jusqu'à cet instant-là, pourtant, ça avait été le calme plat.

Même chose quand je l'ai entendue crier, quand j'ai vu son sang comme s'il s'agissait du mien, quand j'ai senti mes doigts racler la surface rugueuse, quand la voix claire du Selenae est parvenue à mes oreilles et que les détails du visage de la jeune mère à la fenêtre me sont apparus… Tous ces événements se sont déroulés sous la lumière de la lune.

C'est elle qui, d'une manière ou d'une autre, m'a affectée.

Mon bras toujours tendu devant moi, je suis hypnotisée comme je l'ai été cette nuit-là. Simon pose doucement la main sur mon coude, ce qui me ramène au présent. Je lis de la pitié sur ses traits.

— Et c'est là que tu as vu la victime ?

— Oui, dis-je d'une voix étranglée en laissant mon bras retomber le long de mon corps.

— Qu'as-tu pu distinguer ?

— Tout.

Devant son air sceptique, je cherche au plus vite une explication qui tient la route.

— Grâce aux éclairs, la ruelle a été éclairée durant quelques secondes.

— Ah, je vois…

En réalité, les lieux ont été illuminés bien plus longtemps et l'orage n'était pas assez proche à ce moment-là. Sans compter que les éclairs n'ont aucun impact sur l'ouïe. Comment expliquer ce que j'ai entendu ?

C'était de la magie. Il n'y a pas d'autre mot.

— En fait, on peut très facilement reconstituer la scène.

Simon s'approche du mur, les mains levées comme pour tenir un être invisible contre lui.

— Le meurtrier lui a tranché la gorge en se mettant derrière elle. La preuve, le sang a giclé sans rencontrer un seul obstacle.

Il ferme le poing puis le place à la hauteur de son cou et le fait glisser de gauche à droite.

— Elle a dû pousser un cri… celui que tu as entendu… juste avant de se faire attaquer, poursuit-il d'une voix douce. Après, elle n'aurait pas pu émettre le moindre son.

Cette déduction – et le fait de savoir qu'elle est bonne – me glace le sang.

— Mais elle ne s'est pas laissée faire, murmuré-je.

Je dois faire attention à ne pas lui révéler que je suis au courant de ce qu'il a fait observer à Juliane, ici même, la nuit du meurtre.

— Oui, c'est sans doute pour cette raison qu'il l'a poignardée… Il a dû paniquer.

Le poing baissé à la hauteur de son hypogastre – un mot que je n'oublierai jamais –, il frappe plusieurs fois avec un couteau invisible avant de désigner une trace plus bas sur le mur.

— C'est ce qui explique la présence de sang à cet endroit, poursuit-il.

Même si je sais qu'il a raison – à nouveau –, impossible de le lui confirmer.

Penché en avant, Simon recule, les bras disposés comme s'il portait quelque chose de lourd.

— Ensuite, il l'a traînée jusqu'ici.

Une fois devant la tache sombre sur la terre battue, il se redresse.

— Mais pourquoi l'avoir déplacée ? se demande-t-il, le regard lointain. (On verrait presque les rouages de son cerveau tourner pour trouver comment cet élément s'insère dans le puzzle.) La ruelle est plus étroite par ici alors que le tueur avait largement assez de place là-bas.

Moi, je sais pourquoi.

— Il a fait en sorte de la mettre à un endroit où elle serait éclairée par la lune.

Simon me regarde, bouche bée.

— Mais oui, c'est ça ! Il avait besoin de la voir, s'exclame-t-il avant de se remettre à murmurer. Sauf qu'elle aussi pouvait le voir et ça, il n'a pas apprécié du tout…

Parmi toutes ses observations, celle-ci est la plus terrifiante.

— N'as-tu pas dit qu'elle était morte avant qu'il ne lui arrache les yeux ? fais-je remarquer.

Je m'aperçois soudain que j'ai commis une erreur : le vénatre ne sait pas que j'ai tout entendu de leur conversation, à Juliane et lui. Heureusement, il ne paraît pas s'en rendre compte.

— Si… dit-il en se frottant la mâchoire. Il a aussi écrasé son visage à l'aide d'un objet lourd. Je ne sais pas de quoi il s'agit pour l'instant.

Cieux tout-puissants, le marteau !

Perrette avait celui de l'architecte avec elle et le tueur s'en est servi contre elle. Lorsqu'on retrouvera l'arme, elle mènera tout droit au magister Thomas. Je recule d'un pas chancelant en cherchant du regard un éclat doré dans la boue, bien que l'arme du crime aurait sans doute déjà été découverte si le meurtrier l'avait laissée sur place. Simon se précipite vers moi et serre mon poignet dans sa main.

— Cat ? Est-ce que ça va ?

Il me croit sur le point de m'évanouir. Peut-être est-ce le cas… Après tout, l'étourdissement me gagne. Au moment où mes genoux cèdent, l'autre main du jeune homme me rattrape par la taille, puis il passe mon bras par-dessus son épaule avant de me tirer – il me soulève presque – hors de la ruelle.

Quand on sort dans la rue principale, des têtes se tournent vers nous. Deux paires d'yeux soulignés de khôl nous fixent. À moins que ce n'en soit qu'une seule et que je voie double. Je cligne des paupières pour faire la mise au point mais le visage – les visages ? – s'évanouit tandis que Simon me fait m'asseoir sur le tonneau à l'entrée de la venelle. Il pose une paume sur ma joue, histoire de me maintenir la tête droite.

— Catrin ?

— Cat, protesté-je, non sans grimacer.

— Tu es encore avec moi ?

Impossible de lui révéler ce dont je viens de prendre conscience. D'un autre côté, je n'ai pas non plus envie qu'il me croie faible.

— Je vais bien, affirmé-je.

— Tu n'en as pas l'air, dit-il en se redressant. Je suis navré. J'étais tellement plongé dans cette reconstitution des événements que j'ai oublié l'espace d'un instant combien une scène pareille pouvait être… choquante.

À ses yeux, c'est l'horreur du crime qui m'a donné le vertige. Eh bien, soit, je ne compte pas le détromper !

— Qu'est-ce qui pousse un être humain à commettre des actes aussi horribles ?

Existe-t-il même une réponse à cette question ? Simon, lui, réplique sans hésitation :

— La rage, principalement. Perrette l'a mis en colère, mais ce n'est pas elle, sa véritable cible. Il ne peut pas atteindre la femme de laquelle il a besoin de se venger, soit parce qu'il la craint, soit parce qu'elle est inaccessible.

Comment en sait-il autant ? Si la question me brûle les lèvres, une autre, plus importante encore, me vient.

— Si le meurtre de Perrette n'a pas satisfait ses appétits de vengeance, alors ça veut dire quoi ?

La mine grave, Simon répond :

— Ça veut dire qu'il ne fait que commencer.

***

Sur le chemin du retour, on marche en silence. À chaque pas, les dernières paroles du vénatre me reviennent en mémoire et me glacent d'effroi.

« Il ne fait que commencer. »

Le lien que j'ai établi entre la lune et tout ce que j'ai perçu la nuit du crime s'infiltre aussi dans mes pensées. Au fur et à mesure qu'on s'éloigne de la ruelle, cette théorie me paraît de plus en plus farfelue.

Nous voilà devant la porte de la maison de l'architecte.

— Merci pour ton aide aujourd'hui, Catrin… pardon, Cat, se reprend le jeune homme en me saluant. Et désolé pour tout à l'heure.

— Attends, m'écrié-je en l'empoignant par le bras sans lui laisser le temps de réagir. Tu pensais vraiment ce que tu as dit sur le tueur ? Va-t-il commettre d'autres meurtres ?

Son regard las donne l'impression qu'il est bien plus âgé qu'il ne l'est.

— Oui, confirme-t-il. Et ce sera même de pire en pire.

J'ai du mal à imaginer comment ça pourrait l'être mais, de toute évidence, pas lui.

— Quand ?

— Ce soir, dans une semaine, dans un mois… Peut-être même dans un an ou dans une autre ville. Si ça se trouve… ce n'était pas la première fois qu'il tuait.

— Comment l'arrêter ? En le prenant sur le fait ?

— Oui, si on a de la chance et que j'arrive à prédire son prochain meurtre, soupire Simon. Malheureusement, avec une seule victime sous la main, difficile de deviner quoi que ce soit. Sans compter que je suis nouveau dans cette cité et que je ne sais pas encore très bien comment m'y repérer.

— Le magister Thomas possède des cartes de Collis. Je pourrais te les apporter demain. J'aimerais beaucoup continuer à t'assister dans cette enquête.

— Es-tu certaine d'avoir le cœur bien accroché ? s'enquiert-il, l'ébauche d'un sourire aux lèvres.

Bien sûr, j'ai envie de protéger l'architecte. Mais ce n'est pas mon unique motivation…

— J'ai l'impression que… commencé-je en butant sur mes mots. Que, d'une certaine façon, j'étais censée trouver Perrette. Après tout, je suis la seule à l'avoir entendue.

Simon pousse un petit soupir.

— Bon, c'est d'accord alors. Et merci pour les cartes. Peux-tu me les apporter après-demain, dans la matinée ?

Un léger sourire étire de nouveau le coin de ses lèvres. Est-ce que la perspective de ma compagnie… le réjouirait ?

— Pourquoi pas demain ? demandé-je.

Il se rembrunit aussitôt.

— Juliane sera trop fatiguée. Elle ne se sent pas très bien en ce moment.

J'aurais dû m'en douter. Il préfère éviter de trop avancer dans l'enquête en l'absence de sa cousine. Il faut dire que c'est elle qui a rédigé presque toutes ses notes. Et puis, demain, c'est le jour du Soleil.

— J'espère qu'elle se rétablira vite.

Simon ouvre la bouche pour me répondre avant d'y renoncer.

— À dans deux jours ! dit-il avant d'incliner poliment la tête pour me saluer.

Je le regarde s'éloigner. Malgré l'horreur de la situation, il me tarde déjà d'être après-demain.

***

Au souper ce soir-là, Mme La Fontaine pose avec fracas une assiette devant moi.

— Tu vas finir par nous attirer des ennuis à te mêler de ce qui ne te regarde pas.

— Moi ? Mais c'est le vénatre qui est venu me demander mon aide.

— Peut-être bien, mais c'est toi qui lui as proposé de continuer à l'assister dans son enquête.

L'intendante verse de la sauce sur la viande de chacun des convives, à commencer par son fils, qui ne fait que me jeter des regards noirs depuis qu'il est rentré de sa journée de travail.

Le magister Thomas, lui, garde le silence, sans prendre parti. Il me faut le gagner à ma cause. Après tout, c'est sa maison, ses règles.

— Je lui ai montré où je me trouvais la nuit du meurtre et ce que j'ai vu, c'est tout.

— Tu l'as emmené dans la rue des Plaisirs, grommelle Rémi. Le Soleil sait pourquoi…

Outrée par son sous-entendu, je le foudroie des yeux. Il a dû nous voir traverser la place du Sanctum. Comment peut-il seulement croire que j'y aie accompagné Simon pour d'autres raisons que l'enquête ?

— C'est là que le meurtre a été commis.

— Alors comme ça, tu y étais aussi cette nuit-là ?

— Non, j'étais au Sanctum, rétorqué-je en contenant à grand-peine ma colère. Figure-toi que je me suis retrouvée à inspecter l'échafaudage de nuit, parce que j'ai dû m'occuper de toutes tes corvées, alors que monsieur prenait son temps pour rentrer de Lutecia.

Il tape du poing sur la table.

— J'ai le droit de faire ce que je veux, je l'ai mérité ! Je ne suis plus à la disposition de personne !

— Tu l'es si on te paie un salaire !

— Silence, tous les deux, dit le maître architecte de sa voix grave.

Son intervention met fin à notre dispute. Penauds, on tourne la tête vers lui.

— Tu as raison de penser que ton temps t'appartient, désormais, Rémi. Après des années de dur labeur, tu as le droit de prendre un jour ou deux pour célébrer ta réussite. Tu devrais être fier.

Mon ami m'adresse un sourire suffisant. J'ai envie de lui tirer la langue mais je me retiens. Avant qu'il ne se mette à lancer en l'air ces accusations ridicules, je me fichais bien qu'il ait mis aussi longtemps pour rentrer. Le Soleil sait qu'il avait besoin d'un peu de temps pour lui.

— En revanche... reprend notre mentor d'un ton sévère avant de marquer une pause. Cette toute nouvelle émancipation ne t'autorise pas à dire à Catrin quoi faire ni qui fréquenter. C'est mon assistante, pas la tienne, et tu vas lui présenter tes excuses pour avoir insinué ce que tu as insinué.

C'est à mon tour d'afficher un sourire narquois. Rémi baisse la tête, piteux, puis murmure quelque chose qui ressemble vaguement à un « je suis désolé », comme s'il s'adressait à son repas. Reste que le maître architecte n'en a pas terminé avec lui.

— Que ce soit bien clair : je t'interdis de parler de Catrin en ces termes devant qui que ce soit. Si j'entends la moindre rumeur et qu'elle remonte jusqu'à toi, tu ne trouveras plus jamais de travail à Collis. On ne te laissera même pas pelleter du fumier.

Les oreilles du jeune homme prennent une teinte de rouge plus foncée encore que le vin dans son verre.

Sa mère, elle, serre la mâchoire aussi fort qu'elle tient la cuillère dans son poing et elle nous tourne bientôt le dos pour poser la casserole vide sur le plan de travail. Si son fils venait à partir, je doute qu'elle resterait à Collis. La menace du maître architecte est donc à double tranchant.

— Quant à toi, Cat… poursuit mon mentor. Le vénatre avait besoin de toi aujourd'hui, soit. Mais que peux-tu faire de plus ?

Ce qu'il me demande réellement, c'est si je me souviens de son avertissement. Seulement, il ne sait pas pour le marteau disparu.

— Simon pense qu'il y aura d'autres meurtres comme celui-là, réponds-je.

Rémi ricane, méprisant. En réponse à l'opinion du vénatre ou parce que j'ai utilisé le prénom de ce dernier ?

— Selon lui, Perrette pourrait ne pas être la première victime du tueur.

— Et comment est-ce que… Simon saurait une chose pareille ? s'enquiert l'architecte, qu'autant de familiarité semble mettre mal à l'aise.

— Il sait ce que l'assassin pensait, ce qu'il éprouvait et pourquoi il a traité le corps de Perrette comme il l'a fait, insisté-je. Même si je ne comprends pas tout à fait comment c'est possible, Simon a l'air sûr de ce qu'il avance.

— Si ça se trouve, c'est lui, le meurtrier, marmonne Rémi.

— Le vénatre a besoin de plans de la cité, poursuis-je, sans écouter sa remarque. Je lui ai promis de lui prêter certaines de vos anciennes cartes. Et puis, il peut aussi compter sur dame Juliane et Lambert de Montcuir. Mon aide ne serait que ponctuelle.

Mon mentor soupire en fixant son assiette.

— Toi aussi, tu as travaillé très dur, surtout ces dernières semaines, et tu mérites de prendre du temps pour toi. Tant que tu inspectes les échafaudages comme prévu, alors je t'autorise à assister le vénatre dans son enquête. Perrette vaut la peine que justice lui soit faite. Si on peut aider, il n'y a pas de raison de ne pas le faire.

Je hoche la tête avec enthousiasme mais le magister Thomas n'en a pas non plus fini avec moi.

— J'ajoute une autre condition : j'aimerais que tu recommences tes visites hebdomadaires à Mère Agnès. Il ne lui reste plus beaucoup de temps sur cette terre. Peu importe pourquoi vous vous êtes brouillées, trouve le moyen d'apaiser ta colère. Elle mérite ton indulgence, surtout après tout ce qu'elle a fait pour toi.

— Oui, magister, dis-je, obéissante. Merci…

— Bien. Maintenant, Rémone, parle-moi de ton nouveau plan pour la voûte, lance l'architecte.

Rien ne remonte autant le moral de Rémi que de pouvoir discuter de plafonds. De mon côté, je mange mon repas en ne les écoutant que d'une oreille.

Même si l'idée est loin de me réjouir, j'avais déjà décidé d'aller voir la prieure demain. Peu de citoyens ont voyagé autant que Mère Agnès. Si quelqu'un peut m'en apprendre plus sur Mesanos, la ville d'origine de Simon, c'est bien elle.

Chapitre 12

Dans la rue ensoleillée que j'emprunte, mes pieds s'accordent malgré moi au rythme du chant des sœurs de la Lumière qui s'élève du jardin du couvent, derrière le rempart est. Leur psalmodie associée aux senteurs de la terre retournée et du romarin fraîchement coupé font remonter de nombreux souvenirs doux-amers. Je caresse du bout des doigts la pierre régulière et le tracé du ciment. Tout en reconnaissant la sécurité que ces murs offraient à des orphelines telles que moi, je les ai toujours détestés.

Une pierre dépasse un peu plus que les autres. Je la tapote avant de frôler de la main un trou de la taille d'un poing creusé dans le mortier. Très souvent, cette échelle secrète m'a permis de rentrer dans l'abbaye sans en franchir le portail.

La dernière fois que je suis passée par-dessus l'enceinte, c'était quand le magister Thomas m'a suivie après que j'ai dû escalader un bâtiment haut de deux étages pour échapper à une bande d'enfants des rues. J'ai cru que je m'étais attiré des ennuis, qu'il était l'homme qu'ils avaient détroussé, mais non : il a juste demandé à Mère Agnès s'il pouvait m'engager.

Quelque part de l'autre côté, la bourse remplie de pièces que j'ai fauchée ce matin-là est enterrée derrière un cabanon. Comme je l'avais subtilisée à des voleurs et que je n'avais aucune idée de l'identité de son propriétaire, je n'ai éprouvé aucun remords à la mettre de côté pour le jour où je quitterais le couvent pour de bon. Depuis que je travaille pour l'architecte, cette précaution est devenue superflue, mais l'argent est toujours là, au cas où…

Arrivée à l'angle, je tourne à droite. Le portail principal du couvent est situé sur la façade orientée vers le sud, la plus ensoleillée. C'est censé être symbolique. De l'autre côté de la rue se trouve l'extrémité nord de l'enceinte qui renferme le Quartier des Selenae. Je me suis souvent demandé si c'est le peuple de la Nuit qui, le premier, s'est installé dans les faubourgs de Collis ou si l'abbaye de Solis a été construite pour faire rempart entre lui et le reste de la cité. Je crois que même la prieure l'ignore.

Quoi qu'il en soit, un enchevêtrement de plantes grimpantes recouvre le mur extérieur, ainsi que la plupart des maisons et des fenêtres qui font face au nord ombragé. Des bras verts forment des arches au-dessus des différentes rues étroites qui mènent à l'intérieur de ce secteur. Les délicates fleurs de lune blanches et violettes ne s'ouvrent que la nuit, lorsque les Selenae se confinent dans leur Quartier.

Belle fleur blanche repliée,
Toute la journée demeure cachée.
Les Selenae doivent rentrer
Quand ton visage pointe le bout de son nez.

Au moment de sonner la cloche de bronze de l'abbaye, je fredonne cette mélodie sans même m'en rendre compte.

Cette comptine est souvent la première qu'apprennent les enfants de Collis, mais je n'y ai plus songé depuis des années. Le temps qu'on vienne m'ouvrir, j'entreprends de fouiller du regard les fenêtres sous les feuilles en forme de cœur, en quête de signes de l'homme balafré qui me surveille peut-être depuis l'intérieur, tout en continuant à chantonner comme si le refrain pouvait me protéger.

La religieuse qui vient à ma rencontre d'un pas traînant n'a presque plus rien à voir avec celle qui m'a enseigné cette chanson. À trois pas du portail, sa main – qui fait désormais penser aux serres d'un oiseau – tâtonne pour trouver la porte tandis que ses yeux vides me regardent sans me voir.

— Qui va là ? s'enquiert-elle d'une voix éraillée.

— C'est moi, Cat.

Comment va-t-elle réagir à ma présence après notre dernière dispute ?

Son sourire creuse des rides sur ses joues et ses yeux aveugles s'illuminent, telle l'aube au lever du soleil.

— Catrin ?

— Oui, je suis venue vous voir.

Je ne m'attendais pas à un accueil aussi joyeux de la part de la vieille femme. Mais bientôt ses sourcils clairsemés se froncent et sa bouche se tord pour marquer son scepticisme. Voilà qui lui ressemble davantage !

— Toi, tu veux quelque chose, déclare-t-elle.

— Le magister Thomas m'a dit que vous n'alliez pas bien. (Aucune réaction.) Et je tenais aussi à vous présenter mes excuses, ajouté-je en poussant un soupir.

— Hmm… grogne la prieure. Quoi que tu veuilles, tu es vraiment prête à tout pour l'obtenir, à ce que je vois.

Elle tire un trousseau de clefs de sous sa cape de laine grise. Même si elle choisit la bonne du premier coup, il lui faut plusieurs tentatives pour l'insérer dans la serrure. Le portail rouillé s'ouvre en grinçant, puis je passe sous le porche en arc, éblouie par les rayons du soleil qui mouchettent de petits points violets mon champ de vision. Derrière moi, Mère Agnès referme la porte à clef avant de raccrocher le trousseau à sa ceinture.

Afin de briser la glace, j'opte pour l'humour.

— Vous avez raison. Qu'est-ce que je ne donnerais pas pour les biscuits au gingembre de sœur Louise ! Je les ai sentis depuis le Sanctum.

Les fines lèvres de la religieuse frémissent tandis qu'elle me guide dans le couloir lugubre.

— Eh bien, puisque tu as fait tout ce chemin, tu ferais aussi bien de prendre le thé avec moi.

La prieure effleure le mur du bout des doigts comme je l'ai fait dehors. Contrairement à moi, ce geste lui sert à repérer l'angle après lequel tourner, ainsi qu'à trouver la porte de son salon.

À notre entrée, une sœur assise derrière un bureau encombré de registres et de parchemins se lève d'un bond.

— Catrin ! s'écrie-t-elle et l'ombre du sourire pétillant dont je me souviens bien apparaît sur son visage.

— C'est toujours Cat ! lui redis-je en levant les yeux au ciel. C'est toi qui m'as donné ce surnom, tu te rappelles ?

— Bien sûr que oui !

Marguerite jette un regard nerveux à la prieure. Ce n'est qu'à ce moment-là que je m'aperçois que mon amie porte la tenue complète des sœurs de la Lumière : sa chevelure est cachée sous une coiffe blanche et un collier de perles pend jusqu'à sa taille.

— Quand as-tu prononcé tes vœux ?

Mère Agnès se dirige vers un fauteuil capitonné usé comme si elle n'écoutait pas notre conversation, alors qu'il est évident que si.

— Au solstice d'hiver. C'est la tradition, tu le sais bien.

La cérémonie a lieu le jour le plus court de l'année pour symboliser la manière dont une sœur est censée grandir dans la Lumière chaque jour que le Soleil fera après cette date.

— Et tu ne m'as pas invitée ?

Marguerite triture nerveusement ses mains délicates tandis que la prieure me répond en prenant place sur son siège.

— Je lui ai dit qu'elle devait donner les invitations en mains propres. Or tu n'étais jamais là pour la recevoir.

Les yeux bleus de mon amie brillent de larmes. Marguerite pleurait toujours pour les autres, souvent lorsque j'étais punie. Rien n'a changé, à ce que je vois.

— Je suis désolée, Marguerite, soupiré-je. J'étais tellement…

— Fière, termine à ma place Mère Agnès.

— J'allais dire « en colère ».

Et à juste titre !

— La colère est une forme de fierté, insiste la prieure en s'adossant à son siège.

Je ne sais pas si elle a raison et, pour être honnête, je m'en moque. Seulement je suis navrée que mon amie ait souffert par ma faute.

— Tu t'es coupé les cheveux, alors ? lui demandé-je.

J'ai un pincement au cœur à cette idée. Toute ma vie, j'ai envié les magnifiques boucles de Marguerite, en partie parce qu'à côté de leur teinte soyeuse, proche du noir, les miens rappellent la couleur de la boue.

Elle éclate d'un petit rire discret.

— Non, pas encore. On m'a autorisé à les garder jusqu'à l'automne pour qu'ils poussent encore un peu plus.

— L'automne ? Mais pourquoi… Oh !

La grande foire de Collis. Des marchands et des artisans viennent de tous les coins de Gallia, y compris des perruquiers.

— Tu pourras les vendre aux enchères.

— L'argent servira à acheter un nouveau métier à tisser, ce qui augmentera notre production, m'explique Mère Agnès.

L'abbaye est autosuffisante et fait même du profit grâce à la vente du tissu fabriqué par les sœurs et les novices. Mais leur métier à tisser est plus ancien que la prieure.

— Je suis heureuse d'apporter ma contribution, affirme Marguerite.

C'est tout elle, ça…

— Vous rattraperez le temps perdu lors de la prochaine visite de Catrin, ma sœur, nous coupe la vieille femme. Pourriez-vous nous préparer du thé pendant que nous discutons affaires ?

J'étouffe un ricanement. À l'écouter, on dirait qu'on s'apprête à marchander sur le prix de la laine.

— Et des biscuits au gingembre, s'il te plaît, ajouté-je, tout en prenant place sur le long canapé dur à la droite de la prieure.

— Comment avancent les travaux d'agrandissement du Sanctum ? s'enquiert Mère Agnès, une fois la porte close.

On n'abordera aucun sujet d'importance tant que Marguerite sera dans les parages.

— On va s'attaquer à la voûte dans quelques semaines. Les tailleurs de pierre ont passé tout l'hiver à préparer des blocs pour les arches.

Lorsque mon amie revient, un plateau entre les mains, je suis encore en train de décrire comment ces blocs seront installés sous le toit en bâtière. Marguerite passe un peu de temps à arranger la tasse, la soucoupe et les biscuits d'une manière précise devant la prieure, puis verse le thé ainsi que la crème sucrée. Prévenante, elle pose le miel en face de moi, car c'est ce que je préfère, et laisse une petite pile de gâteaux en plus à mon intention en m'adressant un clin d'œil. En patientant, je me demande comment amener la conversation sur le sujet qui m'intéresse.

Comme chacun des trois époux de Mère Agnès habitait dans un pays différent, elle a beaucoup voyagé – si ce n'est plus que le magister Thomas. À la mort de son dernier mari, la fortune accumulée – et le manque d'héritier – a attiré l'attention du roi lui-même. Il avait déjà une reine, mais ça ne l'a pas empêché de vouloir unir la riche veuve à l'un de ses vassaux.

Convoquée à la Cour, dame Agnès s'est arrêtée en chemin à l'abbaye de Solis pour s'y reposer. Elle ne l'a plus jamais quittée. Dans la très jolie lettre qu'elle a écrite au souverain, elle a décrit l'appel du Soleil, reçu en rêve, qui lui commandait de rester et de servir l'ordre des sœurs de la Lumière. À partir de ce moment-là, tous ses biens ont appartenu aux supérieurs spirituels de Collis et elle a aussitôt été élue prieure, un poste qu'on occupe à vie – même une ordonnance royale ne peut s'y opposer.

Au cours des quatre décennies qui ont suivi, Mère Agnès a transformé l'abbaye, qui est passée d'une communauté d'environ douze sœurs à un centre d'éducation religieuse qui suscite plus de vocations que n'importe quel autre sur le continent. Son succès vient en grande partie du fait que la majorité des pensionnaires du foyer pour orphelines qu'elle a fondé passent sans transition des salles de classe au cloître.

Ces habiles tactiques de recrutement mises à part, force est de constater que la vie offre à des orphelines telles que Marguerite et moi peu de possibilités meilleures que celle-là.

— J'ai appris qu'un meurtre avait été commis, déclare Mère Agnès dès que mon amie referme la porte derrière elle en nous laissant seules. Et que tu étais impliquée.

Je n'ai jamais su d'où elle tenait ses renseignements, mais ils sont toujours exacts.

— Dis-moi… poursuit-elle en portant sa tasse à ses lèvres. Pourquoi le prévôt a-t-il assigné un vénatre pour enquêter sur la mort de cette malheureuse ?

— Pour deux raisons. Le crime était plus horrible encore que tout ce que l'on peut imaginer, et Oudin de Montcuir a admis avoir… euh… été en compagnie de la victime ce soir-là.

— Voilà pourquoi ni le comte ni son fils aîné ne mènent cette investigation.

— Exactement. Enfin, Lambert de Montcuir y participe quand même. Le vénatre… Simon… est un parent éloigné, très instruit, déterminé à résoudre ce crime. J'ai décidé de lui apporter mon aide, moi aussi. Après tout, c'est moi qui ai découvert le corps.

— Que faisais-tu dans la rue en pleine nuit, Catrin ? demande Mère Agnès, la mine sévère.

— J'inspectais les échafaudages du Sanctum. (Elle n'a jamais aimé mon penchant pour l'escalade, même avant qu'il m'emmène loin de l'abbaye.) On avait pris du retard et je vois très bien la nuit.

— À quel point ? s'enquiert-elle d'un ton étrange qui me fait frissonner.

— Assez bien pour me permettre de faire mon travail.

L'espace de quelques secondes, le seul son qui s'élève dans la pièce est le sifflement de la respiration de mon interlocutrice.

— Tu ne devrais pas sortir la nuit, finit par dire la prieure. Ce n'est pas sûr. Ce meurtre en est la preuve. J'ai bien envie d'écrire au magister Thomas pour lui dire ce que je pense de tes conditions de travail.

Au cours de l'année qui a suivi mon départ du couvent, elle lui a envoyé un message cinglant chaque semaine. Je doute sincèrement qu'une nouvelle missive ait le moindre effet…

— Parle-moi de ce Simon, dit Mère Agnès en plongeant le nez dans sa tasse.

— Pourquoi ? lui demandé-je, prise au dépourvu.

Ses yeux sans cils me fixent, impénétrables.

— Allons, Catrin, je suis peut-être aveugle mais je ne suis pas sourde. Il te plaît.

Je me repasse notre échange en m'efforçant de me rappeler ce que j'ai bien pu dire de lui à la prieure. Il est instruit et déterminé à résoudre le crime de Perrette.

Deux qualités admirables. Mais à la pensée du sourire hésitant et de la prévenance du jeune homme, mon cœur s'emballe. Comment Mère Agnès a-t-elle fait pour s'en rendre compte ?

— Est-il bel homme ? m'interroge-t-elle en se délectant de mon embarras.

— On peut dire ça, marmonné-je.

Lorsque je comprends qu'elle s'attend à obtenir davantage de détails, je me résous à lui brosser le portrait du vénatre.

— Blond. Plus grand que la moyenne. Élancé sans être trop mince. Le teint clair. Deux ans de plus que moi.

— Et ses yeux ?

— Bleu clair, comme ceux de sœur Alix.

Je passe sous silence l'éclat marron.

— Tout le contraire de toi, me taquine-t-elle.

— Je ne suis pas petite.

Même sans les souliers à talons que je porte aujourd'hui avec ma tenue du jour du Soleil, je dépasse en taille la plupart des femmes que je connais et un bon nombre d'hommes.

— Et ses cheveux sont bouclés comme les miens.

— Je retire ce que j'ai dit, on dirait des jumeaux, déclare la prieure avec un petit rire avant de reprendre une mine grave. Mais son apparence t'a-t-elle distraite de ce qui est vraiment important : son caractère ?

Le rouge me monte aux joues.

— Il a l'air honnête.

— C'est un début.

Comment décrire Simon ? Après avoir passé plusieurs heures en sa compagnie, je ne suis pas certaine de mieux le comprendre que lorsque j'ai posé les yeux sur lui pour la toute première fois.

— Il est gentil mais réservé. Je ne crois pas qu'il aime dépendre du comte de Montcuir.

— Le rencontrerai-je un jour ?

— Vous vous faites des idées, réponds-je en grimaçant. Je le connais à peine.

Voilà l'occasion ou jamais de lui poser la question qui m'intéresse.

— Il est originaire de Mesanos. Est-ce que vous en avez déjà entendu parler ?

— Bien sûr, dit la prieure en s'emparant d'un biscuit pour le tremper dans son thé. C'est un village sur la côte de Prezia où se trouve un célèbre sanctuaire béni par l'Astre de lumière.

Rémi avait raison. En revanche, pour que ce lieu saint reçoive un titre pareil, c'est que des miracles s'y sont produits.

— Qui est mort là-bas ?

Mère Agnès tente de mordre dans le gâteau avec les quelques dents qui lui restent avant de le replonger dans sa tasse.

— Une princesse qui fuyait son île d'origine à l'ouest de Brinsulli, il y a plusieurs centaines d'années. Son père l'a pourchassée jusqu'à Mesanos et quand elle a refusé de rentrer avec lui, il l'a tuée.

Obéir à ses parents est l'un des dix piliers de la vie du croyant, aussi cette histoire est-elle très surprenante.

— Un sanctuaire en l'honneur d'une jeune fille rebelle ?

— Elle avait une bonne raison de partir : son père lui avait ordonné de l'épouser.

Une seconde, je crois avoir manqué le nom d'un prince auquel elle aurait été fiancée, avant que la réalité ne me frappe de plein fouet, me faisant reculer contre le dossier dur du divan.

— Il avait l'intention de se marier avec sa propre fille ?

La prieure porte de nouveau le biscuit à sa bouche et en mâchouille une petite partie.

— Après le décès de la reine, le roi était fou de chagrin. Il paraît que la princesse Dimah était le portrait craché de sa mère.

— Quand même… (L'idée est répugnante.) Y a-t-il beaucoup de femmes qui fuient des mariages incestueux pour demander l'aide de la princesse ?

Les êtres bénis par l'Astre de lumière accordent des miracles célestes en lien avec leur propre expérience passée.

Mère Agnès avale sa bouchée.

— Sa tombe est devenue un lieu de pèlerinage pour ceux qui souffrent de maladies de l'esprit. De ceux qui sont touchés dès la naissance, en passant par ceux qui entendent des voix, jusqu'aux meurtriers qui dévorent leurs victimes.

L'autre morceau de biscuit disparaît dans sa bouche. Pour ma part, les paroles de la prieure me retournent l'estomac.

— Des êtres aussi fous pour se nourrir de chair humaine existent-ils vraiment ?

— C'est rare, mais oui.

— Pourquoi ne les exécute-t-on pas ?

Elle me tend sa tasse et je lui sers du thé.

— Notre Credo voit d'un mauvais œil qu'on punisse des hommes et des femmes qui n'ont pas conscience de la gravité de leur crime.

— Alors quoi ? Les punir n'a aucun sens s'ils ne savent pas de quoi on les punit, ricané-je.

Je verse dans sa boisson la même quantité de crème que Marguerite un peu plus tôt. La vieille femme ignore mon hostilité.

— La plupart du temps, leur famille a désespérément besoin d'entendre que ces actes aussi horribles ne sont pas l'œuvre de leurs proches, mais qu'il ou elle était comme possédé.

Mère Agnès s'adosse à son siège et réarrange son habit avant de boire une gorgée.

— C'est souvent l'explication la plus simple, surtout quand le fonctionnement de notre cerveau reste un mystère même pour les plus sages des savants. À Mesanos, il existe trois ordres religieux voués à l'hospitalité des pèlerins. Les villageois en accueillent aussi bon nombre dans leurs propres foyers. Pas ceux qui sont violents, bien entendu. Beaucoup de médecins passent du temps dans cette cité pour observer et échanger avec les esprits les plus perturbés, afin de tenter de les comprendre et de les aider à équilibrer leurs humeurs.

Même si Simon n'est pas médecin, il est évident qu'il en a côtoyé.

— Les guérisons miraculeuses sont-elles dues à leurs efforts ou aux bénédictions de la princesse ? demandé-je.

— Je n'en sais pas plus que toi, répond-elle en haussant les épaules. Mais Dimah n'aurait pas été ajoutée aux litanies des saints sans une bonne raison.

Ce qui m'intéresse plus encore, c'est de me faire une idée de la vie de Simon avant son arrivée à Collis. Est-il né à Mesanos et y a-t-il été élevé ou bien s'y est-il rendu en quête d'un remède ?

Chapitre 13

Le clocher du couvent sonne l'appel à la prière de l'après-midi. Je me lève sans attendre en m'emparant des biscuits au gingembre auxquels je n'ai pas touché.

— Je ferais mieux d'y aller. Je vous promets de ne pas laisser autant de temps s'écouler avant ma prochaine visite.

Le magister Thomas a raison : bientôt, je ne pourrai sûrement plus aller la voir du tout.

Mère Agnès me raccompagne au portail. Ni elle ni moi ne mentionnons mes parents – le sujet à l'origine de notre dispute d'il y a quelques mois. Elle me fait sortir sans un mot et je lève une main pour protéger mes yeux du soleil tandis qu'elle replace les clefs à sa ceinture. Je suis en train de me demander si elle va me dire au revoir ou non quand elle se penche soudain en avant au point que son nez dépasse d'entre les barreaux.

— Catrin.

— Oui ?

Elle pousse un long soupir comme si elle se préparait à ce qu'elle allait m'annoncer.

— Tes parents sont morts. Je n'ai jamais menti sur ce point. Ils s'aimaient et ils te voulaient.

Mon cœur bat la chamade. J'attends la suite, mais la prieure n'ajoute rien.

— C'est tout ? finis-je par lâcher. C'est tout ce que vous allez me dire ?

Elle recule comme si elle se retirait à la fin d'une bataille.

— C'est tout ce qui compte.

Pas un mot sur la raison pour laquelle ma famille m'a abandonnée à peine sortie du ventre de ma mère. Aucune explication sur l'avertissement qu'elle a lancé au magister Thomas le matin où il m'a escortée hors de l'abbaye, comme quoi il y aurait des conséquences s'ils – qui qu'ils soient – s'apercevaient que je n'étais pas bien traitée. Presque comme si elle croyait qu'on voudrait me récupérer un jour…

Les biscuits s'émiettent dans ma main serrée.

— À vos yeux, c'est peut-être tout ce qui compte, dis-je entre mes dents, mais pas aux miens.

— Ta famille pensait que ta place était dans la Lumière.

— Eh bien, c'est faux ! Je n'ai pas ma place derrière des murs et des portails. Ma place n'est pas dans une cage !

— Nous vivons tous dans une cage, Catrin. Seuls les plus chanceux d'entre nous peuvent choisir laquelle.

La prieure tourne les talons et se dirige vers la chapelle en fredonnant le cantique que les sœurs de la Lumière se sont déjà mises à chanter.

***

La colère et la lumière du soleil s'associent pour me causer un mal de tête qui s'aggrave à chaque pas. À mon retour à la maison, la douleur est à son comble. Je file droit dans ma chambre pour m'y allonger. Ma fenêtre est orientée vers le sud-est et, au cours des quelques heures suivantes, le tumulte du chantier du Sanctum s'amenuise au fur et à mesure que les ouvriers finissent leur travail. D'abord, les forgerons cessent de frapper sur des chaînes, des clous et des cadres en fer, avant de se mettre à brosser leurs créations pour les débarrasser de la suie tout en discutant avec les artisans afin de déterminer qui a les besoins les plus urgents le lendemain. Puis vient le tour des tailleurs de pierre et des sculpteurs : ils délaissent leur burin pour polir délicatement et avec précision les contours des différents blocs et autres statues. Les hommes dont la mission consiste à placer les pierres en haut des murs effectuent leur dernier chargement. Pour finir, les charrettes s'éloignent. Les colporteurs et les rémouleurs tirent leurs chariots à la main tandis que des bœufs en entraînent d'autres vers le bas de la colline pour la dernière fois de la journée.

La ville entière retrouve son calme. La fumée des feux de cheminée enveloppe les bâtiments de sa senteur boisée, ponctuée par celle du millier de pipes que l'on allume à la fin du repas du soir. Après avoir toqué à ma porte, Mme La Fontaine passe la tête par l'embrasure pour annoncer que le souper est prêt. Comme je prétends être assoupie, elle regagne le rez-de-chaussée sans moi. Les cloches du Sanctum et des nombreuses chapelles de Collis appellent les croyants à faire leurs prières avant d'aller se coucher. De son côté, Mère Agnès doit sûrement mêler sa voix à celles des sœurs de la Lumière tout en cherchant à repérer celles qui manquent à l'appel. Plus tard, celles qui n'auront pas participé à la liturgie briqueront calices et bougeoirs jusqu'à ce qu'ils brillent – une corvée que j'ai dû effectuer plus souvent qu'à mon tour.

À l'abbaye de Solis, de nombreuses pensionnaires sont des enfants de prostituées – en général des femmes qui ont quitté le couvent à peine quelques années auparavant. D'autres sont le fruit d'infidélités : la progéniture de jeunes nobles qui s'autorisent à être déshonorées ou de servantes qui succombent aux ruses d'hommes fortunés. Or, si mes parents s'aimaient, c'est que ce dernier cas de figure ne s'applique pas à ma situation. Lequel, alors ? S'agit-il de tout autre chose, comme Marguerite ?

« Ta famille pensait que ta place était dans la Lumière. »

À cette idée, je serre les dents. De quel droit ont-ils pris cette décision pour moi ? À bien y réfléchir, ils croyaient que ma place était « dans la Lumière », pas que j'appartenais « à l'ordre de la Lumière ». Devrais-je accorder de l'importance à cette formulation ? Après tout, Mère Agnès ne m'a jamais dit que mes parents étaient morts. Est-ce que ce sont eux qui m'ont laissée à l'abbaye ou bien est-ce que quelqu'un d'autre s'en est chargé à leur place ? Et puis, la prieure a aussi déclaré que nous vivions tous dans une cage. Était-ce sa façon de me dire que mes parents considéraient le couvent comme une meilleure cage pour moi que celle dans laquelle ils se trouvaient ?

Je roule sur le côté pour observer le ciel d'un bleu profond tirant sur le violet qui s'étend au-dessus de l'horizon. À la tombée de la nuit, mon mal de tête s'apaise enfin. J'entends Rémi gravir l'escalier jusqu'au deuxième étage, où se trouve sa chambre. Si Mme La Fontaine le suit peu après, ce n'est pas le cas du magister. Peut-être est-il en train de reconstituer l'un des vitraux ? Lorsque la lune est assez haute pour projeter un rayon d'argent sur le parquet, ma migraine n'est plus qu'un souvenir, remplacée par de tout autres pensées.

Que m'a fait la lumière de la lune, cette nuit-là, dans la ruelle ?

Plus les heures ont passé, plus l'idée qu'une magie sélénite était à l'œuvre le soir du meurtre me semblait ridicule, si bien que j'ai fini par l'écarter tout à fait pour ne plus y penser. À présent, pourtant, elle se rappelle à moi et me chuchote : « Et si c'était réel ? »

Il y a plus de mille ans, les citoyens de l'Empire hadrien considéraient la lune comme maudite. Ils croyaient que ses différentes phases signifiaient qu'elle cachait quelque chose. Selon eux, la pleine lune se lève au crépuscule et se couche à l'aube car elle ne peut faire face au Saint Soleil. Voilà pourquoi les Selenae – qui vivent au rythme de la lune – sont souvent vus comme des hérétiques.

Aujourd'hui, les Galliens savent que l'astre de la nuit n'est pas dangereux – c'est même ce que prêche l'altum suprême. Malgré tout, ceux qui s'accrochent encore aux vieilles croyances sont nombreux. Les superstitieux craignent la magie et la décrivent comme une pratique blasphématoire, contre nature, qui ne peut être exercée que dans l'obscurité. Jusque très récemment, je considérais cette idée absurde.

Un rayon de lune sous forme de rectangle traverse lentement ma chambre, se réduisant petit à petit à l'un de ses angles avant de s'étirer de nouveau. Encore une heure et il aura disparu. Je me contrains à bouger. Une fois assise au bord du lit, je pose les pieds au sol. Une latte grince sous mon poids, ce qui n'est pas inhabituel dans cette maison. Je mordille le contour irrégulier de mon ongle, là où le bois m'a piqué. À présent qu'il est presque guéri, il ne reste plus qu'une ecchymose autour de la petite cicatrice.

Prenant mon courage à deux mains, je me dirige vers la fenêtre, à pas de loup, dans le noir. Je m'arrête juste devant le rai de lumière sélénite, à la fois parce que c'est dans cette position que je me tenais ce soir-là dans la ruelle et parce que j'éprouve une drôle de faim lorsque je m'en approche. « Faim » n'est pas tout à fait le bon terme pour décrire ce que je ressens. Non, il s'agit de bien plus que ça. C'est un besoin impérieux qui s'exprime par une myriade de picotements qui se répandent dans tout mon être. Je ne sais pas à quoi m'attendre, au juste, mais j'ai du mal à réfréner l'envie qui monte en moi – ce qui n'est pas pour me rassurer.

Si la magie existe vraiment, j'y risque peut-être mon âme ? Après tout, si elle servait à faire le bien, elle viendrait du soleil, non ?

J'inspire un grand coup, puis je tends ma main gauche, paume tournée vers le haut comme si j'espérais récupérer l'eau qui coule d'une cascade.

Aussitôt, le monde éclate en une symphonie de couleurs, de lumière et de sons. Des éléments dont j'avais à peine conscience auparavant me heurtent de plein fouet.

J'entends Rémi changer de position dans son lit à l'étage. Je distingue les grains de poussière qui descendent du plafond. Une volute de fumée âcre s'élève par une fente entre les planches sous mes pieds et je reconnais les feuilles brûlées de la pipe du magister. J'ai beau porter d'épaisses chaussettes de laine, dont je sens les mailles serrées typiques de Mme La Fontaine, j'ai aussi conscience de la fibre du bois sur lequel je me tiens, y compris le petit nœud qui s'étale sur la latte sous mon gros orteil gauche.

C'est plus que je ne peux supporter d'un seul coup. Même l'air dans ma poitrine est si chargé d'odeurs que j'éprouve le besoin de l'expulser. Je me noie.

Je m'éloigne à la hâte du rayon de lune comme s'il me brûlait. À mon grand soulagement – et mon grand supplice –, tout revient à la normale. Enfin, à quelques détails près. Ma vision et mon ouïe sont désormais bien plus développées qu'avant, mais pas autant que lorsque ma main était sous la lumière directe de l'astre. Si cette expérience a été étourdissante, elle avait aussi quelque chose de… de merveilleux, de puissant.

J'en veux encore plus.

Il doit bien y avoir un moyen d'y aller en douceur. Après avoir couvert mes oreilles de mes mains, je ferme les yeux pour atténuer une partie de mes sens. Ensuite, j'expire jusqu'à ce qu'il n'y ait plus un souffle d'air dans mes poumons et j'avance d'un pas pour pénétrer tout entière dans le rayon de lune.

Je compte jusqu'à trois, puis j'inspire lentement en savourant les parfums les uns après les autres : les fibres denses et rêches de la laine de ma jupe, la poussière aride qui danse avec le pollen des fleurs du printemps… Une aigreur déplaisante qui vient du tonneau de restes que Mme La Fontaine place là où les enfants des rues peuvent venir fouiller. Cette odeur-là est légère : le couvercle n'a pas encore été soulevé par de petites mains ce soir.

Une fois que j'ai identifié tout ce que je pouvais, je me concentre sur les propres sensations de mon corps. L'air de la nuit me caresse la peau comme de la soie. Sous mes pieds, les lattes du parquet ploient de l'épaisseur d'un cheveu sous mon poids. En me concentrant, je peux sentir les huit pattes d'une araignée qui s'avance sur la planche d'à côté. Ma jupe, basse sur mes hanches, s'enfonce assez dans ma taille pour me donner l'impression que les bleus de l'autre nuit sont tout frais.

À présent, le son. Lorsque je retire les mains de mes oreilles, j'entends le vent pousser les branches d'un arbre contre la fenêtre. Rémi ronfle… non, c'est Mme La Fontaine, dans la chambre en face de celle de son fils. Je discerne le bruissement des ailes d'un papillon de nuit, suivi du battement plus fort de celles d'une chauve-souris, qui se précipite vers l'insecte en poussant un cri aigu, comme je n'ai jamais pu en percevoir auparavant.

Me parviennent aussi les pas d'un garde qui patrouille à quelques bâtiments d'ici, en alternance avec le grincement de sa lanterne rouillée. Moins loin, la course des rats sur le plancher du grenier de la maison derrière la nôtre, l'eau qui s'écoule d'une gouttière… et un cœur qui bat dans la ruelle.

Chapitre 14

Il y a quelqu'un devant la porte de la cuisine.

Je sors du rayon de lune et les battements de cœur s'évanouissent aussitôt. Mon sang cogne si fort à mes tempes que je n'entends presque pas l'inconnu frapper.

Quand le battant s'ouvre, de la lumière dorée se déverse dans la ruelle. Qui que soit cet individu, il devait être attendu, car le magister Thomas le fait entrer. Est-ce que je pourrais les entendre de ma chambre ? Je m'agenouille pour coller une oreille au sol.

Le son est étouffé mais le ton de leur conversation est amical. Quelques secondes plus tôt, j'aurais été capable de discerner chaque mot. La lune brille sur l'appui de la fenêtre et je tends le bras pour y placer une main. Comme je l'espérais, à l'instant où mes doigts pénètrent la flaque de lumière, mes sens se retrouvent à nouveau décuplés. En m'agrippant fort au rebord, je presse mon oreille au-dessus d'une fente du plancher et je ferme les yeux pour me concentrer.

— Doublé… Vous promener dehors est dangereux, dit l'architecte. J'imagine que vous savez que quelqu'un vous a vu, cette nuit-là ?

— Oui, un adepte de la skonia, crache l'invité du maître architecte.

Un grincement de bois et le grognement de contentement de l'inconnu m'indiquent qu'il s'est assis près du feu.

— Pour ce qui est des gardes, poursuit-il, ces adorateurs du Soleil ne voient pas plus loin que le bout de leur lanterne.

Adorateurs du Soleil. Seul un Selenae s'exprimerait de manière aussi dédaigneuse. Et « cette nuit-là » ne peut renvoyer qu'au soir de la mort de Perrette. Même sans ces indices, j'ai tout de suite reconnu l'homme à sa voix. J'imagine les ombres sur son visage grêlé et la lumière des flammes se refléter dans la nuance argentée de ses iris. Ce qui me sidère, c'est d'apprendre que mon mentor le connaît. Pourquoi ne m'a-t-il jamais parlé de lui ?

— Vous savez pourquoi je suis venu, n'est-ce pas ? demande l'intrus.

Un bouchon grince quand on le retire d'une bouteille de verre dont on verse le contenu dans deux coupes.

— Vous m'aviez assuré que ça n'arriverait pas, rétorque l'architecte.

— Avoir tort ne me fait pas plaisir. Pour ce que ça vaut, je m'en veux d'avoir commis cette erreur. Vous ne pouvez pas savoir à quel point.

Mon mentor boit son verre cul sec, avant d'être pris d'une petite quinte de toux et de s'essuyer la bouche.

— C'est moi qui l'ai envoyée dehors au beau milieu de la nuit. Je suis aussi fautif que vous.

Ils doivent parler de Perrette. À l'idée que l'architecte se sente en partie responsable de sa mort, mon cœur se serre.

— C'est bien la preuve qu'on ne peut pas échapper à son destin, dit le Selenae à mi-voix. Pas plus qu'on ne peut empêcher la lune de se lever.

— N'empêche… (Le magister Thomas pose la bouteille sur la table et s'affale sur une chaise.) J'ai promis de prendre soin d'elle et j'ai échoué. Ça va se reproduire, ce n'est qu'une question de temps.

— Oui… C'est comme de la skonia pure. Une fois qu'on y a goûté, on en veut toujours plus.

À l'instar de Simon, ils ont compris que le tueur frappera à nouveau, que sa rage et sa soif de vengeance ne seront jamais satisfaites.

— Vous et les vôtres avez réussi à vous maîtriser, pourtant, fait remarquer le magister Thomas.

— Nous n'avons pas le choix. Mais c'est pour ça que nous restons dans le Quartier, la nuit : pour notre sécurité autant que pour celle d'autrui.

L'inconnu boit une gorgée, avant de reprendre :

— Cela dit, vous êtes toujours le bienvenu chez nous.

— Pour quoi faire ? Hurler à la lune ?

Un rire triste échappe à l'homme, mais sa réponse est inintelligible. Frustrée, je rouvre les yeux pour constater que mes doigts ne sont plus éclairés par la lune. Pire, l'astre ne brillera plus très longtemps sur la fenêtre. Je déplace ma main de quelques centimètres avant de replacer ma tête sur le sol. Malheureusement, j'ai manqué une partie de leur échange.

— Faites-moi confiance, insiste le Selenae. Je m'y connais plus que vous dans ce domaine.

Le magister Thomas soupire.

— Quand ?

— Après la nouvelle lune, avant la pleine lune.

Si Simon a lui aussi prédit qu'un autre meurtre surviendrait, cet homme semble certain qu'il sera perpétré dans moins d'un mois.

— Comment protéger Catrin en attendant ? s'enquiert mon mentor. Elle est mêlée à l'enquête du vénatre et a même l'intention d'y participer.

Son interlocuteur prend une longue gorgée de sa boisson avant de répondre.

— Les Hadriens, tout comme les Selenae, sont gouvernés par des instincts que l'on comprend à peine. Avez-vous envisagé qu'elle était peut-être censée trouver la victime ?

La chaise du magister Thomas racle le sol de pierre lorsqu'il se lève d'un bond.

— Vous vous entendez parler, Gregor ? Ce n'est pas étonnant qu'on pense que la lune rend fou ! Elle...

Le volume faiblit. Lumière toute-puissante ! Je tends les doigts autant que possible jusqu'à ce que le son revienne.

— La lune ne cause pas la folie, explique le Selenae. Mais elle a le don de l'inciter à se dévoiler.

L'architecte pousse un grand soupir, comme il a l'habitude de le faire lorsqu'il passe une main dans ses mèches grises. Il reprend la parole mais le son est trop étouffé pour que je puisse entendre ce qu'il dit. Je m'assieds et je cherche des yeux le rayon de lune. Impossible de l'atteindre en gardant mon oreille contre le parquet. Je retiens un grognement de frustration, puis je pivote pour m'adosser au mur sous la fenêtre. Quelques minutes plus tard, le Selenae – Gregor – repart par le même chemin d'où il est venu.

J'en ai entendu assez pour saisir que, selon les deux hommes, d'autres meurtres vont être commis, et ce, bientôt, mais qu'ensuite je suis devenue le sujet de leur conversation.

« Avez-vous envisagé qu'elle était peut-être censée trouver la victime ? »

C'est peu ou prou ce que j'ai dit à Simon hier. Contrairement à Gregor, je ne pense pas qu'il ne s'agisse que d'une question d'« instincts ». J'ai entendu Perrette hurler quand elle était incapable d'émettre le moindre son. Non, c'est son sang qui m'a appelée dans l'air éclairé par la lune. Si ce n'est pas de la magie, je ne sais pas ce que c'est.

Le magister Thomas, lui, ne croit pas à la magie. Tenter de leur expliquer, à lui ou à Simon, que le sang me parle par l'intermédiaire de la lumière de l'astre sélénite ne fera que les convaincre que ma place est à Mesanos.

Je me déshabille sans faire de bruit. L'architecte est resté dans la cuisine et je l'imagine en train de fumer la pipe, à fixer les flammes de l'âtre, comme il le fait lorsque quelque chose le préoccupe. Avant d'enfiler ma chemise de nuit, j'inspecte mes ecchymoses qui sont passées d'un bleu presque noir à un violet profond. Il y a une ligne rouge en travers de mon ventre, que je dois à la corde de sécurité, mais aussi sept hématomes répartis au hasard. Pas étonnant que la ceinture de ma jupe me fasse souffrir !

Lorsque je me glisse dans mon lit, je ne peux m'empêcher de penser à cette affirmation de Gregor : *« La lune a le don d'inciter la folie à se dévoiler. »*

Chapitre 15

Chargée des vieux plans de la cité appartenant au magister Thomas, j'arrive chez les de Montcuir assez tard dans la matinée pour que tout le monde soit réveillé. Comme la dernière fois, l'ancienne préceptrice de la fille du comte me fait entrer puis, plutôt que de m'escorter au deuxième étage, elle se contente de me pointer l'escalier du doigt. Des voix viennent de la chambre du vénatre mais la porte est ouverte. J'entre après avoir toqué.

Simon, penché sur l'épaule de Juliane, se redresse lorsqu'il me voit. À son sourire, pas de doute, il est heureux que je lui aie apporté les cartes promises, mais aussi de me revoir.

Qu'il me plaise, comme l'a bien deviné Mère Agnès, n'a rien à voir avec ma jupe toute propre ni ma chevelure soigneusement tressée. Non, rien du tout. De crainte que mon visage ne trahisse un désir inconvenant d'être ici, j'avance sans attendre vers la table.

— J'ai apporté les plans. J'espère qu'ils t'aideront. L'un représente le secteur autour du Sanctum et l'autre la ville entière. Ils sont un peu datés mais j'y ai noté des corrections. J'espère que… euh… qu'ils seront utiles.

J'aurais dû me préoccuper de ce qui sortirait de ma bouche plus que de mon apparence. Je me tais avant de me ridiculiser davantage.

La fille du prévôt lève la tête de ses notes. Les cernes sous ses yeux la font ressembler à une chouette, surtout quand elle cligne lentement des paupières.

— Merci, répond Simon en s'emparant des parchemins enroulés. C'est exactement ce dont j'avais besoin donc… euh… merci.

Le regard de Juliane se tourne vers lui et ses lèvres fines s'étirent en un petit sourire amusé. Le jeune homme étale sans tarder l'une des cartes sur la table puis fait signe à Oudin de s'approcher.

— Montre-moi où tu as vu le Selenae.

Le fils du comte, avachi contre le mur, grogne avant de s'exécuter. Courbé au-dessus de la table, il pose son doigt sur le plan.

— Ici.

Simon y inscrit un petit *S* à l'aide d'un crayon gras.

— Et toi, où étais-tu ?

— À peu près là, dit Oudin en déplaçant son index d'un pouce.

Il se redresse et attend que le vénatre marque l'endroit d'un *O*. Impatiente d'apporter mon aide, je commence à tendre la main.

— Moi, j'étais…

— Pas encore, m'interrompt Simon en repoussant presque mon bras.

Je le retire, mortifiée, et il poursuit l'interrogatoire de son cousin.

— Où est-ce que ton ami et toi vous êtes-vous séparés, avant ce moment-là ?

Oudin n'était pas seul ce soir-là ? Il désigne de nouveau un point sur la carte.

— Il m'a amené de la taverne à la place du Sanctum puis il a emprunté cette rue-là.

Le vénatre note un *A* là où le fils du prévôt le lui indique puis trace une flèche jusqu'à la petite artère en question, qui rejoint la rue des Plaisirs, près de la ruelle où est morte Perrette. Cet ami est de toute évidence quelqu'un sur qui il faut enquêter, pourtant Simon ne semble pas s'en préoccuper. Il ajoute une ligne en pointillé pour lier le *A* au *O* et représenter le chemin parcouru par Oudin.

— Est-ce là que Lambert t'a trouvé ?

Le frère aîné, qui faisait les cent pas devant la fenêtre côté rue, s'immobilise pour tendre l'oreille lorsqu'il entend son prénom.

— Oui, à peu près, répond le cadet des de Montcuir. Je ne voulais pas bouger avant que le Selenae ne s'en aille d'abord. Ensuite, la pluie a commencé à tomber et je me suis mis en quête d'un abri.

— As-tu quoi que ce soit d'autre à me dire sur cette nuit-là ?

— Non.

Simon dévisage son cousin durant plusieurs secondes, comme s'il lisait des mots invisibles inscrits sur son visage, puis il finit par hocher la tête.

— Très bien. Je n'ai plus besoin de toi, tu peux y aller.

Oudin s'incline, moqueur.

— À vos ordres, monsieur le Vénatre, dit-il avant de s'adresser à Lambert. Prêt à affronter les lions ?

Je m'aperçois soudain que les deux frères sont vêtus de tenues habituellement réservées aux offices religieux du Sanctum. L'aîné, blafard, ajuste ses gants doigt par doigt.

— Les fiançailles de Lambert ont lieu aujourd'hui, m'explique Juliane. Son mariage est prévu pour l'automne prochain.

— Il va enfin rencontrer sa promise ! précise Oudin, un grand sourire aux lèvres.

Après avoir rejoint le futur marié, il passe un bras autour des épaules de ce dernier, mais comme Lambert fait plusieurs pouces de plus que lui, le mouvement le contraint à se pencher d'un côté.

— Détends-toi, ajoute le cadet. Tu n'as pas encore à lui prouver ta virilité.

Son frère le repousse.

— Par le Soleil couchant, Oudin ! On ne dit pas ces choses-là devant ces dames !

Insouciant, le jeune de Montcuir lisse son pourpoint de velours et me fait un clin d'œil.

— Oui, enfin… Il n'y en a qu'une qui vaut la peine d'être taquinée.

Le cuir poli de ses gants grince lorsque Lambert serre les poings. Leur cousin s'interpose, les bras tendus entre eux comme s'il était prêt à les empêcher d'en venir aux mains.

— Vous allez vous mettre en retard, les prévient-il avant de s'adresser à l'aîné à voix basse. Tu sais bien qu'il fait ça juste pour te provoquer.

Oudin se pavane jusqu'à la porte en gloussant. Malgré ses paroles inappropriées, je suis davantage blessée par la manière dont Simon m'a repoussée un peu plus tôt. Je parviens néanmoins à esquisser un sourire pour Lambert.

— Dame Geneviève a beaucoup de chance.

Son visage rouge de colère s'adoucit et il affiche une expression à la fois ravie et gênée. Simon m'adresse un signe de tête en guise de remerciement tout en tapotant l'épaule de son cousin.

— C'est bien vrai ! Oudin est juste jaloux.

Difficile d'imaginer que l'opinion d'une femme ait de l'importance aux yeux du plus jeune des deux frères, mais l'aîné est rassuré à cette idée. La preuve, il redresse les épaules et emboîte le pas à son cadet sans ajouter un mot, en me lançant un sourire timide au passage.

Le vénatre retourne à l'étude de la carte des alentours du Sanctum. Après ce qui s'est passé un peu plus tôt, j'hésite à prendre la parole, mais dès que le bruit des pas des deux frères dans les escaliers s'amenuise, Simon me jette un regard contrit et lève une main pour s'excuser – je remarque d'ailleurs des taches d'encre au bout de son pouce, de son index et de son majeur.

— Désolé pour tout à l'heure, Cat. Je n'avais pas envie qu'il sache où tu te trouvais cette nuit-là. Tu veux bien me montrer, maintenant, s'il te plaît ?

Bien sûr. J'aurais dû savoir qu'Oudin pourrait modifier son témoignage selon ma position. Encore rouge de honte, je le rejoins et je pointe du doigt le coin sud-est du Sanctum.

— Dans quelle direction regardais-tu ?

Suivant mes indications, il ajoute une flèche vers le sud plutôt que d'écrire la lettre *C*, avant de retracer mon chemin jusqu'au corps dans la ruelle. Le jeune homme note ensuite d'une croix le domicile de Perrette, l'établissement de Madame Émeline et la taverne où Oudin a consommé de la bière et de la skonia. Juliane, quant à elle, reproduit ces inscriptions sur l'autre plan de la ville dessiné à une tout autre échelle.

Lorsque Simon m'interroge sur Gregor, mes réponses se font plus vagues. L'architecte semble lui faire confiance et j'imagine que le Selenae veillait sur moi par amitié pour lui. Afin de nous éloigner du sujet, je le questionne sur un suspect potentiel qui m'inquiète beaucoup plus.

— Qui est l'ami d'Oudin ?

Il pose son crayon puis se lève pour s'étirer.

— Rémone La Fontaine. Son témoignage corrobore la version des faits d'Oudin.

Impossible.

— Rémi ? Il n'était même pas à Collis, ce soir-là ! protesté-je. Il est rentré de Lutecia le lendemain, tard dans la matinée.

Simon me regarde d'un air dubitatif.

— Il a déclaré être arrivé en ville dans la soirée et s'être rendu à la taverne, où il a retrouvé Oudin.

— Mais pourquoi n'est-il pas rentré à la maison, cette nuit-là ?

— C'est une question qu'il te faudra poser à Rémone. En tout cas, plusieurs témoins l'ont vu.

— Qui ça ? Et où l'ont-ils vu ?

— Il sortait de chez Madame Émeline quand j'y suis allé pour examiner le corps, répond-il, mal à l'aise. Selon les… euh… témoins, il y était arrivé vers l'heure du meurtre mais il n'était pas en état de l'avoir commis.

Je croise les bras et je scrute la carte. Ce que j'ai pris pour un *A*, comme « ami », est en fait un *R*, comme « Rémone ». A-t-il lui aussi pris de la skonia ? Le magister serait fâché d'apprendre que son ancien apprenti a pris quoi que ce soit qui altère les facultés de l'esprit. Une révélation pareille pourrait lui coûter son travail.

Enfin, pour l'instant, rien ne prouve que Rémi en a bel et bien consommé. D'autant qu'il ne s'est jamais drogué auparavant – pour autant que je sache –, même s'il a vraisemblablement d'autres activités dont je ne savais rien jusque-là. Je ne suis pas jalouse, juste écœurée d'apprendre qu'il ne vaut pas mieux qu'Oudin.

Je me racle la gorge avant de détourner le regard.

— Et maintenant ?

Simon se détend, comme s'il était soulagé de passer à un autre sujet.

— Maintenant, on va continuer à rassembler autant de faits et d'indices que possible, puis on les utilisera pour établir le profil du tueur.

Je considère cette réponse un moment.

— Quand tu parles d'« indices », est-ce que tu veux parler de l'état du corps de Perrette et de ce qu'on lui a fait subir ?

— Oui... Nos actions révèlent au monde qui nous sommes. Aussi monstrueux qu'ils paraissent, ces messages que le meurtrier nous a laissés sont la clef pour le comprendre et le retrouver.

L'éclat marron donne à son regard une profondeur intimidante. La fille du comte nous observe avec attention, de ses pupilles étrangement dilatées. Pour ne pas l'exclure de la conversation et parce que je suis encore troublée par ce que je viens d'apprendre sur Rémi, je me tourne vers elle :

— Et toi, Juliane ? Participer à cette enquête ne te fait pas peur ?

— Bien sûr que non, répond-elle, étonnée. J'ai tué beaucoup de gens. Mais bon, Simon aussi.

J'en reste interdite.

— Tu as… quoi ?

Sans me quitter des yeux, le jeune homme pose une main sur l'épaule de sa cousine.

— Non, tu n'as tué personne. Nous n'avons tué personne.

Elle lève un visage bouleversé vers lui.

— Pardonne-moi, c'est sorti tout seul. La question m'a prise au dépourvu.

— Ce n'est rien, lui dit-il sans me lâcher du regard. Ne te laisse pas impressionner par ces bêtises, Cat. C'est un petit jeu entre Juliane et moi. N'y pense plus.

Contrairement à son sourire de l'autre jour, celui que Simon arbore à présent est forcé. Je lis une supplication silencieuse sur ses traits : il souhaite que je fasse comme si de rien n'était. Le rictus que je lui rends est aussi tendu que le sien.

— Naturellement… Rémi aussi adore raconter les histoires les plus folles pour me faire marcher.

Comme celle où il n'est rentré à Collis qu'il y a trois jours, au matin…

Simon m'adresse un signe de tête pour m'exprimer sa gratitude et Juliane s'effondre contre le dossier de sa chaise, visiblement soulagée. Le jeune homme me demande de l'aider à fixer les deux plans de la cité au mur. Pendant qu'on s'attelle à la tâche, la fille du prévôt recommence à déplacer ses papiers sur la table pour les organiser en différentes piles.

Reste que je ne peux m'empêcher de la dévisager, captivée par la manière dont elle s'applique à trier et ranger chacune des feuilles, toutes plus blanches les unes que les autres.

Chapitre 16

Durant l'heure qui suit, j'étudie les dessins que Simon accroche au mur. Ses esquisses de Perrette et de la ruelle me mettent mal à l'aise, quand bien même j'ai vu la scène de mes propres yeux.

Les croquis qu'il a réalisés lors de sa visite chez Madame Émeline sont encore plus difficiles à regarder. Dedans, il a couvert de tissu la poitrine et les parties intimes de la victime, même si je suppose que si ces zones avaient comporté des indices, il n'en aurait rien fait. Son talent pour reproduire des images aussi macabres sur le papier est un peu perturbant. Lorsqu'il me montre les blessures et les mutilations qu'il a cataloguées durant son examen, je ne peux m'empêcher de me tenir le ventre, sans tenir compte de la douleur que me causent mes bleus.

— Sept coups de couteau dans l'hypogastre.

Simon les pointe un par un de son index taché d'encre. Comme pour le sang sur le mur, j'ai l'impression non seulement d'avoir déjà vu ces formes, mais aussi que leur représentation n'est pas tout à fait exacte. Sans doute parce que je me fie à mes souvenirs, alors que les blessures ont été nettoyées depuis.

— Coupures à l'intérieur de deux de ses doigts, poursuit le jeune homme d'une voix aussi dénuée d'émotion que s'il listait des faits géographiques. Elle a serré ses deux mains sur son ventre lorsqu'il a commencé à la poignarder et l'un des coups de couteau qu'il lui a assenés est passé entre. Les lésions correspondent, ce qui veut dire qu'il a sûrement utilisé une lame à double tranchant, comme une dague, par exemple, plutôt qu'un simple couteau à découper. L'état des orbites confirme cette hypothèse.

Le gruau que j'ai avalé au petit déjeuner sur ordre de Mme La Fontaine me remonte dans la gorge. Je fais tout mon possible pour me retenir de vomir.

Pendant ce temps, la plume de Juliane vole sur le papier, consignant chacune des observations de Simon. Il marque une pause pour la laisser le rattraper, bien que je soupçonne que ce ne soit pas nécessaire.

— Bout des doigts éraflés et ongles arrachés. Elle a dû vouloir se rattraper au mur, dit-il, et je serre les poings en sentant la douleur fantôme. Une fois qu'elle a cessé de se débattre, il l'a traînée jusque-là puis il l'a étendue au sol. (Il désigne une ébauche de la ruelle vue du ciel, qui évoque un dessin d'architecture.) Comme Cat l'a fait remarquer, c'était pour qu'elle soit sous la lumière de la lune, là où il pouvait la voir.

Si je suis ravie qu'il reconnaisse ma contribution, ma joie ne dure pas.

— Ensuite, il lui a écrasé le visage à l'aide d'un objet lourd et probablement difficile à transporter, qui se trouvait peut-être dans les parages. Une pierre, par exemple, ou une brique ?

Ou un marteau. Quoique Simon n'ait aucune raison de soupçonner qu'il y en avait un à cet endroit.

— En tout cas, aucun des objets trouvés sur place n'aurait pu causer des dégâts aussi importants, déclare-t-il. Conclusion, le meurtrier a emporté l'arme avec lui.

J'en ai des sueurs froides, autant dues au dégoût que j'éprouve qu'à ma crainte des conséquences possibles pour le magister Thomas.

Simon croise les bras, toujours concentré sur le croquis.

— L'ablation des yeux était maladroite, mais il apprendra.

— Il apprendra ? répété-je.

— Oui, il s'améliorera à chaque nouvelle tentative.

Devenir expert en énucléation ! À croire qu'il s'agit d'une profession comme une autre et qu'on peut en gravir les échelles : d'apprenti à compagnon, puis d'artisan à maître meurtrier… Était-ce donc là l'œuvre d'un simple novice ?

Pensif, le jeune homme se frotte le menton et y laisse une tache d'encre violette.

— Ces blessures, sur le ventre, ont l'air chaotiques, mais elles sont peut-être dues au fait que Perrette s'est débattue, en plus d'être une preuve de l'expérience limitée du tueur… Selon les angles des coups frappés et la plaie dans le cou de la victime, je peux affirmer que le meurtrier est droitier.

— Tu dis tout le temps « il », intervient Juliane. Une femme n'aurait-elle donc pas pu commettre ce meurtre ?

Simon secoue la tête, le regard dans le vague.

— Non, c'était un homme.

— Selon toi, les femmes sont incapables de violence ? l'interrogé-je.

Il pose les yeux sur moi.

— Oh, elles en sont capables, mais ce type-là de violence, de rage, c'est… c'est typiquement masculin. Comment dire ? C'est comme…

— Une vengeance, complété-je. C'est comme s'il se vengeait d'une femme. Tu en as déjà parlé, je m'en souviens.

— Oui, mais ce n'est peut-être pas de Perrette qu'il cherchait à se venger.

À sa mine concentrée et ses lèvres pincées qui font ressortir la tache d'encre violette sur sa mâchoire, je devine que son esprit est de retour dans la ruelle.

— Il a sans doute l'impression d'être jugé par la gent féminine. Mais ce genre de sentiment est souvent provoqué par une femme en particulier. La première d'entre toutes.

— Es-tu en train de dire que c'est la faute d'une femme qui l'aurait rejeté qu'il s'est mis à tuer ? demandé-je entre mes dents serrées.

— Non, répond-il, catégorique, en croisant mon regard. Il se peut qu'il utilise une logique tordue pour justifier son crime et qu'il y ait même une femme qui exerce une espèce d'emprise malsaine sur lui, mais le meurtrier reste le seul coupable. Peut-être a-t-il été poussé par la folie. Quoi qu'il en soit, il savait ce qu'il faisait.

Ma colère retombe.

— Pourtant, dis-je, s'il est bel et bien fou, n'est-il pas moins responsable de ses actes ?

— Il existe différents types de démence, explique Simon avant de s'adresser à sa cousine. Inutile de prendre des notes.

La jeune femme, le visage dénué d'expression, continue néanmoins de gratter le papier de sa plume, presque comme si elle écrivait ce qu'elle entendait sans le comprendre, tel un oiseau moqueur qui reproduit le chant d'autres animaux.

— Le meurtrier sait quand et comment se cacher, poursuit le jeune homme. Il sait que ce qu'il fait est mal mais il s'en moque. Pire, il se délecte de l'effroi qu'il provoque. (Son regard se voile et sa voix se transforme en murmure.) On a affaire à un monstre capable de renfermer en lui ses pulsions meurtrières, de les mettre en cage, car il sait qu'il finira par pouvoir les laisser s'exprimer plus tard.

Un frisson me remonte le long de l'échine. Lorsque Mère Agnès a déclaré que nous vivions tous en cage, je doute qu'elle pensait à ce cas de figure.

— Mais si tout ça se passe dans la tête du tueur, comment l'identifier avec certitude ? demandé-je à Simon.

Les épaules tombantes, le jeune homme pousse un long soupir et va s'asseoir sur le banc à côté de sa cousine, dos à la table, avant de poser les coudes sur les genoux.

— Grand et fort, plus intelligent que la moyenne, entre vingt et trente ans, immature… Mauvaises relations avec les femmes.

La plume de Juliane gratte le papier. Lorsqu'elle s'interrompt et que Simon n'ajoute rien, je le dévisage, bouche bée.

— C'est tout ? C'est tout ce que tu peux déduire ?

Je ne sais pas, au juste, ce que je m'attendais à ce qu'il découvre, mais même moi j'aurais pu dresser ce portrait.

— C'est tout ce dont je suis certain, répond le vénatre en fixant ses mains. Jusqu'à ce que j'aie davantage d'indices avec lesquels travailler.

C'est-à-dire jusqu'à ce que le monstre soit à nouveau libéré de sa cage.

Chapitre 17

Je n'ai pas envie d'admettre au magister Thomas que j'ai passé trop de temps avec le vénatre pour pouvoir inspecter le nouvel échafaudage avant le souper. Je sous-entends donc que mon travail est fait en lui annonçant que je lui présenterai mes découvertes sur le chantier demain. Mon mentor, exténué à la suite de la visite tardive de Gregor hier soir, va se coucher dès que la table à manger est débarrassée. Rémi, quant à lui, nous informe qu'il s'en va retrouver un ami et disparaît peu après. Pour l'instant, je garde ses mensonges pour moi, mais je compte bien avoir une conversation avec lui très prochainement. D'ici là, j'ai largement de quoi m'occuper pour cette nuit.

Une fois que Mme La Fontaine a rejoint clopin-clopant le deuxième étage, j'enfile mes hauts-de-chausses surmontés de ma jupe courte puis je descends à pas de loup pour sortir par la porte de derrière, que je referme à clef. Ce soir, je tiens à faire les choses comme il faut. Je marche donc vers la place du Sanctum en évitant de passer dans les flaques de lune. Lorsque je ne peux plus m'avancer sans quitter l'ombre, je m'arrête pour observer mon environnement une dernière fois.

Voilà à quoi ressemble le monde pour les autres.

Un instant, l'air semble trembler. Mais non, c'est moi qui frissonne. L'expérience a été assez déstabilisante la nuit dernière pour que je prenne mes précautions en fermant les yeux avant de faire un pas dans la lumière sélénite.

Un raz de marée de sensations me submerge aussitôt. J'en ai le souffle coupé. Mon nez et mes poumons sont assaillis par une dizaine d'odeurs différentes. Je me couvre la bouche d'une main pour m'aider à retenir ma respiration. Un son résonne contre les surfaces de pierre qui m'entourent. Il rappelle le bruit des vagues qui se brisent sur le rivage. La cacophonie est pire qu'en plein jour, lorsque des centaines d'ouvriers travaillent et sont contraints de crier pour se parler au milieu du vacarme ambiant. Il me faut quelques secondes pour découvrir que je peux faire le tri entre ce qui est important et ce qui ne l'est pas, et comment le tolérer. Quand une série de cris stridents se fait entendre, je me glace d'effroi avant de me souvenir de la chauve-souris d'hier soir. Qui aurait cru que ces créatures passaient leur temps à piailler ?

Par petites bouffées, j'inhale par le nez pour filtrer une partie de la poussière de roche et de bois, au point d'avoir stocké assez d'air dans mes poumons pour retenir ma respiration. Ensuite, toujours tête baissée, j'ouvre les paupières. Moi qui pensais que le sol était terne, j'avais tort. Les pavés à mes pieds sont pleins de motifs captivants, de fissures de taille et de forme différentes… Même si je pourrais passer une journée entière à les étudier, je me force à lever les yeux.

Ce que je vois me coupe le souffle.

Le Sanctum scintille d'une myriade d'arcs-en-ciel venant de milliers de petites facettes réfléchissantes incrustées dans les murs de calcaire. Les doutes que j'avais encore sur ce pouvoir accordé par la lune s'évanouissent devant tant de beauté. Sans réfléchir, je me mets à courir le long de l'édifice, grisée par la brise sur mon visage, la texture des pavés sous mes pieds et l'éclat des lieux. Tout est si enivrant…

Pas le temps de m'amuser, j'ai du pain sur la planche ! Je suis à bout de souffle quand j'atteins le bras du transept qui s'étend vers le sud après la longue nef. Au-delà se trouve la partie que l'on est en train d'agrandir, où il a fallu remplacer l'échafaudage. Les nouveaux étais créent des tensions dans la construction que je dois examiner. Je me faufile entre les piles de bois et les postes de travail des sculpteurs jusqu'à la base de la structure, que j'entreprends d'escalader. Je peux voir et sentir la fibre du bois. Je peux faire la différence entre les anciennes et les nouvelles poutres, ainsi qu'entre le chêne et le frêne. Une odeur persistante de fer, de cuir et de sueur flotte à un endroit bien précis : un forgeron a dû y faire une sieste à l'ombre dans l'après-midi.

L'échafaudage grince sous mon poids, mais je n'entends rien qui indique que le bois s'apprête à se fendre. Soudain, un bruit suspect me parvient et me pousse à m'arrêter, mais ce n'est qu'un brêlage dont l'un des roseaux a cédé. Pas besoin de le réparer. Au deuxième niveau, je repère un trou creusé par un insecte qui a créé une fissure. Même si cette réparation n'est pas urgente, il me faudra quand même combler la faille avec du goudron plus tard. Afin de m'en souvenir, je tire un ruban bleu de ma veste pour le nouer au cadre en l'insérant dans la petite fente entre les roseaux, comme le fil dans le chas d'une aiguille.

J'en humidifie une extrémité avec ma langue… et je me mets aussitôt à cracher à cause de la saveur amère de la teinture indigo. Bien sûr, j'aurais dû m'attendre à ce que mon goût soit aussi exacerbé que mes autres sens. Curieuse, je porte à ma bouche l'un des rubans rouges que j'ai emportés. Quelle n'est pas ma surprise de sentir sur mon palais une combinaison de fraise et de betterave !

Je poursuis mon inspection de chaque section, plus vite et avec plus d'assurance que jamais auparavant. Une fois au sommet du Sanctum, j'admire la cité à loisir. Le cœur du Quartier des Selenae flamboie, comme au cours de cette fameuse nuit, et la mélodie envoûtante qui s'en échappe m'est familière. Je l'ai sans doute entendue quand je vivais au couvent. Si j'avais la mémoire parfaite de Juliane, je pourrais en être persuadée. Je distingue un certain nombre de barytons. Gregor en fait-il partie ?

La lumière du Quartier selenae semble s'intensifier, et le chant aussi, si bien que les deux finissent par atteindre un point culminant avant de diminuer petit à petit. En contemplant le ciel, je constate que la lune, visible aux trois quarts, est à son apogée, ce qui me rappelle l'heure déjà bien avancée. Il faut que je m'y remette.

Après avoir vite terminé mon tour de la dernière zone, j'entame ma descente, dos à la place. La lune éclaire l'échafaudage de telle manière que je ne cesse d'entrer puis de sortir de l'ombre. À force, la tête me tourne, mais je m'en amuse, grisée par la manière dont la puissance de mes sens varie.

Au son de pas sur les pavés, je me fige à mi-chemin entre deux plates-formes, une jambe dans le vide. L'inconnu fait de grandes foulées, mais on dirait presque qu'il se promène. Je relève la jambe le plus discrètement possible et je me retourne pour jeter un coup d'œil en bas. Même si le mouvement me fait sortir de la lumière sélénite, j'y vois encore bien. Et puis, il serait difficile pour quelqu'un de m'apercevoir dans l'obscurité. À moins de savoir déjà où me trouver.

Une silhouette vêtue d'une cape apparaît à l'angle, une lanterne à la main. L'homme est au moins aussi grand que celui d'il y a quatre nuits, mais sa capuche est baissée et les rayons de la lune se reflètent sur des cheveux argentés. Je ne distingue pas son visage, rivé au sol. Il se déplace lentement mais sûrement entre les blocs de roche et les piles de bois. Un garde de nuit ? Selon le magister Thomas, le prévôt a doublé le nombre de sentinelles. Mais non… cet homme n'est pas armé d'une hallebarde.

Le voilà qui s'arrête et qui lève sa lanterne, comme s'il cherchait quelque chose, avant de sortir de mon champ de vision. Je l'entends retirer sa cape qui vient toucher le sol avec un léger bruissement puis, quelques secondes plus tard, l'inconnu grimpe au premier niveau à grand renfort de grognements. Il ne doit pas avoir conscience de ma présence, sinon il n'agirait pas comme il le fait.

Je me renfonce dans l'ombre au moment où une main aussi pâle que celle d'un fantôme s'élève pour poser une lanterne en face de moi sur la plate-forme de roseaux. Tout ce que j'ai pour me défendre, c'est le petit couteau que je porte à la ceinture. J'en saisis le manche de mes doigts moites. Pas que j'aie envie de m'approcher assez de l'inconnu pour l'utiliser, mais il se pourrait bien que j'en aie besoin pour passer à côté de lui et m'enfuir.

L'homme hisse son buste sur la plate-forme et laisse échapper un grondement sourd. C'est le moment ou jamais : dans cette position, il a peu de chance de pouvoir réagir. Je me jette en avant pour agripper le bord de l'échafaudage, quand la lanterne éclaire soudain les traits de l'homme, qui n'est autre que…

Simon de Mesanos.

Chapitre 18

Les yeux de Simon s'écarquillent de panique et il a un mouvement de recul qui le déstabilise au point de lui faire lâcher prise. J'ai à peine le temps de changer de direction pour me précipiter vers lui. Au passage, mon épaule heurte la lanterne et la fait basculer dans le vide au moment où j'empoigne le neveu du comte de Montcuir par le poignet. Le verre vole en éclats et la faible lumière que nous fournissait la lampe s'évanouit. Dans l'élan, le jeune homme se cogne contre une poutre et parvient à s'y accrocher d'un bras – heureusement, d'ailleurs, car je n'aurais pas pu supporter tout son poids très longtemps.

— Par tous les feux du Soleil ! jure Simon dans un souffle. C'est toi, Cat ?

— C'est bien moi. Je peux te lâcher, maintenant ?

Mon cœur bat à tout rompre.

— Oui, c'est bon.

Je libère son poignet et je jette un coup d'œil en bas : les deux mains serrées autour de la poutre, Simon lève la tête vers moi.

— Au nom de la Lumière, on peut savoir ce que tu fais là-haut ? me demande-t-il.

— Je travaille ici, tu te rappelles ? Et toi ?

Il glisse de la poutre au sol.

— J'étais en train de faire mon travail, figure-toi, dit-il en se massant le poignet, le visage toujours tourné vers moi, les sourcils froncés. Je cherchais à me faire une idée de la ville la nuit.

De mon côté, je m'assieds au bord de la plate-forme pour entamer ma descente.

— Tu sais… Il y a un chemin plus facile, si tu tiens à voir la vue du haut du Sanctum.

Le pied léger, j'atterris devant lui et je me frotte les mains comme si escalader l'échafaudage ne me demandait pas le moindre effort. En retour, j'ai droit à une grimace.

— Par tous les diables, Cat, tu es aussi agile qu'un chat !

Son attitude me fait sourire.

— Si l'altum suprême t'avait entendu jurer comme ça dans le Sanctum, tu ferais pénitence en psalmodiant jusqu'à l'aube.

— Heureusement que je ne suis pas dans le Sanctum, alors.

Il pousse du bout du pied ce qui reste de sa lanterne en soupirant.

— Comment fais-tu pour voir quoi que ce soit, qui plus est assez bien pour faire une inspection ?

Soudain crispée, je me contrains pourtant à hausser les épaules avec nonchalance.

— La lune éclaire bien là-haut. (Et c'est peu de le dire, songé-je.) Tu veux que je t'y emmène ?

— Ça dépend, dit-il, un léger sourire dans la voix. Il y a vraiment un chemin plus facile ou c'est un piège et je vais encore me ridiculiser ?

— Ça dépend, réponds-je, en ravalant un petit rire. Tu préfères les escaliers aux échelles ?

Simon écarte du pied la lanterne cassée avant de ramasser sa cape.

— Les escaliers, c'est parfait. Je te suis.

Les portes du Sanctum ont beau être verrouillées, je sais quelles fenêtres peuvent être ouvertes depuis l'extérieur. Alors que je n'ai aucun mal à me diriger sans lumière dans le noir, mon compagnon ne cesse de trébucher et de se cogner les orteils. Je finis par l'attraper par la main pour le guider.

Rejoindre l'extrémité ouest de la cathédrale nous prend de longues minutes, au cours desquelles je suis consciente de chaque seconde qui passe. Enfin, nous voilà devant les blocs de roche gravés qui sont empilés contre l'arrière de la tour en attendant d'être utilisés. Dès que je lâche la main de Simon, il l'essuie aussitôt sur ses hauts-de-chausses. Mortifiée, je lui tourne le dos sans un mot pour grimper sur le tas jusqu'au rebord de fenêtre situé à environ huit pieds du sol. Les blocs sont à peine assez larges pour que je puisse marcher dessus et je n'aimerais pas le faire en jupe, ni avec un vêtement dans les bras.

— Je te suggère de laisser ta cape ici, conseillé-je à Simon, qui s'exécute.

Notre destination est une fenêtre haute qui donne sur l'est. Rares sont ceux qui savent qu'elle pivote en son centre et qu'après l'avoir poussée pour l'ouvrir de quelques pouces, il suffit de glisser ses doigts le long du bord pour soulever le loquet – ce que j'explique au jeune homme en même temps que je procède à la manœuvre. Il m'emboîte le pas, même s'il doit rentrer le ventre pour se faufiler entre la vitre et le cadre de fer.

— Je n'y vois rien, murmure-t-il tandis que je referme la fenêtre. Où sommes-nous ?

— Dans les escaliers de l'une des tours de la façade. À partir d'ici, ça monte.

Simon s'empare de ma main sans me laisser le temps de m'éloigner. Un geste qui me réconforte un peu, mais qui est sûrement destiné à lui éviter de se prendre les pieds dans le tapis. On commence notre ascension. Bientôt, nous voilà sur un palier qui offre une vue plongeante sur l'intérieur de la cathédrale. Mon compagnon marque une pause pour regarder vers le haut, dans la tour plongée dans le noir.

— Ces marches mènent-elles tout en haut du Sanctum ?

J'opine du chef, avant de me rappeler qu'il ne peut pas me voir.

— Oui, dis-je à haute voix. Une fois qu'on dépasse le toit principal, la tour est ouverte aux quatre vents, et il y a un autre escalier en colimaçon dans l'un des angles.

— Tu y es déjà montée ?

— Bien sûr. La vue est magnifique lorsque le ciel est dégagé. C'est comme si on était couché dans un berceau au milieu des étoiles.

— Tu t'y rends la nuit ?

— Parfois. Quand j'ai envie de méditer ou d'être seule.

Les meilleures nuits pour contempler la voûte céleste sont les nuits sans lune. Aurais-je découvert mes talents insolites plus tôt si j'avais entrepris cette ascension sous la lumière de l'astre sélénite ?

— Il va falloir que tu me guides de nouveau, dit Simon en resserrant ses doigts autour des miens. Je ne vois vraiment pas où je mets les pieds.

Les vitraux colorés le long de la nef atténuent la lumière extérieure en une palette de teintes bleues et violettes qui ondoient et donnent l'impression d'être sous l'eau. Mon compagnon voit sans doute assez bien pour me lâcher la main, mais il n'en fait rien. Je nous fais traverser la galerie qui longe tout l'édifice. Si une petite part de moi sait que l'obscurité rend la situation encore plus inappropriée qu'elle ne le serait en plein jour, une autre, en revanche, s'en contrefiche.

À mi-chemin, le jeune homme s'arrête, comme hypnotisé par l'autel et la couronne de lumière qui le surplombe. De grandes fenêtres tout autour permettent au chœur du Sanctum – le saint des saints – de ne jamais être dans l'ombre. Comme je ne me lasse pas de l'admirer, je fais volontiers une pause pour Simon.

— Dans un lieu pareil, je pourrais presque croire en Lui, chuchote-t-il.

— Tu ne crois pas au Soleil ?

Il éclate d'un petit rire sans joie.

— Je crois qu'Il existe. Il faudrait être fou pour penser le contraire. Mais de là à croire à la puissance supérieure qui nous l'aurait donné… non.

Blasphème ! Le bon sens voudrait que je prenne mes distances avec un impie pareil, si ce n'était… qu'il a l'air perdu, comme s'il souhaitait pouvoir avoir la foi.

— Pourquoi ?

Il secoue la tête.

— Si une telle entité existe et si elle est vraiment bonne, pourquoi permettre autant de souffrance et de misère dans le monde ? Pourquoi laisser les êtres humains agir comme ils le font ?

Le meurtre de Perrette n'est clairement pas le premier qu'il voit, ni le pire. Son cynisme est compréhensible.

— Selon Mère Agnès, nos vies sont comme le Soleil : un cadeau. Une fois qu'elle nous est offerte, celui qui nous l'a accordée n'a plus son mot à dire sur ce qu'on en fait, autrement ce ne serait pas un véritable cadeau.

— Autant de liberté est dangereuse quand elle peut détruire la vie d'autrui.

— Oui, mais elle est aussi nécessaire. On ne peut pas être vraiment bon à moins d'avoir le choix de ne pas l'être.

La bouche de Simon esquisse un demi-sourire.

— Je n'avais pas conscience que tu étais une solosophe.

— C'est parce que j'ai été élevée dans un couvent.

Sa seule réponse est d'entrelacer ses doigts aux miens. Même si je doute qu'il me voie rougir, je me détourne sur-le-champ pour le mener aux escaliers et poursuivre l'ascension. Le sol du premier niveau ouvert de la tour sud est quadrillé d'empreintes de pas poussiéreuses et moucheté de crottes des pigeons posés sur les chevrons un étage plus haut. Les rayons de la lune éclairent l'intérieur des lieux par les hautes ouvertures en forme d'arche qui ne sont bloquées ni par des vitres ni par des volets.

J'ai beau avoir pris l'habitude d'entrer et sortir de la lumière, je retiens quand même mon souffle et je ferme à moitié les yeux avant d'y pénétrer. Je perçois aussitôt les battements de cœur de Simon rien qu'au contact de sa paume et de ses doigts. Après cette ascension, ils cognent vite et fort, et ils s'accélèrent même lorsque mon compagnon s'aperçoit que je le mène vers le bord incliné du toit.

— Est-ce sans danger ?

— Tout à fait.

La gouttière en pierre fait plusieurs pouces de haut sur le côté droit et des échafaudages sont installés tout du long.

— Quand il pleut, toute l'eau du toit s'écoule par ici, c'est pour ça que le canal est aussi large.

— Tu appelles ça « large » ? marmonne Simon. Il n'est même pas assez grand pour y faire passer le chariot de bois d'un enfant.

— Voilà pourquoi ils ne sont pas autorisés au sommet du Sanctum, réponds-je sur le ton de la plaisanterie.

Mon compagnon se renfrogne.

— Ne regarde pas en bas, lui conseillé-je. Et penche-toi un peu sur la gauche, vers le toit.

Il ne semble pas avoir l'intention de me lâcher la main, et je serre la sienne pour lui faire savoir qu'il peut s'accrocher à moi. Puis je fais un pas en avant, mon bras gauche tendu derrière moi. Lui pivote pour s'avancer avec le pied droit devant, de sorte qu'il fait face au toit. Sans doute la meilleure approche.

La silhouette de Pierre est tapie tout au bout. Même sans mon excellente vision, cet endroit m'est si familier que je pourrais m'y déplacer les yeux bandés. D'ailleurs, il me faut faire attention à progresser plus lentement que je ne le voudrais.

— À quoi servent ces grands arcs de pierre ? s'enquiert Simon.

On vient d'en passer trois identiques.

— Ce sont des arcs-boutants. Ils permettent de répartir le poids du Sanctum, des flèches aux fondations. Grâce à eux, on peut construire des murs plus fins et des fenêtres plus grandes, ce qui rend l'intérieur plus lumineux.

— Ils me font penser à des pattes d'araignée géantes.

— Il se pourrait bien qu'on s'en soit inspirés. Les œuvres de la nature sont souvent parfaites.

— Tu en sais beaucoup sur l'architecture.

Un sourire naît sur mon visage. Même si je me plains de devoir parcourir le Sanctum avec les mécènes et autres visiteurs de haut rang, j'en apprécie chaque seconde.

— Tu n'as pas idée ! Je pourrais passer une heure à décrire l'esthétique des arcades du triforium le long de la nef.

— Du quoi ?

— Exactement.

Simon pousse un petit rire.

— Je serais ravi de t'écouter en parler, un jour. Ou de quoi que ce soit d'autre que tu aimerais m'apprendre… (Il marque une pause, avant de se corriger aussitôt.) Enfin, je veux dire, sur l'architecture et le Sanctum.

Son embarras est si amusant que je suis bien contente de lui tourner le dos. Je ne suis pas certaine que je pourrais rester impassible si je le regardais en face.

— Dans ce cas, voici ta première leçon. Ces créatures, dis-je en désignant Pierre lorsque l'on arrive dans l'espace plus grand qui l'entoure, se nomment chimères. Les gargouilles, elles, ne sont composées que de têtes ou de parties de corps et sont conçues pour l'évacuation de l'eau. Ces statues-là, en revanche, sont purement décoratives.

Je pose ma main libre sur le dos de Pierre. Simon étudie la taille imposante de la chimère, encore plus impressionnante avec ses ailes relevées.

— Je ne me rendais pas compte qu'elles étaient aussi grandes… ni aussi hideuses.

Lorsqu'il lâche mes doigts pour m'imiter, je cache la déception que j'éprouve à ce contact rompu en prétendant me sentir insultée.

— Il ne le pense pas, Pierre, rassuré-je la créature en tapotant son cou musclé comme s'il s'agissait d'un chien. Tu es très beau.

— Tu lui as donné un prénom ?

— Oui, pourquoi ? Comment aurais-je dû l'appeler ?

— Je ne sais pas, répond-il, un sourire un peu tremblant aux lèvres. Chien-chouette-lion… ailé ?

La proximité du vide a beau le rendre nerveux, Simon est aussi plus détendu que je ne l'ai jamais vu – quand bien même je ne le connais que depuis cinq jours.

— Pourquoi mettre une statue aussi terrifiante sur un aussi bel édifice ?

Facile !

— À en croire Mère Agnès, elles sont censées effrayer les véritables monstres qui pourraient chercher à se poser sur le toit du Sanctum. (Je prends une voix aussi grave que menaçante.) « Je veille sur ce lieu, frère démon, et je suis bien plus redoutable que toi, alors ne me défie pas. »

Quand j'avais huit ans, j'ai demandé si les chimères étaient vraiment efficaces. Après tout, les démons femelles devaient bien chercher des partenaires puissants avec lesquels concevoir des petits démons. Cette remarque m'a valu deux mois de récurage des casseroles dans la cuisine et je ne connais toujours pas la réponse.

Simon m'observe sans s'impatienter, comme s'il savait que mon esprit venait de s'égarer.

— Est-ce là que tu te tenais quand tu as vu l'homme traverser la place du Sanctum ?

— Oui, j'étais dans cette position.

Je me tourne pour faire face au sud. Le jeune homme s'approche dans mon dos. Ses habits frôlent les miens. Les battements de son cœur cognent fort dans sa poitrine, même s'ils se sont apaisés depuis que l'on s'est remis de notre ascension.

Sans réfléchir, je pose la main sur l'aile de Pierre comme je l'ai fait la nuit du crime et je m'aperçois que celle de Simon s'y trouve déjà. Je déplace aussitôt la mienne juste à côté de la sienne pour ne pas la toucher. Son ample manche a glissé jusqu'à son coude et son avant-bras nu est parallèle au mien. Les veines sous sa peau pâle s'étendent le long de son bras comme une plante bleue dont les multiples racines s'enchevêtrent sous son poignet. Ma peau est aussi dorée que la sienne est blanche, ce qui donne à mes vaisseaux sanguins une teinte verte. Le contraste me fascine.

— D'où… (La voix de Simon s'éraille et il se racle la gorge avant de reprendre.) D'où cet homme venait-il ?

Je recule légèrement pour pointer la direction du doigt.

— De là-bas.

Sa joue frôle le dessus de ma tête lorsqu'il baisse le menton, qu'il pose presque sur mon épaule pour se mettre à ma hauteur.

— Ah oui, je vois.

Sa voix à mon oreille, comme un doux grondement de tonnerre, me fait frémir et, soudain, je tangue. Obéissant à un instinct protecteur, Simon glisse sa main sur ma taille.

— Tout va bien ? murmure-t-il dans un souffle qui fait voleter mes cheveux.

Ma vision aiguisée vient perturber mes autres sens. Je hoche la tête, les paupières closes, et mon oreille frôle son nez et ses lèvres.

Par le flamboiement du Soleil !

La main de Simon se déplace pour recouvrir la mienne sur la statue. À ce contact, je perçois les battements de son cœur. Je sens également son souffle sur ma nuque. Sa chaleur m'enveloppe et je m'y abandonne, si bien que son cœur s'affole de nouveau, comme s'il montait des escaliers. Le mien aussi.

Est-ce que j'éprouve toutes ces sensations à cause de la lune ou parce que c'est la première fois que je me tiens aussi près d'un homme – autre que Rémi ? Je sais que Simon ne peut pas tout ressentir comme moi, mais est-il lui aussi gagné par une émotion qui dépasse l'ordinaire ?

J'ouvre les yeux avant de me tourner pour lui faire face, adossée au corps solide de Pierre. La main gauche de mon compagnon est toujours sur l'aile de la chimère, la droite sur ma taille. Ses yeux sont clairs comme du cristal, si ce n'est cet éclat marron. Ils me scrutent, puis se rivent sur ma bouche, me dévoilant exactement ce qu'il a en tête. On ne m'a jamais embrassée – exception faite de Rémi, le jour de son départ. Cette fois, ce serait différent, et pas seulement parce que j'y suis préparée et que j'en ai envie.

Simon penche la tête vers moi, puis hésite, comme s'il me laissait une chance de m'éloigner. Je prends une grande inspiration pour inhaler les odeurs que j'ai ignorées jusqu'à présent. La sueur, l'huile de sa lanterne, le ragoût d'agneau au romarin, la bière et… le sang.

Interdite, je cherche la source de cette odeur. Trois longues griffures partent de l'oreille de Simon jusqu'à sa clavicule. Si les marques ne sont pas profondes, de fines lignes se sont couvertes d'une croûte sur chaque écorchure, là où la peau a été éraflée.

— Qu'est-ce qui est arrivé à ton cou ?

Il se redresse à la hâte et sa main droite se plaque sur le côté gauche de son cou.

— Ce n'est pas ce que tu crois.

Quoi, des marques laissées par des ongles ? Parce que je ne vois pas d'autre explication à ce qui aurait pu causer ces égratignures.

— Qu'est-ce que c'est, alors ?

— Rien.

Le charme est rompu et mon compagnon se détourne brusquement.

— Merci de m'avoir montré cet endroit, mais il se fait tard. On ferait mieux de redescendre.

Simon m'attend à peine tandis qu'on revient sur nos pas en silence. Il ne reprendra plus ma main dans la sienne, même alors que j'essaie de lui faciliter la tâche, et même si la lune, désormais basse, nous plonge encore plus dans les ténèbres.

Chapitre 19

Quand je descends l'escalier le lendemain matin, le magister est parti depuis longtemps, mais j'arrive à la table du petit déjeuner avant Rémi. Lorsqu'il apparaît enfin et titube jusqu'à sa chaise, je fronce le nez.

— Tu as la même odeur que le sol d'une taverne, lui dis-je tandis que sa mère pose une assiette devant lui.

— Si je n'ai pas le droit de donner mon avis sur ce que tu fais de ton temps, dit-il, maussade, ça vaut pour toi aussi.

Le magister Thomas n'appréciera pas qu'il se présente au travail d'une humeur massacrante. Je lui offre un petit pain beurré.

— Je m'inquiète uniquement pour ta sécurité. Il y a un tueur en liberté.

Il accepte mon offrande, passant de désagréable à dédaigneux.

— Tu ne m'avais pas l'air très inquiète cette nuit.

Mme La Fontaine, devant l'âtre, se tourne vers moi, une main sur la hanche.

— Dois-je comprendre que tu es sortie hier soir, Cat ? demande-t-elle sur le ton de la réprimande.

Tu me le paieras, Rémi !

— Je suis juste allée inspecter le Sanctum et je n'étais pas seule.

— Qui était avec toi ? s'enquiert l'intendante.

— Quelqu'un d'assez proche pour qu'il te tienne la main, répond son fils, acerbe, à ma place.

Si Rémi pouvait nous voir, comment se fait-il que je ne l'aie pas entendu ? Je devais être trop distraite par Simon. Reste que rien d'inconvenant ne s'est produit. Je n'ai rien à cacher.

— J'ai emmené le vénatre là où je me trouvais lorsque j'ai vu l'homme traverser la place en courant, énoncé-je d'un ton calme en refusant d'être intimidée par le regard accusateur de mon ami. Si je le tenais par la main quand on a marché le long du toit, c'est parce qu'il a peur du vide.

— Comme n'importe quel être humain, déclare Mme La Fontaine avant de retourner à sa casserole.

Les yeux verts de Rémi se font suspicieux.

— Vous êtes partis plutôt soudainement.

— Pendant combien de temps nous as-tu espionnés ? grondé-je.

Un sourire malveillant étire ses lèvres pleines qui se séparent assez pour laisser entrevoir ses dents.

— Assez pour savoir que les de Montcuir n'auraient pas aimé voir ce que j'ai vu.

Je me lève d'un bond, les mains plaquées sur la table.

— Je te préviens, Rémone, tu vas tenir ta langue. Ne t'avise pas d'aller répandre des ragots !

L'intendante se tourne vers nous comme si elle était prête à nous séparer, mais le jeune homme se contente de me regarder, à la fois surpris et un peu blessé.

— Détends-toi, Chaton. Tu sais bien que je ne ferais jamais rien qui nuirait à ta réputation.

— Ah non ?

— Bien sûr que non, dit-il, le plus sérieusement du monde. Mais ça ne veut pas dire que tu ne peux pas la détruire toi-même.

Furieuse, je m'apprête à révéler ce que je sais de l'endroit où se trouvait Rémi la nuit du meurtre de Perrette. Une révélation pareille ne ferait pas du bien à son image à lui, c'est certain.

Des coups frappés à la porte d'entrée m'interrompent juste à temps. J'époussette ma jupe d'un coup sec et je tourne les talons pour aller ouvrir en passant à côté de la réplique miniature du Sanctum. Devant la porte attendent Juliane et Oudin.

— Je suis venue te chercher, annonce la fille du comte sans me laisser le temps de poser la moindre question. Un nouveau meurtre a été commis.

***

— Simon m'a demandé de t'y accompagner, m'explique la jeune femme tout en me guidant dans la rue, son bras passé autour du mien comme si nous étions deux amies en promenade. Il examine les lieux depuis plus d'une heure déjà.

— Qui est la victime ?

— Une autre jeune femme de la rue des Plaisirs, dit à mi-voix son frère qui marche derrière nous.

Il observe attentivement tous les passants que l'on croise, bien qu'aucun d'eux ne semble nous prêter attention.

— Elle s'appelait Ysabel, ajoute Oudin.

Je ne lui demande pas s'il la connaissait comme il connaissait Perrette.

On se fraie un chemin à travers la place du Sanctum. J'ai une bouffée de chaleur quand on passe près de l'endroit où j'ai pris la main du vénatre dans la mienne pour la première fois. Rémi a-t-il raison ? Si une quelconque relation se développait entre Simon et moi, les de Montcuir s'y opposeraient-ils ? Reste que Juliane me tient par le bras comme si j'étais son égale plutôt qu'une orpheline à la filiation douteuse.

Mais il ne faut pas que j'oublie la manière dont le jeune homme s'est éloigné de moi hier soir. Comme si le fait de me toucher, même innocemment, était une erreur. Peut-être y est-il lui-même opposé…

On délaisse le chemin des Prières en passant devant la taverne où Oudin et Rémi ont fait la fête la nuit du premier crime. De l'autre côté de ce pâté de maisons se trouve une pelouse agrémentée de quelques arbres et traversée par des sentiers. L'endroit est populaire auprès des couples qui se font la cour, surtout au coucher du soleil. À la vue du parc, le fils du comte pâlit.

— Lambert a emmené dame Geneviève ici après la cérémonie de fiançailles. C'était mon idée.

— Je doute que quiconque s'y promène avant un long moment, murmure sa sœur alors que l'on s'approche de la foule qui s'est amassée dans la rue.

Les gardes de la cité forment un rempart pour tenir les badauds à distance et Lambert fait les cent pas derrière eux comme un lion en cage. Dès qu'il nous aperçoit, il nous fait signe de le rejoindre.

Une chaîne accrochée à des piquets est censée empêcher les promeneurs de pénétrer dans le jardin autrement que par les sentiers, mais Oudin l'enjambe avant d'aider

Juliane à faire de même. Grâce à ma robe plus courte de quelques pouces que celle de la cousine de Simon, je m'apprête à me débrouiller seule, quand le fils aîné du prévôt se précipite vers moi pour me tenir par le coude et je le laisse faire tout en passant la clôture en sautant à moitié par-dessus.

— Simon vous attend là-bas.

Il m'indique un bosquet au milieu du parc. Sans laisser le temps à son cadet de faire le moindre pas dans cette direction, Lambert le retient par le bras.

— Pas nous. Notre mission est d'observer la foule et de repérer quiconque paraîtrait trop curieux.

Oudin se penche pour regarder derrière son frère, cherchant d'un œil tourmenté l'endroit où se tient son cousin.

— Mais Ysabel…

— Elle a déjà été emmenée, lui annonce Lambert d'un ton bienveillant. Simon a besoin de nous pour surveiller les lieux.

Oudin grimace et dégage son bras.

— Eh bien, si c'est ce dont monsieur le Vénatre a besoin…

Après un dernier regard furieux vers son cousin, il s'éloigne. L'aîné des de Montcuir soupire puis nous considère, sa sœur et moi, un pli de contrariété sur le front.

— J'ignore pourquoi Simon insiste pour vous impliquer dans cette épouvantable affaire, lâche-t-il avant d'emboîter le pas à son cadet.

Avec Juliane, on traverse la pelouse. Des chèvres prennent la fuite à notre approche. Simon est en train d'examiner le sol à l'abri d'un chêne.

Le cadavre n'est plus là – Lambert disait vrai. Il ne reste plus qu'une large surface de terre imprégnée de sang pourpre. Mon esprit morbide se demande si les racines des arbres le boiront comme de l'eau de pluie. Quel serait l'effet sur leurs feuilles ?

— J'ai fait retirer le corps le plus vite possible, dit Simon à voix basse. Il y avait certains… détails que vous n'aviez pas besoin de voir.

— Dans ce cas, il faudra que tu nous décrives la scène pour qu'on puisse t'aider au mieux, lui fait remarquer Juliane.

J'ai beau être d'accord avec elle, je n'en suis pas moins soulagée. Les dessins qu'il fera plus tard seront déjà assez éprouvants à étudier comme ça.

— Elle était sur le dos, comme Perrette.

Il nous indique dans quel sens elle était étendue.

— A-t-elle aussi été poignardée ? demandé-je.

— Non, mais sa gorge était tranchée.

Il pointe du doigt un endroit où la terre est tellement imbibée d'hémoglobine qu'elle en est devenue noire.

— Elle était positionnée de sorte à saigner directement sur le sol. Il a appris de sa dernière expérience. Le meurtre de Perrette était brouillon. Il s'est sûrement mis plein de sang sur lui, cette nuit-là, et il a probablement dû se débarrasser de ses vêtements.

Pensive, sa cousine penche la tête sur le côté.

— Es-tu certain qu'il s'agit bien du même meurtrier ? Y avait-il d'autres similarités ?

— Oui, les yeux de la victime ont été arrachés avec un peu plus d'expertise. On lui a aussi écrasé le visage d'un seul coup, à l'aide d'un objet lourd.

— Selon toi, c'est parce qu'il n'apprécie pas d'être observé, n'est-ce pas ? s'enquiert Juliane.

J'ai beau ne pas avoir une mémoire parfaite comme la fille du prévôt, je n'oublierai jamais la remarque terrifiante de Simon.

— Oui, confirme le vénatre. Le fait qu'il ait amélioré sa technique pourrait vouloir dire qu'il a commis un nouveau meurtre dans le but de corriger ce qui ne s'est pas bien passé dans la ruelle. Voilà qui expliquerait pourquoi il s'est remis à tuer aussi vite.

J'ai l'impression qu'il ne nous dit pas tout.

— Y avait-il un autre point commun avec le crime précédent ? demandé-je.

Simon pose sur moi un regard prudent. Tout dans son attitude est guindé. Il est complètement différent d'hier soir – enfin, jusqu'à ce qu'il se referme comme une huître.

— Oui, souffle-t-il.

Sans me laisser le temps de l'interroger davantage, il penche la tête sur le côté pour jeter un coup d'œil derrière moi. Sans réfléchir, je me tourne pour voir ce qui a attiré son attention. Une chèvre mâche placidement de l'herbe à quelques pieds de nous. Une longue touffe brune se balance à son menton en un mouvement circulaire. J'ai du mal à en croire mes yeux : quelqu'un aurait tressé la barbe de cet animal ?

Simon me dépasse en courant à toute allure et je crois qu'il aurait plaqué la bête au sol si elle n'avait pas lâché ce qu'elle mâchouillait pour déguerpir en bêlant. Le jeune homme ramasse une longue natte. Celle d'une femme.

— Catrin ! s'exclame-t-il. Les cheveux de Perrette étaient noirs, n'est-ce pas ?

— Ce n'était pas leur couleur naturelle, mais oui.

La tresse est rigide car couverte de sang séché, mais sa teinte ne fait aucun doute. Simon la retourne dans sa main.

— Ysabel était blonde. Soit le tueur a laissé tomber cette natte soit il l'a déposée ici exprès. Quoi qu'il en soit, voilà qui fait clairement le lien entre les deux crimes.

— Tu en doutais ?

— Non, les similarités sont trop nombreuses.

Il serre les cheveux dans son poing.

— C'est pas vrai ! Elle est déjà enterrée.

— Qui ? Ysabel ? Déjà ?

On ne procède pourtant aux inhumations qu'après le coucher du soleil.

— Non, non, Perrette, me corrige-t-il. Madame Émeline a trouvé une petite tresse glissée dans la robe de la jeune femme. On ne savait pas à qui elle appartenait, mais il semblait s'agir d'un souvenir personnel alors je les ai laissées l'enterrer avec. Et si… et si elle appartenait à une autre femme que notre assassin aurait tuée avant ?

Je considère la question quelques secondes.

— Tu penses qu'il laisse des cheveux de sa précédente victime sur la scène de chaque nouveau crime ? Ceux de Perrette étaient-ils coupés ?

— Pour être honnête, je n'y ai pas fait attention. Ils avaient été rincés et ramenés en arrière, et son visage avait l'air d'être la seule partie intéressante à examiner.

Il range sa trouvaille dans une poche de sa tunique.

— Madame Émeline a récupéré le corps d'Ysabel. Je m'assurerai de vérifier si une mèche a été prélevée quand j'irai le voir plus tard.

Je me retiens de frissonner à grand-peine.

— Quels autres indices vas-tu chercher ?

— Je vais prendre des mesures pour confirmer que c'est bien la même arme qui a été utilisée pour les deux crimes. (Il va pour rejoindre Juliane, qui nous attend sans perdre une miette de notre échange.) Même si je suis certain qu'elles correspondront, ajoute-t-il.

Lorsqu'il passe à côté de moi, je lui emboîte le pas, envahie par un mauvais pressentiment.

— Comment peux-tu en être sûr ?

Il me montre avec ses mains la taille et la forme de l'objet.

— C'est une arme inhabituelle. Plate et plutôt carrée, très lourde. Comme une pierre taillée ou une brique, peut-être.

Je ne peux pas le lui dire, mais je sais que ce n'est ni une pierre taillée ni une brique. Non, l'arme du crime est un marteau.

Chapitre 20

Nous nous rendons tous ensemble au domicile des de Montcuir. Juliane et ses frères vont dans leurs chambres au premier étage, histoire de faire un brin de toilette. Moi, je monte au deuxième en compagnie de Simon. Être seule avec lui, même pour quelques minutes, ne me paraît pas convenable, surtout après ce qui s'est passé hier soir. Peut-être aussi parce que le magister Thomas a toujours mis en place des règles strictes et notamment celle qui veut que Rémi n'est pas autorisé à entrer dans ma chambre – ni moi dans la sienne.

Mais que s'est-il vraiment passé la nuit dernière ? Est-ce que je me suis fait des idées ? Et si Simon n'était resté près de moi et ne m'avait tenu la main que parce qu'il avait besoin que je le guide ? Ce ne serait qu'en se rendant compte qu'il m'envoyait les mauvais signaux qu'il aurait pris ses distances… Sauf que son cœur s'est mis à battre plus vite et que ses joues ont rosi quand ses yeux ont glissé sur mes lèvres et qu'il s'est approché de moi… À cet instant-là, ses pensées et ses sentiments ne faisaient aucun doute, même s'il a jugé nécessaire de les dissimuler.

Il n'est pas né avec une cuillère d'argent dans la bouche. Aux yeux des de Montcuir, il n'est qu'une relation éloignée.

S'il n'avait pas sollicité leur aide, je suis certaine qu'ils ne se préoccuperaient pas de lui une seule seconde. Juliane semble m'apprécier, mais Rémi a l'air de penser que leur famille désapprouverait une relation plus intime entre Simon et moi. Je ne comprendrai jamais pourquoi la naissance est aussi importante pour certains. Si on s'en inquiétait moins, les pensionnaires de l'abbaye de Solis auraient bien plus d'options dans la vie que le cloître ou la rue des Plaisirs.

Simon, qui ignore tout de mon trouble, marque le lieu du meurtre d'Ysabel sur les deux cartes que je lui ai fournies. Je me déplace de l'autre côté de la table pour y disposer du papier et de l'encre afin que Juliane puisse prendre des notes quand elle nous rejoindra, ce qui, heureusement, ne lui prend pas longtemps.

Dans l'embrasure de la porte, la tête penchée sur le côté, elle observe son cousin avant de franchir la distance qui les sépare, visiblement contrariée. D'une main frêle, elle effleure les griffures au cou de Simon.

— Est-ce que c'est…

Il se dégage, quoique bien plus doucement qu'avec moi la nuit dernière.

— Ce n'est rien.

— Mais…

— Ne t'en fais pas pour ça, la coupe-t-il.

Il esquisse un sourire forcé. Juliane referme les doigts et baisse la main, les larmes aux yeux. Le jeune homme se tourne ensuite vers moi comme si de rien n'était.

— Je ne t'ai pas remerciée d'être venue, Cat, alors merci. Ton soutien m'est précieux.

J'évite son regard en préparant le flacon d'encre.

— Je n'ai pas été très utile ce matin.

— Peut-être pas cette fois-ci, mais tu m'aides toujours à mieux réfléchir.

Ce qui n'est pas tout à fait la même chose.

— Lambert va-t-il t'accompagner pour examiner le corps d'Ysabel ? demandé-je en gardant les yeux baissés.

— Non, je ne pense pas. Il ne l'a pas très bien vécu la dernière fois.

— Il en a fait des cauchemars. Je ne l'avais plus vu dans un tel état de détresse ni entendu pleurer autant depuis la mort de notre mère, me précise Juliane avant de s'adresser à Simon. Tu comptes y aller quand ?

— Vers midi, pour avoir la meilleure lumière possible. Madame Émeline ne connaissait pas bien la victime, mais elle est censée se renseigner de son côté. J'espère qu'elle aura des informations pour moi d'ici là. En attendant, je ferais mieux de faire quelques dessins.

Il se dirige vers l'extrémité de la table du côté de la fenêtre ouverte pour s'y asseoir, puis place la fine tresse de Perrette à côté de la page blanche que j'y ai disposée. En silence, il fait courir sa plume sur le papier, traçant des traits tantôt larges et tantôt courts.

Juliane s'installe quant à elle sur le banc pour trier ses notes. Ma présence semble on ne peut plus inutile. Afin de leur rappeler que je suis encore là, je demande :

— Pourquoi le tueur couperait-il les cheveux de ses victimes ?

Simon s'interrompt pour me regarder. Sous sa plume, l'image d'une femme couchée sur le dos a déjà commencé à prendre forme sur le papier.

— Les actes de ce genre lui donnent un sentiment de puissance qu'il ne peut éprouver autrement. Emporter une espèce de souvenir lui permet de revivre le meurtre, ce qui suffit à satisfaire ses appétits meurtriers pendant un temps.

— Le souvenir nourrit le monstre en cage, dis-je en faisant référence à sa description de la veille.

— Oui, mais il finira par en vouloir toujours plus.

Je songe à cette dernière remarque quelques secondes.

— Tu avais l'air étonné qu'il se soit remis à tuer aussi vite après Perrette.

Simon joint les mains au-dessus de son ébauche.

— En général, il s'écoule bien plus de temps entre le premier et le deuxième meurtre. Pourquoi ? Parce que tout est plus excitant la première fois. L'euphorie dure plus longtemps. Notre homme n'a laissé passer que quatre jours. Ma théorie, c'était qu'il devait avoir perdu l'un des trophées qu'il avait prélevés sur une victime précédente, ce qui l'a rendu plus impatient. Sauf que maintenant, je n'en suis plus si certain. Le fait de laisser des cheveux de ses précédentes victimes sur chacune des deux scènes de crime me paraît un acte délibéré. Mais pourquoi ferait-on une chose pareille ?

— Une espèce de passage de relais.

Simon me dévisage, presque sidéré. Mes joues sont soudain rouges d'embarras.

— Pardon… J'ai dit ça comme ça.

— Non, c'est tout à fait ça, Cat ! J'ai juste du mal à décider si ce comportement est celui de quelqu'un de minutieux ou plutôt d'un homme qui adopte facilement de nouvelles idées. Peut-être les deux.

— La minutie, c'est un trait de caractère plutôt féminin, fait remarquer Juliane.

Si on prend Mme La Fontaine comme exemple, je suis de son avis.

— Les hommes sont plus souvent fascinés par la nouveauté que les femmes, ajoute-t-elle.

Sur ce point aussi, je suis d'accord. Rémi et le magister Thomas peuvent passer des heures et des heures à discuter de nouveaux matériaux et de nouvelles méthodes de construction.

— Mais ce tueur a de toute évidence un problème avec la gent féminine, dit Simon. Un problème qui trouve souvent racine dans le rapport à la mère. Une mère très autoritaire, qui est par conséquent impossible à satisfaire. En tout cas, d'après mon expérience.

Alors comme ça, Simon a connu sa mère. Au moins pendant un temps.

— Et le meurtrier n'a pas pris que des cheveux à sa victime, poursuit-il. Il a toujours en sa possession l'arme du crime. Vu sa taille, elle doit être difficile à cacher, ce qui augmente nos chances de mettre la main dessus.

Comme je ne tiens pas à ce qu'il réfléchisse au marteau plus que nécessaire, je m'empresse de demander :

— Si une tresse de cheveux avait été trouvée sur le corps de Perrette, est-ce qu'on pourrait établir un lien avec une précédente victime ?

Il secoue la tête, visiblement frustré.

— Il faudrait l'exhumer pour récupérer la natte et l'examiner, et je doute qu'on puisse trouver un lien, à moins que l'autre meurtre ne soit très récent.

— Je ne me souviens pas qu'un crime pareil ait déjà eu lieu avant aujourd'hui. En tout cas, pas ces dernières années.

— Si ça se trouve, notre homme n'est arrivé que depuis peu à Collis ou alors il s'est déjà retrouvé en prison pour une raison ou pour une autre. En général, le meurtre n'est pas le premier acte de violence d'un criminel.

Aucune de ces deux hypothèses n'est réconfortante.

— S'il n'est pas originaire d'ici, qu'est-ce qui va l'empêcher de partir pour une autre cité et d'y commettre des meurtres aussi horribles ?

— Rien. Mais il est plus susceptible de rester à Collis s'il est persuadé de ne pas se faire prendre. Notre enquête n'en est qu'à ses balbutiements, il ne risque pas grand-chose à l'heure actuelle. Ce n'est pas évident de tirer des conclusions à partir de si peu d'éléments.

— Si peu ? protesté-je. Hier, tu as pourtant dit que tu avais besoin de plus d'indices avec lesquels travailler ! Or un autre meurtre vient d'être commis ! N'est-ce pas assez ?

— On progresse, insiste-t-il en retournant à son croquis. Avant, que notre tueur n'aime pas être jugé et observé n'était qu'une théorie. À présent, je suis presque certain que c'est le cas.

— Peut-être cette tresse n'est-elle qu'une petite partie des cheveux qu'il a coupés à sa victime, dit Juliane. Elle est à peine aussi large qu'un doigt. À la mort de notre mère, notre père nous a donné à chacun une petite natte de ses cheveux à conserver en souvenir. Le meurtrier pourrait toujours en posséder une de chacune de ses victimes.

— Oui, je m'étais déjà fait cette réflexion, approuve Simon, concentré sur sa tâche.

Je le regarde dessiner. Il a du talent. Ses proportions sont correctes (et je m'y connais en proportions – enfin, pour les bâtiments, pas pour le corps humain). La victime, Ysabel, était étendue dans l'herbe, presque exhibée à la vue de tous.

— Personne n'a vu Perrette, murmuré-je.

En m'entendant, le jeune homme lève les yeux de son dessin et Juliane cesse soudain d'organiser ses feuilles.

— Tu as dit quelque chose ? me demande Simon.

Je me mords l'intérieur de la joue, intimidée.

— Je me disais seulement qu'il y avait une différence entre les deux crimes : Ysabel a été laissée à un endroit où on la verrait, alors que Perrette, non. C'est peut-être pour cette raison que le meurtrier a éprouvé le besoin de se remettre à tuer si vite après son premier forfait. Il essaie de maîtriser une pulsion qui le met au supplice et il y a eu si peu de témoins de son triomphe la première fois…

— Très bonne réflexion. Prends-la en note, Juliane.

J'aimerais me sentir heureuse d'avoir été utile – à deux reprises, rien de moins. Pourtant, savoir que je comprends les motivations d'un fou ne m'est pas d'un grand réconfort.

Chapitre 21

On peut bientôt diviser la population de Collis en trois catégories en fonction de leurs réactions. Les habitants des quartiers les plus opulents se convainquent que jamais un événement aussi terrible ne leur arrivera – et ils ont sans doute raison. Jusqu'ici, les victimes ont été des femmes dans le besoin qui vendaient leurs charmes. Les seuls parmi cette classe sociale à se faire du souci sont les hommes qui fréquentent la partie la plus sordide de la cité pour s'adonner à de tels plaisirs, comme Oudin, et qui craignent désormais d'être accusés à tort.

Ensuite viennent les femmes qui ont enterré deux des leurs et qui sont glacées de peur à l'idée d'être la prochaine. Par l'intermédiaire de Madame Émeline, Simon leur a recommandé de faire preuve de la plus grande prudence avec leurs clients. Pas évident quand la plupart d'entre elles sont au bord de la misère et n'ont pas la possibilité de renoncer aux opportunités qui leur permettent de manger à leur faim.

Pour finir, il y a ceux qui se régalent de l'animation causée par ces drames. Je n'entends plus que ce sujet de conversation parmi les ouvriers du Sanctum. Les rumeurs se répandent comme des feux de forêt et changent de direction tout aussi brusquement. Je les soupçonne d'attendre que je sois à portée de voix dans l'espoir que je confirme ou non les détails sordides. Simon m'a demandé de garder le silence sur ce que je sais et je ne comprends pas vraiment pourquoi jusqu'à ce que, quatre matins plus tard, Rémi vienne nous apporter un message.

— Votre tueur a encore frappé, annonce-t-il en agitant un parchemin dès que la gouvernante des de Montcuir le fait entrer dans la chambre du vénatre.

Il laisse tomber la feuille sur la table avant que Simon ne puisse la lui prendre des mains. Ce dernier examine d'abord la déchirure en haut du mot.

— Il a été arraché quelque part, fait-il remarquer en lançant un regard perçant à mon ami. Où l'avez-vous trouvé ?

— Cloué sur la porte du Sanctum.

Sans discrétion aucune, Rémi jette un coup d'œil au lit installé dans le coin de la pièce avant de me faire les gros yeux, comme pour me dire : « Vraiment ? Ici ? »

— Quelle porte ? s'enquiert le neveu du prévôt. Et où est le clou ?

Face au ton sec du vénatre, le messager recule d'un pas avant de retrouver son attitude condescendante.

— Celle du transept, côté sud. Quant au clou, il doit encore être fiché dans la porte.

Simon se tourne vers Lambert.

— Il me faut ce clou. Fais en sorte que la tête soit aussi intacte que possible.

Le fils aîné du comte hésite, piqué par la curiosité – quel peut bien être le contenu du message ? –, avant de finir par sortir en trombe tout en enfilant ses gants à la va-vite. Son cousin se remet à étudier le parchemin.

— Quand l'a-t-on découvert ?

— Il était là à l'arrivée des ouvriers ce matin. Comme la plupart sont illettrés, personne ne s'est donné la peine de s'y intéresser avant mon arrivée, répond Rémi en croisant les bras. Ne me remerciez pas.

— Je vous remercierai la prochaine fois que vous me ferez appeler plutôt que de toucher à un indice de mon enquête.

Je m'approche de Simon et il me montre la page. Les mots mal orthographiés sont à peine lisibles.

> Sa fait 4 jours et vous ne m'avé pas atrapé et donc je suis oblijé de tué encore

— Exactement ce que je craignais, murmure-t-il.

Juliane se place à côté de moi et son cousin penche davantage la feuille afin qu'elle puisse bien lire le message.

— Je n'ai jamais vu de parchemin aussi rugueux, dit la jeune femme.

Je frotte l'un des coins entre mon pouce et mon index.

— Il a été gratté récemment… et pas très bien… et il n'a pas non plus été poncé.

— On avait déjà écrit dessus avant ? s'enquit Simon.

— Oui, sûrement.

Il se déplace pour lever la page devant la fenêtre.

— Tu as raison, il y a quelque chose d'autre d'écrit, mais je n'arrive pas à le déchiffrer.

Je le rejoins et je penche la tête sur le côté, frôlant son épaule, pour trouver le bon angle. Malheureusement, je n'y parviens pas non plus.

— Tu crois qu'il s'agit vraiment du tueur ?

— Oui et non.

Au nom du Soleil, que veut-il dire par là ?

— A-t-on trouvé un autre corps ? demandé-je à Rémi.

Il serre la mâchoire si fort qu'un muscle y tressaute.

— Non, pas encore.

— Ce n'est qu'une question de temps, déclare Simon. Allons-y.

Après avoir plié le parchemin en deux, il le glisse dans sa poche.

— Et Lambert ? dis-je. Il doit déjà être à mi-chemin du Sanctum.

— C'est là qu'on va. Il s'attendra à m'y trouver.

Je ne crois pas qu'il parle de son cousin…

Nous suivons tous Simon, y compris Rémi. Avec Juliane, on doit faire le double de pas pour avancer à la même vitesse que le vénatre. À notre arrivée, le fils aîné du comte est en train de chercher un outil pour retirer le clou de la porte. En attendant, Simon sort le parchemin pour le tenir de nouveau devant le soleil.

— La lumière est trop forte, marmonne-t-il.

Il continue à placer la feuille dans différentes positions mais, au retour de Lambert, il finit par abandonner en poussant un soupir découragé.

— Impossible de lire ce qui est écrit dessous. Peut-être à l'éclairage d'une bougie ?

La lune. Je balaie les environs du regard et j'aperçois le demi-cercle suspendu à mi-chemin dans le ciel, à l'ouest. En plein jour, ce serait insensé, seulement… je n'ai rien à perdre.

— Je peux ?

Simon me tend le parchemin et je le place devant l'astre nocturne, dos au soleil. Des mots y apparaissent aussi clairement que le nez au milieu de la figure de Rémi, mais je prétends que le déchiffrage est plus pénible qu'il ne l'est.

— O-R-G… E, épelé-je. Il y a également le nombre quarante et… une unité de mesure ?

J'en reste là, même si au-dessus je lis encore : « Avoine, 200 kg ».

Je baisse la page sans laisser le temps à Simon d'y jeter un coup d'œil et je la lui tends en jouant la désinvolture.

— Il s'agit peut-être d'un inventaire ou d'une liste de livraison…

Il imite mon geste et penche la tête sur le côté pour tenter de distinguer ce qui est écrit, sans y parvenir.

— Je ne vois plus rien du tout maintenant ! Quelle espèce de magie as-tu utilisée ?

Le commentaire n'est sans doute rien de plus qu'une plaisanterie, si bien que je me mets à rire pour masquer ma gêne, mais d'un rire bien plus aigu que ce que je souhaiterais. Par chance, le fils du prévôt a presque fini d'ôter le clou et, d'une main, son cousin range le parchemin dans sa veste pendant que, de l'autre, il récupère le morceau de métal qui tombe de la porte.

— Merci, Lambert. Que quelqu'un aille me chercher un forgeron.

Il recule en plein soleil pour l'examiner. Comme aucun de nous ne fait mine de partir, Rémi finit par se dévouer, non sans pousser un soupir.

— Planté avec un marteau en métal.

Mon cœur se serre.

— À quoi est-ce que tu le vois ?

— Cette zone plate, ici, dit-il en la désignant du doigt alors que j'abrite mes yeux du soleil pour mieux voir. S'il s'agissait de bois, la tête serait encore plus ronde, et si on avait utilisé une pierre, elle serait abîmée, avec des traces de roche dans les rayures. (Il fait tourner le clou entre ses doigts afin de l'étudier sous toutes les coutures.) À part ça, il est neuf.

Comme sur le chantier du Sanctum, les artisans de toutes sortes ne sont jamais bien loin, et Rémi revient sans tarder en compagnie d'un forgeron. Le visage et le crâne de l'homme sont rasés de près, tandis que sur son front est noué un bout de tissu noir de suie qui empêche la sueur de lui tomber dans les yeux. Après lui avoir tendu le clou, le vénatre lui demande quel est, selon lui, l'outil qui a été utilisé pour le planter. L'homme confirme ce que ce dernier soupçonnait : un marteau avec une tête en métal plate. Peu nombreux sont ceux qui possèdent ce type d'instrument, soit par manque de nécessité, soit par manque de moyens. Même si la liste des suspects se précise, Simon n'a pourtant pas l'air si enthousiaste que ça.

— À quoi sert-il, en général ? interroge-t-il le forgeron.

L'intéressé examine la tige de métal.

— Un clou de cette longueur et de cette largeur ? On l'utilise principalement pour les charrettes et autres carrioles.

— Comment le savez-vous ? s'enquiert Rémi, suspicieux.

Le forgeron le fusille du regard.

— Parce que c'est mon métier.

— Oui, mais…

— Il est trop large pour des caisses ou des tonneaux, l'interrompt l'homme. Trop court et trop fin pour des poutres. Et trop long pour des fers ou des volets. Bien sûr, on peut s'en servir pour d'autres choses, mais celui-ci est neuf.

Il lâche la tige de métal dans la main du vénatre en ne tenant aucun cas de mon ami, qui garde le silence, rouge de honte.

— À moins d'être un abruti fini, quiconque dépend d'un cheval et d'une charrette pour gagner sa vie a des réserves de clous comme celui-ci pour les réparations.

— Je vous remercie, dit Simon.

Dès que le forgeron a tourné les talons, Rémi retrouve son assurance.

— Alors comme ça, le meurtrier possède une carriole ou une charrette. Par où est-ce qu'on commence ? déclare-t-il en désignant de la main les vendeurs qui s'installent pour la journée. Le fleuriste m'a tout l'air d'être une menace.

À ma grande surprise, le neveu du prévôt abonde dans son sens.

— Interrogez tous ceux qui veulent bien vous parler. Faites savoir que je suis dans les parages.

— Vous n'avez pas une victime de meurtre à trouver ? lui lance l'ancien apprenti du magister Thomas.

— Si, répond Simon en se dirigeant vers le marchand le plus proche. Mais le tueur viendra à moi.

Je m'apprête à lui emboîter le pas – j'ai des centaines de questions à lui poser –, quand Rémi, qui ne l'entend pas de cette oreille, m'agrippe par le coude pour m'entraîner vers l'étal de fleurs.

— Qu'est-ce qui te prend ? m'agacé-je en me dégageant. Ça ne va pas, de parler comme ça à ce pauvre forgeron ? Tu n'y connais rien aux clous !

— J'en sais beaucoup plus que le vénatre, Cat, grogne-t-il. Et le forgeron ne sait même pas lire ! Moi, je suis architecte. Je suis instruit !

— Tu es surtout un imbécile, oui ! Grâce à lui, on a appris exactement ce qu'on avait besoin de savoir.

— Et si je te disais qu'on en a une dizaine à la maison, des clous comme celui-ci, alors qu'on ne possède aucune carriole ?

— Je te répondrais que ça fait de toi l'un des suspects.

— Es-tu vraiment trop aveugle pour voir où mènent toutes ces pistes ? rétorque-t-il.

J'en reste bouche bée.

— Tu ne dis pas ça sérieusement. Tu crois que parce qu'il y a une boîte de clous chez le magister Thomas, un maître architecte, c'est lui, le tueur ?

— Chut ! Pas si fort !

Il me fait signe de baisser d'un ton avant de jeter des regards à la ronde et de plaquer un sourire sur son visage comme si de rien n'était. Lorsque ses yeux s'arrêtent sur quelqu'un derrière moi, je fais volte-face. Lambert nous observe, mais je doute qu'il ait tout entendu. Rémi m'emmène un peu plus loin à l'écart en murmurant à toute vitesse.

— Le clou, ce n'est rien, Cat. Tu sais ce que Perrette a fait cette nuit-là. Comment pourrait-il ne pas être furieux contre elle ?

— Furieux au point de l'avoir tuée ?

Les paupières closes, il prend son temps avant de répondre entre ses dents serrées :

— J'ai vu Perrette. Son visage a été écrasé avec un marteau. Tu sais très bien lequel.

— Celui qu'elle a volé, craché-je en retour. Et tant qu'on y est, tu l'as vue où, Perrette ?

Rémi sait que je sais. Il baisse la tête pour éviter mon regard.

— Chez Madame Émeline. Le lendemain matin. Je suis arrivé à Collis ce soir-là et j'ai passé la nuit là-bas.

— Tu n'es qu'un sale menteur !

— Je fais de mon mieux pour être honnête, là, d'accord ? J'essaie de faire ce qui est juste.

J'approche mon visage du sien.

— Et en quoi est-ce qu'impliquer le magister Thomas dans cette affaire serait juste ?

— Et en quoi est-ce que ce serait mieux de cacher tout ce que tu sais de cette nuit-là au vénatre ?

— Le magister est innocent, sifflé-je. En parler ne ferait que faire perdre son temps à Simon.

Mon ami ricane.

— Ton précieux Simon serait prêt à questionner un homme qui a sûrement pleuré la dernière fois qu'il a marché sur une coccinelle.

Il désigne d'un geste le fleuriste qui porte plus de dentelles et de rubans sur ses manches que n'importe quelle dame.

— Tu es jaloux, c'est tout ! l'accusé-je, en réponse à quoi Rémi lève les yeux au ciel. Simon est un homme instruit. Il comprend ce meurtrier d'une manière qui est presque… presque…

— Contre nature, termine Rémi.

— J'allais dire instinctive, rétorqué-je en me renfrognant.

— Tu n'es pas curieuse de savoir pourquoi, au juste, il a un instinct pareil ? me demande-t-il, suspicieux.

Sans me laisser le temps de penser à une bonne réponse, nous sommes interrompus par l'irruption bruyante de trois gardes de la cité qui arrivent en portant à moitié un individu vêtu d'une chemise de nuit et chaussé de sabots de bois. Dès qu'il aperçoit le neveu du comte, l'homme éclate en sanglots.

— Monsieur le Vénatre ! s'écrie-t-il. On a tué ma femme.

J'aimerais pouvoir dire que cette déclaration prend Simon par surprise, mais non : visiblement, il s'y attendait.

Chapitre 22

L'homme est un marchand de céréales bien connu.

— On s'est disputés hier soir, explique-t-il à Simon, en larmes. Que le Soleil me pardonne, j'ai dit des choses que je n'aurais jamais dû dire et elle est partie. (Il s'essuie les joues.) Je n'ai pensé au danger qu'elle pourrait courir que lorsque je ne l'ai pas vue revenir. Je sais que c'est ce fou qui l'a tuée. Sinon pourquoi est-ce qu'elle n'est pas rentrée ?

— A-t-il songé à vérifier qu'elle ne s'était pas réfugiée chez sa mère ou chez sa sœur ? me chuchote Rémi à l'oreille.

J'aimerais ne pas être du même avis que lui – par principe –, pourtant je suis bien obligée de reconnaître qu'il a raison : c'est une sérieuse accusation, surtout sans preuves.

— Qui d'autre sait pour le parchemin ? murmuré-je à mon ami.

— Personne. Aucun des ouvriers sur le chantier n'était capable de le lire et il m'a été montré par quelqu'un qui pensait qu'il m'était adressé. Je vous l'ai apporté sur-le-champ.

L'ombre du magister Thomas s'étend soudain sur nous et nous nous tournons vers lui d'un même mouvement.

— Te voilà enfin, Rémi ! dit-il d'un ton sévère. Je t'attends depuis une demi-heure.

— Je prête main-forte au vénatre.

Les yeux gris du maître architecte vont de mon compagnon à moi.

— Cette enquête m'a déjà coûté Catrin ce matin, je ne peux pas me passer de toi aussi.

Le jeune homme ouvre la bouche pour répliquer, mais notre mentor lui coupe la parole.

— Pour quelqu'un qui passe son temps à me supplier pour avoir davantage de responsabilités, je trouve que tu oublies trop facilement celles que tu as déjà.

Il s'éloigne sans attendre la réponse de Rémi.

Je connais l'expression que je lis sur les traits de mon ami : il se retient de pleurer. Je pose une main sur son bras.

— Merci d'avoir apporté le message aussi vite.

Ses yeux verts lancent des éclairs.

— Tu sais pourquoi le magister te laisse aider le vénatre, n'est-ce pas ? C'est parce qu'il sait que tu le protégeras coûte que coûte.

— Non, c'est parce qu'il tient à ce que le meurtre de Perrette soit résolu, rétorqué-je, ma compassion pour lui fondant comme neige au soleil.

— C'est ça. Continue à te voiler la face, Chaton.

— Très bien, dit le neveu du comte d'une voix forte. Allons chez vous, je verrai ce que je peux faire pour vous.

Tout en le remerciant avec effusion, le marchand le guide vers une rue en direction du sud. Lambert et Juliane me demandent d'un regard si je les suis, avant d'emboîter le pas aux deux hommes. Comme Rémi a déjà disparu, je me dépêche de les rejoindre. Une petite foule nous talonne. On traverse les artères de la cité telle une procession funéraire. De temps en temps, j'aperçois

Simon, au loin. Il chemine d'un pas tendu à côté du moulin à paroles qu'est le marchand de céréales. Je sens cette même tension s'accumuler dans mes épaules.

Rémi a raison : je ferais n'importe quoi pour protéger le magister Thomas et il devrait être prêt à faire de même.

Notre destination est un quartier prospère de Collis. L'homme nous invite à entrer chez lui, mais Simon préfère plutôt étudier les alentours. À côté de la maison se trouve un large box dont la porte est fermée par des chaînes. Il la pointe du doigt.

— J'imagine que c'est là que vous gardez votre cheval, votre charrette et vos réserves.

— Oui, répond-il en déplaçant ses pieds, ses sabots raclant le seuil de pierre. Elle n'est pas dedans, j'ai vérifié.

— Je ne pensais pas à ça.

Le jeune homme balaie la rue du regard avant de revenir sur ses pas, en passant à côté de ses cousins et moi. Pendant une seconde, j'ai l'impression qu'il a décidé de s'en aller, quand il s'arrête subitement devant une ruelle quelques maisons plus loin. L'époux désemparé court le rejoindre, une expression à la fois perplexe et paniquée sur le visage.

— Lambert ! s'écrie le vénatre. Pourrais-tu rester auprès de monsieur, s'il te plaît ?

Sans un mot, l'intéressé prend le marchand par le bras. Ensuite, Simon nous demande à Juliane et à moi de le suivre avant de pénétrer dans l'espace ombragé entre les bâtisses. Au bout de quelques pas, il s'immobilise et nous fait signe de nous arrêter.

— Ici. Qu'est-ce que vous voyez ?

Je suis son regard sur le sol.

— Des empreintes.

Certains pas étaient plus lourds que d'autres. Je ne parviens pourtant pas à en tirer grand-chose.

— Elles ne sont pas très importantes. Quoi d'autre ?

— Deux lignes dans la terre, dit Juliane, en pointant l'endroit du doigt. Des traces de quelque chose qu'on a traîné.

— Très bien.

Il me regarde par-dessus son épaule de son œil à l'éclat marron.

— Qu'est-ce qui aurait pu les causer, Cat, à ton avis ?

Il m'offre une chance de me racheter après ma remarque inutile sur les empreintes.

— Deux… commencé-je.

Deux quoi ? Tout à coup, je me souviens de la description faite par Simon de ce qui est arrivé à Perrette après qu'elle a été poignardée.

— Deux souliers à talons. Quelqu'un a été traîné en arrière le long de cette ruelle. Quelqu'un qui était inconscient.

— Excellent.

Le jeune homme continue son chemin en enjambant les deux lignes. Juliane et moi lui emboîtons le pas. Cette venelle est en réalité un cul-de-sac. À son extrémité, des ordures sont entassées contre les murs. Les traces parallèles mènent à une masse de la taille d'un être humain autour de laquelle volent des mouches. Bien que légère, l'odeur de putréfaction qui flotte dans l'air est facilement reconnaissable. Simon marque une pause afin de nous permettre de nous préparer mentalement à ce que nous sommes sur le point de voir. Quand sa cousine lui adresse un infime hochement de tête pour lui signifier que l'on est prêtes, il ôte la toile miteuse qui recouvre le corps. Je couvre mon nez et ma bouche d'une main, juste à temps.

Jamais je ne m'habituerai à voir des cadavres.

Simon, lui, s'accroupit aux pieds de la morte, chaussés de bottines aux talons de bois. En avisant la rigidité de la jambe de la femme, il déclare :

— Elle est morte aux alentours de minuit, à une heure près.

— Le tueur l'a enlevée à peine après qu'elle a mis les pieds dehors ? lui demandé-je, sans retirer ma main de devant ma bouche.

Pour toute réponse, il secoue la tête.

— Qu'est-ce qui cloche, ici, Cat ?

À part le fait qu'on est en présence d'un cadavre aussi raide que froid ?

Comme je garde le silence, il interroge Juliane.

— Qu'est-ce qui diffère des deux autres meurtres ?

— La victime est couchée sur le côté, contre le mur, répond-elle. Et elle était couverte d'un drap.

— Oui.

Simon se rapproche de la tête de la malheureuse pour soulever les mèches qui masquent son visage.

— Ses cheveux et ses yeux sont intacts, dis-je. Sa gorge est tranchée et pourtant peu de sang a coulé.

— Il y a des contusions, fait remarquer la fille du comte. Tout autour de son cou.

Elles se déploient sur sa peau blanche comme une horrible rangée de violettes. Sans toucher la défunte, le vénatre étend les doigts sur les taches violacées pour nous montrer qu'elles s'accordent à la forme de sa main, quoique pas à sa taille.

— Elles sont apparues avant sa mort, ce qui veut dire que la victime a été étranglée, annonce-t-il en se relevant. On lui a tranché la gorge une fois qu'elle était déjà morte, c'est pour cette raison qu'il n'y a presque pas de sang. Conclusion ?

Rien ne correspond vraiment aux deux premiers meurtres. Cette femme a été étranglée puis traînée jusque dans cette ruelle, où le tueur lui a coupé la gorge. Son corps a été recouvert comme pour cacher ce qui avait été fait ou pour empêcher qu'on la découvre – contrairement à la manière dont Perrette et Ysabel ont été abandonnées.

— Quelqu'un veut nous faire croire que c'est l'œuvre du meurtrier que l'on recherche, avancé-je. Sauf que ce n'est pas le cas.

— Bravo ! dit Simon d'un ton sincère, sans pourtant aller jusqu'à sourire. Alors, qui est le coupable ?

— Tu sais déjà que c'est son mari, répond Juliane, perplexe.

— Oui, mais il va falloir le prouver.

— Ses mains, dis-je en songeant au fait que celle de Simon n'était pas de la bonne taille. Elles correspondront forcément aux marques laissées sur le cou de la victime.

— Montre-moi ta main. Pose-la contre la mienne.

Je m'exécute et j'aligne nos doigts. C'est la première fois que nos mains se touchent délibérément depuis cette fameuse nuit au Sanctum. Au contact de sa peau, une chaleur se diffuse dans mon bras et en rencontre une autre qui se répand déjà dans ma poitrine. Il courbe un peu le bout de ses doigts au-dessus des miens.

— Tes mains sont environ de la même taille que celles qui ont tué cette femme, déclare Simon.

Embarrassée à plus d'un titre, je baisse le bras.

Le jeune homme se racle la gorge et détourne le regard.

— Si la taille de la main peut éliminer des suspects, cet indice seul ne sera pas suffisant pour désigner le meurtrier du premier coup. Quoi d'autre ?

— C'est un marchand de céréales, dis-je tout en évitant de croiser les yeux de Juliane. Le parchemin contenait une liste de céréales et il a été gratté à la va-vite. C'est la preuve que c'est lui, l'auteur du message laissé sur la porte du Sanctum.

— Là encore, tu n'as pas tort, mais on pourrait aussi considérer ça comme une simple coïncidence.

— L'écriture pourrait correspondre à celle du marchand, avance la fille du comte.

— Peut-être, mais j'en doute. Il n'est pas aussi idiot. Même s'il pense que le vrai tueur l'est, vu la façon dont il a rédigé son message.

— Le marchand a tout de suite déclaré qu'on avait tué son épouse, dis-je. C'est une supposition plutôt tirée par les cheveux, d'autant plus que les deux premières victimes travaillaient dans la rue des Plaisirs.

Lorsque Simon me sourit, mon cœur se réchauffe encore davantage.

— Voilà de très bonnes réflexions. Malheureusement, ce ne sont toujours pas des preuves directes. Ce dont on a besoin, c'est d'un indice qui montre que c'est précisément lui qui l'a tuée et transportée jusqu'ici.

— La couverture qui la recouvrait ? On peut peut-être prouver qu'elle lui appartenait ? propose Juliane, et je m'en veux aussitôt de ne pas y avoir songé.

— Non, on dirait qu'elle traîne dans cette ruelle depuis la dernière fois qu'il a plu… au moins ! Et même si ce n'était pas le cas, il lui suffirait de prétendre l'avoir jetée. Malgré tout, le fait que le corps de la victime était couvert est un point important. Soit le meurtrier avait honte de son acte, soit il éprouvait des regrets. Comme Cat l'a fait remarquer l'autre jour, notre tueur n'essaie pas de se cacher, au contraire. Celui-ci, en revanche, oui. Continuons à réfléchir, ajoute-t-il avec un signe de tête à mon intention, non sans me donner l'impression de le décevoir.

Je réexamine le cadavre et les alentours. Les traces sur le sol ne vont pas jusqu'à la maison du marchand, aussi ne me sont-elles pas d'une grande aide. Tous les signes d'une altercation au sein du domicile conjugal auront forcément été effacés depuis. Les voisins du couple ont pu les entendre se disputer, mais l'homme a déjà reconnu qu'ils s'étaient querellés. Peut-être pourrait-on trouver le couteau qui a servi à lui trancher la gorge parmi ceux du marchand ? Sauf que les couteaux, tout comme les clous, sont des objets communs.

Tout à coup, la solution m'apparaît.

— Ses chaussures !

— Eh bien quoi ? demande Simon en étudiant les pieds de la morte.

— Les lacets sont serrés en haut mais lâches vers le bas. Si elle avait essayé de marcher, elle se serait tordu la cheville. Quelqu'un les lui a mis aux pieds mais les a attachés juste assez pour les empêcher de tomber.

— Autrement dit, ça n'aurait pu être que lui, termine le jeune homme.

On se tourne vers le tumulte à l'entrée de la ruelle. Notre découverte macabre n'a pas échappé aux badauds, et le marchand pousse de grands cris de douleur tout en tentant de rejoindre son épouse, mais Lambert le tient d'une main ferme.

— Ajoutez cette histoire de chaussures à toutes les autres preuves et aucun juge ne le déclarerait innocent. Qu'il ait tué sa femme sous le coup de la colère ou qu'il ait prémédité son geste, il a tenté de profiter des deux autres meurtres.

— Sauf qu'il n'en connaissait pas tous les détails, dit Juliane. C'est pour ça que tu as insisté pour qu'on ne corrige pas les rumeurs.

— Exact, répond son cousin.

Reste que…

— Comment est-ce que tu as deviné qu'elle se trouvait dans cette ruelle ? l'interrogé-je.

Simon hausse les épaules comme si je venais de lui demander pourquoi le ciel est bleu.

— Il n'aurait pas pu l'emmener bien loin sans se faire remarquer et il y avait peu de chance qu'il ait pris le risque de traverser la rue. Je n'en étais pas certain, pas tout de suite du moins, mais c'était logique. Quand j'ai vu son expression au moment où je me suis arrêté, c'est là que c'est devenu évident.

Cet homme souhaitait faire passer son épouse pour la troisième victime du tueur. À présent, tout le monde sera prêt à le croire.

— Tu as conscience que, dès que tu le mettras aux arrêts, on le tiendra aussi pour responsable des meurtres de Perrette et d'Ysabel ? On le pendrait dès demain si ce n'était pas le jour du Soleil.

— Oui, j'en ai bien conscience, répond Simon en recouvrant la défunte. D'autant que le vrai tueur va sans doute se sentir en sécurité à Collis, dorénavant.

Est-ce une bonne ou une mauvaise nouvelle ? Le vénatre ne le dit pas.

Chapitre 23

— L'enquête est close.

— Pardon ? Mais je croyais que vous souhaitiez que j'arrête ce fou.

Simon se tient devant son oncle, abasourdi.

— Il a été arrêté et tu as toutes mes félicitations, déclare le comte de Montcuir, assis derrière un large bureau ciré, sans lever la tête. Le marchand de céréales a confessé avoir tué les trois femmes.

— Oui, parce que vous l'avez fait torturer !

Avec Juliane, on se tient à côté du vénatre, légèrement en retrait, dans la chambre du jugement. Trois jours se sont écoulés depuis l'arrestation du marchand, et son procès a eu lieu hier. Ce matin nous est parvenu le décret annonçant que l'enquête sur les meurtres de Perrette et d'Ysabel était officiellement terminée. Simon s'est rendu tout droit au palais de justice.

— Vous m'avez convaincu que l'homme était coupable, dit le prévôt en signant l'ordre d'exécution d'un geste ample. Votre témoignage était très persuasif et il a admis avoir tué sa femme une fois qu'il a entendu les preuves qu'on avait contre lui. Je ne comprends pas le problème.

Simon ferme les paupières puis, après avoir pris une grande inspiration, il rouvre les yeux.

— Ces preuves étaient aussi censées vous convaincre qu'on savait qu'il avait assassiné sa femme précisément parce que sa méthode était très différente de celle des deux autres meurtres, répond-il.

Le comte pose le parchemin et la plume sur le côté avant de rendre son regard noir à son neveu.

— Si je me souviens bien, tu ne voulais rien avoir à faire avec cette enquête. À présent, tu te plains qu'elle soit finie !

— Je ne nie pas n'avoir eu aucune envie d'être impliqué. Mais puisque je le suis, désormais, l'enquête sera menée comme il se doit. Cet homme n'est pas le tueur que l'on recherche. Cette affaire n'est pas terminée.

Le prévôt s'adosse à son fauteuil et croise les mains sur son ventre.

— Les habitants de Collis ont peur, déclare-t-il. Ils ont besoin de nous voir agir. Ils ont besoin que cette affaire soit résolue au plus vite.

— Exécuter cet homme pour son crime, admettons, intervient Juliane. Sauf que prétendre que nous avons trouvé le meurtrier alors que c'est faux ne fera que nuire à votre autorité.

Les yeux marron du comte se posent sur sa fille.

— J'ai toléré ta participation à cette enquête. Ne me fais pas la leçon sur la manière dont je remplis ma fonction.

Son regard tombe sur moi un instant, mais je n'ose pas ouvrir la bouche ni attirer son attention, de crainte que sa colère ne se dirige contre moi et contre le Sanctum par association.

— Sans compter que s'il y a effectivement un deuxième tueur en liberté, les chances sont grandes qu'il soit parvenu à maîtriser ses pulsions meurtrières, reprend le prévôt en s'adressant à Simon. Selon ton rapport, il n'a pas agi depuis plus d'une semaine.

— On n'en sait rien, s'emporte le jeune homme. Il pourrait très bien être dans une autre cité ou à la campagne et laisser libre cours à sa compulsion là où on ne le voit pas.

— Raison de plus pour ne pas s'en faire, dit placidement le comte, bien que sa mâchoire se serre. Il ne relève plus de notre juridiction.

— À condition qu'il soit bel et bien parti ! rétorque Simon. Si ça se trouve, il est encore ici, à Collis, à rire de nous pendant qu'on se félicite à coups de grande tape dans le dos.

Comme son oncle reste impassible, le jeune homme secoue la tête, dépité.

— C'est pour laver Oudin de tout soupçon, c'est ça ? C'est tout ce que cette enquête a toujours cherché à faire.

— Tu as dit toi-même que tu ne le croyais pas coupable, fait remarquer le prévôt.

— Oui, mais je pourrais avoir tort ! crache Simon. Ce qui m'écœure vraiment, c'est que votre premier réflexe ne soit pas de vouloir faire justice mais de protéger les vôtres !

En entendant cette accusation, je blêmis. Même si Rémi n'a pas utilisé ces mots, il m'a exprimé exactement le même sentiment – à raison, d'ailleurs.

Simon pose les poings sur la table.

— Ce n'est qu'une question de temps avant que notre homme ne massacre une autre femme et que son crime soit plus horrible encore. Sa mort sera sur votre conscience !

Le comte de Montcuir se lève brusquement de son fauteuil et tape du poing sur la table avant de pointer son index sous le nez de son neveu.

— Si tu parles à qui que ce soit de ta folle théorie, je te ferai arrêter ! s'écrie-t-il. L'enquête est close ! C'est un ordre.

Le jeune homme agrippe le bord de la table, comme s'il était à deux doigts de l'envoyer valser. Mais non, il se contente de tourner le dos à son oncle et de déguerpir de la chambre du jugement. Juliane me fait signe de le suivre pour pouvoir être la dernière à sortir. Il nous faut à toutes les deux courir pour garder la même allure que Simon, qui ne ralentit pas avant de se trouver hors du palais de justice, où il finit par s'arrêter net lorsqu'il aperçoit la potence qu'on est en train d'ériger devant le bâtiment. Il s'immobilise si soudainement que je manque de lui rentrer dedans, d'autant que le changement de lumière m'éblouit, malgré mes mains en visière pour m'en protéger. Juliane, à mes côtés, tente d'apaiser son cousin.

— Au moins, la femme du marchand de céréales obtiendra justice.

— J'aurais dû le voir venir, marmonne-t-il en secouant la tête. J'aurais dû m'attendre à ce que ton père s'empresse de lui faire porter le chapeau pour les autres crimes. Il tient à tout prix à croire que cette histoire est finie. (Il se tourne vers nous.) J'ai été présomptueux. J'avais envie de montrer que je savais de quoi je parlais, qu'on pouvait me faire confiance pour mettre la main sur ce tueur. J'étais trop fier pour le laisser filer.

J'en reste bouche bée.

— Tu veux dire que tu aurais préféré laisser le marchand s'en tirer en toute impunité ?

— Oui, admet-il malgré lui. En tout cas pour un temps. Le risque qu'il commette de nouveau ce type de crime était faible, surtout si je lui faisais comprendre qu'il était l'un de nos principaux suspects. Maintenant, d'autres femmes pourraient perdre la vie à cause de la décision du prévôt.

***

Simon ne proteste pas quand sa cousine et moi le suivons dans sa chambre. Nous y trouvons Lambert, qui étudie les cartes et les dessins fixés au mur.

En apercevant le dernier croquis d'Ysabel, je me réjouis de ne pas avoir vu le corps en vrai. Je comprends mieux l'expression sur le visage du frère de Juliane lorsqu'il les examine. Moi aussi, je peux à peine supporter de regarder ces images, sans pouvoir toutefois m'en empêcher. Ce que je n'arrive pas à saisir, c'est comment un être humain pourrait faire subir de telles horreurs à autrui.

Le fils aîné du comte se tourne vers nous. Il a tant serré les lèvres qu'elles en ont perdu leurs couleurs.

— Alors c'est fini ?

Simon s'affale sur la chaise en bout de table, vidé de toute rage.

— D'après ton père, oui.

— Mais tu n'es pas d'accord.

Il ferme les paupières avant d'appuyer la tête contre le dossier sculpté.

— Non.

Juliane prend place sur le banc et commence à rassembler les papiers éparpillés sur la table. Personne ne fait attention à moi.

— J'imagine que c'est le moment de rentrer, dis-je en effectuant une révérence maladroite. Tu peux garder les plans de la ville, si tu veux.

— Tu t'en vas ? s'enquiert Juliane en s'interrompant pour me regarder, le visage penché sur le côté. Tu devrais pourtant le savoir.

— Savoir quoi ?

Elle secoue la tête comme si je faisais l'idiote.

— Simon ne va pas s'arrêter là. Pas tant qu'il n'aura pas trouvé le coupable.

À ces mots, l'intéressé ouvre grand les yeux. La fille du comte laisse tomber la feuille qu'elle tenait et se tord les mains.

— Je suis désolée, bafouille-t-elle.

Le jeune homme pose une main sur le bras de sa cousine. Plutôt que de le regarder, elle fixe la table.

— Tu devrais aller te reposer, lui dit-il gentiment.

— Oui, oui, ça vaut mieux, répond-elle en se balançant d'avant en arrière. Mais Cat devrait rester.

Simon lui tapote le bras.

— Elle reviendra dans la matinée.

— Dans la matinée, marmonne Juliane. Elle devrait rester.

Je jette un coup d'œil à Lambert. Il les observe d'un air contrarié.

S'agit-il d'un autre jeu étrange auquel leur famille s'adonne ? Comme celui entre Juliane et Simon ? Le vénatre regarde sa cousine en souriant, mais son expression est aussi fausse et figée que celle d'un masque porté par un acteur de théâtre.

— Ces derniers jours ont été épuisants et l'exécution a lieu cette après-midi… On pourra s'y remettre demain.

— Tu n'abandonnes vraiment pas, alors ? lui demandé-je.

— Non. Il faudra simplement qu'on fasse attention.

— On ?

Le mouvement cadencé de Juliane a ralenti. Elle s'arrête soudain pour nous observer. Simon hésite quelques secondes puis son regard se fait suppliant.

— Tu es libre d'y aller, Cat, bien sûr, mais… J'espère que tu choisiras de continuer à nous donner un coup de main.

C'est vrai, mon mentor a plus que jamais besoin que je le protège, mais ce n'est pas la seule raison pour laquelle je promets de revenir.

Chapitre 24

Rémi et le magister Thomas se réjouissent l'un comme l'autre que l'enquête soit terminée. La construction du Sanctum progresse, grâce au renfort des plates-formes des échafaudages intérieurs, afin de soutenir l'élévation des chargements de pierres qui serviront à construire les arches de la voûte sous le toit de bois. Au petit déjeuner, je leur explique que le vénatre souhaite encore régler quelques questions avec moi aujourd'hui – mais quelle excuse vais-je bien pouvoir trouver pour demain ?

Lorsque j'arrive dans la chambre de Simon, il est en train de décrocher le dernier de ses croquis du mur.

— Tu as peur que ton oncle découvre que tu travailles encore sur l'enquête ? m'enquiers-je.

Il fait une pile de ses dessins.

— Non, je pars pour Mesanos dans moins d'une heure, annonce-t-il en faisant une pause pour étudier l'une des images. J'ai l'intention de m'entretenir avec l'un des médecins de là-bas.

— Combien de temps est-ce que tu comptes t'absenter ?

— Dix jours.

Dix jours ! Huit se sont déjà écoulés depuis le meurtre d'Ysabel et il n'y en avait eu que quatre entre ce dernier et celui de Perrette.

— Et si le tueur frappe en ton absence ?

Il continue de ranger ses esquisses.

— Je ne pense pas qu'il commettra de meurtre avant encore un moment. Je suis presque certain qu'il ne s'est remis à tuer aussi vite que pour corriger ce qu'il estimait être des erreurs.

Je me plante en face de lui, la table entre nous.

— Tu ne crois pas plutôt qu'il aura hâte de prouver à tout le monde notre incompétence ?

Soudain, j'ai toute l'attention de Simon. Il repose son paquet de croquis.

— Je n'ai jamais dit ça.

— Pourtant, c'est logique. Tu n'es pas d'accord ?

— Si, répond-il en me considérant attentivement. Et j'y ai déjà pensé, même si je l'ai gardé pour moi. C'est intéressant que tu en sois arrivée à la même conclusion.

Il a presque l'air heureux.

— J'ai juste fait attention à ce que tu disais, c'est tout.

Mon cou me brûle quand je m'aperçois que cette déclaration était assez directe.

— Je sais. Juliane et toi avez été d'une grande aide avec le marchand de céréales. (Il m'adresse un sourire rassurant.) Si jamais il y a des ennuis en mon absence… et je dis bien si… je vous fais entièrement confiance pour être à la hauteur.

Je secoue vigoureusement la tête.

— On n'aurait jamais pu le faire sans toi.

— Il vous suffira d'ouvrir l'œil et de noter vos observations. On pourra en discuter à mon retour.

— Et qu'est-ce qui te fait dire que le comte nous laissera nous approcher d'un cadavre ou d'une scène de crime ?

— Parce que Madame Émeline m'a promis, autant que faire se peut, de vous avertir en premier, Juliane et toi, et de récupérer le corps pour que vous puissiez l'examiner si jamais ce n'est pas possible.

— Je pense quand même que c'est une erreur, rétorqué-je en croisant les bras. Si une autre femme meurt, les habitants de Collis te tiendront pour responsable parce que tu es parti quand on avait le plus besoin de toi.

Il se mordille la lèvre inférieure quelques secondes comme s'il débattait la question dans sa tête. Il finit par me faire signe de prendre place sur le banc.

— Assieds-toi, s'il te plaît. J'aimerais t'expliquer pourquoi tu as raison et tort à la fois.

Pardon ? Je m'exécute et il s'installe en face de moi. Les mains jointes, il prend une grande inspiration.

— Je craignais que le tueur ne frappe hier soir, après l'exécution, mais il ne l'a pas fait. Ce qui m'incite à penser qu'il peut contenir ses pulsions et savourer la fausse impression de sécurité des habitants de Collis.

— Mais tu seras parti pendant plus d'une semaine. Qu'est-ce qui te fait croire qu'il sera capable de garder le monstre en cage aussi longtemps ?

Il fixe la table.

— Si je te montre quelque chose, tu dois me promettre de n'en parler à personne, pas même à Juliane.

Ma bouche s'assèche complètement.

— Promis.

— J'ai reçu ce message hier soir, dit-il en tirant un parchemin de sa tunique.

Je déplie la missive. L'écriture est remarquablement similaire à celle du mot du marchand, mais le parchemin a été poncé après le grattage et la grammaire est bien meilleure.

> *Tu sais peut-être ce que je suis,*
> *mais moi je sais qui tu es.*

— C'est de lui, murmure Simon. Le tueur.

Je relis la phrase, sceptique.

— Comment peux-tu en être certain ?

Le jeune homme tire le faux message de la pile de documents.

— Parce que c'est l'autre partie de cette feuille.

Il la positionne à côté de celle que je tiens et aligne les côtés déchiquetés. Le parchemin, particulièrement celui de médiocre qualité, ne se déchire pas uniformément, or les bords de ces deux morceaux correspondent parfaitement.

— À la bonne lumière, on peut encore lire le reste de l'inventaire des céréales.

— Tu veux dire que le meurtrier s'est introduit dans la maison du marchand pour voler ce parchemin en sachant que tu devinerais exactement d'où il venait ?

— Oui. Et il a même pris le temps de bien le gratter et de le préparer correctement avant de le réutiliser, dans le seul but de me montrer à quel point il peut être patient. À ton avis, que cherche-t-il ?

C'est une menace, bien sûr, mais pas seulement.

— C'est un défi, soufflé-je. Il te nargue : il te fait savoir qu'il te surveille et qu'il sait tout ce que tu sais.

Le neveu du comte pousse le mot du marchand sous le tas d'esquisses puis replie celui du tueur avant de le glisser dans sa poche.

— Exact. Il a le contrôle total ou, du moins, il croit l'avoir. Il y a peu de risque qu'il frappe pendant mon absence parce que me regarder piétiner dans cette enquête est bien plus amusant pour lui. Et puis…

— Et puis quoi ?

Il hésite.

— Ça m'éliminerait aussi de la liste des suspects potentiels.

Il me faut plusieurs secondes pour digérer cette information. Personne n'a accusé le vénatre de quoi que ce soit. Pourtant, même moi, je suis gênée par le niveau d'horreur avec lequel il est à l'aise ou, plutôt, qu'il est capable de tolérer. La seule autre personne que je peux imaginer supporter autant d'atrocités, c'est le tueur lui-même. Sous peu, d'autres feront ce rapprochement. Rémi, lui, l'a déjà fait.

— Donc il attendra ton retour.

Il me regarde, un mélange de fierté et de pitié dans les yeux.

— Oui.

— Ce qui veut dire qu'en ton absence, il devra maîtriser ses pulsions.

Lorsque Simon confirme d'un signe de tête, une autre pensée me vient.

— De combien de temps as-tu vraiment besoin pour ce séjour à Mesanos ?

— Une semaine environ, admet-il. Mais je dis à tout le monde que je serai parti une quinzaine de jours.

Maintenant, tout s'éclaire.

— D'après toi, le meurtrier croit avoir le contrôle total, mais plus ton absence dure, plus ce sera difficile pour lui de garder ce contrôle. C'est ta façon à toi de le narguer.

Le jeune homme continue de me dévisager en silence.

— Quand tu rentreras plus tôt que prévu, poursuis-je, le tueur laissera libre cours à ses pulsions meurtrières avant d'être tout à fait prêt pour son prochain meurtre.

— Et il y aura plus de chances qu'il fasse une erreur, conclut Simon, l'air content de lui.

Moi, je ne souris pas.

— Alors tu vas laisser quelqu'un d'autre mourir ? m'exclamé-je en me levant d'un bond, si soudainement que j'en renverse le banc. Tu ne vas même pas essayer de l'en empêcher ?

Il me jette un regard ébahi.

— Qu'est-ce que je pourrais faire d'autre ?

— Avant le meurtre d'Ysabel, tu as dit que tu n'avais pas assez d'indices pour compléter le profil du tueur sans une deuxième victime ! m'écrié-je en haussant le ton. Et maintenant tu as besoin d'une troisième ?

— Tu en es arrivée à la même conclusion, répond-il calmement.

— Ce que je conclus, c'est surtout que tu as plus de considération pour ce monstre que pour les femmes qu'il massacre !

Je sors en trombe et j'ai parcouru la moitié du couloir quand il me rattrape. Il m'agrippe le bras puis m'implore :

— Non, Cat, attends ! J'ai besoin de toi !

— Pourquoi ? lui demandé-je en me retournant. Tu as trouvé tout ça tout seul. Pourquoi as-tu besoin de moi ?

L'autre main de Simon s'empare de mon coude pour m'empêcher de prendre la fuite.

— C'est plus que ça, je…

Il baisse la tête et pousse un gros soupir.

— C'est pour ça que j'ai besoin de toi. J'ai besoin de quelqu'un à qui rendre des comptes. De quelqu'un qui me rappelle ce qui est vraiment en jeu. Qui me rappelle que le prix de mon échec, ce sont des vies humaines.

Nous sommes soudain aussi près l'un de l'autre que nous l'étions cette nuit-là au Sanctum. Quand je vois la souffrance dans ses yeux, ma colère retombe comme un soufflé.

— Je veux bien croire que certains pourraient oublier tout ça, Simon, mais toi… comment est-ce possible ?

— Ce n'est pas ce que je souhaite, Cat, dit-il d'une voix douce. Mais si je laisse toutes ces horreurs m'atteindre, je ne peux pas réfléchir sereinement… et les victimes n'obtiendront jamais justice.

Voilà comment il arrive à supporter tout ce dont il est témoin.

— Tu mets tout ça de côté, murmuré-je. Pour ne pas être submergé.

— Oui, dit-il en me lâchant, sans pourtant qu'on s'éloigne l'un de l'autre. Moins j'y pense, plus il m'est facile d'oublier. (Sa lèvre inférieure se met à trembler.) C'est pour cette raison que tu es si importante. Sans toi, je ne crois pas pouvoir mener cette enquête tout en gardant mon humanité.

— Simon… tu me connais à peine.

Il se recule très légèrement.

— Je sais, je…

Comme il ne continue pas, j'utilise ce qui me reste de souffle pour l'encourager :

— Tu… quoi ?

Au lieu de parler, il pose une main sur ma joue. Lentement, il se penche jusqu'à ce que ses boucles blondes effleurent le haut de mon front.

— Je sais que je peux te faire confiance, chuchote-t-il. Tu es la seule qui n'a rien à cacher.

À ces mots, la honte m'envahit mais je l'ignore pour me concentrer sur ce que je désire en cet instant précis. J'aimerais tant qu'il soulève mon menton pour approcher ma bouche de la sienne. J'aimerais tant goûter la menthe que je sens dans son souffle chaud et lui faire savoir qu'il occupera mes pensées pendant son absence, chaque jour.

— Simon ?

La voix de sa cousine retentit dans la cage d'escalier. Il relève subitement la tête pour regarder derrière moi, mais la fille du comte est à l'étage du dessous. Les marches grincent sous ses pas à mesure qu'elle commence à les gravir. Aussitôt, le jeune homme pose un doigt sur ses lèvres avant de me tirer sans un bruit dans la pièce que l'on vient de quitter. Une fois à l'intérieur, il me fait signe de redresser le banc puis se dirige vers l'armoire dans le coin.

— Ici, Juliane ! lance-t-il avant d'ouvrir la porte du meuble en face de lui et de s'y pencher pour dissimuler ses joues empourprées.

Je viens de reprendre place sur le banc quand la jeune femme apparaît dans l'embrasure. Elle a l'air bien plus en forme que lorsque je l'ai quittée hier.

— Le cheval est sellé et prêt à partir. Tu as fini de préparer tes bagages ?

— Presque.

La voix du jeune homme est étouffée par le placard. Lorsque Juliane me remarque, la surprise se lit sur son visage.

— Tiens, je ne savais pas que tu étais là, Cat.

— Je suis juste venue dire au revoir.

Que peut-elle bien penser du voyage de son cousin à Mesanos ? Elle ignore la raison pour laquelle ce dernier est si certain que rien n'arrivera en son absence. Simon s'éloigne de l'armoire, aussi calme et détaché que possible, puis jette sa sacoche sur la table. Son tas de croquis s'éparpille.

— Faites savoir autour de vous que je rentrerai dans deux semaines. Mais attendez-vous à mon retour dans pas plus de dix jours.

— Et pendant ce temps, qu'est-ce qu'on fait ? s'enquiert Juliane, les lèvres pincées, et je fais la même chose, sans même m'en rendre compte. Tu as dit que tu avais une tâche à nous confier.

Ça, il ne m'en a pas parlé. J'espère surtout qu'il a omis ce détail parce qu'on a été distraits par d'autres sujets. Même si je connais les conclusions les plus sombres du vénatre, j'éprouve une pointe de jalousie à la pensée que Juliane sait quelque chose que j'ignore. Pour cacher mon trouble, je rassemble les dessins, bien que je ne connaisse pas l'ordre dans lequel Simon préfère qu'ils soient rangés. De son côté, il tire un autre sac du placard et vérifie qu'il n'est pas troué.

— Tout à fait. J'aimerais que vous cherchiez les potentielles victimes du tueur avant Perrette.

Ce n'est pas la première fois qu'il nous fait part de cette hypothèse.

— Par où commencer ?

— Par les archives de mon père, dit la jeune femme avec assurance. Elles sont conservées au palais de justice.

Je ne suis pas convaincue de leur utilité. Au procès du marchand de céréales, on a pu constater que peu d'informations sur les meurtres des deux dernières semaines avaient été mises par écrit : uniquement le nom des victimes, le lieu du meurtre et un mot sur la manière dont elles avaient été tuées. Les termes « poignardée » ou « saignements » peuvent correspondre à une multitude de situations différentes. Sans compter que le métier de ces femmes n'y était pas indiqué.

— Tu penses qu'elles contiendront assez de détails pour qu'on puisse déterminer s'il s'agit du même tueur ?

— Contentez-vous de retenir tout ce qui attire votre attention et de poser quelques questions.

Satisfait de l'état du sac, Simon commence à fourrer des habits dedans. Peu nombreux sont ceux qui ont accepté de s'entretenir avec nous sur la nuit du décès de Perrette. Je doute sincèrement qu'on arrivera à recueillir beaucoup de renseignements.

— Mais n'impliquez pas Lambert, ajoute-t-il. Je suis certain qu'il ne pourrait cacher quoi que ce soit à son père. Et ne mettez rien par écrit.

Sa cousine va devoir mémoriser tout ce que l'on apprendra. De toute façon, je ne crois pas qu'elle soit capable de faire autrement : si elle couche sur le papier nos découvertes, c'est uniquement pour le reste d'entre nous. Sans doute pourrait-elle même tout faire toute seule, ce qu'elle confirme bientôt.

— Si je me charge moi-même de parcourir les archives, ça ira plus vite, dit-elle.

Avant que je ne puisse protester, elle sourit et ajoute :

— Je viendrai chez toi demain matin et nous pourrons nous y mettre. Je me réjouis d'enquêter avec toi.

Elle paraît sincère.

— Moi aussi.

Après avoir fermé son sac, Simon le pose sur la table. Je tiens tous ses croquis en mains, l'un de ceux du corps de Perrette presque nu sur le dessus de la pile. Alors qu'il rassemble des crayons, une plume et un flacon d'encre, j'attends pour les lui tendre tout en souhaitant de toutes mes forces que la fille du prévôt nous laisse quelques instants en tête à tête tous les deux. Peut-être fait-il le même vœu, car il s'arrête soudain de préparer ses affaires pour lui demander :

— Tu ne saurais pas par hasard où est ma cape ?

— Accrochée dans la cuisine. Je vais la chercher pendant que tu finis de dire au revoir à Cat.

Lorsqu'elle se tourne vers la porte, je jurerais avoir aperçu un petit sourire sur ses lèvres.

Une fois la jeune femme sortie, mon cœur s'affole à l'idée que Simon pourrait avoir l'intention de terminer ce qui a été interrompu plus tôt, mais non, il se concentre sur la sacoche qu'il est en train de remplir.

— Merci d'avoir accepté d'aider Juliane en mon absence.

Déçue, je serre les pages un peu plus fort.

— Je ne crois pas qu'elle ait besoin de moi.

— Détrompe-toi, réplique-t-il en passant la bandoulière au-dessus de sa tête pour porter le sac devant lui. Elle peut réunir les pièces de ce puzzle, mais c'est toi qui les assembles.

Je n'en ai rien à faire de sa cousine en cet instant précis. Je voudrais parler de ce qui se passe entre nous : s'agit-il du début ou de la fin de quelque chose ?

— Simon, je…

— Catrin… me coupe-t-il avant de pousser un soupir et de me décocher un sourire timide. Je… Tu vas me manquer.

— Toi aussi, réponds-je sans oser croiser son regard.

Il tend la main vers les dessins pour que je les lui rende. Je m'apprête à le faire quand je me fige tout à coup. Le croquis représentant Perrette est à l'envers – je ne l'avais encore jamais vue dans ce sens-là.

Le jeune homme s'empare des esquisses juste au moment où elles m'échappent des mains. Il doit mettre mon hésitation sur le compte de la gêne qui s'est accumulée ces dernières minutes. Je suis sous le choc.

Je viens de prendre conscience de l'endroit où j'ai vu cet ensemble de sept bleus laissés par des coups de couteau : sur mon propre ventre. Si je n'ai pas fait le lien avant, c'est tout simplement parce que je voyais toujours les miens du haut vers le bas.

À chacune des respirations que je prends, la ceinture de ma jupe appuie sur mes contusions. « Tu ne te souviens pas ? semblent-elles me souffler tandis que je suis mon compagnon jusqu'au rez-de-chaussée. Tu étais là. »

Dehors, Lambert tient la bride d'un petit cheval. Une race robuste capable de voyager à une allure rapide pendant de longues heures, et ce sans se reposer. Pendant que Simon accroche ses sacs et se met en selle, le fils aîné du prévôt bavarde gentiment avec moi, mais je ne lui réponds que par de petits signes de tête et des demi-sourires.

Juliane nous rejoint avec la cape de son cousin, qu'il plie sur le devant de sa selle. Le nombre de nuages dans le ciel ayant doublé au cours de la dernière heure, il en aura sûrement besoin bientôt.

— Fais bon voyage, lui souhaite Lambert en lui tendant la main.

Simon la lui serre d'une poigne ferme.

— Merci. Veille sur Juliane en mon absence.

Un léger agacement passe sur le visage du fils aîné du prévôt. J'imagine que j'éprouverais un sentiment similaire si un nouveau travailleur sur le chantier me confiait une tâche dont je suis déjà responsable depuis des années.

— Promis, répond-il sèchement.

Au moment où Simon croise mon regard, je retiens ma respiration.

— Souviens-toi bien de ce que je t'ai dit.

— Quelle partie ? ne puis-je m'empêcher de demander.

— Tout, réplique-t-il en intimant à sa monture d'avancer.

Juste avant de s'éloigner, il ajoute :

— Mais surtout la fin.

Cette déclaration devrait me combler de bonheur, pourtant mon esprit ne pense qu'à une chose : il croit que je n'ai rien à cacher alors qu'en réalité, je suis celle qui garde le plus grand secret.

Chapitre 25

— Par le flamboiement du Soleil, quel bazar !

Juliane se tient devant la fenêtre ouverte sur la rue, son frère aîné derrière elle, hésitant.

Je m'essuie les mains tout en me dirigeant vers la porte pour les accueillir.

— C'est déjà beaucoup plus ordonné qu'il y a quelques jours.

Mon plan était de paraître occupée à la réparation de la maquette afin que le magister Thomas ne me confie pas d'autre tâche ce matin, ce qui me laisserait le champ libre pour aller enquêter avec la fille du comte dès son arrivée. Manque de chance, elle se présente plus tôt que prévu et l'architecte n'est pas encore parti pour le Sanctum.

Lambert se penche en avant pour mieux distinguer l'intérieur de l'atelier. Son regard s'arrête sur le parchemin déchiré et froissé – la liste des noms des ouvriers décédés dans le dernier accident de chantier – qui est cloué en dessous de l'endroit où le marteau était accroché.

— Que s'est-il passé ici ?

— La table s'est écroulée et la réplique s'est écrasée par terre. Une partie du mortier était si ancienne qu'elle s'est émiettée comme un gâteau rassis. Mais ne vous en faites pas pour le vrai Sanctum. On utilise de bien meilleurs matériaux pour sa construction, dis-je en plaisantant, bien que mon rire soit un peu forcé.

Le magister Thomas descend l'escalier, Rémi sur les talons.

— Il me semblait bien avoir entendu des voix, dit joyeusement mon mentor même si je détecte une certaine tension dans ses paroles. À quoi devons-nous cet honneur, et de si bon matin ?

— L'enquête nous a mis un peu en retard pour les préparatifs du mariage de Lambert, répond gaiement Juliane. J'en suis venue à estimer l'opinion de Catrin et je serais plus que ravie si elle pouvait m'accompagner pour faire les boutiques aujourd'hui.

Rémi lève les yeux au ciel mais le maître architecte, lui, prend un air suspicieux. Il sait que je n'ai jamais apprécié ce genre d'activité. D'autant qu'il m'a écoutée me plaindre de l'arrêt prématuré de nos recherches et du fait que le marchand de céréales était accusé à tort, aux dires de Simon, des trois meurtres qui avaient été commis à Collis.

— Et où est ce bon vénatre ? s'enquiert le magister Thomas en me regardant du coin de l'œil. J'aurais souhaité le féliciter d'avoir mené son enquête à terme avec succès.

Il insiste légèrement sur l'expression « à terme ». Mon mentor est loin d'être idiot.

— Il rend visite à des amis, lui annonce la fille du prévôt. Il sera de retour dans une quinzaine de jours.

— Après deux semaines de dur labeur, il méritait bien deux semaines de pause, lâche Rémi, un sourire amer aux lèvres.

Je serre les poings. Pourquoi faut-il qu'il se montre aussi mesquin dès qu'il est question de Simon ?

— Pensez-vous pouvoir vous séparer de Catrin pour la journée, magister ? demande Juliane à l'architecte.

Jamais il n'oserait refuser une requête de la part de la fille du plus important de ses mécènes, quand bien même il sent qu'elle ne lui dit pas toute la vérité.

— Bien sûr, dame Juliane. D'ailleurs, puisqu'elle sera de sortie, Catrin pourra en profiter pour se charger des achats de Mme La Fontaine.

Je me retiens de grogner, mais ma compagne se contente de sourire en retour et de remercier mon mentor.

Une fois que Rémi et lui ont quitté les lieux et que l'intendante m'a confié une longue liste de courses, Juliane congédie son frère.

— Nous allons acheter des dessous, lui dit-elle.

Après quoi il est incapable de nous regarder en face, ni l'une ni l'autre.

— Mieux vaut que je vous laisse entre vous, concède-t-il.

Sa sœur le regarde s'éloigner, non sans pouvoir se retenir de sourire.

— Tu as conscience que c'est pour te voir qu'il a tenu à m'accompagner ?

— Moi ?

— Oui, toi. Tu lui plais depuis des années, mais il a toujours été trop timide pour t'aborder… ou aborder n'importe quelle jeune fille, d'ailleurs. Notre père a même dû arranger son mariage avec la famille de dame Geneviève.

L'idée que l'héritier du titre le plus élevé de la région et du poste de gouverneur d'une grande cité soit attiré par moi est vraiment étrange. Et le fait que cet homme si puissant manque de confiance en lui l'est plus encore.

— Le comte ne l'aurait sans doute pas permis de toute façon, fais-je remarquer, rouge comme une tomate. Après tout, je ne suis pas de sang noble.

— Notre mère ne l'était pas non plus. Enfin, pour autant qu'on le sache. Elle a grandi dans le même couvent que toi, sous le matronage de Mère Agnès.

Je n'ai pourtant jamais entendu parler d'elle. La prieure nous a sans doute caché cette histoire pour nous éviter de nourrir l'espoir irréaliste d'épouser un jour un homme noble et riche.

— Mon père était même fiancé à une autre lorsqu'ils se sont enfuis pour se marier, poursuit ma compagne. Lambert a toujours trouvé ce récit tellement romantique.

— En tout cas, je ne cherche pas du tout à le piquer à dame Geneviève, marmonné-je.

Juliane n'a pas l'air de vouloir décourager son frère, non plus. Le souci, c'est que ce n'est pas lui, l'objet de mes pensées, mais Simon.

— Entre nous, je suis heureuse que Lambert ait une distraction ! Depuis le décès de notre mère, il me couve beaucoup trop, parfois au point que j'ai l'impression d'étouffer.

Je la rejoins dans la rue et nous nous mettons en marche. Puisqu'elle a mis le sujet sur la table, je l'interroge :

— Qu'est-ce qui est arrivé à ta mère ? Elle a longtemps été malade, n'est-ce pas ?

— Elle a été souffrante toute ma vie, répond Juliane, sans quitter la route des yeux. Mais ce n'est pas ce qui l'a tuée.

Il est évident qu'elle n'a pas envie d'en parler.

— Ce souvenir doit être douloureux pour toi. Pardonne-moi mon indiscrétion.

La fille du comte accepte en silence mes excuses, et je n'insiste pas. Sans savoir où nous nous rendons, je suis surprise de voir qu'elle me mène vers le quartier des échoppes.

— Je me suis dit qu'il serait plus prudent qu'on nous aperçoive par ici, m'explique-t-elle en adressant des signes de tête polis à quelques négociants au passage. Après tout, on a dit qu'on allait faire des courses.

— Oui, tu as raison.

Le soleil matinal m'éblouit jusqu'à ce qu'on tourne vers l'ouest et qu'il se retrouve dans notre dos. On quitte l'avenue remplie de boutiques et d'étals pour pénétrer sur la place où s'élève le temple du Soleil de la cité de Collis. Un lieu de culte vieux de plusieurs siècles, exception faite de la statue d'un solosophe gallien qui contemple le coucher du soleil, dressée sur la pelouse. Cet édifice de pierre circulaire a été érigé précisément à cet endroit afin que le clocher crée un cadran solaire visible du haut de la colline avoisinante. Même s'il n'est aujourd'hui entretenu que par une poignée de frères de la Lumière, le bâtiment est toujours considéré comme un lieu sacré, relié au Sanctum par le chemin des Prières. L'ironie de ce que cette rue est devenue – une rangée de fumeries de skonia et de maisons closes – ne m'échappe pas. À mon grand embarras, c'est justement vers la rue des Plaisirs que Juliane se dirige.

— Je me suis dit que le meilleur endroit pour commencer, c'était chez Madame Émeline, m'explique-t-elle.

Elle reconnaîtra la plupart des noms sur ma liste, peut-être même tous.

Pourquoi n'y ai-je pas pensé ?

Avant d'atteindre l'ombre des premières maisons, je remarque l'espace d'un instant des yeux soulignés de khôl qui me scrutent. Même s'il n'était pas vêtu de noir parmi les auvents et les stands colorés, son visage grêlé l'aurait fait se démarquer dans n'importe quelle foule.

Gregor.

Il n'est pas inhabituel de voir des Selenae en plein jour, surtout au marché. Un frisson me remonte pourtant le long de l'échine. Il a dit au magister Thomas que j'étais peut-être censée trouver le corps de Perrette, cette nuit-là. Qu'est-ce qui rend mon instinct si important ? Suis-je en train de m'y fier en cet instant précis ?

Comme les fois précédentes où je l'ai aperçu depuis la nuit du premier meurtre, il disparaît dès que je tente de le suivre du regard. À cause de mon hésitation, Juliane a pris de l'avance sur moi. Je la rattrape au pas de course.

Plutôt que de se présenter à l'entrée principale de l'établissement de Madame Émeline, ma compagne emprunte une ruelle et frappe quatre fois à une porte latérale. Une vieille femme nous fait entrer dans une cuisine et nous fait patienter. Aussitôt que la domestique a quitté la pièce, je songe à demander à Juliane comment elle connaissait l'existence de cette porte dérobée, avant de me souvenir que Simon est venu en ces lieux pour examiner les cadavres des deux victimes. Il doit s'agir d'un autre de ces sujets qu'il a abordés avec sa cousine plutôt qu'avec moi. Quand une pointe de jalousie s'éveille en moi, je la fais taire en me rappelant qu'il me fait confiance avec des questions plus importantes encore.

Lorsque Madame Émeline pénètre dans la cuisine, elle nous invite d'un geste à nous asseoir à la large table au centre de la pièce. Nous choisissons chacune une chaise puis acceptons sa proposition de prendre le thé. Sans sa chevelure roux criard, c'est à peine si j'aurais reconnu la maquerelle telle qu'elle se présente devant nous : pas maquillée et vêtue d'une chemise de nuit toute simple. Étrangement, elle paraît plus jeune – quand bien même je n'ai pas la moindre idée de son âge.

— Je… Nous sommes ici à la demande du vénatre, commence Juliane. Il nous a chargées de vérifier si Perrette était bien la première victime du tueur.

— Je vois, répond notre interlocutrice, dont les sourcils fins, sans trait de crayon, se haussent de surprise.

— Nous avons compilé une liste de femmes mortes ces cinq dernières années, poursuit la fille du comte. Les causes de leur décès sont assez vagues, mais nous nous sommes dit que vous pourriez nous en apprendre plus.

— Il va falloir que vous me lisiez la liste, dit Madame Émeline en portant sa tasse à ses lèvres pâles. Je ne sais pas lire.

— Je l'ai mémorisée. Vous êtes prête ?

Sur un signe de tête de la maquerelle, ma compagne ferme les paupières et récite leurs noms les uns après les autres en n'oubliant pas d'inclure la date de la découverte de leur corps et l'endroit. La patronne de la maison close réfléchit soigneusement à chacune. La plupart dont elle se souvient ont péri dans des accidents ou en couches – « saignements » semble être l'expression choisie pour désigner ce cas précis – et plusieurs souffraient d'une maladie ou d'une autre. Trois se sont suicidées.

Ce qui me frappe, c'est combien de ces décès notre interlocutrice qualifie de meurtres. Certains des criminels ont été arrêtés et punis par la justice, mais un nombre stupéfiant d'entre eux n'a jamais été résolu. Je commence à me demander si Perrette et Ysabel comptent vraiment. Même si l'on parvient à faire le lien entre d'autres victimes et ce tueur, elles ne sont que deux aiguilles dans une botte de foin dont personne ne s'est jamais assez soucié pour ouvrir une enquête. La mort de Perrette serait presque certainement tombée dans l'oubli si Oudin n'avait pas été l'un des suspects.

Il faut trois heures et autant de tasses de thé avant que Juliane n'atteigne la fin de la liste. J'ai perdu le fil des noms des potentielles victimes de notre meurtrier, mais je sais que la fille du comte les a tous en tête. D'ailleurs, elle a l'air rompue de fatigue.

— Merci, dit-elle à Madame Émeline en se mettant debout. Nous aurons peut-être d'autres questions pour vous plus tard.

La maquerelle se lève à son tour.

— Simon est le seul exécuteur de la justice qui se soucie vraiment de ces pauvres filles. Si je peux aider, c'est avec plaisir.

Elle nous fait sortir par la porte dérobée. Dès que le battant se referme derrière nous, les paupières de ma compagne se baissent et elle porte l'une de ses fines mains à sa tempe.

— Tout va bien ? m'enquiers-je tout en me positionnant pour la soutenir au cas où elle aurait un vertige.

— Les ombres, balbutie-t-elle. Tellement d'ombres.

Je jette un coup d'œil à la ronde. Il est à peine midi passé, ce qui signifie que cette ruelle ne pourrait pas être plus lumineuse qu'en cet instant précis. Le contraste avec la cuisine plongée dans les ténèbres me pique les yeux.

— Tu veux t'appuyer sur moi ?

— Oui, merci... répond-elle en me tendant un bras. Tiens-les éloignées, s'il te plaît. Elles ont envie de me parler mais je ne peux pas. Pas maintenant.

Personne en vue. J'ignore de qui ou de quoi elle veut que je la protège. Avant de m'aventurer hors de la ruelle qui mène chez Madame Émeline, je vérifie que personne de notre connaissance ne peut nous voir en sortir, mais je m'inquiète pour rien : c'est l'heure la plus calme pour cet établissement et ceux des alentours.

— C'est mieux comme ça ? m'enquiers-je alors que nous avançons en plein soleil.

— Oui, pour l'instant. Mais elles me suivent, elles sont vives, dit Juliane avant de me regarder avec des yeux effrayés. Cat, je dois rentrer. Je ne peux pas traîner.

Je me souviens de la façon dont Simon a répondu à ses rimes la dernière fois et je serre son bras un peu plus fort pour la rassurer.

— Ça va aller. On va rentrer toutes les deux.

— Dans les cieux, réplique-t-elle comme si elle ne pouvait s'en empêcher avant de secouer la tête. Il me faut quelque chose de mieux.

Nous remontons l'artère vers le Sanctum. Même si Juliane accepte volontiers d'être dirigée par moi, je ne me suis jamais sentie aussi inutile. Il y a vraiment quelque chose qui cloche, or je ne comprends pas comment l'aider.

— Que puis-je faire pour toi ?

— Pour moi ? répète-t-elle en vacillant avant de prendre une grande inspiration. M'accompagner. Me parler.

Son attitude me rappelle celle d'un ouvrier du Sanctum qui a l'habitude de compter ses pas, où qu'il aille. Le maître architecte ne lui donne pour tâche que l'empilement et le déplacement de pierres dans des brouettes, ce qu'il fait sans se plaindre mais toujours par groupes de quatre. Cette particularité lui vaut le surnom de Jacques Quatre-Pierres. D'après le magister Thomas, le nombre quatre est son « ancre » parce qu'il l'empêche de partir à la dérive, en quelque sorte. Plus Jacques est fatigué, plus compter devient important pour lui.

Je crois que les rimes sont l'ancre de Juliane. Simon l'a apaisée l'autre jour en l'aidant à en trouver.

— Tu veux parler de quoi, alors ?

Pourquoi ai-je choisi cette rime-là ? me lamenté-je. Mais ma compagne rebondit sans la moindre hésitation.

— Dehors. Je dois juste les laisser sortir. Les faire sortir.

— On peut faire ça.

On continue tout en remontant la colline, bras dessus bras dessous, comme deux amies proches. Même si nos paroles n'ont pas beaucoup de sens, notre conversation se transforme bientôt en une espèce de jeu et j'arrive à me détendre un peu. Je prends soudain conscience de la répulsion que j'ai éprouvée dans un premier temps… mais qu'étais-je donc censée ressentir ? Ce qui se passe dans l'esprit de Juliane n'est pas normal. Mais ce qui est normal n'est pas toujours mieux. Sa mémoire est un don rare, et pourtant personne ne la qualifierait de « normale ».

À notre arrivée sur la place du Sanctum, l'étendue de ciel qui s'offre à nos yeux se dégage. Une lune argentée est suspendue à l'ouest. De nombreux mots me viennent à l'esprit pour décrire mes propres compétences : incroyables, effrayantes, stupéfiantes, puissantes et, par-dessus tout, magiques. Mais « normales », certainement pas ! D'autant qu'il me faut les cacher à tout prix. Sur ces deux points, Juliane et moi nous ressemblons.

Tandis qu'on longe le chantier, je salue joyeusement de la main Rémi, perché sur une plate-forme en haut de l'échafaudage. J'espère qu'il n'a pas remarqué de quelle rue nous sommes venues. Pour éviter le risque qu'il descende nous parler, je passe par le côté nord du Sanctum. Même si la sueur qui coule dans mon dos n'a pas grand-chose à voir avec la chaleur, je marche à l'ombre.

Qu'est-ce que je vais bien pouvoir dire une fois qu'on atteindra le domicile des de Montcuir ? Lambert l'a déjà vue dans cet état, il saura probablement quoi faire. Leur propriété apparaît enfin devant nous.

— Qui devrais-je faire demander une fois chez toi ? Ton père ? m'enquiers-je.

J'ai choisi ces derniers mots pour lui permettre de parler de son frère, mais Juliane part dans une direction inattendue.

— Non, non, je suis ma mère. Elle est moi et je suis elle. Ou j'étais elle.

Juliane se met tout à coup à marcher d'un pas léger et son humeur glisse vers l'émerveillement, comme si elle partageait un secret avec moi.

— On est pareilles, reprend-elle. On pouvait toutes les deux tuer d'une pensée. Des centaines, des milliers. Tous morts. C'est pour ça qu'il a dû la tuer.

Plus de rimes, désormais. Elles ont été remplacées par des déclarations horrifiantes qu'elle invente au fur et à mesure. Je m'arrête.

— Tué qui ? Ta mère ?

— Oui, répond-elle solennellement. Mais elle le tuait. Chaque jour.

Rien de ce qu'elle dit n'a de sens. Quitte à choisir, je préférais les rimes.

— Qui a tué ta mère ?

— Oudin. Mon père. Ils sont tout le temps en train d'essayer de me tuer maintenant, mais c'est moi qui les tue en premier, à chaque fois. C'est drôle, n'est-ce pas ? (Elle m'adresse un grand sourire.) Simon est très doué pour tuer les gens. On devrait aller le voir.

— J'aimerais bien, marmonné-je en prenant de nouveau Juliane par le bras – loué soit le Soleil, on est presque arrivées !

Denise, son ancienne gouvernante, nous ouvre la porte. Dès que ses yeux se posent sur Juliane, elle devient blanche comme un linge.

— Bonjour, la salue gaiement la fille du comte. Je suis là pour vous tuer, mais nous pouvons d'abord prendre le thé si vous voulez.

— Depuis combien de temps est-elle dans cet état ? me demande la domestique tandis que nous guidons la jeune femme à l'intérieur.

— Je ne sais pas trop. Une vingtaine de minutes, peut-être. C'est arrivé si vite.

Une fois assise à une table dans le salon de devant, Juliane serre les bras autour de sa poitrine et commence à se balancer d'avant en arrière. Denise me ramène vers la porte.

— Il faut que vous partiez. Tout de suite.

— Mais je veux aider, protesté-je.

Pour être tout à fait honnête, je ne suis pas certaine de le vouloir vraiment.

L'intendante me met à la porte.

— Vous en avez assez fait.

Je n'arrive pas à savoir si c'est de la gratitude ou une accusation. Peut-être les deux.

Chapitre 26

Ce n'est qu'une fois que je suis rentrée à la maison que les courses de Mme La Fontaine me reviennent en mémoire. Comme mon esprit est trop embrouillé pour que je me souvienne de tous les détails, je dois lui redemander de me lister tout ce dont elle a besoin. Non seulement elle prend un malin plaisir à ajouter un nombre important de nouveaux éléments, mais elle insiste pour que je prenne tout en note, ce qui ne me laisse aucune excuse pour « oublier » les navets. Tous les meilleurs légumes ont déjà été achetés dans la matinée. Me voilà contrainte de me rendre chez deux fois plus de vendeurs pour tout dénicher.

Au souper, tout le monde est de mauvaise humeur. Rémi et le magister se sont de nouveau querellés sur le chantier et tous deux sont mécontents que je n'aie pas travaillé aujourd'hui. L'intendante se plaint que les navets n'étaient pas assez bons pour être ajoutés au ragoût. Je fais semblant d'être blessée par son commentaire, quand bien même je me suis rendue à huit étals différents exprès pour en trouver des bien pourris. Dès la fin du repas, on file tous se coucher.

Tôt le lendemain matin, j'ai envie d'aller voir si Juliane va bien mais je n'ose pas abandonner mon travail au

Sanctum. Sans compter que si sa confusion d'hier est effectivement causée par la fatigue, alors c'est qu'elle a besoin de repos. Les fois précédentes où le discours de la jeune femme s'était fait incohérent, Simon avait fait une pause dans l'enquête pendant toute une journée.

Simon… Deux jours à peine se sont écoulés depuis son départ pour Mesanos. Est-il déjà arrivé ? Pense-t-il à moi aussi souvent que moi à lui ?

Sans me laisser le temps d'entamer ma longue inspection des échafaudages et des contreforts intérieurs, le magister Thomas me confie la tâche de sécuriser les contreventements sous la prochaine série d'arcs-boutants extérieurs qu'il a l'intention de construire avant de s'attaquer au plafond. Apparemment, c'est la cause du désaccord entre Rémi et lui : la voûte étant prête à être assemblée, mon ami aimerait mettre en place les ogives croisées, mais notre mentor craint que le travail à l'intérieur n'avance trop vite pour être assez soutenu par les côtés.

— Mais puisque je vous dis que c'est possible ! s'écrie le jeune homme en s'attirant des regards de la part de la moitié des ouvriers. Vous cherchez juste à donner l'impression que vous êtes le seul à faire des progrès !

— Il y a des dizaines de raisons pour lesquelles la construction pourrait être retardée, surtout au printemps lorsque le froid et l'humidité font que le mortier sèche plus lentement, répond calmement le magister Thomas. Je t'ai promis de te laisser carte blanche pour la voûte, mais quand le temps sera venu. Pas avant. Ce n'est pas une course.

Je suis prête à parier que c'est pourtant ce que Rémi fera dès qu'il sera autorisé à la commencer. Voilà précisément pourquoi notre mentor le bride.

— Mais…

— Compagnon La Fontaine, le coupe le maître architecte. Ma décision est prise. Si vous n'êtes pas d'accord, vous êtes libre d'aller travailler ailleurs.

Les joues du jeune homme virent au même cramoisi que les roses des vitraux puis il s'éloigne d'un pas lourd.

— Pourquoi restes-tu plantée là, toi ? aboie mon tuteur. Tu as du travail en retard. Rémi ferait mieux de diriger un peu de sa colère contre toi.

Il tourne les talons si vivement que sa robe de maître forme une spirale autour de ses jambes.

— Et utilise la corde de sécurité ! ajoute-t-il par-dessus son épaule.

Pff… Pourquoi me suis-je arrêtée pour assister à leur échange, je vous le demande ! Après avoir passé les boucles au-dessus de ma tête pour les faire glisser en travers de mon torse, de mon épaule à ma hanche, je retourne à mon inspection. Les contusions d'il y a deux semaines se sont étalées sur tout mon ventre et ont viré du violet au jaune, mais elles me font encore souffrir et je préfère protéger la zone. Je préfère aussi ne pas songer au fait qu'elles ressemblaient comme deux gouttes d'eau aux blessures de Perrette.

Durant les deux jours qui suivent, je sers d'intermédiaire entre Rémi et l'architecte, qui s'adressent à peine la parole. Ceux qui pensent que les jeunes filles de mon âge sont mesquines devraient voir à quel point deux hommes adultes peuvent se montrer têtus quand ils se battent pour un projet que chacun considère comme le sien. La possessivité du magister Thomas se comprend – après tout, il a passé des années à diriger les travaux de l'édifice –, mais il finira par nuire à son bien-aimé Sanctum s'il ne donne pas à son successeur les outils pour continuer son œuvre.

Quant à Rémi… Je serre les dents à chaque fois qu'il vient me trouver. Quand prendra-t-il conscience que le magister a un million de soucis qui nécessitent son attention et que c'est la tête de ce dernier qui risque de tomber si quelque chose se passe mal ? Et quand comprendra-t-il enfin que je vais finir par ne plus le croire s'il qualifie de « crucial » tout ce dont il a besoin de ma part ?

Heureusement, le troisième jour est celui du Soleil et les travaux s'arrêtent pour l'office religieux au Sanctum. Je passe la cérémonie entière à scruter les arches de la galerie où les de Montcuir sont assis. Les rayons du soleil qui se déversent par les vitraux colorés m'éblouissent tellement que je n'arrive pas bien à voir si Juliane se trouve en leur compagnie. À la fin du service, j'en suis certaine : elle n'est pas venue.

De nombreux fermiers sacrifient une demi-journée de travail pour recevoir une bénédiction de l'altum suprême au coucher du soleil, si bien que la construction ne reprendra qu'après les litanies de midi. Comme j'ai un peu moins de deux heures avant que ma présence ne soit requise sur le chantier, je suis les de Montcuir. Je me souviens des propos de Juliane sur l'admiration que me porte Lambert et j'ai bien l'intention de croiser son chemin lorsqu'il descendra les marches à l'avant du bâtiment.

C'est Oudin qui me voit en premier.

— Bonjour, Chaton.

Je pousse un grognement écœuré.

— Rémi est le seul à me donner ce surnom.

— Dans ce cas, je suis honoré d'être en si bonne compagnie, réplique-t-il avec un gloussement. Tu as l'air perdue… Pour rappel, ta maison est par là.

Il pointe du doigt la rue qui va vers le sud-ouest en partant de la place. Si le fils aîné du comte est à portée de voix, son père, lui, a disparu, sans doute parti pour le palais de justice afin de passer la garde en revue.

— J'avais juste envie de prendre des nouvelles de Juliane. Elle va mieux ?

— Elle boude à cause de l'absence de Simon et refuse de sortir de sa chambre, ricane-t-il.

Voilà qui me paraît étrange. Les mains serrées en position de prière, j'en appelle à Lambert.

— Oh, la pauvre… Est-ce que je pourrais lui rendre visite ?

Le jeune homme s'empourpre.

— J'imagine que ça pourrait lui faire du bien.

Oudin lève les yeux au ciel. Je continue de sourire à son frère, qui m'offre son bras. Sans me laisser le temps de le prendre, le cadet s'impose entre nous.

— Enfin, Lambert, le gronde-t-il en m'éloignant de lui. Que dirait dame Geneviève si elle te voyait jouer avec un chaton ?

Même si j'en ai un haut-le-cœur, je me concentre sur ce qui est le plus important : voir Juliane. Le fils aîné du comte ne nous quitte pas d'une semelle, aussi tendu que les cordes d'une poulie. Quand nous atteignons leur domicile, le plus jeune des de Montcuir place sa main dans le creux de mes reins pour me guider dans l'escalier jusqu'au premier. Leur demeure est assez vaste pour contenir trois chambres de chaque côté d'un corridor plutôt que seulement deux pièces par étage comme chez le magister. Nous nous arrêtons devant la deuxième porte à gauche et il toque trois fois.

— Juliane ! Tu as de la visite.

Du coin de l'œil, je vois Lambert pénétrer dans la première chambre puis en refermer la porte. Quelques secondes plus tard, sa sœur ouvre la sienne.

Lumière toute-puissante !

Une odeur de transpiration, de crasse, d'urine, d'excréments… et de peur m'assaillit aussitôt. Juliane a l'air plus maigre que jamais. Ses yeux sont comme deux trous noirs, cerclés de violet. Quant à ses cheveux, ils pendent en touffes emmêlées autour de ses joues décharnées. Pourtant, quand elle voit que c'est moi, un sourire naît sur son visage.

— Cat !

J'ai un mouvement de recul. Son haleine aussi empeste. Oudin grimace d'écœurement puis me jette un regard comme pour me dire : « voilà ce que tu voulais voir », avant de s'en aller.

La jeune femme me tire dans sa chambre par le poignet, puis ferme la porte et fait coulisser le verrou. L'éclairage est si faible que j'y vois à peine. Je crains de faire le moindre pas, au cas où je trébucherais sur le pot de chambre que je sens.

— Je suis navrée que tu me voies dans cet état.

La voix de Juliane est étonnamment ferme tandis qu'elle traverse la pièce pour enlever de la fenêtre condamnée une planche de bois, puis une autre, afin de laisser entrer la lumière et l'air frais.

Je me hâte de la rejoindre en retenant ma respiration jusqu'à ce que je sente la fraîcheur sur mon visage. Ce n'est qu'à ce moment-là que j'examine le reste de la chambre où règne un grand désordre : des feuilles de papier roulées en boule et des vêtements sales jonchent le sol.

— Que t'est-il arrivé ?

Elle lève les mains, paumes vers le ciel, et désigne la pièce.

— Voilà à quoi ressemble ma vie sans Simon.

S'est-elle éprise de lui ? Non, à son ton détaché, on dirait plutôt qu'elle m'annonce qu'il pleut : c'est un fait.

— Comment ça ? Tu es enfermée ici ?

— Avant, je l'étais. Même les jours où j'allais bien. Enfin, jusqu'à l'arrivée de Simon. C'est lui qui m'a sortie de là. Même si ma situation n'a rien d'idéal, il vaut mieux que je reste ici le temps qu'il revienne, là où ils ne peuvent pas voir.

Son effroi est contagieux.

— Où qui ne peut pas voir quoi ?

— Mon père et Oudin, surtout, répond-elle en secouant la tête. Lambert aussi, mais c'est pour l'épargner. Il en a assez vu avec notre mère.

— Je ne comprends pas.

Pour être honnête, je ne la comprends que la moitié du temps. La jeune femme pousse un soupir et me tourne le dos en passant les doigts dans sa chevelure, dans une vaine tentative de la démêler. Une fois devant le lit, elle pivote abruptement pour me faire face.

— Écoute, Catrin… Simon a confiance en toi, et par conséquent moi aussi. (Elle prend une grande inspiration et joint les mains.) Il faut que je te dise quelque chose sur ma mère et sa maladie.

— Ta mère ? répété-je stupidement.

L'autre jour, Juliane m'a dit que sa mère avait été souffrante toute sa vie. En réalité, j'ai du mal à me représenter cette femme. Je crois que je ne l'ai aperçue qu'une fois.

— Oui. Elle était en bonne santé physiquement, mais son esprit, lui, était tourmenté. Pendant de nombreuses années, on l'a gardée à l'abri des regards, à la maison ou dans notre propriété à la campagne.

Lorsque la fille du comte marque une pause, je sens qu'elle évalue ma réaction.

— De quel genre de tourment souffrait-elle ? l'interrogé-je d'un ton prudent.

La jeune femme serre ses fins doigts les uns contre les autres pour maîtriser leurs tremblements.

— Elle entendait des voix et avait des visions terribles. Des idées étranges prenaient racine en elle et se transformaient en des illusions complexes dont personne n'arrivait à la persuader qu'elles étaient fausses. Chaque fois qu'elle voyait Oudin, elle hurlait qu'il était un démon, que quelqu'un lui avait volé son véritable enfant et l'avait mis, lui, à sa place. Lambert et moi, on était assez âgés pour nous rappeler des temps meilleurs, mais Oudin la haïssait. Et franchement, je ne le lui reproche pas.

Tout en retenant ses larmes, elle prend une autre profonde inspiration avant de poursuivre.

— Notre père ne pouvait pas supporter de la voir décliner. Il s'est jeté à corps perdu dans le travail. Quand il m'a envoyée au couvent pour être éduquée, c'est Lambert qui a dû prendre soin de notre mère tout seul. Au bout d'un moment, elle ne se laissait plus approcher que par lui. Souvent, elle se faisait du mal dès qu'elle se retrouvait seule.

J'ai de la compassion pour Lambert, et même de la pitié pour Oudin. Quant à Juliane, sa mémoire infaillible est une malédiction : non seulement elle ne peut rien oublier de ce qu'elle a vu ou vécu mais, en plus, elle se souvient avec précision du moindre détail.

Le silence s'éternise.

— Cette expérience a dû être horrible pour vous tous, finis-je par dire.

— Oui. Je ne sais pas ce qui était le pire : ce qu'on vivait ou devoir prétendre que tout allait bien... Ce qu'on fait toujours, d'ailleurs... rétorque-t-elle, une grimace tordant ses lèvres.

Il est facile de voir pourquoi son frère cadet est aussi égocentrique et pourquoi le prévôt est devenu aussi soucieux des apparences. La dernière fois, Juliane m'a appris qu'après le décès de leur mère, Lambert l'avait couvée au point qu'elle avait parfois l'impression d'étouffer. Avec l'arrivée de Simon, la jeune femme aurait dû se sentir soulagée de recevoir le soutien d'un parent de plus, mais je m'aperçois désormais que l'affaire est bien plus compliquée qu'il n'y paraît.

— Quand as-tu remarqué que tu souffrais de la même maladie que ta mère ?

La fille du prévôt esquisse un demi-sourire comme le fait son cousin lorsque lui et moi arrivons aux mêmes conclusions.

— J'en ai eu des petits signes toute ma vie. Mais je l'ai vraiment su à mes seize ans environ. Des inconnus ont commencé à venir me parler dans la rue, surtout quand j'étais fatiguée. Souvent, ils m'apprenaient des choses que j'avais envie de savoir. Mais même si je les entendais, les voyais, les sentais et parfois même les touchais, ils n'étaient pas réels.

— On dirait des hallucinations dues à la skonia, fais-je remarquer, ébahie.

— Figure-toi que paradoxalement, prendre de la skonia, ça m'aide, dit-elle en faisant un pas prudent vers moi, comme si j'étais un animal apeuré. Avec le temps, j'ai peu à peu réduit le nombre de mes sorties en public. À chaque fois que je sortais, j'avais toujours peur de parler à des inconnus. Je ne pouvais jamais être certaine qu'ils n'étaient pas un pur produit de mon imagination.

La nuit du meurtre de Perrette, elle a claqué deux fois des doigts pour attirer l'attention de son cousin.

— Quand je t'ai parlé pour la première fois cette nuit-là, à l'entrée de la ruelle, commencé-je, tu ne m'as adressé la parole qu'après que Simon a hoché la tête. J'ai cru qu'il te donnait la permission de t'entretenir avec moi, sauf qu'en fait, il te confirmait que j'étais bien réelle, pas vrai ?

— Oui.

Et puisque Simon vient de Mesanos, il est bien placé pour comprendre la maladie de Juliane et connaître des astuces pour l'aider à vivre avec ses hallucinations. La preuve, lorsqu'elle a commencé à parler en faisant des rimes et à faire des déclarations farfelues, il a trouvé un moyen de l'apaiser. Et pas seulement, il l'a fait participer à l'enquête, l'a traitée comme une égale et a valorisé son opinion.

— Lambert est au courant ?

— Non. Après ce qu'il a traversé avec notre mère, je ne tiens pas à ce que ce nouveau fardeau repose sur ses épaules. Je suis sûre qu'il soupçonne que j'ai hérité d'un peu de sa folie, mais j'ai réussi à lui cacher à quel point.

Je ne suis pas certaine qu'elle ait raison. Il faudrait que son frère aîné soit aveugle pour ne pas remarquer ce qui lui arrive.

— De quoi parlais-tu quand tu as dit que la skonia t'aidait ?

— C'est quelque chose que Simon avait envie de tester, répond-elle en haussant les épaules d'un air las. Mélangée avec de la valériane et d'autres plantes apaisantes, elle ralentit souvent mon esprit quand il est le jouet d'hallucinations et l'empêche même de les créer, comme si elle tordait ou brisait une chaîne de pensées. (Elle pousse un grand soupir.) Enfin, ça ne marche pas toujours. Parfois, l'infusion aggrave mes symptômes avant de me faire dormir, surtout récemment…

Voilà qui explique beaucoup !

— C'est cette tisane que Simon m'a donnée à boire, la dernière fois ?

— Oui, et je suis vraiment désolée, d'ailleurs. Elle avait infusé toute la nuit et était particulièrement puissante…

Il me faut un long moment pour digérer tout ce que vient de m'apprendre Juliane. Il n'y a rien de plus simple que de rejeter quelqu'un qui souffre de folie, de le considérer comme un moins que rien, mais la jeune femme devant moi est un bien meilleur être humain que la plupart de ceux que j'ai rencontrés. Selon Mère Agnès, à Mesanos, les personnes telles que Juliane sont accueillies chez les habitants de la cité, qui prennent soin d'elles comme d'un membre de leur famille. Il se pourrait que ce soit le seul endroit au monde où les maladies de l'esprit sont traitées comme celles du corps – avec compassion. Pourquoi son cousin ne l'a-t-il pas emmenée là-bas ?

— Qu'est-ce que je peux faire pour t'aider ? finis-je par lui demander.

Les yeux de la jeune femme brillent de larmes et son sourire est hésitant.

— Déjà, tu ne t'es pas enfuie après m'avoir écoutée en inventant je ne sais quelle excuse. C'est plus que suffisant.

Chapitre 27

Je vais bientôt devoir quitter Juliane. Les cloches du Sanctum ont sonné il y a au moins un quart d'heure, ce qui signifie que les prières de midi ont commencé. J'étais censée aller voir Mère Agnès aujourd'hui, mais je n'aurai pas le temps, pas même pour une visite éclair. Il ne me restera que quelques minutes pour troquer ma tenue du jour du Soleil contre mes habits de travail si je veux arriver sur le chantier assez tôt pour ne pas contrarier le magister Thomas.

— Qu'as-tu appris de Madame Émeline ? demandé-je à la fille du comte. Est-ce que tu penses avoir trouvé d'anciennes victimes potentielles dans ta liste ?

— Oui, six.

Une fois dépassée la gêne de sa confession, l'attitude de la jeune femme se transforme et elle fait preuve d'une grande efficacité.

— Simon ne souhaite pas que nous les mettions par écrit pour l'instant, donc je crois qu'il vaut mieux que je te donne trois victimes sur lesquelles enquêter à la fois. Si tu dois en retenir plus, tu risques d'oublier des détails ou de te mélanger les pinceaux.

Comme ce doit être étrange pour elle de voir les autres avoir du mal à mémoriser quoi que ce soit ! Trouve-t-elle frustrant le fait que personne d'autre qu'elle ne peut tout se rappeler à la perfection ou est-ce un soulagement lorsqu'ils oublient ce qu'elle aimerait pouvoir oublier ?

Après m'avoir communiqué les noms des trois premières femmes sur lesquelles enquêter, ainsi que la date et le lieu de leur mort, Juliane me les fait répéter deux fois. Puis, désormais certaine que je m'en souviendrai, elle me presse de partir.

— Ce n'est pas très agréable ici…

Je n'ai pas envie de l'abandonner dans cet immonde isolement.

— Qu'est-ce que tu feras si… tu refais une crise ?

— Denise s'occupera de moi. Elle l'a toujours fait.

Les cloches signalent la fin des prières et le début du travail au Sanctum. Je suis déjà en retard.

***

Au cours des jours suivants, je parviens à rentrer dans les bonnes grâces de Rémi en mettant plus d'effort à inspecter les échafaudages et les étais assemblés sous le coffrage des futures arches. Lorsque le magister Thomas finira par l'autoriser à commencer à placer les pierres des ogives de la voûte à l'aide de ces coffrages en bois, il n'aura pas à m'attendre. Le maître architecte aussi est content de mon travail : j'ai vérifié le système d'écoulement des eaux des nouveaux arcs-boutants avant qu'il ne m'en fasse la demande. Le beau temps nous permet de progresser plus vite que d'habitude et leur humeur à tous les deux s'en ressent. Après l'exécution du marchand, le moral des habitants de Collis s'améliore lui aussi.

Dans les moments plus calmes, je m'autorise à songer à l'absence de Simon. La lune est montante et se lève et se couche plus tard chaque jour. D'ici au retour du vénatre, je devrais pouvoir distinguer la lumière de l'astre sélénite jusque vers minuit.

Ce qui signifie que je pourrais être la première à savoir quand le tueur frappera de nouveau. Peut-être même pourrais-je l'empêcher d'agir.

Les fois où j'arrive à filer en douce du Sanctum, je visite les endroits où les corps des trois femmes de la liste de Juliane ont été trouvés : une ruelle, un fossé et une cave. À n'en pas douter, la fille du comte m'en a donné trois différents pour que je puisse bien les distinguer dans ma mémoire. Quand j'interroge les habitants des quartiers concernés, je reçois différents types de réponses : certains acceptent de répondre à mes questions et vont même jusqu'à me montrer exactement comment les corps étaient disposés, tandis que d'autres ne font que marmonner qu'ils ne s'en souviennent pas. Deux victimes étaient des prostituées, mais la dernière venait tout juste de se marier et son époux a aussitôt mis les voiles. Celle-ci, je pense qu'on peut l'éliminer d'office.

Lorsque je lui rends visite trois jours après, Juliane est d'accord avec moi. La pauvre n'a sur le dos qu'une chemise de nuit et son apparence ne s'est pas beaucoup améliorée. Selon Lambert – c'est lui qui m'a accompagnée jusqu'au premier étage cette fois-ci –, elle a souffert de terribles maux de tête. Pour ma part, je crois surtout qu'il s'agit d'une ruse pour qu'on la laisse tranquille. Quoi qu'il en soit, c'est un soulagement pour moi de lui confier tout ce que j'ai appris, sachant qu'elle n'oubliera rien.

— Simon rentre après-demain, c'est bien ça ? lui demandé-je en prétendant ne pas avoir méticuleusement compté chaque jour.

— C'est ce qui est prévu, oui. Tu crois pouvoir enquêter sur les trois autres femmes de la liste avant son retour ?

— S'il continue à faire ce temps-là, oui, réponds-je.

Il s'est mis à pleuvoir tôt ce matin – c'est pour ça que j'ai pu m'échapper pour venir la voir. Même si j'apprécie le temps libre que ces intempéries me laissent, les nuages cacheront la lune cette nuit et tous les effets que je pourrais en tirer. J'avais l'intention de me livrer à une petite expérience : prendre quelqu'un en filature dans les rues de Collis en me tenant plus ou moins loin d'elle ou de lui.

Le jour suivant, je n'arrive à obtenir des renseignements que sur deux des trois victimes, mais je viens quand même faire mon rapport à Juliane en attendant l'après-midi pour lui rendre visite afin d'augmenter mes chances de voir Simon.

Sauf qu'il n'est pas encore rentré.

J'arrive chez moi frustrée. Pourquoi n'ai-je pas patienté encore quelques heures avant de me rendre chez les de Montcuir ? Mon unique consolation, c'est qu'après deux journées pluvieuses, le ciel finit enfin par s'éclaircir. Par ma fenêtre, je contemple la presque demi-lune qui culmine tout là-haut alors que le soleil décline vers la ligne d'horizon. Une fois que ce dernier s'est couché, les effets de l'astre sélénite semblent bien plus importants. D'ailleurs, il me suffit de le voir pour que mes sens s'aiguisent un petit peu plus.

Je sursaute en entendant quelqu'un frapper à ma porte. Quand je me rends compte que le bruit vient d'en bas, je souris : oui, mon ouïe est bien meilleure grâce à la lune.

Comme je sais que le magister dîne tard avec un mécène et que Mme La Fontaine est allée se coucher il y a une heure à cause d'un rhume de cerveau, je me hâte de descendre les marches pour ouvrir la porte, en espérant trouver Simon sur le seuil.

C'est bien lui !

Même si je porte mes habits de travail – une jupe simple qui s'arrête sous mes genoux, surmontée d'une espèce de tunique qui m'aide à la garder propre –, j'ai veillé à soigner mon apparence plus tôt dans la journée justement parce que j'espérais le retrouver. Son expression quand il me voit vaut chaque seconde passée devant un minuscule miroir à crêper ma chevelure en une coiffure flatteuse.

— Bonsoir, Cat, murmure-t-il.

Un timide sourire se dessine sur mes lèvres.

— Bonsoir, Simon. Je suis heureuse de te voir. Juliane sait que tu es là ?

Je recule pour le laisser passer et il pénètre dans l'atelier.

— Ah, oui. Je lui ai parlé tout à l'heure. Je tenais à te remercier pour tout le travail que tu as accompli en mon absence.

Évidemment, il est d'abord rentré chez lui. Mais est-il venu me voir uniquement pour exprimer sa gratitude ou pourrait-il y avoir une autre raison ?

— De rien, dis-je en refermant la porte avant de m'y adosser. Mais tu n'avais pas besoin de venir jusqu'ici pour me dire ça.

— Oh, ça ne me dérange pas, répond-il en repoussant un côté de sa cape par-dessus l'une de ses épaules. En fait, je passais dans le coin.

Il tire sur la boucle qui lui serre le cou tout en évitant de me regarder dans les yeux. Je fais de mon mieux pour cacher ma déception.

— Oh, eh bien, alors, de rien, répété-je comme une idiote. Est-ce que l'une de ces femmes sort du lot, pour toi ?

Il croise mon regard – le moment est passé.

— Oui, celle trouvée dans le canal il y a trois ans. À mon avis, c'est elle qui a le plus de potentiel. Je vais voir Madame Émeline pour lui demander plus de détails.

Si seulement ma mémoire était à moitié aussi fiable que celle de Juliane…

— C'était laquelle, déjà ? Béatriz ? m'enquiers-je d'un ton hésitant. Il me semblait qu'elle était mariée, mais je me trompe peut-être.

— Non, c'est bien celle-là, confirme-t-il.

Contrairement à Perrette et Ysabel, la victime en question a été étranglée et son visage, cogné à plusieurs reprises, mais l'on n'a pas touché à ses yeux. Simon anticipe ma réplique.

— Ce… genre de choses a tendance à s'aggraver avec le temps. Et puis, j'ai aussi une théorie, m'explique-t-il en pressant ses paumes l'une contre l'autre, comme s'il s'apprêtait à prier. Notre homme a peut-être tué cette femme sous le coup de la colère en l'étranglant puis en la battant avec ce qui était à portée de main, une cruche en argile, ou une pierre, par exemple, ou même tout simplement un mur. Les premiers meurtres sont souvent désordonnés et confus, mais très excitants. Depuis, le tueur a sans doute eu envie de revivre ce moment jubilatoire pour lui, mais en le planifiant, cette fois. Puisqu'il n'y avait aucun objet à proximité qui aurait pu causer les dégâts observés chez Perrette et Ysabel, il est possible que notre meurtrier ait apporté une arme spécialement pour elles.

— Quel genre d'arme ? demande une voix.

Simon et moi nous retournons pour voir Rémi en bas de l'escalier, à côté du parchemin qu'on a recloué au mur et des crochets vides au-dessus. Il s'approche, sa cape de laine drapée sur son avant-bras.

— Un marteau ? hasarde-t-il.

Oh, par tous les nuages dans le ciel, Rémi, ne fais pas ça ! le supplié-je en silence. *S'il te plaît, ne dis rien.*

— Ça se pourrait, répond le neveu du comte. Je ne m'y connais pas trop en marteaux.

— Moi, si, et j'ai vu le corps de Perrette. Il serait sans doute plus gros et lourd que la plupart des marteaux, et utilisé pour des travaux plus importants, dit-il en s'immobilisant à quelques pieds de nous, ses yeux verts rivés sur les miens. Il se pourrait que ce soit un outil assez distinctif. Le meurtrier travaille peut-être au Sanctum…

— C'est le cas de la moitié de la ville, rétorqué-je. Et on n'a pas besoin de ta contribution… Rémone.

— Alors comme ça, l'enquête est terminée, Cat ? ricane-t-il. Au moins, je ne suis pas le seul à qui tu ne dis pas toute la vérité. Si vous voulez bien m'excuser.

Il s'incline devant moi d'un air moqueur, avant de se diriger vers la porte, mais je refuse d'en rester là et je lui bloque le passage.

— Où vas-tu ? Il fait nuit.

Il s'arrête, la main sur le loquet, non sans me jeter un regard pénétrant.

— Je n'ai pas à me justifier auprès de toi, Chaton, comme tu n'as pas à te justifier auprès de moi, tu t'en souviens ?

— J'aimerais juste savoir quoi répondre au magister quand il me le demandera, rétorqué-je d'un ton sec.

Rémi hausse les épaules, nonchalant.

— J'avais prévu d'aller chez Madame Émeline, mais on dirait bien qu'il pourrait y avoir du monde là-bas ce soir.

Il jette un sourire narquois à Simon avant de me bousculer en ouvrant brusquement la porte, puis il s'en va sans un regard en arrière. Je claque le battant derrière lui. Il me donne envie de vomir.

— Il est pire qu'une vieille commère, dis-je à Simon. Et il ne t'aime pas.

— Alors ce n'est pas une mauvaise chose qu'il soit au courant de mon retour, réplique-t-il comme s'il ne s'en souciait pas le moins du monde. S'il parle de moi à la taverne, les bonnes oreilles pourraient entendre la nouvelle.

Oui, mais est-ce que Rémi se soûlera et se mettra à parler de marteaux à toute la taverne ?

— En tout cas, je suis désolé que tu aies dû mentir au magister à cause de moi, ajoute le jeune homme.

Le soulagement m'envahit quand je comprends qu'il croit que mon mentor est celui à qui, en plus de Rémi, je ne dis pas toute la vérité.

— Il comprendra.

Peut-être devrais-je parler au vénatre du marteau disparu, me dis-je en me tordant les mains. Je pourrais prétendre que je viens juste de faire le lien. Rémi a beau s'être montré aussi méchant que condescendant, il tentait seulement de me donner l'opportunité de passer aux aveux.

— Simon, en y réfléchissant, j'ai…

— Je devrais te laisser, me coupe-t-il abruptement. Il est tard et il faut que j'aille… là où je pourrai obtenir des réponses à mes questions.

C'est idiot, mais je n'ai pas envie de l'imaginer chez Madame Émeline, même s'il ne s'y rend que parce qu'il a besoin de renseignements.

— Je ne compte pas aller me coucher tout de suite. Tu peux t'arrêter là sur le chemin du retour pour discuter de ce que tu as appris, si tu veux.

D'ici là, j'aurai peut-être trouvé comment lui révéler ce que je sais.

— Non, ne m'attends pas. J'en aurai probablement pour un moment et puis, je ne suis même pas sûr de rentrer.

— Tu crois que le tueur frappera ce soir ?

J'ai besoin de me convaincre que c'est la seule raison pour laquelle il resterait dehors aussi tard.

— À mon avis, notre homme a hâte de me montrer que je suis incapable de l'arrêter. Mais ne t'inquiète pas, je ne vais pas me contenter d'attendre qu'il agisse.

Il fait référence à notre dispute avant son départ. A-t-il songé aussi souvent que moi à ce qui a failli se passer entre nous juste après ?

— Je peux venir avec toi ?

Simon me sourit nerveusement.

— J'apprécie la proposition, mais traîner dans la rue des Plaisirs la nuit n'est pas bon pour ma réputation, et encore moins pour la tienne.

Il fait de son mieux pour ne pas être blessant, malgré son refus.

— Je m'en fiche.

— Peut-être bien, mais pas moi. Et puis… (Il fait un pas vers moi.) Ça pourrait être dangereux.

Ses lèvres s'étirent en un sourire sincère alors que ses yeux scrutent mon visage. Il prend mon menton entre ses doigts.

— Je connais ce regard obstiné. Promets-moi de ne pas faire de bêtises.

— Moi, faire des bêtises ? réponds-je avec un humour forcé.

— Oui, toi… Fais-le pour moi, ne serait-ce que parce que j'ai du mal à être raisonnable quand tu es là et que ce soir j'ai besoin d'avoir les idées claires.

Il ne peut pas faire une déclaration pareille et s'attendre à ce que je pense de manière rationnelle.

— Je ne ferai pas de bêtises, c'est promis, murmuré-je.

— Merci… S'il t'arrivait quelque chose, je ne me le pardonnerais jamais.

Simon prend une profonde inspiration. L'espace d'une merveilleuse seconde, je me dis qu'il va m'embrasser… mais non, il expire lentement avant de prendre congé.

— Il faut vraiment que j'y aille.

Je ne bouge pas d'un cil tandis que je le regarde sortir. Ensuite, je compte jusqu'à vingt avant de fermer le loquet et de monter dans ma chambre.

Je sais que je lui ai fait une promesse, mais lui et moi n'avons pas la même définition de ce qu'est une bêtise. La bêtise, à mes yeux, ce serait surtout de ne pas mettre à profit mes capacités extraordinaires cette nuit.

Chapitre 28

J'ai bien l'intention de voir la lune aussi longtemps que possible. Voilà pourquoi je me retrouve à gravir l'escalier en colimaçon de la tour du transept – celle où j'ai emmené Simon –, jusqu'au niveau qui mène au sommet du toit. Avant de sortir pour me trouver entièrement dans le clair de lune, je fais une pause pour reprendre mon souffle, ma main gauche appuyée sur le chambranle de l'une des fenêtres cintrées hautes de deux étages.

Une fois dehors, les sons, les odeurs et la sensation du calcaire sous mes doigts sont exacerbés, mais pas autant que ce que j'aurais espéré. L'astre sélénite fait moins de la moitié de la taille qu'il faisait la première fois que j'ai tenté d'utiliser sa magie. C'est mieux que rien, mais je n'en éprouve pas moins une pointe de déception.

Comme mon sens du toucher me distrait trop, je finis par retirer ma main. Aussitôt, la brise dans mon dos me fait chanceler vers le vide qui s'étend à pic devant mes orteils. À contrecœur, j'appuie mon avant-bras contre le mur de pierre pour me stabiliser. Puis, les yeux clos, je m'efforce de me concentrer.

La nuit vient à peine de tomber. Des hommes et des femmes rient et discutent les uns avec les autres. Certains prétendent qu'on leur doit une pinte d'une soirée de beuverie précédente. D'autres quittent les amis à qui ils rendaient visite pour rentrer chez eux. Le magister Thomas se trouve sans doute parmi eux, mais je n'entends pas sa voix. Vers la rue des Plaisirs, on toque à des portes, qu'on ouvre et referme à la va-vite. Petit à petit, l'agitation diminue au fur et à mesure que les habitants vont se coucher.

Une heure passe, et je n'ai toujours rien entendu de louche. Je m'appuie tantôt sur un pied et tantôt sur l'autre, l'épaule contre le chanfrein du cadre de pierre. Aucun des deux meurtres précédents n'a eu lieu avant minuit et la lune aura disparu d'ici là. C'est sans espoir.

J'ouvre les yeux en poussant un soupir découragé. L'astre nocturne plonge vers l'horizon, non sans emporter petit à petit ma seule chance de percevoir quoi que ce soit cette nuit.

« Qu'est-ce que vous voulez ? »

Soudain, je suis tirée en avant comme par une corde invisible passée autour de ma taille. Le monde alentour se transforme : l'arche de pierre au-dessus de ma tête change de forme et une gargouille qui dépasse du mur s'allonge au point d'atteindre deux fois sa taille. Lorsque la silhouette immobile d'un homme se dresse au-dessus de moi, je recule. La lune luit sous son bras tendu. Je sens de l'herbe sous mes pieds et une source de chaleur dans mon dos.

Je suis ailleurs. Je suis quelqu'un d'autre.

« Je ferai tout ce que vous me demanderez. S'il vous plaît, je vous en prie. Dites-moi juste ce que vous voulez. »

On me pousse brutalement au sol. Je trébuche et j'atterris à quatre pattes, mais un poids dans mon dos me contraint à m'allonger complètement, au point de me faire suffoquer.

Des mains caressent ma chevelure tressée, puis ma tête est tirée violemment en arrière, ce qui me permet de prendre une minuscule inspiration. Je n'ai jamais éprouvé autant d'effroi qu'à ce moment précis.

C'est l'homme qui a tué Perrette et Ysabel, j'en suis certaine. Et il va me tuer, moi aussi.

D'un seul coup de couteau, il me coupe une poignée de cheveux, et le poids dans mon dos s'allège un bref instant. Je tente de trouver une prise par terre pour ramper quand mon agresseur me frappe entre les omoplates avec un objet lourd. La douleur me submerge le temps de quelques secondes jusqu'à ce que quelque chose en moi se brise et que je m'écroule de nouveau. Plus rien ne me cloue au sol mais, à présent, mes membres ne veulent plus bouger – ou, plutôt, ne le peuvent plus. Une main agrippe ce qu'il me reste de cheveux pour me tirer la tête en arrière.

« Qu'est-ce que vous voulez ? »

Même si mes lèvres bougent, je n'ai plus assez de force pour chuchoter ces mots.

Son souffle frôle mon oreille.

« Ce que je veux ? Que tu meures. »

Il presse une lame froide contre ma gorge exposée. Tout à coup, un liquide chaud surgit de moi, se déverse sur ma poitrine. Je tente de prendre une inspiration, mais ce n'est pas de l'air qui emplit mes poumons, c'est du sang. Je me noie dedans. Chaque tentative est plus futile que la précédente. Une vague de froid m'envahit de haut en bas, comme de l'eau qui s'écoulerait sur moi. Les bords de mon champ de vision s'assombrissent.

« Je n'aurais jamais cru que c'était vous, le coupable. »

Je ne vois bientôt presque plus rien, si ce n'est la lune qui se couche sur les collines au loin. Lorsqu'elle plonge sous la ligne d'horizon, je plonge avec elle en enfer.

Je recule en trébuchant et j'atterris sur mon postérieur. La douleur fuse et ma tête heurte le sol. Le bruit du choc retentit à mes oreilles. L'espace de plusieurs secondes, je me contente de regarder droit devant moi dans l'obscurité.

Qu'est-il arrivé ? Où suis-je ? Et, surtout, qui suis-je ?

J'entends un bruissement d'ailes accompagné d'un roucoulement au-dessus de moi. C'est un pigeon qui vole d'un perchoir à un autre, sa silhouette spectrale s'évanouissant dans les ténèbres. Lorsque je courbe les doigts de mes mains posées à plat, ils effleurent ce qui semble être une surface de pierre. Je la repousse pour me relever et je m'aperçois que je suis dans la tour sud du Sanctum, assise sur un sol parsemé de fientes d'oiseaux. La lune a disparu. Seule la lumière des étoiles pénètre par les hautes fenêtres. Je me remets debout péniblement en remerciant le Soleil d'être tombée en arrière plutôt qu'en avant.

Ça n'a aucun sens, et pourtant je sais que j'étais quelqu'un d'autre il y a quelques secondes à peine. Une femme qui est à présent décédée. J'ai vu ce qu'elle a vu. J'ai entendu ce qu'elle a entendu et perçu ce qu'elle a perçu – avant qu'il n'y ait plus rien à percevoir. Mais où était-elle ?

Il y avait de l'herbe et je distinguais clairement l'astre sélénite. Ce qui réduit les possibilités à une zone à flanc de colline ouverte sur l'ouest. Collis en compte plusieurs.

Je parcours du regard les toits de la ville en maudissant la lune de s'être couchée quand j'ai le plus besoin d'elle.

La forme sombre de la gargouille bloque une partie de mon champ de vision. Je me rappelle le moment où elle s'est transformée en statue : celle d'un homme avec un bras tendu devant lui.

Je sais où se trouve cette sculpture !

J'emprunte les escaliers à toute allure, puis je sors sur la gouttière pour bondir sur l'échafaudage. Plutôt que de descendre à l'aide des échelles, je glisse le long des étais, histoire de gagner du temps. Je tremble tellement que je manque de tomber deux fois. Malgré tout, il me faut moins d'une minute pour poser les pieds sur les pavés. Ensuite, je traverse la place en courant jusqu'au chemin des Prières.

La rue tourne pour suivre le contour du versant, mais la flèche de l'ancien temple du Soleil est visible au loin. Peu après le deuxième virage, je dépasse la ruelle où Perrette a été tuée. Au dernier tournant, une porte éclairée par une lampe s'ouvre pour laisser entrer quelqu'un. Même si chaque seconde est précieuse, je me rue contre le battant de bois avant qu'il ne se referme.

— Simon ! m'écrié-je, le souffle court. J'ai besoin de Simon de Mesanos !

Une femme qui n'est pas Madame Émeline me montre les dents.

— Il n'est pas là.

Elle tire sur la manche de son client pour le tirer dans l'entrée plongée dans le noir et me bloque le passage. Son parfum écœurant envahit mes narines au moment où elle se penche vers moi et siffle :

— Va-t'en, avant que j'appelle la garde.

Soit elle ne veut pas m'aider, soit elle ne le peut pas. Près de trente secondes de gâchées. Je dévale la rue à toute allure, au point que les maisons deviennent floues dans mon champ de vision.

— Au meurtre ! hurlé-je. Au meurtre ! Venez vite ! À l'aide !

La rue se finit au temple et je passe devant ses murs courbés pour m'arrêter dans un dérapage au bord d'une vaste pelouse. Une statue trône sur un piédestal en son centre, grise et luisante à la lumière des étoiles. En dessous d'elle, une silhouette massive se sépare lentement d'une forme sombre sur le sol puis se lève pour me faire face.

Il se pourrait que je m'apprête à mourir pour la deuxième fois ce soir. Même si j'étais assez douée pour me battre contre un homme de sa taille, je suis paralysée par le souvenir de ce qu'il a déjà fait à cette femme – de ce qu'il m'a fait à moi. Je prends une profonde inspiration pour me préparer à crier. C'est le seul moyen de défense que j'ai à ma disposition.

La cloche dans la tour derrière moi se met soudain à sonner, non pas pour donner l'alarme mais pour appeler les fidèles aux prières de minuit. Par réflexe, mon regard est attiré par elle et quand je repose les yeux devant moi, l'homme est parti.

Oui, mais où ?

Le temple lui-même n'est qu'à quelques toises. Je me précipite vers l'édifice pour presser mon dos contre l'un de ses murs. Au moins, comme ça, on ne pourra pas me prendre en traître. J'observe frénétiquement les alentours au son de la cloche dont l'écho retentit sur les bâtiments et noie tous les autres bruits. Au bout d'un moment, le bourdonnement diminue, au point où je me sens assez en sécurité pour me diriger vers un endroit duquel je peux apercevoir la sculpture. La seule ombre qui reste est celle qui est étendue sans bouger sur la pelouse. Sur un coup de tête, je quitte l'abri du mur pour courir vers elle.

Mes pieds ont à peine touché l'herbe que quelqu'un me fonce dessus et me plaque au sol.

Chapitre 29

Ma tempe heurte le sol. L'impact est violent.

— Par toutes les nuits infernales ! Tu essaies de te faire tuer ou quoi ?

Simon halète, et son souffle sur ma nuque me rappelle celui de l'homme dans ma vision, si bien que je le repousse en lâchant un cri strident. Il roule sur le côté puis s'assied en rajustant sa cape, hors d'haleine.

— Il était là ! Je l'ai vu ! m'écrié-je d'une voix aiguë.

Ma vision se dédouble alors que je balaie désespérément les alentours du regard. Deux Simon se jettent sur moi mais un seul me prend dans ses bras pour me serrer contre lui. Les battements de son cœur cognent dans mon oreille pendant qu'il me caresse les cheveux, la joue posée au-dessus de ma tête.

— Tu vas bien, répète-t-il, même si on dirait que c'est lui qu'il tente de rassurer, plus que moi. Tu n'as rien.

Ça y est, ma vision fait enfin le point. Un homme accroupi au bord de la pelouse nous observe. Étrangement, il m'est impossible de ne pas remarquer la forme de ses yeux : de creuses gouttes noires cerclées d'argent. Je me dégage de l'étreinte de Simon.

— Il y a quelqu'un.

— Où ça ?

Il me lâche pour inspecter les lieux. Je n'ai même pas le temps de pointer l'inconnu du doigt qu'il a déjà disparu.

Dans une rue en direction du nord, la lumière d'une lanterne se balance.

— C'est la garde, dit mon compagnon.

Il se lève aussitôt pour faire signe au soldat de nuit et lui demander de venir sur-le-champ. Pendant que l'intéressé court vers nous, le jeune homme me tend la main pour m'aider à me remettre debout. Un vertige me fait m'appuyer contre lui l'espace d'une seconde et ses lèvres frôlent mon front, bien que je ne sois pas certaine qu'il l'ait fait exprès.

— Au nom du Soleil, qu'est-ce que tu fais ici, Catrin ? Tu m'as promis que tu resterais chez toi.

Faux, j'ai promis de ne pas faire de bêtises, ce n'est pas pareil !

— Et toi, où étais-tu ? Tu m'as dit que tu allais chez Madame Émeline.

— Et j'y étais. On t'a entendue à la porte. Comment crois-tu que je suis arrivé aussi vite ?

Le garde de nuit nous rejoint, essoufflé. Quand il nous éclaire, Simon plisse les yeux puis les cache pour les protéger de l'éblouissement, mais pas avant que l'homme ait le temps de l'identifier.

— Monsieur le Vénatre ! Que s'est-il passé ?

— Un autre meurtre a été commis. Sonnez l'alarme et réveillez le prévôt. Mais d'abord, donnez-moi votre lanterne.

Le soldat la lui cède avant de s'en aller, tout en soufflant dans la corne qu'il a décrochée de sa ceinture. Après s'être frotté la paupière gauche de sa main libre, Simon se tourne vers moi.

— Jetons un coup d'œil au corps avant l'arrivée de la foule.

— Je ne peux pas, marmonné-je, encore sous le choc.

Il me prend par le coude pour me conduire vers la silhouette étendue.

— Bien sûr que si, rétorque-t-il sèchement. C'est pour ça que tu es venue, non ?

Il m'est impossible de lui expliquer qu'à la vue de la victime, je revivrai tout ce qui lui est arrivé. Que je saurai exactement lesquelles de ses hypothèses sur la mort de cette pauvre femme sont correctes. Pourtant je comprends aussi sa colère. Alors que mes larmes se mettent à ruisseler, il me contraint, inflexible, à m'approcher du corps et lève la lanterne au-dessus du cadavre.

— Alors ?

Je m'essuie les joues de mes mains tremblantes.

— Elle est couchée sur le dos, mais on l'a retournée après lui avoir tranché la gorge. Son visage a été écrasé… à l'aide d'un objet lourd.

La nausée m'envahit.

— Oui, et je ne vois rien par ici qui aurait pu faire l'affaire donc il a dû emporter l'arme du crime, comme les autres fois.

Du coin de l'œil, il avise les curieux qui sortent de chez eux pour connaître la cause de tout ce tumulte. Il ne nous reste plus beaucoup de temps avant que la foule ne s'approche.

— Quoi d'autre ?

— Ses yeux ont été arrachés, comme ceux d'Ysabel. Et… et ses épaules ont un angle bizarre, comme si elle avait été frappée dans le dos. Peut-être quand elle a voulu s'enfuir.

Simon se penche au-dessus de son corps, histoire de mieux se rendre compte par lui-même de ce que je décris.

— Je ne sais pas ce qui te fait penser ça, mais peut-être confirmerais-je ta théorie une fois que j'aurai examiné le corps de plus près plus tard. (Il marque une pause.) Quoi d'autre, Catrin ?

— Ses jupes sont relevées sur sa taille, dis-je d'une voix étranglée. Tout… tout est exposé à la vue de tous.

À mon grand soulagement, il tire sur le tissu pour la couvrir jusqu'aux genoux.

— Traces d'agression sexuelle, fait-il remarquer.

— Après sa mort ?

Je croyais que rien ne pourrait être pire que ce qui est arrivé à cette malheureuse avant qu'on ne la tue.

Mes genoux cèdent et je me détourne, prise de haut-le-cœur. Je me retrouve dans la même position que la victime avant qu'elle ne soit clouée au sol. Lorsque Simon s'agenouille à côté de moi puis place une paume au centre de mon dos, la panique s'empare de moi. En me dérobant, je pose l'une de mes mains dans l'herbe humide de sang.

« Je n'aurais jamais cru que c'était vous, le coupable. »

Une voix se met à chanter cette phrase dans mon esprit. Le souffle court, je porte la main à ma gorge pour vérifier qu'elle est intacte, non sans étaler au passage du sang sur mon cou.

« N'aurais jamais cru… n'aurais jamais cru… »

Simon se rapproche de moi. Ses yeux d'un bleu cristallin sont soucieux.

— Cat ?

« Que c'était vous, le coupable. »

Je rampe en arrière pour m'éloigner de la flaque de sang, avant de me cogner contre le socle de la statue. J'en agrippe le bord comme si ma vie en dépendait, ma joue pressée contre le marbre froid. Simon me rejoint, cette fois avec davantage de prudence, et pose une main sur mon épaule.

— Ce n'est pas nouveau, n'est-ce pas ? lui demandé-je. Il a aussi violé Perrette et Ysabel. Ça, tu t'es bien gardé de nous le dire.

— Je suis désolé. Je n'étais pas prêt à ce que tout le monde soit au courant, s'excuse-t-il en prenant mon bras. Viens, il faut que tu te relèves. On n'a pas encore terminé.

Je le laisse me guider. Un certain nombre de lanternes et de bougies se rassemblent au loin. Plusieurs gardes sont arrivés : certains restent plantés là comme des poteaux, d'autres s'efforcent de repousser la foule en arrière comme s'il s'agissait d'un troupeau de moutons qui a repéré un pâturage tout frais. Simon contourne le corps en éclairant le sol comme s'il cherchait quelque chose.

— Ils ne sont pas là, marmonne-t-il après avoir effectué un cercle complet.

Il s'agenouille en faisant attention à éviter la zone trempée de sang et tourne la tête difforme de la victime sur le côté.

— On lui a coupé les cheveux, dit-il si bas que je suis la seule à l'entendre.

Je comprends tout à coup.

— Tu cherches ceux d'Ysabel.

Simon revient vers moi en continuant à parler à voix basse.

— Oui… Je crois qu'il éprouve le besoin de laisser des mèches de cheveux de sa dernière victime derrière lui, comme tu l'avais suggéré. Or, si c'est le cas, c'est très mauvais signe qu'on n'en trouve pas ici.

Il se rembrunit et ses sourcils ont l'air encore plus froncés à cause des ombres projetées par la lanterne sur ses traits.

— Pourquoi ? demandé-je, un peu perdue.

— Parce que ça veut dire que tu as interrompu le meurtrier avant qu'il n'ait le temps de finir ce qu'il avait commencé, répond-il en désignant la défunte d'un geste.

— Tu penses qu'il tuera bientôt à nouveau ? m'enquiers-je, livide.

— Peut-être même cette nuit.

Je m'affale contre le piédestal de marbre. C'est ma faute. Je n'aurais rien pu faire pour cette malheureuse – elle était déjà morte –, mais si j'avais amené la garde ici plutôt que de me mettre à courir en criant, on aurait peut-être pu capturer son meurtrier. Au lieu de quoi, j'ai condamné une autre innocente à la pulsion écœurante de ce monstre.

— Qui est la victime ? dis-je d'une voix sourde. Il faudra demander à Madame Émeline. Elle saura probablement nous renseigner.

— Oui, je suis d'accord.

Simon ordonne sans tarder à l'un des gardes d'aller la chercher. Ensuite, il pose la lanterne avant de s'adosser contre la base de la sculpture à côté de moi.

— Pourquoi est-ce que tu es venue ici ce soir, Cat ? Tu aurais dû savoir à quel point c'était dangereux.

Comment le lui expliquer ? Il ne me croirait jamais. Parfois, même moi je n'y crois pas, sans compter que je n'y comprends absolument rien non plus.

— Je ne cherchais pas les ennuis, murmuré-je. J'étais en haut du Sanctum.

— Tu faisais une inspection ?

Je penche la tête en arrière contre le socle puis je ferme les paupières.

— Non. Je contemplais la lune.

À mon grand soulagement, il n'insiste pas. Les minutes s'écoulent lentement et la foule qui se rassemble autour du temple grossit. Au bout d'un moment, Simon glisse sa main sur le marbre jusqu'à trouver la mienne. Quand je ne la retire pas, il entrelace mes doigts avec les siens. C'est comme s'il me demandait pardon, bien que je ne sache pas pour quoi. Peut-être pour m'avoir obligée à constater toute l'horreur des actes de cet homme – de ce monstre – ou pour ne pas m'en avoir parlé au départ. Peut-être pour s'être mis en colère.

Le garde revient. Mon compagnon me lâche la main et se redresse. Je m'éloigne à mon tour du piédestal pour venir à leur rencontre, mais ce n'est pas Madame Émeline qui accompagne le garde de nuit, c'est Rémi.

— Où est Madame Émeline ? l'interroge Simon en fronçant les sourcils.

Le regard cerné de mon plus vieil ami rencontre le mien.

— Elle est morte.

Chapitre 30

Perrette, Ysabel, Nicole, Madame Émeline.

Je ne pense pas que Simon soit conscient de sa ressemblance avec le maître architecte. Il ressent pourtant la même responsabilité que le magister éprouve par rapport à sa liste à lui, la même détermination de n'y ajouter aucun autre nom. Les dessins ont retrouvé leur place sur le mur, autour des cartes de Collis. De nouveaux croquis de la nuit dernière les ont rejoints.

Le prévôt a officiellement fait rouvrir l'enquête et son neveu a repris son poste d'enquêteur. D'abord, le comte a tenté de le blâmer pour y avoir mis fin en premier lieu, mais Simon avait confié à l'altum suprême un pli cacheté avant son départ, détaillant ses objections à la clôture de l'investigation. En prime, il est revenu avec une recommandation signée de la main de l'altum de Mesanos, si bien que l'homme saint de Collis a soutenu le vénatre publiquement, et le prévôt a retiré ses accusations.

Hier, Simon a tout juste eu le temps de discuter avec Madame Émeline. Son intuition était la bonne : Béatriz, la femme sur la liste de Juliane, s'était bel et bien prostituée avant son mariage. Après avoir quitté le domicile du magister Thomas, il a passé les deux premières heures à visiter plusieurs tavernes, histoire de faire savoir qu'il était de retour. Il venait à peine de s'asseoir avec la maquerelle quand je me suis précipitée à la porte de l'établissement. Lorsque je lui ai demandé pourquoi l'employée a prétendu qu'il n'était pas là, il m'a répondu que c'était sans doute ce qu'elles disaient à toutes les femmes qui cherchent un homme dans ce genre de commerces.

Sans surprise, Oudin a été capable de nous fournir quelques autres informations sur Béatriz, notamment la couleur de ses cheveux, qui correspond à celle de la tresse trouvée sur Perrette. Tout le monde a supposé que c'était son époux qui l'avait assassinée, mais personne n'a pu le confirmer puisqu'il avait mis les voiles. Quant aux détails plus personnels, le fils cadet du comte s'est montré pour une fois plus réservé.

Juliane est à présent en train de transcrire consciencieusement les entretiens de la nuit, tandis que son petit frère fait les cent pas devant le mur. J'imagine que sa présence n'est tolérée que parce que c'est lui qui a identifié la victime d'hier soir, Nicole. Oudin connaissait chacune des victimes intimement, si bien qu'il est persuadé que le meurtrier tente de lui faire porter le chapeau.

— La mort de Madame Émeline ne correspond pas aux autres, fait-il remarquer.

Les dernières heures ont apparemment fait de lui un expert. Il désigne l'image du corps de la maquerelle trouvé dans sa cuisine – la même pièce où la fille du prévôt et moi nous sommes assises avec elle il y a quelques jours à peine.

— On lui a tranché la gorge et on l'a frappée, mais c'est sa langue qu'on lui a retirée plutôt que ses yeux.

Elle n'a pas non plus été violée comme l'ont été les autres, mais Simon et moi sommes les seuls à connaître ce détail.

— Tu es sûr qu'elle a été tuée par le même homme ? s'enquiert Oudin.

Devant le vénatre repose une natte imbibée de sang aussi large qu'un pouce et aussi longue que mon avant-bras sur un morceau de tissu en lin. Il passe l'un de ses doigts fins tout du long.

— Oui, j'en suis sûr. Il a laissé cette tresse dans la bouche de Madame Émeline comme un message. Il veut dire par là qu'il a réduit au silence la seule personne qui aurait pu nous donner des réponses.

— Tu attribues trop de pensées rationnelles à ce fou, dit Lambert en secouant la tête.

— Au contraire, je ne lui en ai pas attribué assez, et c'est la raison pour laquelle il a autant d'avance sur moi.

— Ou alors c'est parce que tu restes assis là à ne rien faire, lâche Oudin.

— Je ne me souviens pas de t'avoir demandé de l'aide, réplique Simon, agacé.

— Pourtant, ça se voit, tu en as clairement besoin, maugrée le fils cadet du prévôt. La moitié de tes renseignements viennent de moi. Tu ne connaîtrais même pas le nom de Nicole si je ne te l'avais pas donné.

Plutôt que de réagir à cette déclaration ridicule, son cousin sort un tas de parchemins de sa sacoche et commence à les feuilleter.

— Est-ce que tu sais pourquoi je suis allé à Mesanos ?

— Tu t'étais absenté ? Je n'avais pas remarqué, rétorque Oudin en croisant les bras.

Le vénatre tire une feuille de la pile pour l'étudier.

— J'avais besoin d'interroger un homme qui a mené beaucoup d'enquêtes comme celles-ci. J'ai partagé avec lui les détails des meurtres de Perrette et d'Ysabel et je lui ai demandé son opinion. Il est d'accord avec toutes mes théories.

— Je suis censé être impressionné ?

— Il m'a indiqué quelques éléments que je devrais rechercher, poursuit Simon comme si son cousin n'avait rien dit. Entre autres, selon lui, je devrais prêter particulièrement attention à tous ceux qui s'impliquent dans l'enquête ou l'observent de près. Alors, où étais-tu exactement ce soir ?

Les joues rouges de son interlocuteur pâlissent.

— Tu m'as vu toi-même à la taverne.

— C'était une heure avant le meurtre, réplique Simon, impassible. Quelqu'un peut-il témoigner de l'endroit où tu te trouvais après mon départ ?

— Oui, Rémi La Fontaine.

— Dans ce cas, je lui poserai la question, déclare calmement le vénatre. En attendant, tu peux disposer.

Oudin les fusille du regard, Lambert et lui, avant de sortir de la pièce comme une tornade en claquant la porte. Quand le son de ses pas lourds finit par disparaître, on n'entend plus que le grattement de la plume de Juliane et le vrombissement des mouches qui décrivent des cercles autour de la tresse coupée. Simon les chasse d'un geste de la main.

— On devrait rincer ces cheveux avant qu'ils ne sèchent complètement.

Même si cette tâche me rebute, je propose de m'en charger car je crains que Simon ne soit toujours fâché contre moi. Il me fait signe de procéder. Après m'être emparée du bout de tissu dans lequel la natte est conservée, je descends dans la cuisine. Denise me procure un bol d'eau chaude pendant que je détache les cheveux du lin sur lequel ils sont collés.

« Je ne m'attendais pas à vous revoir si vite. »

En entendant cette voix rauque sortie de nulle part, je sursaute avant de jeter un regard autour de moi. L'ancienne gouvernante de Juliane continue à mélanger le contenu d'une casserole sur le feu comme si elle n'avait rien entendu. Dans ma surprise, j'ai lâché la natte dans le bol et éclaboussé la table. Après l'avoir essuyée d'un geste vif à l'aide d'un coin du tissu, j'immerge le reste de la tresse sous l'eau du bout du doigt.

« Ne m'attendais pas… vous revoir… si vite… ne m'attendais pas… »

Cette fois-ci, c'est comme si les mots s'élevaient puis dérivaient dans mon esprit. Forts au début, ils s'atténuent au fur et à mesure, avant de disparaître tel le rouge dans l'eau claire.

On dirait que le sang s'adresse à moi. Enfin, peut-être pas à moi exactement. J'ai plutôt l'impression d'entendre une conversation ou bien quelqu'un qui se parle à lui-même.

Les mains tremblantes, je presse la tresse sous la surface pour en faire sortir des filets écarlates se transformant chacun en un murmure délicat d'une voix rauque comme celle d'un fumeur de skonia. La voix de Madame Émeline.

Je rince les mèches une par une aussi vite que possible. Dès que la nuance de la chevelure devient apparente, au moins assez pour Simon, je sors la natte du bol. Je l'essore pour en extraire l'eau rose avant de la tapoter avec les parties les plus propres du tissu pour la sécher. Je la rapporte à l'étage, non sans que les mots continuent à fuir en même temps que l'humidité qui imbibe le lin. Enfin, je la repose sur la table.

— Blonde, fait remarquer Simon en y jetant à peine un coup d'œil.

C'est tout ce qu'il dit. Juliane, qui a l'air d'avoir terminé sa prise de notes, me regarde frotter mes mains sur ma jupe.

— Et maintenant, on fait quoi ?

Son cousin se lève pour s'emparer de la plume qu'elle a posée.

— Commençons par le commencement.

Il se rend devant la liste clouée au mur et ajoute « Béatriz » en haut.

— Tu es sûr de toi ? lui demandé-je.

— Certain.

Il fait volte-face et repose la plume sur la table.

— La seule vraie question, c'est : y a-t-il eu d'autres victimes entre elle et Perrette ? Malheureusement, je ne pense pas qu'on puisse se permettre d'enquêter là-dessus. Notre tueur s'est mis à enchaîner les meurtres à une vitesse effrayante.

Comme si c'était ce qui était le plus terrifiant dans toute cette histoire…

— Et ce n'est même pas le pire, poursuit le jeune homme en faisant de nouveau face au mur. Il s'en est tiré sans encombre avec le premier, et le Soleil sait combien d'autres, ce qui lui donne l'impression d'être puissant. Maintenant, il se délecte de cette enquête parce qu'il considère que c'est un jeu pour lui : il a enfin un adversaire.

— Sauf que sur ce point, il a tort, déclare la fille du comte en nous désignant, son grand frère et moi. Il en a quatre.

— Après cette nuit, je pense qu'il sait pour Cat, dit Simon en me jetant un coup d'œil.

Je leur cache mes joues rouges d'embarras en tournant la tête vers le mur. Juliane et Lambert savent que nous avons trouvé Nicole hier soir, mais aucun d'eux n'est au courant que Simon m'a serrée dans ses bras quand il s'est aperçu que j'étais saine et sauve, ni qu'il m'a tenu la main pendant que nous attendions Madame Émeline.

— Et il sait pour toi aussi, sans aucun doute, ajoute le jeune homme en s'adressant à sa cousine. Ce qui veut dire que tu es danger. Il faut que tu me promettes de ne jamais sortir sans Lambert ou moi. Et toi non plus, Cat, surtout la nuit.

Je croise les bras, consciente qu'Oudin a adopté la même posture un peu plus tôt.

— Je travaille, moi.

Tant que la lune est levée, je doute que quiconque pourrait m'approcher sans que je m'en rende compte.

— Alors tu n'as qu'à travailler durant la journée, même si ça veut dire que tu m'aideras moins.

— Tu sais que je ne suis pas une prostituée, contrairement aux victimes ? répliqué-je en me plantant devant lui.

— Bien sûr, répond Simon, écarlate. Mais il va changer de cibles.

— Comment est-ce que tu peux le savoir ?

— Parce que c'est ce que je ferais à sa place.

Chapitre 31

Même si l'architecte a une place réservée dans la galerie, il préfère assister aux cérémonies du jour du Soleil parmi les roturiers, en choisissant une place différente chaque semaine. Chacun des coins du Sanctum est censé être aussi beau qu'inspirant. C'est donc l'occasion pour le magister d'inspecter son travail. Moi, j'aime bien observer l'assistance. Leur émerveillement devant ce qui les entoure est contagieux.

Aujourd'hui, nous avons une vue dégagée sur les de Montcuir, dans leur section de la galerie qui donne sur l'autel. Simon est assis à côté de Juliane. C'est idiot, mais je suis jalouse de la liberté qu'elle a de pouvoir se tenir si près de lui. Si on savait que j'ai marché dans cette même zone de l'édifice avec lui dans le noir – en le tenant par la main –, il serait forcé d'exprimer ses intentions envers moi publiquement.

D'ailleurs, quelles sont ses intentions ? Après notre échange du matin de son départ pour Mesanos et ce qui s'est déroulé la nuit du meurtre de Nicole, il est évident que ses sentiments vont au-delà de l'amitié ou d'un simple partenariat le temps d'une enquête. Et puis, il s'inquiète que le tueur me prenne pour cible. Mais que se passera-t-il quand toute cette histoire sera terminée ?

Je sais qu'il a envie de se libérer du comte et de ne plus dépendre de lui, et pourtant je doute qu'être soutenu financièrement par moi lui conviendrait. Considérerait-il l'aide du magister Thomas comme de la charité s'il l'embauchait ou lui trouvait un travail ? Je jette un coup d'œil à mon mentor, dont le regard et le sourire rêveur sont concentrés sur la fenêtre sud avec ses cadres en forme de pétales de fleur géants qui créent une énorme roue. La lumière du matin luit à travers le vitrail, faisant étinceler un éventail de couleurs vers l'avant du Sanctum. Il n'a pas conçu ce vitrail – c'est sans doute l'œuvre de l'un des deux précédents magisters – et je lis de l'admiration autant que de l'envie sur ses traits.

Soudain, parmi les nuances projetées près de l'autel, j'aperçois un visage familier.

Un petit groupe de sœurs de la Lumière a pour mission de faire la lessive des robes brodées et des draps de l'autel : elles viennent chaque jour du Soleil avec du linge propre et repartent avec ce qui a besoin d'être lavé. Ce n'est pas une tâche facile – je peux en témoigner. Souvent les tissus sont éclaboussés de cire et de cendres d'encens et, surtout en été, les tuniques portées en dessous des robes sont imprégnées de la sueur de l'altum et de ses assistants. Si la prieure n'a jamais assigné ce rôle à Marguerite jusqu'à présent, la voilà pourtant ce matin.

Je me réjouis tellement de la voir qu'à la fin de la dernière bénédiction j'avance à contre-courant de la foule sur le départ pour la rejoindre avant qu'elle n'aille vaquer à son devoir. Mon amie devait espérer me croiser, elle aussi, car elle s'attarde sur le parvis du Sanctum alors que les autres religieuses se mettent en mouvement pour retourner travailler. À ma vue, elle lève les bras pour m'étreindre bien avant que nous ne soyons assez proches pour nous toucher.

— Oh, Catrin, ça me fait tellement plaisir de te revoir !

Je la serre fort en retour, sentant ses boucles épaisses sous son capuchon. Dans quelques mois, cette chevelure ne sera plus là mais, en cet instant précis, savoir qu'elle est encore intacte m'apporte du réconfort.

— Ne me dis pas que tu as enfin réussi à échapper à Mère Agnès !

Marguerite recule, scandalisée.

— Tu ne crois quand même pas que je filerais en douce ?

— Bien sûr que non, je te taquine. J'ai juste du mal à l'imaginer te laisser sortir de ta cage maintenant que tu es sa secrétaire personnelle.

Elle fronce son petit nez retroussé.

— En fait, c'est pour ça que je suis là. J'ai un message pour le maître architecte de la part de Mère Agnès.

— Oh, eh bien, tu peux me le donner, dis-je en tendant la main.

— Non, il faut que je le remette au magister en mains propres, répond Marguerite tout en cherchant le mot sous sa cape.

Je balaie les alentours du regard, mais seul Rémi nous observe et il est hors de portée de nos voix. Depuis le meurtre de Nicole, il me tient à l'œil. Mon mentor, lui, est en train d'échanger avec le comte de Montcuir tandis que la famille de ce dernier patiente non loin d'eux. Les yeux de Simon rencontrent les miens un bref instant, puis il continue à prétendre s'intéresser à la discussion de son oncle.

— C'est à quel sujet ? m'enquiers-je.

Lorsque mon amie hausse les épaules comme si elle n'en avait aucune idée, je fronce les sourcils.

— Allons, pas de secrets entre nous. Je sais bien que c'est toi qui l'as rédigé, de toute façon.

— Non, ce n'était pas moi, je te le jure, répond-elle avant de baisser la voix. En fait, je ne crois pas que la lettre vienne de Mère Agnès.

Voilà qui est intrigant.

— De qui est-elle, alors ?

— Je l'ignore, dit-elle, gênée. Mais j'imagine que ça ne ferait pas de mal de te la montrer.

Le rectangle de papier est plié comme une enveloppe renfermant le message, ce qui m'apprend tout de suite que la missive ne provient pas de l'abbaye – les sœurs de la Lumière n'utilisent que du parchemin. Un cercle tacheté entouré de flammes a été pressé dans le sceau de cire. On dirait la lune. La lune enflammée.

Le message doit provenir de Gregor. Mais pourquoi une prieure de la Lumière accepterait-elle de transmettre la lettre d'un Selenae ?

— Eh bien, il n'y a pas de meilleur moment pour la lui confier.

Je guide Marguerite vers l'endroit où les enfants de Montcuir attendent que leur père ait terminé sa conversation. Juliane s'écarte du groupe pour m'accueillir, un sourire aux lèvres. Ses yeux se posent nerveusement sur ma compagne, sans doute parce qu'elle s'inquiète d'avoir une hallucination. Je me dépêche de la lui présenter.

— Juliane, voici mon amie la plus proche de mes années passées à l'abbaye, sœur Marguerite.

La fille du prévôt tend la main, visiblement soulagée.

— Oui, je me souviens de vous y avoir vue quand j'y étudiais. C'est un plaisir de vous rencontrer.

La religieuse fait la révérence en saisissant les doigts de la jeune femme.

— Je suis surprise que vous vous souveniez de moi, dame Juliane. J'avais à peine neuf ans, si ma mémoire est bonne. La plupart des pensionnaires plus âgées ne faisaient pas attention à nous.

Évidemment, de mon côté, on ne peut pas dire que je sois étonnée. La fille du comte pourrait sans doute lister tous les jours où elles se sont croisées, le temps qu'il faisait et leurs tenues respectives, même si, dans le cas de Marguerite, ce dernier élément ne serait pas difficile du tout à se rappeler. La seule différence entre ses vêtements de l'époque et d'aujourd'hui, c'est le capuchon qui lui couvre les cheveux.

Oudin nous jette un coup d'œil, mais quand il constate qu'il ne s'agit que de moi et d'une jeune religieuse – soit hors catégorie –, son attention dérive aussitôt. J'aimerais présenter mon amie à Simon, mais sans même me laisser le temps de recroiser son regard, Rémi s'immisce dans notre échange.

— Tu ne me présentes pas, Chaton ?

Je lève les yeux au ciel.

— Marguerite, voici le compagnon Rémone La Fontaine. Il travaille aussi pour le magister Thomas.

Il doit incliner son menton barbu contre son cou pour regarder la petite Marguerite qui, elle, est obligée de lever la tête, ses prunelles bleues écarquillées. Elle a vécu toute sa vie dans un cloître et ne s'est sûrement jamais trouvée aussi près d'un homme, à part le vieux chapelain de l'abbaye, et c'est vrai que Rémi peut être intimidant quand on ne le connaît pas.

— Je ne savais pas qu'on faisait des sœurs aussi jeunes, plaisante-t-il en la gratifiant d'un large sourire. Je croyais qu'elles naissaient à trente ans avec des rides et un double menton.

Mon amie devient rouge comme une pivoine. Je donne un coup de pied dans le mollet du jeune homme.

— Aïe ! Fais attention, Chaton. On est dans un lieu saint.

— Appelle-moi Chaton encore une fois… grommelé-je. Et tu sentiras mes griffes.

— C'est promis ? me taquine-t-il avant de faire un pas de côté pour éviter mon pied qui allait écraser le sien. Alors, sœur Marguerite, comment avez-vous réussi à vous échapper de l'abbaye ? Vous n'avez pas l'air d'être du genre à faire le mur.

Mon amie donne sa réponse d'une voix trop basse pour que je l'entende. Rémi se penche si près d'elle que ses rêches cheveux noirs frôlent le capuchon de la jeune religieuse.

— Pardon ?

Elle marmonne de nouveau puis il se redresse. Cette fois, on dirait qu'il a compris.

— Je peux la lui apporter, déclare-t-il en s'emparant de l'enveloppe.

— Rends-la-lui, espèce de crétin ! m'écrié-je. Ce n'est pas pour toi !

Il lève la missive en l'air, jugeant sans doute qu'elle est hors de ma portée. Il me sous-estime : non seulement je saute assez haut pour la saisir, mais je parviens à lui mettre en même temps un coup de genou dans le ventre. Ma lourde jupe en réduit cependant l'effet, et il grogne à peine avant de m'attraper par la taille de son bras libre. Je me tortille pour tenter de me dégager sous ses éclats de rire.

— Les enfants ! nous rappelle à l'ordre le maître architecte sans pour autant élever la voix.

On s'éloigne d'un bond avant de lui faire face, honteux. Enfin, je parle pour moi, du moins.

— Au nom du Soleil, c'est comme ça que vous vous comportez dans un lieu saint ?

Je lève le pli devant moi avant que mon camarade ne puisse ouvrir la bouche.

— Cette lettre est pour vous, magister. Sœur Marguerite doit vous la remettre personnellement, mais Rémi pense qu'il a le droit de fourrer son nez dans vos affaires.

Avec un soupir d'exaspération, le magister Thomas tend la main. Pour mettre encore plus en évidence à quel point mon ami a eu tort de faire ce qu'il a fait, je rends le message à Marguerite. Elle se précipite aussitôt vers l'architecte pour le lui donner.

— Merci, ma sœur, dit-il gentiment. Vous ne direz rien à Mère Agnès du comportement de Catrin, n'est-ce…

Mon mentor s'interrompt quand il examine le cachet. Le comte, Lambert, Simon et même Oudin tendent le cou pour voir ce qui a causé cette abrupte interruption, mais le magister Thomas fourre la missive dans la manche de sa robe de maître.

— Où en étions-nous, messieurs ?

Le prévôt éclate d'un petit rire.

— Je crois que je vous ai pris assez de votre temps aujourd'hui, magister. Il semble que votre attention est requise ailleurs.

Juliane murmure quelque chose en se tordant les mains. Il ne m'a pas échappé que notre querelle, à Rémi et moi, l'a affectée – comme le stress dû à l'enquête et toutes ces situations imprévisibles, d'ailleurs. Elle s'en sort mieux lorsqu'elle maîtrise son environnement. C'est ce qui explique qu'elle avait fini par retrouver une certaine tranquillité d'esprit après avoir passé plusieurs jours dans sa chambre. Non seulement elle est entourée de centaines de visages, mais elle vient aussi de faire la connaissance de Marguerite, ce qui – la dispute en prime – pourrait très bien lui déclencher une crise.

Simon remarque lui aussi le changement chez sa cousine. Il la prend par le bras puis lui parle doucement tandis qu'il l'invite à suivre sa famille. La jalousie que j'éprouvais plus tôt refait surface. Bien sûr, je suis contente que la fille du comte reçoive l'aide dont elle a besoin. C'est juste que j'aimerais pouvoir être aussi proche de Simon qu'elle.

Le maître architecte jette un regard noir à Rémi et à moi avant de nous ordonner de venir avec lui d'un geste du doigt. Nous lui emboîtons le pas d'un air contrit, accompagnés de Marguerite. Elle me prend par la main et on marche ensemble comme on en avait l'habitude il y a dix ans.

Une fois à la maison, le magister Thomas nous fixe de ses yeux gris aussi sombres que des nuages d'orage.

— Jamais je n'ai été plus embarrassé que je l'ai été aujourd'hui, au Sanctum, devant le prévôt et toute sa famille ! Il ne fait aucun doute que l'altum suprême en entendra parler. Vous vous comportez tous les deux comme des enfants depuis des semaines et pourtant, vous demandez plus de liberté et de responsabilités qu'auparavant.

Il s'interrompt pour prendre une grande inspiration, mais ni Rémi ni moi n'osons le couper.

— Catrin, tu passeras le reste de la journée à réparer la miniature de la fenêtre sud et tu ne sortiras pas de cette maison avant qu'elle ne soit terminée et que j'en sois satisfait.

Si je parviens à étouffer un grognement, c'est uniquement parce que je soupçonne que la punition de Rémi sera pire.

— Quant à toi, Rémone, ton travail sur la voûte est suspendu pour deux semaines et tes équipes seront affectées à d'autres sections. Si tu désobéis ou si j'entends un seul mot de protestation, je te retirerai entièrement ce projet. C'est bien compris ?

— Oui, magister, répondons-nous en chœur comme deux enfants pris en faute.

Il remarque soudain Marguerite qui se cache derrière moi.

— Pourquoi nous avez-vous accompagnés, ma chère ?

Elle s'avance, les yeux brillants de larmes – elle est triste pour moi, comme à son habitude – et fait la révérence.

— Je ne devais pas rentrer sans votre réponse, magister.

— Très bien. Donnez-moi un moment, s'il vous plaît.

Il se dirige vers la cuisine quand mon compagnon de réprimande, lui, prend la direction des escaliers.

— Et Rémi, dit le maître architecte. Cesse de faire l'enfant, accepte tes sentiments et trouve une meilleure façon de les exprimer.

Les épaules de l'intéressé s'affaissent et il file dans sa chambre. Je reste plantée là, abasourdie. Le magister ne peut pas être sérieux. Rémi se comporte comme il le fait parce qu'il a un sale tempérament et pense que tout lui est dû, pas parce qu'il a… des sentiments pour moi ! L'avantage, c'est qu'après le savon qu'on vient de lui passer, il me laissera peut-être tranquille, dorénavant.

— Je suis désolée de t'avoir attiré des ennuis, Cat, chuchote Marguerite.

Je soupire. Bien sûr qu'elle allait penser que tout était sa faute…

— Non, c'est moi qui suis désolée. Parce que maintenant je ne vais pas pouvoir te raccompagner chez toi, réponds-je.

Une minute plus tard, le magister Thomas regagne l'atelier, l'enveloppe qui renfermait la lettre en main, sans le sceau de cire.

— Inutile de gâcher du papier, dit-il en me la tendant avant de s'adresser à mon amie. Dites à Mère Agnès que je viendrai ce soir pour discuter de la prochaine étape.

L'architecte s'apprête à gravir l'escalier, l'air plus exténué que jamais.

— Tu peux escorter sœur Marguerite jusqu'à l'abbaye, Catrin, si tu ne traînes pas en chemin.

Il ne me donne sa permission que par égard pour mon amie, mais je ne vais pas m'en plaindre. Avant de sortir, je m'empare d'un chapeau de paille accroché près de la porte afin d'abriter mes yeux du soleil, puis on descend la colline, main dans la main.

— Tu m'as vraiment manqué cet hiver, Cat. Et à Mère Agnès aussi. Je crois qu'elle a été plus blessée qu'elle ne l'admettra jamais quand tu as arrêté de venir lui rendre visite.

— Et pourtant, ça ne l'empêche pas de me faire des leçons sur ma fierté, réponds-je sèchement.

On longe tout un pâté de maisons avant que mon amie ne se remette à parler.

— Pourquoi est-ce que vous vous êtes disputées ?

— Je l'ai interrogée sur mes parents et elle a refusé de me donner leurs noms.

— Mais elle ne connaît aucun de nos parents.

Apparemment, la prieure n'a pas montré à sa secrétaire personnelle le dossier glissé entre ses livres saints qui liste chaque enfant trouvée dont elle est responsable ainsi que l'identité de ses parents, connue ou présumée. Lorsque je me suis faufilée dans son bureau à l'âge de onze ans et que j'en ai fait la découverte, j'ai été choquée par certains des secrets qu'il renfermait. Mère Agnès traitait toutes les pensionnaires de manière égale, autant que je puisse le constater. Même Marguerite, la fille cachée du précédent altum suprême et de sœur Alix. Tout le favoritisme dont mon amie a bénéficié n'était dû qu'à ses propres mérites. Reste que si on a accordé à l'abbaye de quoi s'agrandir quand nous étions petites, c'est sans doute aussi en grande partie parce que la prieure avait connaissance de ce secret.

Mon nom, lui, n'était pas mentionné dans le dossier. Pas même avec une ligne vide à côté.

— Oh, elle les connaît, rétorqué-je. J'ai entendu la conversation qu'elle a eue avec le magister Thomas le jour où il a demandé à m'embaucher.

— Tu as peut-être mal compris.

Je lève les yeux au ciel.

— Tu ne croiras jamais que les gens puissent avoir une part d'ombre en eux, pas vrai ? Mais non, je t'assure que j'ai très bien compris. Elle a dit qu'elle avait encore l'espoir que ma famille m'accepte.

— Ça ne veut pas dire qu'elle sait qui ils sont, Cat.

— Sauf qu'elle a aussi averti le magister Thomas qu'ils le tiendraient pour responsable de tout le mal qui pourrait m'arriver. Comment le saurait-elle, autrement ?

Lorsqu'on tourne au dernier coin avant notre destination, les murs couverts de feuilles du Quartier des Selenae s'étendent devant nous dans les deux directions. C'est à ce moment précis que je comprends tout à coup : « ils » me surveillent et sortent même de chez eux la nuit dans ce but précis. Ou peut-être est-ce seulement Gregor. En tout cas, il m'observe assez pour s'entretenir à mon sujet avec le magister Thomas. Parce que ma famille, c'est lui.

Je suis une Selenae.

Chapitre 32

Je suis à deux doigts de demander des comptes à la prieure quand la cloche des prières de midi sonne. Elle n'y renoncerait jamais pour un entretien avec moi, surtout si elle se doute de ce que je souhaite aborder avec elle. Je ne peux pas non plus me permettre d'attendre qu'elle ait fini, car le magister Thomas sera furieux si je ne rentre pas tout de suite à la maison.

L'architecte sait qui sont mes parents, lui aussi. Il a toujours su. Je serre les dents pendant que Marguerite se hâte d'ouvrir le portail. Depuis quand a-t-elle ses propres clefs ?

— Je dirai à Mère Agnès que tu ne pouvais pas prendre le thé aujourd'hui. Tu nous rendras bientôt visite ? demande-t-elle en refermant derrière elle.

— Promis, réponds-je, un sourire crispé aux lèvres. Ça aussi, tu peux le dire à Mère Agnès.

Ce n'est peut-être que mon imagination, mais j'ai l'impression que des yeux me scrutent, cachés dans les rues étroites qui pénètrent dans le Quartier selenae, à travers chaque espace entre les feuilles qui dissimulent en partie les fenêtres. Je me hâte sur le chemin du retour, en vérifiant régulièrement que personne ne me suit. Rémi et le magister Thomas sont tous les deux déjà partis. Après avoir enfilé ma tenue de travail, je m'attelle à contrecœur à la tâche que m'a confiée mon mentor.

Je passe le reste de la journée penchée au-dessus de l'appui de la fenêtre du Sanctum miniature, à trier et arranger les minuscules bouts de vitrail. Afin d'éviter que les morceaux que je n'ai pas encore utilisés ne s'éparpillent, je les glisse dans l'enveloppe en papier que m'a donnée le magister, même si la voir me fait grincer des dents. La tension dans ma mâchoire évolue vite en mal de tête.

Je ne sais pas grand-chose des Selenae, à part qu'ils existent depuis plus de mille ans. À la chute de l'Empire hadrien, il a fallu des siècles pour que le royaume de Gallia s'unisse sous un unique souverain. L'explosion du commerce, relativement récente, a favorisé les rencontres entre les habitants des différents pays et les échanges d'idées, qui ont inauguré un âge d'or autant dans la construction des villes que dans celle des plus grands Sanctums. Les Galliens se sont mélangés avec les Tauriens, les Preziens, les Brinsulliens et d'autres habitants d'autres nations, à tel point que ceux qui ont un parent d'origine étrangère – comme Rémi – sont désormais nombreux.

Le peuple de la Nuit, lui, s'est tenu à distance de tous ces développements, une préférence favorisée par leur rythme de vie nocturne. S'ils acceptent de faire des échanges commerciaux avec les non-Selenae dès qu'ils en ont besoin, ils traitent en général ceux qui n'appartiennent pas à leur groupe avec une espèce de pitié, comme si à leurs yeux on se trompait sur toute la ligne. Personne ne rejoint jamais leurs communautés et ceux qui les quittent – jamais très nombreux – dépérissent comme une branche coupée d'un arbre, souvent d'une addiction à la skonia.

Mère Agnès m'a quand même révélé que mes parents s'aimaient. S'ils n'étaient pas mariés, il y a de grandes chances qu'ils souhaitaient l'être. Et ce n'est pas tout ce qu'elle m'a dévoilé : « *Ta famille pensait que ta place était dans la Lumière.* » Pour une raison ou une autre, ils ne croyaient pas que j'étais comme eux.

L'idée que j'ai chassée des dizaines de fois refuse à présent de quitter mes pensées : ce dont je suis capable – l'effet que la lune a sur moi – doit être un pouvoir dont disposent tous les Selenae. Ils se réunissent la nuit pour apprécier ce que je viens tout juste de découvrir. Ma famille devait supposer que je n'avais pas les mêmes capacités. Pourtant, ils ont continué à veiller sur moi. Désormais, Gregor a découvert la vérité. Tout comme le magister Thomas.

Au coucher du soleil, mes doigts sont couverts de coupures dues à la manipulation de ces minuscules éclats aux bords tranchants et, à force de plisser les yeux pour mieux me concentrer, j'ai un mal de crâne carabiné. Rémi rentre seul. Lorsque je lui demande quand notre mentor sera de retour, il évite mon regard et marmonne que l'architecte ne se joindra pas à nous pour le souper.

— Vous pouvez commencer sans moi, dis-je. J'aimerais finir cette partie d'abord.

— Je te laisserai du pain.

— Merci.

Ma colère contre lui s'est évanouie. Trop de choses horribles se passent sur notre planète pour que je me montre mesquine. Et puis, sa punition est plus sévère que je ne m'y attendais. Non seulement il est contraint d'arrêter le travail qu'il adore mais, en plus, tout le monde est au courant.

Un peu plus tard, il passe à côté de moi et me souhaite bonne nuit tout bas. Je saisis à la pince le dernier éclat dans l'enveloppe. Alors que je l'insère à la place qui lui revient, ma vision devient floue. La lune s'est déjà levée, mais je devrais peut-être rester à l'intérieur ce soir – mon mal de tête est vraiment atroce. Sans compter que si le magister m'attrape à faire le mur, je n'ai pas fini d'en entendre parler. Mes yeux n'en sont pas moins attirés par la lumière argentée qui brille sur les toits d'ardoise, comme ceux d'un homme affamé le sont par le buffet à un banquet.

L'enveloppe tremble sous la brise puis s'envole vers la fenêtre. Je l'agrippe avant de me lever pour fermer le volet quand soudain un élément sur la page attire mon attention. Quelque chose y est écrit. Enfin, pas vraiment. Je le place devant mes yeux, dans la lumière sélénite qui rentre dans l'atelier depuis la rue. Des lettres sont incrustées dans le papier, comme si ce dernier s'était trouvé sous une feuille sur laquelle on avait rédigé quelque chose. Les marques sont trop légères pour que je les déchiffre ici, du moins pas avec cet éclairage.

Je replie à la hâte la feuille comme elle était afin de ne pas ajouter plus de pliures. Tout compte fait, je vais sortir ce soir.

***

Mon cœur cogne dans ma poitrine tandis que je me hisse sur le rebord de la fenêtre d'une des tours à l'avant du Sanctum. La façade n'est pas aussi haute que les bras du transept, mais elle est plus proche et je n'ai aucun désir de remettre les pieds dans la tour sud. La lune était déjà passée au-delà du point où j'aurais pu l'apercevoir depuis ma chambre, si bien que j'ai enfilé ma tenue d'escalade, puis patienté le temps que Mme La Fontaine ait fini de préparer le pain du lendemain et soit allée se coucher – je n'ai pas osé filer en douce avant.

Je suis tellement pressée que je déchire le coude de ma veste sur les doubles dents du loquet quand je me glisse tant bien que mal à l'intérieur. Après avoir remis la fenêtre en place, je gravis les marches et passe à côté de la galerie, vers le triforium situé au-dessus. L'étage suivant est celui des tours de la façade, où une espèce de pont extérieur relie les jumelles. La seconde est parfaitement identique à celle vers laquelle je me dirige, à part qu'elle renferme les cloches du Sanctum. Même si je pourrais m'arrêter à ce niveau, je continue à monter l'escalier en colimaçon jusqu'au sommet.

L'astre nocturne m'accueille comme une amie dès que je sors en plein air. Un frisson d'exaltation me traverse quand la lumière effleure ma peau et culmine dans la sensation glorieuse que je pourrais voler si je le souhaitais.

Éprouve-t-on un sentiment similaire en prenant de la skonia ? C'est à peine plus que la demi-lune ce soir. Qu'est-ce que ce sera dans quelques jours ?

Bien que je sois tentée d'explorer l'étendue de mes sens, je suis venue ici avec un but précis. Je déplie à la hâte le papier avant de le lever à la lumière. Les marques apparaissent sur la page, presque aussi clairement que si les mots y étaient écrits à l'encre. Certaines lettres n'ont pas été pressées assez fort, souvent la dernière d'un mot ou un *E* semble manquer. Seule la dernière phrase est complète : elle a été rédigée d'une main ferme et on l'a soulignée.

> *Vous m'av prom d'agir avant la procha plein lune. Il n rest plus qu six jours.*
> *Katarene a besoin d'être guidée.*

Le magister Thomas a dit à Marguerite qu'il viendrait ce soir pour discuter de la prochaine étape, mais ce n'est pas à Mère Agnès qu'il est allé rendre visite. Il est dans le Quartier des Selenae pour discuter de moi avec Gregor.

Katarene, c'est moi.

L'espoir que chaque enfant abandonné porte dans son cœur m'envahit contre toute attente : j'ai une famille et ils veulent me récupérer.

Mère Agnès ne cherche pas à empêcher les Selenae de me voir. Non, elle fait même de son mieux pour faciliter cette rencontre. Lorsqu'elle m'a dit que ma famille pensait que ma place était dans la Lumière, c'était pour m'inciter à leur pardonner de m'avoir laissée aux bons soins des sœurs de la Lumière, le jour où je ferais leur connaissance. Je suis tentée de marcher jusqu'au Quartier selenae séance tenante pour exiger des réponses. Reste que c'est sans doute parce qu'elle savait que ce serait mon premier réflexe que la prieure ne m'a jamais révélé qui m'avait laissée sur le pas de l'abbaye.

On m'a abandonnée et j'ai été élevée pour être une fille de la Lumière, même si je me suis rebellée contre l'avenir que Mère Agnès me réservait. À la place des prières et de la charité, j'offre désormais mon talent et mon dur labeur au Soleil en participant à la construction du Sanctum.

Je passe la main le long de la rampe de calcaire en savourant la texture et la beauté de ses lignes et de ses courbes. J'aime tout dans cet édifice, à l'intérieur comme à l'extérieur : ses statues, ses plafonds voûtés, ses vitraux colorés et ses sols de marbre ouvragés, même les volutes d'encens et les échos des voix qui s'élèvent en chantant. En cet instant précis, je m'y sens plus chez moi que nulle part ailleurs.

Est-ce le monde auquel j'appartiens ou simplement le seul que je connais ?

Mes paupières sont closes et mes mains, posées sur la pierre. Et c'est sans doute pour cette raison que j'entends aussi distinctement le loquet de la fenêtre s'ouvrir.

Chapitre 33

Lorsque l'inconnu passe non sans mal entre le chambranle et la vitre, un petit grognement lui échappe. Une fois à l'intérieur, il fait tourner la fenêtre pour la remettre en place avant de faire une pause en tâtonnant dans le noir complet. Il commence ensuite une lente ascension et ne s'arrête ni au premier ni au deuxième palier. Il a l'intention de monter jusque dans la tour.

Dès qu'il atteint l'escalier en colimaçon, j'ouvre les paupières avant de reculer dans l'ombre du mur circulaire qui abrite la cage d'escalier, située dans un coin du périmètre. À mes oreilles, mes mouvements m'apparaissent aussi bruyants que le tonnerre – du moins jusqu'à ce que je sorte du clair de lune. À présent, je me sens à la fois aveugle et sourde. La sensation est inconfortable mais mieux vaut rester cachée que d'être vue par je ne sais qui.

Les pas de l'individu sont si légers que je ne remarque son arrivée à mon niveau qu'à sa respiration sifflante. Il sort lentement de la cage d'escalier, les bras tendus devant lui, le visage trop dans l'ombre pour être identifié.

— Cat ? dit-il d'une voix douce.

Simon !

Je tends une main vers la gauche afin que mes doigts soient éclairés par la lune. Voilà qui est mieux : je le vois désormais comme en plein jour, des lignes soucieuses sur son front au tremblement de ses jambes. Ses battements de cœur, rapides, me parviennent tandis que la brise légère porte l'odeur de sa sueur qui imbibe le lin amidonné de sa chemise. Il y a du sang, aussi, qui vient de deux griffures récentes sur le dos de sa main. Il fait un pas de plus en avant.

— Cat ? lance-t-il de nouveau à voix basse, même si pour moi il pourrait tout aussi bien être en train de crier. Tu es là ?

— Derrière toi.

Surpris, le jeune homme se retourne en posant une main sur son cœur, qui tambourine dans sa poitrine à un rythme aussi élevé que celui d'un cheval au galop.

— Soleil tout-puissant ! s'écrie-t-il en haletant quand je sors de l'ombre. Pourquoi est-ce que tu ne m'as pas fait signe plus tôt ?

— Je ne savais pas qui tu étais, ni ce que tu voulais. Tu m'as effrayée !

Il éclate d'un petit rire et retire sa main de sa poitrine.

— Bon, j'imagine qu'on est quittes, maintenant.

Le silence règne quelques instants.

— Qu'est-ce que tu fais ici ? finis-je par lui demander.

Simon se racle la gorge.

— J'aimerais te parler. Je suis d'abord allé chez toi, mais tu n'y étais pas, explique-t-il d'un air penaud. Et puis je me suis souvenu que parfois tu montais ici pour réfléchir.

Oh non…

— Qui t'a ouvert la porte ?

Il se dandine d'un pied sur l'autre, mal à l'aise.

— Je n'ai pas toqué. Je suis euh… passé par derrière et j'ai jeté des cailloux par ta fenêtre ouverte.

Romantique… ou désespéré.

— De quoi est-ce que tu voulais parler ?

Il baisse la tête tout en glissant une main dans ses boucles blondes.

— Je te dois une explication… Certaines de mes paroles et certains de mes gestes…

Tout à coup, j'ai peur de ce qui va sortir de sa bouche.

— Tu ne me dois rien, Simon.

— Si.

Il me fixe droit dans les yeux. Ses jambes tremblent toujours, mais plus à cause de l'effort.

— S'il te plaît… Trouver le courage n'a pas été facile pour moi.

— Le courage de me parler ou de monter aussi haut ?

— Les deux.

Me voici de nouveau seule avec Simon dans la lumière de la lune. La dernière fois, c'était pour l'aider dans son enquête, mais ce soir sera clairement d'un tout autre ordre.

— D'accord. Parlons, alors.

Il me prend le bras.

— Ici ?

— Ne t'inquiète pas, on ne court aucun risque, dis-je en désignant les colonnes placées à distances égales autour du périmètre. Tu aurais du mal à faire passer plus que ta tête par ces ouvertures.

— Je vais te croire sur parole, marmonne-t-il tout en levant les yeux vers la voûte céleste.

Moi aussi, je prends un instant pour contempler les étoiles, époustouflantes avec ma vision décuplée. Grâce à elle, je distingue une myriade de points lumineux supplémentaires qui constellent le ciel. Simon se déplace pour se rapprocher de moi. Son bras frôle le mien, ce qui me réjouit plus qu'il n'est convenable.

— Est-ce qu'on peut s'asseoir ? demande-t-il. J'ai la tête qui tourne.

Je m'arrache à la contemplation de ce plafond de diamants. Il a plus qu'un peu la tête qui tourne : son teint a carrément viré au vert. Je lui souris avec indulgence avant de jeter un nouveau coup d'œil au firmament.

— Tant que tu reconnais que la vue est magnifique.

— Oui, oui, bougonne-t-il en se laissant tomber à mes pieds.

Après une minute passée à reprendre sa respiration, il tire sur ma main.

— Tu as raison : je n'ai vraiment jamais rien vu d'aussi beau, mais je ne sais pas combien de temps on a.

Je m'assieds à mon tour près de ses jambes repliées, en face de lui et de la lune.

— Pourquoi as-tu préféré jeter des cailloux à ma fenêtre plutôt que de frapper à la porte ?

Son teint blafard vire au rouge.

— Je n'avais pas envie de prendre le risque que ce soit Rémone qui ouvre. Il a l'air assez jaloux, dans son genre.

— Parce qu'être surpris sous ma fenêtre aurait été tellement mieux… lui fais-je remarquer en secouant la tête. Et après ça, tu es monté jusqu'ici au beau milieu de la nuit. Ce que tu as à me dire doit être important.

— Oui, c'est important. Mais aussi… personnel.

Simon prend ma main gauche dans la sienne et la retourne pour étudier le nombre de petites coupures qui s'y trouvent.

— Qu'est-ce que tu as fait à tes doigts ?

— J'ai manipulé des petits bouts de verre pour réparer les vitraux de la maquette du Sanctum. Ma punition pour ce qui s'est passé après l'office.

Et dont je n'ai aucune envie de parler.

— Et ta main à toi, qu'est-ce qui lui est arrivé ? m'enquiers-je pour changer de sujet.

Mon compagnon étudie en fronçant les sourcils les deux égratignures suintantes qui vont des jointures de ses doigts à son poignet.

— Je ne sais pas trop… Je me suis peut-être blessé en grimpant par la fenêtre du Sanctum.

— Elles ressemblent à celles que tu avais au cou l'autre nuit. Sauf qu'il y en avait trois, la dernière fois.

Le jeune homme pose la main sur sa gorge, même si les griffures ont guéri depuis.

— Juliane me les avait faites. Tu as dû te rendre compte qu'elle ne va pas bien.

— Elle m'a parlé de la maladie de sa mère. Elle pense que la même chose est en train de lui arriver.

— C'est le cas.

— Comment est-ce que tu le sais ?

Grâce à ma vision améliorée, l'éclat marron dans l'œil de Simon ressemble à des brins de laine dans un cercle de fils bleus.

— Parce que je l'ai vu de mes propres yeux, toute ma vie.

— À Mesanos ? murmuré-je.

— Oui. Tu connais ?

— On m'en a parlé. Selon Mère Agnès, il y a là-bas un sanctuaire en l'honneur d'une femme bénie par l'Astre de lumière qui guérit les maladies de l'esprit. Les habitants de la ville leur ouvrent même les portes de leurs foyers.

— Elle t'a dit pourquoi ? demande-t-il d'une voix chevrotante.

— Parce que de nombreux pèlerins sont abandonnés par leur famille quand leur miracle ne vient pas.

Je prends sa main éraflée sur mes genoux pour serrer ses doigts entre les miens.

— Quelqu'un t'a laissé là-bas ? l'interrogé-je d'une voix douce.

— Oui, dit-il d'un air absent. Ma mère. Ou plutôt, elle a abandonné mon père et j'ai refusé de faire pareil. Alors elle m'a laissé là, moi, son fils unique. J'avais huit ans.

Sa bouche se tord en une grimace douloureuse.

— Je suis désolée.

— Je ne veux pas de ta pitié, réplique-t-il sèchement, sans oser croiser mon regard. J'aimerais juste… t'expliquer. Une famille nous a accueillis, mon père et moi, mais je ne supportais pas l'idée de vivre de la charité d'autrui alors qu'à l'époque j'allais bien.

À l'époque ?

— Mesanos est principalement un village de pécheurs. L'éducation là-bas n'y est pas une priorité. Puisque j'étais le seul capable de lire et d'écrire, j'ai trouvé un emploi auprès d'un médecin pour qui je prenais des notes. Bien sûr, je n'ai jamais été un secrétaire aussi doué que Juliane.

Il esquisse un sourire ironique.

— Personne ne l'est, réponds-je en lui serrant la main.

Son expression redevient impassible et il poursuit son récit.

— À l'âge de quatorze ans, j'ai été embauché par l'altum Ferris, qui étudiait les fous violents. Mes gages étaient assez élevés pour que je puisse subvenir seul aux besoins de mon père et pour qu'on ait notre propre petit chez-nous.

Lorsqu'il retire sa main et glisse ses avant-bras sous ses jambes avant de se balancer d'avant en arrière comme le fait sa cousine, je le regarde faire avec de grands yeux étonnés.

— J'ai passé d'innombrables heures à écouter des individus décrire les pulsions et les actions les plus viles, qui impliquaient souvent des enfants. (Il serre fort les paupières et des larmes brillent au bord de ses cils blonds.) Le meurtrier qu'on recherche n'est rien comparé à ce que j'ai vu à Mesanos, à ce qu'on m'a raconté... C'était difficile de croire qu'il s'agissait d'êtres humains. (Il secoue la tête comme s'il chassait des pensées terribles.) Au bout d'un moment, on ne peut pas s'empêcher de se demander si on est capable de commettre les mêmes horreurs.

— Tu n'es pas fou, Simon, dis-je d'un ton ferme.

— C'est ça, le problème, Cat, rétorque-t-il en croisant enfin mon regard. La plupart d'entre eux savaient exactement ce qu'ils faisaient et que c'était mal. Ils n'étaient pas fous, du moins pas dans le sens où ils peuvent être coupés de la réalité et mériter notre pitié, pas comme...

— Comme Juliane ?

— J'allais dire comme mon père, mais oui. Elle se comporte beaucoup comme lui le faisait au début.

— Il était dangereux ? demandé-je, la bouche sèche.

Ce que j'aimerais vraiment savoir, c'est si la fille du comte, elle, l'est.

— Il l'était plus pour lui-même que pour autrui. Une fois, il a essayé de se creuser un trou dans la tête, pour faire sortir les mauvaises pensées, explique-t-il avant de porter de nouveau la main à son cou. Juliane m'a griffé quand je l'ai empêchée de sauter par la fenêtre. Elle était convaincue de pouvoir voler. Je ne sais pas si c'était à cause de sa maladie ou de la skonia dans la tisane que je lui avais donnée.

Je frissonne. Voilà pourquoi il y avait des planches clouées en travers de sa fenêtre, même si elle savait comment retirer au moins deux d'entre elles.

— Juliane m'a confié que l'infusion aggravait parfois ses symptômes avant de la faire dormir.

— Oui. La skonia agit sur ce qui est déjà présent dans l'esprit. On l'utilise d'ailleurs aussi pour inciter quelqu'un à dévoiler la vérité. Elle fait tomber les murs autour de ce qu'on essaie de cacher. Malheureusement, beaucoup comme Juliane confondent une partie de la réalité avec des images mentales erronées qu'ils construisent malgré eux.

— Comme quoi ?

Il se redresse et croise les bras.

— Elle croit que son père ou Oudin ont tué sa mère, ce qui lui fait craindre de subir le même sort. Voilà pourquoi elle s'est isolée ces dernières années : pour tenter de leur dissimuler que son esprit souffrait de la même manière. Elle n'y arrive pas aussi bien que ce qu'elle croit.

La chambre plongée dans le noir et pestilentielle dans laquelle elle se cachait en l'absence de son cousin me revient en tête. *« Voilà à quoi ressemble ma vie sans Simon »*, m'avait-elle confié.

— Tu la comprends parce que tu as vécu la même expérience avec ton père.

Il hoche la tête.

— C'était noble de ta part de ne pas l'abandonner, dis-je en m'emparant de nouveau de sa main.

Il ricane.

— J'ai regretté cette noble sottise neuf ans et demi sur les dix années où j'ai dû m'occuper de lui ! Je lui en ai voulu et j'ai détesté ma mère de m'avoir laissé avec lui, m'avoue-t-il en grimaçant. Tu veux savoir comment il est mort ?

— Tu as dit qu'il était malade. Encore plus que Juliane.

— Oui, mais ce n'est pas ce qui l'a tué, répond-il en choisissant ses mots avec soin. Avec le temps, je suis devenu négligent. Je suis parti de la maison un soir sans éteindre la lanterne. J'avais juste besoin de prendre un peu l'air, d'avoir un peu la paix. Pendant que j'étais sorti, il a mis le feu à la maison.

— C'était un accident. Ce n'est pas comme si tu l'avais fait exprès.

— Peut-être pas, murmure-t-il. N'empêche que quand c'est arrivé, j'étais soulagé. Pour la première fois de ma vie, je me suis senti libre. (Il pousse un petit rire triste.) Pauvre et seul au monde, mais libre.

— Ça ne fait pas de toi quelqu'un de mauvais, dis-je en effleurant son bras avec hésitation, heureuse qu'il ne se dérobe pas. Et puis, tu n'es plus seul, maintenant.

— Ça vaudrait mieux pourtant. C'est ce dont je suis venu te parler.

— Je t'écoute.

Ma gorge est tellement serrée que je peine à respirer. Les yeux de Simon se perdent dans le vague alors qu'il retourne à ses sombres pensées.

— Je n'ai jamais mené une enquête seul. Je suis terrifié à l'idée de mal interpréter certains indices et de condamner une autre femme à une mort certaine à cause de mon erreur. L'altum Ferris fait ce travail depuis bien plus longtemps.

L'altum qui l'a embauché dans sa jeunesse.

— Tu ne devrais pas avoir à porter toutes ces responsabilités tout seul. Peut-être pourrait-il venir ici pour t'aider.

— Non, murmure mon compagnon. Il ne pourra plus jamais quitter Mesanos.

— Il souffre de folie, lui aussi, pas vrai ? soupçonné-je.

— Maintenant, oui. La plupart du temps, Ferris est lucide et rationnel. Mais, parfois, il se contente de fixer le mur de sa chambre et ne réagit à rien. C'est à peine s'il mange et boit. Toutes ses recherches sur les esprits les plus empoisonnés ont conduit le sien dans des endroits dont il ne peut plus revenir. Et pourtant il continue. Il dit que plus on en sait sur ces tueurs, mieux on sera capables de les arrêter. Il considère que perdre la raison en vaut la chandelle.

Simon craint d'être sur la même voie, mais rien ne l'oblige à la suivre… ou peut-être que si ? Non seulement on lui a donné l'ordre de mener cette investigation, mais s'il n'obéit pas, il pourrait perdre le seul foyer qu'il a.

— Quand cette histoire sera finie, tu pourras quitter Collis pour t'installer quelque part où ton oncle ne pourra plus jamais te forcer à assumer ce genre de responsabilité. Ton destin ne ressemblera pas forcément à celui de l'altum Ferris.

— C'est peut-être trop tard. Tu sais ce qu'il m'a dit quand je lui ai rendu visite ?

La lune brille sur chacun de ses cils lorsque Simon tourne son visage vers les étoiles.

— Il m'a dit que je comprenais ce meurtrier à la perfection. Que j'étais plus doué que lui ne l'était après des années d'études. Que je ferais bien de me fier à mon instinct. (Il frissonne.) Quel genre d'homme comprend un meurtrier comme je le comprends et possède ce genre d'instinct ?

Je n'ose pas lui avouer que la même question m'est passée par la tête.

— Mais tu détestes ton rôle de vénatre. Tu ne crois pas que c'est un signe ?

— C'est ça, le problème, Cat, murmure-t-il. Je ne le déteste pas. En fait, ça me plaît.

— Ce qui te plaît, c'est de mettre fin à la violence et de sauver la vie d'innocents, insisté-je. Comme tout le monde le devrait.

— Non. J'étais ravi quand le tueur m'a envoyé ce message. C'était une preuve qu'il me trouvait digne de son attention.

— C'était une preuve que tu fais bien ton travail ! Que tu te rapproches du but !

— Ce qui veut dire que le même poison coule dans mes veines. Ce n'est qu'une question de temps avant que ça ne me rende malade, comme c'est arrivé à l'altum Ferris, avant que je ne me mette à perdre ma lucidité par moments.

Je n'ai pas de réponse à lui donner.

— Mais tu... commence mon compagnon avant d'hésiter et de reprendre sa respiration. Tu as été comme une ancre, pour moi. Plus d'une fois tu m'as empêché de dériver trop loin.

— Alors pourquoi est-ce que tu m'as repoussée ?

— Parce que c'est trop demander, surtout quand j'ai si peu à t'offrir, dit-il d'un ton amer. Je n'ai rien. Pire, je ne suis personne. Ça ne me posait pas de problème avant de te rencontrer et de commencer à désirer des choses que je ne pourrais jamais avoir.

— Je peux t'aider, Simon. J'en ai envie, même.

— J'ai été l'ancre de mon père pendant dix ans, Cat, réplique-t-il en secouant la tête d'un air triste. À présent, je suis celle de Juliane. C'est une prison que j'accepte, mais je refuse d'y condamner quelqu'un d'autre, toi encore moins. Ce n'est pas un fardeau qu'on peut simplement déposer quand il devient trop lourd. Pas sans conséquences.

— Tu as peur que je t'abandonne à Mesanos ?

— Non, répond-il en fixant ses genoux. Je sais que tu ne ferais jamais une chose pareille. Tu es trop obstinée et trop loyale. (Il lève enfin la tête pour me regarder.) Mais je crains qu'un jour tu ne souhaites pouvoir le faire.

Comme lui avait un jour imaginé quitter son père…

Je me déplace pour m'asseoir à côté de lui, dos à la lune.

— Tu sais ce que m'a dit Mère Agnès ? Selon elle, nous vivons tous dans des cages. Seuls les plus chanceux d'entre nous peuvent choisir laquelle.

— Tu veux dire que j'ai choisi ma cage ?

— C'est ce que tu viens de m'expliquer.

— D'accord, mais ce n'est pas pour autant que tu devrais t'enfermer dans cette cage avec moi.

— Non, mais c'est mon choix, répliqué-je en saisissant sa chemise pour l'attirer à moi.

Chapitre 34

La force de ce que j'éprouve en embrassant Simon sous les rayons de la lune me prend par surprise.

Tout au long de notre conversation, je me suis concentrée sur sa voix et son visage. Par moments, j'ai été distraite par la fragrance de ses habits et de sa peau ou par la lumière argentée qui éclairait sa chevelure et ses cils lorsqu'il bougeait. Dès que je le touchais, le choc de cette sensation s'évanouissait aussitôt car j'étais plongée dans notre échange. Je croyais m'y être habituée.

Cette hypothèse vole en éclats à l'instant où nos lèvres s'effleurent. Le contact a beau être léger, il s'épanouit dans mon esprit comme la plus rouge des roses. Sa bouche, surprise, cède puis cherche à rencontrer la mienne, à combler l'écart entre nous avec une douce ardeur.

Jusqu'à ce que Simon s'écarte – même s'il reste assez près pour que je sente les volutes tièdes de son souffle dans l'air.

— Et si je finis par te tirer tout droit de l'autre côté de la lune, jusqu'aux portes de l'enfer ?

— Alors on trouvera ensemble le chemin du retour.

Bien que lui résister me coûte, je sais que je ne peux pas l'embrasser de nouveau. Si l'on continue – et, en cet instant, je renoncerais à toute ma magie pour que ce soit le cas –, il faut que ce soit son choix.

— Pour une fois dans ta vie, Simon, envisage que tu pourrais valoir la peine d'être sauvé.

Il pose une main sur ma joue et je sens son sang battre rapidement au bout de ses doigts puis dans sa paume.

— C'est vraiment ce que tu crois ?

— Oui…

Je fais glisser légèrement ma main le long de son bras jusqu'à son poignet avant de placer mes doigts entre les crêtes formées par les siens.

— Mais il faut que tu le croies toi aussi pour que ça marche.

Un frisson lui remonte le long de l'échine puis il se tend et m'attire un peu plus près.

— Je croirais bien volontiers que le soleil est la lune si tu le décrétais, dit-il en se penchant vers moi, son nez frôlant le mien. Heureusement, tu es trop honnête pour profiter de ma confiance.

Cette dernière phrase n'est qu'une tentative pour me faire sourire, je le sais bien, mais ses mots me heurtent si profondément que je tressaille lorsqu'il s'approche pour chercher à nouveau mon contact. Il s'immobilise sur-le-champ.

— Je pensais que tu voulais… je suis désolé…

Ma prise sur sa chemise l'empêche de s'éloigner de nouveau.

— Non, expliqué-je en mettant de côté mes remords et en suivant la chaleur de son souffle jusqu'à ses lèvres. C'est exactement ce que je veux.

Et c'est vrai.

Ce que je veux, c'est la douce empreinte de sa bouche sur la mienne, le picotement de ses poils courts sur ma lèvre supérieure. C'est son bras qui se glisse autour de ma taille pour m'amener tout contre lui jusqu'à ce que les battements de son cœur retentissent en moi comme l'une des cloches du Sanctum. C'est sa respiration frémissante entre nos baisers qui ne s'arrêtent jamais tout à fait avant qu'un autre commence. Ce sont la chaleur, les couleurs et la lumière qui courent dans mes veines au point d'envahir chaque parcelle de mon corps.

Je ne m'aperçois que je retiens mon souffle que lorsqu'une autre vague de vertige m'oblige à reprendre ma respiration. Haletante, j'ouvre les paupières pour voir la demi-lune me rendre mon regard entre les étroites colonnes de pierre, si brillante que je suis contrainte de plisser les yeux.

— Quelque chose ne va pas ? s'enquiert Simon et je vois bien qu'il espère désespérément ne pas être la cause de mon trouble.

— La lune, marmonné-je sans réfléchir, l'air frais dans mes poumons m'éclaircissant les idées.

Mon compagnon me guide à l'ombre de la balustrade, ce qui coupe la cascade de sensations. Il m'invite à m'étendre sur la pierre, chaude grâce à la chaleur de son corps, et se tient juste hors de portée.

— C'est mieux ?

Étrangement, oui. Maintenant, il n'y a rien pour me distraire ni du contact de nos corps ni de l'émerveillement et de l'inquiétude dans ses yeux. Hors de la lumière, les lignes sévères de son visage se transforment comme si le portrait d'un vitrail se changeait en une peinture si belle que je désire la toucher. Je lève la main à sa joue pour en caresser les contours adoucis du bout des doigts. Il cligne des paupières si lentement… A-t-il fermé les yeux ? Lorsqu'il les rouvre, un sourire s'épanouit sur ses lèvres.

— C'est parfait, murmuré-je avant de l'attirer de nouveau vers moi.

***

Une heure. Une semaine. Un mois.

Je n'ai aucune idée du temps qu'on passe là-haut. La nuit est assez fraîche pour que je distingue les nuages formés par notre souffle et le sol de pierre est dur, mais je ne sens que chaleur et douceur. Mon corps s'accorde parfaitement avec celui de Simon alors que ses lèvres bougent aussi délicatement que des plumes le long de ma mâchoire jusqu'à mes oreilles, avant de descendre sur mon cou puis de retourner à ma bouche.

— La première fois que je t'ai vue, réellement vue, c'était le jour où je suis venu à l'atelier pour m'excuser, chuchote-t-il. Je crois que je t'ai fixée pendant dix bonnes minutes.

— Vraiment ?

Il frôle le creux en bas de ma gorge du bout du nez.

— Tu étais si belle, si sereine, tellement en phase avec ce sur quoi tu étais concentrée que j'aurais pu te contempler toute la journée.

Il secoue la tête et ses boucles caressent mon nez. Elles sentent le cèdre de sa tête de lit – une pensée qui me ferait monter le rouge aux joues si elles n'étaient pas déjà cramoisies.

— J'ai envié ce que tu avais. Une compétence et une place dans la vie. Un but, dit-il en se relevant un peu pour croiser mon regard. C'est la première fois que j'ai désiré quelque chose de plus que ce que j'avais accepté comme existence. J'avais envie de faire partie du monde dans lequel tu vivais.

Ce monde est bien plus compliqué qu'il ne le croit, mais nul besoin de le lui expliquer maintenant. D'ailleurs, je ne suis pas certaine de réussir à le faire même si je le souhaitais.

Sauf que…

Simon dépose un baiser sur mon oreille et je tourne la tête vers la lumière argentée qui se déverse sur la pierre à côté de moi. Bientôt, la lune aura disparu. Cette chance de ressentir les effets de l'astre de nuit pourrait être ma dernière avant un moment. Je retire la main que j'ai posée sur l'épaule de mon compagnon pour la tendre sur le côté.

— Pitié, supplie-t-il. Je ne peux pas…

Je sors sans tarder la main de la lumière pour me reconcentrer sur lui.

— Tu ne peux pas quoi ?

Il s'appuie sur ses coudes.

— Pardon ?

— Tu m'as parlé à l'instant. (Il prend un air perplexe.) Tu as dit « pitié », puis « je ne peux pas », mais tu n'as pas fini ta phrase.

— Je n'ai rien dit du tout, affirme-t-il en se redressant tout à fait, non sans jeter un coup d'œil à la porte de la tour. Tu as entendu quelqu'un d'autre ?

Lorsqu'un rayon de lune effleure le haut de ses cheveux, je comprends soudain ce qui a dû arriver. J'étire mon bras gauche vers les dernières lueurs sélénites sur le sol. Dès que la voix étouffée me chatouille l'esprit, je ferme les paupières pour me concentrer.

— Cat ? s'inquiète Simon.

— Chut !

Je tends l'oreille, sans savoir si ça sera suffisant.

« Pitié. Je ne peux pas… »

Une femme. Sa souffrance physique serre mon crâne tel un étau. Comment faire pour savoir qui elle est et où elle se trouve ? Comment puis-je la trouver dans une cité aussi…

« Aidez Mère… S'il vous plaît… Je ne peux pas… J'ai mal… »

J'ouvre les yeux en grand. Je reconnaîtrais cette voix entre toutes : c'est celle de Marguerite.

Chapitre 35

Simon n'arrive pas à suivre mon allure.

— Cat ! s'exclame-t-il quand j'atteins le pied de l'escalier en colimaçon. Où vas-tu ?

Je ne prends pas le temps de lui répondre. Je cours vers les marches et je les emprunte à toute vitesse en me repérant à l'aveugle en faisant glisser mes mains sur les murs. Sur le premier palier, je fonce droit dans le frère de la Lumière qui est en chemin pour le clocher, où il va lancer l'appel à la prière de minuit. Sa lanterne s'écrase au sol et la flamme s'éteint. Le fracas métallique ricoche sur le sol de marbre nu. Je me redresse à la hâte en prenant conscience que, s'il est ici, la porte latérale est ouverte et que ce sera plus rapide que de me faufiler par la fenêtre pour descendre le long du mur.

Je traverse la galerie au pas de course, Simon sur mes talons. Le religieux nous suit en criant, la respiration sifflante, et on le sème sans tarder. Les jambes de mon compagnon sont plus longues que les miennes, si bien qu'à la moitié de la nef, il parvient à m'attraper par le bras.

— Qu'est-ce qu'il y a ? Qu'est-ce qui s'est passé ?

— Il est à leur poursuite ! m'écrié-je en le repoussant. Il va tuer Marguerite et Mère Agnès.

— Quoi ? Comment pourrais-tu le savoir ?

Je me suis déjà éloignée d'une dizaine de pas. Cette fois, quand Simon me rattrape, il continue à avancer à côté de moi plutôt que de tenter de me retenir.

— Comment est-ce que tu le sais ? Qu'est-ce que tu as entendu ?

Hors de question de le lui révéler, même si j'avais assez de souffle pour essayer. Après encore un étage, on arrive sur la place du Sanctum, dans la lumière de la lune. Je m'immobilise pour écouter, les paupières closes, même si je ne pense pas percevoir de nouveaux murmures.

Rien.

J'ouvre les yeux. L'astre nocturne est en train de passer en dessous des toits. Mon compagnon se met de nouveau à m'interroger, mais je file en direction de la route qui mène vers le sud, vers l'abbaye. Si ce n'est pas le chemin le plus direct, c'est du moins le plus rapide. Chaque tournant dans les rues obscures constitue un véritable obstacle. Lorsque j'aperçois enfin le coin de l'enceinte, j'ai l'impression que mes poumons vont exploser. Pourtant je ne m'arrête pas avant d'avoir rejoint l'échelle secrète.

Quand il me voit escalader la paroi, Simon intervient en me tirant vers le bas sans que je ne puisse m'élever plus que de quelques pieds.

— Au nom de la Lumière, Cat, qu'est-ce que tu fais ?

Je me débats quelques secondes avant que la réalité ne me frappe. Si j'ai entendu les pensées de ma plus vieille camarade, c'est qu'elle est déjà morte. J'arrive trop tard. Je m'effondre contre mon compagnon, douloureusement consciente du fait qu'il y a quelques minutes à peine, je me trouvais dans ses bras et que tout était parfait. J'ignorais alors que ma meilleure amie était en train d'agoniser.

— Marguerite est morte ! sangloté-je contre sa poitrine. Et Mère Agnès aussi !

— Qui ? me demande-t-il, abasourdi. La sœur à qui tu parlais ce matin ? Tu penses que le tueur s'en est pris à elle ?

Je lève la tête pour croiser son regard.

— Je ne le pense pas, je le sais. S'il te plaît, Simon, il faut que tu me fasses confiance.

— Il n'y a personne en qui j'ai plus confiance, chuchote-t-il d'une voix si basse que ses lèvres remuent à peine.

Je m'empare de son poignet pour le tirer avec moi vers le mur.

— C'est le moyen le plus rapide de pénétrer dans l'abbaye.

Lorsque je le lâche et que je trouve le point d'appui en plaçant mes doigts dans le mortier, je remarque une traînée cramoisie sur ma paume. Du sang ? Quand Simon glisse son bras au-dessus du mien, je prends conscience qu'il vient des égratignures sur le dos de sa main. Une fois que je me suis hissée au-dessus du mur d'enceinte, je me déplace sur le côté pour laisser la place à mon compagnon, puis j'essuie ma propre paume sur mes hauts-de-chausses tandis qu'il gravit le rempart à son tour. Je lui montre ensuite comment sauter sur le toit de la cabane puis sur le sol. Après avoir traversé le jardin à la vitesse de l'éclair, on tourne au coin de la cuisine.

Pourquoi les cloches n'ont-elles pas encore sonné pour les prières ? La faible lueur d'une lanterne brille dans la tour de la chapelle. Une sœur y attend que le Sanctum lance l'appel pour réveiller tout le monde. En bousculant le sonneur de cloches de la cathédrale, je l'ai sûrement retardé.

Des sentiers pavés rayonnent depuis la fontaine située au centre de l'abbaye. Je me faufile autour du cercle de pierre contre le bord duquel l'eau clapote. Aucune lumière directe n'éclaire le jardin de fleurs de la prieure. La voie couverte qui mène aux quartiers privés de Mère Agnès ainsi qu'à ceux de son assistante personnelle plonge le bâtiment adjacent complètement dans les ténèbres. Au-delà, la porte du salon est entrouverte, preuve s'il en est que quelque chose cloche – ce que je sens déjà dans la moelle de mes os.

Simon pose doucement une main sur mon dos. « Je suis là », l'entends-je presque me dire.

— Cette porte ne devrait pas être ouverte, chuchoté-je.

— Laquelle ?

Ne peut-il pas la voir ou ne sait-il juste pas où regarder ? Je me mets à courir à toute allure sur le sentier dallé puis je traverse la pelouse où des centaines de pieds ont déjà tracé un chemin en empruntant le même raccourci. Je m'immobilise sur le seuil. Même sans la magie, l'odeur du sang est insupportable. Je couvre mon nez et ma bouche d'une main pour étouffer à la fois la puanteur et le sanglot qui me monte dans la poitrine.

Les volets sont fermés, le noir complet règne à l'intérieur. Je me penche pour trouver mon chemin en touchant les meubles. Au bout de quelques pas chancelants, je trébuche sur une masse molle trop large pour être Marguerite. Je tombe à genoux et je tâtonne jusqu'à ce que mes doigts plongent dans quelque chose de chaud et d'humide.

— *J'ai toujours su que ce jour viendrait*, murmure Mère Agnès d'un ton accablé.

— Quoi ? m'écrié-je, des larmes aux yeux, bouleversée. Mère Agnès, c'est moi, Catrin ! Parlez-moi ! Où êtes-vous blessée ?

— *J'ai toujours su que ce jour viendrait*, répète-t-elle, même si cette fois, je me rends compte que j'ai entendu sa voix dans ma tête.

D'après ce que je sens en la touchant, il ne fait aucun doute qu'elle a rendu son dernier souffle. Malgré tout, je presse mes doigts sur son cou, en quête du moindre battement de cœur, puis je baisse ma main ensanglantée au centre de sa poitrine où je trouve une tresse de cheveux qui ne peut qu'être celle de Madame Émeline.

La silhouette de Simon hésite dans l'embrasure, une forme noire contre un fond à peine un peu plus clair.

— Où es-tu, Cat ? Tu as trouvé quelqu'un ?

— C'est Mère Agnès, dis-je en gémissant. Elle est morte.

— Et le tueur ? Où est-il passé ?

Je cherche la corde nouée à la taille de la prieure et je trouve le trousseau de clefs en un rien de temps.

— Le portail est toujours fermé ! Le meurtrier est peut-être encore dans l'abbaye !

L'ombre de Simon disparaît sans perdre une seconde.

Tout à coup, me voilà seule dans l'obscurité. Et si l'assassin de Mère Agnès n'avait jamais quitté la pièce ? Aussi terrifiante que soit cette pensée, une seconde me vient qui me la fait vite l'oublier : où est Marguerite ?

Je me redresse sur mes genoux pour jeter un regard à la ronde, même si je n'y vois rien.

— Marguerite ? Marguerite, où es-tu ?

— *J'ai toujours su, j'ai toujours su, j'ai toujours su que ce jour viendrait*, répète Mère Agnès.

Son sang n'arrête pas de me parler. J'essuie mes mains sur son habit jusqu'à ce que je n'entende plus qu'un léger chuchotement.

— Marguerite, s'il te plaît, réponds-moi !

Je fais le tour de la pièce à quatre pattes en criant son prénom. Même si je sais qu'elle ne peut pas m'entendre, je suis incapable d'arrêter de l'appeler.

— Marguerite… C'est moi, Cat ! Réponds-moi ! Marguerite !

La cloche dans la chapelle sonne mais ce n'est pas le doux appel à la prière : c'est le son fort et le rythme rapide de l'alarme. Simon a dû faire une peur bleue à la sœur là-haut.

Mon amie reste introuvable. À quoi ça sert d'avoir une meilleure vue et une meilleure ouïe au clair de lune s'il n'y en a plus ?

Soudain, tout s'illumine. J'ai entendu Marguerite depuis le Sanctum parce qu'elle était éclairée par l'astre nocturne. Elle est dehors !

En moins de temps qu'il n'en faut pour le dire, je me rue vers la porte. Au passage, je trébuche sur le pied d'une chaise, puis je sors en titubant. Le son de la cloche retentit sur les murs, ce qui donne l'impression qu'une deuxième s'est jointe à elle. Les religieuses commencent à s'agiter. La plupart d'entre elles étaient sans doute déjà réveillées par habitude. À présent, les rayons de la lune se répandent presque horizontalement au travers des arbres, hors de portée. Après les ténèbres du salon, il fait malgré tout assez clair pour que je distingue les alentours.

À moins d'une vingtaine de pieds, je remarque un tas de laine informe avec deux jambes qui en sortent. L'image me rappelle la nuit où j'ai découvert Perrette. Marguerite est étendue sur le côté. Soit elle a rampé jusque-là, soit on l'y a traînée depuis le chemin couvert. En poussant un cri, je me dirige vers son corps et je la fais rouler sur le dos.

Ses yeux ne lui ont pas été arrachés, mais le côté gauche de son crâne est ensanglanté et contusionné. Ce qui reste de ses cheveux est collé en un amas rouge et noir. Je tiens son corps mou dans mes bras, lorsque je m'aperçois que les lèvres de mon amie se sont mises à remuer, presque comme si elle parlait.

Je sais ce qui arrivera si je touche son sang : je percevrai ses dernières pensées terrifiées. Malgré tout, je ne parviens pas à vaincre l'envie d'entendre sa voix une dernière fois, tant que je le peux encore. Mes doigts tremblent quand je place une main sur le côté de son visage avant de les passer doucement jusque dans sa chevelure poisseuse et emmêlée.

— *Cat.*

Elle a pensé à moi ?

— *Cat. Aide-moi. Aide Mère Agnès.*

Elle m'a entendue l'appeler ? Était-elle encore vivante lorsque je suis passée en courant à côté d'elle, concentrée que j'étais sur la porte entrouverte du salon ?

— Marguerite, sangloté-je. Pardonne-moi. Je ne savais pas ce qui se passait avant qu'il ne soit trop tard.

— *Où es-tu ? Il fait si noir.*

C'est plus de pensées que je n'ai jamais reçues de la part des victimes. En fait, c'est même pire d'en percevoir autant. J'appuie mon front contre le sien et je laisse mes larmes couler sur ses joues.

— Je suis désolée, tellement désolée ! Je t'aime, Marguerite.

— *Je t'aime aussi, Cat.*

Je tressaille puis j'éloigne mon visage du sien. Ces derniers mots ressemblaient vraiment à une réponse.

— Marguerite ? murmuré-je. Tu m'entends ?

— *Oui, mais je ne vois rien et j'ai mal à la tête*, rétorque-t-elle avant que le volume de sa voix ne diminue un peu. *Je suis fatiguée… si fatiguée…*

Lentement, comme dans un rêve, je descends ma main rouge de sang dans son cou. Un battement faible et irrégulier cogne sous mes doigts.

Par la grâce du Jour, elle est vivante !

Chapitre 36

Je suis en train de crier pour qu'on vienne en aide à Marguerite quand Rémi apparaît à mes côtés. Je ne lui demande pas ce qu'il fait là, je le supplie juste de trouver un médecin. Lorsqu'il revient peu après, une femme d'âge moyen vêtue d'une simple tenue noire m'encourage à lui laisser la place et se met à examiner mon amie. Quand elle se penche en avant, une chaîne en argent glisse hors de sa chemise au bout de laquelle pend une pierre polie, iridescente.

Dès que le contact entre ma meilleure amie et moi est coupé, je perds notre lien, mais sa dernière réponse, lorsque je l'ai implorée de rester éveillée, tourne en boucle dans mes pensées :

« J'essaie, Cat. J'essaie. »

Pourtant, je sais qu'elle peut encore m'entendre.

— Marguerite, quelqu'un est là pour te soigner, lui expliqué-je alors que Rémi m'entraîne un peu plus à l'écart afin de laisser davantage de place à l'inconnue. Je suis juste à côté, moi aussi. Ne t'endors pas, je t'en prie.

De ses yeux soulignés de khôl, la doctoresse me jette un regard suspicieux. Des mèches grises suivent ses boucles noires depuis ses tempes jusqu'à l'endroit où elles sont attachées sur sa nuque.

— Tu étais en train de lui parler ? demande-t-elle sèchement. Est-ce qu'elle a répondu quoi que ce soit ?

— Catrin ! s'écrie le maître architecte.

Il surgit de nulle part avant de s'agenouiller près de moi, sa robe volant derrière lui.

— Que fais-tu ici ? Que s'est-il passé ? m'interroge-t-il tout en cherchant la source du sang qui macule ma main.

— Ce n'est pas le mien, dis-je.

Il l'essuie avec sa manche et je serre le poing pour ne pas perdre la voix de Marguerite.

« J'essaie, Cat. »

Le magister Thomas cesse de tamponner ma paume et regarde autour de nous. La Selenae s'occupe de la blessée et les sœurs de la Lumière attendent, les joues baignées de larmes. Bougies et lanternes éclairent à présent le salon, ce qui rend visible la forme par terre.

— Est-ce que c'est…

— Mère Agnès, confirmé-je d'une voix brisée.

— Où est passé le vénatre ? me demande Rémi après s'être accroupi devant moi.

— Simon ? Il est allé à la chapelle pour sonner l'alarme.

Et je ne l'ai plus revu depuis.

— Je vais le chercher, dit mon ami en se relevant. Restez ici.

Comme si j'allais quitter Marguerite ! Le maître architecte m'attire contre son épaule pendant qu'on regarde la doctoresse s'affairer. Elle garde une main sur le cou de ma camarade tout en explorant délicatement de son autre main la blessure de l'autre côté de la tête de la blessée.

— Oui, elle est toujours là, chuchote-t-elle. Tu te souviens de quelque chose ? (Elle marque une pause.) Pas de soucis.

L'inconnue s'adresse à Marguerite comme si elle était consciente.

— Vous aussi, vous pouvez l'entendre ? lâché-je.

— Alors tu l'as vraiment entendue ? rétorque-t-elle, en croisant mon regard avant de poser le sien, argenté, sur le magister Thomas. Vous ne nous l'avez jamais mentionné.

— J'ignore totalement de quoi vous parlez, répond-il.

Peu convaincue, la Selenae se reconcentre sur sa patiente.

— Je ne sais pas, ma chère, mais je ferai de mon mieux. (Elle soupire.) La vieille femme ? Elle est passée de l'autre côté du Soleil. Je suis navrée.

Marguerite a dû lui demander comment allait Mère Agnès. La doctoresse relève la tête.

— Il faut que je la déplace là où je pourrai mieux prendre soin d'elle.

Plusieurs sœurs s'avancent.

— Nous allons l'emmener à l'infirmerie.

— Non, dit la femme. Elle aura besoin d'être sous surveillance constante et d'un drainage chirurgical pour atténuer la pression sur son cerveau. Je peux faire bien plus pour elle dans le Quartier selenae.

Les religieuses poussent des exclamations indignées.

— Impossible ! siffle l'une d'elles. Nous ne pouvons pas l'autoriser.

— Dans ce cas, il y a peu de chances qu'elle survive.

— Qu'il en soit ainsi, déclare sœur Berta. Si c'est la volonté du Soleil.

Je me souviens très bien d'elle, elle ne me plaisait déjà pas lorsque je vivais à l'abbaye. Je me lève d'un bond.

— Ne vous avisez pas de l'interdire ! m'écrié-je. Mère Agnès aurait accepté, elle !

— Nous ne pouvons pas payer le prix qu'ils exigeront, rétorque la religieuse en croisant les bras.

— Dans ce cas, je m'en chargerai, dit le magister Thomas, qui se lève pour se tenir à mes côtés.

Tandis que sœur Berta proteste mollement, plusieurs autres Selenae arrivent, chargés d'une civière. La doctoresse leur indique comment soulever Marguerite, en maintenant la pression sur la blessure durant la manœuvre, même lorsqu'ils s'éloignent, bien qu'elle fasse une pause pour s'adresser à moi.

— Elle veut que tu saches que tout ira bien et qu'elle t'aime.

Ses prochaines paroles sont pour l'architecte.

— Nous aurons de nombreux sujets à aborder plus tard, adorateur du Soleil.

— De quoi parle-t-elle ? demandé-je à mon tuteur dès qu'ils sont partis.

En réponse, il me serre dans ses bras.

— Oh, Cat, je ne sais pas par où commencer et je n'en comprends pas la moitié.

Rémi est revenu avec Simon, qui porte une lanterne, sûrement celle de la sœur du clocher.

— Je l'ai trouvé dans le verger, annonce-t-il.

— Oui, j'ai fait le tour du périmètre autour de l'abbaye, explique le neveu du comte, sans se rendre compte du ton contrarié de son compagnon. Il y avait des empreintes fraîches et pleines de boue sur le mur du jardin, comme si quelqu'un était sorti en grimpant au-dessus.

— D'où es-tu venu, Rémone ? s'enquiert le maître architecte.

L'intéressé croise les bras et jette un regard noir à Simon.

— J'ai suivi Cat et ce bon vénatre. Ils ont escaladé le mur pour pénétrer dans l'enceinte. Pour ma part, j'ai fait le tour jusqu'au portail, comme quelqu'un de normal. Quand Cat s'est mise à crier, j'ai forcé la serrure pour pouvoir entrer.

— Pourquoi est-ce que tu es sorti ce soir ? l'interrogé-je, même si je connais déjà la réponse.

— Et toi ? réplique-t-il d'un ton provocateur.

Simon tend sa lanterne au-dessus de l'herbe trempée de sang.

— Il y avait un corps ici ?

— Sœur Marguerite, réponds-je. Mais elle est encore vivante.

— Vraiment ? s'étonne-t-il. A-t-elle dit quelque chose ?

Ma main se plie par réflexe et son sang chuchote silencieusement : *« J'essaie. »*

— Non, elle était inconsciente. Ils l'ont emmenée.

— Quand elle se réveillera, il faudra que je lui parle.

Le jeune homme jette un coup d'œil vers le salon, derrière nous.

— Et la prieure est là-bas ? Morte ?

— Oui, dis-je d'une voix étranglée.

Il pose des yeux bienveillants sur moi.

— Tu n'as pas besoin de m'accompagner si tu ne t'en sens pas capable.

Malgré sa proposition, je le suis jusqu'à la porte du salon, talonnée par Rémi et le magister Thomas. Il s'arrête à l'entrée pour balayer la pièce du regard. Une sœur a recouvert le corps d'un drap et je sais que ça le contrarie car c'est sans doute le signe que le cadavre n'est plus dans la position dans laquelle le tueur l'a laissé.

— Par l'autorité qui m'est donnée en tant que vénatre de Collis, j'ordonne à tout le monde de quitter les lieux pour que je puisse enquêter sur ce crime, déclare-t-il avec une sévérité que je n'avais jamais entendue dans sa voix.

Les sœurs, des plus obéissantes, défilent à côté de lui, silencieuses, en laissant plusieurs bougies derrière elles. Le magister Thomas me serre la main.

— Bon, je vais aller prendre des nouvelles de sœur Marguerite, dit-il en s'éloignant.

Je rejoins Simon à l'intérieur, mais Rémi, lui, reste dans l'embrasure, la mine fermée. Le neveu du comte se frotte le visage.

— Je suis désolée, Cat, dit-il d'une voix qui ressemble davantage à celle de l'homme que je connais. Je sais qu'elle comptait beaucoup pour toi. (Il pousse un long soupir.) Tu la connaissais bien, et l'abbaye aussi. Qu'est-ce que tu penses qu'il s'est passé ? Comment notre homme est-il entré ?

J'examine les lieux. Le seul élément qui n'est pas à sa place est la chaise sur laquelle j'ai trébuché. Les pieds de Mère Agnès ne sont pas cachés par le drap et je remarque qu'elle est chaussée de ses sandales. Elle avait aussi ses clefs à la ceinture, comme si elle s'attendait à les utiliser.

« J'ai toujours su que ce jour viendrait. »

— Elle portait sa tenue complète et elle n'était pas loin de la porte. Je crois… je crois qu'elle a laissé le meurtrier entrer.

— Tu veux dire qu'elle le connaissait ? demande Rémi.

— Elle était aveugle, réponds-je sèchement. Elle aurait facilement pu être trompée sur l'identité de son interlocuteur, surtout si elle attendait un invité.

Je prie pour que Marguerite soit la seule des sœurs de la Lumière qui savait que la prieure allait peut-être recevoir une visite du magister Thomas.

Simon soulève le drap pour examiner le corps.

— Même type d'arme, murmure-t-il comme s'il se parlait à lui-même. Mais ses yeux et ses cheveux sont intacts. (Il lève le tissu plus haut.) Est-ce que quelqu'un a trouvé… Ah !

Le jeune homme ramasse une tresse tombée sur le côté. À la lumière, on voit bien qu'il s'agit de la teinture rousse de la chevelure de Madame Émeline.

— Voilà qui confirme que c'était bien lui, même si je ne sais pas pourquoi il ne l'a pas mutilée comme les autres.

— Peu… peut-être a-t-il été surpris par Marguerite, bégayé-je. Je l'ai trouvée dehors, comme si elle avait cherché à s'éloigner en rampant. Le tueur lui a coupé les cheveux, à elle.

Simon jette un coup d'œil à Rémi avant de me poser sa prochaine question.

— Lui a-t-il fait autre chose ?

— Non, non. Il l'a juste frappée sur le côté de la tête.

Il se pourrait que les ténèbres qui régnaient dans la pièce et l'arrivée surprise de l'assistante de la prieure aient fait modifier son plan au meurtrier.

— Pourquoi est-ce qu'il n'a pas…

Les mots me restent coincés dans la gorge.

— Je l'ignore, pour l'instant.

Simon rabaisse le drap et se relève en grattant distraitement les croûtes sur le dos de sa main.

— Il pourrait s'agir d'un autre tueur qui copie le nôtre. Si ça se trouve, l'histoire des tresses s'est répandue…

— Tu as dit qu'il allait changer de type de victime.

— Oui, et vu qu'une arme similaire a été utilisée, je suis presque certain que c'est son œuvre. J'aimerais juste savoir de quelle arme il s'agit, au juste.

— Que pensez-vous de ça ? lance Rémi.

Au sommet des piles de papiers et des registres trône un objet familier. Il est couvert de sang, même sur le manche, mais je distingue encore le brillant de l'or.

Par le Soleil et l'Enfer, pas ça !

Simon me tend la natte en se dirigeant d'un pas vif vers le bureau.

— Retiens bien la façon dont il est disposé, Cat, dit-il en étudiant le marteau sous plusieurs angles.

Pas de doute, je serai capable de m'en souvenir aussi bien que Juliane !

Le vénatre le soulève délicatement pour l'approcher d'une source de lumière.

— Encore plus lourd que ce que j'imaginais. On dirait qu'il est… plaqué d'or ? marmonne-t-il en le faisant tourner pour en examiner tous les côtés. Je n'ai jamais rien vu de pareil, mais les dimensions correspondent. On l'a utilisé dans tous les autres meurtres, et peut-être même pour celui de Béatriz.

Rémi s'appuie contre le chambranle, ses yeux verts rivés sur moi. Je lui rends son regard en le suppliant silencieusement de faire ou de dire quelque chose qui mettra un terme à ce cauchemar, mais ses lèvres remuent doucement pour articuler : *« On récolte ce que l'on sème »*, une expression fréquemment employée par le magister.

Ce qui est sur le point d'arriver est ma faute.

— Il y a une inscription gravée sur ce côté, dit Simon en le levant pour me le montrer, presque enthousiaste.

Observe bien tout ça, Cat. Comme Juliane n'est pas là, nos deux mémoires combinées devront faire l'affaire. Et vous. (D'un signe de tête, il désigne Rémi.) Vous êtes aussi témoin de l'état de ce marteau.

Pour ma part, je suis incapable de bouger ou de dire quoi que ce soit, mais mon ami opine du chef avec raideur. Le vénatre s'approche d'un pichet rempli d'eau posé sur une table contre le mur. Il y en a tout juste assez dedans pour qu'il la verse sur la tête dorée. Il essuie ensuite le sang à l'aide de sa manche. L'action prend bien plus longtemps qu'elle ne le devrait, comme si le temps avait ralenti son cours. Puis Simon penche l'outil à la lumière d'une bougie et je ferme les yeux pour ne pas voir l'expression sur son visage.

— Présenté au… commence-t-il avant de s'interrompre.

« Présenté au magister Thomas d'Iscano, le sixième maître architecte du Sanctum de Collis. Que son œuvre soit bénie par le Saint Soleil. »

Simon ne lit pas le reste de l'inscription à voix haute. Dans le silence le plus complet, mon cœur se brise en mille morceaux.

Chapitre 37

Je baisse la tête, les paupières toujours closes et les lèvres serrées.

— L'un de vous reconnaît-il ce marteau ? finit par demander Simon au bout d'un moment.

Je suis trop tendue pour pouvoir répondre.

— Oui, monsieur le Vénatre, dit Rémi en utilisant son titre sans ironie pour la première fois. On le connaît.

Une dizaine de secondes s'écoulent en silence.

— Savez-vous comment il est arrivé là ?

— Il avait disparu. Quelqu'un l'a volé au magister Thomas.

— Quand ça ? Dans quelles circonstances ?

Je regarde Rémi, les larmes aux yeux.

S'il te plaît, le supplié-je en pensée. *Ne dis rien.*

— Je n'étais pas là ce soir-là, dit-il en faisant un pas dans la pièce, vers moi. Il faudra poser la question à quelqu'un qui l'était.

Il croit peut-être qu'il me donne l'opportunité de me racheter mais, à mes yeux, ce n'est rien d'autre qu'une trahison.

— Catrin ? s'enquiert Simon.

Lentement, je relève la tête pour croiser son regard. Quand je lis la peine dans ses yeux, c'est comme si on me plantait un poignard en plein cœur. Rémi s'arrête derrière moi et place une main dans le creux de mes reins.

— Je n'étais pas là non plus, réponds-je d'une voix rocailleuse.

C'est la vérité, même si j'ai l'impression de prononcer un mensonge. Le jeune homme n'est pas dupe.

— Cat, dit-il doucement. Qu'est-ce que tu me caches ?

Je presse mes lèvres l'une contre l'autre. Je n'ai pas envie de détruire l'un des deux êtres les plus importants au monde pour moi.

Rémi finit par briser le silence.

— C'est Perrette qui l'a volé.

Faire cette révélation semble être une torture pour lui. C'est ma seule consolation.

— Elle a rendu visite au magister le soir de sa mort et ils se sont disputés, poursuit-il. Elle a utilisé le marteau pour détruire le modèle du Sanctum, puis elle est partie avec. C'est ce qu'on m'a raconté, en tout cas.

Simon ne me quitte pas des yeux.

— Je vois.

Une goutte d'eau mêlée de sang coule de l'outil qu'il tient encore dans sa main et se glisse dans une rainure entre deux pavés.

— Tu étais au courant, Cat ?

J'acquiesce, non sans souhaiter pouvoir haïr Rémi tout en lui étant aussi reconnaissante d'avoir été assez fort pour dire la vérité quand j'en étais incapable.

— Depuis le début ? Depuis Perrette ?

— O… oui.

— Tu savais que je cherchais un objet comme celui-ci et… tu ne m'en as pas parlé ?

J'ai si peur qu'il m'interrompe que les mots se bousculent pour sortir de ma bouche.

— Seulement parce que ça t'aurait mené dans la mauvaise direction. Ce n'est pas le magister Thomas qui a tué Perrette.

— Tu ne me faisais pas confiance pour le découvrir par moi-même ? réplique-t-il, le bras le long du corps, en venant vers moi d'un pas nerveux. Tu ne crois pas que j'aurais eu le bon sens de le mettre discrètement sous surveillance pour qu'il puisse être éliminé sur-le-champ de la liste des suspects quand le vrai tueur aurait de nouveau frappé ?

Il continue d'avancer, si bien que Rémi se place derrière moi pour me soutenir – ou pour m'empêcher de courir vers la porte. Le neveu du comte s'arrête à un pied de moi à peine et me foudroie du regard.

— Tu ne comprends donc pas qu'en dissimulant cette information, c'est comme si tu m'avais menti ?

Les larmes que j'ai réussi à retenir de toutes mes forces jusqu'à présent se mettent à ruisseler sur mes joues.

— Pardonne-moi, Simon. Je ne te connaissais pas. Je ne savais pas si je pouvais te faire confiance.

Il recule, une grimace de dégoût aux lèvres.

— Garde tes excuses pour les mortes.

— C'est la dernière chose que Cat souhaitait et vous le savez ! intervient Rémi. Ne soyez pas si dur avec elle.

— Je vous recommande de ne pas ajouter un seul mot, Rémone La Fontaine. Vous avez tous les deux de la chance de ne pas être en chemin pour la prison.

Il nous tourne ensuite le dos et se dirige vers la porte, où plusieurs sœurs se sont attroupées. L'une d'elles a une pile de serviettes en lin entre les mains. Le vénatre lui en demande une et l'enroule autour du marteau ensanglanté. Puis il la remercie et lui présente ses condoléances.

— Je suis vraiment désolé. Pour tout.

Enfin, il s'éloigne, l'arme du crime enveloppée sous le bras. Rémi m'enjoint doucement à lui emboîter le pas, mais je ne peux pas partir avant d'avoir fait mes adieux à Mère Agnès. Je tombe à genoux et je passe mes bras autour d'elle autant que faire se peut.

— Je suis désolée pour toutes les fois où je vous ai déçue ou inquiétée.

Mes larmes ruissellent telles des gouttes de pluie sur le drap qui la recouvre. Je saisis l'une de ses mains pour la tenir contre ma joue. Sa peau est déjà froide lorsque j'embrasse ses doigts.

— Je sais que vous m'aimiez. J'espère seulement que vous saviez que je vous aimais aussi.

Rémi me retire délicatement la main de la prieure pour la poser sur la poitrine de la défunte.

— Il faut qu'on y aille, Cat. Tout de suite.

Après m'avoir aidée à me relever, il me porte à moitié jusqu'à la sortie. On passe à côté des sœurs et on longe le passage qui mène au portail. Au moment où l'on s'apprête à sortir de l'enceinte de l'abbaye, je remarque à peine ce qui se passe autour de nous. On se retrouve face à un demi-cercle de curieux attirés par le tumulte. Quelques Selenae se tiennent à l'une des entrées du Quartier, sans pourtant dépasser les fleurs de lune. Le comte de Montcuir et Lambert sont déjà là, en train d'échanger avec le magister Thomas. Dès que l'architecte nous voit, il se précipite vers nous avant de passer un bras autour de moi.

— Marguerite s'est réveillée quelques secondes mais elle a de nouveau sombré dans l'inconscience, murmure-t-il à mon oreille avant de caresser ma joue mouillée. Ils nous feront savoir si son état change et je t'y accompagnerai demain après-midi pour que tu puisses la voir. Tout ira bien.

Non. Non, tout n'ira pas bien. Simon discute avec son oncle à voix basse et je tends l'oreille pour entendre leur échange.

— Certain que ce meurtre est lié aux précédents.

Le prévôt tire sur sa moustache.

— J'ai l'impression que tu n'es pas à la hauteur pour trouver cet homme.

Si la main libre du vénatre forme un poing en réponse à ce reproche, il reste maître de lui-même.

— Si on ne m'avait pas interdit de poursuivre l'enquête pendant plus de deux semaines, je vous assure que je serais bien plus près de l'arrêter.

Voilà qui ne plaît pas au comte.

— Très bien, cède-t-il en balayant l'air d'une main nonchalante, mais mon fils continuera à t'assister et à me tenir informé de tes progrès. Je ne veux plus aucune erreur.

Quand il fait signe à Lambert de s'approcher, l'intéressé s'exécute, gêné.

— Vos désirs sont des ordres, père, dit-il.

Je sais ce qui va arriver.

— Il faut partir, tout de suite, chuchoté-je en agrippant la robe de maître de mon mentor.

Il secoue la tête, aussi absorbé par la scène que tous les autres.

— Avez-vous des suspects, monsieur le Vénatre ? l'interroge le prévôt avec condescendance.

— Magister, venez, sifflé-je. Il faut y aller.

— Oui, Votre Grâce.

Simon se tourne vers nous. Son expression impénétrable me rappelle la première fois où je l'ai vu. Le jeune homme vulnérable qui, il y a une heure à peine, me chuchotait qu'il avait besoin de moi pour rester sain d'esprit, s'est volatilisé. Seul demeure le vénatre qui porte de terribles responsabilités sur ses épaules.

— Magister Thomas d'Iscano, où étiez-vous ce soir et pouvez-vous nommer des témoins qui pourraient confirmer vos dires ? demande-t-il.

Les murmures de la foule se taisent subitement.

Dites quelque chose, le supplié-je en pensée. *Dites-lui où vous étiez et avec qui. Prouvez votre innocence.*

Mais les yeux de mon tuteur ne sont pas posés sur le neveu du comte. Je suis son regard jusqu'à une silhouette derrière Simon, qui se tient à l'abri d'une rue étroite encadrée de fleurs blanches et violettes. Même à l'écart de la lueur des torches, des lanternes et des bougies, le visage grêlé de Gregor est reconnaissable entre tous. Puis le magister Thomas se tourne vers moi, ses yeux gris pleins de résolution.

— Non, monsieur le Vénatre. Je ne peux pas.

Sous le choc, l'assemblée se met aussitôt à lancer des exclamations. J'entends à peine le comte ordonner l'arrestation du magister, qui me pousse dans les bras de Rémi.

— Prends soin d'elle, de ta mère et du Sanctum, lui dit-il.

Je hurle et je griffe les gardes quand ils s'approchent de lui, mais mon camarade me tire en arrière. Ceux qui emmènent l'architecte utilisent des piques pour repousser les spectateurs qui lui crient des injures et lui crachent dessus.

Lorsqu'ils sont enfin presque tous partis, soit pour suivre la procession vers la prison, soit pour regagner leur foyer, je me retrouve en face de Simon, qui se tient de l'autre côté de la rue. Grâce à Rémi, je suis encore debout et, heureusement, il garde le silence.

— Simon, le supplié-je d'une voix rauque. Ce n'est pas lui, le coupable. Il faut que tu me croies.

Il secoue la tête. Au lieu de me répondre, il s'adresse à Rémi.

— Vous feriez mieux de la raccompagner chez elle et de la garder là-bas quelque temps. Les prochains jours vont être déplaisants.

Après quoi il s'éloigne, l'instrument de ma trahison sous le bras. Tout ce que j'ai essayé d'empêcher d'arriver a fini par se produire. Tout est ma faute.

Chapitre 38

J'ignore si Rémi parvient à fermer l'œil. Moi, je n'y arrive pas. Au début, je pensais finir par m'assoupir à force de pleurer et passer le reste de la nuit dans un sommeil agité. Mais non. Je me retrouve à fixer le plafond. Je vois les visages de Simon et du magister Thomas dans les ombres au-dessus de mon lit. L'un est froid et accusateur, l'autre calme, en paix avec le destin qui l'attend. Dès que je ferme les paupières, c'est la terreur de Marguerite et de Mère Agnès qui me submerge.

Quatre petits cailloux sont dispersés sur le plancher de ma chambre – ceux que Simon a dû jeter par la fenêtre pour tenter d'attirer mon attention la nuit dernière. À présent, ils sont l'unique preuve qu'il a un jour éprouvé quelque chose pour moi. Le ciel passe bientôt du noir au violet foncé, puis au gris. Mme La Fontaine se lève de son lit grinçant pour descendre au rez-de-chaussée où elle commence à préparer le petit déjeuner. J'entends aussi Rémi bouger à l'étage du dessus. Il s'apprête pour ce nouveau jour de travail au Sanctum où il sera plus que débordé car, en l'absence du magister, c'est lui, le responsable du chantier.

À n'en pas douter, il passera la journée à se délecter de ce rôle qu'il a toujours convoité, de ce que tout le monde lui rende des comptes et ait besoin de son approbation…

Plutôt que de se rendre directement en bas, il s'arrête devant ma chambre.

— Cat, dit-il d'une voix rauque en entrouvrant la porte. Je vais avoir besoin de ton aide aujourd'hui.

Je roule sur le côté pour lui tourner le dos.

— Tu arriveras très bien à te débrouiller tout seul.

Il pousse un soupir exaspéré.

— Ce n'est pas ce que je voulais, tu sais.

Rejetant les couvertures, je me retourne pour m'asseoir face à lui.

— Alors pourquoi est-ce que tu as trahi le magister ?

— Quoi ? s'écrie-t-il. C'est ma faute, maintenant ?

— Ce sont tes révélations au vénatre qui ont causé son arrestation, alors oui, je considère que c'est ta faute.

Rémi ouvre la porte un peu plus mais ne pénètre toujours pas dans la pièce. C'est la seule règle dont la transgression l'aurait amené à se faire renvoyer séance tenante par notre mentor.

— Évidemment, réplique-t-il d'un ton amer. Ça ne pourrait surtout pas être la tienne pour ne pas avoir raconté la vérité au vénatre dès le départ ! Et ça ne pourrait pas non plus être celle du magister, qui a refusé d'expliquer où il était hier soir.

Je sais qu'il s'est rendu dans le Quartier des Selenae. Pourquoi ne pas l'avoir dit, tout simplement ? Et pourquoi Gregor – l'homme que mon mentor traite comme un ami – n'est-il pas intervenu quand l'architecte a été emmené comme un criminel ?

— Tu n'as jamais envisagé qu'il pourrait être le meurtrier ? murmure Rémi.

— Non, jamais.

S'il connaissait les détails de ce que Perrette et les autres victimes ont subi, il partagerait mon opinion.

— Simon pense que le tueur a un passé difficile et violent, qu'il veut se venger d'une femme parce qu'il ne peut pas l'atteindre. Est-ce que ça ressemble au profil du magister Thomas, d'après toi ?

— En fait, oui.

Je le fixe, stupéfaite.

— Il n'a jamais élevé la voix contre nous, pas même hier ni ces deux dernières semaines, quand tu l'as pourtant provoqué sans relâche.

Le jeune homme s'appuie contre le chambranle et me dévisage, ses yeux s'adoucissant un peu.

— Tu ne préfères pas discuter de ça dans la cuisine pendant le petit déjeuner ?

Je croise les bras.

— Je ne me sens pas dans mon assiette.

Il soupire.

— Je ne t'obligerai pas à aller travailler aujourd'hui, mais une tasse de thé pourrait te faire du bien.

— Tu peux m'expliquer de quoi tu parles ici.

Il se passe une main dans ses mèches noires emmêlées, ce qui les ébouriffe encore plus.

— Bon, d'accord. Tu ne t'es jamais demandé pourquoi il a quitté Brinsulli ? Pourquoi est-ce qu'il n'y retourne jamais pour voir sa famille ?

Même si j'ai voyagé en Gallia et en Doitchlend avec le magister pour qu'il consulte les autres maîtres architectes durant les hivers, la nation insulaire reste un mystère pour moi. Tout ce que je sais de ce pays et de sa ville natale d'Iscano vient d'une carte de Mère Agnès.

— Il a été embauché ici, réponds-je sans grande conviction. Il est tombé amoureux de son travail.

Rémi ricane.

— Bien sûr… dit-il en levant les yeux au ciel. Le magister Thomas a fui Brinsulli avant d'être arrêté pour avoir presque battu son maître à mort. Il paraît qu'ils auraient eu un désaccord sur la construction du Haut Sanctum de Londunium. Ça ne te rappelle rien ?

— Non, pas vraiment. Après tout, il ne t'a jamais donné la raclée que tu méritais.

Rémi aurait-il tenté de lui faire perdre son calme exprès ?

— Il a été marié. Tu le savais ? reprend-il en choisissant d'ignorer ma pique.

J'en tombe des nues. J'ai toujours considéré que le magister avait épousé le Sanctum.

— Tu étais trop jeune pour t'en souvenir et enfermée dans ce couvent. Même moi, je ne me rappelle pas très bien sa femme. Elle est venue avec lui de Brinsulli et, un jour, elle a disparu.

— Tu veux dire qu'elle est morte ?

— Ce que je veux dire, Cat, c'est que personne ne sait ce qui lui est arrivé. Elle s'est volatilisée. Le magister a prétendu qu'elle était rentrée auprès de sa famille. C'est peut-être vrai. En tout cas, on ne l'a plus jamais revue.

Mon cœur cogne si fort dans mes oreilles que je n'entends plus rien d'autre.

— Non, dis-je, catégorique. Je refuse de croire que c'est lui.

Rémi soupire.

— Je ne vais pas me disputer avec toi parce que, entre nous, je ne sais pas quoi en penser. Tout ce qui compte, c'est que le magister Thomas m'a demandé de continuer les travaux et de prendre soin de toi et de ma mère.

— Je ne me rappelle pas l'avoir entendu prononcer ces mots, rétorqué-je en sautant sur mes pieds.

— Tu devais être trop absorbée par ton chagrin et ta propre culpabilité pour y faire attention… réplique Rémi en se redressant. Je n'ai jamais compris pourquoi, mais tu as toujours cru que Simon trouverait le tueur, alors fais-lui confiance maintenant. Et si tu tiens à honorer la foi que notre mentor a en moi, tu continueras à travailler. C'est tout ce qu'on peut faire.

Il tourne les talons et je l'entends descendre l'escalier. Je fais quelques pas dans ma chambre, plongée dans mes pensées.

Même si ça me déplaît, je dois bien reconnaître que mon ami a raison. Je n'aide pas mon tuteur si je néglige ce qui compte le plus à ses yeux. Pourtant, je ne pourrai pas supporter de ne pas faire tout ce qui est en mon pouvoir pour le sauver. Je regarde par la fenêtre. À l'approche de l'aube, seule une poignée d'étoiles sont encore visibles dans le ciel. L'astre nocturne se lève et se couche plus tard chaque jour, à mesure qu'on s'approche de la pleine lune, ce qui renforce ma magie et me donne davantage d'heures pour en profiter.

Je vais retourner travailler comme on me l'a demandé. Je passerai mes journées à obéir à Rémi comme j'obéissais au magister Thomas. On a toujours été une équipe, tous les trois, et maintenant c'est au compagnon La Fontaine de tenir la barre.

Mes jours appartiennent à Rémi et au Sanctum.

Mes nuits, elles, ne sont à personne d'autre qu'à moi.

Chapitre 39

Avant de me rendre sur le chantier, il me reste une chose à faire. Je m'asperge le visage d'eau froide et j'enfile ma jupe. Rémi n'aura pas besoin que j'escalade les échafaudages aujourd'hui. J'ai fini toutes les inspections et approuvé les étais et les coffrages pour la construction de la voûte, même si le projet a été reporté par le magister Thomas.

Après avoir noué les lacets de mes bottes d'un geste vif, je sors par la porte de devant sans m'arrêter pour manger ce que Mme La Fontaine a fait brûler dans la cuisine. Une bruine s'est mise à tomber et la couleur du ciel m'indique qu'il va pleuvoir quelques heures au moins. Si tôt, il n'y a presque personne dehors. Je suis déjà à mi-chemin de la demeure des de Montcuir quand je croise enfin un autre passant.

Les volets de Simon qui donnent sur la rue sont assez entrouverts pour que je voie des ombres bouger à l'intérieur. Je doute qu'il se soit couché de la nuit.

Les autres fenêtres de la maison sont plongées dans le noir : lui seul est réveillé. J'appuie une épaule contre la façade en me maudissant d'être sortie sans y avoir bien réfléchi. Il faudra que je revienne à une heure plus raisonnable.

— Mademoiselle Catrin ?

Je me retourne pour me retrouver face à Lambert de Montcuir, qui baisse subitement la tête comme pour s'excuser.

— Désolé, je ne voulais pas vous faire peur. Vous cherchez quelque chose ?

Sa bienveillance me redonne courage.

— J'espérais pouvoir m'entretenir avec Simon. Pour lui demander pardon, entre autres.

— Je ne suis pas certain que ce soit une bonne idée. Il n'est pas vraiment… d'humeur à pardonner.

— Je sais. Mais il faut que j'essaie. Même s'il ne m'écoute pas, j'ai quelque chose d'important à lui donner.

Il me dévisage de la tête aux pieds comme s'il tentait de voir ce que j'ai apporté à son cousin.

— Dans ce cas, permettez-moi de vous prêter main-forte.

À ma grande surprise, la porte d'entrée n'est pas fermée à clef. Le fils aîné du comte me montre plusieurs feuilles de papier qu'il tient en main avant de m'expliquer :

— Je n'étais parti que quelques minutes. Simon m'a envoyé chercher ce dossier au palais de justice.

Il m'indique d'un geste poli d'entrer en premier. Une fois le battant refermé derrière nous, il me fait signe de monter. Je suis à la fois un peu mal à l'aise à l'idée qu'il aura une vue inratable sur mon postérieur, mais aussi soulagée : mieux vaut que ce soit lui que son frère !

Preuve de mon anxiété, mes mains se mettent à trembler au moment où l'on atteint le deuxième étage. Lambert passe devant moi pour toquer à la porte avant de pénétrer dans la chambre, alors que j'hésite sur le seuil. Même si je sais que Simon se met facilement en colère

– il est même capable de violence, j'en ai vu les signes –, je n'ai jamais eu peur de lui avant cet instant.

— J'ai trouvé ce que tu m'as demandé, annonce le fils du prévôt. Et j'ai aussi amené quelqu'un qui a besoin de te parler.

Il s'écarte et tend un bras vers moi pour me présenter. Son soutien me donne assez de résolution pour m'avancer dans la pièce. Lambert m'offre un petit sourire compatissant avant de se tourner vers la table pour y déposer les papiers.

Tout le mur autour des cartes de la cité est à présent couvert de dessins. Simon y a ajouté des croquis de Mère Agnès et de son salon à l'abbaye. Sur la table repose le marteau de l'architecte, avec du sang séché qui s'écaille par endroits. Je distingue l'inscription qui y est gravée de là où je suis. Oudin est présent, lui aussi, devant le mur tapissé d'images toutes plus abominables les unes que les autres.

Simon, lui, a l'air d'avoir pris dix ans en quelques heures. Son teint est blafard, ce qui met en évidence les cernes violets sous ses yeux. Quand il me regarde, étonné, il se met à rougir.

— Qu'est-ce que tu fais ici, Cat ?

Je tire la tresse de Madame Émeline de la poche de ma jupe.

— En rentrant chez moi, je me suis rendu compte que je l'avais gardée.

Je la pose sur la table puis je recule en me tordant les mains.

— Mais surtout je voulais… commencé-je avant de m'arrêter.

« Te présenter mes excuses » me semble pathétique. Aussi opté-je pour :

— Je voulais te donner des explications.

Au bout d'un long moment, Oudin s'avance entre nous et attrape Lambert par le haut du bras pour l'entraîner vers la porte. Une odeur d'alcool chatouille mes narines quand il passe près de moi.

— Laissons-les régler ça entre eux, dit-il.

Puis, parce que c'est lui et qu'il est écœurant, il jette un regard malicieux à son cousin et ajoute :

— Après tout, on pourra les entendre depuis ma chambre juste en dessous si les choses deviennent vraiment intéressantes.

Son frère se dégage de sa poigne, ce qui m'évoque la nuit de la mort de Perrette, quand leurs rôles étaient inversés, mais Simon pousse un soupir et fait signe à Lambert.

— Ce sera tout pour l'instant, va te coucher. Merci pour ton aide.

Le fils aîné du comte emboîte à contrecœur le pas de son cadet. Quand je ne les entends plus, je me sens enfin libre de parler.

— Où en es-tu dans ton enquête ?

Le neveu du prévôt me lance un regard mauvais.

— Tu as perdu le droit d'être mise au courant de ce genre d'informations.

— C'est Lambert qui me remplace ?

Bien sûr, il participait aussi avant, mais plus en tant qu'exécuteur des ordres de Simon qu'autre chose.

— Et Oudin ?

— Encore une fois, ça ne te concerne plus.

— Où est Juliane ? Je ne demande qu'en tant qu'amie.

Même si elle compte pour moi, j'exagère un peu en utilisant ce terme, car elle ne me voit peut-être pas de cette manière.

— Elle ne se réveillera sûrement pas avant quelques heures, répond-il avec un autre soupir. Elle a de plus en plus de crises. Je vais peut-être devoir me passer de son aide en plus de la tienne.

Apprendre ma trahison ne lui fera sûrement pas du bien non plus.

— Simon, s'il te plaît… Il faut que tu comprennes.

— Je ne veux rien entendre, Catrin, dit-il froidement. Tu m'as menti. Tu as menti et Nicole, Madame Émeline, Ysabel, Mère Agnès et sœur Marguerite en ont payé le prix.

— C'est faux, insisté-je. Le magister Thomas n'est pas le tueur. Les autres attaques auraient eu lieu même si tu l'avais fait enfermer après le meurtre de Perrette.

Il semble choisir ses prochains mots avec soin, son cou et sa mâchoire toujours aussi tendus.

— Je sais que tu penses sincèrement qu'il est innocent, mais je n'ai pas encore eu l'occasion de faire des vraies recherches sur le passé du magister ni de l'interroger. Mon oncle a un dossier sur lui, ajoute-t-il en désignant le tas de feuilles apporté par Lambert. Tu ne saurais pas ce qui, dans le passé de ton mentor, pourrait mériter six pages dans les archives du prévôt, par hasard ?

Mon ventre se noue quand je me rappelle ce que Rémi m'a appris ce matin.

— Je n'ai entendu que des rumeurs. C'était avant que je le connaisse. Je suis certaine que Mère Agnès ne m'aurait jamais autorisée à vivre avec lui si elle le pensait capable de me faire du mal.

Ce n'est pas tout à fait vrai, parce qu'elle ne m'y a pas vraiment autorisé : je me suis enfuie, en partie pour accepter l'offre d'emploi du magister, mais aussi à cause de ce que j'ai entendu la prieure dire sur ma famille. Quoi qu'il en soit, elle aurait fait beaucoup plus d'histoires si elle pensait réellement que j'étais en danger. Ou peut-être a-t-elle bel et bien protesté et que je ne l'ai jamais su... Mes yeux glissent vers les documents sur la table. Contiennent-ils des plaintes de sa part ? Je secoue la tête pour chasser cette pensée : en cinq ans, elle ne m'a pas une seule fois laissé entendre que je devrais craindre le maître architecte.

— Je n'aurais jamais accepté ton aide si j'avais su pourquoi tu tenais tant à t'impliquer, dit Simon.

— Ce n'était pas juste pour protéger le magister Thomas. Il faut que tu me croies.

— Croire quoi ?

Il désigne d'une main les esquisses macabres.

— Que tu as participé à cette enquête parce que tu te souciais de ces femmes ?

— Non, admets-je. Ce n'était pas le cas au début. Je ne sais pas quand ça a changé mais, au bout d'un moment, je l'ai fait pour elles, pour toi et pour Juliane.

— Mais tu ne t'es jamais sentie assez concernée pour me parler de ça, lâche-t-il en pointant le marteau du doigt.

Le sang sur le manche me rappelle d'autres détails.

— Tu fais comme si j'étais la seule à avoir gardé des informations pour moi. J'aurais peut-être été plus honnête si j'avais compris plus tôt à quel point le tueur était dépravé.

— J'en doute, répond-il en croisant les bras. Tu n'avais pas besoin de cette donnée pour tirer des conclusions qui tiennent la route.

— Et tu as fait pareil avec ce maudit marteau !

Son expression reste sceptique.

— Tu sais le pire dans toute cette histoire ? dit-il d'une voix où transparaît soudain une grande fragilité. C'est que tu as profité de ma vulnérabilité.

Un sourire, à la fois ironique et misérable, étire ses lèvres, et je me sens encore plus mal quand il s'efface.

— J'ai vraiment… commence-t-il.

Sans réfléchir, j'avance vers lui, la main tendue.

— Non, Simon, tu te trompes…

Il recule d'un bond.

— Ne me touche pas, gronde-t-il. Ne me touche plus jamais !

Mon bras retombe comme s'il était fait de plomb. Quoi qu'on ait eu, quoi qu'on ait été, c'est terminé.

— Va-t'en.

— Est-ce que je peux au moins rendre visite au magister Thomas ? soufflé-je.

— Non, ce serait nuire à l'enquête.

— Je t'en prie, Simon ! le supplié-je en tentant de ne pas élever la voix. Il est tout ce qui me reste !

— Au moins, il te reste quelqu'un, toi.

Le cœur gros, je tourne les talons et je me mets à courir dans le couloir et les escaliers, sans me soucier du vacarme que je fais. En bas des marches, je trébuche jusqu'à la porte d'entrée et j'ouvre la série de verrous pour me ruer dehors. Mes pas font écho sur les pavés, comme si quelqu'un me suivait, mais je ne m'arrête pas avant d'être de retour dans ma chambre, où je peux enfin laisser mes larmes couler à flots.

Chapitre 40

Même si ça confine au sacrilège, les travaux du Sanctum se poursuivent ce matin. Rémi aborde le sujet de l'arrestation du magister Thomas avant le début de la journée et interdit les commérages. Il dit être tout à fait confiant que l'architecte sera déclaré innocent mais que d'ici là, le mieux que l'on puisse faire, c'est de le rendre fier de ce qui aura été accompli entre-temps. C'est la seule de ses actions que j'approuve.

En utilisant l'absence du magister comme excuse, Rémi décide de poursuivre la construction de la voûte. Selon lui, il est plus intelligent de continuer les travaux des zones qu'il connaît le mieux. Il ordonne qu'on déplace les premières pierres des ogives au pied de l'échafaudage par lequel elles seront ensuite élevées pour former l'armature des nouvelles arches.

Un peu avant la pause de midi, Oudin de Montcuir passe voir Rémi qui lui décrit fièrement ses intentions pour les croisées d'ogives qui soutiendront la voûte. J'ai déjà fait visiter les lieux au fils du comte plusieurs fois, mais il a plus de questions pour mon ami qu'il n'en a jamais eu pour moi. Tandis qu'ils parcourent la plate-forme de l'échafaudage à une cinquantaine de pieds au-dessus du sol, je remarque la présence de Lambert. Il se dandine en jetant des coups d'œil dans ma direction assez souvent pour que j'en conclue qu'il souhaite me parler. Son visage s'éclaire à mon approche, même si son front est plissé d'inquiétude et son regard, soucieux.

— Vous êtes partie si vite ce matin, mademoiselle Catrin, que je tenais à m'assurer que vous alliez bien. Simon n'a pas dit un mot sur ce qui s'est passé.

Je m'arrête à une distance d'un bras de lui, touchée par sa gentillesse.

— J'étais bouleversée, mais votre cousin ne s'est pas montré cruel, je le jure.

Pas plus que je ne le méritais, en tout cas.

Les têtes de Rémi et d'Oudin apparaissent au-dessus du bord de la plate-forme. Même s'ils sont clairement en train de nous observer, je doute qu'ils puissent nous entendre.

Lambert pousse un soupir.

— J'ignore pourquoi Simon est si fâché contre vous. Je suis certain qu'il exagère. Son… passé crée des barrières qui sont parfois impossibles à surmonter, je le crains.

— Oui, je l'ai appris à mes dépens.

Hier soir, pourtant, je n'étais pas loin de les renverser, ces barrières.

Le fils du comte suit le motif du marbre du bout du pied avant de lever la tête d'un air timide.

— Je voulais juste que vous sachiez que je vous écouterais, moi, si lui ne le fait pas, mademoiselle Catrin.

Juliane m'a avoué un jour que je plaisais à son frère aîné. C'est peut-être toujours vrai. Je pourrais en profiter.

— Vous pouvez m'appeler Cat.

Je le prends par le bras, bien qu'il ne me l'ait pas proposé, et je le guide hors de la vue de notre public sur la plate-forme supérieure.

— C'est comme ça que mes amis m'appellent, dis-je avant de baisser la voix pour inciter Lambert à se pencher pour m'entendre. C'est juste que Simon refuse de me laisser rendre visite au magister Thomas. Pas même pour lui apporter quelque chose à manger.

— Voilà qui paraît déraisonnable, admet-il. Même le marchand de céréales a eu droit à des visiteurs.

— Exactement ! (Je m'arrête pour lui faire face, sans oser croiser son regard.) C'est simplement que je… j'aimerais… (Je me mords la lèvre – il n'est pas bien difficile de faire monter les larmes.) Je suis désolée. Ce n'est pas juste de ma part de vous demander ça.

— Peut-être n'est-ce pas juste de la part de mon cher cousin de vous l'interdire, rétorque-t-il, la tête inclinée en avant pour me regarder dans les yeux. Le vénatre a certes ordonné son arrestation, mais il n'a pas d'autorité dans la prison. C'est le prévôt qui la détient.

Je fais comme si cette pensée ne m'était jamais venue à l'esprit : je m'autorise un regard rempli d'espoir avant de baisser le visage et de laisser mes épaules s'affaisser.

— Il sera furieux quand il l'apprendra.

— Je ne lui dirai rien si vous ne lui dites rien non plus.

***

Je dois retrouver Lambert au palais de justice après avoir fait un détour par la maison. Mme La Fontaine est en train de verser le ragoût réchauffé de la veille dans une cruche à large goulot pour le magister Thomas lorsque Rémi arrive pour le déjeuner. Sa mère tartine un morceau de pain de beurre frais tandis qu'il m'attire à l'écart, devant l'âtre.

— Je ne suis pas certain que ce soit une bonne idée, chuchote-t-il. Je suis surpris que le vénatre t'ait même donné l'autorisation.

— Tous les prisonniers ont le droit de recevoir des visiteurs, réponds-je en passant ma cape de pluie autour de mes épaules.

— Et si c'était un piège ?

— Un piège ? ricané-je. Pour quoi ? M'enfermer moi aussi dans une geôle ?

— Pas nécessairement, mais il te laisse peut-être y entrer pour pouvoir écouter les confessions que le magister te fera.

Je choisis de ne pas le corriger sur l'identité de celui grâce à qui cette visite est permise.

— Raison de plus pour y aller. On n'a rien à cacher.

— C'est ce que tu crois, réplique-t-il d'un air lugubre avant de pousser un soupir. N'y reste pas trop longtemps. On a du travail.

Puis il s'affale sur sa chaise devant la table.

— Tu voudrais que je lui transmette un message ? lui demandé-je en acceptant le pot de ragoût et le quignon de pain que me tend sa mère.

Rémi fixe son bol comme s'il n'avait pas faim.

— Dis-lui juste que tout se passe bien sur le chantier.

***

Lambert m'attend au coin du palais de justice… tout comme Oudin.

— Je suis désolé, dit le fils aîné du comte à voix basse après s'être emparé de mon chargement. Je n'ai pas pu le convaincre de rentrer à la maison. Heureusement, je lui ai fait jurer de ne pas révéler notre secret à Simon.

Son cadet se réjouit sans doute d'avoir de quoi me faire chanter. Malgré tout, je suis décidée à aller voir le magister Thomas, quoi qu'il en coûte.

On pénètre dans le bâtiment par une porte latérale puis l'on passe dans de nombreux couloirs et escaliers. Chaque niveau est plus froid et humide que le précédent, jusqu'à ce que les murs luisants qui nous entourent soient tous gorgés d'humidité. Mon souffle forme de la buée dans l'air devant moi. Je suis contente de m'être donné la peine de prendre ma cape même s'il s'est arrêté de pleuvoir. Juste avant ce que Lambert m'indique être le dernier corridor, un garde nous rattrape.

— Le prévôt demande à vous voir, annonce-t-il à l'aîné des de Montcuir. C'est urgent.

L'intéressé n'a pas l'air ravi de se voir convoqué. Son frère lui prend le broc de ragoût des mains en m'adressant un clin d'œil.

— Comme quoi, c'est une bonne chose que je vous ai accompagnés ! Je peux me charger d'escorter Mlle Catrin.

La façon dont il prononce mon prénom me rappelle la manière dont il m'a appelée « Chaton » l'autre jour.

— Ça ira ? me demande Lambert en tendant à son cadet la clef qu'il portait à une chaînette autour de son cou. On peut revenir une autre fois si vous préférez.

J'endurerais des centaines d'heures en présence d'Oudin pour pouvoir passer ne serait-ce que cinq minutes avec le magister.

— Ça ira. Merci pour tout.

Sans savoir ce qui me prend, je me mets sur la pointe des pieds pour déposer un baiser sur sa joue.

— Fais attention, me recommande Oudin après le départ de Lambert. Mon frère est du genre jaloux.

Je lui arrache le pain des mains.

— Et toi, non ?

— Pas vraiment, non, réplique-t-il en ouvrant la dernière porte.

L'étroit passage au-delà est éclairé par une seule torche accrochée au mur. Je compte dix cellules qui s'alignent sur les deux côtés. Elles ont une ouverture en leur centre, fermée par des barreaux.

— Je ne sais pas dans laquelle il est, dit Oudin.

Je n'ai aucune envie de jeter un œil dans chacune.

— Magister ? tenté-je.

Des chaînes bougent dans plusieurs cachots puis une voix familière s'élève du bout du couloir.

— Catrin ?

Je me mets à courir sous le regard de ceux qui s'approchent pour observer derrière leurs barreaux et je tombe à genoux devant la dernière porte.

— C'est moi, dis-je dans un souffle tout en lâchant le quignon enveloppé d'un linge pour agripper les tiges rouillées. Je suis là, magister.

Les doigts qui recouvrent les miens sont glacés.

— Loué soit le Soleil ! s'exclame-t-il. Tu vas bien ?

Le fils du comte s'approche derrière moi pour poser la cruche près du morceau de pain.

— Est-ce que moi, je vais bien ? m'écrié-je, sans en revenir. Vous êtes inquiet pour moi ?

Les mèches blanches de la barbe de mon mentor bougent lorsque sa bouche s'étire en un sourire dans la pénombre.

— Évidemment. Pour toi, Rémi et sa mère, et cette pauvre Marguerite aussi. Tu as des nouvelles d'elle ?

Je secoue la tête et je déplace mes mains pour les refermer autour des siennes afin de les réchauffer.

— Tout est ma faute. Je suis tellement désolée.

— C'est toi qui as pris ce marteau ? demande-t-il avec douceur. Toi qui l'as laissé sur le bureau de Mère Agnès ?

— Non ! Bien sûr que non, affirmé-je avant d'appuyer mon crâne contre les barreaux. Mais je savais qu'il avait dû être utilisé pour le meurtre de Perrette, et ensuite pour les autres, et j'ai caché cette information à Simon.

— C'est pour ça que tu as voulu participer à l'enquête ? murmure le magister Thomas. Pour me protéger ?

— Oui, mais j'ai échoué.

Mes larmes coulent sur nos mains jointes.

Il soupire et m'embrasse le front.

— Oh, Cat…

Je m'assieds sur mes talons pour le regarder.

— Il doit y avoir un moyen de prouver votre innocence.

— Pourriez-vous nous laisser un peu d'intimité, s'il vous plaît ? demande l'architecte à Oudin.

L'intéressé hausse les épaules et s'éloigne d'un pas nonchalant.

— Ce n'est pas comme ça que fonctionne la justice, Catrin. Ce n'est pas l'innocence qu'il faut prouver, c'est la culpabilité.

— Ils ont déjà pendu un homme à tort pour ces meurtres.

— Il avait quand même tué sa femme, fait remarquer mon mentor. Et ce crime-là a été prouvé. Il n'y avait aucun doute sur la culpabilité du marchand.

Comment peut-il rester aussi serein ? Ne comprend-il pas à quel point il correspond au portrait du tueur établi par Simon ?

— Pourquoi n'avez-vous pas dit au vénatre où vous vous trouviez cette nuit ?

L'architecte se rapproche et chuchote.

— J'étais dans le Quartier des Selenae.

Puisque je ne suis pas censée être au courant, je m'efforce de prendre un air choqué.

— Mais pourquoi ?

— C'est quelque chose qu'il faut que je t'explique, mais pas ici. Les murs ont des oreilles.

Je sais qu'il veut me parler de qui je suis vraiment et de la magie qui coule dans mes veines.

— Peu importe pourquoi, balayé-je. Seulement il faut qu'on sache où vous étiez. À quoi bon garder cette information pour vous ?

— Comme tu le sais, voilà bien longtemps que l'altum suprême cherche à me remplacer. J'ai accepté plusieurs baisses de salaire pour l'empêcher d'embaucher un homme plus jeune avec moins d'expérience. Il a beau déclarer depuis sa chaire que les Selenae ne sont pas dangereux, ils restent considérés comme des hérétiques. Si mon amitié avec…

Gregor, finis-je en pensée.

Il soupire.

— Enfin, c'est compliqué, mais ce serait l'excuse parfaite dont l'altum a besoin pour me renvoyer. Toi, Rémi et Mme La Fontaine vous retrouveriez sans rien.

— C'est ce qui vous tracasse ? Alors vous êtes prêt à sacrifier votre vie pour que nous gardions notre emploi ?

— Tout ce pour quoi Rémi a travaillé toute sa vie serait détruit. Si je suis exécuté pour un crime qui n'a aucun rapport, il pourra reprendre le chantier. En revanche, si je suis banni pour hérésie, il le sera aussi et toi également. Dans tous les cas, je suis perdu, même si, de cette manière, je m'assure au moins que ceux qui comptent pour moi s'en sortiront.

— Je préférerais qu'on vous déclare innocent et que vous rentriez à la maison.

— Moi aussi.

C'est lui, l'homme qui, à en croire Rémi, aurait un passé violent ? Je ne sais pas ce qui l'a poussé à quitter Brinsulli, mais ce devait être une fausse accusation.

— Magister ? chuchoté-je. Est-ce que je peux vous poser une question personnelle ?

— Oui, répond-il en fronçant les sourcils. Si tu estimes que c'est vraiment le bon moment pour le faire.

C'est loin d'être le cas, pourtant il faut que je sache.

— Qu'est-il arrivé à votre épouse ?

Le maître architecte s'assied dans l'obscurité, non sans pousser un long soupir.

— Elle m'a quittée.

Quelques secondes de silence suivent cette déclaration, jusqu'à ce qu'il finisse par ajouter tout bas :

— Ce serait peut-être plus juste de dire que c'est moi qui l'aie quittée.

La question est difficile à poser, mais il ne me reste sûrement pas beaucoup de temps, alors je me lance.

— Il y avait une autre femme ?

— On pourrait dire ça, répond-il, pince-sans-rire.

— Mais… qui ?

— Pas qui, Catrin, quoi, me corrige-t-il. Qu'est-ce qui s'est mis entre nous, à ton avis ?

— Le Sanctum, soufflé-je.

— Oui… Je rêvais de devenir le plus jeune maître architecte du continent et de construire la plus belle maison du Soleil qui ait jamais existé. Quand on porte autant d'ambition en soi, il reste peu de place pour autre chose. (Il baisse les yeux.) On avait un enfant. Une toute petite fille aux boucles blondes et aux prunelles bleues, mais la peste est venue. Elle n'a eu aucune chance.

Je renifle et j'essuie ma joue contre mon épaule sans détacher mes mains des siennes.

— Comment est-ce qu'elle s'appelait ?

— Thérèse.

Le magister Thomas garde le silence quelques instants.

— Je n'avais plus prononcé son prénom depuis plusieurs années. Elle mérite mieux.

Il se racle la gorge avant de poursuivre :

— L'architecte responsable du Sanctum avant moi est mort, lui aussi, et j'ai été nommé à sa place. Au moment où Éléanor avait le plus besoin de moi, je n'étais pas là. (Il secoue tristement la tête.) En rentrant, un jour, je me suis rendu compte qu'elle était partie. Elle m'avait laissé un message pour m'annoncer qu'elle était retournée à Londunium. Il était daté de vingt-neuf jours plus tôt. Un mois s'était écoulé depuis son départ et je n'avais même pas remarqué son absence.

— Pourquoi n'êtes-vous pas allé la rejoindre ?

— Pour plusieurs raisons. La peste était terminée à Collis mais elle sévissait encore ailleurs. La ville refusait de laisser entrer quiconque pendant un an. Si j'étais sorti de la cité, je n'aurais pas pu revenir. J'avais déjà perdu ce que j'avais de plus précieux. Il ne me restait plus que le Sanctum.

— Ce n'est qu'une cathédrale.

— Tu sais bien que c'est plus que ça, me gronde-t-il en se lançant dans un sermon que j'ai entendu des centaines de fois. Nos vies, à toi, moi, Mme La Fontaine, Rémi et même Mère Agnès, sont aussi brèves que les phases de la lune, mais ce qui se trouve de l'autre côté du Soleil dure pour toujours. C'est pour cette raison qu'on a besoin d'un Sanctum comme le nôtre, pour amener le divin là où on peut en faire l'expérience. La vie est pleine de souffrances. Rien n'est plus important que de donner à autrui un lieu rempli d'espoir, de beauté et de sens pour qu'ils puissent tenir le coup. Il n'y a pas de plus grand privilège que de pouvoir créer un tel édifice. Peux-tu honnêtement me dire qu'une partie de toi ne mourrait pas si on te l'enlevait ?

Je me suis posé la même question la nuit dernière.

— Non, ce serait comme perdre un œil ou un bras, avoué-je. Mais j'y survivrais.

J'ajoute cette dernière phrase d'un ton de défi et mon mentor me sourit.

— Oui, je sais. Tu as encore toute la vie devant toi. Moi, ce n'est pas pareil… Quand je me suis aperçu que j'avais sacrifié le plus important, c'était trop tard. Maintenant, le Sanctum est tout ce qui me reste.

— Vous m'avez, moi !

— C'est vrai.

Il change ses mains de position pour recouvrir les miennes.

— Ça a été un honneur pour moi d'être ton tuteur. Tu m'as redonné une partie de ce que j'avais perdu.

Il se comporte comme si on se disait adieu. Je refuse de l'écouter plus longtemps.

— Ne dites pas ce genre de choses !

Oudin apparaît à côté de moi.

— Simon arrive. Il faut qu'on parte, tout de suite, déclare-t-il en me saisissant par le coude pour me relever.

— Non ! Non !

Comme je serre plus fort les barreaux, de la rouille s'écaille et me rentre dans la peau. Le magister Thomas détache délicatement mes doigts.

— Il faut que tu y ailles, Catrin. On se reverra. Si ce n'est pas ici, ce sera de l'autre côté du Soleil.

— Non, pitié.

Je me débats alors qu'Oudin m'entraîne avec lui.

— Lumière toute-puissante ! maugrée le fils du comte à mon oreille. Je ne vais pas finir enfermé ici juste pour t'avoir fait une faveur !

— Catrin ! tonne l'architecte d'une voix à laquelle on ne peut qu'obéir. Sois forte.

Je cesse de me débattre puis je m'essuie le visage.

— Oui, magister.

— Bien. Maintenant, comporte-toi en adulte et sors d'ici la tête haute.

J'obéis, mais je marche à reculons en laissant Oudin me guider. Lorsque l'on rejoint la porte principale, l'architecte a un dernier mot pour moi.

— Je t'aime, Catrin.

Même s'il ne me l'a jamais dit auparavant, je n'en ai jamais douté.

Chapitre 41

Dès que nous sommes dehors, je lève le visage vers le ciel pour laisser la pluie nettoyer les traces de mes larmes. Oudin s'affale contre le mur à côté de la porte de la prison, apparemment soulagé d'être parvenu à quitter les lieux sans se faire repérer par son cousin. À quel point son frère et lui auraient-ils pu avoir des ennuis pour m'avoir aidée, au juste ?

— Catrin ?

Je sursaute, une main sur la poitrine. Les prunelles noisette de Lambert sont anxieuses.

— Avez-vous pu le voir ?

— Oui, réponds-je en m'essuyant de nouveau le visage à l'aide de ma manche. Je ne vous remercierai jamais assez.

— C'est moi qui ai fait tout le travail ! proteste Oudin en levant les yeux au ciel.

Le fils aîné du prévôt ignore sa remarque et attend que je me ressaisisse.

— Je crois qu'avec le temps, la colère de Simon s'apaisera, dit-il. Je peux essayer d'arranger les choses pour vous. Il vous laissera peut-être participer de nouveau à l'enquête.

— Ou peut-être ferais-tu mieux de t'abstenir d'intervenir avant que quelqu'un ne soit blessé, déclare son cadet.

Après tout, la prieure et sa secrétaire ont été ciblées parce qu'elles étaient liées à Catrin.

Lambert lui jette un regard dédaigneux.

— Oui, j'ai entendu ta théorie fumeuse ce matin.

— Si ce fou s'attaque à des religieuses, crois-tu vraiment qu'il hésiterait à s'en prendre à Juliane ?

— Elle ne sort jamais seule. Simon n'est pas inquiet pour sa sécurité.

— Il devrait, rétorque Oudin en se renfrognant. C'est lui qui l'a impliquée dans cette histoire.

— Je n'ai pas l'intention de me disputer avec toi en pleine rue et encore moins devant Mlle Catrin, vu ce qu'elle vient de traverser, réplique le fils aîné du prévôt en m'accordant de nouveau son attention. M'autorisez-vous à vous escorter jusqu'au Sanctum ? Je suis certain que vous êtes impatiente de retourner travailler.

Je ne crois pas qu'« impatiente » soit le bon terme. Malgré tout, Rémi m'a demandé de ne pas traîner.

— Merci… J'en serais honorée.

Oudin se rembrunit lorsque je prends le bras que m'offre son frère. Alors qu'on se met en marche, le cadet des de Montcuir me crie :

— De rien, Chaton !

L'espace d'une seconde, je me suis sentie coupable de ne pas reconnaître le rôle qu'il a tenu en me permettant de m'introduire dans la prison, mais à la seule mention de ce surnom haï, ce sentiment s'évanouit.

Avec Lambert, on emprunte un itinéraire un peu plus long pour éviter la demeure de sa famille et réduire nos chances de croiser Simon. Ce détour nous offre une vue magnifique sur le Sanctum. Les nuages sont assez bas aujourd'hui pour que l'extrémité des tours carrées y disparaisse, ce qui donne à l'édifice un air encore plus sacré que lorsque le soleil l'éclaire. En tout cas, c'est mon opinion.

« Nos vies sont aussi brèves que les phases de la lune, a dit l'architecte. *Rien n'est plus important que de donner à autrui un lieu rempli d'espoir, de beauté et de sens. »*

Le Sanctum lui survivra, nous survivra à tous. Le magister Thomas a sacrifié sa famille pour contribuer à cet idéal. L'œuvre de toute son existence est, pour citer Mère Agnès, la cage qu'il s'est choisie, un concept qui était sans aucun doute familier à la prieure. Après des années passées à aller de cage en cage – car le mariage en est une, même quand on y entre librement –, elle aussi a opté pour une cage de son propre choix.

Et ce meurtrier, qui garde ses démons intérieurs enfermés quand c'est nécessaire, dans quelle cage se trouve-t-il ? Je m'arrête soudain. Tueur et monstre vivent dans la même cage.

— Quelque chose ne va pas ? me demande Lambert, qui est obligé de s'immobiliser à côté de moi.

Mes pensées s'emballent. C'est l'essence de la méthode de Simon : il observe ce qui contraint ce monstre à agir et tente de trouver qui correspond au profil.

Sauf que le mode opératoire du tueur a changé et que ses cibles aussi… Il désire ce qu'il ne peut pas avoir. Mais s'agit-il de quelque chose de nouveau ou poursuit-il le même but en s'y prenant différemment ?

— Catrin ?

Je sursaute lorsque le visage du jeune homme apparaît juste devant le mien.

— Tout va bien ? me demande-t-il, soucieux.

— Oui… oui, ça va. J'étais en train de réfléchir, c'est tout.

— Simon fait tout son possible pour retarder le procès du magister, affirme Lambert – et je remarque qu'il évite de parler de l'éventuelle exécution de mon mentor. Il a dit à mon père ce matin qu'un homme aussi intelligent que l'architecte n'aurait jamais laissé en évidence sur le lieu du crime un objet qui lui appartenait. Il considère qu'il s'agit d'une fausse preuve.

Simon a dit ça ? Pas juste pour moi ni pour le magister Thomas, mais pour les victimes qui sont encore à venir. Et parce que c'est vrai. Peut-être le tueur n'a-t-il laissé le marteau sur place que pour jeter la suspicion sur quelqu'un d'autre. Et si l'architecte – ou ce qu'il représente – se tenait entre le meurtrier et ce qu'il désire ?

— C'est… c'est un grand soulagement, bredouillé-je.

L'expression de ma gratitude fait monter le rouge aux joues de mon interlocuteur.

— Je suis heureux de pouvoir apaiser un peu vos craintes.

On continue à gravir la colline et mon compagnon se tient légèrement plus droit qu'avant. Je crains que ma tentative de ce matin pour m'attirer sa sympathie – je n'appellerais pas ça de la séduction – n'ait eu plus d'effet que je ne le souhaitais. Oudin a affirmé que son frère était plus jaloux que lui, mais il est difficile de croire le fils cadet du prévôt sur parole, vu son comportement. Juliane, en revanche, comprend son aîné plutôt bien. Il aime l'idée d'une femme qu'il peut secourir.

Bien que ses attentions soient flatteuses, je ne me suis jamais considérée comme une demoiselle en détresse. Ce n'est pas une image avec laquelle je suis particulièrement à l'aise.

— J'imagine que vous allez vous rendre aux funérailles de la prieure ce soir, dit Lambert en s'éclaircissant la voix.

Avec un millier de choses à penser, j'avais complètement oublié l'enterrement de Mère Agnès. Dans la tradition gallienne, il est dit que l'âme du défunt suit l'astre de l'autre côté lors du premier coucher de soleil après le décès. Pour décourager l'âme d'errer avant ce moment, on ne laisse jamais le défunt seul avant les obsèques.

— Absolument, réponds-je. Le magister Thomas voudrait que je sois présente.

— Bien sûr, approuve Lambert. Je… euh… mon père m'a déjà demandé d'y représenter notre famille et Simon tient à ce que j'observe ceux qui assistent à la cérémonie.

Ce qui signifie que son cousin ne s'y rendra pas. Espère-t-il que son absence pousse le tueur à revisiter la scène ou cherche-t-il simplement à m'éviter ? Je me rends soudain compte que mon compagnon m'a posé une question et qu'il est rouge comme une tomate.

— Pardon, vous disiez ? dis-je.

— Je me demandais si je pouvais avoir l'honneur de vous y escorter.

Par le flamboiement du Soleil ! Mieux vaut ne pas l'encourager sur cette voie.

— Que pourrait donc en penser la famille de dame Geneviève ? m'enquiers-je pour lui rappeler qu'il a une fiancée. Peut-être pourriez-vous emmener aussi Juliane ? Elle vous aiderait à vous souvenir de tous les membres de l'assistance et sa présence me réconforterait.

La lèvre inférieure du jeune homme frémit.

— Je ne crois pas que ce soit possible. Elle ne va pas bien. Enfin, vous voyez ce que je veux dire.

Il paraît si désemparé que je ne peux pas m'empêcher de lui tapoter le bras pour lui montrer que je compatis.

— Je suis désolée. C'est certainement très éprouvant pour vous.

Je fais bien attention à ne pas révéler ce que je sais de leur mère.

— Oui, répond-il en essayant de rester maître de ses émotions. Mais vous avez raison, mademoiselle Catrin. On pourrait se méprendre si l'on me voyait marcher dans la rue le soir en votre compagnie. Je vous remercie de votre considération.

— C'est moi qui vous remercie de vous préoccuper de moi comme vous le faites.

Nous voilà au nord de la place du Sanctum. Ce côté est bien plus petit que l'autre à cause de la forme de la colline. Les ouvriers sont beaucoup moins nombreux ici, ce qui me permet de repérer sans difficulté le visage de Rémi parmi ceux qui nous épient depuis le haut du toit.

— Je ferais mieux de retourner travailler. Merci encore pour votre aide.

Avant de me laisser, Lambert s'incline poliment et propose de me rendre visite à nouveau demain, si je n'y vois pas d'inconvénient. Après le risque qu'il a pris pour moi aujourd'hui, je n'ai pas le cœur de refuser. Et puis, il est ma seule porte d'entrée pour voir le magister Thomas.

***

Même si la pluie s'arrête et que le ciel s'éclaircit un peu après midi, Rémi interrompt les travaux plus tôt que d'habitude. Au souper, il m'annonce qu'il m'accompagnera à l'abbaye. J'aurais dû savoir qu'il insisterait pour y aller avec moi. Lorsque nous longeons les murs couverts de feuilles du Quartier selenae, j'essaie de regarder par les fenêtres en me demandant dans quelle maison Marguerite est soignée, mais il y a peu de chances que ce soit l'une des habitations que je peux voir d'ici.

Les Selenae n'autorisent pas les étrangers à pénétrer là où ils résident, surtout la nuit, à part sur invitation spéciale. Quiconque tente de s'y faufiler – en général des ivrognes ou des adolescents qui ont quelque chose à prouver – se fait toujours attraper au bout de quelques pas et est mis dehors. Que feraient-ils si j'y entrais tout simplement en exigeant de voir mon amie ?

Le croissant de lune s'est élevé au-dessus des toits et j'entends déjà les chants mystiques qui se répandent dans les ruelles en l'honneur de sa lumière. Rémi semble ne rien remarquer. Quand nous arrivons devant le portail de l'abbaye, qui n'a pas encore été réparé depuis qu'il l'a forcé la nuit dernière, mon compagnon est tendu et en sueur.

— Son visage a été recouvert, tu crois ? murmure-t-il.

— Soleil miséricordieux, j'espère bien ! réponds-je, traversée par un frisson.

Heureusement, les sœurs ont entièrement enveloppé Mère Agnès dans un linceul de soie brodée. J'entends quelques chuchotements autour de nous sur cette étrange extravagance, mais je sais que le tissu provient d'un coffre dans sa chambre. Plus d'une fois je m'y suis introduite pour en fouiller le contenu et m'émerveiller des richesses qu'elle avait conservées de ses mariages, en me demandant si elle les avait gardées en cas de pépin financier ou parce qu'elle y était attachée.

Mon cœur se serre quand une ribambelle d'autres souvenirs me reviennent en mémoire. Je n'ai pas pu lui dire au revoir, ni la remercier de m'avoir donné un foyer si sûr pendant mon enfance. Le magister Thomas m'avait avertie qu'il ne restait plus beaucoup de temps à la prieure sur cette terre, pourtant je croyais qu'elle vivrait éternellement.

Lambert est déjà à l'arrière de la chapelle, il scrute tous ceux qui entrent et nous salue avec gravité à notre passage. À côté de lui se tient Oudin, dont l'expression est beaucoup moins plaisante. Je choisis de ne pas lui prêter attention.

Lorsque le soleil se couche, tout le monde sort dans le jardin pour l'observer en entonnant l'hymne d'adieu. La mélodie qui monte du Quartier des Selenae se mélange aux notes que nous chantons en une harmonie parfaite, mais pas un invité ne paraît se soucier de cet accord blasphématoire. En fait, on dirait que personne d'autre que moi ne l'entend.

Exception faite de l'homme vêtu d'une cape grise qui se tient aux abords de la foule. Il fredonne le chant selenae de sa douce voix de baryton. Quand le soleil glisse sous l'horizon et que le cantique atteint son point culminant, Gregor croise mon regard. Maintenant que la lune est la seule source de lumière, il s'adresse à moi, ses lèvres balafrées remuant dans un murmure que je suis la seule à entendre :

« Reste après la cérémonie. La jeune sœur a besoin de ton aide. »

Chapitre 42

— Tout ira bien, dis-je à Rémi pour le rassurer. Tu en as encore pour plusieurs heures de travail sur les registres du magister avant de te coucher, tu devrais rentrer.

— C'est dangereux, répond-il, hésitant. Je peux peut-être convaincre Oudin de t'attendre.

Les deux frères de Montcuir se sont portés volontaires pour fermer le cercueil de Mère Agnès. À présent, ils sont en train de l'acheminer jusqu'au cimetière, à l'extrémité de l'enceinte. Les prières du soir des religieuses nous parviennent par les portes ouvertes de la chapelle.

— La liturgie du coucher du soleil vient à peine de commencer. Je crois que j'aimerais rester pour celle-ci et la suivante.

Mon ami se renfrogne davantage. Je fais un geste vers les gardes de nuit assignés au couvent.

— Je demanderai à un soldat de me raccompagner. Ça te convient ?

Il finit par accepter, bien qu'à contrecœur, avant de rejoindre la foule qui sort par le portail cassé. Peu après, les fils du comte quittent les lieux en frottant leurs mains pleines de terre pour tenter de les nettoyer. Je me cache à l'ombre de la chapelle quand ils passent. Lambert serait sans aucun doute inquiet pour ma sécurité, mais je ne pense pas que le tueur frappera cette nuit. Il savourera l'atmosphère de terreur qu'il a créée pendant un petit moment encore.

J'attends que les rues se vident en écoutant les sœurs de la Lumière chanter sans Mère Agnès pour la première fois depuis près de quarante ans. La plupart d'entre elles n'ont jamais connu la vie sans la prieure, comme moi. Même si la sœur qui lui succède est compétente, l'abbaye de Solis ne sera plus jamais la même.

Au bout d'un moment, j'estime que les environs sont assez calmes : il ne reste plus que deux gardes dehors. Comme je préférerais qu'ils ne me voient pas entrer dans le Quartier des Selenae, je vais devoir trouver comment faire diversion. Les deux hommes me saluent poliment quand je franchis le portail, juste au moment où Gregor sort d'une ruelle en face sans qu'ils ne réagissent. J'attends quelques secondes, mais on dirait bien qu'ils ne le voient pas.

Comment est-ce possible ? Le Selenae ne passe pourtant pas inaperçu, et il fait encore clair. Le soleil ne s'est pas couché depuis très longtemps. Quant à la lune, elle brille assez pour que ma silhouette forme une ombre sur le sol.

Lorsque Gregor remarque mon air perplexe, il sourit. Ses dents blanches luisent à la lumière de la lune. Ce n'est pas un sourire de connivence. On dirait plutôt qu'il se moque de moi.

— Allez, viens, Cat, chuchote-t-il, même si sa voix est presque noyée par les chants qui montent de l'abbaye et du Quartier selenae. Ton amie t'attend.

Après avoir rassemblé mon courage, j'avance d'un pas calme vers le mur de fleurs de lune. Une fois que j'ai rejoint le Selenae, il me fait signe de m'arrêter. Un coup d'œil aux gardes, et le voilà qui se glisse discrètement de quelques pas en avant pour me cacher derrière lui. Quelques secondes plus tard, l'un des deux hommes prend la parole.

— Eh bien, elle était pressée. Elle s'est volatilisée.

— Les filles ne te fuiraient pas en courant si tu prenais un bain plus d'une fois par mois, réplique l'autre en gloussant.

Non seulement ils ne voient toujours pas Gregor, mais maintenant moi aussi je suis invisible à leurs yeux. Abasourdie, je regarde le sol et je m'aperçois que l'ami du magister Thomas n'a pas d'ombre et que moi non plus – ou, plutôt, que mon ombre s'arrête à ses pieds.

Le Selenae lève un bras en soulevant sa cape au passage pour m'indiquer l'entrée de l'étroite ruelle. Une fois que je me suis faufilée à côté de lui pour pénétrer dans l'ouverture, il m'emboîte le pas.

Il fait si noir que je trébuche plusieurs fois. Lorsque l'on finit par déboucher dans une rue, mon guide me dépasse en me faisant signe de le suivre, ce que je fais, prudemment, tout en observant les environs.

La première rangée d'habitations est couverte de plantes grimpantes, comme les murs extérieurs du Quartier selenae. Des fleurs à cinq pétales brillent parmi les feuilles comme des étoiles dans le ciel nocturne. Elles sont nombreuses à être entièrement ouvertes pour faire face à la lune comme d'autres espèces s'ouvrent pour le soleil, exposant leurs veines violettes au centre de leur silhouette en forme de cloche.

Les Selenae doivent rentrer
Quand ton visage pointe le bout de son nez.

J'effleure une des corolles recourbées au passage. La suivante est complètement ouverte et je m'arrête pour mettre mon nez dans la fleur en trompette, curieuse de sentir son parfum.

— Si j'étais toi, je ne ferais pas ça. Pas si tu veux être en état d'aider ton amie.

Les yeux aux iris cerclés d'argent de Gregor brillent d'amusement.

— Vous dites ça comme si c'était une drogue.

— D'où penses-tu que vient la skonia ?

Je me dépêche de reculer avant de presser le pas pour rejoindre le Selenae, qui s'est remis en marche. Maintenant que j'ai commencé à parler, d'autres questions me viennent et je ne parviens pas à les retenir.

— Pourquoi les gardes ne vous ont-ils pas vu ?

Il regarde par-dessus son épaule puis soulève le côté de sa cape comme une aile de chauve-souris.

— De la toile de lune. Filée et tissée uniquement quand l'astre est plein. Invisible comme la face cachée de la lune pour les Hadriens, ajoute-t-il, un sourire froid aux lèvres, avant de baisser le bras et de poursuivre sa route.

Les Hadriens. Je l'ai entendu utiliser ce terme dans la cuisine du magister. À l'époque moderne, nous nous identifions par rapport à la nation d'où nous venons – Galliens, Preziens, Tauriens, Brinsulliens, Doitches –, mais nous descendons tous de l'Ancien Empire hadrien qui couvrait le continent et des pays au-delà des mers. Les Selenae viennent-ils d'un endroit situé hors de ses frontières ?

Des voix nous parviennent de plusieurs rues pavées aux alentours et j'aperçois au passage des habitants qui vaquent à leurs occupations comme si on était en plein jour.

Jusqu'ici, le Quartier des Selenae ne paraît pas très différent du reste de Collis, même si les voies sont plus propres. Les maisons, qui ne dépassent pas un étage, sont aussi plus petites, avec des plantes à presque toutes les fenêtres, mais pas de fleurs de lune.

— Ah, mon oncle ! Vous voilà enfin.

La doctoresse de la nuit dernière se précipite vers nous. Des mèches de cheveux gris s'échappent de sa tresse.

— Je l'ai supplié toute la journée de t'amener ici. L'état de ton amie se dégrade depuis ce matin.

— Elle est en train de mourir ? m'exclamé-je en me tournant vers mon guide.

Il hausse les épaules.

— Si j'avais vraiment estimé que tu pourrais l'aider, je serais venu te chercher depuis longtemps.

— C'est moi, l'experte en la matière, rétorque la femme médecin.

Elle me prend par le bras pour m'entraîner dans la direction de laquelle elle est venue.

— Par ici, ma chère cousine.

— Cousine ?

Voilà qui confirme ma théorie que Gregor fait partie de ma famille. Ce n'en est pas moins un choc.

— Et lui, c'est aussi mon oncle, alors ?

— Oui.

Elle jette un regard sévère à l'intéressé, qui vient de nous rattraper.

— Apparemment, il ne s'est pas donné la peine de te donner d'explications.

— Tu me connaissais… avant ?

— Autant qu'on peut connaître un nourrisson, répond-elle avec un petit sourire. En fait, tu es le premier enfant que j'ai aidé à mettre au monde toute seule. J'avais à peine ton âge.

Elle va donc pouvoir m'en apprendre plus sur mes parents ou au moins sur ma mère.

— Comment est-ce que tu t'appelles ?

— Athene, dit-elle, les yeux brillants. Et toi, tu es Katarene.

— Catrin.

— Si tu préfères.

Sa voix monotone me fait douter : a-t-elle mal pris le fait que j'insiste sur mon prénom ? Pourtant, je ne peux pas m'empêcher d'être attachée à celle que Mère Agnès et le magister Thomas ont élevée et souhaité que je devienne.

— Tu peux m'appeler Cat.

— Entendu, Cat, répond-elle en esquissant un demi-sourire.

On s'arrête devant une porte verte au centre de laquelle est peint un disque blanc à hauteur du regard. Une épaisse ligne verticale traverse le milieu du cercle, autour de laquelle un serpent est entortillé.

— C'est le symbole des médecins, m'explique ma cousine. Le métier de notre famille.

— Vous êtes médecin, vous aussi ? demandé-je à Gregor.

Il éclate d'un rire rauque.

— Non, c'est mon frère qui était le cerveau. Moi, j'ai juste hérité du physique de rêve.

Est-ce une… plaisanterie ?

— Votre frère ?

— Mon jumeau, en fait.

Mon père ?

Athene ouvre la porte et nous fait signe de la suivre à l'intérieur. Un escalier s'élève sur la gauche, mais elle emprunte un couloir qui mène à l'arrière de la maison. Au bout, une porte à droite s'ouvre sur une cuisine, où des plantes séchées pendent du plafond. En face se trouve une chambre pour les malades, qui ne ressemble en rien à celles que j'ai déjà vues.

Bien qu'il n'y ait aucune fenêtre, l'air est frais, presque comme si une brise y soufflait. Une douce lumière vient de pierres polies en forme de sphères grosses comme des pommes, qui sont disposées sur ce qui serait, dans une maison gallienne, des bougeoirs. Leur lueur apporte tout juste le bon niveau d'éclairage : elle ne fatigue pas les yeux mais me permet de distinguer une silhouette pâle et immobile sur le lit.

— Marguerite !

Je m'agenouille aussitôt à côté d'elle puis je prends sa main froide dans la mienne. Sa tête est enveloppée de pansements propres, mais la bosse sur son crâne est toujours visible.

— Elle peut m'entendre ? m'enquiers-je.

— Elle entend presque tout.

Ma cousine rapproche un tabouret de moi, sur lequel je suis reconnaissante de m'asseoir.

— Si tu veux l'entendre en retour, il te faudra un peu plus que ce simple contact.

— Il faut que je touche son sang, c'est ça ?

Pour une fois, j'ai hâte.

Gregor me jette un regard suspicieux.

— Comment le sais-tu ?

— Je l'ai déjà fait. Enfin, sans le vouloir.

— Je te l'avais dit, lui lance Athene avec un sourire satisfait.

— Impossible, réplique-t-il en secouant la tête. C'est rare, même chez les Selenae. Un sang dilué devrait être encore plus faible.

— J'ai une théorie à ce sujet, mais d'abord, on a du travail.

La doctoresse – ma cousine ! – met la paume de mon amie vers le ciel et y place une pierre à l'éclat métallisé au centre.

— Utiliser le sang de son interlocuteur n'est pas nécessaire si tu te sers de cette pierre. Reprends sa main.

J'obéis en pressant le caillou entre nos deux paumes.

Marguerite ? la supplié-je en silence. *Tu m'entends ?*

— Il faut que tu parles à voix haute si tu veux qu'elle t'entende, m'indique Athene en poussant la pierre du bout du doigt pour mieux la positionner.

Gregor et elle écouteront donc au moins la moitié de notre conversation.

— Marguerite ?

— *Cat ? Est-ce que c'est toi ?*

Je m'incline pour entourer nos deux paumes jointes de ma main gauche.

— Je suis là, Marguerite !

Le soulagement de mon amie m'envahit en même temps que sa voix me parvient.

— *Je suis si heureuse de te voir. Enfin, de t'entendre. Je n'y vois rien.*

— Je suis désolée de ne pas être venue plus tôt.

— *Tu es là maintenant. C'est tout ce qui importe.*

— Très bien, dit ma cousine. Demande-lui si elle a mal quelque part en particulier.

— *Qui est-ce ?*

— La doctoresse qui te soigne, réponds-je.

— *Une Selenae ?*

Je sens sa peur par notre lien. L'influence de sœur Berta ? Je ne vais pas lui mentir, même si mon amie ne se rendrait peut-être jamais compte que je l'ai fait.

— Oui. Elle fait tout ce qu'elle peut pour t'aider.

— *Si tu as confiance en elle, alors moi aussi*, dit-elle avant de marquer une pause. *J'ai mal dans le dos. Enfin, un peu. On dirait une pression.*

Je répète ses paroles à Athene.

— C'est parce qu'elle est allongée sans bouger, mais si elle le sent ça veut dire qu'il y a moins de lésions au niveau du cerveau que je ne l'estimais.

— Tu te rappelles ce qui s'est passé la nuit dernière ? demandé-je à Marguerite. Tu as vu ton agresseur ?

Seul le silence me répond, comme si elle réfléchissait, puis :

— *Mère Agnès m'a dit qu'elle attendait encore un visiteur et je l'ai entendue le faire entrer. Il y a eu un grand bruit, comme si elle était tombée, alors je suis sortie de ma chambre en l'appelant*, me raconte-t-elle, son angoisse refaisant surface. *Un homme a quitté le salon. J'ai crié et je me suis enfuie mais il m'a rattrapée et projetée contre un mur.*

— Tu l'as reconnu ?

— *Non, je n'ai vu qu'une silhouette noire. Il portait une cape. Je suis désolée.*

Ses pensées s'affaiblissent de dépit.

— Ne t'inquiète pas pour ça.

— Ça suffit, m'interrompt ma cousine. Si tu ne l'aides pas à reprendre connaissance maintenant, on pourrait la perdre pour toujours.

Je serre plus fort la main de Marguerite, comme si le geste allait l'empêcher de s'en aller.

— Qu'est-ce que je dois faire ?

— L'esprit est comme une forêt traversée de nombreux sentiers, m'explique Athene. Pour faire simple, elle est perdue hors des chemins. Il faut que tu entres dans cette forêt et que tu la guides vers les sentiers connus.

Son analogie est inquiétante.

— Est-ce que moi, je peux me perdre dans cette forêt ?

— Non, tu ne peux que marcher dans la tienne, mais vos forêts se chevauchent là où vous avez des souvenirs communs. Si tu peux l'amener sur une voie solide pendant assez longtemps, avec un peu de chance, elle rejoindra un point où elle pourra continuer toute seule.

Je relâche ma prise, de crainte de serrer trop fort.

— Tu as entendu ça, Marguerite ? Tu comprends ce qu'on doit faire ?

— *Oui. Mais il fait si noir.*

Ses pensées sont presque apathiques, comme si elle s'assoupissait.

— Rappelle-lui une activité que vous faisiez ensemble quand vous étiez petites, me conseille la doctoresse. Un souvenir dont elle se sera souvenue plusieurs fois au fil des années. Les sentiers battus sont les plus faciles à retrouver.

Je ferme les yeux et je pense aux jours où on partageait une chambre.

— Tu te souviens quand on cousait des vêtements de poupée ensemble ? On utilisait les restes de tissu de la salle de tissage.

— *Mes poupées étaient toujours habillées comme des sœurs.*

— Oui, mais on fabriquait des tenues colorées pour les miennes.

— *Je m'en souviens*, dit-elle avant de faire une pause puis de reprendre d'une voix plus forte. *Tu as mis des dessous de couleurs vives à mes poupées !*

Je me mords la lèvre pour empêcher mon sourire de s'étirer jusqu'à mes oreilles.

— Je l'ai fait pendant un an avant que tu ne t'en rendes compte.

Elle est aussi scandalisée aujourd'hui qu'elle l'était à l'époque.

— *Évidemment que je n'ai pas remarqué ! Je n'avais aucune raison de regarder sous leurs robes.*

Il ne faut pas longtemps avant que je m'aperçoive que les réponses de mon amie deviennent plus solides si j'évoque un souvenir et que je la laisse le compléter. On continue à se rappeler le désherbage, l'écossage des petits pois et la fois où on avait emmêlé tous les fils lors de notre première leçon de tissage.

J'entends soudain la voix d'Athene à mon oreille.

— Pose-lui une question simple et lâche vite sa main ensuite.

Je lui demande la première chose qui me vient à l'esprit.

— À quoi sont mes biscuits préférés ?

Nos mains se séparent juste à temps pour que j'entende la réponse de Marguerite, qui sort de sa bouche.

— Gingembre.

Chapitre 43

Marguerite a repris connaissance. Une petite pierre chatoyante en main, Athene prend aussitôt ma place et soulève les paupières de mon amie pour étudier ses pupilles.

— Très bien, murmure-t-elle. Les lésions ne sont pas aussi importantes que je le craignais.

— Elle va bien ? Elle va s'en sortir ?

— Il n'y a aucune garantie, me prévient ma cousine. Mais je suis optimiste.

En se levant, elle jette un regard à Gregor qui se tient dans l'embrasure.

— Tu t'es bien débrouillée, Cat, poursuit-elle, surtout si l'on prend en compte le fait que tu n'as jamais reçu la moindre formation.

Les yeux bleus de ma camarade bougent dans tous les sens sans parvenir à se concentrer sur un point précis.

— Il fait tellement noir ici, dit-elle.

Lumière toute-puissante, elle est aveugle ! Je me penche au-dessus d'elle.

— Je suis juste là, Marguerite.

Dès que je me trouve devant son visage, elle sourit.

— Ah, te voilà.

— Tu me vois ?

— Oui, un peu, depuis que tu te tiens dans la lumière qui vient du couloir.

— Mais… toute la pièce est éclairée.

— Pas pour elle, lâche Gregor. Les Hadriens ne peuvent pas recourir à la magie de lune.

Il pénètre dans la chambre pour poser une main sur l'une des sphères disposées sur un bougeoir.

— C'est une pierre de lune, explique-t-il. Elle absorbe les rayons de l'astre puis les rejette. Celles-ci sont en train de s'affaiblir. Elles ne durent que quelques semaines.

— Si tu distingues leur éclat, c'est que tu as passé le test élémentaire des Selenae, ajoute Athene.

— Il y en a d'autres, précise notre oncle.

— Elle excellera à tous, affirme-elle, confiante.

J'ai toujours la pierre à l'éclat métallisé en main. Elle ne luit pas comme les pierres de lune, mais je perçois une espèce de bourdonnement d'une énergie invisible. Je la rends à ma cousine.

— Et celle-là, elle a un nom ?

— Nous l'appelons pierre de sang car elle véhicule la magie aussi bien que le sang.

Dès qu'elle s'en empare, mes doigts sont parcourus de fourmis comme si je venais de me cogner le coude.

— Elles absorbent et contiennent la magie de la même façon qu'une pierre de lune, mais elles la libèrent de manière invisible. Si on en pose une près d'une blessure, elle guérira beaucoup plus rapidement. Mais le phénomène n'est pas aussi efficace chez les Hadriens que chez les Selenae.

Les rumeurs sur les médecins selenae qui emploient des méthodes contre nature sont donc fondées. Je secoue ma main engourdie.

— Tu t'en sers pour aider Marguerite ?

— La contusion doit d'abord diminuer, répond ma cousine. Je vais aussi devoir remettre l'os en place avant de l'encourager à se réparer. Ton amie devrait être prête pour ces procédures dans quelques jours.

— Je n'ai pas envie d'être guérie par de la magie, gémit l'intéressée.

Athene lève les yeux au ciel alors que j'essaie de rassurer ma camarade :

— Je suis quelqu'un de bien, n'est-ce pas ? Tu me fais confiance ?

— Oui, répond-elle sans hésiter. Mais la lune dérobe la lumière du soleil. Tout ce qui en vient est corrompu.

— La lune n'est pas une voleuse, grommelle Gregor. Elle est faite de la même lumière que tout le reste. La différence, c'est qu'elle fait don de ce qu'elle a reçu.

Au ton hostile du Selenae, mon amie grimace. Je jette un regard noir à mon oncle avant de reprendre la main de la blessée dans la mienne.

— Si la magie de lune est corrompue, alors moi aussi, parce que je suis une Selenae. (Ou au moins en partie puisque, apparemment, mon sang est dilué…) Ces gens sont ma famille.

— Tu peux utiliser la même magie qu'eux ? murmure-t-elle.

— Oui. Et Mère Agnès le savait.

Mon amie garde le silence un long moment. Des larmes coulent de ses joues jusque sur les bandages qui entourent sa tête. Elle finit par me chuchoter :

— Dans ce cas, je leur ferai confiance par égard pour toi.

— Bien, merci…

Comme son front est couvert d'un pansement, je dépose un baiser sur sa joue.

— Tout ira bien. Je te le promets.

Athene me prend par le coude pour que je me relève.

— Mon assistante va t'apporter du bouillon, annonce-t-elle à Marguerite. Ne t'endors pas tout de suite.

— Je reviendrai bientôt te voir, lancé-je à mon amie tandis que ma cousine me guide hors de la pièce, vers la cuisine.

Gregor s'est volatilisé, mais je l'entends gravir l'escalier.

— Retire ta cape et reste un petit peu, me dit Athene.

Je la dépose sur le dossier de la chaise proche de l'âtre tout en observant les lieux. Une jeune fille coupe des légumes sur un plan de travail, le visage obscurci par les sombres boucles qui se répandent sur ses épaules, assez semblables aux miennes.

— Hira, la sœur hadrienne est réveillée, lui apprend la doctoresse. Tu veux bien lui apporter du bouillon, s'il te plaît ?

Sans dire un mot, l'intéressée obéit. À l'aide d'une louche, elle verse dans un bol du liquide fumant qu'elle prélève d'une marmite sur le feu.

— C'est ta fille ? demandé-je à ma cousine dès que l'adolescente est sortie.

— Non, mais c'est tout comme, dit-elle en nouant un tablier autour de sa taille et en reprenant la tâche abandonnée par Hira. Comme de nombreux enfants, elle s'est retrouvée orpheline à la suite des troubles qui ont eu lieu quand tu es née. Elle n'avait que trois ans lorsque ses parents ont été tués devant ses yeux. Depuis, elle n'a pas prononcé un seul mot.

Athene parle de la violence de cette période comme si ma naissance en était la cause, même s'il n'y a pas de rancœur dans son ton. Si ce qu'elle dit est vrai, j'imagine que les autres Selenae pourraient ne pas se sentir d'une humeur aussi généreuse envers moi.

— Ma mère l'a recueillie, continue ma cousine. Elle était convaincue de pouvoir la faire reparler mais elle n'y est jamais parvenue. Comme Hira n'est pas du tout sensible à la magie de sang, on ne pouvait pas la former pour devenir médecin. Malgré tout, c'est une infirmière très compétente, même si elle ne parle pas.

Hira n'a pas pris de bougie avec elle, je suppose donc qu'elle peut voir grâce aux pierres de lune. Ce qui signifie que la magie de sang est différente. Et que mon oncle n'y a pas accès, lui non plus.

— Mon père était médecin ?

— Oui, c'était le jumeau de Gregor. Cette nuit-là, les Hadriens n'ont pas fait la différence entre ton père et lui et les ont attaqués tous les deux. Aucune importance, de toute façon. Ils ont battu tellement de nos hommes à mort ou presque qu'on ne pouvait pas gâcher les pierres de lune pour des blessures qui guériraient toutes seules. Les cicatrices de Gregor ont fini par avoir un avantage : on ne pouvait plus le prendre pour son frère.

— Mais mon père, lui, est décédé cette nuit-là ?

— Oui, répond-elle en jetant un coup d'œil vers le couloir, mais notre oncle n'est pas de retour. Tu ne sais vraiment rien de ce qui s'est passé à ta naissance ?

— Non, rien du tout. Même si j'imagine que ma mère était gallienne… ou hadrienne, comme vous dites.

— Oui…

Athene se concentre sur les légumes qu'elle coupe. Je la soupçonne d'éviter mon regard à dessein.

— Elle venait d'une famille riche, m'explique-t-elle. Durant la peste, ton père était très occupé par les Hadriens qui appelaient des médecins à toute heure du jour et de la nuit. Quand il est arrivé au chevet de ta mère, il y avait peu de chances qu'elle survive. Pourtant, elle s'en est sortie. C'est là qu'ils sont tombés amoureux.

Je me déplace pour faire face à ma cousine, mais elle garde les yeux rivés sur le plan de travail.

— Comment ont-ils réussi à… être ensemble ?

— La famille de ta mère s'était réfugiée dans leur propriété à la campagne. Ils l'avaient laissée à Collis en pensant qu'elle allait y mourir. Lorsqu'elle a surmonté la maladie, elle était encore trop faible pour voyager et a effectué sa convalescence au couvent.

Héberger des voyageuses, voilà qui rapportait beaucoup d'argent à Mère Agnès. Nombre d'entre ces femmes venaient en réalité pour donner naissance à un enfant en secret. Au moins la moitié des filles avec lesquelles j'ai grandi avaient vu le jour dans ces circonstances.

— Ton père lui rendait visite la nuit et ils se promenaient dans le verger, poursuit Athene. Au bout d'un mois, elle a annoncé à la prieure qu'elle se sentait en assez bonne santé pour partir. Au lieu de rejoindre sa famille, elle est venue ici. Ils étaient mariés depuis deux saisons quand les Hadriens se sont aperçus qu'elle vivait avec nous. À ce moment-là, ta mère était enceinte de près de huit mois. (Ma cousine grimace.) La situation a rapidement tourné au vinaigre.

Son couteau tranche vivement un bout de carotte dont l'une des extrémités bondit du plan de travail. Je la ramasse.

— Elle souhaitait rester avec nous mais sa famille a fait courir la rumeur que nous la gardions en otage jusqu'à ce que la facture du médecin soit payée, poursuit Athene. Évidemment, il s'agissait d'un prétexte pour dissimuler la honte que leur causait la fugue de leur fille avec un Selenae, mais beaucoup d'habitants de Collis nous devaient de l'argent après la peste. On nous haïssait. Rassembler une foule prête à en découdre pour attaquer ton père n'a pas été bien difficile pour eux.

Au cours de la rixe qui s'est ensuivie, des dizaines de Selenae ont été tués et mutilés. Même si je n'ai pas envie de faire revivre ces terribles événements à ma cousine, j'ai encore trop besoin de réponses.

— Comment est-ce que ma mère est morte ?

— Tu es née cette nuit-là, principalement à cause du stress. Ta mère ne s'était jamais complètement remise après sa maladie, répond la doctoresse en mettant les morceaux de carottes dans une casserole. La naissance n'a pas été difficile. Tu étais prématurée et donc assez petite. Mais elle a quitté les couches trop vite, déterminée à rejoindre ton père avant qu'il ne soit trop tard. Elle tenait à ce qu'il puisse te voir.

— A-t-elle réussi ? m'enquiers-je, la gorge serrée par l'émotion.

— Son visage était trop enflé pour qu'il puisse voir quoi que ce soit, mais il est passé de l'autre côté du Soleil en te tenant dans ses bras. Il était heureux. Je le sais parce que l'une des responsabilités d'un médecin est d'écouter les dernières pensées des défunts et des mourants. (Athene fait une pause pour s'éclaircir la voix.) Il a fait de Gregor ton parrain de lune, sans savoir que son frère était lui aussi à l'article de la mort. Dans tout ce chaos, on n'a remarqué combien de sang ta mère avait perdu que trop tard. Sa dernière pensée à elle était une pensée d'amour pour ton père et toi.

« Ils s'aimaient et ils te voulaient... C'est tout ce qui compte. »

— Ils étaient trop romantiques pour leur propre bien, tous les deux, lâche Gregor d'une voix bourrue depuis le seuil.

Athene et moi sursautons. Quand je croise le regard de mon oncle, il cligne des yeux comme s'il retenait des larmes. Il me montre une pochette de cuir.

— Nous n'avons plus qu'une heure de bonne lune, Katarene, et j'ai beaucoup de sujets importants à t'expliquer à sa lumière. Suis-moi, s'il te plaît.

Sans attendre de réponse, il se dirige vers la porte d'entrée.

— Va avec lui, Catrin, m'encourage ma cousine. Une fois que ton amie sera de nouveau endormie, je vous rejoindrai.

J'hésite. Entendre mon prénom hadrien dans sa bouche me fait penser à une autre question.

— Je peux te demander encore une chose ?

Athene porte le récipient rempli d'eau et de légumes jusqu'au foyer.

— Oui, mais fais vite.

— Mes parents ont-ils choisi le prénom Katarene pour une raison particulière ? A-t-il une signification pour les Selenae ?

Elle émet un petit rire.

— Notre oncle a raison de dire que tes parents étaient trop romantiques.

Puis son expression s'adoucit une fois qu'elle a accroché la marmite au-dessus des flammes.

— Katarene veut dire « pure ».

Chapitre 44

Je m'empresse d'aller retrouver mon oncle – mon parrain de lune, comme l'a appelé Athene. Les enfants galliens aussi ont des marraines et des parrains de soleil qui tiennent un rôle de guide pour leur vie spirituelle, de même que de tuteur si jamais un malheur devait arriver à leurs parents.

Si Gregor avait cette responsabilité, c'est certainement lui qui a décidé de me laisser avec Mère Agnès. Or, dans ce cas, ma décision est prise.

— Je m'appelle Catrin, déclaré-je avant qu'il ne puisse ouvrir la bouche. Vous avez perdu le droit de me donner un nom selenae le jour où vous m'avez placée dans le monde des Hadriens.

— C'est mon idiot de frère et son épouse hadrienne qui t'ont baptisée Katarene.

— Et ils pourront m'appeler comme ça quand je les reverrai de l'autre côté du Soleil. Vous, non. Si Catrin vous déplaît, vous pouvez m'appeler Cat.

Mon oncle hausse les épaules comme si ce n'était pas important, mais je remarque combien il est peiné.

— Comme tu veux, petit chat.

Bon, au moins, il ne m'appelle pas Chaton.

Il sort dans la rue et se place dans un rayon de lune. En voyant la lumière sélénite, je suis saisie par le désir de la sentir sur ma peau. Une faim semblable, j'imagine, à ce qu'éprouvent ceux qui sont dépendants à la skonia.

L'analogie m'interpelle et me coupe dans mon élan. Elle me rappelle les propos de Gregor à l'architecte, la nuit où j'ai écouté leur conversation depuis ma chambre. Sur le moment, j'ai cru qu'il faisait référence au meurtre de Perrette et à la soif de sang du tueur. À présent, je me rends compte que leur échange tournait autour de moi, de ma magie et du fait que tous les Selenae devaient apprendre à maîtriser leur faim.

« C'est pour ça que nous restons dans le Quartier, la nuit : pour notre sécurité autant que pour celle d'autrui. »

Mon usage de la magie menaçait-il le magister Thomas, Rémi et Mme La Fontaine ? Ai-je mis Marguerite en danger ? Simon ?

— Allez, viens, me lance mon oncle en s'éloignant.

Je masque ma gêne tout en le suivant dans les rues sinueuses. À chaque fois que la lune dépasse des toits, des sons et des odeurs m'assaillent de toutes parts.

On croise quelques Selenae qui vaquent à leurs occupations et, à ma grande surprise, leurs vêtements ont une apparence très différente sous le clair de lune. La simple couleur bleu-noir de leurs tenues durant le jour s'est transformée en plusieurs nuances d'indigo et de violet. Des broderies élaborées, dont les motifs les plus fréquents sont des fleurs de lune et les phases lunaires, agrémentent leurs manches ainsi que leurs cols.

— Vous n'êtes pas aussi austères que vous prétendez l'être, tout compte fait, murmuré-je.

— Entre nous, nous n'avons rien contre les beaux atours, me répond Gregor en me souriant. Seulement, il suffit de peu, en particulier quand on a une vision comme la nôtre.

Je jette un regard en coin à sa cape en toile de lune, invisible des Hadriens.

— Est-ce que les Selenae sortent plus que ce qu'on pense du Quartier pendant la nuit ?

— Oui, même si ça reste rare. Quand nous sortons, nous passons inaperçus, sauf aux yeux des autres Selenae.

— Faux. Oudin de Montcuir vous a vu en train de m'observer sur la place du Sanctum.

— Il avait pris beaucoup de skonia cette nuit-là, rétorque-t-il sans même paraître surpris.

— Et alors ?

— Les fleurs de lune s'épanouissent à la lumière de l'astre sélénite et absorbent la même magie qui circule dans notre sang.

Je ne comprends pas. Il s'en aperçoit.

— La skonia amplifie les sens de quiconque en consomme au point qu'ils font presque jeu égal avec nos propres capacités naturelles, à nous, les Selenae. Le problème, c'est que c'est trop fort pour les Hadriens.

— Et si moi, j'en prenais ?

La bouche de Gregor tressaille.

— Tu te mettrais à halluciner, comme eux.

— Mais ce sont les Selenae qui fabriquent cette drogue.

— Oui. Avec la médecine, c'est notre principale source de revenus.

Cet aveu désinvolte me retourne l'estomac.

— Vous ne trouvez pas que c'est mal ?

— De profiter de la faiblesse des Hadriens ? Non, pas vraiment.

Si la skonia donne à ces derniers les mêmes sens dont les Selenae disposent naturellement – bien que leur esprit soit incapable de gérer cet afflux d'informations –, l'euphorie qu'elle crée par ailleurs doit être semblable à l'effet que me fait la lumière de la lune. Comparer la magie à une addiction est apparemment approprié.

Après avoir tourné à un dernier coin de rue, mon oncle s'arrête dans l'ombre, face à un espace ouvert éclairé par le clair de lune. Comme beaucoup de places dans Collis, celle-ci est creusée dans le sol et bordée de trois marches sur tout son périmètre. Elle est cependant bien plus grande que les autres que j'ai vues. Les Selenae y sont assemblés comme s'il s'agissait d'un parc et que l'on était en pleine après-midi, un jour de grand soleil. Certains ont même disposé des couvertures au sol pour un pique-nique. À l'extrémité la plus éloignée, un groupe composé principalement de femmes travaille à des métiers à tisser et des rouets. Elles sont assises en pleine lumière et chantent tout en confectionnant une étoffe gris argenté qui chatoie comme des ondulations sur l'eau. De la toile de lune. D'autres encore mélangent de la teinture violette bouillante dans des cuves. Le tissu qu'elles en sortent pour l'examiner est aussi noir que le ciel nocturne.

Au centre se trouve un bassin peu profond. La plupart des quartiers de notre cité sont construits autour d'une fontaine ou d'un puits communal, mais ce bassin-là semble purement décoratif. Le fond de pierre noire texturée n'est qu'à quelques pouces sous la surface. Des motifs ronds y reproduisent ceux qu'on devine sur la face de la lune – j'aurais dû m'y attendre. La margelle ressemble à un halo de flammes dorées.

Je suis prise de frissons lorsque je comprends que l'auréole de feu représente une éclipse solaire. Ils ont couvert le Saint Soleil avec la lune. Blasphème !

Gregor m'observe du coin de l'œil sans rien dire en me laissant découvrir par moi-même ce monde nouveau pour moi. À part des nourrissons blottis dans les bras de leurs parents, je ne vois pas d'enfants de moins de douze ans. Un petit groupe de jeunes gens de mon âge est assis en cercle et se passe un objet de main en main, qu'ils tiennent chacun durant quelques secondes.

— À quel âge les Selenae sont-ils initiés à la magie de lune ?

— Au cours du premier croissant qui suit leur quatorzième anniversaire, répond mon oncle. L'expérience pouvant parfois être bouleversante, mieux vaut commencer quand le pouvoir de la lune est plus faible pour les y familiariser petit à petit durant deux semaines à mesure que l'astre sélénite croît et dure plus longtemps, avant de célébrer leur première pleine lune. (Il marque une longue pause.) En général, l'introduction d'un tout nouvel initié à la magie de lune est menée par leur parrain ou leur marraine de lune. Il faut que le sang soit exposé à la lumière de l'astre nocturne pour en éveiller la magie. On réalise une petite incision. Cette première entaille laisse une cicatrice distinctive.

Mon oncle ouvre sa main droite afin de me montrer la sienne. Au centre de sa paume se dessine une marque violette en forme de croissant, pas plus large qu'un pois.

— Une seule goutte est requise, explique-t-il. Une fois que la lumière la touche, la magie se propage à l'intérieur du corps.

J'étudie sa cicatrice, perplexe.

— Mais je n'ai jamais participé à aucune cérémonie de ce genre.

— Parfois, il suffit d'un simple accident…

Mon oncle s'empare de ma main gauche pour désigner mon majeur, où un point violet se trouve à moitié sous l'ongle – à l'endroit où je me suis piqué sur un éclat de bois cette fameuse nuit, en inspectant l'échafaudage du Sanctum.

— J'ai vu ce qui t'est arrivé depuis la rue, quand tu te tenais à côté de la statue, dit-il. Je me suis aperçu à ce moment-là que non seulement tu étais sensible à la magie de lune, mais qu'elle s'était entièrement réveillée en toi.

Je scrute la marque en me souvenant du goût particulièrement fort du sang dans ma bouche et du cri de Perrette qui m'était parvenu depuis une distance impossible. Après, lors de ma chute, l'astre nocturne était apparu un bref instant dans mon champ de vision et, l'espace d'une interminable seconde, j'étais devenue une autre femme – le même phénomène m'est arrivé avec Nicole.

— Les voies de la lune sont impénétrables, déclare Gregor en lâchant ma main. Même si je t'ai toujours surveillée de loin, cette nuit-là j'ai éprouvé une obligation d'aller te trouver. J'imagine qu'elle m'appelait à être avec toi.

Malgré toute l'horreur de ce souvenir-là, je souris.

— Si vous aviez tenté de me parler ce soir-là, je ne suis pas certaine que j'aurais été réceptive.

Ses lèvres balafrées s'étirent en un léger sourire, mais la tristesse ne s'efface pas de ses yeux brillants.

— Peut-être pas. Le fait est que tu as dû chercher des réponses par toi-même, sans pouvoir bénéficier de mes conseils.

À force de contempler la place, le besoin de rejoindre les autres Selenae dans la lumière se fait plus fort en moi.

— Je suis là, maintenant.

Gregor se racle la gorge.

— Oui, Catrin, tu es là. Et même si ta magie est déjà éveillée et que la tradition voudrait qu'on fasse ça à un autre moment, j'aimerais t'initier comme tu aurais dû l'être. Comme je l'aurais fait si tu avais grandi parmi nous.

Il a fait exprès d'utiliser mon prénom hadrien, signe que la décision me revient.

— C'est d'accord.

Il retire une chaînette d'argent qu'il porte autour de son cou, le pendentif chatoyant en forme de goutte tombant dans sa paume.

— En général, c'est aussi lors de cette cérémonie qu'on fait passer le test de la magie de sang, histoire de voir si l'initié peut percevoir des pensées grâce à une pierre de lune.

— Vous savez déjà que j'en suis capable.

— C'est vrai, mais j'aimerais dire quelque chose.

Mon oncle prend ma main une fois de plus, plaçant la sienne en coupe en dessous, la pierre de lune entre les deux. Puis il les tend ensemble dans la lumière argentée, paumes levées, comme s'il espérait récupérer des gouttes de pluie.

Le monde devient aussitôt plus clair, comme si je me réveillais d'un sommeil profond ou que je sortais de l'eau, soudain capable de respirer et de voir de nouveau. Comme si j'étais enfin de retour chez moi après un long voyage.

Gregor ne prononce aucun mot, mais j'entends sa voix retentir dans ma tête, par l'intermédiaire de la pierre entre nos deux mains.

« La nuit t'accueille. »

Chapitre 45

Le frisson provoqué par le contact avec la lumière de la lune est vite remplacé par cette sensation désormais familière : une vague d'informations et d'impressions qui me vient de toutes parts me submerge. Les fois précédentes où je me suis servie de mon pouvoir, j'ai toujours commencé dans un lieu tranquille où il y avait très peu à sentir et à voir, et déjà à ces moments-là l'expérience était pétrifiante. Ici, je suis entourée de dizaines de conversations et de visages encore plus nombreux, sans parler des aliments et des plantes, que je ne connais pas tous. Même les vibrations des pas sur les pavés au milieu de la place me distraient. Après avoir fermé les paupières, je retire ma main de celle de Gregor pour me couvrir les oreilles. Malgré tout, je n'ai pas envie de paraître faible, si bien que je ne m'autorise que quelques secondes pour m'adapter.

Lorsque je me contrains à rouvrir les yeux, mon oncle est en train de m'observer. Il passe de nouveau la chaînette autour de son cou. La pierre de lune repose contre son torse, plus éclatante encore qu'une petite chandelle.

— On dirait que c'est beaucoup pour toi, dit-il avec plus qu'un peu de complaisance.

— Il y a tant à voir et à entendre.

Mon regard se pose sur les pavés, qui sont déjà à eux seuls d'une clarté éblouissante.

— Si je fais en sorte de me concentrer sur un sens à la fois, c'est supportable.

— Tu peux faire ça ? Comment ?

Sa condescendance a disparu.

— Je ne sais pas, réponds-je en haussant les épaules. Je me concentre, c'est tout. Mais je suis facilement distraite.

— On en rediscutera plus tard, déclare Gregor, les sourcils froncés. En attendant, tu peux maîtriser ton pouvoir d'une autre manière.

D'un petit sac de cuir, il fait tomber dans sa paume une pierre noire et polie.

— Avec ça.

Contrairement aux pierres de lune, qui émettent une lueur accueillante, ou à la pierre de sang qui irradiait d'une force invisible, celle-ci semble retenir la lumière et l'énergie en elle, comme un trou dans l'air. Je n'ai aucune envie de la toucher.

— Nous l'avons nommée « pierre du néant », m'explique mon oncle en la tenant entre nous. Elle est née à un endroit si profond dans la terre que la lumière ne l'atteint pas. Elle absorbe la magie.

Il me la tend, mais je recule instinctivement.

— Tu peux la prendre, elle est inoffensive, insiste-t-il. Elle ne prend que ce que tu lui donnes.

Avec prudence, j'accepte la pierre.

— Pourquoi est-ce que je voudrais renoncer aux capacités que me donne la magie ?

— Imagine plutôt que c'est comme si tu n'éclairais que les pièces que tu utilises dans une maison.

Gregor fait un geste vers deux femmes qui travaillent à un métier à tisser.

— Les tisserandes, par exemple, ont besoin de la vue et du toucher pour accomplir leur tâche. Comme les autres sens ne les aident pas, elles les mettent en sourdine.

Je retourne la pierre du néant entre mes doigts en effleurant les bords biseautés que je ne peux étrangement pas voir. Même si elle me rappelle plus du verre qu'autre chose, je n'en ai jamais vu d'aussi noir et opaque.

— Donc chaque bougie dans la maison est allumée et on éteint celles dont on n'a pas besoin ?

— Tout à fait, approuve-t-il, un sourire amusé aux lèvres. Sauf que les Hadriens sont les seuls à recourir au feu pour s'éclairer.

J'ignore son dédain.

— Peut-on déplacer la lumière d'une pièce à une autre ou faut-il rallumer toutes les bougies pour pouvoir utiliser un sens différent ?

Je me mélange les pinceaux avec ces métaphores, mais mon oncle me comprend.

— Il faut toutes les rallumer, répond-il avant de faire un signe vers le ciel. Il te suffit de regarder la lune pour les retrouver. Tes yeux sont comme des fenêtres qui laissent entrer la lumière.

Un couple qui se tient par la main passe à côté de nous à pas rapides en riant. Ils font une pause pour s'embrasser sur le seuil d'une maison. Lorsque la femme ouvre la porte et traîne son compagnon à l'intérieur avec elle, je rougis. Gregor ne fait rien pour arranger mon embarras.

— J'imagine qu'ils ont éteint tous leurs sens sauf le toucher, dit-il.

Qu'aurais-je éprouvé en embrassant Simon de cette manière ? Certaine que personne n'aurait besoin de capacités surnaturelles pour voir mes joues en feu, je fais face au miroir d'eau.

— La magie ne disparaît pas dès qu'on est à l'ombre ?

Gregor désigne la pierre de lune à son cou.

— Tant que tu en as une, c'est comme si tu étais en permanence dans un rayon sélénite, me dit-il en glissant le pendentif sous sa chemise. Il faut que ta peau soit en contact avec la pierre pour qu'elle te procure plus qu'un éclairage. L'argent véhicule la magie aussi bien que le sang, de telle sorte que la plupart des Selenae en portent sous forme de bijoux.

Voilà qui explique pourquoi il avait une vision parfaite dans la ruelle où régnait pourtant le noir complet. L'idée de ne plus jamais avoir à être dans l'obscurité me ravit.

— Ça veut dire qu'avec elle, on a toujours les sens qu'on aurait dans la lumière de la lune ?

— Pas tout à fait, mais presque. Et la pierre perd en puissance avec le temps.

En regardant celle dans ma main, une question me vient.

— Que se passe-t-il si je mets en contact une pierre de lune et une pierre du néant ?

— Ce à quoi on s'attendrait : la pierre de lune perd immédiatement toute sa magie. C'est pour cette raison qu'on ne les range jamais au même endroit.

Gregor relève une de ses manches pour révéler une pierre du néant de la taille d'un ongle sertie dans un bracelet en argent.

— Certains jurent que vider complètement une pierre de lune avant de la recharger la fait durer plus longtemps.

— J'ai fait quelques expériences sur le sujet mais elles ont été peu concluantes, dit Athene en s'approchant derrière nous. Ton amie s'est endormie.

— Merci… Je m'assurerai que tu sois payée comme le magister Thomas l'a promis.

— Ce ne sera pas nécessaire. Nous avons une dette envers lui pour avoir pris soin de toi ces dernières années.

— La pierre de lune, lâche mon oncle d'un ton impatient.

— Oui, vous disiez qu'elle peut être rechargée avec de la magie. Comment ? Vous l'exposez à la lumière de la lune ?

— Oui, c'est une possibilité. Mais la plonger dans le bassin de la Lune est plus rapide.

— C'est dû au fait que l'eau réfracte la lumière : elle atteint donc la pierre sur plusieurs côtés à la fois, précise ma cousine.

De toute évidence, elle a beaucoup réfléchi aux mécanismes des phénomènes magiques.

— Les pierres de sang fonctionnent à peu près de la même façon. Sauf que les veines de fer à l'intérieur conservent la magie, poursuit-elle avant de s'adresser à Gregor. Elle a réussi tous tes tests ?

— Non, nous n'avons pas encore commencé à essayer de contrôler la magie.

— Étrange… dit ma cousine. Elle doit pourtant être en train de la contrôler d'une manière ou d'une autre. En général, un nouvel initié à la magie de lune se recroqueville à l'ombre en moins d'une minute. Certains vomissent même.

— Elle affirme qu'elle n'y arrive qu'en se concentrant sur un sens à la fois. Elle n'est pas aussi douée que tu le croies.

Athene lève les yeux au ciel.

— Ou bien c'est inné, chez elle. Les anciens utilisaient les pierres du néant comme des armes, pas comme des instruments pour maîtriser leur magie. Et puis, ce n'est même pas la pleine lune.

— Tu ne vois que ce que tu veux voir en elle, grommelle notre oncle.

— Et tu refuses de voir ce qui est juste sous ton nez, réplique-t-elle aussi sec. Rien n'a encore prouvé que mes théories sont fausses.

Je suis fatiguée qu'on parle de moi sans m'inclure dans la conversation.

— Excusez-moi… C'est quoi, ces théories dont vous parlez tout le temps ?

— Tu voudrais qu'on s'asseye pour en discuter ? me demande la doctoresse avec un geste vers l'esplanade.

— Avec plaisir.

On longe les maisons qui bordent la place jusqu'à une table entourée de chaises, installée devant ce qui est une pâtisserie, à en croire l'odeur. Ces établissements sont courants dans les parties les plus prospères de Collis, où les habitants peuvent se permettre de passer du temps dans la journée à boire du thé et à déguster des gâteaux. Je suppose que pour les Selenae, cette soirée est comme une agréable après-midi. Gregor nous suit, son visage ne laissant transparaître aucune émotion. Ma cousine commande trois tasses de thé et le serveur s'éloigne sans tarder.

Facilement distraite par la cacophonie des sens, je commence à en avoir mal à la tête – aveu que je fais à Athene.

— Utilise la pierre du néant, dans ce cas, répond-elle. Cible un sens en particulier et, avec ton esprit, dépose-le dans la pierre autant que nécessaire.

Comme l'odorat me semble être le plus facile des sens à évacuer, je ferme les paupières puis je tourne mon esprit vers le bouquet de senteurs qui me donne le tournis : le bois d'érable de la table, le savon floral des habits d'Athene, la fumée du feu sous la cuve bouillante de teinture... Puis j'imagine toutes leurs vapeurs flotter à l'intérieur de la pierre qui se trouve dans ma main. Subitement, mon nez ne sent plus rien du tout.

J'ouvre les yeux avant de confesser que j'ai été trop loin et que j'ai complètement perdu mon odorat.

— Non, tu ne peux pas descendre en dessous des sens normaux des Hadriens.

Après avoir cueilli une fine branche de la plante dans le pot décoratif sur la table, elle la tient sous mon nez. De la lavande.

Je regarde la lune pour renouveler ma magie puis je refais une tentative. Éteindre tout un sens à l'aide de la pierre est facile. En revanche, chercher uniquement à l'atténuer l'est moins. Il me faut plusieurs autres essais avant d'y arriver plus ou moins. Puis, gênée d'être observée d'aussi près, je me dépêche d'en faire de même avec les autres sens, en les laissant tous à des niveaux différents mais supportables, puis je lâche la pierre sur la table, heureuse de ne plus avoir à la toucher.

Athene adresse un sourire narquois à Gregor alors que le serveur pose le thé devant nous.

— Tu vois ? C'est inné, chez elle !

J'essuie la sueur sur ma lèvre supérieure avant de prendre ma tasse en main.

— Ça m'a demandé bien plus d'efforts que ce que tu sous-entendais... interviens-je.

— À force, ça deviendra une seconde nature, m'assure-t-elle.

Je bois une gorgée de thé. C'est une explosion d'orange et de clou de girofle sur ma langue. J'ai eu du mal à juger de l'intensité de mon sens du goût sans rien avoir en bouche quelques minutes plus tôt.

— Pourquoi avez-vous besoin d'être en contact avec une pierre de lune ou avec la lumière de l'astre sélénite si la magie est déjà dans votre… enfin, notre… sang ?

Ma cousine repose sa tasse.

— Pour dire les choses simplement, la magie de lune est circonscrite. Ce n'est que quand les rayons de l'astre nocturne entrent en contact avec ta peau… même chose pour une pierre de lune… que ta magie s'ouvre au monde extérieur. C'est comme lorsqu'on verse de l'eau chaude dans un récipient. On peut se réchauffer les mains avec, mais seulement si on le touche.

— Je crois que je comprends.

Mes doigts dansent sur la faïence vernissée, laissant la chaleur s'infiltrer dans ma peau, exactement comme Athene l'a décrit.

— Pourquoi est-ce qu'on ne peut pas employer la magie en présence du soleil ?

— La lumière du soleil affaiblit notre pouvoir, répond Gregor. C'est pour cette raison que les éclipses sont sacrées, pour nous.

Sa tasse de thé est ornée de fleurs roses, un contraste assez comique avec ses traits de dur à cuire.

— Quelque chose te tracasse ? s'enquiert ma cousine après que j'ai gardé le silence pendant une demi-minute.

Je grimace.

— On m'a inculqué toute ma vie que la lune était maudite. J'ai l'impression que recourir à sa magie, c'est… mal. Surtout quand vous me dites que le soleil l'affaiblit.

J'ai beau avoir prétendu l'inverse à Marguerite, difficile d'ignorer dix-sept ans de sermons et de leçons de solosophie.

Athene éclate de rire.

— Et si je te disais que la lumière de la lune n'est que de la lumière solaire qui se reflète sur la face de l'astre nocturne, ça t'aiderait ?

Gregor a dit quelque chose de similaire à Marguerite : que la lune était faite de la même lumière que tout le reste, mais qu'elle choisissait de faire don de ce qu'elle avait reçu.

— Est-ce que ça veut dire que la magie vient en réalité du soleil ? demandé-je, et ma cousine acquiesce. Pourquoi se servir du reflet alors, et pas de la source ?

— La magie du soleil est trop puissante, répond ma cousine. Son éclat est trop fort. Qu'est-ce qui arrive aux teintures de couleurs vives et aux peintures qui sont trop longtemps exposées à ses rayons ?

Je crois que je vois où elle veut en venir.

— Elles pâlissent.

Athene opine du chef.

— Et qu'arrive-t-il à de la pâte ou de la viande dans une poêle placée trop près du feu ?

Ça, je le sais d'expérience.

— Elle brûle.

— Exactement. La lune est comme un miroir qui reflète la lumière sous une forme assez douce pour qu'on puisse en faire usage, explique-t-elle avant de pointer du doigt les épaisses lignes noires autour de ses yeux. C'est pour ça qu'on utilise du khôl. On est particulièrement sensibles à la lumière et il a l'avantage d'absorber une partie des rayons éblouissants du soleil.

Je comprends enfin pourquoi l'astre du jour me donne des maux de tête et me pique les yeux au point de me tirer des larmes parfois. Malgré tout, je ne suis pas prête à porter du khôl et à me lever avec la lune plutôt qu'avec le soleil.

— Depuis combien de temps les Selenae sont-ils capables de se servir de la magie ?

— Nos ancêtres l'ont utilisée pour bâtir un empire il y a plus de deux mille ans. Les guerriers séléniques n'étaient jamais limités par la nuit, ils conquéraient sans difficulté ceux qui ne voyaient que durant le jour. (Elle se tait un court instant avant d'esquisser un sourire ironique.) À l'époque, utiliser la magie de sang était très répandu. J'imagine que ce devait être très pratique pour interroger les prisonniers, même si nos historiens ne le mentionnent pas. Le crime dans l'Empire sélénique n'existait presque pas, car les transgressions ne restaient jamais cachées. Le sang ne ment pas, contrairement aux hommes.

Lorsque ma cousine s'interrompt, cette fois-ci, elle ne continue pas son récit, mais fixe sa tasse à moitié vide devant elle.

— Qu'est-ce qui s'est passé ? demandé-je. Comment l'Empire sélénique s'est-il écroulé ?

Car c'est forcément ce qui est arrivé.

— Notre pouvoir s'est mis à s'affaiblir, dit-elle à voix basse. La magie de sang s'est faite rare et la magie de lune est devenue de plus en plus difficile à maîtriser, comme si on était devenus des récipients inadéquats et que sa force débordait et nous noyait. (Athene jette un regard à Gregor.) On a appris à la contrôler avec des pierres du néant et d'autres méthodes. Dans une tentative de préserver ce qui nous restait de pouvoir, la fréquentation des non-Selenae est devenue un motif de bannissement de nos communautés. Mais la puissance de la magie de sang a continué à décroître, quand bien même on restait à l'écart des autres. C'est à ce moment-là que l'Empire hadrien a connu son essor et a remplacé l'Empire sélénique.

Notre oncle croise les bras.

— Athene est persuadée que si nous nous mélangeons avec les Hadriens, nos facultés magiques pourraient se renforcer à nouveau.

Clairement, ce n'est pas son opinion, à lui.

— Mon père était d'accord ? m'enquiers-je.

— Ton père est tombé amoureux d'un joli minois, réplique-t-il avec un petit ricanement. Il s'est juste trouvé que ce minois était celui d'une Hadrienne. Il aurait été néantisé si les médecins n'étaient pas si peu nombreux et si nécessaires.

Néantisé ? Voilà qui ne me dit rien qui vaille.

— Il y a de la logique dans mon hypothèse, insiste Athene. Les métaux les plus purs sont rarement aussi forts que les alliages. Le bronze est fait de cuivre et d'étain, l'acier de fer et de charbon de bois, le laiton de cuivre et de cadmium. Même l'or conserve mieux sa forme avec certaines impuretés. Et, pendant ce temps, les Selenae rouillent comme de la ferraille.

— Sauf que, si tu as tort, nous perdrons le peu de magie qu'il nous reste, la défie Gregor.

Sa nièce fait la moue.

— À ce stade, nous n'avons rien à perdre. Catrin est la preuve que je pourrais avoir raison. Non seulement elle a le pouvoir de recourir à la magie de sang, mais elle y parvient mieux que moi et sans doute mieux que son père. En plus, elle a découvert, utilisé et plus ou moins maîtrisé la magie de lune sans l'aide de personne. Je ne sais pas ce qu'il te faut de plus.

— Tu me surestimes, protesté-je, rouge comme une pivoine.

— Ah oui ? Quand as-tu entendu pour la première fois le sang de cette pauvre femme dans la ruelle ? Quand est-ce qu'il t'a appelé ?

— J'étais au Sanctum. J'ai entendu Perrette, mais… je ne crois pas qu'elle ait vraiment crié. Elle avait la gorge tranchée.

— Impossible, dit mon oncle en se renfrognant.

Vraiment ? Voilà qui est troublant. Mes compétences particulières sont dues à de la magie, ça, d'accord, mais tous les Selenae ne sont-ils pas capables des mêmes prouesses ? La preuve que non puisque mes capacités semblent être bien supérieures aux leurs.

Athene fait signe à Gregor de se taire.

— L'as-tu seulement entendue ? s'enquiert-elle.

J'hésite un instant avant de répondre.

— Non, j'ai aussi eu des bleus. Sur mon ventre. Au début, j'ai cru qu'ils avaient été causés par la corde de sécurité que je portais à la taille, mais il y avait sept marques. Elles correspondaient aux coups de couteau que Perrette avait reçus. Je ne l'ai jamais dit à personne.

Cette fois, même ma cousine a l'air prise au dépourvu.

— Est-ce que ça s'est reproduit depuis ?

Mes doigts tremblent si violemment que la tasse et la soucoupe s'entrechoquent. Je les pose sur mes genoux.

— La nuit où la troisième victime est morte. Près de la statue.

— Qu'est-ce que tu as vu, Cat ?

Ma cousine couvre mes mains de l'une des siennes, à la fois impressionnée et compatissante.

Je prends une profonde inspiration avant de me lancer.

— Je regardais la lune se coucher quand d'un seul coup, je suis devenue Nicole. J'ai tout vu et tout senti pendant qu'il la tuait.

Au souvenir de la terreur de cette pauvre femme, de la sensation du sang qui coulait sur sa poitrine et du souffle qui lui manquait, ma gorge se noue.

— Est-ce que… est-ce que c'est normal chez les Selenae ?

— Non, lâche Athene sans retirer sa main des miennes, avant d'interroger Gregor. Tu as déjà entendu parler de ce genre d'expérience ?

Je vois bien qu'elle connaît déjà la réponse.

— Des légendes existent, murmure-t-il. Aussi anciennes que l'empire. Selon elles, des reines et des rois guerriers pouvaient traverser un pont baigné de clair de lune pour entrer dans l'esprit d'autrui. Mais personne n'a jamais cru à ces sornettes. Ce ne sont que des histoires à dormir debout.

— Apparemment, non, réplique ma cousine.

Lorsque j'éclate en sanglots, elle se lève pour me serrer dans ses bras.

Chapitre 46

Penchée ainsi au-dessus de ma chaise pendant que je verse des larmes sur son gilet en toile de lune ne doit pas être une position très confortable pour Athene. Gregor, lui, garde le silence, les yeux rivés sur nous. Au bout d'un moment, je m'écarte de ma cousine – je ne tiens pas à ruiner ses vêtements avec mon nez qui coule.

— Désolée… marmonné-je en m'essuyant le visage à l'aide de mes mains puis de ma manche.

Athene s'adosse à son siège, un sourire aux lèvres.

— Ce n'est pas la première fois que tu pleures dans mes bras. Tu es juste un peu plus grande, cette fois, c'est tout.

En jetant un coup d'œil à la ronde, je m'aperçois qu'au moins une dizaine de Selenae nous fixent. Ils nous ont entendus. On n'aurait peut-être pas dû avoir cette conversation en public par une nuit aussi lumineuse.

— Est-ce que tous les habitants du Quartier selenae savent qui je suis ? demandé-je en faisant attention à ne pas parler trop fort, tout en sachant que cette précaution ne sert à rien.

— La plupart de ceux qui ont plus de vingt ans, oui, me répond Athene.

— À cause de ce qui s'est passé à ma naissance.

— Oui.

— Est-ce que vous êtes nombreux à placer les mêmes espoirs que toi en moi ?

Ma cousine jette un coup d'œil à ceux qui sont en train de nous écouter sans même s'en cacher.

— Pour être honnête, presque personne ne pensait à toi jusqu'à aujourd'hui. Les Selenae ont tendance à ne pas se préoccuper de ceux qui n'ont pas de lien avec la magie. (Elle pousse un soupir.) Quant aux espoirs que j'avais, je souhaitais simplement que tu aies assez de facultés pour prouver qu'un sang pur n'était pas nécessaire pour préserver notre pouvoir. Jamais je n'aurais rêvé…

Athene fait un geste vague dans ma direction tandis que sa voix s'éteint, puis elle se racle la gorge.

— Grâce à toi, notre peuple pourrait reprendre espoir, continue-t-elle. Seulement, le problème, c'est que tu pourrais n'être que l'exception qui confirme la règle. Le hasard veut qu'un enfant tienne de sa mère autant que de son père… ou hérite plus de l'un que de l'autre… C'est pour cette raison que les membres d'une fratrie peuvent avoir une apparence et des capacités très variées. On pourrait passer des générations à essayer de recréer un autre être qui aurait tes dons sans jamais y parvenir. Et même si on réussissait, on ne saurait pas quoi faire d'une telle puissance. (Elle fait une pause de quelques secondes pour adresser un regard appuyé à notre oncle muet.) Mais je crois fermement que toi et d'autres sang-mêlé pourriez sauver notre magie de l'extinction. Ou, tout du moins, tu es la preuve qu'il n'y a pas de mal à autoriser les unions avec des non-Selenae.

— Je ne suis pas d'accord, gronde Gregor. Catrin est la preuve du danger dans lequel de telles alliances nous placeraient. Quinze Selenae, mon frère inclus, sont morts des mains d'une foule en colère. (Il désigne son visage balafré.) J'ai presque été tué simplement parce que je lui ressemblais. Tout ça parce que les Hadriens avaient honte d'avoir perdu une de leurs filles au profit des hérétiques.

Athene n'a pas d'argument à lui opposer. Pour ma part, tout ce qui me vient à l'esprit, c'est que je ne souhaite pas être vue comme une espèce de symbole et encore moins comme celle qui est censée sauver tout le monde. Mes dons ne sont que des dons, pas quelque chose que j'ai mérité ou obtenu grâce à mes efforts. Pire, il n'y a personne vers qui je pourrais me tourner pour demander de l'aide.

À moins que…

Le magister Thomas a un esprit brillant, de loin supérieur à tous ceux que j'ai rencontrés. Rémi le suit de près, même si je ne le lui avouerai jamais. Ils pourraient se servir de leur intelligence pour dominer autrui mais, à la place, ils l'utilisent pour glorifier le Soleil et inspirer des milliers par la beauté du Sanctum tout en sacrifiant leur cœur, leur âme et même, dans le cas de l'architecte, sa famille.

Quant à Simon, si son terrible don lui permet de comprendre les pulsions et les instincts de l'esprit d'un monstre, il pourrait facilement le faire basculer lui-même dans la folie. Malgré tout, le jeune homme s'efforce d'utiliser ses capacités pour sauver les autres, quand bien même il en paie lui-même le prix à chaque fois.

Où mes dons pourraient-ils être les plus utiles ? J'imagine que mon oncle et ma cousine diraient que ma place est ici, avec ceux de mon sang, mais ils auraient tort.

— Il est temps que je rentre chez moi, leur annoncé-je en me levant de ma chaise.

Gregor m'imite aussitôt.

— Tu as raison. Tu peux venir t'installer chez moi…

— Non, l'interromps-je alors qu'Athene se met debout à son tour. Je voulais dire qu'il faut que je retourne à la maison, chez le magister Thomas.

La cicatrice qui traverse la joue de mon oncle de part et d'autre s'étire vers le bas alors qu'il ouvre la bouche, stupéfait.

— Ta place est ici, Catrin. Avec nous. Nous sommes ta famille.

— Je ne peux pas simplement oublier tout ce que j'étais avant cette nuit. Des gens qui comptaient pour moi sont morts. D'autres se battent contre un mal qui ne manquera pas de détruire davantage de vies à la première occasion. Si je peux leur venir en aide grâce à ma magie, je le ferai.

— Tu as l'intention de gâcher les dons que la lune t'a accordés pour des Hadriens qui te cracheraient dessus s'ils savaient qui tu étais ? s'écrie Gregor. L'altum suprême ne te laisserait plus jamais mettre les pieds dans ton précieux Sanctum.

— Tout le monde n'a pas autant de préjugés, et vous le savez, rétorqué-je en indiquant d'un geste l'abbaye de Solis. Et puis, ce sont ces mêmes Hadriens qui m'ont élevée et ont pris soin de moi quand vous avez renoncé à votre rôle de tuteur.

Mon oncle pose les poings sur la table. Une veine tressaute sur sa tempe.

— Ne t'avise pas de me donner des leçons sur des choses dont tu ne sais rien.

— J'en sais suffisamment ! rétorqué-je. Je sais que vous vendez de la skonia aux plus misérables et infortunés d'entre nous, que vous profitez de leur faiblesse tout en vous persuadant qu'ils le méritent. Ce n'est pas de la force, c'est de la cruauté. Si vous aviez un véritable pouvoir, vous seriez un tyran. (Je lui rends son regard noir.) Est-ce que c'est ça, la vraie raison pour laquelle vous avez tout à coup envie que je vienne ici ? Parce que vous croyez que je vais vous aider à vous venger d'injustices passées ?

— Sors de mon Quartier, grogne-t-il. Avant que je ne te jette dehors.

— Vous l'avez déjà fait il y a dix-sept ans. À mon avis, c'est la meilleure chose que vous ayez jamais faite pour moi.

Je m'apprête à récupérer la pierre du néant sur la table quand Gregor la fait tomber par terre d'un revers de la main.

— Elle ne t'appartient pas, crache-t-il alors qu'elle rebondit sur les pavés. Tu n'emporteras rien avec toi. Tu n'es jamais venue ici.

J'en ai assez entendu. Je lui tourne le dos et je me dirige vers le domicile d'Athene, où j'ai laissé ma cape. Je m'attends presque à ce qu'il m'emboîte le pas pour s'assurer que je ne traîne pas dans le coin plus longtemps que nécessaire, mais il n'en fait rien. Ma cousine me rattrape en un rien de temps et marche à côté de moi.

— Cette dispute a dégénéré plus vite qu'une lune de moisson ne se lève, dit-elle sèchement.

— Notre oncle est un hypocrite. Il m'abandonne pendant des années tout ça pour m'accueillir une fois qu'il estime que je suis devenue digne d'intérêt parce que je suis capable d'utiliser la magie. Et ensuite il cherche à me dicter quoi faire de mes dons.

Nous voilà à la porte de la doctoresse, qu'elle ouvre pour moi.

— Je n'ai pas dit que tu avais tort.

— Merci… réponds-je en entrant.

— Mais je n'ai pas dit non plus que tu avais raison.

J'avance d'un pas raide vers la cuisine.

— Alors toi aussi tu crois que je ne devrais pas utiliser ma magie pour aider à arrêter un meurtrier en cavale et faire libérer un homme innocent ?

— Si tu cesses de parler à ma place, je te dirai ce que je pense.

Elle se tient dans l'embrasure, les bras croisés. Je m'empare de ma cape drapée sur une chaise. Grâce à la proximité de l'âtre, la laine est bien chaude.

— Je t'écoute.

Elle lève le menton.

— Gregor n'a aucun droit de s'attendre à ce que tu tournes le dos à tes proches et au seul monde que tu as connu jusqu'à maintenant, mais il faut que tu reconnaisses qu'il fait de son mieux pour corriger ce qu'il voit comme la plus grosse erreur de sa vie.

— C'est quoi, son erreur ? M'avoir abandonnée ou avoir essayé de me récupérer ?

— Par les ténèbres, tu es aussi butée que lui, lâche-t-elle en levant les yeux au ciel.

Elle décroise les bras et s'approche pour ajuster ma cape tandis que j'en ferme la boucle.

— Quant à tes dons, reprend-elle, je crois que tu as le droit de choisir ce que tu en fais, mais qu'il serait mieux pour toi qu'on te guide. Tu as besoin de nous. Et nous avons besoin de toi, nous aussi.

— Peut-être que j'ai besoin de vous, oui, reconnais-je avec un soupir. Mais, avant tout, il faut que j'arrête un tueur et que je fasse libérer le magister.

Ma cousine est plus petite que moi de plusieurs pouces, si bien que je dois baisser la tête pour la regarder dans les yeux.

— Et j'ai encore d'autres questions à régler.

Comme ma relation avec Simon.

— Alors tu devrais t'occuper de tout ça, dit Athene en dépliant le bord de mon capuchon là où il était retourné. Mais que ça te plaise ou non, tu es un pont entre les Hadriens et les Selenae. Détruire ce lien, c'est te détruire toi-même.

Il se pourrait que ce soit déjà trop tard.

— Est-ce que Gregor est en colère au point de ne jamais me laisser revenir ?

Elle recule puis hausse les épaules.

— Même si tu l'as blessé, la famille est ce qu'il y a de plus important à ses yeux. Pourquoi t'aurait-il surveillée pendant toutes ces années, sinon ?

— Parce qu'il a promis à mon père qu'il le ferait ?

— Non, parce qu'une heure à peine après t'avoir laissée au couvent, il a regretté son geste. Il a attendu plus de dix-sept ans d'avoir une excuse pour intervenir et te ramener à la maison, mais ni la prieure ni l'architecte ne lui en ont jamais donné aucune. C'est pour ça que ça l'a tant blessé quand tu as dit que te laisser à quelqu'un d'autre a été la meilleure chose qu'il avait jamais faite pour toi.

Je ne serais jamais devenue l'amie de Marguerite et je n'aurais jamais travaillé pour l'architecte. Ni rencontré Simon.

— En fait, je ne suis pas certaine que ce qu'il a fait était une erreur.

— Et l'admettre est encore plus douloureux pour lui.

Il faut que je parte avant que mon oncle ne vienne vérifier que je suis bien partie. Je fais un crochet par la chambre de Marguerite pour lui dire au revoir, mais elle est endormie. Comme Athene me déconseille de la réveiller, je me contente de serrer sa main dans la sienne puis de lui déposer un baiser sur le nez. Ma cousine m'accompagne ensuite dans les rues du Quartier des Selenae. La lune a disparu et je ne suis pas certaine de pouvoir retrouver mon chemin seule dans l'obscurité.

On parvient rapidement dans une ruelle au bout de laquelle des plantes grimpantes tombent en rideau. Après m'avoir précisé qu'elle débouche sur la route entre le Quartier selenae et l'abbaye de Solis, Athene m'attire dans une brève étreinte en me promettant de me faire savoir si l'état de mon amie évolue. Puis elle place un objet dans ma main. La pochette de cuir qui contient la pierre du néant.

— Gregor a dit que je n'avais pas le droit de la prendre, protesté-je, même si les battements de mon cœur s'accélèrent à l'idée de pouvoir m'entraîner avec.

— Il me l'a empruntée. Ce que j'en fais ne le regarde pas. J'y ai aussi ajouté une pierre de lune, même si elle est presque vide. Fais bien attention à les garder séparées.

Quelque chose me revient tout à coup en mémoire.

— Tout à l'heure, tu as dit que les anciens utilisaient les pierres du néant comme des armes. Qu'est-ce que tu entendais par là ? Qu'elles sont dangereuses parce que coupantes ?

— Non… Au contact de la peau, une pierre du néant absorbera toute la magie que tu y injecteras. (Elle marque une pause comme si ce qu'elle s'apprêtait à me révéler était pire que tout.) En revanche, si elle touche ton sang, elle te videra de ta magie. De toute ta magie. En moins de temps qu'il n'en faut pour le dire.

Je frissonne en imaginant ce qu'on doit éprouver dans ce cas.

— Pour toujours ?

— Heureusement, non. On peut récupérer ses facultés en exposant de nouveau son sang à la lune, comme la première fois, mais c'est… comme si on mourait. Du temps de l'Empire sélénique, on fabriquait avec ces pierres des têtes de flèche et des lames qui se brisaient en petits morceaux dans les blessures. Les victimes perdaient entièrement leur pouvoir. Ceux qui n'étaient pas tués sur le coup souhaitaient souvent l'avoir été.

— Ils finissaient néantisés, murmuré-je en comprenant le terme utilisé par mon oncle un peu plus tôt. C'est ce que vous faites aux Selenae qui sont bannis de la communauté ?

— Oui, plusieurs fragments de pierre du néant sont insérés sous leur peau pour les forcer à ne pas se servir de leur magie pour toujours. Sans elle, beaucoup deviennent fous.

— Est-ce le destin que me réserve Gregor ?

— Non, c'est ce qu'il essaie d'empêcher. D'après nos lois, ça aurait dû être fait avant qu'on ne te laisse avec la prieure, juste au cas où tu aurais eu le don d'exercer la magie, mais il a convaincu nos anciens que ce n'était pas le cas. Si les Hadriens venaient à apprendre tes origines, il te faudra choisir à quel groupe tu appartiens.

— Et si je refuse de faire ce choix ?

— Il sera fait pour toi.

Je connais désormais la raison pour laquelle Mère Agnès n'a gardé aucune trace écrite d'où je venais. Pareil pour le magister Thomas. Il était certainement honnête quand il a dit vouloir protéger Rémi, Mme La Fontaine et le Sanctum en ne révélant pas qu'il était dans le Quartier des Selenae ce soir-là mais, en fait, c'est surtout moi qu'il protégeait.

Je ne sais pas quoi ajouter.

— Merci… Pour tout.

Athene recule d'un pas dans les ténèbres et l'argenté de ses yeux étincelle.

— Que la lune te garde, Catrin. À la prochaine !

Lorsque sa silhouette se fond entièrement dans la ruelle obscure, je me tourne pour faire face au Sanctum sur le sommet de la colline, qui luit d'un blanc spectral même à la seule lumière des étoiles. Je reste là un long moment, dans la zone neutre entre le peuple de la Nuit et le celui du Soleil.

Puis je franchis la frontière invisible entre les deux et je prends le chemin de la maison.

Chapitre 47

Un banc de nuages chargés de pluie passe sur Collis le lendemain matin, enveloppant les tours du Sanctum de brume. Je me traîne hors du lit deux heures après le départ de Rémi. Mes vêtements d'escalade étant toujours humides après la lessive, j'enfile ma jupe et je glisse la pochette contenant les deux pierres offertes par Athene dans la poche intérieure où je garde ma clef de la porte de derrière. Même si je n'ai pas l'occasion de les utiliser durant la journée, leur présence me réconforte un peu.

Lorsque je le rejoins sur le chantier, Rémi est trop occupé pour se plaindre de mon retard. Le temps pluvieux lui donne l'excuse parfaite pour faire travailler les ouvriers à l'intérieur et commencer à monter les pierres des ogives sur la plate-forme en haut de l'échafaudage. J'envisage de lui faire remarquer qu'il est en train de faire exactement ce que le maître architecte lui a interdit, mais peu de progrès peuvent être obtenus dehors quand il pleut des cordes.

Malgré le crachin incessant, je choisis de travailler à l'extérieur. Après tout, c'est la première fois que le nouveau système d'évacuation des eaux est vraiment en train d'être testé. Et puis, je préfère éviter Rémi. Même avec la vieille veste imperméable du magister au-dessus de mes habits, je suis trempée jusqu'aux os quand, vers midi, on m'appelle depuis la place du Sanctum. Je jette un coup d'œil en bas pour découvrir Lambert de Montcuir qui me fait signe. Puisque je porte une longue jupe, je décide de marcher le long du toit jusqu'à la tour sud du transept pour emprunter les escaliers plutôt que de descendre par les échafaudages. Le fils du prévôt patiente à l'intérieur, près de la porte.

La couleur rougeâtre de ses joues n'est pas due qu'à la fraîcheur de cette journée. Ça me démange de lui demander comment se porte l'architecte ou si, contre toute attente, Simon l'a envoyé me chercher mais, comme c'est le fils d'un comte, c'est à lui d'engager la conversation avec moi – et pas l'inverse, jamais.

— Bonjour, Catrin. Y a-t-il un problème avec l'échafaudage qui sollicite votre attention à l'extérieur aujourd'hui ?

Quand je secoue la tête, des gouttes volent du fichu huilé noué autour de ma chevelure. J'ignore pourquoi je m'embête à en porter un : l'humidité dans l'air fait partir mes cheveux dans toutes les directions. Au contraire, si je les laissais s'imbiber d'eau, ils seraient trop lourds pour faire autre chose que pendre, si bien qu'au moins je ne ressemblerais pas à un buisson de ronces.

— Non, monsieur de Montcuir, je m'assure juste qu'il n'y a pas de fuites et que toute l'eau coule dans la bonne direction.

Il fronce les sourcils.

— Allons, vous avez insisté pour que je vous appelle Catrin, hier. Je pensais que nous étions en assez bons termes pour que vous m'appeliez tout simplement par mon prénom.

J'ignore comment réagir. Il y a une grande différence entre laisser tomber le « mademoiselle » et le « maître » avec un autre roturier et omettre d'utiliser un titre quand on s'adresse à un membre de la noblesse. Si Rémi a une attitude décontractée avec Oudin, c'est parce qu'ils sont amis. Quand il s'agit d'une relation entre un homme et une femme, seuls les membres d'une fratrie et les couples fiancés ou mariés ont tendance à avoir ce genre d'intimité. Lambert et moi ne tombons dans aucun de ces cas de figure – et je ne le souhaite pas –, mais je suppose qu'après la visite d'hier à la prison, nous partageons un secret, en quelque sorte. Même si son frère est aussi dans la confidence. À sa seule pensée, j'esquisse une grimace – ce que mon interlocuteur prend pour lui.

— Ou pas, s'empresse-t-il d'ajouter.

— Oh, non, ce n'est pas ça ! Je songeais à quelqu'un d'autre, voilà tout.

— À Simon, j'imagine ?

La plume trempée de son chapeau de velours pend à côté de son visage, ce qui lui donne une mine de chien battu.

— Non, non, dis-je, avant de me faire la réflexion que je ne voudrais pas non plus qu'il croie que son cadet occupe mes pensées. Je songeais à Rémi. Enfin, Rémone, l'ancien apprenti de l'architecte. Nous nous sommes disputés sur cette question il y a peu.

Bien sûr, cette querelle portait non pas sur ma relation avec Lambert mais sur la manière familière dont je parlais du vénatre.

— Rémone La Fontaine, dit le fils aîné du prévôt d'une voix monotone. Vous le connaissez depuis des années.

La dernière personne dont il devrait être jaloux, c'est de Rémi.

— Oui. Il est comme un frère pour moi. Un grand frère agaçant qui vous donne envie de lui balancer un bol de porridge en pleine figure.

À ces mots, il sourit et je me détends.

— Je ne voudrais pas vous retenir trop longtemps.

Je repousse une spirale de cheveux mouillés de mon front.

— De toute façon, c'est bientôt la pause-déjeuner. Je m'apprêtais à rentrer pour manger. Aimeriez-vous m'accompagner ? demandé-je sans pourtant l'appeler par son prénom.

— Rien ne me ferait plus plaisir, dit-il en m'offrant son bras que j'accepte.

Nous sortons du bâtiment. Par chance, la pluie a cessé pour quelques minutes, même si ça ne change rien au fait que je suis quand même trempée. Lambert se racle la gorge.

— Ne prenez pas cette remarque comme une insulte, Catrin, mais vous paraissez avoir mal dormi.

— Je n'ai pas fermé l'œil de la nuit. Je suis malade d'inquiétude pour le magister et Simon ne veut rien me dire. En attendant, il faut bien que le travail continue, ici. En fait, je suis contente d'avoir de quoi m'occuper l'esprit, même si j'ai du mal à rester concentrée…

Mon compagnon s'arrête tout à coup.

— Mon cousin a réussi à faire reporter le procès. L'architecte ne court aucun danger dans l'immédiat.

— Oui, mais il n'est plus tout jeune. Sa cellule est glaciale et humide et je doute qu'il soit très bien nourri. Il pourrait facilement tomber malade.

Le fils du comte enroule l'une des boucles qui se sont échappées de mon fichu autour de son index.

— Je n'aime pas penser à tous ces fardeaux que vous portez sans personne avec qui les partager.

Son regard ne me laisse aucun doute sur ses intentions. Lumière toute-puissante, c'est ma faute… Hier, je me suis pendue à son bras, j'ai versé des larmes de crocodile et je lui ai donné un baiser sur la joue pour obtenir ce que je souhaitais. Quelque part, j'ai franchi une limite et je lui ai fait croire que j'éprouvais davantage pour lui que ce que je ressens en réalité.

Lambert approche son visage du mien. Il s'apprête à m'embrasser – en public, là où n'importe qui peut nous voir. En fait, tous ceux qui se trouvent de ce côté-ci de la bâtisse ont une vue imprenable sur nous. Même Rémi pourrait être en train de nous observer.

Je recule si vivement que la mèche de mes cheveux enroulée autour de son doigt lui échappe. Je cherche au plus vite ce que je pourrais bien dire pour justifier mon geste. N'importe quoi qui mettra fin à ce moment sans le blesser fera l'affaire.

— Vous avez entendu ça ? m'exclamé-je.

Il regarde le Sanctum derrière nous, les prunelles écarquillées. À ma grande surprise, il y a du remue-ménage sur le toit. Des ouvriers courent en criant là où je marchais quelques minutes plus tôt à peine. Sous nos yeux, toute la structure se met à grincer et à trembler. Le fils du prévôt est comme pétrifié.

— Que se passe-t-il là-haut ?

Des craquements retentissent et sont subitement interrompus par le bruit de vitres qui se brisent. Plus ce dernier s'affaiblit dans une série de tintements presque mélodieux, plus le grincement du bois qui se fend se fait plus fort. Par les ouvertures, je vois des masses – l'une d'elles ressemble à un homme – tomber du haut des échafaudages les plus élevés et j'entends le fracas qu'ils font en s'écrasant sur le sol de marbre.

Grand Soleil, Rémi, qu'as-tu fait ?

Je suis déjà en train de courir vers le Sanctum, Lambert sur les talons, ma lourde jupe trempée s'accrochant à mes genoux, quand le vacarme de l'effondrement retentit jusque dans la plaine qui encercle la cité.

Chapitre 48

Lorsque je pénètre à l'intérieur de l'édifice, on se hâte déjà pour venir en aide aux blessés. Des ouvriers et des passants retournent les éboulis en quête de survivants et appellent les noms de leurs proches. De lourds blocs de pierre se trouvent là où ils ont atterri. Des portions du sol de marbre sont endommagées : des fissures qui vont du centre des impacts vers l'extérieur, une ignoble imitation des motifs de soleil si soigneusement mis en place l'année dernière. Des poutres de bois taillé d'anciennes forêts gisent par terre, brisées comme de simples allumettes. Des éclats de verre coloré jonchent le sol. Pendant ce temps, il pleut à verse par les fenêtres et les trous dans la toiture, si bien que l'eau coule en ruisseaux parmi les décombres.

L'altum suprême, ses prêtres assistants et les frères de la Lumière ne font même pas de pause pour les prières, ils chantent la liturgie du soir tout en œuvrant, procurant à tous une note d'espoir et de beauté au milieu de toute cette dévastation. Plus un seul œil n'est sec quand ils en ont terminé.

Ça aurait pu être bien pire. À cause des intempéries, beaucoup moins d'ouvriers travaillaient aujourd'hui et la vitesse à laquelle l'ensemble s'est écroulé a permis à presque tous ceux qui étaient présents d'avoir le temps de s'échapper. Presque.

Au moins trois autres noms seront ajoutés à la liste sur le mur de l'atelier ce soir. Deux hommes pourraient ne plus jamais marcher. Une dizaine d'autres auront besoin de plusieurs mois pour guérir de leurs blessures.

Lambert est à mes côtés. Il déblaie fiévreusement des gravats, de longues égratignures courent sur ses bras, dues aux morceaux de bois fendus qu'il a déplacés. À un moment donné, le fichu qui couvre ma chevelure est employé pour panser une plaie. Oudin est présent, lui aussi. Il travaille aussi dur que tous ceux que je vois et c'est lui qui découvre le premier des trois corps. Je n'ose toucher à aucun des défunts. Leurs dernières pensées ne feraient que hanter mes rêves.

***

À mesure que la nuit tombe, les ouvriers et ceux qui sont venus en renfort quittent le Sanctum, beaucoup d'entre eux pour pleurer leurs proches. Il ne nous reste plus d'énergie pour commencer le nettoyage ou couvrir les fenêtres à présent dépouillées de leurs motifs colorés et finement ouvragés. Les frères de Montcuir sont les derniers à partir et Oudin fait une mine sévère en voyant son aîné me serrer la main un peu trop longtemps pour exprimer son soutien avant de se glisser dehors en silence.

Je trouve Rémi au milieu des décombres, assis sur les restes de la grande roue utilisée pour monter les lourds chargements jusqu'à la dernière plate-forme de l'échafaudage à soixante pieds de haut. Sa peau est couverte de poussière de marbre et de calcaire, ce qui lui donne l'air d'avoir sa place sur un perchoir, là dehors, en compagnie du reste des statues, à regarder la ville d'un œil mauvais.

Les regrets qu'il éprouve doivent être insupportables. J'ai envie de lui crier dessus parce qu'il a fait exactement ce que le magister lui avait dit de ne pas faire, mais à quoi bon ? Je trace mon chemin parmi les débris jusqu'à me trouver assez près de lui pour murmurer :

— Rémi ? Rentrons à la maison, tu veux ?

Il se tourne vers moi, les traits déformés par la rage.

— Tu en as, du culot, pour oser m'adresser la parole.

La dernière chose qu'il a besoin d'entendre, ce sont des accusations.

— Il n'y a rien d'autre qu'on puisse faire ce soir. Je suis certaine que ta mère s'inquiète pour toi.

Il descend de la roue brisée et me fait face.

— Qu'est-ce que tu fais là, Cat ?

— Je suis là parce que tu comptes pour moi. Pas pour jubiler. Même les maîtres architectes font des erreurs. Tu dois juste apprendre des tiennes.

Ses yeux verts s'écarquillent.

— Ah, parce que c'est ma faute ? s'exclame-t-il.

S'il croit qu'il va me mettre cette catastrophe sur le dos, comme il l'a fait avec l'emprisonnement du magister Thomas, il ferait mieux d'y réfléchir à deux fois. Je pointe du doigt les pierres pour les ogives, qui ont été taillées avec précision, des mois durant, et qui sont à présent inutilisables.

— Ça, c'est exactement ce que le magister t'avait interdit de faire, commencé-je avant de lever le bras pour désigner les restes de l'échafaudage et des structures de renfort au-dessus de nous. Précisément parce que ce genre de drame pouvait arriver !

Rémi, une expression froide sur le visage, m'agrippe par le poignet et me force à baisser le bras d'un coup sec.

— Laisse-moi te montrer quelque chose.

Je trébuche sur les gravats au moment où il me tire vers une porte latérale. Au lieu de sortir comme je m'y attends, il m'entraîne dans les escaliers qui mènent à la tour sud. Je pourrais monter ces marches les yeux fermés, mais il me traîne sans relâche derrière lui, si bien que je me cogne sans cesse les orteils. Une fois sur le toit, Rémi m'emmène jusqu'au bord, face à l'est. Le soleil couchant est en train de plonger sous la ligne l'horizon derrière nous, peignant les nuages d'éclatantes nuances orange, roses et violettes. Je trouverais la vue magnifique si elle n'était pas gâchée par ces ravages sous nos pieds.

— Qu'est-ce que tu vois, Cat ? crache Rémi, en me montrant le mur extérieur de sa main libre.

Sa poigne sur mon bras me fait l'effet d'une menotte de fer.

— Des arcs-boutants qui soutiennent la voûte en répartissant le poids du Sanctum, répliqué-je.

Je n'ai peut-être pas de connaissances approfondies sur la manière dont ils sont construits – contrairement à mon ami –, mais je comprends le principe.

— C'est exact. Maintenant, dis-moi où est le problème.

Je m'apprête à répondre, quand je m'aperçois que les colonnes et les arches de pierres sont toutes parfaitement droites et intactes, tout comme le mur. Impossible !

— Avant que tu ne poses la question, c'est pareil de l'autre côté, déclare-t-il. Tous les arcs-boutants étaient assez solides pour supporter la pression, ce dont je n'ai jamais douté.

Lorsqu'il lâche mon poignet, je croise son regard. Ses yeux sont remplis de chagrin. Troublée, j'ouvre la bouche puis je la referme.

— Tu croyais vraiment que j'allais faire quelque chose d'aussi dangereux sans vérifier au préalable que les arcs-boutants tiendraient le choc ?

— Mais alors qu'est-ce…

— Qu'est-ce qui a causé l'effondrement ? me coupe-t-il. On était en train de monter des pierres sur la plate-forme et de les arranger pour pouvoir les assembler demain. La roue allait finir d'élever la dernière charge quand l'échafaudage a commencé à tomber en morceaux. Même les poutres centrales qui le soutenaient n'ont pas pu le maintenir en place. Je ne veux même pas imaginer comment elles doivent être endommagées, à présent !

Avant de voir les arcs-boutants, je supposais que Rémi les avait mis sous pression trop tôt, ce qui avait fait s'écrouler les murs vers l'extérieur, mais je me trompais. Il n'avait même pas commencé à mettre en place les ogives.

— Mais la plate-forme aurait dû pouvoir supporter le poids, dis-je sans rien y comprendre.

Rémi croise les bras.

— Oui, voilà. Conclusion : c'est l'échafaudage lui-même qui était défectueux.

Il laisse le silence s'éterniser avant d'insister.

— Et c'est la responsabilité de qui d'inspecter les échafaudages, Cat ?

Bien que je n'aie presque rien avalé de la journée, je crois que je vais vomir.

— C'est la mienne, murmuré-je.

— Qui a signé de son nom le plan définitif en affirmant que tout était en place et sécurisé ?

— C'est moi.

— Qui nous a assuré que son travail était fait pour pouvoir courir la moitié du temps après des fantômes dans la rue des Plaisirs ? Qui a passé les deux derniers jours à faire les yeux doux au fils du prévôt ?

Je ne peux pas laisser passer cette dernière accusation.

— Je suis allée rendre visite au magister qui croupit en prison !

— Pendant que je m'efforce de préserver l'œuvre de sa vie sans aucune aide de ta part, merci bien ! s'écrie mon ami.

— Des gens meurent, Rémi ! Des gens à qui je tiens ! Il faut que je fasse quelque chose pour arrêter ça !

Quand je me rends compte de ce que j'ai dit, je plaque mes deux mains sur ma bouche, mais c'est trop tard.

— Tu as raison, des gens meurent.

Une atroce souffrance grandit dans ma poitrine et j'ai du mal à retenir mes larmes. Après s'être penché pour me regarder droit dans les yeux, mon ami remue le couteau dans la plaie.

— Quant à ceux à qui tu tiens, je crois qu'il est évident que le tueur les a choisis exactement pour cette raison. Il n'y a qu'à voir le magister, qu'il a réussi à faire accuser à tort d'une manière ou d'une autre.

Mes genoux cèdent et je m'effondre au sol, ma jupe trempée étalée sous moi.

— Tu sais bien que je n'ai jamais souhaité que tout ça arrive. Je ne pensais qu'à protéger le magister !

J'étouffe mes sanglots dans mes mains sous le regard de Rémi. Il a beau m'avoir défendue la nuit de l'arrestation de notre mentor, c'est fini.

— Du ragoût et des excuses ne lui servent à rien, Cat, lâche-t-il froidement. Il avait besoin de toi ici. Il avait besoin que tu fasses ce pour quoi il t'a embauchée. Moi, j'avais besoin de toi ici.

Sa voix s'étrangle sur ces derniers mots.

Je n'ai pas de réponse à lui fournir et il n'en attend pas. Il retourne vers les escaliers d'un pas raide pour disparaître en même temps que le soleil.

***

Je reste prostrée là sans bouger longtemps après le départ de Rémi. Il se remet à pleuvoir et les gouttes tombent sur moi par les arches ouvertes, mais je n'ai plus la force de réagir.

Les cloches de la tour de façade appellent les frères de la Lumière pour la liturgie de minuit et, peu après, leurs psalmodies obsédantes retentissent par les fenêtres brisées un peu plus bas. Quand les voix s'éteignent enfin, l'altum suprême les invite à regagner leurs lits. Ils forment deux files pour traverser le Sanctum et les débris craquent sous leurs sandales tandis qu'ils ferment les portes pour la nuit. Les voilà partis.

Je me retrouve alors complètement seule, comme je devrais l'être. Même la lune me refuse sa compagnie en se cachant derrière d'épais nuages.

Comment ai-je pu laisser un drame pareil arriver ? Je passe les heures qui suivent à me représenter l'échafaudage qui s'est écroulé, en tentant de trouver où j'ai bien pu faire une erreur. J'ai exécuté mon travail avec diligence, sans toutefois le négliger : j'ai repéré des parties qu'il fallait consolider. Deux d'entre elles étaient même assez préoccupantes pour que j'attende qu'elles soient réparées avant de signer le plan définitif de Rémi. Si j'ai été rapide, je me suis aussi montrée consciencieuse… ou, en tout cas, c'est ce que je croyais.

Il faut que je comprenne où je me suis trompée. Mes muscles et mes articulations protestent quand je me mets debout et un malaise manque de me faire me rasseoir. Quand est-ce que j'ai mangé pour la dernière fois ? On a fait passer du pain et des tasses d'eau pendant les recherches, mais j'ai à peine réussi à avaler un morceau. À part ça, il y a eu un bol de porridge ce matin et presque rien hier. C'est un miracle que je tienne encore debout.

Malgré tout, je ne partirai pas d'ici avant d'avoir trouvé des réponses à mes questions. Sans la lumière de l'astre nocturne, je n'y vois pas grand-chose. Heureusement, j'ai la pierre de lune sur moi. Je tire la pochette de ma poche et je découvre que les deux pierres sont dans deux compartiments séparés. Prudemment, je fais tomber celle qui m'intéresse dans ma paume. Elle luit légèrement. Hélas, mes sens s'améliorent à peine. Athene m'avait prévenue qu'elle était presque vide.

Enfin, c'est toujours mieux que rien. Je traverse la tour d'un pas chancelant puis je descends l'escalier en colimaçon par lequel Rémi m'a fait monter de nombreuses heures auparavant. Une fois en bas, j'emprunte un candélabre de l'autel au passage. Le Soleil ne m'en voudra pas et l'altum suprême n'a pas besoin de le savoir. Même avec cet éclairage, je ne peux pas distinguer les dégâts sur l'échafaudage en hauteur, donc j'attaque par ce qui se trouve en dessous.

Selon Rémi, c'est par la roue en bois que les problèmes ont commencé. Je m'attaque donc à cette partie-là, en visualisant comment elle était fixée à la poutre située au-dessus. Quelques-unes des épaisses pièces de charpente qui consolidaient le toit traînent autour de moi, une des nombreuses raisons pour lesquelles mon ami redoute la journée de demain. L'impact de la chute de près de cent pieds a causé des fractures sur toute leur longueur, ce qui signifie qu'elles ne peuvent pas être réutilisées. Or elles sont venues de forêts à des centaines de lieues d'ici. Les remplacer sera coûteux en temps et en argent.

Lorsque je les examine, les zones non recouvertes de poix m'indiquent là où les poutres s'appuyaient les unes contre les autres. Certaines se sont rompues tout net, presque comme si elles avaient été coupées, quand d'autres sont brisées en éclats, comme je m'y attendais. Il est délicat de juger de l'apparence que devrait avoir une pièce aussi grosse qui se casse, surtout dans le noir, mais quelque chose cloche. Pour provoquer autant de dégâts, tellement de parties de la structure auraient dû rencontrer un problème en même temps… un phénomène plutôt improbable, à mon humble avis.

En tout cas, ces poutres-ci étaient les dernières à tomber. La faiblesse critique devait se situer dans l'échafaudage qui partait du mur, mais je ne vois rien gisant par terre à un endroit qui pourrait m'indiquer d'où elle est apparue. Des pierres et du bois ont été jetés sur les côtés pendant les recherches de ceux qui étaient ensevelis sous les décombres. Il me faut étudier les angles des pièces encore attachés les unes aux autres pour trouver des indices sur leur position de départ. Plusieurs étais et montants sont partiellement ou complètement cassés en deux. Pourtant, impossible de définir si l'une de ces fissures était déjà là avant l'effondrement ou si elle est arrivée au cours de celui-ci ou après avoir touché le sol.

Après plus d'une heure, je n'ai rien découvert qui explique ce qui s'est passé.

La pierre de lune toujours serrée dans ma main, je tombe à genoux à côté d'une pile de gravats et je lève les yeux vers le toit noir et caverneux en laissant les larmes couler dans mon cou. Comment le maître architecte a-t-il réussi à continuer son travail après un échec pareil ? J'ai envie d'escalader le bâtiment jusqu'au point le plus haut pour me laisser tomber dans le vide. Une fin appropriée et méritée.

Non. Je ferme les paupières et je pose mes mains sur mes cuisses. Le magister Thomas en mourrait. Je ne peux pas lui faire ça. Si lui parvient à supporter le poids de ses erreurs passées, moi aussi j'en suis capable. Je vais me lever et sortir d'ici, tout comme je l'ai fait hier matin dans la prison. C'est ce qu'il souhaiterait.

Tremblante de fatigue et de faim, je range la pierre de lune dans sa pochette puis je me force à me relever avant de ramasser le candélabre dont les bougies sont presque éteintes. Quelque chose qui dépasse d'une pile de débris attire mon regard. On dirait de la corde recouverte de poix… ou des cheveux. Je me précipite dessus et je me mets à déblayer la zone en pensant avoir découvert une autre victime de l'accident, mais il devient rapidement clair que ce n'est pas le cas. Une longue tresse est enroulée autour d'un morceau de bois, comme si quelqu'un l'y avait attachée.

Le candélabre levé au-dessus de ma tête, je décroche la natte de ma main libre pour finir par me retrouver avec une longueur de plus de trois pieds de cheveux noirs et lisses : les cheveux de Marguerite !

Un message laissé ici pour être découvert.

Je ne sais pas comment le tueur a procédé, mais ce n'est pas moi qui suis responsable de la destruction qui m'entoure. Non, c'est lui.

Chapitre 49

Simon. Je dois le dire à Simon.

Sortir du Sanctum à une heure pareille n'est pas si simple. Toutes les portes sont fermées, si bien qu'il me faut soit passer par la fenêtre à l'autre bout de l'édifice, soit monter dans la tour jusqu'au toit où je me trouvais un peu plus tôt pour ensuite descendre par les échafaudages extérieurs. Je porte toujours ma jupe de travail, qui est assez ample pour que dans les deux cas la manœuvre soit délicate, surtout dans le noir. Les fenêtres brisées au niveau de la galerie sont larges et assez basses. Elles me semblent être une bonne option, même si je vais devoir me montrer prudente.

Après avoir replacé le candélabre sur l'autel, je passe la longue tresse entre deux de mes couches de vêtements pour avoir les mains libres, puis je cours aux escaliers par lesquels je suis descendue un peu plus tôt. Rien que de gravir les marches jusqu'à la galerie me donne le vertige. Je fais une pause sur le palier pour attendre que ma tête arrête de tourner. Lorsque ma respiration revient à la normale, j'entends le tintement de morceaux de verre qui tombent sur le sol.

Rémi est-il revenu me chercher ? J'avance dans la galerie, où de la lumière trouble pénètre par les vitres brisées.

À mi-chemin de l'extrémité de celle-ci, une forme sombre se glisse à l'intérieur du Sanctum et du verre crisse là où elle atterrit.

— Rémi, c'est toi ?

La silhouette sursaute puis se tourne face à moi. Sans un mot. Des gouttes de pluie coulent de la cape qui le couvre de la tête jusqu'aux genoux.

Non, ce n'est pas Rémi.

Simon a toujours dit que le tueur reviendrait sur la scène de ses meurtres. Sur les instructions du vénatre, Lambert a interrogé de nombreuses fois les gardes pour savoir si des hommes s'attardaient dans ces zones. Je suis la seule à être au courant que le Sanctum est désormais l'un de ces lieux.

Il faut que je sorte d'ici. Je connais la cathédrale comme ma poche, mais il y a beaucoup trop d'endroits où l'on peut être pris au piège.

L'ombre bouge légèrement et j'entends le crissement d'une lame que l'on tire de son fourreau. Tandis que l'individu fait un pas dans ma direction, une dague surgit de sa cape.

À côté de moi se trouve une fenêtre que je n'aurais jamais choisie pour sortir de l'édifice. Une dizaine de morceaux de verre sont restés fichés dans le cadre et pointent vers l'intérieur comme des dents. Je ne distingue rien dehors, mais si aucun échafaudage ne s'élève à cet endroit, c'est qu'il y a un vide de plusieurs pieds avant le toit du bas-côté de la nef. Le meurtrier fait un autre pas, plus rapide cette fois. Je n'ai plus le choix. Après avoir sauté sur le rebord situé à la hauteur de mes genoux, je me jette par l'ouverture sombre, en protégeant mon visage de mes mains et en priant pour atterrir sur une plate-forme.

Des bords tranchants s'accrochent dans mes cheveux et ma jupe, dont le tissu se déchire. Louée soit la Lumière, il y a bien un échafaudage ! Malheureusement, comme la plate-forme est à quelques pouces au-dessus du bas de la fenêtre, je trébuche avant de tomber la tête la première sur sa surface de roseaux tissés. J'ai à peine le temps de prendre conscience de ce qui s'est passé qu'une main gantée agrippe ma cheville. En hurlant, je donne un coup sur ses doigts avec le talon de mon autre botte et je me libère assez pour pouvoir ramper hors de sa portée.

Sous moi se trouve un vide d'une vingtaine de pieds jusqu'à des blocs de roche irréguliers. Lorsque je me relève, le tueur se propulse à son tour par la fenêtre. Je me détourne aussitôt pour ne pas être blessée au visage par les bris de verre qui sont projetés à son passage puis je me rétablis à l'aide du montant le plus proche. Je passe sur l'échafaudage suivant qui n'a pas de plate-forme à ce niveau. Mes pieds trouvent un madrier et je le traverse en pas chassés tout en agrippant la planche du dessus pour avancer un pas après l'autre.

Je suis parvenue à une distance qui me met à peine hors de sa portée quand mon agresseur tente de nouveau de m'atteindre. Si seulement je pouvais profiter des effets de ma pierre de lune ! Mais ils seraient faibles et je ne serais jamais capable de la tenir en main dans ces conditions. Le bois est glissant à cause de la pluie et tellement froid que mes doigts sont engourdis en quelques secondes, or j'ai besoin de mes deux mains pour maintenir mon équilibre. Avec l'obscurité et l'eau qui me goutte dans les yeux, je bouge en me basant presque uniquement sur mon sens du toucher. Lorsque mes orteils se cognent contre le poteau vertical suivant, je le contourne. Là, je découvre un madrier en diagonale en plus de la planche horizontale. Je choisis de monter plutôt que de rester à ce niveau. Le tueur me suit en grognant sous l'effort et je manque de tomber quand ma main se tend vers un endroit où je m'attends à trouver un support mais où il n'y a rien. Plutôt que d'observer où en est mon poursuivant, je ferais mieux de me concentrer sur ma propre fuite.

Je continue mon ascension de cette toile d'araignée de poteaux, de planches et de plates-formes en me dirigeant vers le haut chaque fois que c'est plus simple, ce qui est souvent le cas. Si je peux atteindre le toit, j'aurai un accès facile pour m'enfuir en courant tout droit le long de la gouttière. De l'eau de pluie tombe dans mon œil gauche et je perds une précieuse seconde pour l'essuyer. Mes doigts sont noirs de sang. J'ai dû me faire une entaille à la tête quand je suis passée par la fenêtre. Mon épaisse chevelure m'a sans doute sauvée d'une blessure bien plus profonde. Impossible d'estimer à quel point je saigne, pourtant, ou si le malaise que j'éprouve est dû à la terreur, la faim ou la perte de sang. Probablement aux trois.

Après m'être hissée sur la plate-forme suivante, il faut que je fasse une courte pause le temps que mon vertige s'apaise. Des bruits en dessous de moi m'annoncent que l'avance que je suis parvenue à prendre diminue vite. J'arrive ensuite à la claire-voie, la rangée de fenêtres la plus haute, deux niveaux plus bas que le toit. Ici, le verre est transparent pour laisser entrer une lumière pure. Le bout d'une poutre de la charpente, qui est sortie du bâtiment en brisant l'une des fenêtres, repose sur le bord de la plate-forme sur laquelle je me trouve. Si je pouvais faire confiance à l'échafaudage, j'aurais peut-être essayé de grimper à l'intérieur. Une étroite dent de verre triangulaire pend du haut du cadre circulaire. Je me mets sur la pointe des pieds pour la décrocher.

Le morceau de verre brisé m'entaille la peau de la main et du sang s'écoule des deux côtés. À présent, j'ai une arme, mais je doute de pouvoir l'utiliser efficacement. Quel genre d'homme suis-je en train d'affronter ? Simon l'a décrit comme intelligent et, pour avoir su comment causer l'effondrement de l'échafaudage d'une manière qui paraisse accidentelle durant le court laps de temps qui a passé depuis mon inspection de la semaine dernière, il doit assurément l'être.

Une main gantée apparaît au bord de la plate-forme et je m'éloigne péniblement pour me placer hors de sa portée. Le bord pointu de mon couteau de fortune érafle par mégarde la surface tissée et me coupe la paume plus profondément encore. Soudain, j'ai une idée.

Après avoir ajusté le verre dans ma main, je continue à me déplacer vers l'arrière tout en en traînant le bord le long des roseaux, là où ils sont fixés au cadre. J'appuie assez fort pour couper les liens.

Puis je m'enfonce dans les ombres, au point de me retrouver dos à une partie plus épaisse du mur du Sanctum qui forme un coin. Une traînée de sang visible mène jusqu'à moi, dissimulant avec un peu de chance mon forfait. Le tueur hisse son buste sur la plate-forme. Je ne peux toujours rien distinguer de son visage caché sous sa capuche, mais lui peut me voir et m'entendre haleter. Désormais, je ne tente plus de fuir. Je lui tends un piège.

Alors qu'il monte une première jambe sur la plate-forme, je crains qu'il n'ait une trop bonne vue sur les roseaux partiellement tranchés. Pour le distraire, j'envoie de toutes mes forces le morceau de verre ensanglanté vers lui. Il le repousse d'un geste de la main et se lève. Avec l'effort que m'a demandé ce lancer, je suis sur le point de m'évanouir. Le meurtrier fait une pause, comme s'il savourait ce moment, et ressort sa lame.

Oui, c'est ça. Viens vers moi.

Il fait un pas en avant, puis un autre. Sous ses pieds, les roseaux ploient mais ne se brisent pas. Ma vision déjà brouillée s'obscurcit petit à petit. Si mon stratagème ne fonctionne pas, j'aurais au moins déjà sombré dans l'inconscience lorsqu'il me tuera.

Tout à coup, une série de craquements se fait entendre, chacun plus rapide que le précédent. La plate-forme cède, se déchiquetant comme du tissu. Mon agresseur tombe, d'abord seulement jusqu'à la taille, puis l'impact de son poids déchire le reste des roseaux que j'ai abîmés et il passe entièrement au travers. Sa main qui tient toujours la dague disparaît en dernier.

Je m'affaisse sur le côté tout en essayant de résister aux vagues de ténèbres qui cherchent à m'engloutir. Le tueur dégringole et l'échafaudage tremble à chacun de ses impacts sur les madriers disposés à différents angles – comme aucune tâche n'est en cours sur les niveaux inférieurs, il n'y a pas d'autres plates-formes. Les chocs sont assez fréquents pour que la vitesse de la chute de mon agresseur ne s'accélère pas sans pourtant que ce dernier soit en mesure de la ralentir non plus. Tout finit par se terminer par un bruit sourd lorsque son corps touche le toit pentu du bas-côté.

Malgré tout, je ne suis pas encore en sécurité. Je devrais me lever, m'éloigner, mais la fatigue m'accable. Recroquevillée sur le petit coin de la plate-forme qui est resté attaché, je ferme les paupières.

Rien qu'un instant.

Chapitre 50

Lorsque j'ouvre les yeux, il fait encore noir. Le ciel est trop couvert pour me donner un indice de l'heure qu'il est. Ma main droite ensanglantée est serrée contre ma poitrine, ce qui me fait prendre conscience de l'épaisse tresse que je sens entre les couches de mes habits. Dès que les derniers événements me reviennent en mémoire, je me redresse. Le mouvement arrache certains de mes cheveux collés par du sang séché à la plate-forme de roseaux et me tire une grimace. Ensuite, il me faut combattre une vague de nausée qui ne s'apaise que pour laisser à sa place une horrible migraine.

Où est-il ?

Avec prudence, je me penche pour regarder en bas. Personne sur le toit du bas-côté où il a dû atterrir. Aucun bruit sur les échafaudages. Même si je suis tentée de rester ici jusqu'au matin, mon intuition me dit que le meurtrier a pris la fuite. Il faut que j'aille trouver Simon pour lui apprendre ce que j'ai découvert.

La descente est lente et laborieuse, surtout parce que je progresse très précautionneusement, attentive aux éventuels signes de la présence du tueur. Les coupures sur mes mains et mes doigts s'ouvrent de nouveau malgré mes efforts pour ne pas trop les solliciter. Une fois que mes pieds touchent le sol, j'ai envie de me mettre à courir, mais je n'en ai pas la force. Je clopine le long du Sanctum puis dans la rue qui mène à la demeure du comte de Montcuir. Je tiens à éviter d'alarmer toute la maisonnée, si bien que je contourne la bâtisse jusqu'à la porte de la cuisine en espérant qu'au moins l'un des domestiques dorme au rez-de-chaussée. J'abats ma bonne main sur le bois, sans toutefois frapper très fort.

— Aidez-moi ! croassé-je. Je vous en prie !

C'est Simon qui ouvre, seulement quelques secondes plus tard, sa silhouette se découpant sur la lumière dorée d'un petit feu. Il devait déjà se trouver dans la cuisine. Pourtant, il cligne des paupières comme s'il venait juste de se réveiller. Ses yeux s'écarquillent quand il voit dans quel état je suis.

— Cat ? Lumière toute-puissante, qu'est-ce qui t'est arrivé ?

Je lui montre les entailles sur ma main.

— C'est mon sang, mais ça va.

— Tu plaisantes, j'espère !

Il me tire à l'intérieur puis referme la porte. Il pose alors un doigt sur mes lèvres et regarde quelques secondes le plafond. Personne ne bouge à l'étage, la voie est libre. Il me guide à une chaise de bois disposée entre une table et l'âtre.

— Assieds-toi, m'ordonne-t-il.

J'obéis. Le siège est tiède comme s'il l'occupait avant mon arrivée. Il me tourne le dos pour fouiller dans un placard. Ses boucles blondes sont aplaties sur un côté de sa tête et, sur sa joue, je remarque une impression de tissu froissé.

— Tu dormais là ?

— Oui. Juliane a passé une mauvaise nuit. Pire que d'habitude.

Il débouche plusieurs flacons et bocaux pour les sentir, certains qu'il place de côté et d'autres qu'il range. Une théière est posée non loin de moi sur la table. Je frissonne à la fois à cause du froid, du choc et de la douleur, et cette boisson a l'air divine.

— Cette tisane est encore chaude ? demandé-je en claquant des dents. Est-ce que je peux en avoir ?

— Par la grâce du Jour, non !

Simon fait volte-face, les mains pleines de bandages et des contenants qu'il a sélectionnés. Il s'empresse de tout lâcher sur la table avant de s'emparer de la théière et de courir à la porte pour en verser le contenu dehors.

En secouant la tête, il échange le récipient vide contre un bol en bois qu'il prend sur une étagère et pose sur la table. Il le remplit d'eau bouillante avant d'examiner l'entaille sur mon cuir chevelu. Je ferme les paupières tandis que ses longs doigts peignent mes cheveux.

— Pas très profonde, marmonne-t-il. Je crois que ça ne saigne plus, mais il faut quand même la nettoyer.

Puis il se met à genoux devant moi pour m'ouvrir délicatement les mains.

— Que s'est-il passé ?

— Il y a eu un effondrement au Sanctum, réponds-je, soulagée parce qu'il semble avoir mis ma trahison de côté. Trois ouvriers sont morts.

— Lambert nous l'a annoncé, dit-il d'un ton compatissant. Je suis vraiment désolé.

Il trempe un linge dans le bol et commence à nettoyer ma main. L'eau est tiède.

— Mais ces coupures-là sont plus récentes, fait-il remarquer. Comment te les es-tu faites ?

— J'essayais de trouver l'origine du drame, expliqué-je en reniflant avant de m'essuyer le nez de ma main libre. C'est mon travail de m'assurer que ce genre d'accidents n'arrivent pas.

Le jeune homme relève brusquement la tête.

— Rémone a dit que c'était ta faute ?

— Il avait toutes les raisons de le faire.

Simon jette le chiffon ensanglanté sur la table.

— Si Rémone est à la tête du chantier, c'est lui, le responsable, grommelle-t-il en inclinant ma paume vers la source de lumière.

De sa main libre, il ouvre une bouteille et verse du liquide transparent sur un autre morceau de tissu. L'odeur âcre me brûle les narines.

— Ça va piquer, me prévient-il avant de placer le linge humide sur ma paume.

On dirait plutôt qu'on me tranche la main avec une lame chauffée à blanc. Je recule instinctivement mais il me retient par le poignet.

— Tiens bon, m'encourage-t-il d'une voix douce. Ça ne durera pas longtemps.

Je me tortille sur mon siège alors que la douleur décroît petit à petit puis qu'elle redevient supportable. Quand il retire le tissu, je m'attends à voir un trou au centre de ma main, mais elle a exactement la même apparence qu'avant.

— Qu'est-ce que c'est ?

— De l'alcool, trop pur pour être bu. Ça devrait empêcher les coupures de s'infecter.

Simon lâche le linge taché de sang sur la table avant d'ouvrir un pot en argile de sa main droite. La gauche, elle, tient toujours la mienne.

— Tu es encore en colère contre moi ? demandé-je d'une voix timide.

Il prélève du baume avec deux de ses doigts avant de s'arrêter pour croiser mon regard.

— Pour les mensonges ou pour la visite en prison ?

Il sait. Je baisse les yeux, mal à l'aise, tandis qu'il me fixe un instant sans rien ajouter. Puis il étale de la pommade sur ma paume et mes doigts, plus délicatement que je ne m'y attendais.

— Le broc que tu as laissé pour le magister était trop large pour passer entre les barreaux de sa cellule. Mais le ragoût était encore tiède à mon arrivée. (Il soupire.) Je le lui ai donné.

— Je suis désolée.

— Non, tu ne l'es pas et tu le sais.

Simon s'essuie les doigts puis soulève une longue bande de lin. Avec célérité, il enveloppe ma main, alors que je cherche une réponse adéquate à lui fournir sans y parvenir. Il finit en nouant ensemble les deux extrémités du bandage.

— Tu as besoin de points de suture, mais ce n'est pas dans mes compétences. Il va te falloir un vrai guérisseur pour ça.

— Merci… murmuré-je.

— Je t'en prie. Tu m'as fait une peur bleue en cognant à la porte, couverte de sang.

Il se met debout en s'appuyant sur la table et trempe un linge propre dans de l'eau avant de me faire lever le menton pour essuyer le côté de mon visage, tout en évitant soigneusement mon regard.

— Alors tu grimpais sur le Sanctum dans le noir et ensuite quoi ? reprend-il. Tu t'es cogné la tête ?

Pendant les quelques minutes durant lesquelles il s'occupait de moi, j'ai oublié ce qui vient de se passer. La réalité me rattrape tout à coup.

— Il était là, Simon.

Il rince le tissu puis l'essore en refusant toujours de me regarder dans les yeux.

— Qui était là ? Rémone ?

— Non, réponds-je, sans pouvoir retenir mes larmes. Lui. Le tueur.

Il se fige et le linge fait goutter de l'eau sur ma tête, avant qu'il ne croise enfin mon regard. Un air incrédule s'affiche sur ses traits plongés dans l'ombre.

— Pardon ?

En prenant une inspiration tremblante, je passe ma main gauche dans ma tunique pour en tirer la longue tresse que j'ai récupérée.

— Ce qui est arrivé aujourd'hui au Sanctum n'était pas ma faute ni celle de Rémi. Et ce n'était pas non plus un accident.

Même couverte de poussière, l'ébène de la chevelure de mon amie brille encore. Simon laisse tomber le bout de tissu pour s'emparer de cette preuve.

— Est-ce que ce sont…

— Les cheveux de Marguerite ? Oui… Je les ai trouvés accrochés autour d'un fragment de l'échafaudage. Je ne sais ni comment ni quand, mais c'est le meurtrier, le responsable de l'accident. C'est lui qui a tué ces hommes. Et il les a tués à cause de moi, comme il a tué Mère Agnès.

Simon se remet à genoux devant moi, les prunelles brillantes de colère.

— Non, Cat. Rien de tout ça n'est ta faute ! C'est la sienne. (Il pose sa main libre sur ma joue.) C'est sa faute à lui. Et la mienne, pour ne pas avoir réussi à l'arrêter.

La lumière du feu projette des ombres sur son visage et les cernes sous ses yeux. Je ne lui ai toujours pas dévoilé le pire.

— Simon… chuchoté-je. Il est revenu au Sanctum cette nuit. Je l'ai vu.

Il comprend soudain. Il lâche la tresse, qui tombe sur mes genoux, pour prendre ma main blessée dans la sienne tandis que l'autre se glisse dans mes cheveux.

— C'est lui qui t'a fait ça ?

J'opine du chef avant de lui raconter ce qui s'est passé.

— Et quand j'ai regardé en bas, il était parti, conclus-je.

Simon ferme les paupières puis baisse la tête. Ses doigts se resserrent dans ma chevelure et autour de ma main pansée. Les muscles de ses bras se tendent, m'attirant plus près de lui.

Sans prévenir, il pose ses lèvres sur les miennes.

La retenue dont il faisait preuve plus tôt s'est volatilisée et il m'embrasse passionnément, comme s'il souhaitait désespérément que je lui dise quelque chose avant qu'il ne soit trop tard.

« Je suis désolé, je suis désolé, je suis désolé. »

Je ne sais pas de quoi il est désolé. D'avoir été en colère contre moi ? De m'avoir laissée traverser l'épreuve de cette nuit toute seule ? De ne pas m'avoir embrassée à chaque fois qu'il le désirait ? Peut-être est-il désolé de toutes ces choses et d'autres encore. En tout cas, lui rendre son baiser me semble naturel. J'aimerais qu'il sache à quel point je regrette, à quel point je ne veux plus jamais le blesser.

« J'ai failli te perdre ce soir. »

Je lui rends son baiser pour lui dire qu'il ne m'a pas perdue, que je suis bien là.

« Sauve-moi de moi-même, Cat. Je t'en prie. Tu es la seule à en être capable. »

Quelque chose cloche.

Mettre fin à notre baiser est presque douloureux, mais je place ma main sans bandage sur la poitrine de Simon pour le repousser doucement. Son cœur bat comme un tambour contre mes doigts alors qu'il me dévisage. La lumière du feu donne à l'éclat marron dans son œil une teinte rougeâtre, comme du sang séché. Puis je remarque le début d'un bleu sur l'une de ses joues et une coupure récente au coin de sa bouche. Y apparaît une petite goutte de sang.

— Qu'est-ce qui t'est arrivé ? demandé-je.

La main tendue pour l'essuyer, je me prépare à écouter ce que je pourrais apprendre d'elle. Mais Simon s'écarte en se couvrant la joue de la main. Il y a plusieurs petites plaies dues à des morsures au-dessus de son poignet que je n'ai pas vues plus tôt, avec des taches bleu-noir qui s'épanouissent en dessous.

— Juliane, dit-il. On a dû la maîtriser, avec Lambert. (Il examine les nouvelles ecchymoses sur le dos de sa main.) C'est de plus en plus difficile de la tirer de ses délires. Ce soir, elle était convaincue que les ombres dans sa chambre allaient la tuer.

J'ai de la peine pour elle et pour ses proches qui voient son état se détériorer.

— Ton père aussi était comme ça ?

— Oui, pendant des années, répond-il avec lassitude avant de se lever en se frottant la nuque. Et ce n'est que le début pour Juliane. Mon oncle a découvert qu'on recourait à la skonia pour l'apaiser. Il était furieux. Ce serait un scandale si ça se savait. Au moins, Oudin n'en a jamais consommé sous son toit.

— Je suis navrée.

Il hausse les épaules.

— Je crois que la drogue commence à faire plus de mal que de bien à Juliane. Les doses sont devenues trop importantes.

Simon jette un coup d'œil à la théière vide et je comprends pourquoi il m'a empêchée d'y toucher.

— Elle dort depuis quelques heures. Denise la veille.

Je me lève à mon tour en grimaçant à cause de mes contusions.

— Je peux faire quelque chose pour vous aider ?

— Ils ne veulent pas ébruiter l'affaire, tout comme ils l'ont fait pour sa mère.

— Et l'enquête ? demandé-je, la gorge nouée par l'espoir. Si Juliane ne peut plus t'assister, tu as besoin de moi et…

— Cat, m'interrompt-il d'un ton ferme mais doux. Tu es trop proche du magister pour être objective. C'est déjà assez problématique que j'aie… des sentiments pour toi.

Je fais un pas vers lui pour poser ma main pansée sur son torse.

— C'est vrai ? Alors tu me pardonnes ?

Simon m'adresse un demi-sourire, qui étire sa peau et ouvre encore plus la petite coupure au coin de sa bouche.

— Tes actions ne m'ont pas rendu service, mais tu cherchais juste à protéger ton mentor, murmure-t-il en se penchant vers moi jusqu'à ce que nos nez se frôlent. Quant aux sentiments que j'éprouve pour toi, je croyais m'être montré assez clair il y a quelques minutes. J'ai besoin de toi plus que jamais.

Je passe une main derrière sa nuque et, tandis qu'il m'attire contre lui, j'oublie mes blessures, mon épuisement et ma peur, pour me concentrer sur la sensation de ses lèvres sur les miennes.

« Me protégeras-tu comme tu l'as protégé ? »

— Oui… chuchoté-je contre sa bouche.

L'espace d'une minute, plus rien d'autre n'existe.

L'espace d'une minute, tout est parfait.

Jusqu'à ce que quelqu'un se mette à hurler.

Chapitre 51

Au début, les cris sont étouffés. Distants.

Simon interrompt notre baiser pour regarder au-dessus de nos têtes. En me serrant toujours contre lui, il fixe le plafond comme s'il pouvait voir au travers. Une porte à l'étage s'ouvre avec un claquement et les hurlements se font plus forts.

— C'est Juliane ? demandé-je. Elle s'est réveillée ?

Il secoue la tête, les yeux écarquillés.

— Non, c'est Denise.

L'ancienne gouvernante de la fille du comte frappe aux portes du premier.

— Elle est morte ! Dame Juliane est morte ! crie-t-elle.

Simon me lâche puis recule en vacillant. Son regard se porte sur la théière rangée sur l'étagère.

— Sainte Lumière, qu'est-ce que j'ai fait ?

Je fais un pas vers lui.

— Simon…

— Il faut que tu partes, Cat. Tout de suite, dit-il en m'agrippant par les épaules pour me pousser vers la porte qu'il ouvre en grand avant de me faire sortir. Personne ne doit savoir que tu étais là. File ! Allez ! Va quelque part où tu seras en sécurité.

— Simon !

Il me claque la porte au nez. Ahurie, je reste immobile sur le perron un instant.

Juliane est décédée ? Lorsque je recule, mon pied atterrit dans une flaque. La forte odeur de la racine de valériane s'élève du liquide aspergé. C'est le reste d'infusion que Simon a versé dans la rue.

Il pense avoir tué sa cousine.

Je ne bougerai pas d'ici. Même exténuée, la main bandée et vêtue d'une longue jupe, je suis capable d'escalader le mur pour pénétrer dans le jardin à l'arrière de la demeure. Je passe à pas de loup devant une fenêtre pour aller me poster sous la chambre de la fille du comte. Une fois que j'ai trouvé la pierre de lune dans ma poche, je la serre dans ma main encore intacte. La magie illumine le monde autour de moi, puis je ferme les paupières pour mieux écouter.

Bien que l'effet de la pierre de lune ne soit pas très puissant, je suis trop fatiguée pour parvenir à me concentrer sur mon ouïe avec tous mes autres sens renforcés. Je change la pierre de main pour pouvoir plonger la gauche dans la pochette qui contient la pierre du néant. Après avoir maladroitement relégué tous mes sens sauf l'ouïe dans la pierre d'ébène, je la range.

— Juliane ! Réveille-toi, s'il te plaît ! se lamente Oudin, et le lit craque lorsqu'il s'écroule dessus en sanglotant. C'était la skonia. On l'a tuée.

— On lui a donné la même dose que les autres fois, insiste Simon.

— Notre père t'en tiendra quand même responsable, fait remarquer Lambert.

Il fait les cent pas dans la pièce. J'ai l'impression qu'il est pieds nus.

— Peut-être aurait-il raison, dit son cousin d'un ton sourd.

J'entends à peine leurs voix au milieu des pleurs d'Oudin – c'est bien le dernier que je m'attendais avoir une réaction pareille.

— Non, déclare fermement son aîné. Où est notre père ? Il n'était pas dans son lit ?

— Il est allé au palais de justice aux alentours de minuit, tu te rappelles ? répond Simon.

— Il me semblait l'avoir entendu rentrer il y a deux heures environ.

Lambert termine cette phrase comme une question.

— C'était peut-être moi, intervient Denise d'une voix étouffée, comme si elle tenait son tablier devant sa bouche. Je suis descendue quelques minutes.

— Quoi ? s'écrie le fils aîné du prévôt. Vous l'avez laissée seule ?

— Elle dormait, gémit l'ancienne gouvernante en se mettant à sangloter. J'avais juste besoin d'aller aux toilettes et de me dégourdir les jambes. Je suis partie moins d'un quart d'heure. À mon retour, je ne me suis pas tout de suite rendu compte qu'elle ne respirait plus. Elle a dû s'éteindre en mon absence.

— Il faut que quelqu'un aille chercher notre père, dit Oudin en reniflant.

Je ne peux pas les prévenir qu'il est déjà là, à la porte d'entrée, où un domestique est en train de lui apprendre la nouvelle. Quelques secondes seulement s'écoulent avant que le comte gravisse l'escalier quatre à quatre puis se rue dans la chambre en criant :

— Où est-elle ?

Le silence règne pendant qu'il observe la scène.

— Tu l'as tué, bâtard de Prezien !

— Non ! grogne Lambert comme s'il tentait de maîtriser son père. Tu as vu dans quel état elle était ce soir. On a tous essayé de la calmer. Il n'a rien fait de plus que nous.

— C'était sa maudite tisane de skonia, gronde le prévôt.

— La skonia m'appartenait, intervient aussitôt son fils cadet.

Oudin vient-il vraiment de prendre la défense de Simon ?

— Et c'est moi qui l'ai forcée à la boire, termine son aîné.

Mon ouïe n'est pas assez bonne pour distinguer la réponse du prévôt. J'ai l'impression qu'il a cessé de se débattre.

— Elle est partie, dit Oudin. Mais vous saviez à quel point son état allait se dégrader. Sa souffrance a pris fin. C'est peut-être une bénédiction.

— Allons en discuter ailleurs, ajoute Lambert. Il faut laisser son esprit se reposer avant son départ.

— Je veillerai sur elle, déclare la domestique entre deux sanglots.

— Non, Simon s'en chargera, grommelle le prévôt. Il n'a pas son mot à dire dans nos affaires. Surtout maintenant.

— J'allais proposer de rester, de toute façon, dit le vénatre à voix basse.

Des pas se dirigent vers le couloir.

— Denise, dit le fils aîné du comte que j'imagine être en train de la guider vers la porte. Veuillez chercher le reste de l'infusion de dame Juliane pour que notre père puisse constater par lui-même à quel point elle était faiblement dosée. Nous serons dans le bureau.

Simon, lui, reste seul, et j'ai désespérément envie de lui parler. Je m'éloigne de la bâtisse pour étudier le mur à colombages. Des poutres de bois sont disposées à différents angles, avec du plâtre qui recouvre la paroi entre elles. L'effet a beau être grandiose, les nantis de ce monde n'ont pas conscience que cette décoration rend la tâche de quelqu'un qui voudrait grimper aux étages particulièrement facile. Je viens de trouver le meilleur chemin pour rejoindre la chambre de Juliane lorsque de la lumière s'allume tout à coup de la fenêtre qui donne sur le jardin. Je me précipite contre le mur, à côté de la vitre. De toute évidence, cette pièce est le bureau.

— Je refuse qu'on sache qu'il y avait de la skonia dans ma demeure, déclare le comte. Ni que ma fille était folle.

— Les apparences avant tout, n'est-ce pas ? réplique Oudin avec un petit rire triste.

Les carreaux de verre en losanges rayonnent de plus en plus à mesure qu'on allume des bougies et une chaise grince quand quelqu'un – certainement le prévôt – s'y assied.

— Tu ne dis ça que parce que tu ne t'en préoccupes pas beaucoup. Je veux Simon hors de cette maison d'ici le lever du soleil. Je n'ai pas encore décidé s'il en sortira seul ou avec une escorte pour le conduire au cachot.

— Vous ne pouvez pas emprisonner un vénatre, insiste son fils aîné.

— Il a bâclé l'enquête, rétorque le comte. Mon maître architecte est en prison sur ses ordres et pourtant il m'assure que ce dernier n'est pas coupable. En attendant, j'ai fait pendre un homme pour des crimes qu'il n'a pas commis.

Une ombre passe devant la vitre. Lambert vient de prendre appui contre la fenêtre.

— Croyez-moi, personne ne veut arrêter ce tueur autant que Simon, dit ce dernier.

— Tu vas reprendre cette investigation.

— Je ne comprends pas toutes ces choses aussi bien que lui ! proteste son fils. Il savait exactement ce qui s'est passé avec l'épouse du marchand avant même d'avoir trouvé le corps de la malheureuse ! Si j'avais été à sa place, j'aurais fait la même erreur que vous. Vous auriez dû l'écouter !

Quoi qu'il arrive, je suis redevable à Lambert plus qu'à quiconque.

La conversation est interrompue quand on toque à la porte. Sachant qu'ils vont tous les trois tourner le dos à la fenêtre, j'en profite pour jeter un coup d'œil à l'intérieur. Denise entre dans la pièce. Le verre est trop irrégulier pour que je puisse distinguer ce qu'elle tient entre ses mains.

— Excusez-moi, Votre Grâce, dit-elle avant de faire une petite révérence. Je vous ai apporté la théière que vous désiriez, mais elle est vide.

— Comme par hasard, grommelle le comte.

— Et j'ai aussi trouvé ceci, poursuit-elle. Je ne sais pas d'où elle est venue, mais ça m'a paru étrange.

— Ce sont des cheveux ? s'étonne le prévôt en se levant.

Par la grâce du Jour, la tresse de Marguerite ! Simon et moi l'avons oubliée.

— Elle était par terre dans la cuisine. Mais ça, c'était sur la table.

La silhouette distordue de la domestique pose quelque chose sur le bureau. Du rouge sur du blanc, c'est tout ce que je distingue. Les bouts de tissu que Simon a utilisé pour nettoyer ma main.

— Du sang ? dit le comte. Qui était dans la cuisine ?

— Simon, répond Oudin. Il a monté l'escalier tout à l'heure, plutôt que de descendre du deuxième étage.

Je me cache de nouveau à côté de la fenêtre, le cœur battant la chamade. Oh non, pas ça !

— Il est blessé ? demande le prévôt.

— Je n'ai rien remarqué, fait Lambert. Mais il doit y avoir une explication.

— Et tu sais exactement laquelle, lance son cadet. Simon n'a pas trouvé le tueur parce que c'est lui !

Je mords ma main bandée pour m'empêcher de crier.

Non, non, non, non, non !

Des ombres dansent lorsque le fils aîné du comte se remet à faire les cent pas dans la pièce.

— Impossible.

— Au contraire, c'est la seule possibilité ! dit Oudin. Cette natte est celle de la jeune sœur et tu le sais très bien.

— De quoi parlez-vous ? Expliquez-vous ! exige leur père.

Lambert garde le silence. L'ombre de son frère lève un bras, sans doute pour montrer la tresse.

— Le meurtrier coupe toujours une mèche de cheveux à ses victimes et en laisse une avec le corps de chaque nouvelle femme qu'il tue. C'est entre autres grâce à cet élément que Simon a établi que tous les crimes étaient liés. Le seul individu qui pourrait avoir cette natte en sa possession, c'est l'homme qui a assassiné et la prieure et sa secrétaire.

— Sauf que la jeune sœur n'est pas morte, corrige le fils aîné du prévôt sans grande conviction.

Une longue pause s'ensuit.

— Aucun meurtre n'a été commis pendant son séjour à Mesanos, fait remarquer le comte.

— Simon n'est pas comme ça ! insiste Lambert.

Oudin ricane.

— Il a passé sa vie entière entouré de fous. Pourquoi est-ce aussi difficile pour toi de croire qu'il serait devenu comme eux ?

— L'un de vous a-t-il une preuve qu'il n'a pas commis ces meurtres ? demande le prévôt en se levant de son fauteuil.

Il y a un autre silence avant que son fils aîné ne réponde :

— Non.

Je sens la peine que lui cause son honnêteté.

— Dans ce cas, c'est décidé, décrète le prévôt. Fais venir la garde, Lambert.

— Je refuse.

— Tu as toujours été une déception, tonne son père. Oudin, occupe-t'en vite. Et sois discret.

— Et Juliane ? demande-t-il.

Quand le comte s'approche de la fenêtre, je recule dans l'ombre.

— Elle s'est éteinte. Elle est morte dans son sommeil. C'est tout ce qu'ils ont besoin de savoir.

— Entendu.

Quand il quitte la pièce, la pierre de lune est de retour dans ma poche et j'ai déjà escaladé la moitié du mur en utilisant mes deux mains, même si mes coupures se remettent à saigner. Je jette un coup d'œil prudent dans la chambre avant de me hisser entièrement par-dessus le rebord. Une seule chandelle éclaire l'intérieur. Simon est assis dans un fauteuil non loin de la porte, le visage entre les mains. Il lève la tête, effrayé, lorsque je me glisse au-dessus de l'appui de la fenêtre, aussi silencieusement que possible.

— Cat ? murmure-t-il en se levant. Qu'est-ce que tu fais ici ? Pourquoi est-ce que tu n'es pas rentrée chez toi ?

— Le comte va te faire arrêter, lui annoncé-je en me précipitant vers lui.

Ses yeux bleu clair s'attardent sur le corps de sa cousine qui gît sur le lit.

— Peut-être qu'il le devrait.

— Non, écoute-moi ! insisté-je en l'attrapant par les épaules pour le secouer. Ils ont trouvé la tresse de Marguerite dans la cuisine. Ils vont t'accuser des meurtres de toutes ces femmes !

Il me fixe, comme en état de choc.

— Au point où on en est…

— Il faut qu'on l'arrête avant qu'il ne fasse une autre victime !

— Va-t'en, Cat. Ne t'en fais pas pour moi. Si je suis arrêté, l'architecte sera libéré.

J'ai envie de lui mettre une claque pour le réveiller.

— Non ! Si tu ne viens pas avec moi maintenant, je resterai ici et j'expliquerai exactement ce que j'ai trouvé au Sanctum et pourquoi tu es innocent. Et je révélerai à toute la ville comment Juliane est morte.

Le visage de Simon s'assombrit. Au moins n'est-il plus dénué d'émotion.

— Mon oncle fera tout ce qui est en son pouvoir pour sauver la face, même s'il faut te jeter toi aussi au cachot.

— Je sais. Tu ferais mieux de venir avec moi, tu ne crois pas ?

Il secoue la tête.

— Je ne vaux pas le coup de prendre ce genre de risque.

Je l'entraîne vers la fenêtre.

— C'est à moi d'en décider.

Le jardin est de nouveau plongé dans l'obscurité, ce qui signifie que le bureau est vide. En silence, je désigne les endroits où il faut que Simon place ses mains et ses pieds pour descendre.

— Tu passes en premier, déclaré-je pour ne pas lui laisser l'opportunité de ne pas me suivre.

Avec un soupir exaspéré, il glisse une jambe au-dessus du rebord, puis l'autre, et tâte du bout des pieds les prises que je lui ai montrées.

— Comment as-tu réussi à grimper jusqu'ici en jupe ?

— J'ai des années d'entraînement.

Je l'aide à descendre jusqu'à ce qu'il se trouve à une hauteur assez basse pour sauter. Il atterrit en poussant un petit grognement de douleur.

Je balaie la chambre de Juliane du regard. Afin de nous faire gagner un peu de temps, je traverse à toute vitesse la pièce pour tirer le verrou de la porte. Il leur faudra un moment pour parvenir à entrer. En me retournant, j'aperçois le visage cireux de la cousine de Simon. Elle est étendue sur le dos, les yeux semi-ouverts, comme les volets d'une maison vide. La couverture a glissé jusqu'à sa taille, sans doute lorsque Oudin l'a secouée, et un bras maigre pend sur le côté du lit. Je ne peux pas la laisser dans cet état.

Après lui avoir délicatement fermé les paupières, je remonte le drap. Quand je m'empare de sa main glaciale pour la poser en travers de sa poitrine, je sens quelque chose sous l'étoffe, enroulé autour de son bras, dont le bout sort de sa manche au niveau de son poignet. On dirait de la ficelle, jusqu'à ce que j'y regarde de plus près…

Par le flamboiement du Soleil ! Non, impossible !

Lorsque je tire sur l'extrémité, elle vient sans problème car elle n'était pas enroulée très serré. C'est exactement ce que je soupçonnais… même si je n'en crois pas mes yeux.

Sans perdre une seconde de plus, je la glisse dans l'une de mes manches puis je me rue vers la fenêtre. Simon me regarde d'en bas, paniqué. Je ne prends même pas la peine d'essayer de descendre une prise après l'autre. Il m'est déjà arrivé de sauter de plus haut. Je touche l'herbe en pliant les genoux pour amortir l'impact. Mon compagnon m'agrippe aussitôt le bras.

— J'ai cru que tu allais faire quelque chose d'idiot.

— Je t'expliquerai plus tard. Allons-y.

— Je ne peux pas. J'ai atterri sur une pierre et je me suis tordu la cheville. Je crois bien qu'elle est cassée.

En serrant les dents, je prends son bras et je le passe sur mes épaules.

— Ce n'est pas ce soir que tu te feras attraper, monsieur le Vénatre ! Maintenant, avance.

Nous sortons du jardin clopin-clopant. Lorsque je mets de nouveau la main sur ma pierre de lune, mon ouïe s'améliore comme tout à l'heure, devant le bureau, mais la lune reste invisible, ce qui m'empêche de retrouver la vue accrue dont je me suis débarrassée un peu plus tôt dans la pierre du néant. Malgré tout, la pierre de lune me procure une petite quantité de lumière que personne d'autre que moi ne pourra distinguer.

Simon place son poids sur son pied indemne.

— Où est-ce qu'on va ?

— Dans le seul endroit où ils ne te chercheront jamais, réponds-je avant de replacer mon épaule sous son aisselle et de me mettre à avancer vers le sud.

Chapitre 52

Je me dirige vers l'ouest de l'abbaye. Les gardes se sont lancés à la recherche du vénatre mais ils sont encore loin derrière nous au moment où nous atteignons la palissade du verger. Tandis que nous la longeons furtivement, Simon trébuche sur les racines qui dépassent de la barrière. Une fois en vue du Quartier selenae, je choisis d'emprunter la ruelle jusqu'à laquelle Athene m'a accompagnée hier, bien que ce ne soit pas l'entrée la plus proche.

La lune s'est couchée et il a plu presque toute la nuit, si bien qu'aucun Selenae n'est dehors. J'ai du mal à me repérer dans les artères plongées dans le noir en faisant le chemin dans le sens inverse, mais je parviens quand même à trouver le symbole du cercle au serpent, après m'être trompée de rue seulement une fois. Je cogne à la porte d'Athene jusqu'à ce qu'elle finisse par ouvrir, vêtue d'une robe de chambre, les cheveux lâchés.

— C'est moi, Cat, dis-je, le souffle court. Mon ami est blessé.

Après nous avoir laissés entrer, elle referme derrière nous, tout en nous scrutant de la tête aux pieds.

— Quand je t'ai dit « à la prochaine », je ne m'attendais pas à te revoir si tôt, lance-t-elle d'un ton sec.

Simon nous observe l'une et l'autre.

— Qui est-ce ?

— C'est ma cousine. Elle est médecin.

Pour l'instant, je me contente des informations de base. Même si je ne vais pas insister ni tenter de forcer Athene à le soigner, je la supplie du regard. Elle cède en poussant un soupir et nous fait signe d'aller au fond de la maison.

— Merci… dis-je en soutenant Simon le temps de la traversée du couloir.

Je pénètre en titubant dans la lueur des pierres de lune de l'infirmerie, prête à aider mon compagnon à s'asseoir sur le lit en face de celui de Marguerite, quand je m'aperçois que la pièce est vide.

— Où est-elle ? m'enquiers-je.

— On l'a ramenée à l'abbaye cette après-midi, répond Athene d'un air contrarié.

— Pourquoi ?

— Les sœurs ont exigé son retour. Elles ont menacé d'aller voir le prévôt si on n'obéissait pas.

— Tu veux dire que sœur Berta l'a exigé, rétorqué-je.

— Pour moi, elles se ressemblent toutes. En tout cas, la dernière chose dont on a besoin en ce moment, c'est de nous attirer des ennuis, même si on dirait bien que tu nous en as apporté, ajoute-t-elle en jetant un œil au blessé.

— Il s'est fait mal à la cheville. Elle est peut-être cassée.

Simon est pâle et en sueur. Athene m'aide à l'installer sur le lit.

— Ton Hadrien ne pèse pas plus lourd qu'un sac de farine, marmonne-t-elle. Est-ce que quelqu'un le nourrit ?

Dans l'immédiat, j'ai d'autres préoccupations.

— Les religieuses vont-elles te laisser prendre soin de Marguerite là-bas ?

— J'en doute, répond ma cousine en s'agenouillant pour retirer la botte de Simon. Mais je crois que ses jours ne sont plus tellement en danger à ce stade. Grâce à toi. Tant qu'elles la laissent garder le lit, elle devrait continuer à se rétablir.

L'éclopé grimace tandis que la doctoresse tâte son pied blessé.

— Vous comptez allumer une lanterne ? demande-t-il. Ou est-ce que vous, les médecins, vous travaillez juste au toucher ?

— Tu peux ajouter ça à la liste des choses qu'il faut que je t'explique, interviens-je. Sache seulement qu'Athene et moi, on y voit très bien toutes les deux.

Quand elle fait tourner sa cheville, il pousse un petit cri.

— Silence, Hadrien ! J'essaie d'entendre si vos os sont intacts, lui dit-elle avant de froncer le nez. D'où vient l'odeur de sang ?

— C'est moi.

Je lève ma main bandée. Ma cousine grimace mais continue de s'occuper de Simon en faisant bouger l'articulation d'avant en arrière pendant qu'il tente de retenir ses cris de douleur.

— Rappelle-moi de t'enseigner que les pertes de sang sont plus urgentes à traiter que les entorses.

— Pas de fracture, alors ? m'enquiers-je.

Elle repose le pied de Simon sur le lit.

— Tous les échos sont solides, même s'il y a une luxation causée par l'œdème. Un ligament a été distendu au-delà de sa taille normale, mais il n'est pas déchiré.

J'en suis bouche bée.

— Tu peux savoir tout ça rien qu'en te fiant à ton ouïe ?

— Et à mon sens du toucher.

Athene se lève pour ouvrir un tiroir du placard qui se trouve dans la pièce.

— Je ne doute pas que tu pourrais le faire aussi, et plus encore, si tu recevais une formation digne de ce nom.

De ce qu'elle m'a appris sur Hira, je sais que seuls ceux qui ont le don de la magie de sang peuvent devenir médecins. Il ne m'était pourtant jamais venu à l'idée que c'était un art que je pourrais pratiquer.

Ma cousine s'empare d'une bande de tissu avant de se rasseoir.

— Je vais vous bander la cheville, l'Hadrien, pour empêcher votre pied de trop enfler, explique-t-elle.

— Je m'appelle Simon, réplique-t-il, agacé.

Athene se fige et me jette un coup d'œil.

— Simon de Mesanos ? Le vénatre ?

— Oui. Le comte le croit coupable de tous les meurtres et peut-être même de celui de sa fille. Toute la garde est à sa recherche.

— Et tu l'as amené chez nous ? s'exclame-t-elle en me foudroyant du regard.

— Il est innocent, rétorqué-je en croisant les bras.

— Ça me fait une belle jambe ! Ce qui m'importe, c'est que la garde risque de mettre le feu à ma maison rien que pour le retrouver !

— Personne ne nous a vus venir ici ni n'a de raison de soupçonner que nous sommes là.

— C'est ce que tu crois !

Elle tend le tissu au-dessus du pied de mon compagnon avant de l'envelopper avec efficacité. Des visions des ennuis que je pourrais avoir causés aux Selenae – pour la deuxième fois de mon existence – se forment dans mon esprit.

— Je suis désolée, murmuré-je. Je ne savais pas où aller.

— Il n'y avait pas d'autre endroit, j'imagine… répond Athene en poussant un soupir.

S'ensuit un long silence que rompt le neveu du prévôt en se raclant la gorge.

— Je suis prêt à m'en aller sur-le-champ si ça peut vous éviter de vous mettre en danger.

— Vous n'irez pas très loin avec cette cheville, grommelle ma cousine en nouant les extrémités de la bande l'une à l'autre avant de faire un geste vers moi. Montre-moi ta main et regardons de quelle graisse hadrienne elle a été badigeonnée.

— C'est du baume, réplique mon compagnon en se renfrognant. Et je ne l'ai pas « badigeonnée ».

Ma cousine ricane en retirant le pansement de ma main.

— Je pourrais le sentir à plusieurs rues de distance un jour de grand soleil, déclare-t-elle avant de lever mes doigts vers la pierre de lune. Par les ténèbres, Catrin ! Comment est-ce que tu t'es fait des entailles pareilles ?

Maintenant que je ne suis plus en train de me battre pour ma survie ou celle de Simon, je suis trop épuisée pour raconter toute l'histoire.

— Je me suis coupée avec du verre.

— Elle a besoin de points de suture, ajoute le vénatre. Vous pouvez lui en faire ?

— Quoi, fermer les plaies avec du fil ? s'exclame Athene avec une grimace écœurée. Non, à moins qu'elle ne souhaite ressembler à une tapisserie sur pattes comme notre oncle.

Après avoir tiré un morceau de soie propre d'une poche de sa chemise, elle commence à essuyer la pommade huileuse.

— Qu'est-ce que cet Hadrien a fait d'autre pour tenter de soigner tes plaies ?

Je rougis, prise d'une envie soudaine de le défendre.

— Il a appliqué de l'alcool pur sur les coupures. La sensation de brûlure était horrible.

— Vraiment ? s'étonne-t-elle en lui jetant un coup d'œil. Ça au moins, ce n'était pas une si mauvaise idée. Ton Simon est tout pardonné.

L'usage du prénom du jeune homme adoucit le sarcasme dans son compliment. Lorsqu'elle a fini de nettoyer les plaies, elle pose trois pierres de sang rondes en travers de ma paume avant de les envelopper de gaze propre.

— Il faudra au minimum six heures, m'annonce-t-elle.

Je referme les doigts sur les gemmes, étonnée que mon sens du toucher ne soit accru que sur une petite zone.

— Elles ne fonctionnent pas comme des pierres de lune ? demandé-je. Je ne sens leur pouvoir que dans ma main.

Athene range tout son matériel.

— À vrai dire, on ne comprend pas vraiment comment elles marchent. Les pierres de sang diffusent de la magie très puissante, mais quelque chose dans leurs veines de fer restreint leur pouvoir à un petit périmètre. Nos ancêtres nommaient cette propriété *maegnetis*, ce qui veut dire : « qui attire la magie ».

— On dirait des pierres d'aimant, dit Simon à la grande surprise d'Athene. Je ne crois pas à la magie, mais on en avait à Mesanos. Elles pouvaient garder des clous en fer proches d'elles et changer leur orientation sans les toucher. Certains médecins croient qu'elles peuvent être utilisées pour réaligner les pensées d'un être qui souffre de folie, si elles sont appliquées correctement autour de la tête.

— Oui, il s'agit de la même pierre. En revanche, j'ai des doutes sur la capacité des pierres de sang à guérir la folie. Pour ce qui est de la magie, je laisserai le soin à Catrin de vous l'expliquer.

Elle pose le pied du jeune homme sur le tabouret rembourré qu'elle vient de quitter, pour qu'il soit plus haut qu'il ne le serait sur le lit.

— Gardez cette cheville élevée pendant au moins une heure, lui recommande-t-elle avant de se tourner vers moi. Et toi, on dirait que tu n'as pas fermé l'œil depuis des jours.

— C'est parce que c'est le cas.

— Alors tu devrais t'allonger aussi. Si les ennuis frappent à notre porte, tu seras mieux équipée pour les affronter avec un peu de repos.

— Oui, tu as raison. Mais il faut d'abord que j'aie une petite conversation avec Simon.

— Je vais me recoucher, dit Athene en bâillant avant de tourner les talons. Ne me réveillez pas avant midi, sauf si la maison est en feu.

Je place un autre tabouret à côté du lit et je m'y assieds. Mon compagnon garde le silence. Il fixe le plafond, le regard perdu dans le vide.

— Je suis navrée pour Juliane, murmuré-je.

Il prend une inspiration tremblante et cligne des yeux comme pour retenir ses larmes.

— C'est ma faute si elle est morte. Tout comme la mort de mon père était ma faute. J'aurais dû les laisser m'arrêter.

— Bien sûr que non, ce n'est pas ta faute, Simon. Tout comme l'accident du Sanctum n'est pas la mienne.

Je tire de ma manche une fine natte que je place dans sa main.

— Je l'ai trouvée enroulée autour du poignet de ta cousine.

Il se relève brusquement dans le lit et tâte la tresse.

— Impossible !

— Ce sont les cheveux de Marguerite. La longueur et la couleur correspondent. Elle les coiffait en deux tresses épaisses. Cette petite natte a dû être faite avec une partie de la deuxième. Il a tué Juliane, dis-je avant de prendre une grande inspiration. C'était Oudin. C'est lui, le meurtrier. Et maintenant, il a persuadé son père que c'était toi, le coupable.

***

À mon réveil, ma tête repose sur le torse de Simon. Le bas de mon corps est pressé contre le mur et son bras droit est sur mes épaules. Ses longs doigts caressent à un rythme apaisant les boucles qui se sont échappées de ma coiffure. Je ne me souviens pas m'être étendue, seulement que j'ai commencé à frissonner de fatigue et de froid, puis que Simon m'a serrée contre lui. Le lit n'est vraiment pas assez large pour deux, même si nous avons un peu plus d'espace grâce au tabouret sur lequel repose toujours son pied blessé. Mon inconfort est surtout dû à mes blessures.

— Tu es réveillée ? me demande mon compagnon à voix basse.

— Oui, mais je n'ai aucune envie de bouger.

— Alors reste là.

— Tu as dormi ?

— Pas vraiment. Ta cousine est passée il y a quelque temps. Enfin, je crois que c'était elle. Je n'y vois toujours rien.

Je souris contre sa chemise, même si la perspective de devoir lui expliquer la magie de lune ne me réjouit pas.

— Il est un peu après midi alors ?

— Non, plusieurs heures se sont écoulées depuis.

Mon cœur bondit dans ma poitrine. Athene a-t-elle prévenu Gregor de ma présence et l'a-t-elle averti que j'ai introduit un fugitif hadrien dans le Quartier selenae ? Sûrement pas. Sinon, il serait déjà en train de nous jeter dehors.

— À quoi as-tu pensé pendant tout ce temps ?

— Surtout au fait que l'identité de celui qui a tué Juliane importe peu. La vérité, c'est que je l'ai abandonnée tout comme j'ai abandonné mon père. Je les ai tous les deux laissés seuls en compagnie d'un monstre. Pour lui, le feu, et pour elle, Oudin.

— Tu ne l'as pas fait exprès, réponds-je en m'écartant un peu pour croiser son regard.

— Et pourtant c'est à cause de moi qu'ils ont perdu la vie.

La silhouette d'Athene apparaît dans l'embrasure.

— Enfin réveillés ? J'ai du pain et du ragoût pour vous, dit-elle avant de renifler et de repartir. Je vais aussi vous faire couler un bain.

On se met d'accord pour manger avant de poursuivre notre discussion. Je n'ai pas eu de repas digne de ce nom depuis si longtemps que je me force à compter jusqu'à dix entre chaque cuillerée pour empêcher mon estomac de se rebeller. Simon est assis en face de moi à la table de la cuisine. Il mâche aussi lentement que moi, mais je crois que c'est plutôt par politesse ou manque d'appétit.

— Où est Hira, aujourd'hui ? m'enquiers-je.

Je suis certaine qu'elle fait bien plus que d'aider à la cuisine ou à l'infirmerie, mais ce sont les deux seuls endroits où je l'ai vue la dernière fois. Ma cousine me ressert une louche.

— Je l'ai envoyée chez une amie. Votre arrivée ce matin lui a fait peur et voir un Hadrien dans cette maison serait encore plus pénible pour elle.

— Je te demande pardon, dis-je en fixant mon bol. Je n'y avais pas pensé.

— Tu n'as pas pensé à grand-chose, franchement, réplique-t-elle en raccrochant la marmite sur le crochet au-dessus du feu. Qu'est-ce que tu vas raconter à Gregor ?

— Est-ce qu'il est obligé de savoir que je suis là ?

— Soit c'est toi qui lui annonces, soit c'est moi, répond Athene d'une voix ferme. C'est l'un des chefs du Quartier. Il faut qu'il sache. Et puis il mérite d'être averti.

Je m'essuie le menton avec une serviette en tissu tout en évitant son regard.

— Je vais y réfléchir.

— Fais donc. Et ton Hadrien ?

Il la regarde d'un air offensé et elle esquisse un petit sourire.

— Tu comptes donner des explications à Simon ici présent ?

Je suppose que je devrais commencer par la base.

— Je suis à moitié selenae, marmonné-je.

— Oui, ça, j'avais compris, réplique-t-il.

Quand il n'ajoute rien, il me faut quelques secondes de plus pour trouver le courage de lever les yeux pour juger de sa réaction. Plutôt qu'écœuré et horrifié, mon compagnon semble attendre la suite de mes propos.

— Ça ne te… dérange pas ? finis-je par demander.

— Ça devrait ? dit-il en fronçant les sourcils.

Il n'a pas conscience de ce que cette nouvelle signifie.

— Sans doute, oui.

Simon place doucement sa main sur la mienne, celle blessée.

— Aucun de nous ne choisit ses parents, Cat. Par la grâce du Jour, tu crois vraiment que j'aurais fait ce choix-là ?

— Non…

Il attend, mais je n'ajoute rien.

— J'ai l'impression que tu ne l'as découvert que très récemment. Depuis combien de temps est-ce que tu le sais ?

Tellement d'événements se sont passés depuis que je ne suis même plus certaine du jour que l'on est. Athene répond à ma place.

— Notre oncle l'a amenée ici il y a deux nuits pour le lui apprendre.

Ça fait vraiment si peu de temps ?

— Votre oncle, c'est ce Gregor dont vous avez parlé ?

— Oui… C'est une longue histoire mais, en fait, je m'étais rendu compte de mes origines un peu avant ce moment-là. (J'hésite avant de continuer.) Il y a autre chose…

— Je t'écoute.

Il a beau être l'homme le plus ouvert d'esprit que je connaisse, même lui doit avoir des limites.

— Qu'est-ce que tu sais des Selenae ?

Ses yeux balaient la pièce, comme s'il se sentait idiot de répondre comme il s'apprête à le faire.

— J'ai entendu des rumeurs, comme quoi ils pourraient voir dans le noir et utiliser des pouvoirs magiques pour guérir les blessures ou encore écouter les secrets de ceux qu'ils veulent faire chanter. Je n'ai jamais eu de raison d'y prêter foi jusqu'à cette nuit. L'obscurité était presque complète dans cette chambre, mais vous deux vous déplaciez comme si elle était parfaitement éclairée. Maintenant que j'y pense, tu as toujours eu une très bonne vision nocturne.

Je fais glisser le bandage de ma main puis je laisse tomber les pierres de sang sur la table les unes après les autres.

— Ce n'est pas tout.

Une exclamation lui échappe quand il constate que les coupures sur ma paume et mes doigts sont entièrement guéries. Il ne reste plus que de fines lignes blanches, comme des cicatrices vieilles de plusieurs mois.

— Raconte-moi.

Et c'est ce que je fais.

Chapitre 53

Athene fait des allers et retours entre la cuisine et la buanderie en portant de l'eau pour remplir une baignoire. Je commence par l'histoire de mes parents. Je raconte à Simon comment ils sont tombés amoureux et se sont mariés sans que la famille de ma mère soit au courant. Puis je lui relate comment ils sont morts et pourquoi on m'a laissée à l'abbaye de Solis.

— Parce qu'ils ne pensaient pas que tu avais accès à la magie des Selenae. Mais en fait, si.

La façon dont il prononce le mot « magie » m'indique qu'il n'accepte pas encore totalement son existence.

— Oui…

Je lui décris aussi la capacité de mes semblables à se servir de la lumière de la lune, qui est en fait une réflexion de celle du soleil, pour améliorer leurs sens. Ensuite, je lui montre la pierre de lune tout en lui expliquant qu'elle a le même effet et que j'y ai recouru pour espionner son oncle et ses cousins puis pour nous repérer dans le noir.

Je sors aussi la pierre du néant de la pochette mais je précise seulement qu'on l'emploie pour absorber la magie dont on ne veut pas, avant de la ranger. Sa capacité à consommer le pouvoir me rend nerveuse, même si elle m'a été utile la nuit dernière. Simon me pose quelques questions, auxquelles je réponds du mieux que je peux. Je n'ai même pas encore évoqué la magie de sang.

Tout à coup, une voix grave derrière moi me fait me retourner.

— Tu te rends compte que je pourrais être obligé de garder cet Hadrien dans le Quartier pour le restant de ses jours parce que tu lui as dévoilé tous nos secrets ? dit Gregor.

Bien qu'il s'exprime d'un ton calme, je m'attends à ce qu'une tempête se déclenche d'un instant à l'autre. Il regarde mon compagnon d'un air suspicieux.

— On vous recherche, Simon de Mesanos. Mais on ne veut pas de vous ici.

— Vous venez de dire que vous ne me laisseriez pas partir.

— J'ai dit que je pourrais vous garder ici pour le restant de vos jours, répond mon oncle froidement. Ça ne signifie pas qu'on ne peut pas les abréger.

Je me lève pour lui faire face.

— Est-ce que vous avez l'intention de me mettre de nouveau à la porte ?

Les cicatrices sur la mâchoire de Gregor se tendent.

— Je n'ai rien décidé encore.

Au moins, il n'a pas répondu oui.

Je jette un regard en coin à Athene.

— Comment avez-vous su que j'étais ici ?

— J'ai reçu un message de Mme La Fontaine m'avertissant que tu n'étais jamais rentrée chez toi hier soir.

— Je n'arrive pas à l'imaginer écrire de son plein gré à un adorateur de la Lune.

— Elle a dû beaucoup s'inquiéter pour toi, lance-t-il en grimaçant lorsqu'il examine ma tenue et mes cheveux ensanglantés. Et on dirait bien qu'elle avait raison de se faire du souci.

— Je vais bien.

Gregor pousse un grand soupir résigné.

— Qu'est-ce que je devrais lui répondre ?

J'y songe quelques secondes, avant d'apercevoir ce qui doit être la robe en laine de Marguerite accrochée à un fil dans la buanderie. Apparemment, sœur Berta n'avait rien à faire ni des affaires ni de la pudeur de mon amie quand elle l'a traînée au couvent.

— Écrivez-lui que je suis à l'abbaye pour prendre soin de Marguerite.

— Très bien.

Mon oncle me regarde en silence l'espace de plusieurs secondes avant de se redresser en tirant sur sa veste.

— Te joindras-tu à nous cette nuit ?

Une faim pour la lumière de la lune et sa magie grandit en moi, aussi forte que le désir de manger que j'ai éprouvé un peu plus tôt.

— Ça dépend. Je peux emmener Simon ?

Quand Gregor ne donne pas tout de suite de réponse, j'ajoute :

— Il ne serait pas le premier Hadrien dont vous acceptez la compagnie.

— Non, finit-il par répondre d'un ton définitif. Ton Hadrien doit rester caché.

Puis il disparaît dans le couloir. J'entends la porte d'entrée s'ouvrir puis se refermer.

Simon croise mon regard.

— J'imagine que c'était ton oncle. Nous n'avons pas été présentés.

— Oui… réponds-je, lasse. Et il me reste encore beaucoup de choses à t'expliquer.

— Plus tard, lance Athene depuis la salle d'eau. Ton bain refroidit et si tu te rends au bassin de la Lune avec cette odeur, tous les membres de l'assistance s'évanouiront à force de retenir leur respiration, pierres du néant ou non.

Je prends mon bain aussi vite que possible, bien que laver ma chevelure soit toujours une tâche ardue, et même pire que ça tant elle est emmêlée et maculée de sang séché. La coupure sur mon crâne est heureusement déjà en train de se refermer. Athene part chercher des habits à ma taille car les siens seraient trop courts et ceux d'Hira trop serrés. Comme elle n'est pas encore de retour quand j'ai terminé, j'enfile la robe de Marguerite. Elle ne me va pas très bien non plus, mais elle est tellement informe que ça ne se remarque presque pas. En revanche, elle est trop courte pour moi et expose mes mollets.

Simon m'attend à table avec un autre bol de ragoût qu'il a dû se procurer pour moi en clopinant d'un bout à l'autre de la cuisine. J'ai de nouveau faim et le plat est presque aussi bon que lors de mon premier repas deux heures plus tôt.

— J'ai bien réfléchi et tu as peut-être tort pour Oudin, m'annonce-t-il après que j'ai avalé quelques bouchées. J'avais de bonnes raisons de l'éliminer de la liste des suspects au début et je ne vois pas plus comment les contourner maintenant. La probabilité que quelqu'un ait grimpé à la fenêtre de Juliane est faible, pourtant, comparé à celle que le tueur soit un membre de la maisonnée ou un proche de la famille ou du prévôt. Le comte et ses fils étaient très secrets sur son état, surtout depuis qu'il empirait.

Ni Lambert ni Juliane n'avaient d'amis, à ma connaissance. En dehors des prostituées, Rémi était le seul avec qui Oudin passait son temps libre.

— Le meurtrier pourrait être un domestique, proposé-je. Ou ton oncle.

— C'est une possibilité, même si le comte n'est pas mon premier suspect, répond le jeune homme en évitant mon regard. Ma cousine m'a confié à plusieurs reprises qu'il avait tué sa mère, même si c'est une illusion fréquente pour un esprit comme le sien. Elle avait peut-être raison de le craindre. (Il tapote la table de ses longs doigts.) Il garde d'ailleurs une tresse des cheveux de son épouse dans un livre de prières sur sa table de nuit... Beaucoup conservent des mèches de cheveux de leurs proches après leur décès, mais c'est quand même une drôle de coïncidence.

Je lui trouve facilement un mobile.

— Le prévôt est obsédé par le fait que sa famille ait l'air parfaite. Juliane mettait cette image en danger avec sa maladie, tout comme sa mère avant elle.

— C'est vrai.

Simon refuse toujours de croiser mon regard. J'ignore pourquoi. Même si son esprit est clairement ailleurs, je continue sur ma lancée.

— Il a aussi arrangé les fiançailles de Lambert, mais le comportement de son fils cadet pourrait avoir fait hésiter la famille de dame Geneviève, si bien qu'il aurait décidé d'éliminer les femmes qu'Oudin fréquentait et lui aurait fait peur pour qu'il renonce à sa vie de noctambule. Ça correspondrait à ton idée d'un tueur qui ne veut pas être regardé par ses victimes. Pour lui, elles n'en sont pas dignes.

— C'est possible… Mais pourquoi aurait-il tué la prieure ?

— Parce qu'elle connaissait ses secrets. Les premiers signes de la folie de Juliane sont apparus il y a des années, peut-être pendant qu'elle était une pensionnaire de l'abbaye. Sans compter que la comtesse de Montcuir y a grandi. Si Mère Agnès était au courant de leur mal à toutes les deux…

— La comtesse de Montcuir a grandi à l'abbaye de Solis ? m'interrompt Simon. Comme toi ?

— Oui, on l'y a abandonnée. Tu ne le savais pas ?

— Non. Ils parlaient rarement d'elle. Je sais juste qu'elle a souffert du même mal que Juliane. Ils ne voulaient pas me donner de détails.

— C'est une histoire assez romantique. Le comte était fiancé à une jeune noble quand il a épousé sa femme en secret. Leur mariage a causé un scandale.

Comme mon interlocuteur ne répond rien, je poursuis.

— Enfin bref, Mère Agnès était certainement au courant de sa maladie et de celle de sa fille. Quant au prévôt, il ne devait pas avoir envie de prendre le risque que ça se sache.

— Mais alors pourquoi impliquer le maître architecte ?

Je hausse les épaules.

— Une fois sa tâche accomplie, il avait juste besoin de quelqu'un pour porter le chapeau. Le marteau était parfait pour incriminer le magister.

— Cette théorie n'explique pas la destruction du Sanctum ni le fait qu'il m'ait accusé du meurtre de Juliane, fait remarquer Simon.

Une longue pause s'étire.

— Tu as dit qu'il n'était pas ton premier suspect, dis-je. Ce serait qui, alors ?

— Lambert, dit-il à voix basse.

— Lambert ? m'exclamé-je.

J'aurais soupçonné Denise avant lui, c'est pour dire !

— Il correspond au profil : intelligent, en bonne forme physique, impliqué dans l'enquête, un attachement un peu étrange à sa mère, un père autoritaire, pas d'amis, des difficultés avec les femmes…

— La moitié de ce que tu viens de décrire me fait penser à Oudin, protesté-je.

— Oui, mais Lambert, lui, coche toutes ces cases.

— Je ne suis pas d'accord. Ce n'est pas parce qu'il ne visite pas la rue des Plaisirs et qu'il a laissé son père lui choisir une fiancée qu'il a du mal avec les femmes.

— Non, admet mon compagnon. Mais il pourrait être jaloux du succès de son frère avec la gent féminine.

Pour avoir autant de « succès » auprès des femmes que le fils cadet du prévôt, il suffit d'avoir de quoi payer, et c'est le cas de son aîné.

— Même s'il était jaloux d'Oudin, Lambert est fiancé à dame Geneviève. Il n'a plus de raison de s'en faire à ce sujet.

— Justement, le fait qu'il commence à tuer au moment de ses fiançailles pourrait être tout à fait logique, insiste Simon. C'est presque toujours un événement stressant qui incite un meurtrier à passer du fantasme à l'action. Quelque chose qui échappe à son contrôle, comme la perte d'un être cher, ou qui engage sa vie dans une direction radicalement nouvelle, comme le mariage. En tout cas, c'est assez important pour bousculer son univers au point de le pousser à frapper.

Je secoue la tête.

— Je croyais que Béatriz était sa première victime. Elle a été tuée il y a trois ans.

— Peut-être me suis-je trompé sur ce point, admet-il, l'air buté.

Je ne crois pas qu'il le pense vraiment.

— Et si le meurtre de Béatriz était motivé par la mort de la comtesse de Montcuir ? suggéré-je. Le comte aurait pu aller chercher de la consolation auprès d'elle puis avoir été écœuré par son comportement. Ou bien… (Je me redresse, soudain inspirée.) Peut-être souhaitait-il remplacer son épouse par une autre femme qu'il aurait pu aider à sortir de sa terrible situation…

Cette remarque fait réfléchir Simon.

— Non, finit-il par répondre. La comtesse est décédée deux ans avant Béatriz.

— Sauf si l'on considère que la première victime était la comtesse, dis-je. Dans ce cas, ça veut dire que le meurtrier ne peut pas être Lambert. La preuve, il adorait sa mère.

Tandis qu'Oudin, lui, la haïssait.

— Et il aimait aussi Juliane, complète mon compagnon avec un soupir de frustration.

Le silence règne ensuite. Les seuls bruits dans la cuisine sont les crépitements du feu dans la cheminée et les bulles qui s'élèvent de l'eau qui chauffe pour le bain de Simon.

— Comment a-t-il tué Juliane, à ton avis ? l'interrogé-je à voix basse.

— Il aurait pu verser un poison dans son infusion, répond-il après un instant de réflexion, mais ceux qui agissent aussi vite ont tendance à provoquer des réactions physiques brutales, donc je penche plutôt pour la suffocation. Il lui aurait suffi de couvrir son visage avec un oreiller pendant plusieurs minutes. Comme je n'ai pas regardé le corps de plus près, je ne peux rien affirmer, même si je n'ai remarqué aucun signe évident de violence. S'il n'y avait pas eu la tresse, je n'aurais jamais fait de lien entre le décès de Juliane et le tueur. Il voulait que je sache que c'était son œuvre.

J'imagine la fille du comte, les mains croisées sur la poitrine, la couverture remontée jusqu'au cou. Étrangement, c'est encore pire que les autres cadavres que j'ai vus.

— D'après Denise, Juliane semblait assoupie, murmuré-je. Il a dû faire attention à ce que ça n'ait pas l'air d'un meurtre. Elle n'était ni exposée aux regards comme Perrette et les autres, ni complètement couverte comme l'épouse du marchand. Elle n'a pas non plus été abandonnée dans la panique comme Mère Agnès après l'arrivée de Marguerite.

Athene entre dans la pièce, un tas de tissu bleu-noir dans les bras, et, quand je l'aperçois, j'ai comme un éclair. Je me tourne aussitôt vers Simon.

— Tu crois que Juliane s'est réveillée avant de mourir ?

Il met quelques secondes à sortir de ses pensées.

— Possible. Si c'est le cas, elle a dû ouvrir les yeux à la toute fin, quand elle manquait trop d'air pour pouvoir se débattre.

Tout n'est pas perdu, alors !

Je rejoins ma cousine qui dépose les habits sur le plan de travail.

— Combien de temps les pensées restent-elles dans le sang ? chuchoté-je.

— Elles y demeurent tant que le sang est liquide, même si elles deviennent plus difficiles à entendre. Pourquoi ?

— Combien de temps reste-t-il avant que le rassemblement commence ?

— Le soleil se couchera dans une heure environ et la cérémonie aura lieu une heure après.

Largement assez de temps, donc.

Chapitre 54

Simon est contre l'idée, évidemment, mais, pour ma part, je doute qu'il soit vraiment dangereux de me rendre au domicile des de Montcuir, quand bien même l'un d'eux serait un meurtrier. La preuve : à l'approche de la tombée de la nuit, de nombreux habitants de Collis seront présents pour assister au moment où le Soleil emmènera l'âme de Juliane de l'autre côté de l'horizon.

Pour l'occasion, Athene me prête sa cape en toile de lune. Comme il est étrange d'arpenter les rues en étant invisible ! Tout le monde me regarde sans me voir, leurs yeux glissant sur moi. Le soulagement me gagne quand je me faufile dans une ruelle proche de la demeure pour mettre sur l'envers le vêtement afin d'en exposer l'étoffe noire sans magie. Même si la soirée est assez chaude pour que la cape soit un peu étouffante, la robe de Marguerite me donne l'impression d'être presque nue. En temps normal, une sœur porte des couches de vêtements en dessous et au-dessus.

Je regagne la rue où je me joins aux nobles et aux nantis de Collis qui arrivent pour rendre hommage non pas à Juliane, mais à son père. Le cercueil de la jeune femme se trouve au centre de la pièce et personne ne se tient près de lui. La plupart des invités gravitent plutôt autour du prévôt, chacun souhaitant que ce dernier remarque leur présence. Les curieux murmurent que, à voir le visage maigre et cireux de la défunte, elle devait être malade depuis un bon moment, et ils le déplorent – s'ils l'avaient su, ils auraient fait quelque chose.

Ces réactions hypocrites me mettent en colère. Je doute qu'ils auraient proposé leur aide s'ils avaient su de quoi retournait le mal de Juliane. Il y a une honte qui entache les maladies de l'esprit, mais pas celles du corps. Le cerveau n'est-il pas pourtant un organe comme le cœur et les poumons ? On évite les fous encore plus que les malades de la peste, ce qui est ironique : la folie ne s'attrape pas comme la toux.

Je suis aussi prête à parier que les affections nerveuses bénignes sont fréquentes. On cesserait peut-être d'éprouver de la honte si on était tout simplement honnêtes. À partir de ce moment-là, une maladie mentale ne serait plus considérée comme plus étrange que des articulations enflées ou des problèmes de digestion et on pourrait les traiter avec la même compassion, comme on le fait apparemment à Mesanos.

J'ai conscience que ce jour n'est pas près de se produire – il n'y a qu'à voir Juliane. Après tout, moi aussi, son comportement m'a effrayée et révulsée. Si je n'avais pas eu l'exemple de Simon, je l'aurais sans doute ignorée comme tous les autres.

Par chance, l'espace autour de son cercueil est vide, si bien que personne dans la pièce ne verra ce que je fais, même s'il ne me reste plus que quelques minutes avant le crépuscule, avant que son corps ne soit recouvert pour encourager son esprit à le laisser et à suivre la Lumière. Je jette un coup d'œil au comte à l'autre bout de la pièce, qui est en train de recevoir un flot continu de condoléances. Il n'a même pas un regard pour sa fille.

Après avoir pris une grande inspiration, je m'approche de la défunte. La plus puissante des pierres de sang d'Athene est dans ma main droite et son énergie extraordinaire engourdit presque mes doigts. Je prévois de faire semblant de prier tout en la tenant contre la peau de la jeune femme, même si je crains de ne rien pouvoir entendre dans un lieu aussi bondé, alors que tant d'heures se sont écoulées depuis son décès.

Sans me laisser le temps d'effleurer la main rigide de Juliane, la foule s'écarte pour révéler Oudin, assis sur une chaise contre le mur, penché en avant, les avant-bras appuyés sur les cuisses.

Quand il me fixe de ses yeux injectés de sang, je referme aussitôt ma cape pour lui cacher la fine robe de Marguerite que je porte. Il se lève en vacillant et s'avance pour se placer face à moi de l'autre côté du cercueil. Même sans l'aide de la magie, je sens qu'il pue l'alcool et la skonia à plusieurs pieds de distance.

— Merci d'être venue, me dit-il d'une voix rauque.

Je ne m'attendais pas à autant de politesse de sa part.

— Je suis désolée d'arriver si tard.

— Rémi est venu tout à l'heure, déclare-t-il en me dévisageant. Il a dû partir pour assister aux funérailles des ouvriers.

Même si leurs âmes devaient s'envoler hier, il restait trop peu de temps pour les préparatifs. Voilà pourquoi leur cérémonie d'adieu a lieu ce soir.

— Il a dit qu'il ne t'avait pas revue depuis hier soir.

— J'étais à l'abbaye, à veiller sur mon amie.

Le regard accusateur de mon interlocuteur se fait tout à coup soucieux.

— La jeune sœur ? Elle a repris connaissance ? Elle se souvient de ce qui lui est arrivé ?

— Malheureusement, non.

Je n'ose pas lui dévoiler que Marguerite est réveillée, et encore moins qu'elle est lucide, même si elle ne se rappelle rien. Je me racle la gorge.

— Je n'ai pas encore vu Simon. Il est en haut ?

— Il s'est enfui, ce lâche ! grogne Oudin, ses yeux éteints bientôt envahis de rage. Tu ferais mieux de l'oublier.

Face à sa colère, je fais un petit pas en arrière et je rentre sans le faire exprès dans quelqu'un qui se tient derrière moi, me cognant le coude au passage. Le choc fait tomber la pierre de ma main. Elle chute le long du tissu de ma robe avant de rebondir sur le parquet avec un cliquetis et de disparaître de mon champ de vision.

Oh non !

— Bonsoir, mademoiselle Catrin, me salue la voix de celui que je viens de percuter.

Je me retourne pour découvrir… Lambert ! Même si ses yeux sont rouges d'avoir pleuré, il parvient à me sourire.

— Merci infiniment d'être venue.

Je tâte discrètement le sol de mes pieds pour tenter de localiser la pierre, sans succès.

— Juliane s'est toujours montrée si gentille avec moi. Il fallait que je lui dise au revoir. Je lui devais bien ça.

Le fils aîné du comte m'étudie du regard comme l'a fait son frère et s'attarde sur la naissance de mes cheveux.

— Que vous est-il arrivé ? Je ne me souviens pas de vous avoir vu cette blessure quand nous portions secours aux victimes de l'accident du Sanctum.

Sans réfléchir, je lève la main vers la coupure, avant de fermer le poing pour cacher les cicatrices récentes sur ma paume et mes doigts.

— Je me suis fait ça plus tard dans la soirée. Je suis restée après le départ de tout le monde pour essayer de comprendre ce qui a causé l'effondrement et je me suis coupée avec un bout de verre brisé dans le noir.

— Ça a dû beaucoup saigner, fait remarquer Oudin, étonné, avant de jeter un regard plein de sous-entendus à son aîné. J'espère que tu as pu trouver de l'aide quelque part, puisque tu n'es pas rentrée chez toi.

Bien que je ne me sois pas préparée à devoir expliquer cette blessure, j'ai un mensonge tout prêt sur l'endroit où j'ai passé la nuit.

— Oui, j'en ai trouvé, merci, réponds-je. Je suis allée à l'abbaye. Rémi était tellement en colère contre moi que je n'avais pas envie de rentrer. J'y suis restée aujourd'hui pour veiller sur mon amie, comme je le disais tout à l'heure.

— Pourquoi le compagnon La Fontaine est-il en colère contre vous ? m'interroge Lambert. Il ne vous tient quand même pas responsable de l'accident, si ?

Les larmes qui me montent aux yeux sont sincères.

— Je lui ai dit que les échafaudages étaient sûrs, mais j'avais tort.

— C'est sans importance, Catrin. Le chef de chantier, c'est lui. Rejeter la faute sur vous, c'est non seulement se dérober à ses responsabilités, mais c'est aussi immoral.

J'aimerais lui confier que je connais le vrai coupable. Le problème, c'est que l'homme en question se tient très certainement en face de nous ou de l'autre côté de la pièce. Au moins la moitié de la foule est sortie pour assister au coucher du soleil et le comte a désormais une vue dégagée sur nous. Je m'éclaircis la voix.

— J'espérais voir Simon mais, si j'ai bien compris Oudin, il se serait enfui ?

Lambert hésite à me répondre et son cadet le regarde méchamment.

— Dis-lui. Dis à Catrin qu'elle a aidé un tueur.

Il sait que je suis responsable de la disparition de Simon ! Mon souffle se coince dans ma gorge.

— On l'a tous aidé, toi y compris, rétorque le fils aîné du prévôt. Quand bien même on ne t'a jamais demandé de participer à l'enquête.

Je pousse un soupir de soulagement. Oudin ne faisait référence qu'à l'investigation. J'en ai presque le tournis.

— Que s'est-il passé, au juste ?

— Il semblerait que Simon soit le meurtrier que nous recherchons, mademoiselle Catrin, me dit Lambert en prenant mes mains dans les siennes. Après la mort de notre sœur, nous avons découvert… certaines choses que nous ne pouvons pas expliquer autrement.

— Je ne peux pas le croire !

— Moi non plus, répond-il en jetant un regard appuyé à son cadet. Mieux vaut attendre qu'on le retrouve et qu'on écoute ce qu'il a à dire pour sa défense avant de le déclarer coupable.

Rien que pour ça, je pourrais l'embrasser. J'ai beau avoir échoué à obtenir la dernière pensée de Juliane, venir ici valait le coup. Désormais, je sais que Simon a au moins un allié potentiel parmi les de Montcuir.

Le comte, soudain apparu devant le cercueil de Juliane, nous foudroie tous du regard, mais surtout son fils aîné.

— La cérémonie commence, lâche-t-il. J'y vais. Lambert, occupe-toi d'elle.

Puis il s'éloigne. Des voix qui entonnent l'hymne d'adieu nous parviennent par la porte ouverte lorsqu'il quitte la pièce.

— Va, Oudin, dit Lambert avec un soupir. Je me charge de fermer le cercueil.

L'intéressé se met à reculer dans l'intention de partir lui aussi, quand – à mon grand désespoir – il ramasse tout à coup la pierre à ses pieds et me la tend.

— N'oublie pas ton caillou, Chaton.

Je m'en empare vivement, même si mes doigts ne peuvent éviter de toucher la gemme en même temps que lui, ce qui envoie fuser un éclair de colère muette dans mon esprit avant qu'il ne la lâche et ne s'en aille.

— Qu'est-ce que c'est ? s'enquiert Lambert en tendant le cou pour mieux voir.

— Une pierre de bénédiction, réponds-je en la glissant dans la poche de la robe conçue pour renfermer un chapelet. Comme aucune des sœurs ne pouvait être présente, elles ont prié sur cette pierre pour que je puisse ensuite transférer leurs vœux à Juliane.

— Je n'ai jamais entendu parler de ce rite, s'étonne-t-il. (Pas surprenant, puisque je viens tout juste de l'inventer.) Vous avez déjà pu bénir ma sœur ?

— Non, malheureusement. Oudin m'a interrompue et puis je l'ai fait tomber.

Le fils du prévôt hoche la tête solennellement.

— Il faut que j'aille chercher le couvercle du cercueil. Je serais honoré si vous pouviez rester avec elle pendant mon absence afin de lui donner cette bénédiction. Vous étiez l'une de ses seules véritables amies.

Je rougis de fébrilité et d'embarras tout à la fois.

— Merci… Je suis flattée qu'elle m'ait tenue en aussi haute estime.

— Elle n'est pas la seule, déclare-t-il avant de quitter la pièce d'un pas pressé.

Il ne reste plus que Juliane et moi.

Je tire la pierre de sang de ma poche d'une main tout en levant son bras raide de l'autre. Grimaçant à cause de la nature macabre de ce que je suis en train de faire, je ferme les paupières. Je m'attends à devoir me concentrer pour entendre ses dernières pensées, mais à l'instant où la pierre est placée entre nos deux paumes, la voix de la morte me parvient, aussi forte qu'une averse de grêle.

« Par le flamboiement du Soleil je sais que c'était toi et que tu as tué notre mère et que les ombres ont mangé ton foie et l'ont laissé affamé de sang… »

Ses pensées se séparent ensuite en plusieurs directions comme des éclairs dans le ciel. Certaines tombent dans l'oubli, d'autres frappent à un endroit, avant de filer tout de suite après ailleurs.

« Tu ne peux pas me tuer parce que je t'ai déjà tué une centaine de fois Simon je lui dirai je raconterai tout et notre père te tuera comme il l'a tuée… »

Il n'y a aucun ordre. Aucune rationalité. Aucune pause. C'est comme essayer de boire à une cascade qui coulerait directement sur mon visage.

« Par le flamboiement du Soleil j'ai toujours su que c'était toi les ombres elles se déchirent à mes yeux me rendent sage Simon Simon est la clef Simon est la serrure laisse-moi sombrer laisse-moi pleurer âme à garder… »

J'ai désespérément envie de lâcher la main de Juliane, mais je ne peux pas m'y résoudre en sachant que personne ne l'a écoutée de toute sa vie.

« Tu crois que je ne m'en souviendrai pas mais si et je le dirai je le dirai par le flamboiement du Soleil je sais que c'était toi et que tu as tué notre mère… »

Dès l'instant où je comprends qu'elle se répète, je jette presque sa main loin de moi. Par la grâce du Jour ! Alors c'était ça, de vivre à l'intérieur de sa tête ? Sa folie aurait-elle pu être causée par une incapacité à cesser de penser ?

Prise de frissons, je range la pierre dans ma poche puis je frotte ma main traversée de picotements sur ma manche. Le flot de pensées de la jeune femme est peut-être silencieux, mais son désespoir et sa souffrance coulent encore dans mon sang.

Soudain, les poils de ma nuque se hérissent et je tourne la tête pour trouver le comte de Montcuir qui me jette un regard mauvais par l'embrasure de la porte d'entrée.

— Mademoiselle Catrin ?

Je sursaute. Lambert se tient en face de moi, de l'autre côté du cercueil. Il a un marteau dans une main et, de l'autre, il pose une pièce de bois cirée sur le sol.

— Vous allez bien ?

— Oui, merci, parviens-je à répondre. La bénédiction est terminée. Avez-vous besoin d'aide ?

— Non, je vous remercie. Je préfère m'en charger tout seul. Je suis certain que vous comprendrez.

— Oui, bien sûr.

Je n'aperçois plus son père, mais je ne doute pas une seule seconde qu'il attende juste dehors.

— Est-ce qu'il y a une autre sortie ? J'aimerais éviter de recroiser votre frère, si possible.

— Oui, bien entendu, dit le jeune homme en me montrant la cuisine. Bonne nuit, Catrin.

— Bonne nuit… Lambert.

Il pose le marteau pour s'emparer d'abord du couvercle qu'il doit placer sur le cercueil. Je me dirige vers la porte de service en faisant une pause pour retourner ma cape sur l'envers. Avant de quitter les lieux, j'aperçois un bref instant le fils aîné des de Montcuir qui contemple le visage de sa sœur pour la dernière fois.

Chapitre 55

À mon retour chez Athene, je trouve Simon en train de traverser le couloir de la cuisine à la porte d'entrée en clopinant à l'aide de béquilles. Je ne suis même pas entièrement à l'intérieur qu'il les laisse tomber par terre pour m'étreindre.

— Je t'attends depuis plus d'une heure, déclare-t-il avant de prendre mon visage en coupe entre ses mains.

J'aimerais qu'il m'embrasse mais il n'en fait rien.

— Tu as trouvé ce que tu cherchais ? me demande ma cousine qui arrive derrière lui.

— Oui et non.

Je m'écarte de mon compagnon et il me lâche. Je ne lui ai toujours pas expliqué en quoi consistait la magie de sang.

— C'était trop rapide et incohérent. Elle répétait souvent le nom de Simon, comme si elle avait besoin de lui confier quelque chose.

— Qui ça ? s'enquiert-il.

— Juliane, soufflé-je.

— À t'entendre, on croirait que tu lui as parlé.

— D'une certaine manière, c'est ce que j'ai fait.

Il jette un regard furtif à Athene.

— Un autre aspect de la magie des Selenae ? Converser avec les défunts ?

— Oui, réponds-je. Mais tous les Selenae n'ont pas ce pouvoir-là et ce n'est pas tout ce qu'il peut faire.

Simon affiche une expression légèrement terrifiée. Je ne suis pas certaine que mes explications apaiseront ses craintes.

— Vous pourrez avoir cette conversation plus tard, nous interrompt Athene. Gregor nous attend.

Si je veux faire la paix avec mon oncle, il faut que je fasse un effort. Seulement, j'ai décidé de rentrer chez moi ce soir pour ne pas mettre l'abbaye en danger si jamais Oudin ou son père voudraient venir m'y chercher.

— Non. J'ai besoin de discuter avec Simon maintenant.

— Qu'est-ce que je suis censée dire à Gregor quand il me demandera où tu es ?

— Dis-lui que je suis mon instinct et qu'il devrait me laisser faire, réponds-je en ramassant les béquilles de mon compagnon.

Athene nous quitte avec un soupir, puis j'accompagne Simon à la cuisine. Il s'installe sur une chaise en poussant un petit grognement de douleur.

— Je ne tiens pas à ce que ta famille et toi vous disputiez à cause de moi.

— Notre dispute n'a rien à voir avec toi. L'autre nuit, ils m'ont mise dehors. Si je reviens, ce sera quand je l'aurai décidé et pas autrement.

— Est-ce que tu vas me dire comment tu as fait pour parler à Juliane ? s'enquiert-il, soudain mal à l'aise sur son siège.

Je pose les yeux sur mes mains pour éviter son regard.

— J'ai moins parlé avec elle qu'écouté ce qu'elle avait à dire.

— D'accord…

— Les pensées… les miennes, les tiennes, celles de tout le monde… sont portées par notre sang. Quand on meurt, nos dernières pensées y demeurent.

Les lèvres de mon compagnon s'écartent pour poser la première d'au moins dix questions mais je poursuis sans lui laisser le temps de prononcer une seule syllabe.

— Je suis capable de les entendre, soit en touchant directement du sang soit en utilisant ce qu'on appelle une pierre de sang.

Il referme la bouche et attend que je développe.

— Voilà, tu sais tout, lâché-je après quelques secondes. Quand ça a commencé à m'arriver, j'ai cru que j'étais devenue aussi folle que Juliane, à entendre les voix des femmes passées de l'autre côté du Soleil. Je craignais d'en parler.

Simon esquisse un sourire ironique.

— Je doute que je t'aurais crue.

— Et maintenant, tu me crois sur parole ou tu as besoin que je te fasse une démonstration ?

Son sourire s'évanouit.

— Je ne crois pas que ce soit une bonne idée que tu écoutes mes pensées.

Je ne lui avoue pas que je l'ai déjà fait.

— C'est tout ce que tu peux faire avec ta magie ? demande-t-il d'une voix tendue, comme s'il s'attendait à plus.

Je me mords la lèvre inférieure.

— Il y a bien autre chose, mais même Gregor ne le comprend pas. C'est l'une des raisons pour lesquelles il aimerait que je vienne vivre chez les Selenae.

— Et aussi l'une des raisons pour lesquelles tu es réticente à retourner auprès d'eux, j'imagine. (Il prend une profonde inspiration.) Bon… donc, tu es allée écouter Juliane. Enfin, son sang. Et qu'est-ce qu'elle a dit ?

L'énergie résiduelle de la jeune femme me pousse à faire les cent pas nerveusement tandis que je décris sa cascade de pensées décousues.

— C'est plus que ce que j'ai perçu de la part des autres victimes, mais ça a moins de sens, aussi, même si je pense qu'elle parlait d'Oudin.

Simon n'est pas d'accord, je le vois à son expression. Il évite mon regard et se gratte la joue, où un début de barbe est apparu car il n'a pas eu l'occasion de se raser.

— Pendant ton absence, j'ai passé un peu de temps à réfléchir à Mère Agnès, au magister Thomas et au Sanctum. J'ai essayé de trouver un lien entre eux et les premières victimes. L'altum Ferris avait insisté sur le fait que je ne devais pas perdre de vue le fait que si les besoins du tueur ne changeront jamais, la manière dont il tente de les obtenir, elle, peut varier.

Pour résumer, des méthodes différentes, mais toujours la même folie.

— Et de quoi a-t-il besoin ?

J'atteins le seuil de la salle de bain et il me regarde pivoter sur mes talons encore une fois.

— À mon avis, la réponse se trouve dans ce qu'il fait subir au corps de ses victimes.

Je m'immobilise, songeuse.

— Elles l'écœurent. Elles n'étaient même pas dignes de le regarder.

— Exactement. Il se sent supérieur à elles.

— Comme Oudin, fais-je remarquer en recommençant à tourner en rond.

— Oudin n'ignore pas qu'il se complaît dans les bas-fonds. Il ne se fait aucune illusion sur lui-même.

— D'accord, d'accord.

Je n'ai aucune envie de me disputer avec lui sur ce sujet.

— Dans ce cas, pourquoi le tueur s'en est-il pris aux sœurs de la Lumière et aux ouvriers du Sanctum, et pourquoi a-t-il cherché à vous faire porter le chapeau au magister et à toi ?

— Parce qu'il y a une chose qu'eux et moi avons en commun, déclare-t-il, avant d'attendre que je m'arrête et que je le regarde dans les yeux. Toi.

— Moi ?

— Ça ne veut pas dire pour autant que tu étais sa cible, me coupe-t-il. Avant mon départ pour Mesanos, il m'a envoyé un message pour me narguer et me faire comprendre que c'était désormais un jeu pour lui et qu'il comptait bien me battre à plates coutures. Après le meurtre de Nicole, il a dû prendre conscience que le meilleur moyen de me blesser, c'était en s'en prenant à toi d'une manière ou d'une autre. Non seulement il t'a pris ta famille et ton travail, mais il a réussi à me retourner contre toi.

— Et ensuite il s'est attaqué à moi, murmuré-je.

— Oui.

Simon frissonne.

Pourquoi le meurtrier n'est-il pas allé au bout de son geste ? Peut-être a-t-il cru que j'étais morte ou sur le point de succomber à mes blessures. Sans compter qu'il fallait qu'il aille exécuter son dernier coup de maître : tuer Juliane puis faire accuser le vénatre.

Malgré tout, j'ai toujours l'impression qu'il nous manque une pièce cruciale du puzzle.

— Jusque-là, je suis d'accord avec toi. Mais enfin, ça ne peut pas être Lambert. Il aimait Juliane plus que quiconque.

Mon compagnon s'avachit sur sa chaise et fixe le sol du regard.

— Et j'ai aussi du mal à croire qu'il te ferait du mal. C'est juste que… (Il s'interrompt puis pousse un soupir.) Tu as raison.

Son attitude est étrange.

— Que te dirait l'altum Ferris ?

— De faire confiance à mon instinct, répond Simon, les yeux rivés sur ses mains.

— Alors pourquoi est-ce que tu ne le fais pas ?

— Je le fais, marmonne-t-il. Mon intuition me dit que Lambert a des sentiments pour toi. C'est ce qui obscurcit mon jugement.

— Tu es jaloux ? m'exclamé-je, ébahie.

Mon compagnon lève la tête, sans toutefois me regarder dans les yeux.

— Contrairement à lui, je n'ai rien à t'offrir.

— Je n'en ai rien à faire, de ça, répliqué-je en m'agenouillant devant lui.

— Mais pour moi, c'est important, murmure-t-il. Assez pour que je laisse la place à un homme qui serait capable de prendre soin de toi quand je sais que moi, je ne le pourrais pas.

— C'est à moi d'en décider, tu te rappelles ?

J'approche mon visage du sien. Simon s'écarte, les yeux remplis d'angoisse.

— À moi aussi, Cat.

Chapitre 56

Même d'une humeur de martyr, Simon désapprouve l'idée que je rentre chez moi. De mon côté, je n'ose pas rester dans le Quartier des Selenae, au cas où le tueur apprendrait que j'ai dit séjourner à l'abbaye de Solis. La dernière chose que je veux, c'est mettre les sœurs de la Lumière en danger.

Lorsque je passe par la cuisine pour entrer chez le magister en utilisant la clef qui partage désormais une poche avec ma pierre du néant et une pierre de lune plus fraîche que m'a donnée Athene, il reste encore deux heures avant l'aube. Au moment où je tire le loquet derrière moi, Rémi apparaît dans l'embrasure de la porte de l'atelier. Ses cheveux noirs et raides sont peignés en arrière, comme s'il avait tiré dessus de ses deux mains. Sans un mot, il traverse la pièce pour me prendre dans ses bras. Je suis autant surprise par son étreinte que de m'apercevoir à quel point j'en avais besoin.

— Je suis désolé, souffle-t-il, le visage enfoui dans mes boucles.

Il ne verse pas de larmes mais ses yeux gonflés d'avoir pleuré ne m'ont pas échappé.

— J'étais sous le choc, poursuit-il. J'ai dit des choses que je ne pensais pas, Cat. Je suis vraiment désolé.

Je l'entoure de mes bras, ce grand abruti qui est comme un frère pour moi. Malgré tout ce qui s'est passé, il me rappellera toujours cette maison où je me sens bien, où je me sens chez moi.

— Tu avais de bonnes raisons de penser que c'était ma faute, murmuré-je contre son torse.

Mon ami s'écarte avant de poser ses mains calleuses sur mes joues pour lever mon visage vers lui et croiser mon regard. Le vert de ses iris est rendu plus vif que d'habitude par le contraste avec le blanc injecté de sang de ses yeux.

— Je ne l'ai dit à personne. Je ne le dirai à personne. Jamais. Même le magister Thomas n'a pas besoin de le savoir.

Même en me croyant coupable, il cherche à me protéger.

— Mais ce n'est pas moi qui suis responsable du désastre, Rémi. Quelqu'un a dû scier certaines poutres ou desserrer des clous.

Ses mains descendent sur mes épaules.

— Mais pourquoi ferait-on ça ? Et comment le sais-tu ?

Simon a toujours tenu à garder secrets certains détails sur le meurtrier – notamment sa signature : les cheveux de ses victimes qu'il laisse sur la scène de crime –, mais il doit bien y avoir un moyen de convaincre Rémi sans en parler.

— Tu n'as rien remarqué de bizarre ? Des poutres sabotées, des joints abîmés ?

— Je n'ai pas pensé à regarder, répond-il, stupéfait.

— On peut peut-être trouver des preuves aujourd'hui.

— Non, tout a été déblayé et brûlé. Tu sais bien que l'altum suprême ne laisserait jamais rien de maudit à l'intérieur du Sanctum.

Je me souviens qu'il avait eu la même réaction lors du dernier accident… C'était une perte énorme de matériel qui aurait pu être réutilisé, mais le magister savait que personne ne ferait plus jamais confiance à ces structures. N'empêche… je trouve qu'ils ont fait vite.

— Déjà ? En un seul jour ?

— La moitié de la ville est venue nous prêter main-forte.

Après avoir lâché mes épaules, Rémi prend mes mains dans les siennes et en frotte le dos de ses pouces calleux.

— Quoi qu'il en soit, ça n'a aucune importance, poursuit-il. Je ne laisserai jamais quelqu'un penser que tu étais en faute. Promets-moi seulement de ne pas t'enfuir pour rejoindre les sœurs de la Lumière.

— C'est… commencé-je avant de m'arrêter pour choisir soigneusement mes mots. Tu savais où j'étais ?

— Tu as fait savoir à ma mère que tu resterais au couvent pour quelques jours, répond-il en examinant mes paumes. Elle était presque certaine que tu ne reviendrais jamais.

Je me demande si c'est Gregor qui le lui a sous-entendu en espérant que je resterais dans le Quartier pour de bon, cette fois-ci.

— J'avais besoin de réfléchir, c'est tout.

Ses yeux s'écarquillent lorsqu'il remarque les taches brun-rouge sur mes manches et ma tunique.

— C'est ton sang ?

Je m'apprête à lui expliquer que je me suis coupée avec du verre – sans en détailler les circonstances – quand je me souviens que ma main est guérie désormais.

— Non, je me suis salie l'autre jour, pendant qu'on portait secours aux victimes.

— Je ne me rappelle pas avoir vu autant de sang sur toi.

Rémi fixe la cicatrice blanche de la coupure qui était sans doute la source de la majorité des taches, comme s'il savait qu'elle ne devrait pas exister.

Tout ce que je peux faire, c'est hausser les épaules.

— J'ai pris un bain, mais il faut quand même que je me change.

— Oui, oui. Bien sûr.

Après avoir lâché l'une de mes mains, il se déplace vers l'avant de la maison en me tirant derrière lui de l'autre.

— Tu as dormi ? me demande-t-il. Enfin, tu as encore besoin de te reposer aujourd'hui ?

— Oui, quelques heures, peut-être.

Sa bienveillance est inhabituelle, tout comme son inquiétude. Il a vraiment dû avoir peur que je ne rentre jamais.

— Tu as eu des nouvelles du magister ? m'enquiers-je une fois au bas de l'escalier. Il va bien ?

Rémi continue à me tenir par la main lorsque nous gravissons les marches.

— J'ai soudoyé l'un des gardes hier. D'après lui, le magister Thomas était en bonne santé mais il n'a pas été très collaboratif lors de son interrogatoire.

Nous nous arrêtons devant ma chambre. Même maintenant, Rémi n'en franchit pas le seuil.

— Tu crois toujours qu'il pourrait être le coupable ? lui demandé-je d'un ton plus accusateur que voulu.

— Je l'ignore, Cat, marmonne-t-il, les yeux rivés sur nos mains jointes. Il refuse de révéler l'endroit où il se trouvait ce soir-là, et je ne comprends pas pourquoi, mais...

— Mais quoi ?

Il se mord la lèvre.

— Si le meurtrier a tué Mère Agnès, c'est pour te blesser, toi. Et si tu as raison et que la chute de l'échafaudage a vraiment été provoquée par quelqu'un… Je ne peux pas imaginer le magister te faire du mal, ni nuire au Sanctum. Il vous aime tous les deux plus que moi, ça, c'est sûr…

— Non, c'est faux. Il sait qu'un jour il devra confier le Sanctum à quelqu'un et il t'a choisi, toi. Il tient simplement à ce que tu en sois aussi digne que possible.

Rémi croise mon regard.

— Il m'a dit ça en parlant de toi. Avant son arrestation. Il m'a dit que je ne te méritais pas, pas encore.

Je rougis d'embarras.

— Tu es sûr qu'il ne parlait pas plutôt du Sanctum ?

— Cat, j'essaie de te dire quelque chose d'important. Je suis… (Il pousse un soupir exaspéré.) J'ai été idiot, d'accord ? Je te jure que je n'irai plus jamais dans la rue des Plaisirs. Je ne t'appellerai plus Chaton et je ne te dirai plus des choses cruelles. Je ne te dicterai plus jamais quoi faire. (Il souffle puis prend une grande inspiration.) Promets-moi que tu resteras. Ici, avec moi. Pour toujours.

Oh…

Il me faut plusieurs secondes avant d'être capable de répondre quelque chose.

— Rémi… commencé-je avec douceur.

Son visage se décompose.

— C'est Simon ? crache-t-il. Tu sais que le prévôt le fait rechercher par toute la garde ? On dit que c'est lui qui a tué toutes ces femmes.

— Tout le monde ne le pense pas.

— S'il n'a rien à cacher, pourquoi est-ce qu'il s'est enfui ?

— Je ne sais pas, Rémi ! Il a peut-être vu comment le magister s'est fait traiter quand il a accepté de se laisser arrêter.

Il ricane.

— Même si le vénatre est innocent, il ne te pardonnerait pas de lui avoir caché ce que tu savais du marteau. Moi, je comprends tes raisons. Je t'admire, même.

— Ça n'a rien à voir avec lui.

Après le rejet de Simon à peine une heure plus tôt, mes émotions sont encore à vif. Je me frotte les tempes pour retenir les larmes qui menacent de couler.

— C'est… compliqué. Le magister est toujours en prison, un meurtrier est dans la nature et il y a tellement à faire au Sanctum…

Une lueur d'espoir s'allume dans ses yeux.

— Alors ce n'est pas un non ?

Je prends un instant pour imaginer la vie que nous aurions, et cette perspective est loin d'être horrible. Un mois plus tôt, une existence pareille m'aurait même paru idéale. Avant le meurtre de Perrette, Simon et la magie. Mais je ne suis plus la même personne qu'il y a quelques semaines. Désormais, je ne sais plus où se trouve ma place. Quoi qu'il en soit, Rémi compte pour moi et je n'ai pas envie de le blesser.

Je finis par pousser un soupir et lui répondre :

— Je n'en sais rien.

Rémi souffle un grand coup.

— D'accord, dit-il d'une voix rauque. Il faut que je sois au Sanctum à l'aube. Si… si tu te sens en forme, j'espère que tu viendras aujourd'hui. Tu m'as manqué sur le chantier. À plus d'un titre.

— Je serai là.

Ma réponse l'encourage plus qu'il ne le faudrait. Il pose une main sur ma joue et se penche vers moi.

— En attendant, je tiendrai ma promesse, murmure-t-il. Je serai digne de toi. Tu verras.

J'aimerais lui dire que rien de tout ça n'a d'importance, que si j'hésite, ce n'est pas à cause du surnom dont il m'a affublée ni de ses taquineries agaçantes, ni même de ses sorties dans la rue des Plaisirs. Mais je ne le peux pas, car ses lèvres sont soudain sur les miennes.

Une partie de moi a grand besoin du réconfort et du pardon qu'il m'offre, mais ce baiser, je ne peux pas l'autoriser : ce ne serait pas juste envers Rémi. Ce dernier y met fin avant moi, puis disparaît dans l'escalier qui mène à sa chambre.

Chapitre 57

Quand j'arrive au Sanctum un peu avant midi, je me lance dans l'inspection des dégâts provoqués par la course-poursuite qui s'est terminée par la chute de mon agresseur. Pendant les efforts de déblayage d'hier, personne n'a remarqué la plate-forme de roseaux que j'ai tranchée. Je cherche aussi les endroits où le meurtrier aurait pu saboter les échafaudages extérieurs. J'ai si peur de tomber que j'utilise ma corde de sécurité la majorité du temps.

Rémi me laisse faire ce que je veux et me confie même la responsabilité du chantier pendant qu'il va inspecter un chargement de pierre à la porte de la ville avant qu'il ne soit transporté en haut de la colline. Ce changement de comportement est le bienvenu. Pourtant, ses moqueries et son air supérieur, qui avaient défini notre relation jusqu'à présent, me manquent presque. À la fin de la journée de travail, j'enroule la corde plusieurs fois autour de ma taille, comme une ceinture, puis je me mets à grimper au sommet de la tour sud.

Je n'ai aperçu ni Lambert ni Oudin aujourd'hui. Ils sont certainement en train de passer la ville au peigne fin pour mettre la main sur Simon. Heureusement, ils n'ont pas de raison de fouiller le Quartier, vu le contrôle qu'exercent les Selenae sur l'accès à leur territoire. Ils estimeront plus probable que le fugitif ait quitté Collis plutôt qu'il soit parvenu à trouver l'asile auprès du peuple de la Nuit.

Je m'assieds derrière une colonne pour être à l'abri du soleil couchant tandis que j'observe le lever de la lune. Tant que je reste hors de la lumière directe du soleil, je dispose de mes sens de Selenae et je dirige mon ouïe vers le Quartier, histoire de vérifier qu'il n'y a pas de signes de grabuge. Peu de ses habitants sortent aussi tôt dans la soirée, tout comme de nombreux Galliens dorment encore une heure après l'aurore.

J'entends Rémi s'approcher et je sens la vibration de ses pas bien avant de le voir.

— Ah, te voilà ! me lance-t-il en atteignant le haut de l'escalier en colimaçon. Je te cherchais.

— J'ai examiné tous les échafaudages qui sont encore debout. Il y a quelques dommages à cause de l'effondrement. J'ai marqué tout ce que j'ai trouvé.

— Oui, j'ai vu.

Mon ami se laisse tomber par terre dans l'encadrement de la fenêtre et s'adosse du côté opposé à moi, face au coucher du soleil. La lumière orange fait ressortir des nuances rougeâtres sur son teint hâlé et ses iris paraissent presque noirs. Ses jambes sont si longues qu'il pourrait toucher mon genou de la pointe de sa botte sans s'étirer, mais il les garde repliées. Il me laisse de l'espace.

— Merci…

Il m'a rarement exprimé sa reconnaissance auparavant.

— Je fais juste mon travail, réponds-je en tirant sur un long fil qui dépasse de mes hauts-de-chausses. J'en avais besoin, alors merci à toi de m'avoir laissée revenir. J'ai perdu tellement au cours de ces derniers jours que je ne sais pas ce que je ferais si on m'enlevait aussi le Sanctum.

— Je suis là, moi. Tu ne m'as pas perdu.

Je lui adresse un petit sourire.

— C'est surtout que je n'arrive pas à me débarrasser de toi, oui.

— Je suis comme une verrue, réplique-t-il d'un ton joyeux. Tu m'as dans la peau.

Il se lève d'un bond puis me tend la main pour m'aider à me relever. Je l'accepte quand quelque chose attire mon regard.

— C'est quoi, ça ? demandé-je en touchant ce qui pend à sa ceinture.

Rémi s'empourpre et les battements de son cœur s'emballent.

— Oh, ça. C'est pour me porter chance. Je ne l'avais pas sur moi le jour de l'accident, et on voit le résultat…

Il décroche la petite boucle pour me la montrer. Une tresse de cheveux est enroulée autour du métal, fixée par une espèce de résine.

— Ma mère m'en a fait cadeau quand je suis parti à l'automne dernier. Elle a dit que tous ses cheveux gris étaient pour moi et que, de cette façon, je pouvais emmener ses prières partout où j'allais.

Je peux presque l'entendre prononcer ces mots à son fils. La plupart des mèches correspondent à la nuance de la chevelure de Mme La Fontaine, qui m'est familière. Pourtant, ce n'est pas la seule couleur dans cette natte : l'un des trois brins est brun foncé. Je passe mon pouce dessus.

— Et ceux-là ?

— Ce sont les tiens, avoue-t-il d'une voix timide. Je les ai ajoutés parce que… eh bien, maintenant tu sais pourquoi. Tu comptais pour moi, déjà à ce moment-là. Je ne savais pas comment l'exprimer, c'est tout.

Mon estomac se noue.

— Quand les as-tu pris ?

— N'en parle pas au magister Thomas, répond-il avant de grimacer. Je les ai coupés pendant que tu dormais. C'est la seule fois où je suis entré dans ta chambre, je le jure.

Je cherche ce que répondrait une jeune fille si un garçon lui faisait une confession pareille.

— Je ne dirai rien, promis. Mais tu aurais pu simplement me demander de te donner une mèche, tu sais.

Ma voix retentit comme si elle provenait de l'autre bout du Sanctum. Après avoir repris la boucle, Rémi la raccroche à sa ceinture.

— La prochaine fois, je le ferai. Tu es prête à rentrer à la maison ?

— Oui…

Je me retiens de frissonner en acceptant le bras qu'il m'offre. On descend les marches puis on traverse le bâtiment pour enfin sortir sur la place. À chaque pas, un nouvel élément s'ajoute à ce que je viens tout juste de comprendre.

Attaché à sa mère. Des problèmes avec les femmes, ou en tout cas une femme en particulier. Une grande intelligence. En bonne forme physique. Une promotion stressante et des soucis au travail. Un employeur qui se tient sur son chemin. Simon qu'il hait. Une enquête dans laquelle il s'est immiscé. Aucun alibi pour toutes les nuits où un crime a été commis.

Lambert n'est pas le meurtrier. Ni Oudin, ni le comte de Montcuir, ni personne de leur maisonnée. Le portrait du tueur établi par Simon décrit parfaitement un homme que je n'ai jamais soupçonné jusqu'ici.

Rémi.

Chapitre 58

Et dire qu'il faut que j'endure un dîner avec lui ! Même si le plat a un goût de sciure, j'ingurgite plus de navets frits que jamais auparavant, simplement parce que je ne fais pas attention à ce que je pique de ma fourchette. Je me retrouve à dévisager Mme La Fontaine toutes les quelques bouchées. Sait-elle, pour son fils ? Le protège-t-elle depuis tout ce temps ?

Oudin arrive pour chercher Rémi au moment où nous débarrassons la table.

— Tu es prêt ? lui demande-t-il.

À la pensée qu'ils vont arpenter les rues ce soir, je deviens livide. Mon ami remarque ma mauvaise mine et se méprend sur sa signification.

— Ce n'est pas ce que tu crois, m'assure-t-il en s'emparant de ma main guérie, fasciné de nouveau par la cicatrice blanche. Simon n'a toujours pas été retrouvé. Oudin et moi, on va se joindre à un groupe de volontaires pour augmenter les effectifs des gardes de nuit.

Je dois avoir l'air effrayée parce qu'il me chuchote à l'oreille :

— Je te promets que si c'est nous qui mettons la main sur lui, je lui donnerai l'opportunité de s'expliquer avant de le livrer au prévôt.

Même s'il semble sincère, je sais qu'il ment.

— Lambert va-t-il se joindre à vous ?

Mon ami hausse les épaules comme s'il n'avait pas songé à impliquer le fils aîné du comte, mais je remarque une étincelle de jalousie dans ses yeux.

— Tu resteras à la maison ce soir ? Pour moi ? Ça me rassurerait de savoir que tu es en sécurité.

Bien que j'aie prévu d'aller voir Simon et surtout par crainte qu'il me suive, j'acquiesce.

— Merci… me dit-il en me lâchant la main. Je pourrais t'emprunter ton couteau, au fait ? Je ne trouve pas le mien.

Sans excuse à lui opposer, je décroche sans un mot la courte dague de ma ceinture. Ce faisant, je me rends compte que j'ai passé tout le dîner avec ma corde enroulée autour de la taille. Je tends ma lame à mon ami en m'efforçant de sourire. J'essaie aussi de prendre un air soucieux, ce qui n'est pas bien difficile, vu les circonstances. Ensuite, je me mets sur la pointe des pieds afin de lui déposer un baiser sur la joue. S'il pense ne pas avoir de compétition, il ne commettra peut-être aucun acte terrible, au moins ce soir.

— Fais attention, lui recommandé-je.

Oudin hausse un sourcil, mais garde le silence. Rémi, lui, s'éloigne avec une démarche assurée bien différente de son allure juvénile à laquelle je suis pourtant habituée. C'est la première fois que je le vois comme le jeune homme qu'il est devenu. Après tout, un enfant n'aurait jamais été capable de commettre les actes dont il est responsable.

Une fois que la porte se referme derrière eux, je m'affale contre le mur. Il faut que je rejoigne Simon dès que possible. Mais, à nous deux, on ne pourra jamais traîner Rémi devant le prévôt. Or je ne vois qu'un seul homme qui pourrait nous y aider.

Je me sens coupable d'aller voir Lambert, surtout compte tenu de la jalousie et des suspicions de Simon à son égard, mais ce qu'il ne sait pas ne peut pas lui faire de mal. Malheureusement, il me faut attendre au moins une heure avant de pouvoir sortir sans me faire repérer.

Pour passer le temps, j'aide Mme La Fontaine dans la cuisine. Elle semble penser que mon intérêt soudain pour les tâches ménagères a un rapport avec la demande en mariage que m'a faite son fils à demi-mot. Puisque l'idée lui plaît, je ne fais pas d'efforts pour la détromper. Le Soleil sait combien de temps elle pourra encore se réjouir.

Lorsqu'elle finit par monter se coucher, je me force à attendre un quart d'heure de plus. Il ne me reste plus que deux minutes à patienter quand on toque doucement à la porte. À mon grand soulagement, il s'agit de Lambert. Je le fais entrer dans l'atelier en lui disant à quel point je suis heureuse de le voir.

— Mon père m'a demandé de lui ramener Oudin, m'annonce-t-il d'un air grave. Mais il n'est à aucun de ses endroits de prédilection. J'espérais que vous sauriez s'il est avec Rémone.

— Ils sont sortis tous les deux. Ils aident à patrouiller la ville et à chercher Simon.

— J'imagine que mon cousin est loin de Collis, à l'heure qu'il est.

Comment lui révéler la vérité ?

— Simon n'est pas le tueur, c'est Rémi, dis-je de but en blanc. J'ignore comment j'ai fait pour ne pas m'en apercevoir jusqu'à maintenant, mais ça a toujours été lui.

Lambert n'en revient pas.

— Rémi, l'homme qui est comme un frère pour vous ? s'étonne-t-il, avant que sa voix ne monte dans les tours. Rémi, qui est dehors dans le noir, à cet instant même, avec mon frère ?

— Chut, pas si fort ! Oui, je suis désolée, je n'ai rien pu faire pour l'empêcher de sortir. Si ça peut vous rassurer, je ne vois aucune raison pour laquelle il ferait du mal à Oudin. Je m'apprêtais à venir vous trouver pour vous faire part de ma découverte.

— J'imagine que vous dites vrai, lâche-t-il en se calmant. Attendez, vous comptiez venir me voir ?

— Bien sûr. Vers qui d'autre aurais-je pu me tourner ?

Il hausse les épaules et évite mon regard. Le haut de ses oreilles rosit.

— Eh bien, Simon… Mais il aurait fallu que vous sachiez où il se cache.

Je me mords la lèvre. Gregor sera furieux si j'introduis un autre Hadrien dans son Quartier… Sauf que c'est une question de vie ou de mort.

— Vous avez confiance en moi ?

— Oui, bien entendu, mademoiselle Catrin, dit Lambert sans comprendre où je veux en venir.

— Cat.

Il esquisse un léger sourire.

— Oui, j'ai confiance en vous, Cat.

— Dans ce cas, suivez-moi.

Aussitôt dehors, je repère la lune dans le ciel. Je la laisse pénétrer ma peau en savourant le pouvoir qui envahit mes veines, telle la foudre. Le monde devient plus clair et coloré qu'un jour ensoleillé. Des odeurs et des sons me parviennent de toutes les directions à la fois. C'est comme être partout où passent les rayons de l'astre sélénite. Je flotte vers le firmament tout en étant profondément enracinée dans la terre sous mes pieds.

— Vous êtes prêt ? demandé-je au fils du comte.

— Oui, je vous suis.

Je m'élance dans les rues, Lambert sur les talons. Je n'ai aucun mal à éviter la garde et les passants – je peux les voir et les entendre bien avant d'arriver dans leur champ de vision. Comme j'avance à vive allure, la corde à ma taille me gêne pour respirer. Malgré tout, je ne ralentis pas. Le couvent apparaît bientôt devant moi, puis les murs couverts de feuilles et parsemés de fleurs délicates. J'ai soudain l'impression de rentrer chez moi. Un sentiment similaire à celui que j'ai éprouvé en compagnie de Rémi ce matin. Combien de foyers peut-on avoir ? Et si je ne ressentais cette émotion que parce que je viens de perdre mon autre refuge ?

Les chants autour du bassin de la Lune ont déjà commencé. Quand j'étais petite et que je les écoutais, allongée dans mon lit à l'abbaye, la mélodie me paraissait une caresse sur ma peau. À présent, elle me remplit comme de l'eau absorbée par une éponge et s'installe profondément en moi. La magie dans mon sang accompagne les chanteurs et s'y accorde en harmonie. Je ne rêve que d'une chose : y participer, moi aussi. Mon âme ne connaîtra pas le repos tant que je n'aurai pas joint ma voix aux leurs.

Mais ce n'est pas le moment. Ce soir, il faut que je résiste à un monde pour le salut de l'autre.

Lorsque nous atteignons l'entrée du Quartier des Selenae, mon compagnon hésite. Même son père n'y a sûrement jamais mis les pieds, et certainement pas la nuit.

— Tout va bien, Lambert, dis-je en lui tendant une main. Il n'y a pas de raison d'avoir peur.

En prenant une profonde inspiration, le jeune homme agrippe mes doigts et me suit de l'autre côté du rideau de verdure.

Chapitre 59

La lune est presque pleine, si bien que la plupart des Selenae doivent être rassemblés autour du bassin. Mais j'ai du mal à croire qu'on parvienne à pénétrer dans le Quartier sans se faire repérer, même si je fais tout pour être la plus discrète possible.

La porte d'Athene n'est pas fermée à clef. Je guide Lambert à l'intérieur. Une fois dedans, je ressens immédiatement la perte de la lumière de la lune. Lorsque j'appelle Simon, il apparaît au bout du couloir et vient me prendre dans ses bras. C'est plus un geste qui exprime le soulagement qu'une étreinte romantique. Quoi qu'il en soit, le fils du comte reste en retrait, embarrassé.

Simon finit par s'écarter en me tenant par les épaules.

— J'ai eu peur que tu sois retenue et que tu ne puisses pas venir. Est-ce que tu as…

Il s'interrompt, les yeux écarquillés, quand il se rend soudain compte que je suis accompagnée. Je le rassure aussitôt :

— Ne t'inquiète pas. On a découvert l'identité du tueur.

Simon fait un pas en arrière, tendu, comme s'il avait envie de se mettre à courir.

— Vraiment ?

— Oui, c'est Rémi, annoncé-je en posant une main sur son bras pour l'apaiser. Il correspond parfaitement au profil que tu as dressé hier soir.

J'explique mon raisonnement en quelques mots. Ce qui est le plus difficile à croire, c'est qu'il ait détruit une partie du Sanctum, mais j'imagine qu'il cherchait à me plonger au fond du trou, afin que je n'aie plus que lui vers qui me tourner.

— Il porte une tresse à sa ceinture, pour lui porter chance.

— À qui sont les cheveux ?

— Ce sont les miens.

— Et je ne l'ai jamais soupçonné, murmure-t-il, abattu.

— Moi non plus, et je le connais bien. Enfin, je croyais bien le connaître…

Il faut à Simon une demi-minute de plus pour accepter l'idée avant qu'il ne se reprenne.

— Bon, venez vous asseoir. On va discuter de la marche à suivre.

En chemin pour la cuisine, je remarque qu'il boite à peine.

— Tu as l'air d'aller beaucoup mieux.

Simon jette un coup d'œil à sa cheville.

— Ta cousine m'a fait un nouveau bandage ce matin avec des pierres de sang ou d'aimant ou de je ne sais quoi. Je n'ai presque plus mal, maintenant. C'est surtout le fait d'avoir des cailloux dans ma chaussette qui me dérange.

Il m'adresse un petit sourire, mais je vois bien que la magie le met mal à l'aise.

— C'est la maison de votre cousine ? s'enquiert Lambert en jetant un coup d'œil à la ronde.

— Oui. C'est elle, le médecin qui a soigné Marguerite jusqu'à ce que les sœurs de la Lumière la ramènent au couvent.

— Mais... c'est votre cousine ?

— Je suis à moitié selenae, avoué-je. Je ne l'ai appris que très récemment. Ils m'ont contactée quand le magister a été jeté en prison.

— Je sais qui vous êtes, murmure Lambert, les yeux écarquillés. Votre père était ce médecin qui a enlevé une jeune Gallienne et qui l'a... séduite.

— Il ne l'a pas enlevée, corrigé-je en faisant de mon mieux pour garder mon calme. Et il ne l'a pas séduite, non plus. Ils étaient mariés.

Le fils du comte fronce les sourcils, dubitatif.

— Selon les archives de mon père, le Selenae a assassiné la femme et son enfant quand la famille de cette dernière n'a pas voulu payer la rançon et tenté de l'arracher aux griffes du médecin.

— Il n'y a jamais eu de rançon. Quand elle a refusé de rentrer chez ses parents, une foule de Galliens a envahi le Quartier et tué une dizaine de ses habitants, y compris mon père. Ma mère est morte en couches. Et comme vous pouvez le voir, je suis bien vivante.

— J'imagine que je n'avais jamais eu vent que d'un seul côté de l'histoire, dit-il, un peu piteux.

— Vous et le reste de Collis.

Ce n'est pas une acceptation totale de ce qui s'est vraiment passé cette nuit-là, mais c'est un bon début.

— Ce qui compte, maintenant, c'est de mettre la main sur Rémi et Oudin, ajouté-je.

— Oudin ? s'enquiert Simon, perplexe. Pourquoi ?

— Rémi et lui sont sortis ensemble un peu plus tôt. Ils font partie d'un groupe qui patrouille avec les gardes de nuit pour te trouver.

— Et tu les as menés tout droit vers nous.

Athene se tient sur le seuil de la salle de bain. Son expression est neutre et sa voix, monotone. Est-elle vraiment en colère ? À l'entendre, on croirait que des habitations ont été incendiées et que les rues sont jonchées de cadavres.

— La garde est ici ? m'exclamé-je, affolée. Dans le Quartier ?

— Pas encore, dit ma cousine en posant son regard souligné de khôl sur Lambert. Mais tu es venue avec le fils du prévôt. Ils ne vont pas tarder à le suivre.

— Personne ne sait que je suis ici, fait l'intéressé.

— Votre parole n'a pas de poids, l'Hadrien, répond-elle avant de se tourner vers moi. Catrin, ta naissance a amené la destruction sur notre peuple. Tu étais innocente à l'époque et nous ne t'en avons pas voulu. Désormais, tu ne l'es plus. Vous devez partir tous les trois, sur-le-champ.

— Mais où est-ce que je peux cacher Simon sinon ici ? l'interrogé-je en m'avançant vers elle.

— Ça ne nous regarde pas.

— Mais…

— Ça ira, Cat, me coupe le fugitif. Ta famille m'a déjà beaucoup aidé.

— On n'est pas obligés de s'occuper de Rémi ce soir, ajoute Lambert. De toute façon, il finira bien par rentrer chez lui. On pourra l'arrêter demain, après que j'en ai parlé à mon père. Pour l'heure, il nous suffit de trouver un lieu sûr pour Simon.

Il n'a pas tort.

— Oui mais où ?

— Le Sanctum ? suggère le fils du prévôt. Dans un bâtiment aussi immense, il doit bien y avoir des zones où personne ne va régulièrement.

Surtout dans les sections les plus anciennes. Je m'en veux de ne pas y avoir songé plus tôt. Enfin, de toute façon, avec sa cheville foulée, Simon n'aurait pas pu y accéder la nuit dernière.

— Oui, c'est une bonne idée. Mais ce ne sera pas évident d'arriver jusque-là avec toutes ces patrouilles. (À moins que…) On pourrait te réemprunter ta cape en toile de lune ? demandé-je à ma cousine, non sans me sentir un peu coupable.

Après tout, elle acceptera peut-être si elle estime que ça lui permettra de se débarrasser de nous plus vite. Quand elle pousse un soupir et tourne les talons pour aller la chercher, je la suis aussitôt, désireuse de lui parler en privé.

— À ce stade, autant te la donner, lance-t-elle.

— Je suis vraiment désolée de causer autant de problèmes.

— Encore heureux que tu sois désolée, réplique-t-elle en décrochant le manteau de la patère à côté de la porte de derrière. Je comprends que le monde des Hadriens soit en plein bouleversement en ce moment, et que toi aussi, mais tu ne cesses de nous mettre en danger sans prendre en compte les conséquences.

— Je ne vous demanderai plus rien d'autre. Tu as ma parole.

— Ce n'est pas non plus la solution, Catrin, dit-elle. Nous avons besoin de toi autant que tu as besoin de nous.

— Parce que vous espérez que je puisse sauver la magie des Selenae de l'extinction ?

— En partie, admet-elle. Mais ça te concerne aussi. Un don mal utilisé est une malédiction. Ne l'oublie jamais.

Elle me tend la cape et je la place sur mon bras.

— Comment savoir si je fais un mauvais usage de mes capacités ?

Ma cousine réfléchit un instant.

— C'est une question compliquée. Je dirais que si tes proches se mettent à te craindre, alors tu auras ta réponse. Avoir peur de ce dont quelqu'un est capable est une chose, mais c'en est une autre d'avoir peur de ce que cette personne fait de son don. Une arme n'est dangereuse que si elle est entre de mauvaises mains.

Je songe au magister Thomas, qui connaissait mon identité, au moins en partie : sa foi en moi n'a jamais été ébranlée. Marguerite, elle, a accepté que la magie puisse être bénéfique uniquement après avoir appris que je la pratiquais. Quant à Simon, je n'ai pas l'air de l'effrayer, même s'il en sait plus sur moi que quiconque.

— Je m'en souviendrai.

— Il faut que je retourne au bassin de la Lune avant que Gregor ne soupçonne quelque chose.

Athene retire la pierre de lune qu'elle porte en pendentif pour la passer autour de mon cou.

— Elle n'est pas aussi puissante qu'elle pourrait l'être, mais je l'ai plongée dans le bassin pendant une bonne heure ce soir. Elle te sera bien plus utile que celle que tu as déjà.

Dès que la gemme touche ma peau, la magie dans mon sang lui répond en baignant ce qui m'entoure d'une vive clarté. Simon, après avoir retiré son bandage et les pierres de sang, est en train de lacer ses bottes dans la pièce adjacente. Le cœur de Lambert bat la chamade : il a hâte de partir.

— Merci… J'en ferai bon usage, c'est promis.

— Je préférerais que tu me promettes de me la rendre.

— Je te le promets aussi.

Athene ouvre la porte et fait une pause, la main sur le loquet.

— Souviens-toi toujours de ce que tu es, Catrin.

— Quoi ? Un pont entre les Hadriens et les Selenae ?

— Exactement, approuve-t-elle en pénétrant dans un rayon de lune. Un pont.

Elle referme la porte derrière elle en me laissant sur ma faim. Ce n'est pas la première fois que j'entends ces mots. Pourquoi me les répéter ?

Soudain, je comprends et je me précipite dans la cuisine, où les deux cousins m'attendent patiemment.

— Je crois que je sais comment trouver Rémi ce soir.

Chapitre 60

Nous empruntons le chemin le plus court. Je tiens à entrer dans le Sanctum avant l'appel à la prière, un peu avant minuit, sinon il faudra attendre une heure avant que les lieux ne soient déserts. Même dissimulé par une cape en toile de lune, Simon court un plus grand risque à chaque nouvelle minute qu'il passe dehors.

Une fois que nous avons atteint la place du Sanctum, je commence à me diriger vers l'arrière du bâtiment et vers la fenêtre, en me demandant si Lambert parviendra à s'introduire par l'étroite ouverture, lorsque tout à coup, il sort un trousseau de clefs de sa poche. Le voilà qui nous emmène ensuite jusqu'à l'une des portes de la tour sud du transept.

— D'où sortez-vous ces clefs ? m'enquiers-je, étonnée.

— Mon père a accès à tous les bâtiments publics, m'explique-t-il. Je les ai prises dans son bureau. L'architecte n'a-t-il pas le même trousseau ?

— Eh bien, si. C'est Rémi qui l'a, maintenant.

Je n'ai jamais eu besoin de déverrouiller des portes, si bien qu'il ne m'est jamais venu à l'idée de les utiliser.

Le fils du comte manie gauchement une première clef à la lumière de la lune.

— Je ne sais pas laquelle c'est.

Comme ma vision accrue me permettrait d'aller bien plus vite, il me démange de les lui prendre, mais Lambert connaît déjà bien assez de secrets des Selenae. Il ne trouve pas la bonne clef avant le quatrième essai. Juste au moment où il ouvre le battant, les pas de quelqu'un qui traverse la place retentissent.

— Vite ! murmure le jeune noble en nous poussant, Simon et moi, à l'intérieur. Je vais le distraire.

La porte claque derrière nous et nous nous retrouvons seuls. Puisque Simon ne peut pas voir aussi bien que moi, je le guide jusqu'à l'escalier en colimaçon. J'ai une cachette en tête, mais j'aimerais d'abord me rendre au niveau du toit, tant que la lune est encore visible dans la majeure partie de la cité.

— Pitié, ne me dis pas qu'on va monter tout en haut, soupire-t-il lorsqu'on atteint le niveau où je l'ai entraîné le long de la gouttière.

— Non, on s'arrête ici.

Nous quittons l'escalier à l'étage suivant, à la hauteur du sommet du toit qui court jusqu'à la tour trapue au-dessus du centre du Sanctum, le point de croisement entre les bras du transept et la longueur de l'édifice. J'avance dans la lumière qui pénètre par les hautes fenêtres.

— Il faut que j'essaie quelque chose, mais j'ai besoin de ton aide.

« Des reines et des rois guerriers pouvaient traverser un pont baigné de clair de lune pour entrer dans l'esprit d'autrui. »

Le lien entre Nicole et moi s'est forgé quand on a toutes les deux regardé la lune au même instant. Si Rémi lève la tête vers elle, je devrais pouvoir entrer dans ses pensées et découvrir où il se trouve.

La dernière fois, j'ai eu la chance de tomber en arrière plutôt que de chuter par la fenêtre. J'emmène Simon jusqu'au bord, là où j'aurai la meilleure vue.

— Mets-toi derrière moi, s'il te plaît. Et tiens-moi bien.

Après avoir repoussé la cape derrière ses épaules, mon compagnon pose ses mains sur ma taille.

— À quoi sert la corde ?

Ma corde de sécurité est toujours en place. Je considère un instant de la retirer, mais je n'ai pas de temps à perdre.

— Rapproche-toi et serre-moi plus fort.

Il s'avance et enlace mon ventre.

— Comme ça ?

Les battements de son cœur contre mon dos et son souffle à mon oreille me distraient. Je suis tentée d'utiliser la pierre du néant pour me couper de tout sauf de ma vue, mais je n'ose pas, car je crains que ça ne fausse l'expérience.

— C'est parfait.

— Et maintenant, je fais quoi ?

— Empêche-moi juste de tomber.

— Tu vas utiliser la magie de lune ?

— Oui… Est-ce que tu as peur ?

— C'est plutôt le fait que tu penses avoir besoin de mon aide qui me fait peur. Qu'est-ce que tu comptes faire ?

Je prends une profonde inspiration puis je me concentre sur l'astre sélénite.

— Je vais essayer de trouver Rémi.

Soudain, je prends conscience que mon lien avec Nicole s'est forgé quand elle a regardé la lune et qu'ensuite je suis restée piégée dans la tête de la jeune femme jusqu'à sa mort, au moment où son regard s'est de nouveau posé sur l'astre nocturne. Donc si je parviens à pénétrer dans l'esprit de Rémi, je n'arriverai peut-être plus à en sortir.

Et que se passera-t-il si je me retrouve par erreur dans la tête de quelqu'un d'autre ? Les légendes parlent de ce pouvoir, mais personne ne pourra jamais me guider. Il y a tant en jeu… c'est trop dangereux. Tout compte fait, Lambert avait raison, on n'est pas obligés de s'occuper de Rémi ce soir.

Je ferme les paupières. Le jeu n'en vaut pas la chandelle.

Mais quand je les rouvre, je ne suis plus dans la tour sud.

***

À travers la haute fenêtre devant moi, la lune me fixe, tel un œil. Elle projette un rayon de lumière sur les poutres qui m'entourent, semblables à une toile d'araignée. Avant qu'elle n'apparaisse dans le ciel, je n'avais aucune notion du temps, j'attendais que la mort me prenne par surprise, mais maintenant je peux voir les minutes s'écouler tandis que l'astre sélénite plonge de plus en plus bas. Je préférais ne pas savoir. Je peux aussi voir mes pieds suspendus au-dessus du bord du large madrier et à quel point la distance jusqu'au sol est grande.

Vu ce qu'il s'est passé avec la voûte l'autre jour, on va penser que je me suis suicidé.

Maman, j'ignore ce qu'ils te diront quand ils me trouveront, mais je suis désolé.

Des traînées de larmes glissent sur mes joues jusqu'à l'épais bâillon trop serré qui m'étouffe. J'ai mal à la mâchoire et la corde autour de mon cou me gratte affreusement – ce qui est sans importance comparé à la gravité de la situation. Je ne sens presque plus rien dans mes jambes et mes mains sont attachées dans mon dos, si bien que n'importe quel mouvement pourrait me faire perdre l'équilibre. Une fois de plus, j'envisage de me pencher en avant pour en finir, de tomber et de laisser la corde me rattraper, mais j'ai peur. Je n'ai pas envie de mourir. J'avais tellement de projets.

Les courbes gracieuses du bronze devant moi ont une teinte verte due à l'âge. Selon le magister Thomas, une jeune cloche brillante a un son vif et dur, alors que le vert-de-gris lui donne une intonation profonde rappelant celle d'un homme d'État instruit. Moi, je me suis toujours représenté cette différence comme celle entre la lumière éblouissante du soleil et la lueur plus douce de la lune.

Un petit ricanement m'échappe. Apparemment, la perspective de sa mort prochaine inspire à l'homme des envolées lyriques.

Combien de balancements faudra-t-il avant que la cloche n'arrive assez haut pour me renverser de la poutre sur laquelle je suis assis ? En voilà un calcul morbide. Tout dépend sans doute du religieux dont c'est le tour de remplir le rôle de sonneur. Le vieux Martin aura peut-être besoin d'une dizaine d'essais pour la lancer, alors que frère Vincent pourrait peut-être la faire retentir en deux ou trois coups.

J'évite de regarder la lune depuis un moment pour ne pas voir jusqu'où elle s'est déplacée, mais mes yeux sont attirés par la fenêtre comme un papillon de nuit par une flamme.

Est-ce que tu pleureras ma mort, Cat ? Est-ce que je te manquerai ? Est-ce que Lambert sera celui qui…

***

Mon esprit s'échappe vers la lune dès que le regard de Rémi s'y pose. Sa soudaine colère et sa dernière pensée pour Lambert me restent en mémoire et me désorientent. Plutôt que de retourner dans mon corps, je me vois d'abord de l'extérieur. Simon me serre contre lui. La lune fait briller comme un halo autour de sa tête.

— Cat, me supplie-t-il. Je t'en prie… Oh, Sainte Lumière…

« Simon. Ce bâtard à moitié fou et sans le sou. Pourquoi ? Pourquoi lui ? »

Ma tête part en arrière comme si on m'avait frappée puis mes genoux cèdent. Je sens que Simon m'allonge en travers de ses cuisses alors qu'il s'agenouille. Mes yeux font bientôt le point sur son visage penché au-dessus du mien, blanc comme un linge au clair de lune. Le soulagement envahit son regard et, une seconde plus tard, ses lèvres sont sur les miennes.

— Par tous les diables, souffle-t-il. J'ai cru que tu étais morte.

— Morte ? Pas encore, mais ce n'est qu'une question de…

Je m'arrête. Ce sont les pensées de Rémi.

Mon compagnon m'aide à m'asseoir.

— Tu étais aussi rigide qu'un cadavre, dit-il. J'ai cru que tu avais une attaque. Que s'est-il passé ?

Oudin et Lambert nous observent, stupéfaits, postés en haut des marches. L'aîné tient le bras de son cadet à deux mains comme pour le retenir.

— Était-ce vraiment si terrible ? m'enquiers-je.

— Non, en fait, on aurait dit que tu prenais ton pied, répond Oudin, acerbe.

— Qu'est-ce que tu fais là ? demandé-je en me mettant debout tant bien que mal.

— Je cherche Rémi, dit-il. On s'est perdus de vue il y a quelques heures.

Lambert cligne des yeux comme s'il sortait d'une transe.

— Je lui ai dit qu'on le cherchait, nous aussi.

— Il paraît que Simon vous a convaincus que Rémi est le tueur, grogne Oudin.

Lambert resserre aussitôt sa poigne, tandis que leur cousin se met debout à côté de moi.

— C'est une théorie de Cat, mais je suis certain qu'elle a de solides preuves, explique-t-il avant de m'effleurer le coude et de baisser la voix. Est-ce que tu l'as… vu ?

— Oui.

Je repousse les émotions résiduelles de mon plus vieil ami pour tenter de me souvenir de ce qu'il voyait. Une longue et haute fenêtre. Des ombres. Des poutres comme une toile d'araignée. Une cloche.

Il se trouve dans la tour au bout du Sanctum ! Et quand on sonnera les cloches pour la prière, il mourra.

D'un seul coup, tout me revient : sa peur et son désespoir, ses pensées pour sa mère… pour moi.

— Rémi ! m'écrié-je en repoussant la main de Simon sur mon bras pour me ruer vers la fenêtre la plus éloignée. J'arrive !

Je saute sur le toit de la cathédrale et j'atterris d'un mouvement souple sur son faîte arrondi. Derrière moi, Oudin jure alors que Simon crie mon prénom, pris de panique. Je traverse à toute allure la crête du bras du transept jusqu'à la tour carrée du milieu. Lorsque je l'atteins, je la contourne en équilibre sur son rebord étroit avant de parvenir face au toit de la nef. Le suivre me permettra de rejoindre rapidement la façade, à l'ouest.

Tandis que je cours vers les deux tours, l'astre nocturne situé entre elles m'effleure de sa lumière. À gauche se trouve la tour où j'ai passé cette heure merveilleuse en compagnie de Simon l'autre nuit, et à droite s'élève le clocher, où Rémi attend son heure. Je ne suis pas certaine que j'oserais faire ce parcours en plein jour, mais éclairée par la lune, avec autant de magie qui court dans mes veines, rien de plus facile. Rien de plus naturel, même. Toute crainte de faire le moindre faux pas s'est envolée.

Une fois à l'extrémité, je tends l'oreille. Les fils du comte et leur cousin n'ont pas tenté de me suivre, ils sont descendus et tracent leur chemin vers l'avant du bâtiment depuis l'intérieur, mais j'ai beaucoup d'avance sur eux. Les pas que j'entends sur les marches du clocher sont bien plus inquiétants. Le sonneur de cloches n'est pas loin.

Entre les tours, il y a une passerelle avec un court parapet en pierre. Après avoir franchi l'obstacle d'un bond, je tourne à droite. La porte de la tour est fermée à clef. Je cogne dessus en hurlant :

— Rémi ! Ne bouge pas ! J'arrive !

Un sanglot étouffé me répond.

Lambert n'arrivera pas à temps ici avec ses clefs. Je me déplace à l'avant de la passerelle et je passe une jambe au-dessus de la balustrade pour grimper dans l'alcôve décorative qui abrite une chimère sans ailes. Une fois juchée sur le dos de la statue, je trouve risquée la distance jusqu'à la fenêtre cintrée, même pour moi. Tout à coup, mes yeux se posent sur le câble du parafoudre dans le coin de la niche. Tout comme un arc-boutant redirige la force de milliers de kilogrammes de pierre, le fil métallique attire l'énergie explosive d'un coup de foudre jusqu'à la terre. Je m'en empare pour m'y suspendre en étirant ma jambe et mon bras afin d'accéder à l'appui de la fenêtre.

L'écart est encore trop grand pour que je puisse le combler, mais il n'y a pas de retour en arrière possible. Je me propulse à l'aide de mon pied resté en arrière et je bondis vers l'ouverture. Mon buste se cogne violemment au rebord de fenêtre, pendant que mes mains cherchent désespérément à quoi s'accrocher. Heureusement, même si les murs du Sanctum sont lisses, chacune de ses pierres si serrées qu'on ne pourrait faire passer un fil entre elles, les pans que personne ne voit le sont beaucoup moins. Mes doigts trouvent un espace irrégulier et s'y agrippent. Grâce à cette prise et au bout de mes bottes qui accrochent un peu au mur, je parviens à me hisser jusqu'à ce que tout le haut de mon corps passe à l'intérieur. Après quoi je finis de me rétablir et me voilà enfin dans le clocher, le cœur tambourinant dans ma poitrine.

C'est là que je m'aperçois que j'ai toujours ma corde de sécurité enroulée autour de ma taille. Si je m'en étais souvenue, j'aurais certainement pu l'utiliser. Trop tard, maintenant.

Je me redresse pour observer les alentours. Plusieurs petites cloches sont arrangées à ma hauteur. Je zigzague entre elles tout en levant les yeux vers la charpente installée par les premiers bâtisseurs du Sanctum, des décennies auparavant. Au centre, la cloche la plus grande bloque la majorité de mon champ de vision mais, au-delà, près du sommet, je repère les semelles d'une paire de bottes.

Rémi est assis en face d'une cloche de taille et de poids moyens, soit quatre pieds de diamètre environ et pas loin de deux mille kilogrammes. Elle n'aura aucun mal à le renverser.

Au nom de la Lumière, comment le meurtrier a-t-il réussi à monter là-haut ?

D'étroites passerelles courent entre les poutres, mais l'escalier en colimaçon qui mène en haut de la tour est fermé par de longues barres de métal. Impossible de s'en servir pour parvenir jusqu'à elles. Dans le coin opposé se trouve une plate-forme de bois attachée à une série de poulies qui sert à faire monter celui ou celle chargé d'inspecter les cloches.

Ses câbles ont été tranchés.

Davantage de cordes courent le long du mur et au-delà, jusqu'aux roues sur les côtés du joug des cloches. Leurs extrémités descendent sous le sol, là où est censé se tenir le sonneur. Il me suffirait de couper celle reliée à la cloche devant Rémi mais, même avec ma vue améliorée, elles sont tellement emmêlées que je doute de trouver la bonne du premier coup. Impossible aussi de soulever la trappe, elle doit être fermée par en dessous.

Escalader la structure de bois ne m'effraie pas, mais l'exercice me prendra beaucoup de temps. Lorsque je me hisse au joug d'une cloche plus basse, mon poids la fait pencher assez pour que le battant frappe le côté, ce qui la fait retentir.

De loin, une petite cloche comme celle-ci a un son doux et plaisant. D'aussi près, alors que je suis entourée de murs de pierre et que la magie coule en moi, la réverbération est assourdissante, sans mentionner les vibrations du métal lui-même qui se propagent douloureusement dans tout mon corps. Un groupe de pigeons perchés sur les poutres environnantes prend son envol.

— Tiens bon, Rémi ! m'écrié-je malgré mes dents qui claquent. Je vais grimper jusqu'à toi.

Je suis à la moitié du chemin quand Simon et ses cousins rejoignent enfin la tour en y pénétrant par la trappe dans le sol.

— Cat ! s'exclame Simon. Où es-tu ?

— Là-haut ! Rémi est piégé ! Arrête le sonneur de cloches avant qu'il ne soit blessé !

Lambert et Simon repartent par là d'où ils sont venus tandis qu'Oudin reste, me cherchant du regard. La fenêtre n'est plus éclairée par la lune, ce qui laisse l'intérieur du clocher presque entièrement dans l'obscurité. Si j'y vois encore, c'est grâce à la pierre de lune d'Athene.

Une cloche résonne en dessous de moi quand le fils cadet du prévôt se met à me suivre. Les oiseaux qui s'étaient reposés jaillissent de nouveau dans les airs et je dois me protéger le visage de leurs plumes et de leurs serres à l'aide d'un bras, ce qui me fait perdre de précieuses secondes. Me voilà au niveau de la plus grosse cloche.

Les pieds de Rémi ne sont plus qu'à une courte distance lorsque je vois la bouche ronde de la cloche devant lui commencer à s'incliner.

Quelqu'un est en train de tirer sur la corde.

— Non ! hurlé-je. Arrêtez !

La cloche se balance en arrière et remonte plus loin. Même si je peux atteindre Rémi dans les quelques secondes qui viennent, il ne me reste pas assez de temps pour le faire descendre ni le mettre hors de danger.

Comment pourrais-je arrêter le mouvement d'un mastodonte pareil ?

L'avantage, c'est que désormais, je peux voir quelle corde mène à la roue de l'engrenage.

J'effectue un court saut jusqu'à une paire de poutres rapprochées, sur lesquelles je cours à l'autre bout de la tour. Je m'empare de la corde pour l'immobiliser, sauf que le poids de la cloche qui se balance continue à la faire bouger entre mes mains serrées, me brûlant les paumes et les doigts.

Il va falloir la trancher. Quand je cherche le couteau à ma ceinture, je m'aperçois tout à coup qu'il n'y est pas accroché. Ça me revient : je l'ai prêté à Rémi !

La cloche bascule une nouvelle fois en s'inclinant encore plus haut, et le battant frôle le côté, chantant une note d'avertissement.

Je n'ai plus le temps. N'importe quel objet coupant fera l'affaire.

Je plonge la main dans ma poche en quête de la pierre du néant. Mes doigts sont tellement à vif que je la fais presque tomber en la prenant. J'agrippe la corde de mon autre main et cette fois je ne fais aucune tentative pour l'immobiliser : je bouge de haut en bas avec elle tout en la découpant par en dessous. Le premier toron de la corde se détache alors que la cloche sonne de nouveau, plus fort cette fois. Mes oreilles tintent alors que je presse de plus en plus le bord tranchant de la pierre sur les fibres. À chaque mouvement, je sens et j'entends plus de fils céder.

Un deuxième toron se fend. Il n'en reste plus qu'un.

Du coin de l'œil, je vois Oudin arriver à ma hauteur sur la passerelle. Je donne un autre coup vigoureux sur la corde, scindant les derniers brins d'un seul coup. Je n'ai même pas le temps d'éprouver une once de soulagement avant que la pierre du néant ne continue son mouvement dans le vide et ne m'entame l'avant-bras… plongeant le monde dans le noir.

Chapitre 61

Suis-je morte ? Durant plusieurs secondes, c'est tout comme : je ne vois rien, je n'entends rien et je ne perçois même plus aucune odeur. Tout ce que je touchais a disparu. Puis un liquide chaud s'écoule de mon bras et je me souviens que je me suis coupée avec la pierre du néant. Elle a extrait toute la magie de mon corps, n'y laissant plus une seule goutte. Après avoir eu autant de pouvoir, me retrouver avec des sens normaux me paraît si inadéquat que j'arrive à peine à savoir où se trouvent le haut et le bas.

Le prochain coup de cloche est aussi doux qu'un murmure. Peut-être parce que j'ai perdu l'ouïe. Quoi qu'il en soit, elle ne se balancera pas plus haut. J'ai réussi à sauver Rémi, mais le vrai tueur n'est plus qu'à quelques pieds de moi.

Pendant que je courais sur le toit vers la tour, j'ai tenté de comprendre qui pouvait bien être le meurtrier. La seule possibilité qui m'est venue à l'esprit, c'est Oudin. Il haïssait Juliane tout comme il exécrait sa propre mère. Il connaissait chacune des femmes assassinées. Il détestait Simon. Son amitié avec Rémi l'a poussé à faire porter le chapeau au magister Thomas afin qu'il puisse s'élever plus rapidement au rang de maître architecte. Et s'il avait connaissance des sentiments de son compagnon pour moi, s'en prendre à Mère Agnès avait presque du sens, puisque sa mort me laissait sans personne d'autre vers qui me tourner à part Rémi.

Mais pourquoi s'en être pris à lui maintenant ? Peut-être qu'après avoir confié ses méfaits à son ami, ce dernier ne s'est pas montré aussi reconnaissant qu'Oudin s'y attendait. Voilà pourquoi il s'en est pris au Sanctum et à moi : pour lui faire passer un message, comme quoi il pouvait nous détruire, nous aussi. Sauf que Rémi avait quand même l'intention d'aller révéler ce qu'il savait au prévôt. Par conséquent, aux yeux du cadet des de Montcuir, il devait mourir.

Après avoir glissé la pierre du néant dans ma poche, je tire le pendentif d'Athene hors de ma chemise. Si exposer mon sang à la lumière de la lune est la seule solution pour retrouver mon pouvoir, peut-être puis-je aussi y arriver grâce à cette pierre. Je l'appuie contre ma blessure et, à mon grand soulagement, le monde revient à la normale, même s'il fait beaucoup moins clair qu'avant que je ne perde ma magie. Oudin est là où je l'ai vu pour la dernière fois, sur la passerelle, sur la pointe des pieds, en train de tendre les bras vers Rémi pour le tirer par les pieds.

— Non ! m'écrié-je en fonçant sur lui.

Mon poids ne suffit pas à le faire basculer, mais il est si surpris par mon geste qu'il perd l'équilibre et trébuche par-dessus bord. Il parvient à s'accrocher d'une main puis me jette un regard terrifié en se balançant dans le vide. J'écrase ses doigts de mes poings jusqu'à ce qu'il finisse par lâcher prise et disparaître, comme lorsqu'il est tombé du haut de l'échafaudage la nuit où il m'a attaquée.

Sa chute est interrompue par une grande cloche sur laquelle il ricoche avant de poursuivre sa descente. Il n'y a rien à quoi il pourrait se retenir avant la dernière rangée de cloches qu'il atteint dans un grand fracas qui retentit dans toute la tour. Après avoir rebondi sur une poutre, il s'échoue au sol comme un sac de farine et ne bouge plus.

En rampant en dessous de la cloche qui se balance toujours, j'attrape l'une des bottes de mon ami.

— Je suis là, Rémi ! Laisse-moi juste trouver comment te faire descendre.

Je me hisse à sa hauteur pour m'asseoir à côté de lui, les jambes de part et d'autre du madrier. Il sanglote de soulagement lorsque je retire la corde à son cou, puis je trouve en tâtonnant ses poignets liés dans son dos. Malgré mes doigts encore à vif, je parviens à desserrer le nœud assez pour en passer une boucle sur ses mains. Ensuite, se débarrasser du reste est plus facile. Une fois libre, mon ami cherche aussitôt à m'étreindre, mais ses bras et ses mains tremblent après avoir été liés pendant aussi longtemps. Je me mets à genoux pour amener sa tête sur ma poitrine tandis qu'il pleure à gros sanglots.

— Ça va aller, Rémi. C'est fini. Tu es en sécurité.

Mon grand idiot de Rémi qui m'aime plus qu'il n'a jamais eu le courage de l'exprimer. Comment ai-je pu penser que c'était lui, le tueur ?

Il essaie de parler malgré le bâillon qui l'en empêche. Je lève son visage pour tirer sur le tissu humide.

— Cah, dit-il, mais sa langue et ses lèvres sont aussi engourdies que ses bras. Am… her.

Du sang est étalé sur son visage. Il vient de la coupure sur mon bras mais, par chance, elle n'est pas profonde.

— Je vais bien, ce n'est qu'une égratignure.

— Non… Lambert, lâche Rémi tout en jetant un regard à la ronde.

— Eh bien quoi ?

— C'est lui qui m'a fait ça, dit-il avant de bouger ses jambes en gémissant. Il m'a attrapé dans la rue et m'a plaqué un tissu imbibé de je ne sais pas quoi sur le nez. Quand je me suis réveillé, il était en train de me monter ici.

— Lambert, répété-je en le fixant, perplexe. Lambert de Montcuir ?

Mon ami acquiesce tout en remuant la mâchoire.

— Pas Oudin ? insisté-je.

— Évidemment que non !

Rémi déglutit en regardant la silhouette sombre à peine visible en bas.

— C'est lui qui est tombé ?

Je m'assieds sur mes talons tout en essayant de comprendre. Pas Rémi. Ni Oudin. Pas même le comte de Montcuir.

Lambert… qui est maintenant avec Simon.

Chapitre 62

— Où est-ce que tu vas ?

Rémi tente de me suivre mais il est trop ankylosé et, par conséquent, trop lent. Je ne peux pas me permettre de l'attendre ni de lui répondre tandis que je descends d'une poutre à la suivante. Ma vision n'est pas aussi bonne qu'elle le serait à la lumière du jour, mais étant donné que la lune n'est plus en vue, mon pouvoir est littéralement hors de ma portée.

Une fois arrivée assez bas, je saute sur le sol, où j'atterris à côté d'Oudin qui gémit de douleur et roule sur le dos. Pas le temps ni pour des excuses ni des explications, je me rue vers la trappe du côté opposé du clocher. Au pied des marches, un frère de la Lumière examine le bout effiloché d'une corde tranchée à la lumière d'une lanterne.

— Qui êtes-vous ? demande-t-il lorsque j'arrive à toute vitesse des escaliers. C'est vous qui avez fait ça ?

Simon et Lambert ne sont pas là.

— Où sont les deux hommes qui étaient ici ? dis-je dans un souffle.

On ne se préoccupe clairement pas de la même chose. Il lâche la corde et vient vers moi en agitant le poing.

— L'altum suprême en entendra parler !

Sans lui laisser le temps de m'attraper, je l'agrippe par les épaules pour le secouer en criant :

— Par où sont-ils passés ?

Effrayé, le religieux me tape sur les mains, avant de pointer du doigt la porte qui mène à l'intérieur du Sanctum.

— Par là ! Maintenant, sortez !

Je le lâche sans un mot pour me précipiter dans la direction indiquée tout en maudissant ma cécité partielle.

Après avoir dévalé un autre escalier, je me retrouve dans le triforium, au-dessus du balcon. Bien que principalement décoratif, c'est le passage le plus élevé qui traverse le bâtiment en longueur. Lambert aurait pu l'emprunter de n'importe lequel des deux côtés pour se rendre à l'autre extrémité du Sanctum, ou bien il aurait pu descendre. Je me déplace vers le centre de la façade, dos à la rosace qui chatoie sous le clair de lune qui la transperce de part en part. Le verre coloré bloque toute possibilité pour moi de retrouver mes sens plus puissants, mais mon ouïe capte des mouvements qui rebondissent en échos sur les murs de pierre. Je ferme les yeux pour me concentrer.

Des pas. Une seule personne. Démarche pesante, surtout d'un côté. Après des années passées à travailler sur un chantier de construction, je reconnais l'allure d'un homme qui porte une lourde charge. Lambert se dirige vers la porte ouverte de la tour du transept, avec sans doute le corps de Simon jeté sur une épaule. Je n'entends aucun signe indiquant que ce dernier se débat, ce qui veut dire qu'il doit être inconscient, mais vivant sinon le fils du comte n'aurait aucune raison de le déplacer. Enfin, j'espère.

Je m'élance à toute vitesse jusqu'à l'autre extrémité de la nef en observant attentivement le passage du triforium, zébré des ombres des colonnes cintrées par groupe de trois. Une silhouette massive disparaît tout au bout. J'accélère vers elle, tout en m'efforçant une fois encore d'assembler les pièces du puzzle.

Simon avait raison pour Lambert : il correspondait bien au profil du tueur qu'il avait établi – même moi, je peux bien le reconnaître, désormais –, mais ce que je ne saisis pas, c'est pourquoi il a commis tous ces crimes. Il disposait de tout ce dont la plupart des hommes rêvent : l'argent, le pouvoir et bientôt un mariage qui favoriserait les deux. Qu'est-ce qu'il désirait de plus ? Je sens qu'il me manque un élément essentiel, mais quoi ? Ma course effrénée m'empêche de réfléchir correctement.

Lorsque je parviens au bras du transept, mes poumons ne sont pas loin d'exploser. Je tourne au coin vers les marches, hors d'haleine, puis je m'arrête pour écouter de nouveau. Des pigeons s'agitent là-haut. On les a dérangés.

Lambert est monté vers l'endroit où j'ai pénétré dans l'esprit de Rémi un peu plus tôt. Comme je m'engage dans l'escalier, je pose une main sur mon point de côté. Je prends conscience à cet instant précis que quand j'ai voulu rejoindre mon corps, je suis passée non pas par les pensées d'Oudin mais par celles de Lambert : il fixait Simon qui me tenait dans ses bras. En nous voyant tous les deux, la stupéfaction et la colère l'ont envahi. Il éprouvait de la haine pour son cousin, et ce sentiment ne date pas de ce soir.

Sa tentative d'assassinat sur Rémi a échoué, mais avec Simon, il ne prendra pas le risque de rater son coup.

Les marches s'ouvrent sur le premier palier, où les fenêtres donnent sur la toiture principale. Je fais une pause pour tendre la blessure sur mon bras sous un rayon de lune afin de laisser la magie envahir mon sang à nouveau.

À ma grande surprise, plutôt que de continuer son ascension, Lambert commence à longer la large gouttière au bord du toit en direction de l'extrémité est de l'édifice. Le corps mou de Simon pend par-dessus son épaule droite et, grâce à la lumière de l'astre nocturne, j'entends qu'il respire encore. Il est vivant, mais il ne faudra à son cousin qu'un seul geste pour le jeter dans le vide.

Pourtant, je suis certaine qu'une fin aussi simple ne suffira pas à Lambert, pas après ce que sa rage lui a fait infliger à ses autres victimes. Ironiquement, ça joue en ma faveur.

Même si le poids de sa charge ralentit le fils aîné du prévôt, il arrive au bout avant moi. Après s'être glissé derrière Pierre, il continue à avancer dans la galerie au-dessus de la rosace de la façade ouest. Contrairement à la passerelle à l'avant du Sanctum, cependant, ce passage n'a pas de rambarde. Il serait aussi aisé de sauter dans le vide que de descendre dans le caniveau depuis un trottoir. En dessous sont situées les forges de deux forgerons où sont installés des supports verticaux contenant des dizaines de tiges de fer et d'acier destinées à la fabrique de clous et autres crochets. Personne ne survivrait à une chute pareille.

Je m'agrippe à Pierre, au coin, pour arrêter mon élan.

— Lambert !

Il se tourne au milieu de sa traversée et me sourit.

— Oui, ma chère Catrin ?

Son ton à la fois coupant et cruel fait écho à sa voix la nuit où il a pressé la lame froide sur la gorge de Nicole : *« Ce que je veux ? Que tu meures. »*

Je m'applique à apaiser ma respiration tout en gardant la statue entre nous. Le sifflement du vent qui s'engouffre par les arches de la galerie me rappelle le dernier appel au secours de Perrette.

— Où allez-vous ? demandé-je.

Le fils du comte balaie les environs du regard.

— J'imagine qu'ici, ça ira très bien.

Presque nonchalamment, il laisse Simon tomber de son épaule. Un bruit sourd résonne quand sa tête heurte le sol de pierre.

J'agrippe l'aile de Pierre pour m'empêcher de me ruer vers lui.

— Et maintenant, quoi ?

Il scrute le visage blafard de Simon.

— Maintenant, je vais mettre un terme à tout ça.

La rage me tord le ventre.

— C'est plutôt déloyal de tuer le gagnant de votre petit jeu tordu, vous ne trouvez pas ?

— Il n'a pas gagné, lâche Lambert en croisant mon regard. Je me suis simplement rendu compte que le prix n'en valait pas la peine.

Le prix ? Il ne peut y en avoir que si les deux joueurs veulent la même chose. J'ai toujours cru que cette compétition se déroulait entre chasseur et tueur et que le perdant serait soit arrêté soit faussement accusé. Le fils du prévôt jouait donc à un autre jeu, mais quelle en était la récompense ?

Ce n'est que lorsque je lis la haine dans ses yeux que je comprends.

— C'est moi que vous vouliez ?

— Pourquoi aurais-je fait tout ce travail, sinon ?

Tout ce travail. Assassiner Mère Agnès, faire emprisonner le magister Thomas, m'éloigner de Simon, me priver de ce qui donne du sens à ma vie…

— Vous avez cherché à obtenir mon affection en détruisant tout ce qui était important à mes yeux, tous ceux à qui je tenais ? lâché-je, incrédule.

Il renifle dédaigneusement.

— Ils vous empêchaient de voir où était votre place. Vous n'auriez jamais quitté votre précieux architecte ni le Sanctum, et si vous les perdiez, vous pouviez toujours retourner à l'abbaye.

De la pointe de sa botte, il relève le menton de son cousin pour tourner son visage vers le haut.

— Quand Simon vous a rejetée et que Rémone vous a accusée d'avoir causé l'effondrement, il ne vous restait plus qu'à vous tourner vers le seul homme qui ne vous avait jamais jugée. Qui vous avait toujours écoutée, qui vous avait aidée quand personne d'autre ne le voulait.

— Le même homme qui a essayé de me tuer ? ajouté-je.

Il lève les yeux au ciel.

— Je n'allais pas vous tuer, Catrin. Je vous aurais laissée vous enfuir. Même si, jusqu'à ce que cette plate-forme cède, tout portait à croire que j'allais devoir vous laisser inconsciente mais miraculeusement vivante. Je pensais même revenir pour vous secourir, si j'en avais le temps.

Secourir. Dès qu'il prononce ce mot, je prends conscience de ce qui relie chacune des victimes. Juliane m'a décrit la vision romantique de son aîné, basée sur l'histoire de leurs parents. Voilà ce qu'il cherchait auprès de Perrette, d'Ysabel et de Nicole – les sortir de la misère. Sauf qu'à chaque fois, sa tentative s'est mal passée.

Lambert baisse de nouveau les yeux sur Simon, toujours inconscient à ses pieds.

— Mais ce n'est pas vers moi que vous vous êtes tournée, cette nuit-là, pour avoir de l'aide, éructe-t-il, écœuré, en repoussant le visage de son cousin de sa botte. C'est vers lui ! Même si vous l'aviez trahi et qu'il vous avait rejetée, vous êtes revenue en rampant vers cet homme qui n'avait rien à vous offrir. (Il secoue la tête.) Après quoi, Rémone vous a pardonné. Oudin m'a même dit qu'il vous avait demandée en mariage et que vous n'aviez pas dit non.

Rémi n'était pas une menace jusqu'à ce qu'il y ait soudain une chance que je le choisisse à la place de Lambert. C'est là qu'il a signé son arrêt de mort. Et c'est pour cette même raison que Simon va devoir mourir.

Si Lambert me déteste autant qu'eux, la vengeance est ce qu'il souhaite par-dessus tout. La question est : si on lui donnait le choix, me tuerait-il moi ou tuerait-il son cousin ? Et si c'est moi qu'il choisissait, comment pourrais-je m'en sortir ? J'ai bien une idée, mais pour mettre mon stratagème en place, il me faut de quoi le distraire et du temps.

Ma main glisse vers ma taille, dissimulée derrière la chimère.

— Et les autres femmes ? l'interrogé-je en comptant quatre boucles de la corde de sécurité avec mes doigts pendant que je m'efforce de continuer à le faire parler. Comment vous ont-elles offensé ?

— Comme si vous auriez daigné adresser la parole à l'une de ces… femmes de petite vertu, crache-t-il, méprisant. Mais elles m'écœuraient, moi aussi. Capables de faire n'importe quoi pour de l'argent. Pas une d'elles n'aurait pu me différencier de mon frère dans le noir. Perrette m'a même proposé de nous laisser la partager, rendez-vous compte !

Pour elle, ils n'étaient rien d'autre qu'une source de revenus rapide et facile.

— Elles n'appréciaient pas à sa juste valeur ce que vous leur offriez.

— Exactement. Et, cette fois-ci, je n'allais pas échouer. Il me fallait simplement une meilleure stratégie.

« Si les besoins du tueur ne changeront jamais, avait dit Simon, *la manière dont il tente de les obtenir, elle, peut varier. »*

Dans mon cas, je ne pensais pas avoir besoin d'être secourue avant d'avoir été privée de tout et de me retrouver sans nulle part où aller.

Des méthodes différentes, mais toujours la même folie.

— Même quand vous êtes venue trouver Simon, dit-il en désignant de la tête le corps immobile à ses pieds, je croyais encore avoir une chance. Jusqu'à ce que je vous voie avec lui ce soir. Ce n'est qu'à ce moment-là que je me suis aperçu que tout ce que vous faisiez, c'était jouer un rôle pour obtenir ce que vous désiriez. Je m'étais trompé. Vous n'étiez pas différente des autres.

Jusqu'à un certain point, il n'a pas tort : j'ai exploité son affection pour moi afin d'entrer dans la prison et je n'ai pas découragé ses avances. Mais ça ne signifiait pas pour autant que je lui appartenais.

Lambert fait soudain un pas vers moi, une rage meurtrière étincelant dans ses yeux sombres. Je recule par réflexe, en lâchant la question pour laquelle j'ai encore besoin d'une réponse :

— Et pourquoi Juliane ?

Son expression passe de la furie au tourment en une seconde et il se replie sur lui-même comme s'il avait reçu un coup.

— Juliane ? murmure-t-il.

Je me rapproche de nouveau de Pierre, le fermoir de ma corde de sécurité en main.

— Ne l'aimiez-vous pas ? lancé-je par-dessus le dos de la statue. Elle, elle vous aimait.

Il tressaille.

— C'était un acte de compassion. Elle m'avait supplié plus d'une fois de mettre un terme à ses souffrances.

Non, ce n'est pas vrai, et il le sait. Perrette, Ysabel et Nicole avaient été victimes de sa rage. Les autres n'avaient été éliminées que parce qu'elles se tenaient en travers de son chemin.

Même s'il a rendu la mort de sa sœur aussi peu douloureuse que possible, c'est la manière dont il a laissé son corps – soigneusement couvert et disposé comme si elle s'était assoupie – qui m'apprend qu'elle était son ultime sacrifice pour accéder à ce qu'il désirait vraiment. Le meurtre de Juliane est celui qu'il regrette.

Elle est la clef pour le démolir, mais je ne suis pas encore prête à jouer cette carte.

— Je n'ai jamais eu l'impression qu'elle était désespérée, dis-je. En fait, grâce à Simon, elle était plus optimiste qu'elle ne l'avait été depuis des années.

Mon pari fonctionne quand les yeux de Lambert se dirigent vers son cousin. Je déroule l'une des boucles de ma taille. Chacune me donne environ trois pieds, ce qui veut dire qu'il m'en faut deux de plus.

— Simon était plus fou qu'elle, maugrée-t-il. Il arrivait seulement mieux à le cacher.

En l'entendant parler de son cousin au passé, je grimace. Je me force cependant à lui répondre d'une voix tranchante.

— S'il était aussi fou que vous le prétendez et qu'il vous comprenait, alors quel genre d'homme est-ce que ça fait de vous ?

Lambert renverse la tête en arrière et part dans un grand éclat de rire sans joie qui retentit autour de nous. Je dégage une deuxième boucle de ma taille, que j'appuie contre le flanc de Pierre pour la placer hors de sa vue. Il désigne son cousin d'une main.

— S'il me comprenait vraiment, il ne serait pas allongé ici maintenant. Simon n'a même jamais considéré que je puisse être le tueur.

Sauf que si. Ce sont mon déni et sa crainte d'avoir des préjugés qui l'ont poussé à éliminer cette possibilité. Et si Simon avait raison sur ce point, il avait sans doute raison sur d'autres aussi, même s'il ne saisissait pas encore pourquoi.

— Il savait pour Béatriz.

— Oui, admet-il. C'était bien vu. Ou peut-être était-ce seulement de la chance. (Ses traits sont déformés par une grimace d'amertume.) C'est d'elle que j'ai le plus appris. Oui, j'ai appris qu'aucune femme ne vaut la peine qu'on la supplie.

— C'est vous qu'elles devraient supplier, c'est ça ? dis-je en m'appuyant contre la chimère alors que chaque nerf de mon corps est tendu. Sauf que pas une ne l'a fait. Même votre sœur vous a préféré Simon.

Il se pourrait que ce soit une coïncidence, mais à la mention de son nom, la tête du cousin de Lambert se tourne légèrement puis ses sourcils se froncent quand il sent l'ecchymose qui se forme sur sa tempe. Une diversion me serait utile, mais son réveil serait la pire de toutes.

— Cat !

C'est Rémi. Sa voix flotte jusqu'à moi, portée par le vent.

— Cat ! Où es-tu ?

Il sera une bien meilleure distraction que Simon. En attendant, il faut que Lambert reste concentré sur moi.

— C'est pour cette raison que vous avez tué Juliane, poursuis-je. Une fois que Simon est arrivé, elle n'avait plus besoin de vous.

J'ai visé en plein dans le mille, ou presque. En tout cas, j'ai toute son attention.

— Et ensuite, quand vous avez eu peur que sa folie ne m'empêche de vous accepter, elle est devenue un obstacle de plus qui vous interdisait de revendiquer ce que vous désiriez plus que tout.

Ma propre colère, qui gronde en moi, incontrôlable, risque bien de tout faire capoter si je ne la contiens pas.

— Et c'est ce que Mère Agnès était aussi, n'est-ce pas ? crié-je dans le vent. Une femme qui faisait plus de bien en une journée que vous n'en avez fait de toute votre vie était un obstacle ? (Ma voix se brise et je ne parviens pas à prononcer le prénom de Marguerite.) Une sœur qui était belle, douce et aimante était un obstacle ?

— Cat !

Rémi arrive en courant le long de la gouttière du côté opposé du toit. Quelqu'un d'autre s'approche plus lentement de la direction par laquelle je suis venue – sans doute Oudin. Lambert tourne la tête pour voir de qui il retourne et je retire une troisième boucle de ma taille.

Presque prête.

Simon gémit en portant une main à son visage. Lambert lui jette un nouveau coup d'œil et je passe à la hâte l'extrémité de ma corde au-dessus de la patte tendue de Pierre avant de l'attacher à l'aide du fermoir.

C'est maintenant ou jamais.

— Lambert !

Son regard revient se poser sur moi alors que je contourne la statue en m'inclinant pour passer sous ses ailes afin de rester aussi proche d'elle que possible.

— Vous savez ce que je crois ?

Je me redresse en tenant la corde dans mon dos pour l'empêcher de pendre autour de ma taille.

— Vous n'avez jamais vraiment aimé Juliane. Elle n'était qu'un faire-valoir que vous utilisiez pour vous mettre en valeur.

Je me déplace vers le bord de la passerelle, afin de lui bloquer la vue de la corde qui est accrochée à Pierre.

— Et elle a vu clair en vous. C'est pour ça qu'elle préférait Simon. C'est pour ça qu'elle me préférait, moi.

Les pupilles de Lambert se dilatent jusqu'à remplir presque entièrement ses iris de noir, et son corps se crispe. Il ne remarque pas Simon qui tourne la tête pour me regarder en clignant vivement des yeux à mesure qu'il reprend ses esprits.

Je place mes talons à quelques pouces à peine du vide derrière moi.

— Et c'est pour ça que personne ne pourra jamais vous aimer.

Rémi apparaît au bout de la passerelle et les yeux de Simon s'écarquillent d'horreur quand il se rend compte de ce qui est en train de se passer.

— Non ! crient-ils en même temps lorsque Lambert plonge vers moi.

Plutôt que de m'écarter de son chemin, j'ouvre les bras pour l'étreindre.

Après tout, c'est ce qu'il a toujours désiré.

Chapitre 63

On chute dans le vide.

Quand mes pieds quittent le sol de pierre, je tourbillonne, les trois derniers tours de la corde se déroulant comme le fil d'une bobine – un fil qui pourrait me couper en deux.

Je repousse Lambert à la fois avec mes mains et mes pieds. Au moment où la corde se tend, on est assez loin l'un de l'autre pour que ses efforts pour rester accroché à moi échouent.

Une force m'arrête d'un coup sec tandis que l'élan projette mes membres vers le bas et que ma tête est lancée en avant puis en arrière, comme le mouvement d'un fouet. Lambert, lui, poursuit sa chute de six étages jusqu'au sol, où il s'écrase sur l'un des supports de tiges métalliques. Plusieurs déchirent sa chair en émettant des bruits que j'aurais préféré ne pas entendre et que je n'oublierai jamais. Il est étendu sur le dos. Deux fins bâtons dépassent de son torse et un autre de son cou.

Il lève une main vers le métal qui lui perce la gorge, mais comme son bras a lui aussi été épinglé, ses doigts ne réussissent qu'à l'effleurer. Il gargouille et tente de remuer, mais du sang bouillonne à ses lèvres et s'étend déjà sur sa poitrine. Frénétiquement, ses yeux fouillent le ciel, incapables de trouver ce qu'ils cherchent, jusqu'à ce que soudainement il suffoque et cesse de lutter. Son poignet se relâche pour se reposer sur son épaule. Pour finir, son corps tout entier se détend avec un dernier long souffle tremblant.

Son cœur bat une dernière fois, puis s'arrête.

Je me balance loin au-dessus de lui, courbée au bout de la corde enroulée autour de ma taille. L'entaille sur mon bras s'est rouverte et du sang coule jusqu'à l'extrémité de mes doigts. Plusieurs gouttes tombent sur le visage de Lambert et ruissellent de ses yeux telles des larmes.

— Cat ! hurle Rémi. Cat ! Ça va ?

— Je me suis peut-être cassé quelque chose, gémis-je. Une côte. Ou peut-être même deux.

Je pivote pour faire passer la pression de la corde de mon ventre à mon dos, et la boucle glisse jusqu'à mes aisselles. Le temps d'un instant, le soulagement que ce changement m'apporte me fait oublier la douleur résiduelle.

Le visage de Rémi apparaît au-dessus du bord de la galerie, ses yeux verts sont si écarquillés que ses iris sont entièrement encerclés de blanc. Simon surgit soudain à côté de lui.

— Tiens bon ! On va te hisser jusqu'à nous.

Je m'abandonne à la gravité et je laisse mes bras et mes jambes pendre mollement. Je remarque à peine qu'on me remonte petit à petit. Puis tout à coup des mains m'agrippent les bras et se placent sous mes épaules pour me soulever sur le sol de pierre.

Simon éloigne mes jambes du bord pendant que Rémi me berce sur ses genoux en pleurant.

— Pourquoi est-ce que tu as fait une chose pareille ? sanglote-t-il.

— Tu n'aurais pas fait la même chose pour moi ?

Respirer me fait moins mal maintenant que tout mon poids n'est plus soutenu par une corde aussi fine.

Oudin se penche soudain au-dessus de l'épaule de son camarade. La moitié de son visage est enflée et couverte de contusions mais je m'attendais à pire.

— Que s'est-il passé ? Où est Lambert ?

Rémi lui explique ce qu'il a vu alors que Simon me prend dans ses bras en faisant attention à ne pas me faire mal. Je suis surprise que mon ami ne proteste pas.

— Tu saignes, dis-je à Simon en avisant la blessure sur sa tempe gauche.

Là où son cousin a dû le frapper pour l'assommer.

— Ne t'en fais pas pour ça, répond-il en m'étreignant, avant de se mettre à me chuchoter à l'oreille. Je suis désolé. J'aurais dû savoir que c'était lui. Je n'ai pas été à la hauteur.

J'enfouis mon visage dans le col de sa chemise.

— Aucun de nous ne voulait que ce soit vrai. Et puis, tu l'avais deviné. Le seul point sur lequel tu t'es trompé, c'est l'objet de son désir.

Le jeune homme s'écarte pour me regarder dans les yeux, les sourcils si froncés que l'éclat marron dans sa pupille se voit à peine.

— Et c'était quoi ?

— Moi… lâché-je avec un soupir. Il essayait de faire en sorte que je n'aie plus que lui vers qui me tourner. (Je lui adresse un faible sourire.) Mais il n'avait pas prévu que tu me pardonnes.

— Comment ne pas te pardonner ? dit Simon en me caressant la joue. Je n'ai jamais vu personne se battre autant pour protéger ses proches.

Ma peau se réchauffe sous ses doigts.

— Tu te souviens de la question à laquelle tu as pensé dans la cuisine ? Est-ce que je te protégerai comme j'ai protégé mon mentor ?

Sa main s'immobilise.

— Tu as entendu ça ?

— Oui, réponds-je en frôlant la petite croûte au coin de sa bouche. Tu saignais.

Il fronce les sourcils.

— Ce n'est pas très gentil d'écouter les pensées de quelqu'un sans sa permission…

— C'était un accident… Je ne savais pas ce que je faisais.

Ou presque pas.

— Hmm…

Simon jette un coup d'œil aux deux amis qui sont en train de regarder le corps de Lambert tout en échangeant à voix basse.

— Tu te souviens de ma réponse ?

Les yeux de Simon se reposent sur moi.

— C'est pour ça que tu as dit « oui » ?

Je hoche la tête.

— Et je le pensais vraiment. Si tu le souhaites toujours.

Comme il ne répond rien, je déplace ma main de sa mâchoire au sang qui coule sur sa joue.

— Est-ce que je peux écouter tes pensées ?

Sa bouche tressaille.

— Tu tiens réellement à savoir ce que je pense ?

— Oui.

Il ne résiste pas quand je passe la main sur sa blessure pour plonger ensuite les doigts dans ses cheveux. Pendant un long moment, je ferme les paupières et j'écoute. Lorsque j'ouvre les yeux, il me regarde avec quelque chose comme de l'espoir au fond des yeux. Un sourire illumine mon visage.

— Je veux la même chose que toi.

Simon brise notre lien en écartant ma main, mais à peine une seconde plus tard, sa bouche se pose sur la mienne et je n'ai plus besoin de son sang pour savoir ce qu'il souhaite.

Chapitre 64

Quelqu'un s'éclaircit la gorge.

Simon brise notre baiser. Oudin et Rémi nous évitent du regard tous les deux. Heureusement, mon plus vieil ami a l'air plus résigné qu'en colère quand ses yeux finissent par se poser sur le vénatre qui m'aide à m'asseoir. Les muscles de mon ventre me font si mal que je dois m'appuyer contre lui pour rester assise.

— La garde ne va pas tarder à trouver mon frère, dit Oudin avec un signe de tête vers la scène sanglante sous nos pieds. Il faut qu'on se mette d'accord sur ce qu'on va raconter.

— On ne dira rien d'autre que la vérité, réponds-je. Lambert a assassiné toutes ces femmes, saboté l'échafaudage et essayé de nous tuer Rémi, Simon et moi. Maintenant, il est mort. Justice est faite.

— Et où sont vos preuves ?

— Tu penses qu'on ment ?

Le fils du prévôt lève les yeux au ciel.

— La vérité n'a aucune importance, Cat, à moins qu'on puisse la prouver.

— Il a raison, murmure à mon oreille Simon qui, après m'avoir empêchée de basculer en avant sous le coup de la douleur, me serre de nouveau contre lui sans pourtant que j'arrive à me détendre. Nous n'avons pas grand-chose pour étayer cette théorie.

— Ce qu'il a fait à Rémi ne suffit-il pas ?

— C'est notre parole contre ce que mon père voudra croire, répond Oudin, plus rationnel que je ne l'ai jamais entendu. Et ce n'est pas un affrontement dont nous sortirons vainqueurs. Pas quand il peut rejeter toute la faute sur Simon.

— Peut-être que ce serait pour le mieux, dit son cousin. Au moins, aucun autre innocent ne se retrouverait impliqué dans cette tragédie.

Je me tourne pour lui faire face.

— Je refuse que tu te rendes !

Il secoue la tête, un léger sourire aux lèvres.

— Je n'en avais pas l'intention.

Même si mon intuition me dit qu'il en serait capable s'il estimait que c'était nécessaire.

Rémi s'éclaircit la voix.

— Le comte peut bien vous accuser, ça n'aura aucune importance s'il ne peut pas mettre la main sur vous. On connaît plein d'endroits où vous pourriez rester cachés.

Ce n'est pas qu'une parole en l'air, il est sincère.

— Reste planqué pendant quelques jours, approuve Oudin, et on te fera sortir de la ville. Je pense pouvoir empêcher mon père de te faire rechercher avec trop de zèle.

— Comment ? demandé-je.

Il esquisse un sourire ironique.

— Lambert et Juliane ne sont pas les seuls secrets que mon père souhaite garder dans la famille. À présent, je suis le seul fils qu'il lui reste. Il ne peut pas se permettre de me perdre.

— Alors tu vas quand même lui raconter la vérité.

— Oui, bien sûr.

Peut-être mon esprit est-il brouillé par l'épuisement car je n'arrive plus à suivre.

— Il n'y a pas une minute, tu as dit qu'il ne croirait pas à la culpabilité de Lambert.

Oudin ricane amèrement.

— Oh, il y croira. Seulement, il fera tout son possible pour que la nouvelle ne s'ébruite pas.

— Il faut qu'on s'y prenne de manière intelligente, ajoute Rémi. Le prix de notre silence sera la libération du magister Thomas et la proclamation publique de son innocence.

Des mouvements et des voix au loin m'apprennent qu'on est en train d'investiguer le tumulte qu'on a causé.

— La garde est là, les préviens-je. Ou, du moins, elle le sera dans quelques minutes. On ne peut laisser personne voir Simon, même d'en bas.

— Je m'en charge, déclare Rémi en se levant. Je pense que le meilleur endroit pour vous cacher serait le passage autour de la tour centrale.

Il lui tend une main. Après m'avoir délicatement positionnée contre le mur, Simon accepte son aide pour se mettre debout.

— Pourquoi ce passage-là en particulier ? s'enquiert-il.

Rémi lui adresse un grand sourire en tapotant le trousseau de clefs à sa ceinture, à côté de sa tresse de cheveux bicolore porte-bonheur.

— Parce qu'il se trouve derrière deux portes fermées et que, pour l'atteindre, il faudra traverser l'ogive principale de la voûte. C'est assez déconcertant, surtout si on ne sait pas qu'en réalité c'est l'endroit le plus stable.

Même si l'explication lui donne un frisson, Simon fait signe à Rémi d'ouvrir la marche.

— Après vous. Après tout, c'est vous, l'expert en plafonds.

L'intéressé, revigoré par ce compliment, m'adresse un léger mouvement de tête pour me rassurer. Il sait que si mon compagnon venait à être capturé, je ne le lui pardonnerais jamais. Malgré tout, ce n'est pas la principale raison pour laquelle il lui vient en aide, ce qui me rend encore plus heureuse. Rémi a beau avoir du mal avec certaines subtilités de la vie, il fait toujours ce qu'il estime être juste. Je le savais, et pourtant j'étais plus disposée à croire qu'il était le meurtrier, lui, plutôt que Lambert. Je ne suis décidément pas très douée pour juger les gens.

Comme s'il pensait la même chose, Oudin se décale pour s'asseoir contre le mur à côté de moi, bien qu'il garde ses distances.

— C'est en partie ma faute, dit-il en contemplant les étoiles. Je savais ce que Lambert éprouvait pour Béatriz. J'aurais dû en parler quand Simon a ajouté son nom sur la liste.

Je tourne la tête pour le regarder. L'éclair de douleur que le mouvement provoque dans mon cou m'arrache une grimace.

— Lambert était amoureux de Béatriz ?

Un ricanement lui échappe.

— La moitié des hommes tombaient amoureux d'elle. C'était sa… spécialité, dit-il, mal à l'aise. Elle leur donnait confiance en eux pour leur première fois.

Comme c'est étrange de le voir si balbutiant, lui qui d'habitude ne se soucie pas de paraître si cru.

— Et Lambert est allé la voir ?

— C'est moi qui ai arrangé leur rencontre. Il avait besoin de quelque chose de normal après… (Il secoue la tête comme s'il préférerait ne pas poursuivre cette pensée.) J'ai même payé d'avance, pour qu'elle puisse lui rendre son argent en prétendant ne pas en vouloir. (Il tâte doucement sa lèvre enflée.) Il l'a demandée en mariage, comme la plupart de ses clients.

— Et peu de temps après, elle a décidé de se marier avec un autre.

— Oui… Lambert était dévasté. Mais je n'aurais jamais imaginé qu'il pourrait la tuer.

Simon m'a décrit les premiers meurtres comme des actes commis sous le coup de la panique, souvent non planifiés.

— Il ne pensait sûrement pas aller jusque-là non plus, dis-je.

C'est comme ça que tout a commencé. Lambert avait vu en Béatriz une demoiselle en détresse qu'il pouvait secourir, sauf qu'elle l'avait rejeté pour quelqu'un qui était sans doute d'un rang social bien inférieur. Après l'avoir assassinée, il avait retrouvé son attitude timide et gauche, toujours obsédé par l'idée mais trop blessé pour renouveler la tentative. Ses fiançailles l'ont contraint à retenter l'expérience, mais les choses ont très mal tourné avec Perrette et, dans sa rage, il l'a tuée. Avec Ysabel et Nicole, le dégoût et la soif de sang étaient venus plus rapidement. Puis il avait réduit Madame Émeline au silence avant qu'elle ne puisse révéler à Simon ce qui reliait toutes les victimes entre elles. Le Soleil sait combien de femmes auraient péri sous ses coups si je n'avais pas attiré son attention.

J'étais une candidate bien plus appropriée et j'avais quelques points communs avec sa mère. J'avais même grandi à l'abbaye de Solis, comme elle. Que son adversaire dans la quête de mon affection soit Simon ne rendait son projet que plus excitant : Lambert pouvait à la fois battre son rival et l'enquêteur qui cherchait à l'arrêter. Pourtant, à la fin, ce n'est pas vers lui que je me suis tournée mais vers son cousin.

C'était de nouveau le même scénario qu'avec Béatriz.

— Tu n'as pas fini ta phrase tout à l'heure. Tu as dit que Lambert avait besoin de quelque chose de normal après… quoi ? La maladie de ta mère ?

Oudin acquiesce d'un signe de tête, le regard vide.

— Les hallucinations de Juliane étaient étranges mais on les ignorait facilement parce qu'elle racontait n'importe quoi. Celles de ma mère étaient plus insidieuses. Ou peut-être qu'on était plus impressionnables… Lambert était le seul qu'elle aimait, mais j'ai cessé d'essayer de m'attirer son affection quand j'ai compris ce qui se passait. (Il frissonne et ramène ses genoux plus proches, presque contre sa poitrine.) Des choses contre nature que des fils ne devraient jamais faire avec leur mère.

Je n'ai aucune envie d'en savoir plus. Heureusement, il ne me donne pas de détails.

— En fait, sa haine pour moi m'a protégé, poursuit-il. C'est triste de penser que j'étais le plus chanceux des deux.

— Oudin… murmuré-je, et il me regarde dans les yeux pour la première fois. Est-ce que Lambert a tué votre mère ?

— Non, c'est mon père qui s'en est chargé, répond-il en grimaçant. Il ne pouvait plus se mentir à lui-même sur ce qui se passait. Il a sûrement estimé que c'était le seul moyen de libérer Lambert de son influence. Sauf que lui, pour inciter mon frère à le satisfaire, il l'assommait de critiques. Lambert ne pouvait pas non plus le supporter.

Des cris en provenance d'en bas nous apprennent qu'on a repéré le corps de l'aîné du prévôt. Oudin s'appuie contre le mur pour se relever.

— Je pense qu'on devrait dire à tout le monde que mon frère est tombé en recherchant Simon, sans leur révéler que Simon était là. Ensuite, on pourra imposer l'idée qu'il a quitté la ville depuis belle lurette. Il faudra mettre Rémi dans la confidence avant de descendre.

Il me propose sa main puis, quand il voit à quel point les miennes sont abîmées, il s'empare de mon avant-bras et je me mets debout en grimaçant. Il serait plus facile de faire la liste des quelques endroits où je n'ai ni éraflures ni contusions, plutôt que d'établir celle de mes blessures. Oudin patiente jusqu'à ce que je sois assez stable avant de me lâcher. Sa courtoisie me déconcerte.

— J'imagine que boire un verre te ferait un bien fou, maintenant, plaisanté-je sans grande conviction.

— Pour la première fois depuis longtemps, je crois que je n'en ai pas envie, s'étonne-t-il lui-même.

Chapitre 65

Même si nous devons prétendre être en deuil pour les obsèques de Lambert, je n'arrive pas à me forcer à chanter avec la foule tandis que le soleil plonge sous l'horizon. Rémi, à côté de moi, avec son col relevé pour dissimuler les marques laissées par la corde sur son cou, n'y parvient pas non plus. Grâce aux pierres de sang d'Athene, mes diverses blessures sont déjà guéries.

— J'espère que tu te plairas en enfer, marmonne mon ami quand la dernière bande de lumière orange disparaît.

Nerveuse, je balaie les alentours du regard, mais personne dans l'assemblée ne semble l'avoir entendu alors que la dernière note de l'hymne d'adieu retentit.

— On aurait pu t'entendre, grondé-je une fois que ceux qui nous entourent se sont éloignés.

— J'ai horreur de devoir faire semblant, lâche-t-il d'un ton écœuré. Toutes ces grandes déclarations sur la perte immense qu'il représente pour sa famille et pour la ville, et sur l'Autre Côté qui aurait gagné une belle âme de Lumière…

Officiellement, Lambert est décédé des suites d'un accident tragique survenu lorsqu'il explorait le Sanctum à la poursuite d'un criminel. Sa mort ayant eu lieu si peu de temps après celle de Juliane, des rumeurs qu'il s'agissait d'un suicide courent déjà. Oudin nie cette version des faits, sans y mettre trop d'énergie. Que ce soit cette explication ou l'autre, les deux sont préférables à la vérité.

— Si nous tenons à ce que le magister Thomas soit libéré, il faut qu'on montre qu'on est prêts à jouer le jeu, rappelé-je à Rémi. Le prévôt nous aura à l'œil.

— Je ne crois pas qu'il ait quoi que ce soit à l'œil.

Je suis plutôt d'accord, à vrai dire. Le comte de Montcuir fixe l'horizon qui s'éteint d'un regard vide. Il semble avoir pris vingt ans d'âge en moins d'une journée mais, après les confidences de son fils cadet, j'éprouve peu de compassion pour cet homme.

Les membres de l'assemblée quittent les lieux à la hâte, tout comme ils l'ont fait il y a deux jours lors des funérailles de Juliane. Le deuil ou la maladie mentale, même combat, on dirait. Les derniers à partir sont la famille de dame Geneviève d'Êcre, et je suis surprise de voir Oudin accorder plus d'attention que nécessaire à l'ancienne fiancée de son frère et même tenir sa main plus longtemps que je ne m'y serais attendue.

— Qu'est-ce que tu crois qu'il se passe, entre eux ? interrogé-je Rémi à voix basse.

Pour toute réponse, il hausse les épaules.

Tout le monde finit par s'en aller et le comte regagne sa demeure sans un mot. Tout en se dirigeant vers nous, Oudin se frotte le visage, visiblement exténué.

— Tu veux bien me filer un coup de main ? demande-t-il à Rémi. On pourra discuter de l'accord que j'ai dû passer. (Ses yeux se posent ensuite sur moi.) Cat aussi peut rester, puisqu'elle est concernée.

Je jette un coup d'œil au ciel bleu-violet à l'est. Gregor et ses compagnons iront bientôt chercher Simon au Sanctum, avant que la pleine lune ne soit assez haute pour briller sur le bassin de la Lune. Si mon oncle a accepté de secourir mon compagnon, c'était à la condition que je me joigne à leurs chants cette nuit. À plus d'un titre, j'ai hâte d'honorer cette promesse.

— D'accord, si ça ne prend pas trop longtemps.

Nous suivons le fils du prévôt à l'intérieur. Le cercueil de Lambert – qui était vêtu de manière à dissimuler ses blessures, une écharpe ayant par exemple été nouée autour de son cou – a été fermé juste avant le coucher du soleil. Oudin quitte la pièce brièvement pour revenir équipé d'un marteau. Rémi propose de tenir les clous pendant que le fils du prévôt met en place le premier.

— Je vais commencer par la bonne nouvelle, dit ce dernier. Le magister sera libéré ce soir.

J'en pleure presque de soulagement.

— Merci…

— Ne me remercie pas encore.

Il enfonce le clou d'un seul coup de marteau et Rémi lui en tend un deuxième.

— J'imagine que ton père a exigé certaines conditions en plus de notre silence.

— Pas juste pour vous, dit-il avant de faire deux essais pour toucher le clou, en manquant complètement sa cible la première fois. Ce n'est pas encore fixé, mais je vais sans doute épouser dame Geneviève à la place de Lambert.

Je ne sais pas lequel des deux plaindre le plus.

— Comment as-tu pris cette nouvelle ? demandé-je. Et elle ?

— Elle n'a pas pleuré, c'est déjà un bon début, répond-il avant de tendre une main dans laquelle Rémi laisse tomber un clou. J'imagine qu'on s'en accommodera.

— C'est un énorme sacrifice, fait prudemment remarquer ce dernier.

Je pense qu'il se demande si son ami a l'intention de renoncer à sa vie de noctambule.

— C'est drôle, mais pas tant que ça, reprend Oudin en se concentrant sur sa tâche. Pour la première fois de mon existence, je n'ai pas la sensation d'être pris au piège. La seule chose pire que ce qui se passait dans ma famille, c'était d'avoir à prétendre que tout allait bien. Peut-être est-ce ce qui a plongé mon frère dans sa folie. Moi, je préférais l'alcool et la skonia.

Il frappe le clou à grand bruit, comme pour insister sur cette dernière déclaration.

« Nous vivons tous dans une cage. Seuls les plus chanceux d'entre nous peuvent choisir laquelle. »

— Nos secrets n'ont pas disparu, bien entendu, mais ils appartiennent au passé, dit-il en relevant la tête. Maintenant que je n'ai plus à vivre chaque jour dans le mensonge, je crois bien que je vais tenter la sobriété. J'irais même jusqu'à dire que je suis optimiste pour ce que le Soleil me réserve.

— Dans ce cas, j'imagine que je devrais t'adresser mes félicitations, déclare Rémi en lui tendant un autre clou.

— Merci… J'espère seulement que ce sentiment durera.

Oudin se dirige vers le bas du cercueil en évitant mon regard.

— Ce n'est pas la seule condition que j'ai dû accepter, poursuit-il en se raclant la gorge alors que Rémi et moi attendons patiemment la suite. Je dois partir à la recherche de Simon demain. (Mon cœur se serre.) J'ai une semaine pour rentrer avec son corps ou un corps qui ressemble au sien.

— Tu ne vas quand même pas… m'exclamé-je.

— Tuer quelqu'un ? lance-t-il avec un petit rire jaune. Bien sûr que non. Pour ce qui est des morts, il y a l'embarras du choix.

— Les prisons de la capitale seraient un bon point de départ, suggère Rémi. Lutecia est une ville gigantesque.

— Oui, j'y ai pensé. Si je n'en trouve pas un en prison, les hospices devraient avoir quelqu'un qui convient.

Les trois prochains clous sont enfoncés en silence.

— Ton père avait encore une autre exigence ? finis-je par demander.

Il soupire et se redresse.

— Tu sais que rien de tout ce qui est arrivé n'était ta faute, n'est-ce pas ?

Une partie de moi se sentira toujours responsable, mais j'opine du chef.

Oudin pose le marteau sur le cercueil de son frère.

— Mon père te considère comme responsable de la folie de Lambert, m'annonce-t-il entre ses dents serrées. Il prétend aussi que l'on t'associe désormais à Simon et que tu le leur rappelleras toujours. Bien sûr, tout ça, c'est dans sa tête. La cité de Collis, elle, passera à autre chose sans problème.

Je hausse les épaules.

— Ce que pensent les gens n'a pas d'importance pour moi. J'ai bien d'autres préoccupations.

Comme la magie, ma famille selenae et les réparations des dégâts au Sanctum.

Oudin secoue la tête.

— Il ne veut plus te voir, Cat. Pour lui, tu représenteras toujours un risque que la vérité sur Lambert soit révélée.

— Alors je ferai en sorte de l'éviter. Rémi pourra lui faire visiter le Sanctum quand ce sera nécessaire.

— Non, dit-il en croisant enfin mon regard. C'était la dernière condition de mon père en échange de la libération du maître architecte. Il faut que tu quittes Collis.

***

Je me tiens dans l'ombre au bord de l'esplanade du Quartier, d'où je regarde les Selenae danser sous les rayons de la pleine lune. Les tisserandes et les teinturières chantent tout en travaillant à leurs métiers à tisser et à leur marmite d'essence de fleurs. Des dizaines de pierres scintillent dans le bassin de la Lune au centre, où elles sont en train d'absorber la lumière bénie des cieux. Non loin de moi, Gregor danse, une femme d'âge moyen accrochée à son bras. Sa gaieté est sûrement due en grande partie au fait qu'il attend mon arrivée, mais il ne m'a pas encore remarquée.

Trois jours. C'est tout ce qu'il me reste.

Ensuite, je perdrai le magister, Rémi et le Sanctum. Madame La Fontaine et Marguerite. La famille que je viens seulement de commencer à connaître.

Oudin et Rémi m'ont tous les deux assuré que je pourrai revenir un jour, après le décès du comte. Il a plus de cinquante ans. Théoriquement, l'attente pourrait ne pas être très longue. Sauf qu'elle pourrait tout aussi bien durer vingt ans. Il pourrait vivre plus longtemps que le magister Thomas.

— Cat ? dit une voix douce dans mon dos.

Je me retourne pour découvrir Simon qui marche vers moi, les bras tendus pour se repérer en longeant le mur dans l'obscurité. Il trébuche sur les pavés inégaux et je fais un pas en arrière pour le guider à mes côtés. La sombre tenue selenae qu'il porte est trop large pour sa silhouette dégingandée et les manches trop courtes exposent ses poignets. Des gouttes d'eau tombent de ses cheveux sur ses épaules.

— Tu as pris un bain ?

— D'après ta cousine, la poussière et les fientes des oiseaux auraient causé l'étranglement de n'importe quel Selenae qui se serait approché à plus de cinq toises de moi.

— Elle a raison.

Il contemple la place grouillante de monde.

— Tu ne veux pas les rejoindre ?

— Pas encore, il faut d'abord qu'on parle, toi et moi. Tu as choisi une destination ?

— Non. Mesanos est la seule autre ville que je connais, mais c'est certainement le premier endroit où l'on me recherchera.

— C'est vrai. Il va falloir qu'on se décide rapidement.

— On ? répète-t-il, sans comprendre.

Je lui explique les termes de l'accord passé par Oudin avec son père et mon bannissement.

— Oh, Cat, je suis vraiment désolé, répond-il avec un grand soupir. Je sais ce que c'est de perdre son foyer et sa famille. (Il me prend par la main.) Qui d'autre est au courant ?

— Rémi. Il est sûrement en train de l'annoncer au magister Thomas.

Même si j'avais très envie de le voir dès ce soir, je sais que mon mentor comprendra pourquoi j'honore la promesse que j'ai faite à mon oncle. De toute façon, la première chose que l'architecte voudra faire, c'est prendre un bain et dormir dans son lit.

Je me racle la gorge.

— Je me rends compte qu'on ne se connaît pas très bien, mais je me suis dit qu'on serait mieux ensemble que seuls.

— Difficile de s'opposer à cet argument, dit-il en caressant du pouce le dos de ma main. Et je me réjouis de ta compagnie. Même si ce n'est pas vraiment la manière dont j'imaginais que cette affaire se terminerait.

— Moi non plus.

— Catrin, nous interrompt mon oncle en s'arrêtant dans un rayon de lune à quelques pieds de nous. Tu viens ?

J'essuie précipitamment les larmes de mes yeux.

— Je ne suis pas vraiment d'humeur à danser.

Gregor grimace, compatissant, mais n'exige pas d'explication.

— La pleine lune ne se montre pas longtemps. Quels que soient tes soucis, ils peuvent bien attendre quelques heures.

Il adresse un petit salut de la tête à Simon avant de rejoindre la foule. Mon compagnon le regarde s'éloigner.

— Il a raison. Tu devrais profiter de la magie quand elle est la plus puissante. On pourra discuter de notre départ demain.

Je baisse les yeux sur l'ombre à mes pieds.

— Est-ce que tu as peur ?

— Moins qu'après la mort de mon père.

— Non, je veux dire, de moi. De mon pouvoir et de ce dont je suis capable.

Simon me relève le menton jusqu'à ce que nos regards se rencontrent. L'éclat marron dans son iris n'attire plus autant mon attention qu'avant. Elle fait simplement partie de lui.

— Et toi, est-ce que tu as peur de moi ? De mes « dons » ?

— Bien sûr que non. Je te connais.

— Et moi, je te connais aussi, dit-il avec un sourire.

Puis il m'entraîne avec lui dans le clair de lune.

Chapitre 66

Mes trois jours de répit touchent à leur fin. Chaque nuit jusqu'à celle-ci a été remplie de chansons, d'histoires et de leçons sous la lumière de la lune, mais ce soir nous avons besoin de l'obscurité pour pouvoir quitter discrètement Collis. Une pierre de lune qui m'appartient désormais pend à une chaînette en argent autour de mon cou. Mon nouveau bracelet orné d'une pierre du néant, lui, reste bien à l'abri, rangé dans une poche. J'en ai encore un petit peu peur. Selon ma cousine, même si je n'ai pas besoin de m'en servir pour atténuer mon pouvoir comme le font la plupart des Selenae, je devrais quand même m'y entraîner au cas où un jour il me faudrait utiliser un sens plus qu'un autre.

Athene me remet un petit sac.

— Quelques pierres de lune supplémentaires, m'annonce-t-elle. Et des pierres de sang. Essaie de ne pas en avoir besoin.

Je les glisse dans mon gilet.

— Merci pour tout.

— J'aurais aimé avoir plus de temps avec toi. J'avais tellement à t'apprendre.

Elle accroche une sacoche à mon épaule. Son attitude d'habitude brusque s'est sensiblement adoucie.

— Enfin, la communauté selenae aux abords de Londunium forme les meilleurs médecins. Tu t'en sortiras très bien là-bas.

C'est là que nous avons décidé d'aller. La capitale de Brinsulli n'est pas si loin de Collis que ça, mais il faut traverser un étroit bras de mer pour y parvenir, et les risques qu'on y reconnaisse Simon sont bien plus faibles. Grâce aux Selenae ainsi qu'à certains des anciens collègues du magister Thomas, on espère trouver un endroit où vivre et travailler. J'ai aussi une lettre rangée au fond de ma musette à transmettre à l'épouse de l'architecte, au cas où elle serait toujours vivante. Si mon mentor ne s'attend pas à ce qu'elle revienne après toutes ces années, il espère qu'elle pourra lui pardonner.

Gregor se tient à côté d'Athene, visiblement mal à l'aise. Nous nous sommes de nouveau disputés lorsqu'il a insisté pour que je reste dans le Quartier, où le prévôt n'a aucun contrôle, et que j'ai refusé. Mon oncle semble croire que je choisis Simon plutôt que ma famille selenae. C'est peut-être vrai, mais je n'ai pas pris cette décision par rancune. Quand je me tourne vers lui, il sort de sous sa chemise une pochette en toile de lune joliment ornée et tire sur ses cordons pour l'ouvrir. Un éclat iridescent à l'intérieur m'indique ce qui s'y trouve.

— Tu penses vraiment que j'ai besoin d'autant de pierres de lune ? demandé-je pour tenter d'égayer un peu son air solennel.

Il retourne le petit sac au-dessus de sa paume.

— Celle-ci est différente.

Elle a la même apparence que les autres jusqu'à ce qu'un rayon de lune l'effleure : elle reflète alors un arc-en-ciel plutôt qu'une douce lueur blanche. En l'étudiant de plus près, je remarque des couleurs qui se séparent à l'intérieur de la pierre et qui y rebondissent comme si elles parcouraient un labyrinthe sans fin. C'est magnifique.

Les paupières closes, Gregor ferme ses doigts autour de la gemme, avant de rouvrir les yeux et de me tendre la pierre, paume ouverte.

— C'est la variété de pierre de lune la plus rare. Ce dont elle s'imprègne, elle le garde pour toujours.

— Et qu'est-ce qu'elle contient ?

— Des pensées. Des souvenirs.

Mes bras se couvrent de chair de poule lorsqu'il place la pierre colorée dans ma main.

— À qui appartiennent-ils ?

— À moi. Vas-y.

Après avoir à mon tour fermé les yeux, je serre la pierre contre la cicatrice sur ma paume en me demandant si je devrais faire autre chose, quand soudain l'image de deux êtres apparaît dans mon esprit. Il y a une femme aux cheveux châtains ondulés, avec une bouche rieuse surmontée d'un nez droit et fin que j'ai déjà vu dans des miroirs. Ses yeux sont noisette comme les miens le sont – ou l'étaient –, tandis que l'homme qui la tient dans ses bras a les iris bordés du même cercle argenté qui est en train de s'installer dans les miens. Il ressemble à un jeune Gregor, mais avec moins de cicatrices et sans nez tordu. Son sourire à lui est plus timide que celui de sa compagne qu'il dévore du regard. Lorsqu'il se penche vers elle, elle passe une main pâle dans ses boucles foncées. Ils s'embrassent. Leur peau, quand elle se touche, prend une teinte argentée et dorée.

— Stella, murmure mon oncle. Et Iason.

Les larmes me montent aux yeux si vite que je suis contrainte de rouvrir les paupières. Athene a beau m'avoir appris les prénoms de mes parents, je n'ai jamais entendu Gregor les prononcer jusqu'à cet instant. À la douleur que je perçois dans sa voix, je devine que c'était le chagrin – et non pas la colère – qui l'a noyé pendant si longtemps et que c'était cette souffrance – et non pas de la rancune – qui l'a poussé à m'abandonner il y a dix-sept ans. Je lâche presque la pierre dans ma hâte de m'essuyer les joues.

— Merci…

— Ils sont partis depuis si longtemps maintenant que c'est presque impossible pour moi de me rappeler leurs visages sans aide.

Après avoir repris la gemme, il la lâche dans la pochette de tissu, en noue les cordons et me la tend.

— J'aimerais que tu l'emportes.

— Non, je ne peux pas. C'est ton souvenir.

— Ce qui veut dire que je peux choisir de t'en faire don.

Nerveuse, je jette un coup d'œil à Athene, qui m'encourage d'un signe de tête. J'accepte alors le cadeau de mon oncle. Lui redire merci me paraît trop banal, je porte donc la pochette à mes lèvres avant de la glisser dans la poche la plus proche de mon cœur.

— J'en prendrai bien soin.

Les coins de sa bouche s'étirent et je vois le sourire de mon père dans le sien. Puis il propose son bras à ma cousine et ils partent pour le bassin de la Lune ensemble, sans ajouter un mot.

Dès qu'ils nous ont tourné le dos, Rémi, qui a patiemment attendu son tour, me soulève dans ses bras pour m'étreindre.

— Tu vas tellement me manquer, Chaton.

Je le serre tout aussi fort.

— Tu avais promis de ne plus m'appeler comme ça.

Entre nous, ce surnom ne me dérange plus vraiment.

— Oui, eh bien, c'était une promesse conditionnelle.

Après m'avoir reposée par terre, il cligne plusieurs fois des yeux, soudain rattrapé par l'émotion, puis il m'embrasse sur le front avant de se tourner vers Simon.

— Adieu, monsieur le Vénatre.

L'utilisation de ce titre a clairement pour but d'agacer mon compagnon, mais ce dernier se contente de répondre :

— Merci pour tout ce que vous avez fait.

C'est au tour de mon tuteur de m'étreindre. Ses larmes mouillent sa barbe et ma capuche. Tout à coup, je ne peux plus supporter l'idée de tout ce que je laisse derrière moi.

— Je ne crois pas que je vais y arriver, magister, avoué-je d'une voix entrecoupée de sanglots.

— Je sais que tu en es capable.

L'architecte s'écarte pour prendre mon visage en coupe et je remarque une troisième mèche blanche qui s'étend vers l'arrière à partir de son oreille gauche.

— Et je suis certain que nous nous reverrons un jour. Voilà pourquoi je peux te laisser partir.

— Je vous aime, murmuré-je.

Comme Rémi, il dépose un baiser sur mon front.

— Je t'aime aussi.

Je recule afin que Simon puisse lui serrer la main. Un échange silencieux se déroule entre eux lorsque leurs regards se croisent et ils opinent tous deux du chef. Ensuite, nous nous éloignons dans la ruelle bordée de végétation qui mène hors du Quartier selenae. Dès que j'aperçois le mur de l'abbaye, je me rends compte de ce que j'ai failli oublier.

— Attends-moi ici ! lancé-je à mon compagnon avant de traverser la route en courant jusqu'au portail pour sonner la cloche.

Les prières de minuit viennent de prendre fin, et l'une des sœurs qui retourne se coucher répond à mes appels, même si elle a du mal à me distinguer dans le noir, vêtue que je suis de ma cape en toile de lune.

— Il faut que je dise au revoir à Marguerite.

Elle va chercher les clefs pour me faire entrer. Je m'élance jusqu'à la chambre de mon amie, adjacente à l'ancien salon de Mère Agnès. Comme elles n'ont pas encore élu de nouvelle prieure, ses appartements restent vides. Même si elle ne s'est sûrement pas rendue à la liturgie, mon amie a dû faire ses prières depuis son lit.

— Marguerite, dis-je d'une voix douce depuis le seuil. Tu es réveillée ?

Elle tourne la tête sur son oreiller, les yeux brillants.

— Cat !

Je me précipite à son chevet sans lui laisser le temps de s'asseoir – je ne voudrais pas qu'elle se fasse mal.

— Je suis venue te dire au revoir.

Elle pousse un soupir.

— J'ai appris par sœur Alix que tu quittais Collis, mais je ne me doutais pas que ce serait aussi tôt.

— Je suis désolée de ne pas être venue te rendre visite avant, m'excusé-je en lui caressant la main. Mais je promets de t'écrire.

Si les abbayes ont bien une chose que j'admire, c'est un système efficace pour s'envoyer des lettres les unes aux autres.

— Tu as intérêt.

Elle se réinstalle comme un peu plus tôt, la tête droite sur son oreiller, mais ses yeux n'arrivent pas à faire le point. Sans pierres de sang, sa guérison est lente. Marguerite pointe du doigt sa table de chevet.

— Il y a quelque chose pour toi dans le tiroir.

Je l'ouvre en m'attendant à y trouver un chapelet ou un autre objet du genre, mais j'y déniche une bourse remplie de pièces, tachée de terre. Celle que j'ai enterrée derrière la cabane du jardin plus de cinq ans auparavant.

— Comment as-tu su…

— Parce que je te connais, répond-elle, un sourire affectueux aux lèvres. Prends-la. Tu auras besoin d'argent.

Le magister Thomas m'en a déjà donné plus qu'assez. Je la range dans le tiroir en secouant la tête.

— Non, garde-la. Ce n'est pas autant d'argent que ce que tes cheveux t'auraient rapporté, mais tu peux l'investir dans un nouveau métier à tisser.

— Je ne vais pas pouvoir te convaincre de l'emporter, c'est ça ?

— Aucune chance.

Comme son front est encore bandé, je l'embrasse sur le nez. J'aimerais disposer de plus de temps, mais Oudin nous attend sans doute avec impatience à l'extérieur de la ville, avec des chevaux. Après lui avoir promis de nouveau de lui écrire, je serre la main de mon amie et je lui murmure un dernier au revoir, avant de rejoindre le portail à la hâte, en remerciant au passage la religieuse qui m'a laissée entrer.

Les plantes grimpantes de l'autre côté de la rue sont parsemées de fleurs, ouvertes par la lune décroissante. Leur fragrance me chatouille le nez. De l'intérieur de l'enceinte me parvient la mélodie des chants et je distingue la voix de baryton de Gregor, plus grave que d'habitude. Simon, qui s'était appuyé contre le mur de l'abbaye, se redresse à mon approche puis s'empare de son sac de voyage pour le placer sur son épaule.

— Je n'ai pas pu m'empêcher de songer que tu pourrais rester ici, au couvent, si tu le désirais, dit-il d'une voix douce en pénétrant dans la lumière. Le comte ne le saurait jamais et tu pourrais rendre visite à ta famille autant que tu le souhaites.

— Non. Ma place n'est pas dans cette abbaye.

— Peut-être pas, admet-il. Mais je ne suis pas non plus sûr que ta place soit avec moi.

— On verra ça ensemble, au fur et à mesure, d'accord ? rétorqué-je en le prenant par la main, nos doigts entrelacés. Tu es prêt à partir ?

De ce contact entre nos deux poignets, je sens les battements de cœur de Simon retentir jusque dans mon bras.

— Non, répond-il. Mais je suis prêt à partir avec toi.

Mot de l'autrice

Décrire une maladie mentale n'est jamais une tâche facile, même si – ou peut-être surtout si – on a une connaissance personnelle de ceux qui en sont affectés. Les personnages de Juliane, de sa mère et du père de Simon ne sont pas censés représenter la schizophrénie de façon absolue. Chaque cas est aussi particulier que la personne concernée et dépend énormément de leur environnement. Reste que des évocations de maladies de ce type remontent à plusieurs milliers d'années. Leurs traitements ont beaucoup varié en fonction des religions, des sociétés, de l'importance sociale de celui ou celle qui est concerné et de la présence ou non d'une famille pour prendre soin d'eux. Trop souvent, ces histoires sont tragiques et déchirantes pour tous ceux qui sont impliqués.

Même aujourd'hui, la schizophrénie peut être difficile à diagnostiquer, mais elle est souvent soignable grâce à des médicaments et de la thérapie, même si disposer de proches qui jouent un rôle de soutien est crucial. Tout comme Juliane, beaucoup d'hommes et de femmes qui en souffrent sont extrêmement intelligents et même conscients qu'une grande partie de ce qu'ils vivent n'est pas réelle. Tandis que certains sont capables de se construire une carrière avec succès, la plupart cachent leur maladie de tous sauf de ceux qui sont les plus proches d'eux. Il est probable que vous ayez un ami schizophrène et j'espère sincèrement que, s'il partage ce secret avec vous, vous honorerez cette confiance. Je dois une montagne de remerciements à Nadhira Sitaria, ma lectrice qui est chargée de vérifier que je ne fasse pas de bévues, pour sa gentillesse ainsi que son expertise personnelle en lien avec la description de ce sujet compliqué. Si vous souhaitez davantage d'informations sur ce sujet, je vous recommande la lecture de *L'homme qui prenait sa femme pour un chapeau* d'Oliver Sacks et de *The Center Cannot Hold: My Journey Through Madness* d'Elyn R. Saks. Ce dernier livre est un mémoire sur la schizophrénie et je remercie le Pr Saks pour la sincérité dont elle a fait preuve en dévoilant le fonctionnement interne d'un voyage aussi intime. Même si j'ai emprunté le ton de certaines de ses hallucinations pour Juliane, elles étaient très similaires à celles que j'avais vues de près, personnellement, de l'extérieur. Mais pour reprendre l'expression de Forrest Gump : c'est tout ce que j'ai à vous dire à ce sujet.

***

La cité de Mesanos, dont Simon est originaire, est basée sur une ville qui a bel et bien existé, en Belgique. Même si je l'ai romancée et que j'ai imaginé certains détails, tout est conforme à l'esprit de l'histoire des lieux.

D'après la légende, Geel est le lieu de repos de sainte Dymphne, dont le martyr au VIIe siècle aux mains de son père est similaire à ce que décrit Mère Agnès dans le chapitre 12. Depuis plus de mille ans, sa tombe est un lieu de pèlerinage pour ceux qui sont en quête de guérison d'une maladie mentale. Avant et après sa canonisation en 1247, l'Église catholique y a construit plusieurs hôpitaux pour soigner ceux qui viennent pour obtenir un miracle, la plupart d'entre eux étant abandonnés sur place par leur famille.

Au fil des siècles, Geel s'est fait connaître dans le monde entier pour son approche compatissante et désinstitutionnalisée du traitement des maladies mentales, si bien que le père de Vincent van Gogh a songé à y envoyer son fils à la fin des années 1800. À ce jour, les habitants de la ville participent activement au soin des patients (appelés « pensionnaires ») en les invitant dans leurs maisons et en leur offrant l'interaction stable d'une vie de famille.

Ironiquement, cette pratique ancienne de la ville de Geel est considérée trop révolutionnaire pour être établie à d'autres endroits. Dans une société dans laquelle le peu de connaissances que l'on a de la maladie mentale vient principalement des scénarios hollywoodiens, le stigmate est toujours trop difficile à vaincre. Nous avons fait des progrès, mais pas suffisamment. Pour l'instant.

Remerciements

Chère lectrice, cher lecteur, vous voilà à la fin ! Merci d'avoir trouvé ce roman et d'être entrés dans son monde l'espace de quelques heures. Si vous l'avez choisi après avoir aimé mes histoires précédentes, je vous dois le double ou le triple de remerciements. C'est grâce à vous que j'ai pu continuer à écrire.

Nous sommes dans un drôle de monde en ce moment. Je sais que chaque livre est différent, mais un ouvrage écrit en résidant à l'étranger durant une pandémie mondiale et au cours des bouleversements connus par le monde du livre… Eh bien, cette expérience a été surréaliste. Ma santé mentale doit énormément à l'intercession de sainte Dymphne, dont l'histoire a été incluse dans ce roman. L'idée d'établir le profil psychologique d'un comportement criminel est très récente et date seulement de la fin des années 1800. L'intégrer dans un contexte historique (même fantastique) est anachronique, et il m'a fallu trouver une raison crédible pour pouvoir l'utiliser. Sans ma connaissance de la sainte, de son lieu de pèlerinage et de la ville de Geel, je ne sais pas dans quelle direction serait allé ce récit. C'est drôle de voir comment tout s'est mis en place. Ou peut-être que c'était simplement censé arriver. Dans tous les cas, c'est grâce à Dymphne, à saint François de Sales (le patron des écrivains) et aux quatre Thomas que cette aventure a été possible. *Deo Gratias !*

Je me suis aussi beaucoup appuyée sur Valerie Noble, ma super-agente, qui est toujours à mes côtés, prête à régler tous les problèmes. Je souhaite bon vent à mon équipe bien-aimée de chez Imprint, surtout à Erin Stein, Nicole Otto et John Morgan : vous êtes une grande perte pour le monde de l'édition. Mais merci à FSG d'avoir récupéré le manuscrit orphelin sur le seuil de leur porte. Je remercie particulièrement Wes Adams, mon nouvel éditeur, notamment pour les conversations en dehors de ses heures de travail et durant un long trajet à travers les montagnes coréennes. Pour son travail essentiel, toute ma gratitude va au reste de l'équipe – la designeuse Veronica Mang, la directrice de production Helen Seachrist, la relectrice Amber Williams, la publiciste Brittany Pearlman, la directrice du marketing Gabriella Salpeter, les correctrices Susan Bishansky et Rosanne Lauer, et le manager de production John Nora –, que je n'ai pour la plupart pas (encore) rencontrés. Je suis aussi en admiration totale devant la couverture de Sasha Vinogradova. J'espère en être à la hauteur.

Je suis très reconnaissante à John Douglas pour son travail de pionnier sur le profilage criminel pour le FBI, ainsi que pour les livres qu'il a écrits sur le sujet. Si jamais il lit ce roman, j'espère qu'il ne le fera pas trop tiquer. Mes remerciements vont aussi à la communauté qui m'a accueillie ici, à Busan, en Corée du Sud, même si elle se fragmente déjà à la suite des envois de certains à de nouveaux endroits et se reconstruit avec de nouvelles arrivées. J'ai fini par devenir le « vieux loup de mer », mais lorsque ce livre sera publié, moi aussi j'aurai déménagé. Ainsi fonctionne la vie des militaires.

Un grand merci à mes parents et à mes beaux-parents pour avoir pris soin de nos enfants étudiants. Je sais que quand vous vous êtes portés volontaires pour être leur port d'attache, vous n'aviez pas prévu que l'université ferme et les contraindrait à s'installer chez vous et, pour les avoir accueillis, vous avez ma gratitude éternelle. Ils ont dû faire face à une pandémie en étant séparés de leurs parents par des milliers de kilomètres.

Nos trois autres enfants ont dû trouver leurs marques dans un nouvel univers avec une langue différente et une école si petite qu'elle n'a qu'une seule classe par niveau, tout en passant par la Covid-19. Je suis si fière de vous tous : vous vous en êtes sortis avec bonne humeur en vous soutenant les uns les autres, même depuis l'autre bout du monde.

Et Michael, tu as sacrifié davantage pour nous que ce que tu aurais dû avoir à faire. Sans toi, rien de tout ça n'aurait été possible.

Achevé d'imprimer en France en mars 2023
par Aubin Imprimeur

Le papier de cet ouvrage est composé de fibres naturelles, renouvelables, recyclables et fabriquées à partir de bois issu de forêts plantées expressément pour la fabrication de pâte à papier.

ISBN : 978-2-37102-386-4
Dépôt légal : janvier 2023

Loi n° 49-956 du 16 juillet 1949 sur les publications destinées à la jeunesse, modifiée par la loi n°2011-525 du 17 mai 2011

Numéro d'édition : 0124-062-01-03

Numéro d'impression : 2302.0182

LUMEN